Eine geheimnisvolle Atmosphäre umgibt Stoneborough Manor. Hier verbringen Joanna und ihre Freunde die Wochenenden, seit einer von ihnen, Lucas, das Haus geerbt hat. Und hier sagt Lucas Joanna erstmals, dass er sie liebt. Joanna spürt jedoch bald, dass das Haus eine merkwürdige Wirkung auf ihn ausübt. Als er dort auf beunruhigende Geheimnisse in seiner Familiengeschichte stößt, muss Joanna entscheiden, wie sie wirklich zu ihm steht.
Wie durch einen heimlichen Pulsschlag des Hauses angetrieben, werden einen heißen Sommer lang für alle die Schatten der Vergangenheit lebendig. Joanna sieht sich verstrickt in einem Netz von erotischen und emotionalen Spannungen. Bis es in Stoneborough zur Eskalation kommt …

»Knisternde psychologische Spannung … ein stimmungsvolles, atmosphärisches Buch. Und natürlich: very british.«
Sabine Schmidt, Westdeutsche Allgemeine Zeitung

»Gefühlvoll und spannend – ein schöner Schmöker.«
News

»Dieser Roman wird Sie bis tief in die Nacht in seinen Bann schlagen.«
Elle

Lucie Whitehouse wurde 1975 in den Cotswolds geboren und wuchs bei Stratford-on-Avon auf. Sie studierte Altphilologie in Oxford und gab die dortige Universitätszeitung heraus. Zuerst journalistisch tätig, wechselte sie in die Verlagswelt und arbeitete als Literaturagentin in London. Nach ihrem Erfolgsdebüt ›Als hätten wir alle Zeit der Welt‹ erscheint ihr neuer Roman ›Dunkle Brandung‹ im Krüger Verlag.

Unsere Adresse im Internet: www.fischerverlage.de

Lucie Whitehouse

Als hätten wir alle Zeit der Welt

Roman

Aus dem Englischen
von Maria Andreas

Fischer Taschenbuch Verlag

Veröffentlicht im Fischer Taschenbuch Verlag,
ein Unternehmen der S. Fischer Verlag GmbH,
Frankfurt am Main, März 2011

Lizenzausgabe mit Genehmigung des Krüger Verlages,
einem Unternehmen
der S. Fischer Verlag GmbH, Frankfurt am Main

Die Originalausgabe erschien unter dem Titel
The House at Midnight im Bloomsbury Verlag, London

Druck und Bindung: CPI – Clausen & Bosse, Leck
Printed in Germany
ISBN 978-3-596-17473-7

Für meine Eltern, in Liebe

Kapitel I

Noch heute erinnere ich mich so genau an den ersten Anblick des Hauses, als liefe in mir ein Video ab.

Danny, Martha und ich fuhren zusammen aus London aufs Land hinaus; unser kollektiver Wille hielt meine altersschwache Ente davon ab, liegen zu bleiben, wie sie es in letzter Zeit immer öfter tat. Die kalte Nachtluft zog durch die undichten Fenster herein, als ich die Karre zu einem Tempo antrieb, das sie mir spürbar übel nahm. Während wir an jenem Abend die Stadt verließen, wälzte sich dichter Verkehr stadteinwärts und wir fühlten uns ein bisschen wie Abenteurer – wir schwammen gegen den Strom.

Lucas' Wegbeschreibung war leicht zu folgen, bis wir von der Autobahn abfuhren. Dann verirrten wir uns bald im Labyrinth der schmalen Landsträßchen, die das südliche Oxfordshire durchziehen. Eigentlich war ich ganz froh darüber; ich wollte innerlich bereit sein, Lucas zu sehen, und die Meilen waren mir zu schnell vorbeigeflogen. In der halben Stunde, in der wir immer dieselben dunklen Straßen abfuhren, hatte ich Zeit zum Nachdenken. Schließlich blieb ich im Dorf, das wir eine ganze Weile umkreist hatten, am Straßenrand stehen.

Danny beugte sich zwischen den Sitzen nach vorn. »Das Kaff hier ist wie das Ende der Welt.«

Er hatte recht. Sogar für ein Dorf machte Stoneborough nichts her. Die fünf, sechs Cottages, die sich aneinanderdrängten, wirkten wie unbewohnt; nur aus einem kam etwas Licht: Hinter einer Tüllgardine im Obergeschoss flimmerte bläulich ein Fernseher. Im Dorf gab es einen Teich, dessen Ufer von gefrorenem Schilfrohr starrten, und eine Wiese, kaum mehr als ein Fleck steifes, weißes Gras. Niemand war darübergelaufen, seit der Raureif gefallen war.

»Wir können nicht nochmal im Kreis fahren«, sagte ich. »Wir müssen fragen.«

»Können wir Lucas nicht einfach anrufen?«, fragte Martha.

»Ich hab keinen Empfang.«

Auf der anderen Straßenseite stand ein Pub, der *White Swan*, ein gedrungener Steinbau mit einem Dach wie ein zu großer Hut. Die oberen Fenster schielten verschlagen unter der Dachtraufe hervor.

»Vielleicht will das Haus nicht gefunden werden«, sagte Martha. Sie öffnete die Beifahrertür und stieg aus. Ihr über den Knien eng anliegendes Cocktailkleid hinderte sie daran, wie sonst große Schritte zu machen; sie stöckelte durchs Scheinwerferlicht und trat ins Pub.

Nachdem ich den Motor abgestellt hatte, beugte sich Danny wieder zu mir nach vorn. »Ich hoffe stark, es ist nicht mehr weit. Es ist schon neun vorbei und ich brauch unbedingt einen Drink.« Er hatte ganz eindeutig eine Whiskyfahne.

»Du hast die ganze Fahrt immer wieder aus dem Flachmann getrunken. Ich hab dich im Rückspiegel beobachtet.« Ich drehte mich um und sah ihn an. Die Kutscherlampe des Pubs warf scharfe Schatten auf sein Gesicht. Er sah aus wie ein Kobold.

»Wir haben Silvester, Joanna.«

»Zünd mir doch eine Zigarette an, ja?«, bat ich ihn. »Meine sind im Kofferraum.« Er wühlte zwischen den Zeitungen auf dem Rücksitz herum und fand seine Schachtel. Das Streichholz flammte auf und erlosch. »Danke.«

»Deine Hände zittern.«

»Echt?« Ich streckte eine Hand aus und musterte meine Finger im Licht des Armaturenbretts. »Vielleicht ist es die Vorstellung von diesem großartigen Herrenhaus. Solche Kästen schüchtern eine englische Lehrerstochter ganz schön ein, weißt du.« Ich zuckte mit den Achseln und kurbelte das Fenster herunter, um den Rauch hinauszublasen. Bei Danny hatte ich die Taktik entwickelt, meine Schwächen lieber gleich zuzugeben, als ihm das Vergnügen zu verschaffen, sie selbst bloßzulegen.

»Das gefällt mir an dir: Du bist immer so ehrlich, was deine bescheidene Herkunft angeht.« Er lehnte sich zurück und fing an, auf seinem Handy alte SMS durchzuklicken.

»Ganz schön aufregend für mich, endlich mal Zutritt zu den oberen Herrschaftsetagen zu bekommen!«

Martha kam aus dem Pub, die schwere Holztür fiel laut hinter ihr zu. »Da lang, etwa noch eine Meile. Ich glaube, wir sind mindestens dreimal daran vorbeigefahren. Es gibt anscheinend kein Hinweisschild, nur einen Weg, der nach links in den Wald abgeht.« Sie zog sich ihre rote Kunstpelzjacke enger um die Schultern. »Brr, ist das kalt da draußen.«

»Ich dachte, ihr New Yorker wärt an harte Winter gewöhnt«, sagte Danny.

Wir ließen das Dorf hinter uns. Ich lebte nun schon so lange in London, dass ich vergessen hatte, wie dunkel es auf dem Land wird. Hecken flitzten vorbei, nur von unseren Scheinwerfern beleuchtet, und fielen hinter uns wieder ins Dunkel zurück. Im Unterholz sahen wir mehrere kleine Augenpaare. Nach etwa einer Meile bremste ich ab und suchte genauer nach der Abzweigung. Wir kamen in einen Wald. Riesige Bäume wölbten sich über der Straße zu Tunnelskeletten, die kahlen, ineinander verflochtenen Äste wankten unheimlich hin und her. Ein paar Minuten fuhr ich langsam auf dem Randstreifen entlang.

»Da«, sagte Martha. »Das muss es sein.« Ich bog auf einen unbefestigten Weg ab. Ich hatte erwartet, das Haus schon vom Ende der Zufahrt aus zu sehen, und hielt nach Lichtern Ausschau, doch da war nichts als das dichte Gewirr nackter Zweige, die sich vor uns öffneten und hinter uns schlossen wie ein engmaschiges Netz. Mir fielen jene Märchenwälder ein, wo die Bäume rasend schnell zu wuchern beginnen und alle erwürgen, die so dumm sind, sich dort hineinzuwagen. Doch hier gab es keine Anzeichen frischer Triebe. Alles um uns war abgestorben oder im Tiefschlaf, im winterlichen Trauergewand. Wir verstummten wie unter dem Bann der Äste, die sich drohend vor uns erhoben und dann wieder zur Seite wichen. Meine Ente musste sich auf dem Weg schwer abmühen, fast eine weitere Meile lang rumpelten und holperten wir über Schlaglöcher, bis sich nach einer Linksbiegung plötzlich eine kreisförmige Kiesauffahrt auftat.

Ich schaltete den Motor aus. Da, vor uns, lag das Haus. Stoneborough Manor in den Cotswolds, dieser Steinklotz – anders konnte man das Ding nicht nennen –, den Lucas, mein bester Freund, vor kurzem geerbt hatte.

Dreigeschossig ragte er in die Nacht, als wollte er ihr die Stirn bieten. Die sieben Fenster im ersten und im zweiten Stock warfen auf ihren schwarzen Flächen die schmale Mondsichel zurück, doch aus sämtlichen Fenstern des Erdgeschosses fiel Licht auf die beiden kleinen Rasenvierecke vor der Fassade. Eiben säumten den langen Weg zum Eingangsportal, das auf zwei glatten, runden Säulen ruhte. Mir wurde beklommen zumute. Lucas hatte mir das Haus ziemlich genau beschrieben, trotzdem versetzte mir die Wirklichkeit einen Schock. Das konnte doch nicht ohne Einfluss auf unser Verhältnis bleiben, oder?

Wir luden unser Gepäck aus dem Kofferraum, und ich schloss den Wagen ab, auch wenn kaum anzunehmen war, dass ihn jemand so weit abseits aller Zivilisation aufbrechen würde. Auf dem Weg zum Haus hielt ich mich an Dannys Arm fest; die großen Steinplatten waren durch den Frost rutschig geworden, und meine High Heels, in die ich gerade geschlüpft war, hatten nicht besonders griffige Sohlen. Martha drückte auf die Klingel, ihr Echo setzte sich ins Haus hinein fort wie ein Flüstern. Etwa eine Minute lang blieb alles still, dann erschien hinter den Buntglasscheiben in der Tür eine Gestalt. Und plötzlich war er da, von hinten beleuchtet, mit einem Grinsen im Gesicht. Ich sah sofort, dass er abgenommen hatte.

»Lucas, das Haus ist unglaublich«, sagte ich und machte einen Schritt auf ihn zu. Er legte die Arme um mich und drückte mich fest an sich. Der raue Kragen seines Smokings rieb an meiner Wange.

»Hallo«, sagte er dicht an meinem Ohr.

Er ließ mich los, umarmte Martha und schlug dann Danny auf den Arm. »Na, Kumpel. Kommt rein. Habt ihr gut hergefunden?«

»Nach ein paar Anstrengungen«, sagte Danny. »Wahnsinn, das Haus ist ja phantastisch. Und du hast so ein Geheimnis draus gemacht. Warum bin ich nicht schon früher hier gewesen?«

»Nun ja, schließlich hat es Patrick gehört. Leute hat er nur in London eingeladen. Hier lebte er ganz zurückgezogen, nur die Familie kam hierher.«

Wir stellten unser Gepäck bei der Tür ab und standen in der Eingangshalle, dem Herzstück des Gebäudes. Sie wurde nur von zwei großen Tischlampen auf einer Holztruhe erhellt, die ihre Lichtkreise auf die schwarz-weißen Bodenfliesen warfen. Ringsum am Rand standen etliche Säulen mit Marmorbüsten, eine davon hatte unsere Collegekrawatte um den Hals geknotet. Über uns wand sich das Treppenhaus in einer Spirale nach oben wie das Innere eines Schneckenhauses, von Windung zu Windung dunkler. Die Wände warfen unsere Stimmen als kühles Echo zurück, das sich nach oben fortpflanzte, bis es vom Baukörper verschluckt wurde. Es roch kräftig nach altmodischer Möbelpolitur.

»Jetzt, wo alle da sind, gibt's den Champagner.« Lucas öffnete eine Tür, die in einen riesigen Salon führte. Hier war es spürbar wärmer. Ein weißer Marmorkamin beherrschte den Raum, der Stein war mit einem Muster aus Eichenblättern und Eicheln verziert, auf dem Rost brannte mit lodernden Flammen ein Feuer. Vor den drei Fenstern hingen Brokatvorhänge, die von der Decke bis zum Boden reichten; ihr verblichenes Rubinrot und Grün harmonierten mit der Efeubordüre des Teppichs, der abgetreten war, aber darum umso edler wirkte. Auch in diesem Raum kam das Licht nur von einzelnen, auf niedrigen Tischen im Raum verteilten Lampen, dazu von zwei dicken Kirchenkerzen auf dem Kaminsims. Vor dem Kamin standen zwei tief burgunderrote Ledersofas, die den Eindruck erweckten, als stünden sie hier, seit das Haus erbaut worden war. Sie gehörten so sehr zu diesem Salon, dass ich mir vorstellte, sie wären aus Samen im Teppich hervorgewachsen. Auf einem der Sofas saßen Rachel und ein Mann, den ich nicht kannte. Sie standen auf und Danny tänzelte hinüber, nahm Rachel in die Arme und wirbelte sie wild im Kreis herum.

»Hör auf«, lachte sie. »Lass mich runter, Danny. Du ruinierst mir das Kleid.«

Er setzte sie auf den Teppich ab und trat zurück, um sie zu begutachten. Sie trug ein silbernes, schlicht geschnittenes Kleid aus einem Stoff, der aussah wie Knitterfolie und an der Schulter und am Saum absichtlich eingerissen war. Als hätte sie sich gerade mit einer anderen wilden Schönen auf dem Laufsteg gebalgt. »Hübsch.« Danny nickte zustimmend und schob die Unterlippe vor.

Sie drehte sich zu dem Mann um und lächelte ihn an. »Greg, das sind Danny, der Unvergleichliche, Joanna und Martha.«

»Ah, der neue Freund«, sagte Danny.

»Gott, bist du ein Rüpel.« Sie gab ihm mit dem Handrücken einen Klaps. »Und so neu ist er auch nicht mehr. Wir sind jetzt schon drei Monate zusammen.«

»Schön, euch kennenzulernen.« Greg streckte eine große Hand aus, und ich schüttelte sie. Sein Händedruck war kräftig und trocken. Ich war als Teenager quälend schüchtern gewesen und hatte mich inzwischen von diesem Manko weitgehend befreien können, doch immer noch traf ich ab und zu auf einen Menschen, bei dem die alte Schüchternheit wieder aufflammte. Dieser Mann gehörte dazu, das war mir gleich klar. Rachels Freunde sahen immer gut aus, Greg hatte kurze braune Haare und warme braune Augen mit langen Wimpern. Er gehörte auch zu den Männern, die sich öfter als einmal am Tag rasieren müssen, wenn sie gepflegt aussehen wollen; der Schatten auf seiner Kinnpartie und seine Bräune gaben ihm etwas leicht Ausschweifendes. Aber das war nicht der Grund. Er schien zwar nur drei, vier Jahre älter zu sein als wir, doch er hatte etwas undefinierbar Erwachsenes an sich. Als ich ihn anlächelte, spürte ich seinen Blick auf mir, als wollte er mich durchleuchten. Rasch sah ich zu Boden, um nicht unbewusst etwas von mir preiszugeben.

»Wo ist Michael?«, fragte Martha. »Wollte er nicht auch kommen?«

Lucas stand vor dem hochglanzpolierten Tisch, wo er die Champagnergläser aufbaute; er drehte sich zu ihr um. »Er hat sich eine Weile oben hingelegt. Ich glaube, er hat die Nacht durchgearbeitet.«

»Lieber Himmel, wie kann man sich so was antun?« Martha ging zum Kaminsims hinüber, um sich die gerahmten Fotos dort anzusehen. Sie nahm eines in die Hand und betrachtete es eingehend. »Was kann zwischen Weihnachten und Neujahr schon so dringend sein, dass er abends nicht nach Hause gehen kann?«

»Da geht's um eine große Sache. Feindliche Übernahme, was ich so rausgehört habe. Er sah fix und fertig aus.«

Auf mich wirkte Lucas selber fix und fertig. Er hatte nicht nur abgenommen, sondern war auch sehr blass. Seine Haare waren noch so schwarz und lockig wie früher, hatten aber ihren blauen Schimmer verloren und mussten dringend geschnitten werden. Die Champagnerflasche gab ein dumpfes, tieftrauriges Plopp von sich, als er den Korken herauszog. Er reichte die Gläser herum und ließ sich dann neben mir auf dem Ledersofa nieder. Dann zündete er sich eine Zigarette an, wobei er den Kopf auf die für ihn typische, in sich gekehrte Art zur Seite neigte. Ich fand die Geste merkwürdig beruhigend, etwas Vertrautes in einer fremden Umgebung. »Und wie geht's dir so?«, fragte er. »Tut gut, dich zu sehen.«

»Ich hab dich vermisst«, sagte ich.

Er sah auf sein Knie und zupfte an einem losen Faden in der Seitennaht herum. »Ich hätte dich anrufen sollen.«

»Also das ist nun wirklich kein Thema, Lucas. Wie geht es *dir*?«

»Eigentlich ganz gut.« Er lächelte traurig. »Ich kann mich nur nicht mit dem Gedanken abfinden, dass er nie wiederkommen wird. Ich kann nicht begreifen, dass ein Mensch wie er einfach ausgelöscht sein soll.« Er zog heftig an der Zigarette, ein Ascheröllchen fiel auf seine Hose. »Er hatte so viel – wie soll ich sagen – Lebenskraft, und dann soll nichts davon übrig bleiben … Und alles so kurz nach Mums Tod. Drei Monate – Jo, vor sechs Monaten hatte ich sie noch beide. Die beiden Menschen, die ich am meisten auf der ganzen Welt geliebt habe. Und er hat sich auch noch aus freien Stücken dafür entschieden – das werde ich nie verstehen.«

Alle behutsamen Worte, die ich mir zurechtgelegt hatte, verließen mich, und so nahm ich einfach seine Hand und drückte sie. Er erwiderte den Druck und strich dann langsam mit dem Daumen über meine Finger, als wollte er *mich* beruhigen.

»Er hat dich gern gehabt, weißt du?«

»Ich habe ihn auch gern gehabt. Einem Menschen wie ihm bin ich nie begegnet«, sagte ich aus tiefster Seele. Es war ein Schock gewesen, als ich von Patricks Selbstmord erfahren hatte. Er war für Lucas mehr ein Vater als ein Onkel gewesen. Ich hatte ihn öfter getroffen, vor allem, als wir noch studierten und er Lucas und mich mittags zum Essen eingeladen hatte. Auch jetzt noch gehören die Momente, die ich in seiner Gesellschaft verbracht hatte, zu den schönsten Erinnerungen an meine Studienjahre. Patrick hatte einen überwältigenden Eindruck auf mich gemacht. Obwohl er schon damals Ende fünfzig gewesen sein musste, strahlte er eine große Energie aus, körperlich wie geistig. Seine schwarzen Haare waren an den Schläfen leicht ergraut, wirkten aber immer noch vital. Er hatte etwas Homerisches an sich, als hätten sich in ihm ein paar Liter vom alten heroischen Blut bis in eine weniger hehre Zeit erhalten.

Er hatte mir auch das Gefühl vermittelt, ich hätte etwas zu geben. Einmal saßen wir im Randolph Hotel; eingeschüchtert von der tafelnden Prominenz und der Förmlichkeit des Speisesaals, beschrieb ich Patrick eine besonders nassforsche Mitstudentin, die Lucas und ich von Herzen verabscheuten. Ich konnte mich an meine Bissigkeiten nicht mehr im Einzelnen erinnern, doch Patrick griff über den Tisch hinweg nach meiner Hand und sagte: »Eines Tages müssen Sie schreiben. Sie haben eine wunderbare Begabung für Metaphern.« Bei jedem anderen hätte das affektiert geklungen, doch da er selbst so erfolgreich war und einen heißen Draht zur aktuellen Kulturszene besaß, waren seine Worte für mich das größte Kompliment. Patrick hielt mich der Ermutigung für wert und wurde für mich zum geistigen Ansporn. In seiner Gegenwart tat sich die Welt auf, bereit, erobert zu werden. Und ausgerechnet dieser Mensch, der alles hätte erreichen können, beschloss, sich das Leben zu nehmen.

»Er hoffte, du wärst meine Freundin.«

Ich überspielte meine Überraschung mit einem Lachen. Die Frage einer Beziehung zwischen uns gab es schon sehr lange, auch wenn wir beide nie darüber gesprochen hatten.

Ich war Lucas zum ersten Mal in Oxford begegnet, im Raum unseres Tutors bei der Einführung für Studienanfänger. Lucas trug einen marineblauen Fischerpullover, Jeans und Converse-Schuhe. Er setzte sich auf das braune Samtsofa und versank trotz seiner Größe in der Tiefe, verschluckt von den ausgeleierten Sprungfedern – wir lernten rasch, uns bloß nicht daraufzusetzen. Lucas kämpfte nicht gegen das Versinken an, versuchte auch nicht, sich weiter nach vorn auf die Kante zu setzen, sondern ließ einfach zu, was geschah. Ich schrieb dies sofort einem Selbstbewusstsein zu, wie man es in den berühmten Privatinternaten antrainiert bekommt; dafür gab es an den Oxforder Colleges genügend Beispiele, die durch die Höfe stolzierten, als wären sie auf ihrem Familiensitz, und sich mit der Selbstsicherheit der längst Etablierten an der Collegebar volllaufen ließen. Ich fand diese Leute entsetzlich. Einerseits fühlte ich mich eingeschüchtert und war neidisch auf diese Studenten, die als Achtzehn-, Neunzehnjährige schon dermaßen selbstsicher sein konnten, zum anderen fragte ich mich aber auch, was man für eine Dumpfbacke sein musste, um nie einen Anflug von Selbstzweifel zu erleben.

Ich erkannte bald, dass Lucas nicht zu Leuten dieses Schlags gehörte. Nach der Besprechung mit dem Tutor, der uns Unmengen Homer aufgab, die wir fast über Nacht zu übersetzen hätten, der bei uns eine gründliche Vertrautheit mit Autoren voraussetzte, von denen ich kaum gehört hatte, und der zu meiner Beunruhigung mehrere Witze auf Lateinisch machte, zogen wir fünf uns zu einer Kaffeepause in den Gemeinschaftsraum der Anfangssemester zurück. Es stellte sich heraus, dass Lucas, der bei der Besprechung kaum etwas gesagt hatte, eine sehr bescheidene private Tagesschule in London besucht hatte und mit seiner Mutter, einer Kinderbuchautorin, am Rand von West Hampstead wohnte. Ich hatte verfolgt, wie er mit seinen langen Fingern gekonnt eine Zigarette drehte, und wartete vergeblich darauf, dass er mir noch mehr von sich erzählte. Eine solche Zurückhaltung hatte ich noch nie erlebt.

Wer sein Selbstbewusstsein seit jeher schrill zur Schau trug, war Danny. Kaum hatte er den Fuß in die Universität gesetzt, schien er schon alles und jeden zu kennen. Am allerersten Abend, als wir uns zu unserem ersten Ausflug in die Collegebar versammelten, konnte er leider nur auf einen einzigen Drink zu uns stoßen, weil er dann zu einer Party ins Balliol College musste.

»Auf der Schule war er auch schon so«, hatte Lucas gesagt, während er einen Bierdeckel in kleine Fetzen riss.

»Ihr seid zusammen zur Schule gegangen?«

Er nickte. »Aber nur in der letzten Klasse. Und er ist erst mitten im Jahr zu uns gekommen – ist von einem nobleren Internat geflogen. Aber bis zur Mittagspause des ersten Tags hat er es geschafft, die Aufmerksamkeit der ganzen Schule auf sich zu ziehen.«

»Klingt nach Nervensäge.«

»Nein, er ist ganz in Ordnung. Und echt amüsant.«

In den nächsten Wochen erfuhr ich mehr über die Freundschaft zwischen Danny und Lucas. Sie hatte ihre Triebfeder in einer ungewöhnlichen Dynamik. Keiner von uns hätte geglaubt, dass Danny mit den topmodischen Cityklamotten, der zur Selbstdarstellung neigte und sich gern mit Leuten umgab, sich so gut mit dem ruhigen, umgänglichen Lucas verstehen würde, der immer in Jeans und Pulli herumlief – über eine solche Vorstellung hätten wir nur gelacht. Doch es wurde klar, dass zwischen den beiden eine enge Symbiose bestand. Lucas schätzte Danny, weil jeder von Dannys Freunden automatisch zur In-Szene gehörte und somit auch Lucas, von Anfang an. Und da ich mit Lucas befreundet war, wurde auch ich überall mit eingeladen. So lernten wir beide, die ohne solche Beziehungen wahrscheinlich vier Jahre lang vom gesellschaftlichen Radar unentdeckt vor uns hin studiert hätten, einen großen Teil der Reichen und Schönen in Oxford kennen, deren Leben in ganz anderen Dimensionen verlief als unseres.

Meine eigene Beziehung zu Danny war schwierig. Ich glaube, wenn ich mit Lucas nicht so eng verbunden gewesen wäre, hätte er mich gar nicht beachtet. So war er dazu verpflichtet. Manchmal kamen wir ganz gut miteinander aus. Dann wieder spürte ich, dass er mich als lästigen Dritten in ihrer Freundschaft empfand.

Denn die Beziehung der beiden war keineswegs einseitig. Lucas bot Danny etwas, was er nirgendwo sonst bekam: schlichte, wahre Freundschaft. Mit achtzehn hatte er alle weniger Selbstbewussten durch seine übersteigerte Selbstsicherheit in die Flucht geschlagen, nur Lucas schien sich nicht daran zu stoßen. Mehr noch, er holte Danny auf den Teppich zurück, erdete ihn.

Wie es sich anhörte, hatten Dannys Eltern schon vor Jahren jeden Einfluss auf ihn verloren; aber wenn er zu sehr abhob und wieder in die Realität zurückfinden musste, dann wandte er sich an Lucas.

Manchmal ging Danny bis an die Grenzen seiner Kräfte. Nicht seiner intellektuellen – da bestand nie eine Gefahr. Und uns wurmte, dass dafür auch nie eine Notwendigkeit bestand: Er hatte mit Rachel englische Literatur studiert und besaß von uns allen die größte akademische Begabung. Das konnte einen zur Verzweiflung treiben, vor allem, wenn er als Einziger mit »hervorragend« bewertet wurde. Nein, wenn Danny an seine Grenzen ging, dann hieß das zu viel Alkohol, zu viele Drogen, zu viele Nächte ohne Schlaf. In solchen Fällen suchte er Zuflucht bei Lucas, ließ sich von ihm gut zureden und tauchte ein paar Tage in dessen Zimmer unter, eingemummelt in seinen Morgenmantel und mit jammervoller Miene Vitamingetränke schlürfend, als wäre das ganze Elend nicht hausgemacht. Sogar dann noch ging etwas Glamouröses von ihm aus. Martha und ich hatten früher öfter festgestellt, dass Danny etwas von den wirklichen Hedonisten unter den Rockstars hatte, von einem Steve Tyler oder Anthony Kiedis. Da wir in seiner Umlaufbahn kreisten, hatten wir das Gefühl, etwas von seinem Glanz fiele auch auf uns. Aber das war es nicht allein. Uns genügte, dass es jemanden gab, der das, worüber wir nur redeten, tatsächlich lebte. Wir brauchten keine Drogen zu nehmen, weil Danny sie nahm; wir konnten reden, als wüssten wir alles darüber, ohne selbst ein Risiko einzugehen. Danny schenkte uns das Gefühl, wir wären hip wie er, obwohl wir nichts dergleichen waren. Uns gefiel dieses Image, das wir ihm verdankten. Und bis zu einem gewissen Grad mochte er uns wohl auch, weil wir den Hintergrund abgaben, vor dem er glänzen konnte.

Wenn es um Exzesse ging, war der einzige Mensch, der mit Danny mithalten konnte, paradoxerweise Lucas. Er nahm keine Drogen, konnte aber saufen wie ein Loch. Wenn Danny gerade auf Alkoholtrip war, konnte er auf Lucas als Saufbruder zählen. Lucas trank regelmäßig moderate Mengen, war aber auch dem extremsten Saufgelage gewachsen. Meistens machte es Spaß, mit ihm zu trinken, doch gelegentlich schien unter der jovialen Fassade des Gesellschaftstrinkers eine Gier auf, die sonst niemand von uns teilte, nicht einmal Danny. Ich hatte nie ein Wort darüber verloren, hätte es am liebsten verdrängt, doch gelegentlich zog Lucas sogar die Aufmerksamkeit von Dozenten auf sich. Ich erinnere mich, wie ich einmal draußen auf dem Flur auf Lucas wartete, den unser Tutor zu einem Gespräch zurückbehalten hatte. Ich konnte nicht vermeiden, die letzten Worte mitzuhören. »Denken Sie an die alte griechische Weisheit, Lucas«, hatte der Tutor gesagt. »Μήδεν ἀγάν. Alles in Maßen.«

Im ersten Semester kam es mehrmals vor, dass Lucas und ich uns die Nacht in der Bibliothek um die Ohren schlugen und ich hoffte, unsere wachsende Freundschaft würde sich noch in eine andere Richtung entwickeln und es würde mehr daraus werden. Wir kamen aus sehr unterschiedlichen Gesellschaftsschichten und hatten dafür überraschend viele Gemeinsamkeiten. Wir hassten Sport, vor allem sämtliche Spielarten von Mannschaftssport, und liebten Indie-Musik, die wir die ganze Zeit hörten. Wir kamen uns rasch nahe. Wir schrieben zusammen unsere Seminararbeiten, gingen zusammen ins Pub und kochten zweimal die Woche miteinander. Im Lauf des Semesters gab es ein paar Tage, an denen ich mich zu fragen begann, ob er meine Gefühle vielleicht erwiderte.

Doch eines Abends ging ich mit Martha aus, mit der ich mich ebenfalls angefreundet hatte, und beschloss, als ich angetrunken ins College zurückkehrte, Lucas auf einen Absacker zu besuchen. Lucas war nicht da, wohl aber der Typ, mit dem er das Zimmer teilte, ein Historiker aus Liverpool. Er hatte eine Flasche Wein aufgemacht und goss mir ein Glas ein; während ich wartete, unterhielt ich mich mit ihm. Lucas besuchte einen Schulfreund im St. John's College und kam erst nach zwei Uhr früh zurück. Da war ich schon so betrunken, dass ich mit dem Historiker rumknutschte, als er die Tür aufmachte.

Danach veränderte sich unsere Beziehung unmerklich. Alle Zweifel waren nun beseitigt: Für Lucas war ich eine Freundin und nichts weiter. Martha versuchte mich zu trösten und meinte, es wäre ganz klar, dass er auf mich stand, aber ich hätte sein Selbstvertrauen angekratzt, doch das konnte ich nicht glauben. Ich war bitter enttäuscht und hätte mich in den Hintern beißen mögen wegen dieses Historikers, an dessen Namen ich mich heute kaum erinnere. Weihnachten fuhr ich nach Hause, am Boden zerstört. Ich muss für meine Familie ziemlich unerträglich gewesen sein.

Doch allmählich gewöhnte ich mich an die Lage und merkte bald, dass mich viele um meine Nähe zu Lucas beneideten, platonisch, wie sie war. Er war bei Männern und Frauen gleichermaßen beliebt. Er sah auf eine unaufdringliche Weise gut aus, doch was ihn von anderen abhob, waren seine Freundlichkeit und sein Desinteresse, um einen Platz in der Hackordnung des College zu rangeln.

»Ich geh Michael wecken«, sagte Martha. »Der verpasst ja sonst alles.«

»Gut«, stimmte Lucas zu und wandte den Blick von mir ab. »Erster Stock, zweites Zimmer links. Neben dem Bild von der Dame mit dem großen Hut. Tolles Gemälde übrigens – morgen könnt ihr es richtig sehen.«

Ich freute mich auf das Wiedersehen mit Michael. Vor Weihnachten hatte er so viel arbeiten müssen, dass wir uns nicht mehr treffen konnten. Ich vermisste seinen trockenen Humor.

»Hast du bestimmte Pläne fürs Wochenende, Lucas?«, fragte Greg. Er hatte eine tiefe Stimme.

»Nichts Besonderes. Ich dachte, wir relaxen einfach, kippen ein paar Drinks. Ich zeig euch morgen den Rest des Hauses und habe vor, abends für uns zu kochen.«

»Lucas ist ein Superkoch«, erklärte Rachel ihrem Freund. »Der beste von uns allen, mit Abstand.«

»Ach was«, sagte Lucas. »Noch etwas: Ich will hier nicht den Schlossherrn spielen. Ich habe das Haus nicht verdient, sondern es ist mir einfach zugefallen. Da hab ich eben Glück gehabt – oder Pech. Und ich will kein großes Getue darum machen – es soll einfach uns allen gehören.« Er warf seine Kippe ins Feuer und stand auf, um eine neue Runde einzuschenken.

Auch ich stand auf und ging zum anderen Sofa hinüber. Ich kniete mich hinter die Rückenlehne, um mich mit Rachel zu unterhalten, und stützte die Unterarme auf das Polster. »Du hast dir die Haare schneiden lassen«, sagte ich. Sie waren kurz, nicht länger als zwei Fingerbreit, ein kleiner Pony endete abrupt über ihrer hohen Stirn.

»Ziemlich trendig, der Schnitt; findest du nicht, dass ich aussehe wie die Jungfrau von Orleans?«

Ich lachte. »Überhaupt nicht! Dafür ist es viel zu schön.«

»Schwachsinn!« Rachels Direktheit überraschte mich immer noch. Ich hatte fast ein Jahr gebraucht, bis ich erkannte, dass ihre Kommentare keineswegs als Grobheit gemeint waren. Die Tür ging auf, und Martha erschien mit Michael. Trotz Nickerchen sah er erschöpft aus. Erstaunlich, dass er so extreme Arbeitszeiten durchhielt. Er hatte eine nützliche Spielart der Narkolepsie entwickelt, dank der er, wenn er gerade nicht arbeiten musste, jederzeit und in der unbequemsten Stellung in Tiefschlaf verfallen konnte. Ich umarmte ihn.

Danny ging in die Eingangshalle zu seiner Tasche und kehrte mit einer Flasche zurück. »Darf ich vorstellen – mein Freund Tequila.«

»Ich glaube, Patrick hatte ein paar Schnapsgläser.« Lucas öffnete das Sideboard, spähte in die hinteren Winkel und holte sieben winzige Gläschen heraus. »Ich schau mich mal nach Zitronen um.«

Martha hockte sich neben mich auf die Sofalehne. Ich merkte ihr ihre Aufregung an, sie zwinkerte ständig mit den grauen Augen. Sie hatte sich die langen braunen Haare zu einem glatten

Knoten aufgesteckt, mit dem sie älter und mondäner aussah als sonst. Mir wurde das Herz warm vor Zuneigung. »Ich hätt's wissen müssen, dass Danny so was plant«, sagte sie. »Jetzt wird's gleich chaotisch.«

Lucas brachte Salz und zwei Zitronen. Mit einem Taschenmesser schnitt er eine Zitrone in Achtel, während Michael die Gläser füllte. Wie üblich hob es mich richtig bei der Aussicht auf das Kommende, als ich meine linke Hand zur Seite hielt und mir von ihm Salz in das Grübchen am Daumenansatz schütten ließ.

»Die anatomische Schnupftabaksdose«, sagte Michael.

»Bitte keine medizinischen Details.« Danny streckte die Hand aus.

»Vielleicht werden wir um Medizinisches nicht herumkommen«, sagte ich.

»Alle bereit? Also los!«

Wir drückten die Zunge ins Salz, kippten den Tequila und pressten die Zitronenspalte in den Mund. Ich kämpfte gegen Würgreiz. »Warum tun wir uns das an?«

»Weil das Partysaft ist. Das weckt die Südamerikanerin in dir«, sagte Danny grinsend. Es war schwer, sich nicht von seiner Begeisterung mitreißen zu lassen. Er war schon immer derjenige gewesen, der das Feuer in Gang brachte – er machte eine Flasche auf, drehte das Radio an und dann war drei Tage lang Party. Martha sah aus, als würde sie gleich den Twostep über den Teppich tanzen. Ihre Augen glitzerten.

»Wie spät ist es?«, fragte Lucas.

»Elf.«

»Sollen wir Musik auflegen?« Er hockte sich vor die Stereoanlage, die einen mächtigen Sound versprach, suchte eine CD aus dem Stapel und schob sie ein.

Danny grinste, als er die ersten Takte von Shirley Basseys *History Repeating* hörte. »Gute Wahl, Lucas.« Der Song hüllte uns so dicht in seine üppigen, rauen Klänge ein, als käme die Musik aus den Wänden. Wir tanzten alle, sogar Lucas, der sonst immer freiwillig den DJ machte, damit er nicht tanzen musste. Danny stand vor dem Feuer und wiegte sich so aufreizend in den Hüften, dass ich mir beim Zusehen vorkam wie eine Voyeurin. Seine Jeans, die er immer auf Pistolengürteltiefe trug, sah aus, als würde sie jeden Moment ganz herunterrutschen.

Nach ein paar Songs begann ich zu husten. Offenbar hatten wir alten Staub aufgewirbelt. Greg, der neben mir tanzte, fasste mich am Arm. »Geht's? Du hast doch Asthma.« Das war nicht als Frage formuliert, und ich wunderte mich, woher er das wusste.

»Ich hab ein Spray in der Manteltasche«, sagte ich. »Das hol ich mir gleich.« Mir wurde immer enger um die Brust. Unten am Zwerchfell hatten meine Lungenflügel den Dienst völlig eingestellt; ich atmete flach und ineffektiv.

In der Eingangshalle schlug mir wieder die Kälte entgegen. Und die Stille. Die Salontür war so massiv, dass ich die Musik trotz ihrer Lautstärke kaum noch hören konnte. Ich griff in meine Manteltasche und zog das Spray heraus. Die meisten Leute haben falsche Vorstellungen von Asthma; sie glauben, man bekäme keine Luft. In Wirklichkeit kann man nicht ausatmen – ein Gefühl, als würde man lebendig begraben, die verbrauchte Luft kann nicht entweichen.

Nach ein paar Hüben begann ich mich zu entspannen. Ich hustete, um den Brustkorb frei zu machen, und der Husten hallte durch das Haus. Ich blickte hoch zu den oberen Stockwerken, die sich im Dunkel wie Theaterränge übereinandertürmten. Alle Türen, die von der Eingangshalle abgingen, waren geschlossen. Gegenüber lag ein finsterer Durchgang, der zum hinteren Bereich des Hauses führte.

Plötzlich hatte ich das Gefühl, dass ein Augenpaar auf mich gerichtet wäre. »Lucas?«, fragte ich, mehr, um die Stille zu durchbrechen, als in Erwartung einer Antwort. Ich wusste, dass ich außerhalb des Salons die einzige Person im Haus war. Mich überlief eine Gänsehaut. Die Erinnerung an den Klang meiner

Stimme hallte mir in den Ohren. Ich holte tief Luft und zwang mich, eine Minute lang still zu stehen und in die unbeleuchteten Winkel abseits der Lampen zu sehen, dann nach oben zu den Treppenabsätzen. Halb erwartete ich, dort jemanden zu entdecken, der sich übers Geländer beugte und mich beobachtete. Doch da war nichts. Und dennoch … Es kam mir vor, als lauerte dort etwas, etwas, was mir nicht wohl gesonnen war. Plötzlich schwoll das Dunkel um mich herum an. In meinen Ohren begann es zu rauschen, als flüsterten die Wände selbst auf mich ein. Da ertrug ich es nicht länger. Ich riss die Salontür auf und hastete zurück ins Licht, in die Musik.

»Alles klar?« Lucas stand in der Nähe der Tür.

»Ein bisschen Atemnot. Ich hab mein Spray benutzt.« Ich lächelte. Jetzt, wo ich wieder bei den anderen war, kam mir meine Angst irrational und lächerlich vor.

»Gut.« Er reichte mir mein Glas. »Ich hol noch mehr Champagner aus dem Keller, damit für Mitternacht alles bereitsteht. Bin gleich wieder da.«

Ich setzte mich aufs Kamingitter und genoss die Hitze im Rücken. Noch immer spürte ich den eisigen Hauch auf meiner Haut. Michael setzte sich neben mich, und wir sahen zu, wie die anderen tanzten, Danny mit Martha, Greg mit Rachel. Rachel stand auf Zehenspitzen und flüsterte Greg etwas ins Ohr; er lachte, beugte den Kopf herunter und küsste sie leicht.

»Hast du ihn schon mal gesehen?«, fragte ich Michael leise.

»Einmal, vor ein paar Wochen. Er ist beruflich viel unterwegs. Ein wahnsinnig intelligenter Typ.«

Lucas kehrte mit einem Tablett frischer Gläser zurück, unter seinem Arm klemmten zwei weitere Flaschen. »Noch drei Minuten.«

Ich befand, dass meine Lungen gut genug arbeiteten, um eine Zigarette zu verkraften. Eines schätzte ich an meinen besten Freunden, die alle hier versammelt waren: Sie versuchten nie, mich vom Rauchen abzubringen, Asthma hin oder her. Ich wusste selber, dass ich mit dem Rauchen aufhören sollte; das war ihnen klar, und damit ließen sie's gut sein.

Silvester ist der Abend im Jahr, für den ich am wenigsten übrig habe. Ich mag die Erwartung nicht, mit der er befrachtet ist: Jeder fühlt sich verpflichtet, sich zu amüsieren, als würde das eigene Verhalten bereits das Muster fürs kommende Jahr festlegen. Und dann diese Vorstellung, dass das neue Jahr anders werden würde, als ob wir um Mitternacht unser altes, willensschwaches Selbst abwerfen und ein neuer, besserer Mensch werden könnten. Mehr als alles andere waren mir gute Vorsätze zuwider. Man kann es mit den langen, messerscharfen Blicken ins eigene Innere auch übertreiben.

»Mach das Radio an, Martha«, sagte Lucas und schälte die Folie von einer der Flaschen. Gerade rechtzeitig: Big Ben hatte schon angefangen zu schlagen. Bei den Schlägen dieser Glocke überlief mich wie immer ein Frösteln. Wieder ein Jahr vorbei.

»Frohes neues Jahr!« Der Korken schoss heraus, und Lucas goss den Champagner ein, Schaumströme liefen an den Gläsern herab. Er reichte mir ein Glas und küsste mich auf die Wange, so dicht am Mund, dass er fast meine Lippen berührte.

Ich erwiderte seinen Blick, als er sich wieder aufrichtete. »Frohes neues Jahr!«

»Froher als das letzte, hoffentlich«, sagte er. »Prost.«

Aus dem Augenwinkel sah ich, wie Danny eine weitere Zitrone zerteilte. Ich zupfte Lucas am Ärmel. »Komm mit raus, eine rauchen. Er geht schon zur nächsten Tequila-Attacke über.« Wir nahmen unsere Gläser und schlichen uns hinaus. Lucas knipste das Licht im Durchgang an, der, wie ich nun sehen konnte, in die Küche führte. Hier ging der schwarz-weiße Schachbrettboden der Eingangshalle in grobe Platten über, die rauen Steinmauern waren weiß getüncht. Mit Lucas in meiner Nähe fühlte ich mich sicher. Natürlich war niemand dort gewesen. In der Panik des Asthmaanfalls hatte ich einfach durchgedreht und mir alles nur eingebildet. Direkt vor der Küche bogen wir ab und gelangten zu einer Tür, die mit schweren Riegeln verschlossen war. Lucas zog sie zurück, und wir traten hinaus. Erst konnte ich nichts sehen, doch dann nahmen die Dinge in der Nacht Gestalt an, indigoblau umrahmt. Wir standen auf einer Art erhöhter Terrasse seitlich am Haus, etwa fünf Meter über einem Garten, einer weiten Rasenfläche, die bis zu einem schwarzen Waldsaum reichte. Wir spürten die beißende Kälte, obwohl wir unsere Mäntel mitgenommen hatten. Ich sah Lucas an und konnte sein Kinn, die Nase und die glänzenden Augen ausmachen. Er gab mir eine Zigarette und zündete sie an, eine kleine Lichtexplosion. Die Sterne über uns waren scharfe kleine Punkte, wie mit Nadeln ins Schwarz gestochen. »Orion und der Große Bär. Siehst du?« Ich deutete nach oben.

»Bei Sternbildern bin ich ein hoffnungsloser Fall. Ich muss sie immer gezeigt kriegen, von selber sehe ich sie nie.«

»Früher ist es mir genauso gegangen. Bis zu dieser Fahrt nach Griechenland – erinnerst du dich? Da hat mir jemand den Orion gezeigt, den finde ich jetzt immer wieder.«

Wir saßen auf der Balustrade, die die Terrasse umrandete; ich schwang die Beine über die Brüstung nach draußen. Eine einsame, milchige Wolke zog über den Mond. Der Rasen unter uns glitzerte vor Raureif. »Ein Wahnsinnshaus. Ich kann gar nicht glauben, dass es dir gehört.«

»Ich hätte mir nie träumen lassen, dass Patrick es mir vererbt. Aber ich rede Blödsinn: Wem hätte er es sonst vererben sollen?« Er fuhr sich durch die Haare. »Ich hätte nie gedacht, dass er stirbt, und irgendwie habe ich erwartet, wenn er mal stirbt, wird auch das Haus verschwinden. Es hat so sehr zu ihm gehört.« Das Ende seiner Zigarette glühte orangefarben auf. »Ich hab so ziemlich alles gekriegt. Die Wohnung in Hampstead ist schon verkauft, und ich habe einen Makler gefunden, der die Galerie und die Bilder für mich verkauft. Damit könnte ich nichts anfangen. Ich hab keine Ahnung von Kunst. Die Leute haben bei Patrick Bilder gekauft, weil er den Ruf eines Experten hatte. Wer würde mir schon Kunst abkaufen?«

Ich fröstelte und rutschte näher an ihn heran, um mich zu wärmen. Ohne nachzudenken hakte ich mich bei ihm unter wie schon hundertmal zuvor. Aber heute Abend empfand ich dabei kein so ungezwungenes, behagliches Gefühl wie sonst. Und auch Lucas hätte sich früher nichts dabei gedacht, doch jetzt wandte er mir das Gesicht zu, und unsere Blicke begegneten sich einen Moment. Ich sah rasch nach unten, falls er dachte, ich würde – was denn? Mit ihm flirten? Es war mir peinlich, dass er das denken könnte, aber irgendwo wünschte ich es mir sogar. Ich spürte, dass sich zwischen uns etwas veränderte. Warum hatte er mir erzählt, Patrick habe gehofft, ich sei seine Freundin? Und dieser Kuss vorhin. Ich fragte mich, ob er sich jetzt vorbeugen und mich küssen würde, doch das tat er nicht, und der Moment ging vorüber. Wir saßen schweigend da, im Garten unter uns regte sich nichts. Inzwischen hatten sich meine Augen an die Dunkelheit gewöhnt, und ich konnte alles ganz deutlich erkennen, die streng angelegten Rabatten unter uns mit dem Pampasgras und den kahlen Rosensträuchern, den Rasen und die immergrünen Lorbeerbüsche an der Grenze zwischen Rasen und Haus.

»Hier kannst du machen, was du willst«, sagte ich nach einiger Zeit. »Niemand kann dich hören.«

»Was ich vorhin gesagt habe, habe ich ernst gemeint. Ich möchte wirklich, dass du – und die anderen – euch hier wie zu Hause fühlt. Schlossherr spielen macht keinen Spaß, wenn man ganz allein ist.«

Ich umarmte und drückte ihn. »Du bist einmalig.«

Er lächelte. »Gehen wir wieder rein. Ich frier mir hier den Arsch ab.« Er stand auf und fasste mich an der Hand, als ich die Beine wieder über die Balustrade schwang.

Drinnen schlief Michael auf einem der Ledersofas. Greg und Rachel waren zu Bett gegangen. Das Feuer brannte herunter, und der Tequila war ausgetrunken, die Flasche lag neben einem Haufen ausgelutschter Zitronenstücke. Martha hockte vor der

Anlage, zwischen zwei Stapeln CDs. »Ich kann mich nicht entscheiden, was ich auflegen soll«, sagte sie. Danny saß im Schneidersitz vor dem ersterbenden Feuer und drehte sich einen Joint, die Zungenspitze zwischen die Zähne geklemmt. »Willst du noch was trinken?«, fragte mich Lucas und hielt eine Champagnerflasche ins Licht. Ich schüttelte den Kopf.

»Ja, Zeit zum Schlafen. Ich zeig dir dein Zimmer. Ich muss nur noch kurz die Runde machen und nachsehen, dass alles zugesperrt und die Alarmanlage eingeschaltet ist. Du lieber Himmel, wenn hier eingebrochen würde!« Ihn schauderte bei der Vorstellung.

Kapitel II

Als ich am späten Vormittag aufwachte, war mein Zimmer in helles Licht getaucht, als hätte es in der Nacht geschneit. Ich schob das schwere Baumwollbettzeug weg und ging zum Fenster hinüber. Es war kalt im Zimmer. Draußen lag kein Schnee, aber der Garten war weiß von Raureif. Ich stand eine Weile da, schaute auf den weiten Rasen hinaus und freute mich, dass ich hier im T-Shirt stehen konnte, ohne gesehen zu werden. In London teilten Martha und ich ein enges Reihenhäuschen, in das die nächste Häuserzeile guten Einblick hatte, deshalb ließen wir die Vorhänge immer zu, bis wir angezogen waren. Hier gab es kein anderes Haus in Sichtweite.

Ich war letzten Abend so müde und angeheitert gewesen, dass ich mir mein Zimmer nicht weiter angesehen hatte. Verglichen mit der Imposanz des ganzen Hauses war es klein, allerdings größer als jedes Zimmer, das ich je bewohnt hatte. Es lag im obersten Stock, also im ehemaligen Dienstbotenquartier. Die Einrichtung war immer noch einfach: ein schmiedeeisernes Bett, gegenüber dem Fußende eine wuchtige Mahagonikommode. Es gab auch einen kleinen Kamin mit einem Trockenblumenstrauß darin und auf dem Sims zwei Kerzenständer aus Kristallglas. Die unebenen, mit einer dicken cremeweißen Farbschicht überzogenen Wände waren kahl bis auf ein großes Ölgemälde über dem Bett. Ich kniete mich aufs Kopfkissen, um es näher zu betrachten. Eine klassische Szene, Nymphen beim Bad im Fluss, im dunklen Wasser von ihren langen blonden Haaren umspült. Am Ufer lag Narziss, in sein vom Wasser zurückgeworfenes Spiegelbild versunken. Ich fragte mich, ob das Bild schon immer hier gewesen war oder ob Lucas es in mein Zimmer gehängt hatte, weil er wusste, dass es mir gefallen würde.

Mein Kleid lag als seidene Lache auf dem Teppich; ich hob es auf, nahm es an den Trägern und schüttelte es aus. Ich würde es in die Reinigung geben müssen, bevor ich es wieder anziehen könnte, doch ich hängte es ordentlich auf einen Kleiderbügel an der Tür. Dann schlüpfte ich in Jeans und einen dunkelblauen Pulli und zog meine Boots an. Ich räumte auf und machte das Bett: Ich stopfte die Leintücher straff unter die Matratze, dass sie aussah wie mit Zuckerguss überzogen. Als ich die Tür hinter mir schloss, vergewisserte ich mich, dass alles ordentlich war, als wäre ich im Hotel und nicht im Haus eines Freundes.

Anscheinend war ich als Erste aufgestanden; alles war still. Ich stand am Treppengeländer und sah das Haus zum ersten Mal bei Tageslicht. Ich fühlte mich, als wäre ich nach Ende der Öffnungszeit in einem riesigen Museum zurückgeblieben, halb beunruhigt, halb aufgeregt bei der Aussicht, allein mit dem zu sein, was andere nur unter Aufsicht betrachten können. Unter mir lagen die Windungen des Treppenhauses und der Schachbrettboden. Beim Blick nach oben sah ich, dass das Dach aus einer Kuppel bestand, die ich von draußen in der Dunkelheit nicht bemerkt hatte. Unter ihr lief eine durchgehende Fensterreihe ringsum, durch die das weiße Winterlicht hereinschien.

Und über meinem Kopf befand sich eines der aufsehenerregendsten Gemälde, die ich je gesehen hatte. Das Innere der Kuppel war in einer fast unglaublichen Üppigkeit ausgemalt, in tausend Schattierungen von Blau, Gold, Granatapfelpink und Rot, detailreich und gleichzeitig grandios. Die Malerei wirkte auf mich wie die weltliche Version eines Renaissance-Kirchenfreskos von höchstem Rang. Wiedergegeben war eine Zusammenkunft von Göttern, eine Ratsversammlung, vielleicht aber auch ein Trinkgelage. Mir fiel die Szene am Beginn der Ilias ein, wo die Götter behaglich auf dem Olymp zusammensitzen, trinken und sich zanken, wessen Favorit den Krieg gewinnen darf, während unten auf der Ebene von Troja die Krieger ihr Blut vergießen.

Im Zentrum des Gemäldes ruhte auf einem goldenen Lager eine Gestalt, die ich als Zeus identifizierte. Eine Studie beherrschter männlicher Kraft, muskulöse Schultern und Arme, die im Widerspruch zur entspannten Pose standen, das Haupt voll dichter, glänzend schwarzer Haare. Er trug einen weißen, purpurn gesäumten Umhang und an Hals und Handgelenken genug Goldketten, um in einem Hip-Hop-Video auftreten zu können. Die Ringe an seinen Fingern waren mit riesigen Steinen besetzt. Einen Arm ließ er lässig über die Sofalehne baumeln, wo eine Frau kniete, deren bitterschokoladenbraunes Haar ihr über den Rücken und die weißen Falten ihres Gewands floss. Die Frau beugte sich herab, um Zeus die Hand zu küssen; ihr Rücken rundete sich zu einem geschmeidigen Bogen, das Gewand rutschte ihr von der Schulter und entblößte eine runde, braune Brust. Am anderen Ende der Chaiselongue kniete eine ebenfalls dunkelhaarige Frau im gleichen Gewand, das ihre Schultern allerdings züchtig bedeckte. Diese Göttin hielt Zeus' Füße in den Händen, mit langen, weißen Fingern umschloss sie sanft seine Zehen. Es war nicht sofort einsichtig, um welche Göttinnen es sich bei den beiden Frauen handelte. Diejenige, die Zeus die Hand küsste, hatte eine stärkere erotische Ausstrahlung. Die andere wirkte mit ihrem nachdenklichen, sogar ein wenig traurigen Gesichtsausdruck vergeistigt, wie sie den Blick weg von der Gruppe zum Himmel wandte, der sich über sie spannte. Vielleicht war die erste Aphrodite, die zweite Hera. Zeus sah direkt aus dem Bild heraus, als wolle er Blickkontakt zum Betrachter herstellen. Sein Blick war dunkel und unergründlich. Kein Zorn lag darin, aber auch keine Fröhlichkeit, keine Freude darüber, der Herrscher der Welt zu sein.

Um diese Hauptfiguren gruppierte sich eine Reihe weiterer Gestalten. Ein leicht zu erkennender Ganymed straffte seine Muskeln unter der goldenen Haut, als er die reich verzierte

Trinkschale darbot. Zwei andere Götter standen etwas im Hintergrund und steckten verschwörerisch die Köpfe zusammen. Wieder hatte ich keine Ahnung, wer sie sein könnten. Zu den weißen Füßen der Göttin, die ich für Hera hielt, spielten zwei Kinder, rundlich und rosig wie Putten. Überall wuchsen Weinreben, rankten sich an den Füßen des Ruhelagers hoch, zwischen den kräftig grünen Blättern hingen hier und da reife, pralle Weintrauben.

Plötzlich schwand das Licht, und das Gemälde verblasste. Die Sonne war fort. Ich warf einen letzten Blick auf das Deckenbild und wandte ihm dann den Rücken zu, um hinunterzugehen. Ein blassgrüner Läufer, der in der Mitte vom jahrelangen Auf und Ab der Füße abgetreten war, floss wie ein Bach die Treppe hinunter. Alle Türen, an denen ich vorbeikam, waren geschlossen, aber meine Aufmerksamkeit war ganz von der Kunst in Bann gezogen; es gab eine Reihe erstklassiger Bilder. An der Hauptwand im ersten Stock hing ein riesiger Jackson Pollock. Ich hatte noch nie einen in natura gesehen und musste mich zusammenreißen, um den Farbsturm von Rot und Schwarz nicht zu berühren. Etwas weiter unten hing über einem Treppenabsatz eines von Julian Schnabels berühmten Tellerporträts. Ich begriff jetzt, warum alle Wände weiß waren. Das ganze Haus barg eine hochrangige Kunstsammlung.

Wir frühstückten in der Küche, einem großen Raum mit schwarzweißem Schachbrettboden wie in der Eingangshalle und zweiflügeligen Fenstertüren, die auf einen ummauerten Nutzgarten hinten am Haus hinausgingen. Vor den Fenstertüren stand ein langer Eichentisch, und ich schaute beim Essen in den Garten, der immer noch vor Frost starrte. Eine dünne, glitzernde Raureifschicht überzog die Wege und die laublosen Spalierbäume an der Mauer gegenüber. Die meisten der erhöhten Beete waren leer, doch gab es ein kleines Kräuterbeet und eine Gruppe Stachelbeer- und Himbeersträucher. Keine zwei Meter neben uns pickte ein Rotkehlchen am dünnen Eis einer Pfütze, bis Martha ein Messer fallen ließ. Das Klirren drang nach draußen, das Vögelchen schreckte hoch, bemerkte uns erst jetzt und flog davon.

»Das sieht man heute nicht mehr oft«, sagte Greg und zeigte zur Decke.

Ich blickte hoch. Die Decke war mit schwarzen Haken gespickt. »Hat man da Fleisch aufgehängt?«

»Sieht mir ganz nach S&M aus«, sagte Danny.

»Stell dir vor, in deiner Küche hängen Tierkadaver rum.« Martha verzog das Gesicht und griff nach der Kaffeekanne. Sie goss mir noch eine Tasse ein und füllte dann ihre eigene.

»Die Leute waren früher nicht so zart besaitet«, sagte Lucas. »Heute tun alle, als gäbe es keinen Tod.« Ein bedrücktes Schweigen legte sich über uns, das erst gebrochen wurde, als Danny geräuschvoll in seinen knusprigen Toast biss. Lucas lächelte. »Eine morbide Unterhaltung für den ersten Tag eines neuen Jahres.«

»Entschuldigt die Verspätung«, sagte Michael, der in der Tür erschien. »Ich hab total verschlafen. Keine Ahnung, was mit mir los ist.«

»Du bist bloß überarbeitet«, sagte Martha. »Und keine Angst, wir haben dir was aufgehoben.« Sie stand auf und nahm seinen Teller mit Rührei, Speck, gebratenen Pilzen und Grilltomaten aus dem Ofen, wo sie ihn warmgestellt hatte. »Danke, du bist ein Schatz.« Er gab ihr einen Kuss auf die Wange.

Nachdem wir abgewaschen und im Salon die Spuren des letzten Abends beseitigt hatten, stiegen die anderen ins Auto, um Zigaretten und Zeitungen zu holen. Danny zog sich zu einem langen Bad zurück, und ich bat Lucas, mir das Haus zu zeigen.

Wir begannen mit Patricks Arbeitszimmer, dem einzigen Raum im Dachgeschoss, das kein Schlaf- oder Badezimmer war. »Patrick mochte die Atmosphäre hier oben und die Aussicht«, sagte Lucas. Der Raum selbst wirkte bemerkenswert schlicht. Auch hier waren die Wände weiß gestrichen, doch auf dem Boden lag ein einfacher beiger Teppich statt der Perserteppiche und üppigen Stoffe, die die unteren Räume und auch mein eigenes Zimmer schmückten. Die Vorhänge waren einfarbig grün, die Wände kahl und ohne Bilder. Die einzigen Möbel waren zwei Ledersessel und ein Schreibtisch, wenn man die verblichenen Polster auf der Fensterbank, die zugleich als Sitz diente, nicht mitzählte. Ich nahm das Foto in die Hand, das auf dem Schreibtisch stand. Es zeigte Patrick in seiner Galerie – zumindest vermutete ich das; mit dem Samtsakko, den Koteletten und den ziemlich langen schwarzen Locken, die Lucas' Haaren bemerkenswert ähnelten, sah er ganz nach Siebzigerjahren aus. Links und rechts von ihm standen Thomas Parrish, einer seiner berühmtesten Künstler, und eine katzenhafte Frau im Hosenanzug à la Bianca Jagger. Patrick war schlanker, sah aber sonst ziemlich genauso aus wie in meiner Erinnerung; er hatte die Arme um die Schultern der anderen beiden gelegt, die klassische Siegerpose beim Feiern von Erfolgen. Patrick und Parrish grinsten breit; mir kam der Verdacht, sie hatten schon einiges intus. Das Lächeln der Frau war nicht so offen, und obwohl sie direkt in die Kamera blickte, hatte ihr Gesichtsausdruck etwas Reserviertes.

Lucas legte die Hand auf einen Papierstoß und strich mit dem Daumen die Kante hoch, dass sie aufblätterte. »Wie du siehst, hab ich mich noch nicht dazu aufraffen können, seine Sachen zu sichten.« Der Schreibtisch war ein Stillleben in sich: haufenweise Hochglanzkataloge, Briefe, Einladungen und Postkarten mit der Ankündigung von Ausstellungen. Auf dem einzigen papierfreien Fleck stand ein Glasaschenbecher mit Büroklammern. Ich wich einen Schritt zurück. Allein schon den Raum zu betreten, empfand ich als ein Eindringen in Patricks Privatsphäre. Es war, als wäre Lucas' Onkel eben erst weggegangen.

Dieses Gefühl verließ mich auch nicht mehr, als wir unseren Rundgang fortsetzten. Es kam mir vor, als wäre Patrick immer einen Raum vor uns und schlüpfte gerade hinaus, wenn wir eine neue Tür öffneten. Ich war noch nie in einem Haus gewesen, das so stark die Aura seines Besitzers ausstrahlte. Alle Häuser geben Hinweise auf ihre Bewohner, aber was ich hier spürte, ging darüber hinaus. Es war, als offenbarten sich in diesem Gebäude Patricks Geist, seine Energie, seine überragende Intelligenz, einfach die ganze Größe seiner Persönlichkeit.

Lucas zögerte vor einer Tür, ließ die Hand auf dem Griff liegen. Ich sah ihn fragend an. »Das alte Zimmer meiner Eltern«, sagte er und öffnete es.

Wir gingen hinein und blieben dicht hinter der Tür stehen. Das Zimmer glich den anderen Zimmern auf diesem Stockwerk, von denen er mir schon mehrere gezeigt hatte. Ein großes Doppelbett stand darin, bedeckt von einem mit Wildblumen bestickten Bettüberwurf, links und rechts ein Nachttischchen. Vom großen Schiebefenster aus hatte man einen Blick auf die Rasenflächen neben dem Eingang und auf die Auffahrt dahinter. Neben dem Fenster standen ein niedriger viktorianischer Sessel und eine hohe Kommode. Der Raum hob sich zwar durch nichts hervor, doch man spürte sofort, dass sich seine Atmosphäre vom übrigen Haus unterschied. Er besaß keine Energie. Stattdessen wirkte er wie ein Mausoleum, ein trauriger Ort, abgetrennt vom Rest des Hauses und vom Leben. Ich fragte mich, ob Lucas manchmal hierhergeschlichen war und sich vorstellte, dass erst sein Vater und dann auch seine Mutter immer noch hier wären, im Bett aufwachten oder sich zum Abendessen umkleideten. Nur zwei Dinge gaben einen Hinweis auf seine früheren Bewohner. Da war nichts, was auf Lucas' Vater schließen ließ, doch auf der Kommode lag ein Handspiegel mit passender Bürste und auf dem Tisch rechts neben dem Bett stand ein silbern gerahmtes Foto des etwa siebenjährigen Lucas mit einem zahnlückigen Lächeln. Ich wollte nicht herumspionieren und näher hingehen, zumal Lucas' Anspannung zum Greifen war. Jetzt bemerkte ich auch, dass der Bettüberwurf auf der Seite, wo das Foto stand, leicht faltig war, als hätte sich dort jemand hingelegt, um der Person näher zu sein, der das Bett einmal gehört hatte, um den schwachen Duft ihres Parfums in den Kissen einzuatmen.

»Ich wollte es dir nur zeigen«, sagte er. »Ich möchte nicht, dass dieser Raum benutzt wird. Das werde ich auch den anderen sagen.«

Jetzt wäre die perfekte Gelegenheit gewesen, mit ihm über seine Mutter und Patrick zu reden, doch wieder kam mir kein Wort über die Lippen, und ich hatte den Moment verpasst.

Im zweiten Stock blieben wir stehen und betrachteten die Kuppel. Es drang jetzt kein Sonnenlicht herein, das sie erhellt hätte, und sie wirkte weiter entfernt, aber genauso schön. Hinter uns ging eine Tür auf, und Danny erschien, noch feucht vom Baden und nackt bis auf ein kleines Handtuch, das er sich straff um die Hüften gewickelt hatte. Sein schlanker Körper war mit genau der richtigen Portion durchtrainierter Muskelmasse ausgestattet. Verlegen sah ich zur Seite.

»Wer ist wer?«, fragte er. »Mit Göttern kenn ich mich nicht aus.«

»Was meinst denn du?«, fragte mich Lucas. »Ich hab's nie ganz rausgekriegt. Der Typ in der Mitte ist offensichtlich Zeus, aber bei den Frauen weiß ich nicht so recht. Glaubst du, die eine ist Hera? Aber wer ist dann die andere?«

Ich suchte wieder nach Anhaltspunkten, die mir beim Deuten helfen könnten, aber es fehlten alle üblichen Symbole wie Pfeil und Bogen, geflügelte Füße oder Äpfel. »Die Hinweise sind nicht gerade dicht gesät. Wann wurde das Fresko denn gemalt?«

»Es ist zeitgenössisch. Stammt aus der Mitte der Achtziger. Ich war elf oder zwölf, als es fertig wurde. Ich kann mich noch gut erinnern, wie ich zum ersten Mal das gesamte Gemälde sehen durfte.«

»Wer ist der Künstler?«

»Mir fällt der Name nie ein. Mit ziemlicher Sicherheit ein Amerikaner. Es muss Unterlagen darüber geben, ich werd für dich nachsehen.« Als er sich abwandte, stieg mir ein Hauch seines Dufts in die Nase, das teure Rasierwasser, das er nun benutzte, weil es ihn an Patrick erinnerte, vermischt mit einem Anflug Zigarettenrauch.

»Lucas, die Kunstwerke hier …«

»Die jagen mir beinahe Angst ein«, sagte er. »Eine solche Verantwortung.«

Ein Geräusch über unseren Köpfen ließ uns aufblicken. Eines der Fenster unter der Kuppel musste aufgegangen sein, weil ein Vogel hereingeflogen war und nun orientierungslos unter der Gewölbedecke herumirrte. Er begriff nicht, warum er nicht in den falschen Himmel hinter den gemalten Figuren hineinfliegen konnte. Wir sahen zu, wie sein Flattern immer ängstlicher wurde.

»Was können wir da machen?«, fragte ich.

»Ich fürchte, nicht viel.« Lucas reckte den Hals. »Es ist zu hoch, wir kommen nicht rauf, nicht mal mit einem Netz oder so. Wir können nur hoffen, dass er wieder nach draußen findet oder weiter nach unten fliegt.«

»Ich zieh mich an«, sagte Danny und verschwand in sein Zimmer.

Wir sahen dem Vogel noch etwa eine Minute lang zu. Er war nun vollkommen panisch. Plötzlich schlug er mit aller Kraft mit den Flügelchen und machte eine Art Sturzflug auf die Scheiben zu. Ich dachte, er hätte das offene Fenster erspäht. Doch statt in die Freiheit flog er gegen Glas. Es tat einen dumpfen Schlag, als wäre er frontal gegen die Windschutzscheibe eines fahrenden Autos geprallt, dann stürzte er wie ein Stein an uns vorbei und schlug unten auf einer der weißen Fliesen auf. Lucas und ich rannten hinunter.

Es war sofort klar, dass der Vogel tot war. Er war auf den Rücken gefallen, die Beinchen nach oben gekrümmt, die Flügel leicht ausgebreitet. Der Hals war verdreht, ein offenes, blutunterlaufenes Auge starrte uns entgegen. Es war ein Rotkehlchen. Ich legte den Rücken meines Zeigefingers auf seine rote Brust und spürte die Wärme des winzigen Körpers. Dann sah ich mich nach

Lucas um, der ein paar Schritte hinter mir stand. Er war von dem Vogel wie hypnotisiert und konnte den Blick nicht von ihm wenden. Außerdem sah er aus, als würde er sich gleich übergeben.

»Alles klar?«, fragte ich.

Endlich sah er mich an. »Kannst du ihn wegräumen?«, presste er hervor. »Im Schrank neben der Küche sind Schaufel, Besen und Putzmittel. Ich geh kurz rauf.« Er rannte an mir vorbei die Treppe hoch und ich hörte seine Schritte auf den Stufen, bis er sein Zimmer im Dachgeschoss erreicht hatte. Er schloss die Tür fest hinter sich.

Danny begegnete Lucas auf dem Weg nach unten und kam gerade in die Eingangshalle, als ich mit der Schaufel und einer alten Zeitung zurückkehrte. »Was ist denn los? Wo ist Lucas denn hin?«

Ich deutete auf den Vogel; das Blut rings um sein Auge begann schon zu gerinnen. »Ich glaube, das hat ihn geschockt.«

»Sieht ihm gar nicht ähnlich, so zimperlich zu sein.«

Wir wickelten den zerschlagenen kleinen Vogel in die Zeitung und machten den Boden sauber. Danny wollte das Päckchen einfach in den Mülleimer werfen, aber das brachte ich nicht über mich. Ich ging zur Tür hinaus, die Lucas und ich am vorigen Abend benutzt hatten. Die Luft war so kalt, dass ich sie regelrecht schmecken konnte. Ich stieg vorsichtig die vereisten Stufen an der Seite der Terrasse hinunter und vergewisserte mich jedes Mal, dass mein Fuß einen sicheren Stand hatte, bevor ich den nächsten Schritt machte. Es gab kein Geländer zum Festhalten. Als ich unten ankam, kauerte ich mich nieder und grub mit dem Stiel des Handbesens ein Loch ins Blumenbeet am Rand des Rasens. Ich legte den Vogel in seinem Leichentuch aus Zeitungspapier behutsam hinein und drückte die Erde über ihm wieder fest. »Tut mir leid«, sagte ich, auch wenn ich eigentlich nicht wusste, warum. Als ich aufstand und mich wieder zum Haus umdrehte, sah ich, wie Lucas mir vom Dachgeschossfenster aus zusah. Ich hob die Hand und er die seine.

Lucas blieb fast eine Stunde in seinem Zimmer, deshalb schrieb ich die Hausbesichtigung erst einmal ab, setzte mich zu den anderen vor den Kamin und las Zeitung. Danny lag auf dem Sofa, halb auf Martha, den Kopf in ihrem Schoß. »Du wischst mir in den Augen rum«, sagte er und schlug gegen die Seite mit den Rezensionen, die sie zu lesen versuchte.

»Ich bin kein Sessel«, erwiderte sie.

»Stimmt«, sagte er und räkelte sich noch etwas tiefer in ihren Schoß hinein.

Michael rief vom Telefon in der Eingangshalle aus bei sich im Büro an. Offensichtlich war sein Chef wegen Michaels Abwesenheit verärgert; ich hörte den defensiven Unterton der höflichen Worte, die durch die offene Tür zu uns vordrangen. Wie es wohl war, einen Job zu haben, bei dem eine fast ständige Verfügbarkeit erwartet wurde? Michael beteuerte zwar, es wäre ein Albtraum, doch ich konnte mir die Arbeit in einer solchen Position auch ganz aufregend vorstellen.

»Ich weiß nicht, warum er das mitmacht«, sagte Danny und rutschte wieder ein bisschen auf Martha herum.

»Wir können nicht alle sein wie du«, sagte Martha. »Manche von uns müssen sich eben anstrengen.«

Danny lachte, geschmeichelt von der Antwort. Er war der Erste, der zugeben würde, dass ihm jedes Arbeitsethos fehlte. Seine quecksilbrige Intelligenz erlaubte es ihm, immer nur das Allernötigste zu tun, und das in letzter Minute. So hart am Wind zu segeln schien ihn zu beflügeln. An der Uni hatte uns Rachel erzählt, dass er nach dürftigster Textlektüre mit Erkenntnissen aufwartete, die die Ergebnisse aller anderen, die tagelang über den Büchern gebrütet hatten, völlig über den Haufen warfen. Wir vermuteten stark, dass es in seinem Job auch nicht anders lief. Er schien nie im Büro zu sein, rief Lucas oft mitten am Tag vom Park, einem der Cafés am Fluss oder einem Plattenladen aus an. Trotzdem war er in seiner Werbeagentur rasch an seinen Altersgenossen vorbeigezogen. Quecksilberdenken war hier genau das Angesagte. In der Werbebranche brauchte man keine Leute, die sich abrackerten; es genügte, wenn jemand die halbe Sitzung aus dem Fenster starrte und dann beiläufig den ultimativen Spruch ablieferte, den Einzeiler, der so natürlich in den allgemeinen Sprachgebrauch einging wie eine Redewendung der Eltern. Das war Danny zweimal gelungen, bei zwei der größten und öffentlichkeitswirksamsten Kampagnen seiner Agentur, einmal für einen Wodka, der dadurch zum meistgekauften Wodka des Landes avancierte, und einmal für einen neuen Softdrink, der von einem großen amerikanischen Hersteller auf den europäischen Markt gebracht wurde. Seine Position als jüngster stellvertretender Geschäftsführer der Agentur war ebenso gesichert wie sein Gehalt, das ich mir in dieser Höhe frühestens mit fünfzig erträumen könnte, wenn überhaupt je.

Wir machten uns Sandwiches und aßen sie vor dem Kamin. Lucas war immer noch etwas gedrückter Stimmung. Kurz nach drei Uhr stand er entschlossen auf. »Kommt mal alle mit«, sagte er. »Ich möchte euch den ganzen Garten zeigen, bevor es noch dunkler wird.«

»Was sind denn das für Türen?«, fragte Michael, als wir den Gang entlanggingen.

»Das ist ein kleinerer Salon, eher ein Familienwohnzimmer; diese Tür geht in die Speisekammer, die aber auch von der Küche aus zugänglich ist. Und da ...« – er deutete auf die letzte Tür, bevor wir zur Tür nach draußen kamen, »... liegt das Blumenzimmer.«

»Das Blumenzimmer?«, hakte Greg nach.

»Um den Blumenschmuck fürs Haus zu arrangieren.«

Im abnehmenden Nachmittagslicht wirkte der Garten unheimlich. Der Frost hatte auch tagsüber nicht richtig nachgelassen, aber jetzt hatte ich das Gefühl, dass sich der Garten gegen die kommende Nacht wappnete wie eine Frau, die auf das Knie wartet, das ihr zum Engerschnüren des Korsetts ins Kreuz gestemmt wird. Es war sehr still.

»Schön, nicht?«, sagte Lucas und blickte in die Weite.

Wir stiegen vorsichtig die Steinstufen hinunter und überquerten den Rasen; der Raureif auf dem Gras knirschte unter unseren Füßen. Unser Atem trat in kleinen Wölkchen aus, die ausfransten und sich wieder auflösten. Ich schob die Hände in die Taschen, sogar mit den Handschuhen kühlten sie rasch aus. Nach drei, vier Minuten erreichten wir den Waldrand, wo der Rasen endete. Im Dämmerlicht unter den Bäumen sah ich dichtes Unterholz und abgebrochene Äste. Es war ein alter, natürlicher Wald mit verschiedenen Baumarten, die bunt durcheinanderwuchsen. Immer wieder strich ein Windstoß durch die kahlen Zweige, die über uns rauschten, als wollten sie uns ironisch applaudieren. Ich zog den Mantel enger um mich.

»Ist dir kalt, Jo?«, fragte Lucas.

»Nein, ich find's nur etwas gespenstisch hier.«

»Meinst du nicht eher wie im Märchen? Solche Scheißstorys wie Hänsel und Gretel. Man verirrt sich und ward nie mehr gesehen. Los, kehren wir um.« Danny machte ein paar Schritte.

»Der Wald gehört zu den Dingen hier, die ich am meisten liebe«, sagte Lucas. »Wenn man ein Stück weitergeht, kommt man zu einem Fluss. Er ist nicht besonders breit, aber wirklich tief, man kann im Sommer toll drin schwimmen. Und sogar tauchen. Jetzt ist er wahrscheinlich zugefroren.«

»Komm schon, Mann«, forderte ihn Danny noch einmal auf. »Gehen wir zurück.«

Wir folgten dem Waldrand rings um die Grundstücksgrenze, bis wir die Rückseite des Hauses erreichten. An sie schloss sich der ummauerte Küchengarten an, den ich schon vom Küchenfenster aus gesehen hatte, dahinter standen Apfelbäume. Lucas führte uns durch den Küchengarten, an zwei altmodischen Treibhäusern mit Holzstreben vorbei. Leise summte ein Generator. Ich schaute durchs Glas und sah Weinreben mit dicken Zweigen und glänzenden grünen Blättern. »Die werden später tragen. Er hat sich selbst um sie gekümmert und niemand anderen rangelassen.«

Wir traten auf den Weg, der bis zur Auffahrt an der Vorderfront des Hauses führte. Lucas sah auf die Uhr. »Es ist Viertel vor vier. Ich fang jetzt an zu kochen; ihr könntet inzwischen doch zum Pub ins Dorf laufen? Vor dem Essen gibt es einen Aperitif in der Bibliothek.«

»Lucas, du kannst hier doch nicht alleine kochen, während wir im Pub sitzen. Soll ich dir helfen?«, bot Michael an.

»Nein, geht ruhig; ich koche gern allein. Aber Vorsicht beim Rückweg; es ist dann sehr dunkel. Verlaufen könnt ihr euch aber nicht; Jo kann sich nämlich an den Sternen orientieren.« Er berührte mich leise am Arm. »Bis später dann.« Er ging den Weg zum Haus hoch und verschwand durch die Eingangstür.

Der *White Swan* wirkte so trostlos, wie nur ein Ort wirken kann, an dem die Weihnachtsdekoration nicht rechtzeitig weggeräumt wurde. Der Baum in der Ecke hatte etwas von einem alternden Revuegirl; ein Großteil seiner Nadeln war schon abgefallen. An den Deckenbalken hingen blaue und rote Glitzergirlanden in traurigen Bögen herunter. Ein junger Typ mit Baseballmütze und Jeans ohne jede Füllung fütterte den Spielautomaten; sein linkes Bein zuckte im Rhythmus der über die Glasscheibe jagenden Lichter. Der Wirt, ein müder Mann Ende fünfzig, schenkte die Getränke ein und schob uns eine Hand voll Chipspäckchen über den Tresen. »Seid ihr von Stoneborough Manor?«, fragte er. Als wir bejahten, ruckte er mit dem Kopf kurz nach oben. »Armer Kerl.« Kein Gespräch, das eine der beiden Seiten gern fortgesetzt hätte; wir trugen unsere Gläser zum Tisch in der Ecke hinüber. Vermutlich gab alles, was im Herrenhaus vor sich ging, im Dorf Anlass zu wilden Spekulationen. Bei der Erwähnung des Hauses sah der blonde Mann, der sich in der Kaminecke an einem kleinen Tisch über die Zeitung beugte, sofort auf und musterte uns prüfend. Ich starrte zurück. Seine Augen waren von einem wächsernen, ausgewaschenen Blau. Als er meinen Blick auffing, wandte er sich rasch wieder der Zeitung zu.

Danny warf seine Zigaretten auf den Tisch. »Man könnte meinen, Lucas wäre ein bisschen fröhlicher, wo er plötzlich so einen Haufen Geld hat, findet ihr nicht?«

»Ist das dein Ernst? Für dieses Geld musste er jemanden verlieren, den er geliebt hat«, sagte Rachel.

»Aber das ist doch schon ewig her.«

»Ewig?« Ich war entsetzt. »Das war erst im Oktober, und Patrick und Lucas haben sich sehr nahegestanden. Patrick war für ihn wie ein Vater, das weißt du doch.«

Danny zuckte mit den Achseln.

»Leben Lucas' Eltern noch?«, fragte Greg.

»Nein«, sagte Rachel. »Sein Vater ist schon vor vielen Jahren gestorben, als Lucas neun oder zehn war.« Sie sah mich fragend an. Ich nickte ihr zu. »Greg, nur Lucas' engste Freunde wissen, was passiert ist, aber wahrscheinlich ist es das Beste, wenn du es auch erfährst. Sein Vater hat jemanden getötet.«

Er runzelte die Stirn. »Wie kam das?«

»Er war Alkoholiker. Am Tag, als er starb, saß er betrunken am Steuer. Er hat einen Unfall verursacht und dann den Wagen zu Schrott gefahren.«

»Lucas will nicht darüber reden. Letztes Jahr im Sommer ist seine Mutter gestorben. An Krebs«, erklärte ich weiter.

»Du lieber Gott. Der arme Mann«, sagte Greg.

»Über seine Mutter will er auch nicht reden«, fuhr Danny fort. »Die beiden hatten eine sehr enge Beziehung. Sie war nett und ganz in Ordnung, was man so von ihr mitkriegte, aber ziemlich distanziert. Sie schrieb Kinderbücher, und ich hatte den Eindruck, sie und Lucas lebten gemeinsam in einer Phantasiewelt. Sie ließen niemanden in ihren engen Kreis hinein außer Patrick. Bisschen seltsam.«

Es stimmte, dass Lucas eine sehr enge Beziehung zu seiner Mutter gehabt hatte, doch ich fand es nicht ungewöhnlich, wenn ein Kind, vor allem ein Junge, den Platz des fehlenden Vaters auszufüllen versucht und in eine Erwachsenenrolle schlüpft. Es stimmte auch, dass Lucas nie viel von Claire erzählt hatte. Der Grund war wohl ein starkes Bedürfnis, sie zu beschützen. Allerdings war mir, wenn er meine früheren Fragen nach ihr so beharrlich abbog, der Verdacht gekommen, er wolle sie vielleicht für sich allein behalten – wenn er jedes Gespräch über sie verweigerte, sorgte er dafür, dass niemand sie in dem Maße kennen oder besitzen konnte wie er. Er war stolz auf sie und ihre Bücher; im Salon von Stoneborough Manor stand eine vollständige Sammlung, die Titel groß in eckiger, gotischer Schrift auf den Buchrücken. Auch mit seinem eigenen Ehrgeiz zu schreiben folgte er dem mütterlichen Vorbild. Aber sie war sehr ernst gewesen, und manchmal fragte ich mich, ob Lucas mit einer unbeschwerteren Mutter vielleicht mehr Selbstvertrauen und Fröhlichkeit entwickelt hätte.

»Lucas ist eben sehr zurückhaltend«, sagte ich im Bedürfnis, ihn zu verteidigen. »Seine Mutter und Patrick waren seine Welt.«

»Ich finde das eine ziemliche Beschränkung«, erwiderte Danny. »Wo bleiben da wir? Ich bin seit Jahren mit ihm befreundet.«

»War seine Mutter erfolgreich?«, fragte Greg. »Als Schriftstellerin?«

»Hängt davon ab, wie man Erfolg definiert«, antwortete ich und sah zu, wie er die Hände um sein Bierglas schloss – er konnte es beinahe mit einer Hand umspannen. »Sie hatte ihre Leserschaft; theoretisch schrieb sie für Kinder, doch ihre Fans waren meist Erwachsene. Die Bücher sind sehr traurig. Immer fehlt ein Elternteil, meistens der Vater. Wirklich bedrückende Geschichten. Sie hat nicht viel Geld damit verdient, deshalb ist es jetzt ein ziemlicher Schock für Lucas, plötzlich so viel zu besitzen.«

Danny fuhr sich mit der Hand durch seine Indiesänger-Haare und warf einen verstohlenen Blick in den Rauchglasspiegel über meinem Kopf. Wo immer er aufwachte, vermittelte er gern den

Eindruck, er sei gerade in einem Studio in Hoxton aus dem Bett gefallen. Eines der Dinge, die mich an seiner Erscheinung immer fasziniert hatten, waren seine dunklen Augenringe, die aussahen wie gekonnt aufgetragener Kajalstift. Sie gaben seinen Augen dieses verblüffende Aussehen. »Na, egal wie man's nimmt, der alte Kasten ist schon erstaunlich«, sagte er.

»Glaubst du, das Erbe wird ihn verändern?«, fragte Martha.

Er verneinte mit Nachdruck.

»Ich hoffe nicht«, sagte ich. »Ihr kennt Lucas doch. Wenn er irgendwelche Grundsätze hat, dann den, im Leben aus eigener Kraft etwas zu erreichen.«

»Warum sollte er sich die Mühe machen? Wahrscheinlich muss er nie wieder arbeiten.«

»Man nennt das persönliche Integrität, Danny.« Rachel legte beruhigend die Hand auf die seine. Ich hielt den Atem an, doch Danny lächelte nur. Keiner von uns, Lucas natürlich ausgenommen, hätte sich bei ihm eine solche Bemerkung erlauben können.

Ich zündete mir eine Zigarette an. Erst gestern Abend hatte ich mit Lucas über seine Arbeit gesprochen, und er hatte mir versichert, er habe nicht die Absicht, seinen Job aufzugeben. »Nein«, sagte er. »Ich habe zu viel investiert. Das Jurastudium, dann zwei Jahre Rechtsreferendariat und drei weitere Jahre im Beruf. Es wäre eine Dummheit, jetzt zu gehen, bevor ich etwas erreicht habe. Außerdem muss ich mir noch etwas beweisen.« Er grinste. »Patrick meinte, ich würde den Beruf nicht durchhalten, weil er zu langweilig wäre, aber ich habe ihm gesagt, ich wolle einen stinknormalen Job. Jetzt muss ich's ihm zeigen.«

Ich bezweifelte nicht, dass er dieses Bedürfnis immer noch hatte. Ich wusste, dass ich eigentlich mit ihm über Patrick reden sollte und dass er vielleicht auf meine Fragen wartete. Doch es fiel mir schwer, das Thema anzusprechen. Ich fühlte mich damit überfordert. Durch seinen Verlust entfernte sich Lucas von mir. Nicht in dem Sinn, dass er sich ganz in sich zurückgezogen hätte.

Vielmehr schien es mir, als hätte ich kein Anrecht darauf, ihm Mitgefühl zu zeigen, weil ich selbst noch eine vollständige Familie besaß. Dass ich noch keinen solchen Verlust erlitten hatte, weckte in mir sogar Schuldgefühle.

Kapitel III

Ich konnte mich nicht erinnern, ob du Oliven magst oder nicht.« Der Martini, den Lucas mir hochreichte, schwappte gefährlich im weiten Kelch. Auf dem Cocktailspießchen, das oben balancierte, steckte eine einzelne glänzende Olive.

»Ich bin gerade dabei, mich mit ihnen anzufreunden.« Ich steckte die Olive in den Mund und zog sie mit den Lippen vom Spießchen ab. Plötzlich fühlte ich mich befangen, als ich seinen beobachtenden Blick auf mir spürte.

Ich saß auf der obersten Stufe der Bibliotheksleiter, hoch genug, um den ganzen Raum zu überblicken. Eins mochte ich besonders an Lucas: Er gab sich immer große Mühe, seine Gäste zu verwöhnen. An der Uni hatte er Theater gespielt, und manchmal dachte ich, dass er diese Kreativität, die er im Berufsleben fest unter Verschluss hielt, nun in seiner Gastfreundschaft auslebte. Als wir uns zum Abendessen umgezogen hatten und die Treppe herunterkamen, stand zum ersten Mal die Bibliothekstür offen. Ein rosiges Licht und die Klänge von Nina Simones *Sinnerman* flossen in die Eingangshalle heraus. Lucas hatte gerade die Drinks gemixt; seine schwarze Cordjacke verlieh ihm ein gewisses Intellektuellenflair, unterstrichen durch die Zigarette, die in seinem linken Mundwinkel klemmte.

Auch an den Dimensionen des ganzen Gebäudes gemessen war die Bibliothek ein imposanter Raum. Zwei Wände waren vom Boden bis zur Decke mit Bücherregalen bedeckt, die durch verschiebbare Leitern zugänglich waren. Im vorderen Bereich des Raums befand sich ein großer runder Tisch mit zwei grünen

Leselampen, hinten standen vor den Fenstern, deren schwere Brokatvorhänge nun zugezogen waren, zwei Ledersessel, in denen Greg und Michael saßen. Martha hockte bei Michael auf der Sessellehne und stützte ihren Arm hinter seinem Kopf auf. Danny und Rachel betrachteten das Bild an der gegenüberliegenden Wand, einen ausladenden Akt.

»Neue Schuhe?«

»Wie bitte? Ach die.« Ich sah zu meinen an einer tieferen Sprosse der Leiter eingehakten schwarzen Ponylederschuhen hinunter, die mit einer kleinen Strassschnalle besetzt waren. Dazu trug ich feinmaschige Netzstrümpfe. »Ja.«

»Die gefallen mir.« Lucas strich mit dem Zeigefinger über den Spann meines linken Fußes, den der Ausschnitt im Leder freigab.

Meine Überraschung stand mir sicher ins Gesicht geschrieben.

Er leerte sein Glas und stellte es vorsichtig am Rand eines Regalbretts ab. »Ich mach die Vorspeise fertig. Kannst du in ungefähr fünf Minuten alle im Speisesalon zusammentrommeln?«

Ich blieb auf der Leiter sitzen und trank mein Glas aus. Mein Gesicht war heiß vor Röte, ich spürte noch immer seine Berührung auf der Haut. Es hatte eine Zeit gegeben, als ich mir nichts sehnlicher gewünscht hätte als eine solche Berührung von ihm, ein Anzeichen, dass er mich attraktiv fand. Nun könnte dieser Wunsch mit einem Mal wahr werden, aber es hatte sich so vieles verändert.

Falls er mich nun wirklich haben wollte – warum jetzt, nach all der Zeit? Es stand so viel mehr auf dem Spiel. An der Uni hätten wir es miteinander probieren und, wenn es nicht funktioniert hätte, ein paar Wochen, ein Semester verstreichen lassen und dann unsere Freundschaft einfach fortsetzen können. Jetzt hatte jeder von uns eine Geschichte. Wir waren in einem Alter, in dem frühere Beziehungen wie alte Farbschichten auf uns lagen; wenn man am obersten Lack kratzte, kamen die wenig schmeichelhaften Schattierungen darunter zum Vorschein. Die zehn Jahre unserer Freundschaft hatten das alles überdauert. Das war mir sehr viel wert, und ich wollte es nicht gefährden. Oder nur, wenn die Chance bestand, dass es wirklich klappen könnte. Zwar hatte keiner in unserer Gruppe eine feste Beziehung oder war auf dem Weg dorthin, außer vielleicht Rachel und Greg, doch andere Freunde heirateten, kauften ein Haus, bekamen Kinder. Jetzt war nicht mehr die Zeit für Fehlentscheidungen.

Und wenn ich seine Geste falsch aufgefasst hatte? Nach einem Jahrzehnt der Freundschaft berührten wir einander, ohne groß nachzudenken. Anfangs war es nicht so gewesen. Als wir uns näher kennenlernten, stand durchaus die Frage der sexuellen Anziehung im Raum, sodass wir mit Anfassen sehr vorsichtig waren, zumindest bis zu dem Abend, als er mich mit seinem Zimmergenossen vorfand. Danach wichen wir etwa sechs Monate lang übereifrig jeder Berührung aus, bis wir langsam zu unserer jetzigen Vertrautheit fanden. Vielleicht war er nun in meiner Nähe so entspannt, dass er gar nicht auf den Gedanken kam, ich könnte das Streicheln meines Fußes als Annäherungsversuch auffassen.

Andererseits – wenn Lucas mir seine Gefühle zeigen wollte und ich nicht reagierte, bekäme ich vielleicht keine zweite Chance mehr. Mit achtzehn, als ich selbst noch in meiner Gehemmtheit befangen war, konnte ich mir nicht vorstellen, dass er sich seiner Attraktivität nicht bewusst war; jetzt wusste ich, dass das nicht stimmte. Im Umgang mit Frauen war er nie selbstsicher gewesen.

»Was grübelst du denn da droben vor dich hin?«, fragte Martha. »Komm doch zu uns runter.«

»Ich glaube, das Essen ist jetzt fertig.« Ich stieg herunter. »Wollen wir rübergehen?«

Nach der Bibliothek empfand ich die Luft in der Eingangshalle auf meinen nackten Armen als eisig, aber im Speisesalon brannte ebenfalls ein Feuer. Die Flammen warfen einen flackernden

Schein auf den Mahagonitisch, der beinahe so lang war wie der Raum und so poliert, dass sich alle Gegenstände darauf zu verdoppeln schienen, Gläser, Besteck und die drei silbernen Kerzenleuchter, die in der Mitte aufragten wie die Masten eines Segelschiffs. Der warme Geruch von brennendem Holz vermischte sich mit Bratenduft. Lucas streckte den Kopf durch die Tür daneben, die in die Küche führte. »Danny, setz dich doch bitte ans Kopfende, links und rechts von dir Rachel und Greg, Michael und Martha in die Mitte, dann kommen Jo und ich, ja?«

Als Vorspeise servierte uns Lucas Spargelsuppe, anschließend einen riesigen Rinderbraten mit glänzender Kruste, in hauchdünne, fast durchscheinende Scheiben tranchiert. Dazu gab es Schüsseln mit grünen Bohnen, Brokkoli, Pastinaken und Möhren. Meerrettich machte in einem winzigen Silberkessel mit blauem Glaseinsatz die Runde. »Du hast dich selbst übertroffen«, sagte Danny und nahm sich noch zwei Kartoffeln.

Auf dem Tisch standen fünf, sechs Flaschen Wein, und obwohl ich zügig trank, schien mein Glas nicht leerer zu werden. Während des ganzen Essens nahm ich Lucas' Nähe wahr, als könnte ich die Hitze seines Körpers spüren. Michael erzählte eine seiner absurd komischen Anekdoten über seine Ausflüge mit Kollegen in Striplokale, ausgelassene Unternehmungen, die den Teamgeist ungemein stärkten. Martha und ich fanden es immer noch erstaunlich, dass er dabei einbezogen wurde, doch er war in der Arbeit offensichtlich so beliebt, dass ihn seine Kollegen einfach mitschleppten, auch wenn er an den Stripperinnen null Interesse hatte. Rachel lachte mit zurückgeworfenem Kopf, was ihren langen Hals zur Geltung brachte und ihre kleinen Brüste im Ausschnitt nach oben hob, was wiederum Danny nicht verborgen blieb, der sich gefährlich vorbeugte, vorgeblich, um besser zu hören.

»Es wird uns sehr schwerfallen, nach diesem Wochenende nach Hause zu fahren«, sagte ich zu Lucas.

»Kommt einfach nächstes Wochenende wieder«, erwiderte er

und füllte mein Glas wieder auf. Ich beobachtete seine Hand, die die Flasche hielt und mit einer Drehung vermied, dass etwas daneben ging. Er hatte sehr geschickte Hände und konnte Karten mischen wie kein zweiter. Mit den langen, geraden Fingern und den gewölbten Nägeln waren sie auch ein erfreulicher Anblick. Künstlerhände, nannte sie Martha.

»Jo«, sagte er. »Komm und rauch eine mit mir.« Er schob seinen Stuhl zurück und ließ die steife Baumwollserviette auf den Sitz fallen.

»Wo geht ihr zwei denn hin?«, fragte Rachel und blickte hoch.

»Nach draußen, eine rauchen.«

»Dürfen wir hier drinnen nicht rauchen?«

»Selbstverständlich dürft ihr.«

Wir gingen auf die Terrasse hinaus, genau wie letzten Abend. Ich war froh um den Mantel, den Lucas für mich in der Eingangshalle vom Garderobenständer geholt hatte, auch wenn er etwas modrig roch. Ich war mir nicht sicher, vielleicht war es Zufall, aber als er mir hineinhalf, glaubte ich zu spüren, dass er mir mit den Fingern ganz leicht über den Nacken strich. Meine Haut prickelte immer noch. In der Kälte und Stille wirkten der Rasen und die Bäume dahinter wieder unwirklich, alles war in fahles Mondlicht getaucht. Wir setzten uns auf die Balustrade, und ich schwang die Beine darüber, vorsichtig, um nicht mit den Strümpfen hängen zu bleiben.

»Zigarette?« Er reichte mir eine. Die Kälte hatte mich etwas ernüchtert und ich war überrascht, als er plötzlich meine Hand nahm. Ich spürte den Druck seiner Finger. »Du frierst ja«, sagte er, schob meine Hand in seine Jacke und drückte sie an seine Brust. Ich spürte sein Herz schlagen. Ich blickte zu ihm hoch. Er sah mich eindringlich an, als wolle er in meinem Gesicht lesen.

Dann küsste er mich. Er legte die Lippen ganz sacht auf meine, fast reglos, wie um auszutesten, ob ich mich ihm entziehen würde. Fast unmerklich wanderte er hinauf, bis meine Oberlippe zwischen seinen Lippen lag. Nach und nach vergrößerte er den Druck, und dann küssten wir uns richtig. Ich hatte es mir so oft vorgestellt und konnte nun kaum glauben, dass es wirklich passierte. Er schob ein Bein über die Balustrade zurück, dass er nun rittlings darauf saß, fasste mich mit beiden Händen um die Taille und zog mich näher an sich. Ich warf die Zigarette hinter mich und schlang die Arme um ihn, spürte die Rippen seiner Cordjacke unter meinen Händen.

Er machte sich los, nahm meine beiden Hände und hielt sie im Dreieck zwischen seinen Knien und meinen Schenkeln. Wir sahen einander ernst an und lächelten dann.

»Das wollte ich schon sehr lange tun«, sagte er, und mein Magen machte einen kleinen Satz.

Er zog mich erneut an sich, und wir küssten uns wieder. Jetzt hatte meine Überraschung nachgelassen, und ich begehrte ihn. Ich wollte meine Sinne mit ihm füllen, ihn schmecken, seinen Geruch in mich einsaugen, mit den Händen seinen ganzen Körper ertasten.

Wir blieben draußen, solange es ging. Als wir wieder hereinkamen, hatten die anderen schon Kaffee gekocht. Rachel zog den Stuhl neben sich heraus, damit ich mich zu ihr setzte. »Und?«, fragte sie gedämpft.

»Was und?«

»Na, du und Lucas. Spuck's schon aus. Oder sag mir wenigstens, ob er den ersten Schritt gemacht hat.«

Ich konnte nicht anders; obwohl ich es eigentlich noch für mich behalten wollte, verriet ich mich durch mein Lächeln. »Ja, hat er«, sagte ich leise.

»Na endlich. Ich hatte schon fast die Hoffnung aufgegeben, dass es jemals so weit kommen würde.« Sie stellte für mich eine Tasse auf einen Unterteller und goss aus der Kanne Kaffee ein. »Er liegt mir schon seit Jahren in den Ohren mit dir.«

Ich sah sie erstaunt an. »Warum hast du mir nie was gesagt?«

»Ich kann doch nicht anderer Leute Geheimnisse verraten.«

Es wurde sehr spät, bis die anderen ins Bett gingen. Greg und Rachel verschwanden als Erste, dann Michael und Martha, die Danny am Kragen packte und mit sanfter Gewalt mit nach oben zog, nachdem sie ihm als Wink mit dem Zaunpfahl eine offene Flasche Rotwein in die Hand gedrückt hatte. Lucas nahm eine Karaffe vom Sideboard, und wir gingen in die Bibliothek zurück.

Das Feuer war fast ausgegangen, aber mit einem Blasebalg und einer weiteren Lage Kleinholz und kleinen Kohlen erweckte er es wieder zum Leben. Ich setzte mich auf den Vorleger, nahm den Whisky, den er mir reichte, und drehte das Kristallglas in der Hand, dass es im Licht der neuen Flammen glitzerte. Lucas setzte sich neben mich. »Hast du bemerkt, wie uns die anderen beobachtet haben?«, fragte er. »Als wir wieder reinkamen, dachte ich, ich müsste sterben vor Lachen. Ich hab noch nie so jämmerliche Versuche gesehen, zu tun, als ob nichts wäre.«

»Rachel wusste Bescheid.«

»Alle wussten Bescheid. Die haben uns mit Argusaugen verfolgt, dass ich mir schon vorkam, als wäre der Geheimdienst auf mich angesetzt.« Er küsste mich und machte sich mit einem strahlenden Lächeln wieder los.

Ich nahm einen Schluck Whisky, behielt ihn im Mund und kostete schließlich seine angenehme, brennende Wärme aus. Lucas zu küssen war für mich ein bisschen, wie an meinem sechzehnten Geburtstag zu rauchen; ich wusste, ich durfte endlich, aber der Zauber des Verbotenen wirkte noch nach.

»Bist du glücklich?«, fragte er. »Willst du mich auch wirklich?«

»Du siehst aus, als ob du dir Sorgen machst.«

»Ich will nichts verpatzen. Dafür ist es zu wichtig.«

Ich rieb meine Wange an seiner, vergrub meine Nase in seinen Haaren. Er roch nach Küche. »Du verpatzt nichts«, sagte ich. »Das kannst du gar nicht.«

Das Gepolter und Gelächter oben hörte auf, als die anderen

schlafen gingen und die Nacht sich ausbreitete. Langsam rückte das Haus immer mehr um uns zusammen. Lucas hatte die Lampen ausgemacht; das Feuer und die beiden Kerzen auf dem Kaminsims waren unsere einzige Lichtquelle.

»Ich habe jeden deiner Freunde echt gehasst. Keiner schien zu merken, was er an dir hatte. Und ich hätte sie am liebsten zusammengeschlagen, wenn sie dir wehtaten.«

»Warum hast du nicht schon früher was gesagt?«

»Ich kenne dich, vergiss das nicht. Du bist sehr zielstrebig, wenn du dir etwas in den Kopf setzt. Ich dachte, wenn du mich haben wolltest, dann hätte ich das mit Sicherheit längst mitgekriegt. Du hättest dir schon geholt, was du willst.«

»Blödsinn. Man holt es sich nur, wenn man keine Angst vor einer Bauchlandung hat.«

»Vielleicht ist es das Haus«, sagte er.

»Ja, klar. Jetzt, da du zu den Schlossbesitzern gehörst, bin ich bereit, dich in Betracht zu ziehen.«

»Das meine ich nicht.« Er wandte sich ab, nahm den Schürhaken und begann in der Glut herumzustochern. »Die Tatsache, dass ich hier bin, macht mir bewusst, dass man aufhören sollte, Zeit zu verschwenden, und lieber seine Wünsche verwirklichen sollte.«

»Carpe diem«, sagte ich. »Aber warum jetzt, mitten in der Nacht?« Ich lachte ein bisschen über meinen beschwipsten Witz, doch dann sah ich den Ausdruck in seinem Gesicht.

»Das Leben ist kurz, Jo. Keinem scheint das klar zu sein. Wir tun, als hätten wir alle Zeit der Welt.«

Er starrte ins Feuer. »Ich hab dir nie von meinem Vater erzählt«, sagte er plötzlich.

Auf einmal hörte ich wieder jenes Rauschen, das ich vorigen Abend erlebt hatte. »Wie meinst du das?«

»Ich hab noch niemandem erzählt, was damals wirklich passiert ist, und ich will immer noch nicht, dass es die Leute wissen. Aber es ist mir wichtig, dass du es jetzt erfährst.«

Ich sagte nichts und wartete darauf, dass er weiterredete. Plötzlich spürte ich Angst in meinem Magen wie einen schweren, kalten Stein.

Er drehte sich um und sah mich an. Sein Gesicht war sehr ernst. »Mein Vater ist gar nicht umgekommen, Jo.«

»Was?« Jetzt war ich verwirrt. »Was soll das heißen?«

»Ich hab dir immer erzählt, er wäre damals bei dem Unfall ums Leben gekommen, aber so war es nicht – oder nicht, wie du es dir vorstellst.«

»Ich verstehe nicht.«

»Auch er hat sich selbst das Leben genommen. Mein Vater und mein Onkel, alle beide.« Er fuhr mit der Hand übers Gesicht und bedeckte sich die Augen. »Es ist … scheiße.«

»Lucas …«

»Ein Teil der Geschichte hat schon gestimmt. Es stimmt, dass er besoffen ins Auto gestiegen ist und einen Mann überfahren oder angefahren hat, genau weiß ich's nicht. Sicher ist nur, dass Dad danach verschwunden ist. Er hat den Wagen stehen lassen und sich aus dem Staub gemacht. Wir haben nie wieder von ihm gehört. Er hat seine Brieftasche mit sämtlichen Karten zurückgelassen, seine Bankkonten wurden nie angerührt. Patrick hat jahrelang versucht herauszufinden, was passiert ist. Nachdem die Ermittlungen der Polizei nichts ergeben hatten, hat er Privatdetektive auf Dad angesetzt und selbst nach ihm gesucht, ist aber nie auf eine Spur gestoßen. Dad muss nach seiner Tat so entsetzt und beschämt gewesen sein, dass er irgendwohin abgehauen ist und sich umgebracht hat. Vielleicht ist er einfach ins Meer gelaufen.«

»Lucas …«

»Mum hat weiter nach ihm gesucht. Sie wollte nicht aufgeben. Nach zwei, drei Jahren hat Patrick ihr nahegelegt, sie solle doch endlich aufhören; sie würde nur immer weiter in der Wunde bohren, wenn sie seinen Tod nicht akzeptieren wolle, obwohl doch alles darauf hinwies. Patrick hielt es für das Beste, ihn für tot erklären zu lassen, damit sie wenigstens einen gewissen Schlussstrich ziehen könne, doch das wollte sie nicht, für den Fall, dass er vielleicht doch noch lebte. Schließlich fand Patrick das einzige Argument, das sie überzeugen konnte.«

»Und das war?«

»Dass Dad tot sein *musste*, denn wenn er noch lebte, wäre er zu ihr zurückgekommen. Sie wusste, dass das stimmte. Auch wenn er eine Weile untergetaucht wäre, hätte er doch den Weg zurück zu ihr gefunden.«

Meine Augen waren voller Tränen. »Warum hast du mir das nie erzählt?«

»Weil es einfacher war, es nicht zu erzählen. Weil ich mich geschämt habe. Wenn du bei einem Unfall stirbst, auch wenn du ihn selbst verursacht hast, dann liegt das außerhalb deiner Macht, richtig? Wenn du dich dagegen umbringst, ist das für deine Familie viel schlimmer. Er hat die Entscheidung getroffen, uns zu verlassen. Wir haben ihn immer noch geliebt, aber er hat uns lieber verlassen.« Er blickte auf, auch seine Augen waren nass. »Ich habe mich immer gefragt, wenn ich nur anders gewesen wäre, ob er dann vielleicht um meinetwillen geblieben wäre?«

»Ach Lucas, so was darfst du nicht denken. Das ist völlig daneben.«

»Ich finde es so schwer zu ertragen, dass ihn alle verächtlich als Säufer abgetan haben, als menschliche Null. Ich habe ihn trotzdem geliebt. Er war doch mein Vater. Und jetzt hat Patrick dasselbe getan.«

Ich hielt ihn stumm in den Armen und spürte durch die Stoffschichten von Hemd und Jacke, wie er zitterte. Über seine Schulter blickte ich ins Dunkel, das sich wie Senfgas über den Raum gelegt hatte. Der Abend hatte mich völlig umgeworfen, erst das Erdbeben in unserer Beziehung und jetzt diese neue Enthüllung. Ich versuchte es mit meinem alten Trick; um wieder festen Boden unter den Füßen zu gewinnen, konzentrierte ich mich auf die handfeste Materie, doch der Raum schien unwillig, mir dabei entgegenzukommen. Die Möbel wollten sich dem Dunkel nicht entreißen lassen, blieben verborgen, gaben sich nur spärlich zu erkennen, wo der Schein des Feuers und der Kerzen sie erreichte. Ich hatte es mir nicht nur eingebildet: Das Haus barg etwas zutiefst Unglückliches in sich. Plötzlich spürte ich das Bedürfnis, Lucas vor diesem Haus und dem, was es ihm – und uns – antun könnte, zu beschützen. Einerseits hatte es uns endlich zusammengebracht. Andererseits war es der Hort dieses schrecklichen Geheimnisses. Ich konnte nur hoffen, dass es nicht die Macht besäße, wieder zu zerstören, was es gerade geschaffen hatte. Zwar war ich selbst überrascht von dem, was mit uns geschah, doch ich wollte, dass wir beide eine reelle Chance hätten.

Kapitel IV

Mein Büro lag im ersten Stock eines Zweckbaus aus den sechziger Jahren, in einer Seitenstraße in Putney, etwa zehn Gehminuten vom Fluss entfernt. Als ich auf dem Weg zur Treppe die Eingangshalle durchquerte, lächelte ich der jungen Frau an der Empfangstheke zu. Ich kannte sie nicht, doch das war nichts Neues; die Stelle war fast immer mit Zeitarbeitskräften besetzt, meist Australierinnen oder Neuseeländerinnen, die zwei, drei Wochen hier jobbten und dann weiterzogen. Manchmal fragte ich mich, wie es wäre, selbst alles hinzuwerfen und zu reisen, aber das würde ich mit Sicherheit niemals tun. Das Büro lag in einer Straße mit kleinen Läden; ab und zu ging ich in der Mittagspause zur Putney Bridge und blickte dem trüben Themsewasser nach, das sich unter mir zur City wälzte. Schon als Kind hatte ich den Wunsch gehabt, einmal in der Fleet Street zu arbeiten, in den Tagen, als die Druckerpressen nachmittags den Erdboden erzittern ließen. Als ich dann alt genug war, um bei einer Zeitung zu arbeiten, waren die Bürogebäude in den Osten der Stadt nach Wapping und Canary Wharf umgezogen, aber ich hatte meinen Traum noch nicht aufgegeben.

Das Personal am Empfang mochte häufig wechseln, doch in den Stockwerken darüber verhielt es sich ganz anders. Die Redakteure der *Putney Gazette* hatten schon lange Dienstjahre auf dem Buckel, und ich war nach meinen drei Jahren dort immer noch »die Neue«. Stephen Thomas, der Herausgeber des Blatts, hatte kurz nach mir angefangen, was leider bedeutete, dass er mich mit zur renitenten alten Garde zählte.

Mir war noch nie aufgefallen, wie schmuddelig die Wände in den oberen Stockwerken waren. Eigentlich müssten alle Räume frisch gestrichen werden. Schwungvoll öffnete ich die Tür zu meinem Büro. Irgendwie hatte ich erwartet, dass sich in den zehn Tagen meines Weihnachtsurlaubs etwas verändert hätte, dass es einen vergleichbaren Schub gegeben hätte wie in den anderen Bereichen meines Lebens, aber alles war noch genau wie immer, sogar der Geruch – still vor sich hin gilbendes Zeitungspapier.

Ich blieb bei der *Gazette*, weil ich entschlossen war, meiner Tätigkeit hier etwas Positives für meine Karriere abzutrotzen. Nach dem Uniabschluss hatte ich mir das Zusatzjahr für das Journalistendiplom nicht leisten können und war bei einer Reisezeitschrift untergekommen. Nach zwei Jahren dort begann ich mich umzusehen und fand endlich diese Stelle als Volontärin bei der *Gazette*. Nun wollte ich nicht den nächsten Schritt versuchen, ohne einem neuen Arbeitgeber eine respektable Sammlung von Artikeln vorweisen zu können. Meine Mutter stimmte mir zu, dass ich lieber noch bleiben sollte. An Weihnachten jedoch hatte mir mein Vater einen Sherry eingeschenkt und mich gefragt, ob ich irgendwelche Stellenanzeigen gesehen hätte, auf die ich mich bewerben könnte. Das genügte mir als Hinweis, wie enttäuscht er war, dass ich keine größeren Fortschritte machte, auch wenn er es nie so formuliert hätte.

Ich setzte mich an meinen alten Resopalschreibtisch und schaltete den Computer an. Jane stand auf einem wackligen Stuhl, hängte die Weihnachtskarten der umliegenden Geschäfte und Werbekunden ab und warf sie in den Papierkorb.

»Schöne Weihnachten gehabt?«, fragte ich.

»Sehr schön«, antwortete sie. »Wir hatten meine Mutter da und sind über Silvester nach Reading zu Terrys Schwester gefahren.«

Ich erzählte ihr, dass ich die Ferien bei meinen Eltern im New Forest verbracht hätte. Das entsprach auch zum größten Teil der

Wahrheit. Im Büro nahm meine Erinnerung an Silvester in Stoneborough unwirkliche Züge an. Dieses Herrenhaus, das ganze Anwesen und meine neue Beziehung mit Lucas – sogar mir kam es vor, als phantasierte ich das alles nur zusammen.

Ich hatte oft das Gefühl, mein Leben in einem Lift zu verbringen, der zwischen zwei Stockwerken stecken geblieben war. Zum einen gab es da meine Arbeitswelt und auch meine Eltern, die zwar belesen und liberal waren, als Lehrer aber nur über beschränkte finanzielle Mittel verfügten. Zum anderen besaßen einige meiner Freunde wirklich Geld und einen gesellschaftlichen Schliff, der ihnen bereits mit achtzehn zur zweiten Natur geworden war. Danny zeigte an der Universität eine Weltgewandtheit, die ich noch immer nicht erreicht hatte. Anfangs, als ich frisch aus der Provinz kam und mich naiv fühlte, schob ich dies auf seine Londoner Herkunft, doch inzwischen hatte ich andere Quellen geortet, aus denen die Souveränen ihre Selbstsicherheit schöpfen. Die offensichtlichste war natürlich Geld. Lucas aber hatte sich von seinesgleichen immer abgehoben, was ich zum Teil der Tatsache zuschrieb, dass er nicht mit Reichtum aufgewachsen war und der damit verbundenen Erwartungshaltung, wie die Welt einen zu behandeln hatte.

Ich öffnete Outlook. Außer Spam gab es in meinem Posteingang keine neuen E-Mails; die letzten hatten mit den Weihnachtsvorbereitungen meiner Familie vor den Feiertagen zu tun. Ich war enttäuscht, keine Nachricht von Lucas zu finden, sagte mir aber standhaft, dass er sehr viel zu tun haben musste.

Nach der Redaktionssitzung für die Ausgabe dieser Woche begann ich die Meldungen der jüngsten Eheschließungen zusammenzuschreiben, eine anspruchslose Beschäftigung, bei der ich gut an etwas anderes denken konnte. Was Lucas mir von Patrick und seinem Vater erzählt hatte, drehte ich in meinen Gedanken immer wieder hin und her wie einen dieser Zauberwürfel. Es war nicht schwer zu verstehen, warum sein Vater Selbstmord begangen hatte; schließlich hatte er einen Menschen getötet. Patrick jedoch blieb ein Rätsel. Lucas hatte wenig gesagt, was über seine allerersten Informationen hinausging.

Ich dachte an Patricks Gedenkgottesdienst im November, an einem typischen Londoner Regentag. Die grauen Wolken passten zum öden Beton der Gebäude und zu den nassen Straßen. Windböen wirbelten Abfall im Kreis herum und zerrten an den Hüten der Damen, die sich draußen auf den Stufen von St. Thomas in Mayfair versammelten, fünf Gehminuten von der Galerie in der Cork Street entfernt, wo der Mann, den sie betrauerten, vor drei Wochen noch seiner Tätigkeit nachgegangen war. Die Kirche war so voll, dass Nachzügler hinten stehen mussten. Ich fragte mich, wie viele von diesen Leuten wirkliche Freunde gewesen waren. Die Zeitungen hatten die Story über die ganze Woche hin breitgetreten: der tiefe Fall des charismatischen Königsmachers in der Kunstwelt. Ich hatte die Machwerke täglich gelesen und war wütend, dass ein Ereignis, das Lucas so tief traf, zu Unterhaltungszwecken ausgeschlachtet wurde, Zielscheibe selbstgerechter Urteile von Leuten, die Patrick nie gekannt hatten. Er war ein Luxusmensch gewesen? Na und? Er hatte viel Geld verdient und das in einem Alter, in dem er es genießen wollte. Seine Clique war immer von Frauen umschwärmt gewesen? Und einer seiner Künstler war möglicherweise heroinsüchtig – das konnte in der Kunstszene doch kein Einzelfall sein, oder?

Wir hatten alle den Tag frei genommen, um Lucas moralisch zu unterstützen. Rachel und Michael waren gedämpfter Stimmung, doch Martha kochte vor Wut, und ich musste sie beschwichtigen, sich nicht über die Paparazzi auf dem Gehweg gegenüber aufzuregen. Sie lauerten mit ihren Kameras auf die berühmten Gesichter, die hier mit Sicherheit erscheinen würden. »Scheiß-Blutsauger«, sagte sie. »Er ist tot. Reicht das noch nicht?«

Ich hielt mich in Lucas' Nähe, als er die Trauergäste begrüßte und ihnen für ihr Kommen dankte. Unter den piekfein Gekleideten und Reichen gab es mehrere Prominente. Ich sichtete einen bekannten Labour-Abgeordneten und einen Auslandskorrespondenten der BBC, außerdem Louis Finch, den angesagten schwarzen Schauspieler. Etliche elegante Frauen in den Vierzigern und Fünfzigern kamen mir vage bekannt vor, doch ich wusste nicht, wer sie waren. Einigen unkonventionell aussehenden Leuten war anzusehen, wie unbehaglich sie sich in der förmlichen Kleidung fühlten, die der Anlass vorschrieb; das mussten Künstler sein, die Patrick betreut hatte, oder Freunde dieser Künstler. Auch die Putzfrau seines Londoner Hauses war gekommen, der ich einmal begegnet war, als ich mich dort mit Lucas verabredet hatte. Sie umarmte ihn.

Danny lief an diesem Tag zu Bestform auf, das musste ich zugeben. Er hielt sich zurück, glänzte aber als Organisator, verteilte die Gottesdienstordnung und führte die Trauergäste zu ihren Plätzen; allerdings gab seine Beflissenheit Anlass zu einigen Missverständnissen. »Es tut mir ja so leid für Sie«, hörte ich eine der schicken Damen mittleren Alters zu ihm sagen. »Ich weiß, wie nahe Sie einander gestanden haben.«

»Danke«, hatte Danny ernst geantwortet, bis er über ihre Schulter meinen Blick auffing und sich hastig entfernte.

Drinnen sickerte trübes Unterwasserlicht durch die Buntglasfenster, das die dunklen Holzbänke kaum freundlicher erscheinen ließ. Es roch intensiv nach Staub und Establishment; ich konnte mir gut vorstellen, wie Patrick die Förmlichkeit des Ganzen mit einer respektlosen Bemerkung untergraben hätte. Lucas hielt die Trauerrede und es schnitt mir ins Herz, als ich ihn vor allen diesen Menschen stehen sah – er gab ihrer Trauer eine Form, er, der selbst am meisten litt und nun, von seiner Familie verlassen, ganz allein in der Welt stand.

Ich wusste nicht viel über Patricks früheres Leben, von dem abgesehen, was die Zeitungen aufgegriffen hatten. Er wirkte auf mich, als sei er schon von Geburt an die Persönlichkeit gewesen, als die ich ihn kennenlernte. Aus Lucas' Rede erfuhr ich, dass Patrick in Northamptonshire als einer von zwei Söhnen eines ortsansässigen Geschäftsmanns aufgewachsen war und nach dem Besuch einer Privatschule in Cambridge englische Literatur studiert hatte. Kurz nach dem Studium begegnete er Simon Harcourt, der gerade mit seiner Serie von Ölgemälden, *Elysium*, begonnen hatte. Patrick bot ihm an, ihn als Agent zu betreuen, und als Harcourt durchschlagenden Erfolg hatte, wandten sich weitere Künstler an Patrick. Lucas beschrieb ihn als den Ersten einer neuen Generation von Kunsthändlern voller Unternehmergeist, der Mitte zwanzig seine Galerie aufgemacht hatte, sich für Unbekannte aus der Avantgarde engagierte und sie zu Stars machte. Einer seiner Protégés war, wie ich bereits wusste, Thomas Parrish, ein bedeutender britischer Künstler der Siebziger und Achtziger, dessen Werke in der Tate Modern hängen.

»Na, wach schon auf. Schluss mit den Tagträumen, Joanna«, sagte Stephen und klatschte mir einen Stapel Kommunalratspapiere auf den Schreibtisch. »Da geht's um die Umwandlung der South Street in eine Fußgängerzone. Nicht besonders aufregend, aber so was gehört nun mal zu einem Volontariat, nicht?«

Ich muss weg hier, dachte ich. In diesem Jahr war mein Absprung von der *Gazette* fällig. Mein Volontariat hier hatte sich zu einer Elefantenschwangerschaft ausgewachsen.

Lucas hatte ein Lokal in Soho ausgesucht, zu dem eine lange Treppe hinunterführte. Der Raum, ursprünglich ein Keller, bestand aus kleinen Wandnischen rings um einen zentralen Servicebereich, von dem aus das Personal die Gäste bediente. Stimmengemurmel und leise orientalische Musik waren die einzige Geräuschkulisse. Die klassische Verführungsszenerie – ein einschüchternder und erregender Gedanke zugleich.

Der Ober wies mich zu einer Nische in der Ecke. Lucas wartete schon auf mich, den dunklen Schopf über die Weinkarte gebeugt. Er war direkt aus dem Büro hergekommen und trug einen Anzug, was mir an ihm besser gefiel als an den meisten anderen Männern. Lucas sah im Anzug aus, als hätte er gerade eine erfolgreiche Sitzung hinter sich. Danny dagegen, der in allem anderen umwerfend aussah, wirkte im Anzug wie ein junger Straftäter vor Gericht. Lucas erhob sich, als er mich kommen sah, lächelte und gab mir einen nicht ganz eindeutig zu interpretierenden Kuss dicht neben den Mund. Ich wollte mich auf die Bank ihm gegenüber setzen, doch er rutschte zur Seite und deutete neben sich. Etwas zögerlich nahm ich Platz.

Wir machten Smalltalk, wie wir es meiner Erinnerung nach noch nie getan hatten. Befangen studierte ich die handgeschriebene Speisekarte und zuckte zusammen, als ich sah, dass keine Preise daraufstanden. Dann beschloss ich, das Essen einfach zu genießen; notfalls konnte ich mich den Rest des Monats immer noch von Toast ernähren.

»Was hältst du davon?«, fragte er mich, als sich der Ober lautlos zurückzog, nachdem Lucas, der sich hier auszukennen schien, die Bestellung aufgegeben hatte.

»Das Restaurant? Wunderbar – es ist, als würde man in einem Tempel dinieren.«

Er zog seine Serviette aus dem geflochtenen Schilfgrasring. »Ich war mal mit Danny hier, vor ein paar Jahren.«

»Mit Danny?«

»Du kennst ihn doch. Das war damals, als ich Jura studierte und wirklich knapp bei Kasse war. Er hatte gerade diese Riesengehaltserhöhung gekriegt, du erinnerst dich, zwei Monate nach der Wodkakampagne. Danach hat er mich in alle möglichen irre teuren Lokale eingeladen.«

»Er ist so ein Aufschneider«, sagte ich. Ich hatte meine eigene Meinung, warum Danny Lucas gegenüber so großzügig war. Einmal hatte er ihn sogar eine Woche nach Barcelona eingeladen. Ich zweifelte seine Großzügigkeit zwar nicht an, hatte aber den Verdacht, dass er Geld als Mittel benutzte, um in ihrer Freundschaft die Rolle des Überlegenen zu übernehmen. Ich verhielt mich nämlich meinen jüngeren Brüdern gegenüber ähnlich, wenn auch in bescheideneren Dimensionen. Es machte mir großen Spaß, sie gelegentlich einzuladen, und ich genoss das gute Gefühl, dazu in der Lage zu sein.

»Er ist einfach wahnsinnig großzügig. Von jetzt an ist das nicht mehr nötig. Aber ich bin froh, dass er mir dieses Restaurant gezeigt hat. Seitdem habe ich immer davon geträumt, mit der Frau, die ich liebe, hier essen zu gehen.«

»Dann bist du also Stammgast?«, fragte ich in der Hoffnung, mein scherzhafter Ton würde verschleiern, wie ernst es mir war. Eine riskante Frage, aber ich musste einfach Gewissheit haben.

»Nein.« Hätte ich es nicht besser gewusst, dann hätte ich seinen Gesichtsausdruck als Enttäuschung gedeutet. »Heute ist das erste Mal.«

»Schmeichler«, sagte ich erleichtert.

»Das hat mit Schmeichelei nichts zu tun.« Offen und eindringlich sah er mich an, wie es seine Art war. Ich starrte ihm ins Gesicht, unfähig, den Blickkontakt abzubrechen. Allmählich fühlte ich mich, als ließe ich mir beim Optiker neue Kontaktlinsen anpassen; alle zwei Sekunden ließ er neue Linsen auf meine Augen fallen. Kaum hatte ich mich an eine neue Situation gewöhnt, erhöhte Lukas schon wieder den Einsatz. Ich war mir nicht sicher, wie das funktionieren sollte – eine Beziehung mit jemandem, den man schon so lange so gut kannte. Konnte man da so mir nichts, dir nichts von Liebe reden?

»Jo.« Er nahm meine Hand. »Ich weiß, dass das alles sehr schnell geht, und ich erwarte von dir nicht, dass du mir jetzt sagst, du liebst mich auch. Aber glaubst du, dass du dich in mich verlieben könntest?«

Ich blickte in seine großen, ehrlichen Augen und sah das Flehen darin. Ich dachte an seine Freundlichkeit, an seine Wärme und daran, wie sehr ich ihn begehrt hatte. »Ja«, antwortete ich. »Das glaube ich.« Er begann zu strahlen.

Der Ober brachte den ersten Gang, winzige Frühlingsröllchen und mit Schnittlauch verschnürte Teigtäschchen. Ich nahm mir einen Löffel von der süßen Chilisauce.

»Darf ich dich was fragen?«, begann ich.

»Was denn?«

»Versprichst du mir, dass du nicht beleidigt bist?«

»Innerhalb vernünftiger Grenzen.«

»Hast du deine Gefühle für mich jetzt deswegen entdeckt, weil ...«

»Patrick tot ist und ich trauere?«

»Ja.«

»Ich hab mich schon gefragt, ob du das denken würdest. Ich hab selbst lange überlegt. Und mich getestet – klingt lächerlich, was? –, ob ich mich in die Vorstellung einer Beziehung mit dir rette, wenn ich mich wirklich mies fühle. So ist das aber nicht.« Er trank einen Schluck Wein. »In ganz schlimmen Momenten habe ich tatsächlich an dich gedacht, und das hat mir auch geholfen. Doch da ging es einfach um unsere Freundschaft, um das Bewusstsein, dass es dich gibt. Sicher halten manche Leute eine Freundschaft für weniger stark als eine Liebesbeziehung, aber bei uns denke ich das nicht. Du bist meine beste Freundin.«

»Warum hast du mich dann nicht angerufen?«

»Ich musste es alleine durchstehen. Jeder trauert anders, glaube ich. Bei mir ist Trauer Privatsache.«

Ich nickte zum Zeichen, dass ich das nachvollziehen konnte. Lucas redete so lange über alles, was ihn bedrückte, bis sich die Lage zur Krise zuspitzte. Dann ging er auf Tauchstation. An der Uni bekam er zum Schluss Angst, er hätte für das Examen nicht genug gearbeitet und würde seine Mutter und Patrick enttäuschen. Er verschwand vier Tage lang, ohne jemandem Bescheid zu sagen. Ich machte mir keine allzu großen Sorgen, weil ich wusste, dass es eine einfache Erklärung geben würde. Und so war es schließlich auch: Er hatte sich in Torquay in einer Pension eingemietet, um sich zu beruhigen und Vergils *Georgica* zu lesen.

»Du bist ganz rosig«, sagte Lucas, streckte den Arm aus und legte den Finger an meine Wange. Ich spürte, wie ich noch röter wurde.

»Das macht der Wein.«

»Nicht die Gesellschaft?« Er lächelte.

»Redest du mit allen deinen Liebsten so?« Kaum begann das Wort über meine Lippen zu schlüpfen, konnte ich es nicht mehr zurücknehmen. Es fiel wie ein Stein aus mir heraus. Ich war so verwirrt, so aus dem Gleichgewicht, dass ich zu weit ging.

Er zuckte nicht mit der Wimper. »Nein, nur mit dir.«

Wir gingen, ohne grünen Tee zu trinken. Lucas wollte nicht, dass ich die Rechnung mit ihm teilte; nach einigem Hin und Her ließ er zu, dass ich meine Kreditkarte zu der seinen in die Seidenmappe legte, doch als sich der Ober mit der Mappe entfernt hatte, gab Lucas mir die Karte zurück. »Du kannst ja das Taxi zahlen, wenn du unbedingt willst«, sagte er.

Oben auf dem Gehweg nahm er mein Gesicht zwischen seine Hände und küsste mich. Es gefiel mir, dass noch viele Leute unterwegs waren; ich wollte von allen diesen Fremden gesehen werden. Im Taxi drückte ich mich an ihn und genoss es, seinen Arm um mich zu spüren. Der Gedanke, mit Lucas ins Bett zu gehen, hatte etwas Unwirkliches wie vieles, was man sich immer wieder vorstellt. Aber dass ich es wollte, wusste ich ganz sicher. Es hatte gerade aufgehört zu regnen. Alles war schwarz und glänzte; die Reifen des Taxis zischten durchs Wasser auf der Straße, als wir rasch durch Soho nach Bloomsbury fuhren. Wir hielten vor Lucas' Wohnhaus, und ich bezahlte den Fahrer.

»Ich koch uns Kaffee«, sagte Lucas, machte die Tischlampe im Wohnzimmer an und ging dann in die Küche. »Leg doch Musik auf.«

Ich suchte die *Trinity Sessions* der Cowboy Junkies heraus, eine CD, die wir zig Mal zusammen gehört hatten.

Lucas' Wohnung war vor etwa dreißig Jahren mit teuren Möbeln ausgestattet worden und erinnerte mich an eine schöne Frau, die in Würde altert. Das Leder auf den Armlehnen des Sofas war fast bis zur Rosshaarfüllung durchgescheuert, doch es hatte immer noch den warmen Braunton von Herbstblättern.

Wie Patrick hatte er überall Bücher, in Regalen, auf dem Boden gestapelt, aufgeschlagen und mit den Seiten nach unten auf einem Sessel abgelegt, gebundene Bücher, Taschenbücher, Bücher, die ich ihm geliehen hatte, die er gekauft oder aus der Bücherei mitgenommen hatte. Anders als Patrick las er nur Romane. Wir vertraten beide die Theorie, dass man in die Lektüre ernsthafter Sachbücher erst hineinwachsen muss.

Die Wände waren mit alten Kinoplakaten gepflastert, Originalen, die er gekauft und gerahmt hatte. Vor der Badtür, so dicht neben der Dusche, wie es ohne Wasserschaden möglich war, hing ein Originalplakat von *Psycho*, das teuerste der Sammlung.

Lucas brachte den Kaffee und ließ sich neben mir auf das Sofa nieder. Er streckte den Arm aus, und ich rutschte näher heran, schmiegte mich an ihn. Ich hörte die Kirchturmuhr zwei Straßen weiter leise Mitternacht schlagen. Das Zimmer war mir so vertraut wie ein Mensch, vom Luftzug, der unter der Tür hereinwehte, bis zum Knacken der Heizkörper beim Abkühlen. Ich rutschte nach unten und legte mich aufs Sofa, den Kopf in Lucas' Schoß. Er streichelte mir über die Haare, von der Stirn nach hinten. Wir hörten uns die ganze CD an. Vermutlich hing Lucas genau wie ich den Erinnerungen an die anderen Male nach, als wir zusammen diese Musik gehört hatten. Als die CD zu Ende war, beugte er sich herunter und küsste mich. »Ich ruf dir ein Taxi«, sagte er.

Ich hoffe, ich hatte mich so weit im Griff, dass mein Gesicht den Gefühlssturm nicht verriet, der augenblicklich in mir losbrach. Auch wenn ich tief im Inneren erleichtert aufseufzte, weil das nervenaufreibende Ereignis nun doch nicht stattfinden würde, fühlte ich mich um den versprochenen Abschluss des Abends betrogen.

Die nächsten paar Minuten vergingen wie im Nebel. Lucas telefonierte, half mir in den Mantel und hielt meine Hand, als wir die Treppe hinuntergingen. Jetzt war ich es, die an ängstlicher Befangenheit litt. Auch wenn Lucas von seiner Anziehungskraft nicht sonderlich viel hielt, kannte ich mehrere hübsche Mädchen, die liebend gern mit ihm ausgehen würden. Vielleicht hatte er noch einmal gründlich nachgedacht. Vielleicht fand er mich jetzt, wo alles wahr zu werden begann, sexuell nicht mehr attraktiv. Mir wurde ganz elend.

Als wir auf dem Gehweg standen, war das Taxi noch nicht da. Ich stampfte mit beiden Füßen auf, um mich aufzuwärmen und abzulenken. Lucas sah mich an. Vielleicht hatte er darauf gewartet, dass ich den ersten Schritt tat und ihm zeigte, dass ich ihn wollte. Schließlich hatte er in Stoneborough die Initiative ergriffen und mich geküsst. Vielleicht war es ihm ein Bedürfnis, dass auch ich ihm mein Verlangen nach ihm zu erkennen gab. Wieder fragte ich mich, was das Protokoll zur korrekten Aufnahme intimer Beziehungen mit dem engsten Freund vorschrieb. Erübrigte sich nach den vielen Jahren der Freundschaft die Regel, den ersten Sex hinauszuschieben? Schließlich brauchten wir uns kaum noch groß kennenzulernen, oder? Ich zog Lucas an mich und küsste ihn, aber jetzt war es zu spät; das Taxi fuhr vor und hielt neben uns. Lucas öffnete mir die Tür und erwiderte meinen Kuss, küsste mich noch einmal richtig und leidenschaftlich. Er stand da und winkte, bis wir um die Ecke bogen.

Vielleicht war ich aus der Übung. Schließlich war es fast ein Jahr her, dass ich mit jemandem geschlafen hatte – mit Rob, meinem letzten Freund. Wir hatten uns auf einer Grillparty bei Rachel kennengelernt, fanden sofort einen Draht zueinander und fingen Feuer. Lucas war früh gegangen, wie ich mich jetzt erinnerte; damals hatte ich mir nichts dabei gedacht. Rob war Geschichtslehrer, und wir hatten uns anfangs unheimlich viel zu sagen. Aber nach einem halben Jahr wurde es schwierig. An einem Abend, bevor ich mit ihm zum Essen ging, ertappte ich mich dabei, dass ich Gesprächsthemen probte. Ich beschloss abzuwarten, ob sich die Lage verbesserte, aber noch am gleichen Abend erklärte er mir, er habe sich in seine Mitbewohnerin Sarah verliebt. Der Schock, den ich empfand, überraschte mich selbst. Danach hatte ich mich verhalten wie immer, hatte mich in die Gruppe zurückgezogen und gewartet, dass der Schmerz aufhörte.

Lucas würde mir nicht wehtun, das wusste ich. Er würde sich mit allen Kräften bemühen, dass das nicht passierte, selbst wenn es mit uns nicht klappen sollte. Das musste auch der Grund sein, warum er mich nicht gebeten hatte zu bleiben. Redete ich mir jedenfalls ein. Er wollte mich nicht drängen oder unter Druck setzen. Das war typisch für ihn. Und es war ja auch ein großer Schritt. Wenn wir einmal miteinander im Bett gewesen wären, gäbe es kein Zurück mehr. Doch meine impulsive Seite war enttäuscht, dass er so vernünftig sein konnte. Diese Seite in mir wünschte sich, er hätte mich, sobald wir den Fuß in seine Wohnung setzten, in sein Schlafzimmer geschleift. Sosehr ich mich auch um eine rationale Erklärung seines Verhaltens bemühte, konnte ich doch das Gefühl nicht loswerden, dass er mich nie nach Hause geschickt hätte, wenn er mich wirklich begehrte. Hätte er mich nur attraktiv genug gefunden, dann wären sämtliche Widerstände zusammengebrochen.

Kapitel V

Als ich am folgenden Samstag in Stoneborough aufwachte, lag Lucas an mich geschmiegt und mein Körper in der Rundung des seinen wie eine Zwiebelschicht in der nächsten. Es war noch früh. An seinem langsamen Atem, der meine Schulter streifte, merkte ich, dass er noch schlief. Ich rückte vorsichtig ein Stück von ihm ab, damit ich bequemer liegen könnte, ohne ihn aufzuwecken. Er murmelte etwas Unverständliches und schlief dann weiter.

Gestern Abend waren wir nur zu fünft gewesen, da Greg und Rachel in London bleiben mussten, um mit einem neuen Kunden von Greg essen zu gehen. Als alle angekommen waren, aßen wir in der Küche zu Abend, nahmen dann unsere Gläser mit in den Salon und setzten uns vor den Kamin. Es war noch früh, als Lucas und ich unseren Abgang machten.

»Geh schonend mit ihm um, Joanna.« Danny hatte sich die kleine Anzüglichkeit nicht verkneifen können. Ich wusste, dass es idiotisch war, doch ich wurde rot vor Verlegenheit und mir fiel keine schlagfertige Antwort ein.

»Danny, *bitte*!«, sagte Lucas. Er drückte meine Hand und zog die Salontür zu. »Ignorier ihn einfach.« Ich wartete nervös in der Eingangshalle, während er die Alarmanlage einschaltete, und trat von einem Fuß auf den anderen.

Sein Zimmer lag im Dachgeschoss, neben meinem. Er hatte es mir auf unserer Besichtigungstour nicht gezeigt. Es war schlicht eingerichtet, ganz in Weiß, mit weißem Bettzeug, doch die Wand gegenüber dem Bett wurde fast vollständig von einem Gemälde eingenommen, das ich wiedererkannte.

»Lucas, ist das nicht …«

»Nicht jetzt.«

Wie nun seine Hände über mich glitten, überraschte mich. In Stoneborough war alles anders, als veränderte sich seine Persönlichkeit, sobald er über die Schwelle des Hauses trat. Ich hatte das Gefühl, mit einem kühneren Mann zusammen zu sein. Was nun kommen würde, stand außer Frage. Er schob die Hände in die hinteren Taschen meiner Jeans und presste mich hart an sich, als er mich küsste. Nach einer Weile löste er sich von mir und schob mich sanft rückwärts, zum Bett. Mein Herz jubelte vor Erleichterung über sein offensichtliches Verlangen. Er wollte mich, und das törnte auch mich an. Nachdem wir uns gegenseitig ein Kleidungsstück nach dem anderen ausgezogen hatten, ließ ich den Blick einen Moment auf ihm ruhen. Durch seine Nacktheit sahen die Partien seines Körpers, die mir vom Strand und Park vertraut waren, anders aus. Bewegt stellte ich fest, dass er im Brust- und Bauchbereich abgenommen hatte; seine Trauer ließ sich am Körper ablesen. Er wirkte verletzlich.

Ich hatte mir in der Phantasie oft ausgemalt – sogar mir dies selbst einzugestehen war irgendwie peinlich –, wie es mit Lucas wäre, den ich zuweilen als Seelengefährten ansah. Ich hatte mir vorgestellt, dass sich unsere emotionale Nähe auf unsere körperliche Beziehung übertragen ließe und es nichts Unbeholfenes, kein Gefummel geben würde, das einen daran erinnerte, was für eine seltsame Sache Sex eigentlich war. Alles würde bruchlos ineinanderfließen, wir wüssten beide genau, was der andere mochte, und die übliche Befangenheit, nackt zu sein, würde fehlen, dieses Gefühl, sich einem anderen völlig zu entblößen. Tatsächlich gab es aber einen sehr verlegenen Moment, als Lucas nach einem Kondom suchen musste. Die Pause zerstörte den Zauber. Ich begegnete seinem Blick, als er es überstreifte. Wir sahen einander an, als würde uns plötzlich klar, was wir da taten, und als stellten wir in Frage, ob wir es wirklich tun sollten. Da zwinkerte ich ihm zu, um ihn zum Lächeln zu bringen und die Spannung zu vertreiben. Danach wurde es etwas besser und das zweite Mal noch besser. Und wenn erst einmal eine gewisse Normalität eingekehrt wäre, dann würde es sicher sehr schön werden.

Ich lag eine Weile wach da und sah zu, wie das Fenster im Morgenlicht langsam hell wurde, genoss die Wärme des Bettes und des Körpers hinter mir. Nach ungefähr zehn Minuten begann sich Lucas zu rühren, und ich drehte mich zu ihm um. Er schlug die Augen auf und lächelte mich an. »Morgen«, sagte er und schob mir eine Haarsträhne aus den Augen. »Dann ist es also wahr.«

»Was denn?«

»Dass man nie die Hand nach seinen Idolen ausstrecken soll. Wenn ich gewusst hätte, wie du ohne Make-up aussiehst ...«

»Verpiss dich.« Ich gab ihm unter der Decke einen Tritt.

Er lachte und rollte sich auf mich. Dann schob er meine Arme nach oben, hielt sie fest und küsste mich; einen Moment lang dachte ich an meine ungeputzten Zähne. »Es ist schön, mit dir aufzuwachen«, sagte er und löste sich wieder von mir. »Ich mache uns Kaffee. Wehe, du verlässt das Bett!« Er schlüpfte in Jeans und Pulli und tappte aus dem Zimmer. Ich sah seinen Rücken hinter der Tür verschwinden.

Ich wartete, bis ich seine Schritte nicht mehr hörte, und stieg dann selbst aus dem Bett, um mir das Bild über dem Kaminsims näher anzusehen. Es war ein Goldstein, ein Werk, das ich vor einigen Jahren, als wir noch studierten, in Patricks Galerie ausgestellt gesehen hatte. Lucas, Danny und ich waren zusammen mit dem Bus von Oxford nach London gefahren, zur Vernissage. Ich hatte an der Uni etwas an Selbstbewusstsein zugelegt, weiß aber noch genau, wie linkisch ich mich an jenem Abend fühlte. Es war Oktober und sehr frisch. Die Schaufensterpuppen in der Bond Street trugen Modelle von überirdischer Raffinesse. Lucas ging rasch, in Vorfreude auf die Bilder.

In der Cork Street reihte sich eine Galerie an die andere.

Die Erdgeschosse der meisten Häuser bestanden aus riesigen Glasfronten, beschriftet mit den Namen der jeweils ausgestellten Künstler. Da gab es traditionelle englische und islamische Kunst, Plakate aus Japan, eine dramatische moderne Skulptur, die steinern und düster im dunklen Ausstellungsraum neben Patrick aufragte. Aus Patricks Galerie fiel Licht auf den Gehweg. Drinnen drängten sich kultivierte Großstädter, gut gekleidete Menschen mit der Eleganz der mittleren Jahre, aber auch Jüngere, von denen einige wohl Künstler waren, in so ausgefallener Aufmachung, dass sie selbst wie wandelnde Installationen aussahen. Eine Frau trug einen Hut mit einer langen grünen Feder, die hinter ihr fast bis zum Boden herabhing. Bei ihren schnellen, abrupten Kopfdrehungen zuckte eine Wellenbewegung durch die Feder wie bei einer Peitsche. Meine billige schwarze Hose und mein gewöhnlicher Pulli wurden mir peinlich bewusst.

Lucas hielt mir die Tür auf und winkte mich hinein. Patrick entdeckte Lucas fast sofort, kam zu uns herüber und zog seinen Neffen stürmisch in seine Bärenpranken. Lucas war über einsachtzig, doch neben Patrick sah er aus wie ein Zwerg. Patrick schüttelte Danny die Hand und küsste mich auf die Wange.

»Schön, dich wiederzusehen, Jo«, sagte er. »Hol dir ein Glas Wein und schau dich um. Die Arbeiten sind außergewöhnlich. Mich würde interessieren, was du davon hältst.« Mit seiner natürlichen Art sorgte er sofort dafür, dass ich mich wohlfühlte.

Jener Abend war wie eine Reise in ein fremdes Land, und ich nahm alles in mich auf, die Bilder, die Leute, die Galerie selbst. Ein großer weißer Raum, sehr kahl. Goldstein stand finster und kettenrauchend in einer Ecke und blickte unergründlich unter den buschigen schwarzen Brauen hervor. Patrick nahm mich später beiseite und erklärte mir leise, dass Goldstein Vernissagen hasste und man ihn zur Eröffnung seiner Ausstellungen herbeizwingen musste.

Ich erinnerte mich noch an ein weiteres Gespräch an jenem Abend. Ich stand etwas abseits, hatte mich etwa fünf Meter von

Lucas und Patrick entfernt, damit sich die beiden ungestört unterhalten könnten. Es ärgerte mich, dass Danny nicht kapiert zu haben schien, warum ich mich zurückgezogen hatte. Er hatte gerade mit mäßigem Interesse eine coole junge Frau mit schwarzem Pagenkopf angebaggert, doch kaum sah er Patrick mit Lucas reden, entschuldigte er sich und stellte sich dazu. In der Hitze und dem Gewimmel fühlte ich mich, als hätte ich ein Glas Champagner zu viel getrunken. Ich wollte mich schon nach einem Stuhl umsehen, als ich hinter mir eine Frau ihre Nachbarin leise fragen hörte: »Ist das nicht Lucas Heathfield?«

»Ja. Sieht nicht ganz so gut aus wie sein Vater, was?«, kam die Antwort, die in mir sofort den heftigen Drang auslöste, Lucas zu beschützen.

»Nein, aber von den beiden Heathfield-Brüdern war mir Patrick immer der liebere. Ja, ich weiß schon, Justin war der Goldjunge und hatte diesen kurzlebigen Schmelz, aber Patricks berühmtes gewisses Etwas … Ich kenne nicht viele, die seinem Charme hätten widerstehen können. Und dass er nicht so gut aussah wie sein Bruder, schien für ihn bei den Frauen kein Manko darzustellen. Meine Güte, weißt du noch?«

»Aber das war alles nicht mehr wichtig, als er *ihr* begegnete. Erinnerst du dich auch daran? Sobald sie die Bühne betrat, war das das Aus für alle anderen. Sie hat sie regelrecht in den Schatten gestellt – überstrahlt ist wohl das richtige Wort … Ah, da bist du ja, Schatz. Hast du's gekauft?«

Der Gatte der Dame war zurückgekehrt. Ich drehte mich um und entfernte mich ein Stück, weil ich sehen wollte, wer da zuletzt gesprochen hatte. Ich schätzte sie auf Mitte fünfzig, aber sie war immer noch sehr attraktiv. Mit den blonden, gut geschnittenen Haaren und dem leicht übermütigen Gesichtsausdruck erinnerte sie mich an Honor Blackman in *Goldfinger*; sie trug eine cremefarbene Bluse mit Schleifenkragen und eine dunkle Wildlederhose. Ich fragte mich, ob sie wohl mal etwas mit Patrick gehabt hatte. Sie hätte dafür mein vollstes Verständnis. Ich wusste von Patricks Affären mit extravaganten Frauen. Lucas hatte mir erzählt, Patrick wäre eine Weile mit der Schauspielerin Marie St. Jacques zusammen gewesen, was meinen Vater ziemlich beeindruckte, als ich es ihm weitererzählte.

Die ausgestellten Gemälde mit ihren riesigen Farbflächen beherrschten den Raum. Der Stil war modern, dargestellt waren das Meer, Felder, Wälder bei Wind und Wetter. Das Bild, das jetzt bei Lucas an der Wand hing, war mein Lieblingsbild gewesen. Es zeigte einen Wald im Sturm, einen Wald in Nahaufnahme. Der Künstler stand so dicht vor den Bäumen, dass man die Rindenstruktur der einzelnen Stämme erkennen konnte. Die Dicke des Farbauftrags – stellenweise fast ein Zentimeter – vermittelte einen Eindruck von der Gewalt des Sturms. Die Farbpalette war dunkel, gedämpftes Grün, Grau und Braun in hundert Abtönungen.

Ich hörte, wie sich Lucas' Schritte dem Treppenabsatz näherten, und kehrte schnell ins Bett zurück. Er stellte zwei Kaffeebecher auf das Nachttischchen und schlüpfte neben mich unter die Decke.

»Ich habe dieses Bild geliebt«, sagte ich.

»Patrick hat es für mich gekauft.«

»Für dich gekauft?« Ich war schockiert. Ich wusste nicht, was ein Goldstein kostete, nur, dass er extrem teuer war.

Lucas sah mich an. »Mum wollte nie Geld von ihm annehmen, sogar als wir völlig pleite waren. Da hat er mir stattdessen Dinge gekauft und mich vor vollendete Tatsachen gestellt.« Er trank einen Schluck Kaffee. »Das Bild war allerdings ein Fall für sich. Die meisten seiner Geschenke waren praktisch, und ich wusste in der Regel, was er vorhatte. Aber von dem Bild erfuhr ich erst, als ich einmal am Wochenende herkam, und ich musste ihm versprechen, Mum nie davon zu erzählen.«

»Warum wollte sie von ihm denn kein Geld annehmen?«

»Sie war sehr stolz. Gerade du solltest das verstehen. Du lässt dich von mir ja nicht einmal kampflos zu einer Tasse Tee einladen. Aber daran wirst du dich gewöhnen müssen.«

Ich schnitt eine Grimasse, die Entrüstung und Unabhängigkeit ausdrücken sollte, und er lachte, stellte seinen Becher wieder ab und machte sich über mich her.

Später am Vormittag ging Lucas mit Danny, Martha und mir hinter das Haus zu einigen Nebengebäuden, die um eine zweite kleine Auffahrt gruppiert waren. Eine Reihe von kahlen Birken füllte die Lücken; der Boden unter dem Kies war beinhart gefroren. Das größte der Gebäude war eine Scheune mit einer hölzernen Flügeltür, die fast bis zum Dach reichte; außerdem gab es zwei niedrigere Gebäude, von denen eines auf der Breitseite offen war; an der Wand hingen quer alte Leitern zum Obstpflücken. Hier drinnen war Patricks Wagen geparkt, ein marineblauer Jaguar XJS. Danny stieß einen leisen Pfiff aus, umkreiste ihn, strich mit der Hand über die lange, glatte Motorhaube und sah sich durch die Fahrertür das Armaturenbrett an.

»Sein Auto. Herrgott nochmal, Mann, warum fährst du immer noch deinen R5?«, fragte er.

»Es passt noch nicht für mich. Noch nicht.«

»Er gehört doch jetzt dir.«

»Ich bin noch nicht bereit.«

»Darf ich mich mal reinsetzen?«

Lucas gab ihm zögernd den Autoschlüssel. »Pass auf, ja?«

Danny machte die Tür auf und schob sich auf den Ledersitz hinters Steuer. Lucas machte Anstalten, etwas zu sagen, blieb dann aber doch stumm. Danny fuhr mit den Fingern übers Armaturenbrett aus Mahagoni und untersuchte diverse Knöpfe und Anzeigen. Plötzlich sprang der Motor an und die weißen Rücklichter des Rückwärtsgangs leuchteten auf. Eine kleine Wolke kam aus dem Auspuff, als machte der Wagen in der Januarluft seine ersten Atemzüge.

»Danny, nicht«, übertönte Lucas das Brummen des Motors.

»Nur ganz kurz.« Er sah sich über die Schulter nach hinten um und fuhr mit einem ziemlichen Tempo rückwärts aus dem

Schuppen. Martha und ich sprangen hastig aus dem Weg, als er in dem kleinen Hof einen engen Kreis drehte.

»Danny«, schrie Lucas. »Du hast noch nicht mal den Führerschein.« Er rannte los, um Danny den Weg abzuschneiden. Ich hörte, wie Martha scharf die Luft einsog. Wir dachten beide, dass Lucas überfahren würde. Irgendwie brachte Danny den Wagen zum Stehen. Lucas bedeutete ihm mit einer zornigen Geste, die Scheibe herunterzulassen. »Himmelarsch, kannst du nicht hören? Ich hab gesagt, noch nicht.«

»Schon gut, schon gut. Ich stell ihn ja schon zurück.« Danny drückte auf einen Knopf und verschwand wieder hinter dem Glas. Er fuhr den Wagen behutsam in den Schuppen zurück. »Er war in sicheren Händen. Ich weiß nicht, weshalb du dich so aufregst«, sagte er, stieg aus und warf Lucas die Schlüssel zu. Dann stolzierte er zum Haus.

»War ich unvernünftig?«, fragte mich Lucas, nachdem er den Wagen wieder abgeschlossen hatte. »Ich habe einfach noch kein gutes Gefühl dabei, gewisse Dinge zu benutzen, die Patrick gehört haben. Das Haus ist in Ordnung; ich bin ja früher schon hergekommen. Aber sein Auto zu fahren …« Er zog seine Zigaretten aus der Tasche und zündete sich eine an; er sah etwas angegriffen aus. »Das ist für mich eine Frage des Respekts, verstehst du?«

Später am Nachmittag war ich zufällig allein mit Danny im Salon und sprach den Vorfall noch einmal an. Ich achtete sorgfältig auf meine Wortwahl; es hatte in der Vergangenheit Situationen gegeben, als mir der Verdacht kam, er würde mir die Worte absichtlich im Mund verdrehen.

»Danny«, setzte ich an, wobei ich tat, als würde ich die Zeitung durchblättern, »Lucas ist ziemlich empfindlich, wenn es um Patricks Sachen geht, weißt du.«

»Echt?« Er setzte eine Miene höflicher Betroffenheit auf, doch seine Stimme triefte vor Sarkasmus.

»Ich meine, der Wagen …«

Er lachte. »Du bist ja süß. Du bist seit fünf Minuten mit Lucas zusammen und versuchst schon, ihn zu beschützen – und das ausgerechnet vor mir! Lass dir bloß keine grauen Haare wachsen, Joanna, ich hab stets sein Bestes im Auge.«

»Ich wollte dich nicht …«

Er klatschte seine Zeitung auf den Stuhl hinter sich. Seine Augen funkelten vor Zorn. »Er ist auch *mein* bester Freund, vergiss das nicht. Ich bin ihm genauso wichtig wie du. Und wenn du ihn irgendwie verletzen solltest, dann werd ich dir's heimzahlen – und wie!«

Ich war wie betäubt. Träumte ich gerade? Hinter seinen Worten steckte eine echte Drohung.

»Und überhaupt – sollte nicht *ich* derjenige sein«, fuhr er fort, »der ihn jetzt vor *dir* beschützt? Was für ein Zufall, nicht wahr, dass ihr jahrelang nur gute Freunde wart, und nachdem du zum ersten Mal sein neues Landhaus gesehen hast, fällt dir ein paar Stunden später ein, es wäre vielleicht doch ganz nett, dich an ihn ranzumachen.«

»Das kann doch nicht dein Ernst sein.« Ich war entsetzt. »Du weißt, dass ich nicht so bin.«

Er sah mich mit einem Blick an, der durchaus mit Hass verwandt war. Er musste mir wohl angesehen haben, wie schockiert ich war, denn plötzlich lachte er, und die Bitterkeit in seinem Gesicht verflog so rasch, dass ich fast dachte, ich hätte mir alles nur eingebildet. »Natürlich nicht. Ich hab dich nur ein bisschen verarscht, Joanna – du darfst nicht immer alles so ernst nehmen.«

»Also, bei mir gibt's was Neues«, sagte Michael nach dem Abendessen und schob seinen Teller zurück. Er nahm eine Zigarette und blickte hoch, um sich zu vergewissern, dass wir ihm alle zuhörten. »Ich hab's meinen Eltern erzählt.«

»Heißt das, du hattest dein Coming-out?« Martha streckte die Hand aus und ergriff die seine, die auf dem Tischtuch lag.

»Himmelarsch«, sagte Danny.

»Wie ist es denn dazu gekommen?«, fragte ich. Michael hatte, solange ich ihn kannte, ein Doppelleben geführt. Wir, unsere anderen Freunde und alle in der Arbeit wussten Bescheid, doch er hatte es nicht über sich gebracht, es seinen Eltern zu erzählen. Es war besonders schwer für ihn, weil er das einzige Kind war und seine Mutter sich so sehr wünschte, dass er eine Familie gründete. Sie war eine liebe Frau vom alten Schlag, die sich danach sehnte, sonntags beim Familienessen eine andere Frau bei sich in der Küche zu haben, mit der sie plaudern könnte. Michael liebte sie über alles und wusste, wie tief die Wahrheit über seine Sexualität sie treffen würde.

»John hat mich sitzen lassen«, sagte er.

»Was?«, entfuhr es Lucas. »Wann denn?«

»In der Woche nach Weihnachten.«

»Das hast du uns gar nicht erzählt. Letzte Woche, an Silvester«, sagte ich.

»Ich dachte, wir kriegen's wieder hin.« Er fuhr sich durch die weichen braunen Haare. Zum ersten Mal fiel mir auf, dass er Geheimratsecken bekam.

»Ach Michael«, sagte Martha. »Hat er dir gesagt, warum?«

»Er sagte, es wäre mir nicht wirklich ernst. Er sagte, er könne nicht mit mir zusammen sein, wenn es Bereiche in meinem Leben gäbe, aus denen ich ihn ausschließe. Ich habe seine Eltern kennengelernt, tolle Menschen, bei denen ich mich keine Sekunde wie ein hässlicher kleiner Homosexueller gefühlt habe. Ich hatte John wirklich sehr gern. Ich dachte, vielleicht …« Er zuckte mit den Achseln.

»Und als ich dann bei meinen Eltern war, bin ich ausgerastet. Ich hab meiner Mutter geholfen, den Tisch abzuräumen, und dachte mir, was für eine phantastische Ehe die beiden führen. Nichts Spektakuläres, keine Wahnsinnsleidenschaft oder Dramatik, einfach Respekt und Liebe und eine Art Behaglichkeit. Wie ein Hafen. Ihr Leben ist echt, meines nicht. Das hat mich wirklich wütend gemacht. Ich weiß, dass sie sich das alles auch für mich wünschen, aber ich kann es nicht haben. Zumindest nicht so, wie sie sich das vorstellen.«

»Und wie hast du's ihnen beigebracht?«, fragte Lucas.

»Ich hab's einfach gesagt. Bin damit rausgeplatzt. ›Mum und Dad, ich muss euch was sagen, was für euch schrecklich sein wird. Ich bin schwul.‹ Ich hab so viele Jahre darüber nachgedacht, wie ich es sagen soll. Es war wie eine außerkörperliche Erfahrung oder so. Ich konnte meine Stimme hören, wie sie diese Worte formulierte.«

»Himmelarsch«, sagte Danny wieder. In seinem Gesicht war keine Spur mehr von dem heftigen Ärger von heute Nachmittag zu lesen, aber mir war sein Zornausbruch so an die Nieren gegangen, dass ich ihn kaum ansehen konnte.

»So ist es.« Michael schnippte die Asche seiner Zigarette ab. »Ich schwör's euch: Dad erblasste richtig. Das ist kein Witz: Er ist ganz grau geworden. Er hat seinen Mund auf diese echt zickige Art mit der Serviette abgetupft, hat sie zusammengefaltet und auf den Tisch gelegt. Dann ist er rausgegangen.«

»Rausgegangen?«, fragte ich nach.

»Aus dem Haus. Und solange ich da war, ist er nicht wieder zurückgekommen.«

»Und was hat deine Mutter gesagt?«, fragte Martha.

»Sie hörte überhaupt nicht mehr auf zu heulen. Ich habe stundenlang bei ihr gesessen. Sie war wie eine Maus oder so, hockte mit großen roten Augen auf der Sofakante, über ihr Taschentuch gebeugt.« Er drückte seine Zigarette aus. »Irgendwann hab ich den Arm um sie gelegt, und sie ist zusammengezuckt. Ist das zu fassen?«

»Stell dir doch mal vor, wie es wäre, wenn ich meiner Mutter eröffnen würde, ich wäre lesbisch«, sagte Martha im Versuch, ihn aufzuheitern. »Wahrscheinlich würde sie auch heulen – aber vor Freude. Ich glaube, sie hat sich nie verziehen, dass sie hetero ist.«

Michael lächelte schwach. »Tauschen wir doch.«
»Und wie geht's jetzt weiter?«, fragte Lucas.
»Ehrlich gesagt, ich weiß es nicht. Im Moment will ich gar nicht mit ihnen reden. Ganz schön komisch, wenn man sich reifer fühlt als seine eigenen Eltern. Wenn man richtig zusehen kann, wie ihre Generation den Anschluss verliert.«
»Den haben meine Eltern schon lange verloren«, sagte Danny. »Sind durch neuere, glänzendere, modischere Modelle ersetzt worden.« Er schenkte Michael nach und leerte den Rest der Flasche in sein eigenes Glas. »Trink und versuch, nicht mehr dran zu denken. Du warst wirklich tapfer. Auf die Dauer wird es sich schon wieder einrenken.«
»Hoffentlich. Aber da bin ich mir nicht so sicher.«
In der Fensterscheibe sah ich uns alle noch einmal. Der ganze Garten war von der Dunkelheit verschluckt und bildete nun die Rückseite eines Spiegels. Greg und Rachel waren kurz nach dem Mittagessen angekommen; Rachel zog gerade ihren Stuhl zu Michael hinüber und setzte sich neben ihn. Sie hörte ihm aufmerksam zu und stellte ab und zu eine Frage. Danny stand hinter Michael, die Hand auf seiner Schulter, und führte mit Martha, die am anderen Ende des Tischs saß, ein lautes Gespräch. Greg machte noch eine Flasche auf. Es beeindruckte mich, wie rasch er sich in die Gruppe integriert hatte. Seit der Uni waren wir fast wie eine Clique. Greg schien innerhalb einer Woche ganz ungezwungen in unseren Rhythmus hineingefunden zu haben und nun einer von uns zu sein. Ich fing Lucas' Blick im Fenster auf, er zwinkerte mir zu.

Wir legten Holz nach und machten den Portwein auf, den Greg aus London mitgebracht hatte. Die beiden Sofas hatten wir v-förmig hinter uns aufgestellt, damit sie uns vor dem kühlen Luftzug schützten. Danny räkelte sich auf dem Kaminvorleger wie ein Kater. Sein T-Shirt war hochgerutscht und ließ nackte Haut zwischen Hüften und Jeans sehen, ein Streifen feiner Flaum zog sich von seinem Nabel unter den Hosenbund. Er fummelte an dem winzigen Rädchen herum, das sich seitlich an seinem neuen Spielzeug befand. Soweit ich wusste, hatte er nie das geringste Interesse an Tiefseetauchen gezeigt, was ihn aber nicht davon abhielt, zweitausend Pfund für eine hypermoderne Uhr auszugeben, ein verspätetes Weihnachtsgeschenk an sich selbst.

Ich blickte in das lodernde Feuer, obwohl mir die Hitze und die Helligkeit die Augen austrockneten. Wieder kam es mir vor, als wäre das Haus bis zur kleinen Zone, die wir für uns abgesteckt hatten, an uns herangerückt. Ich konnte es hinter den Sofas und über uns spüren, riesig und stumm. Martha schlug vor, Gruselgeschichten zu erzählen. Ob sie die Atmosphäre des Hauses genauso empfand wie ich, wusste ich nicht, aber ich konnte mir keinen besseren Ort für Gespenstergeschichten vorstellen.

Das Problem ist nur, wenn man Leute schon sehr lange kennt, dann kennt man auch alle ihre Geschichten. Als ich zum ersten Mal Marthas Geschichte von einem Paar hörte, das in einem Wald in Maine zeltete, waren wir selbst beim Zelten gewesen. Damals hatte ich mich zu Tode gefürchtet, aber seither hatte ich die Geschichte mindestens noch zweimal gehört, und sie hatte für mich jeden Schrecken verloren. Genauso bin ich sicher, dass die Reaktion der anderen auf meine Geschichte über eine Witwe, die von ihrem toten Mann erst heimgesucht und dann ermordet wurde, bewusst übertrieben war – einerseits, um mir zu versichern, ich hätte sie gut erzählt, und andererseits, um sich selbst einzureden, sie hätten sich gegruselt.

»Mein Gott, Jo, da überläuft's mich richtig«, sagte Rachel und schüttelte sich, wie sie es immer tat.

»Ich hab auch was auf Lager«, sagte Greg.

Die Aussicht auf eine neue Geschichte ließ uns aufmerksam werden. Lucas goss mir und sich noch Portwein nach. Greg saß uns gegenüber auf dem anderen Sofa. Rachel saß auf dem Fußboden zwischen seinen Beinen, den Kopf zur Seite geneigt, die Wange an seinem Schenkel. Die beiden sahen gut zusammen aus, seine massige Statur unterstrich die grazile Weiblichkeit ihres Gesichts. Als wir alle still waren, fing er an zu erzählen. Er sprach mit leiser Stimme, als vertraue er uns ein Geheimnis an.

»Etwa drei Meilen außerhalb des Dorfs in Worcestershire, wo meine Eltern leben«, begann er, »steht ein altes Haus, von dem alle behaupten, dass es darin spukt. Ein großer Herrensitz aus der Tudorzeit, aus grauem Stein und mit Sprossenfenstern. Das Haus wirkt zu jeder Tageszeit dunkel. Sogar in der Nacht habe ich dort noch nie Licht gesehen. Es ist von Feldern umgeben, die nie bestellt werden und durch die ein Bach fließt; manchmal steigt Nebel von ihm auf und liegt wie ein Leichentuch über dem Boden. Niemand bleibt lange dort wohnen. Es kommt ungefähr alle sechs Monate auf den Markt und wird immer von Maklern in London vermittelt, nie von Maklern aus der Gegend. Ein Einheimischer würde es nie kaufen.«

Ich beobachtete Greg beim Erzählen. Er war ganz in seine Geschichte vertieft; zwar behielt er uns im Blick, wie wir an seinen Lippen hingen, war aber gleichzeitig von uns entfernt, als sähe er das Haus vor seinem inneren Auge und beschriebe uns dieses Bild. Ich hatte ihn für einen Naturwissenschaftler gehalten und nie gedacht, dass er auch gut erzählen könnte.

»Als Kind habe ich meine Mutter oft nach dem Haus gefragt und sie antwortete, so etwas wie Spuk gäbe es nicht. Trotzdem machte sie, wenn wir abends nach Hause fuhren, lieber einen Umweg, als direkt an dem Haus vorbeizufahren.«

Er blickte wieder in die Runde, unserer Aufmerksamkeit gewiss. »Man erzählt sich, dass im siebzehnten Jahrhundert dort ein Mord geschehen sei. Ein Mädchen aus dem Dorf, das als Magd in der Küche arbeitete, hatte sich in den Hausherrn verliebt und er sich in sie. Sie hatten eine Affäre, und – wen überrascht's? – sie wurde schwanger. Der Mann bekam Angst. Er selbst war nicht reich, der größte Teil des Vermögens gehörte seiner Frau, und wenn die Wahrheit ans Licht käme, stünde er vor dem Ruin.

Es kam noch schlimmer: Seine Frau verkündete ihm nun, dass

sie nach Jahren der Unfruchtbarkeit endlich schwanger geworden sei. Die Küchenmagd war verzweifelt. Schließlich vertraute sie sich einer anderen Magd an. Die Herrin spürte, dass im Haus etwas faul war, und setzte diese andere Magd so unter Druck, dass ihr keine andere Wahl blieb, als zu enthüllen, was da vor sich ging.

Als der Mann zur Rede gestellt wurde, leugnete er jegliches Wissen ab und behauptete, das Mädchen sei verrückt. Es kam das Gerücht auf, das zweifellos von der Familie in die Welt gesetzt wurde, das Mädchen sei eine Hexe.«

»Was ist dann passiert?«, fragte Martha und beugte sich vor.

»Der Küchenmagd wurde der Prozess gemacht, in dem sie natürlich der Hexerei für schuldig befunden wurde, und dann wurde im Dorf die Todesstrafe vollzogen. Man legte sie unter ein Brett und belud es mit Steinen, bis sie erstickte. Sie starb und mit ihr ihr ungeborenes Baby.«

»Mein Gott«, entfuhr es mir unwillkürlich.

Greg richtete den Blick auf mich und fixierte mich, bis mich meine seltsame Hemmung ihm gegenüber zwang, die Augen abzuwenden. »Aber sie war noch nicht mit ihm fertig«, fuhr er fort. »Bald begannen die Leute zu reden, dass man spät in der Nacht ihren Atem hören könne, manchmal ganz leise, dann aber wieder laut, als schnappte sie heftig nach Luft, wie das abgehackte Keuchen eines Menschen in den letzten Zügen. Die Ehefrau litt Höllenqualen. Sie schwor, dass nachts etwas zu ihr käme und von ihrem Kind flüsterte. Dass auf jedem erstgeborenen Sohn in diesem Haus ein Fluch liegen würde. Als die Frau in die Wehen kam, brachte sie tatsächlich einen Sohn zur Welt und lebte in der Angst, dass er sterben würde. Doch er wuchs und gedieh und sie sagte sich, sie hätte sich alles nur eingebildet, es gäbe keinen Fluch und ihre Phantasie hätte ihr am Ende der Schwangerschaft nur etwas vorgegaukelt.«

Im Kamin rutschte ein Holzscheit ab, Funken sprühten. Ich fuhr hoch.

»Und dann?«, gab Martha wieder das Stichwort.

»Eines Tages, als der Junge drei Jahre alt war, hatte der Vater einen Monat lang geschäftlich in London zu tun. In den drei Jahren hatte er sich selbst eingeredet, dass die Küchenmagd tatsächlich eine Hexe gewesen war und ihn in ihren Bann geschlagen hatte. Er liebte seinen kleinen Sohn über alles, der für ihn zum Mittelpunkt seines Lebens geworden war. Er trug eine Locke von ihm in einem Medaillon um den Hals. Als er nach diesem Monat wieder nach Hause kam, konnte er es nicht erwarten, ihn zu sehen, und brachte sein Pferd nicht erst zum Stall, sondern ritt gleich in den Hof. Doch dort spielte sein Sohn und rannte auf ihn zu. Er geriet unter die Hufe des Pferdes, die ihn am Kopf trafen, und war sofort tot.«

Wir waren verstummt. Greg wartete kurz, bis wir das ganze Ausmaß des Entsetzens erfasst hatten.

»Der erstgeborene Sohn dieses Hauses wurde nie älter als fünf Jahre. In der nächsten Generation geschah es wieder«, sagte er. »Und danach wieder. Auch in den dreißiger Jahren passierte es. Die Beweise stehen im Kirchenregister. Viele der Käufer dieses Hauses haben natürlich keine kleinen Kinder, aber sie hören das Atmen. Niemand hält es lange dort aus.«

Ich zog Lucas' Arm enger um mich, dankbar für seinen festen Körper und die Nähe der anderen. Danny rollte sich auf den Bauch und griff nach seiner Drehmaschine. Seine Lässigkeit hatte etwas Beruhigendes. Dinge wie Spukhäuser konnte es in einer Welt, in der Männer silberne Sportschuhe und Hüftjeans trugen, doch nicht geben. Trotzdem spürte ich die Last von Stoneborough, und es gelang mir nicht, den Gedanken, dass es auch hier womöglich spukte, ganz von mir wegzuschieben.

Kapitel VI

Martha drückte die Nase an die Glasscheibe der Tür, die von der Küche in den Hinterhof hinausführte, und betrachtete den Terrakottatopf, den sie mit Narzissenzwiebeln bepflanzt hatte, um den kleinen Betonplatz hinterm Haus etwas freundlicher zu machen. Die Narzissen waren noch nicht sehr weit, aus der Blumenerde ragten nur vier scharfe grüne Speerspitzen hervor, die Antwort auf die Kälteattacken des Wetters. Martha setzte sich wieder an den Tisch und trug in das Kreuzworträtsel das Lösungswort ein, bei dem wir hängengeblieben waren. »Liegt am Standortwechsel«, erklärte sie. »Verschafft einem immer einen neuen Blickwinkel. Wenn du den Abwasch machst, fällt dir sicher noch eins von den fehlenden Worten ein.«

»Raffinierter Versuch«, sagte ich.

»In unserer nächsten Wohnung haben wir einen Geschirrspüler. Ich zieh nirgendwo mehr hin, wo keiner steht.« Sie blätterte in der Zeitung bis zum Fernsehprogramm vor. »Glaubst du, du wirst mit Lucas zusammenziehen?«

»Wie bitte?«

»Es läuft doch gut mit euch, oder?«

»Bisschen früh für solche Pläne, findest du nicht?«

»Ihr kennt euch schon seit Jahren, habt euch beide insgeheim seit Jahren eine Beziehung miteinander gewünscht, er ist dein bester Freund. Die Chancen, dass ihr zusammenbleibt, müssen doch ziemlich gut sein.«

»Keine Ahnung.«

»Ach, Jo.« Sie streckte die Arme aus und packte mich an

den Knien. »Lass halt mal was raus. Sei nicht so verdammt zugeknöpft – eine Auster ist nichts dagegen.«

Ich mochte es, wenn Martha verdammt sagte. Das hörte sich mit ihrem amerikanischen Akzent an, als würde sie in einem Wildwestfilm mitspielen. »Er hat mir gesagt, dass er mich liebt«, sagte ich.

»Das ist doch toll, oder?« Ich sah ihr an, wie sehr sie sich für mich freute, und war gerührt.

»Schon.«

»Was gibt's dann für Probleme?«

»Ich glaube, ich verliebe mich nicht so schnell.«

»Und weiter ist nichts?« Sie sah besorgt aus.

»Nein«, antwortete ich. »Du kennst mich doch. Ich brauch einfach länger, das ist alles.« Ich lächelte sie beruhigend an. Aber dass sich die Dinge überschlugen, war nicht meine einzige Sorge. Mir ging Danny nicht aus dem Kopf. Die Erinnerung an mein Gespräch mit ihm war so unwirklich, dass ich mich fragte, ob ich das Ganze vielleicht geträumt hatte. Wie aus dem Nichts war da diese Wut hochgeflammt, der Drache hatte Feuer gespien. Ich fragte mich, ob ich mir etwas vorzuwerfen hätte; war es unangebracht gewesen, mit ihm über Lucas zu reden? Vielleicht, aber selbst wenn ich ihn verletzt hatte, stand seine Reaktion doch sicher in keinem Verhältnis dazu.

»Mein Gott, Lucas hat gesagt, er liebt dich.« Martha war ganz aus dem Häuschen. »Das ist doch super! Ich bin jederzeit bereit, mich zu verlieben, aber ich begegne nie einem, der mir gefällt.«

»Wirst du schon noch«, sagte ich. Als der Scheinwerfer von mir wegschwenkte, fühlte ich mich wohler.

Sie zuckte mit den Achseln. »Die einzigen Männer, denen ich so begegne, verprügeln ihre Frauen. Das sind die Männer, die zu uns ins Frauenhaus kommen, um ihre Familie zu suchen.« In gewisser Weise konnte ich ihre Situation nachvollziehen. Als Feministin war sie in ein Umfeld geraten, wo sie fast ausschließlich von Frauen umgeben war. Sie arbeitete als Spendensammlerin für ein Frauenhaus in Hammersmith und engagierte sich so sehr, dass ihr wenig Zeit für anderes außer unserem Freundeskreis blieb.

Ich lachte. »Ach was, so schlimm kann's doch gar nicht sein. Gehen wir Nachrichten gucken. Der Abwasch kann bis morgen warten.«

Am Mittwoch musste ich in die Stadt fahren, um für einen Artikel zu recherchieren, und verabredete mich nach Büroschluss mit Lucas. Ich hatte mich bereits verspätet, als ich mit der U-Bahn am Piccadilly ankam. Um Viertel vor sieben waren außer Touristen noch viele Leute unterwegs, die von der Arbeit nach Hause fuhren; sie eilten zur U-Bahn, an den Bushaltestellen warteten dichte Menschentrauben. Ich schlängelte mich durch, so schnell es ging; unter dem Mantel schwitzte ich, an Händen und Füßen jedoch fror ich, das typische unangenehme Wintergefühl. Einer der fliegenden Hotdog-Verkäufer stand am Straßenrand; der Geruch von Röstzwiebeln erinnerte mich daran, wie hungrig ich war.

Bei Waterstones konnte ich Lucas zwischen den Bücherstapeln nicht gleich finden; dann entdeckte ich ihn weiter hinten, von einigen freistehenden Regalen teilweise verdeckt. Er trug den langen schwarzen Wollmantel und hatte seinen scharlachroten Schal unordentlich in die Tasche gestopft, das Ende hing verwegen herunter. An Lucas' sauber ausrasiertem Nacken bemerkte ich, dass er beim Friseur gewesen war. Ich schlich mich leise an und legte ihm die Arme um die Taille.

»Hallo«, sagte er, drehte sich um und küsste mich. Er gab mir ein Buch. »Schau mal, das ist jetzt als Taschenbuch herausgekommen.« Es war *Unter dem Auge Jupiters*, ein Roman, den ein Mitstudent von uns geschrieben hatte, der uns drei, vier Jahre voraus war. Als sein Buch vor etwa sechs Monaten als Hardcover erschien, war ich mit Lucas zu seiner Lesung gegangen.

Wir stöberten eine Weile herum, dann suchte ich mir einen

freien Stuhl und setzte mich, um den Kurzgeschichtenband von John Cheever anzufangen, den ich mir gekauft hatte. Lucas konnte Stunden in einem Buchladen verbringen, was mir sehr entgegenkam. Das war eine unserer Gemeinsamkeiten, und wenn ich zusah, wie er sich zwischen den Tischen bewegte und die Rückseitentexte auf den Büchern las, hatte ich das Gefühl, ein Tier in seinem natürlichen Lebensraum zu beobachten. Das war Lucas' Welt, viel mehr als die Anwaltskanzlei. Ich hatte immer gewusst, dass er gern schreiben würde, doch ein Vater wie der seine hinterließ eben seine Spuren. Lucas war stolz darauf, dass er schaffte, was Justin nicht geschafft hatte: hart zu arbeiten, Erfolg durch Fleiß zu haben, auch wenn es ihn langweilte, sogar jetzt noch, wo keine finanzielle Notwendigkeit mehr dafür bestand.

Etwa zwanzig Minuten später blickte ich hoch und sah ihn von der Kasse auf mich zukommen. »Wollen wir zu Fuß zurücklaufen?«, fragte er mich. »Darauf hätte ich jetzt Lust.«

Wir überquerten den Piccadilly, wo jetzt nicht mehr so viel los war, und gingen die Sackville Street entlang. Dann spürte ich einen Druck auf meiner Hand. Lucas zog mich nach links in Richtung Cork Street, und bald erreichten wir die Galerie. Sie war leer. Der Name Heathfield, der quer über dem Schaufenster gestanden hatte, war entfernt worden; drinnen war nichts zu sehen. In der linken unteren Ecke des Fensters hing eine diskrete Karte mit einer Telefonnummer und einer E-Mail-Adresse für Rückfragen. Lucas stand reglos da und sah durch die Scheibe. Nur seine Brust bewegte sich, hob und senkte sich, stieß regelmäßige Wölkchen in die Nachtluft aus. Etwa fünf Türen weiter drang aus einer plötzlich geöffneten Tür Lärm, bis die Tür wieder zufiel. Jemand hielt eine private Vernissage ab, wie Patrick damals in dem leeren Raum vor uns. Lucas rührte sich nicht. Ich drückte seine Hand; mir fiel nichts ein, was ich sagen könnte, aber ich wollte ihm zeigen, dass er nicht allein hier war.

Er drehte sich zu mir, als erwachte er aus einer Trance. »Gehen wir«, sagte er. »Tut mir leid. Ich wollte einfach sehen, wie's jetzt hier aussieht.«

Eine Weile setzten wir unseren Weg schweigend fort. »Willst du irgendwo was trinken?«, fragte ich dann in der Hoffnung, ihn aus seiner plötzlichen Melancholie herauszuholen.

»Gehen wir einfach weiter.«

Ich wartete eine Weile, bevor ich einen neuen Versuch machte. »Lucas, ist dir noch etwas zu den Gründen eingefallen, weshalb ...?«

»Du weißt doch, dass ich keine Erklärung dafür habe. Das hab ich dir auch schon gesagt. Er war erfolgreich, war nicht krank, er hatte Freunde, hatte mich. Ach, keine Ahnung. Ich will nicht darüber reden, okay?«

Wir gingen wieder weiter. Er hatte meine Hand losgelassen, und obwohl ich die seine hoffnungsvoll anstupste, als wir an der Ampel warteten, um die Regent Street zu überqueren, machte er keine Anstalten mehr, sie zu nehmen.

»Hatte er eine Freundin?«

Er blieb mitten auf dem Gehweg stehen. »Was hast du denn dauernd? Ich hab gesagt, ich will nicht drüber reden. Hört mir eigentlich keiner zu?«

Ich fühlte mich, als hätte mir plötzlich jemand den Magen zusammengepresst. Dass ich Lucas verärgert hatte, machte mir mehr zu schaffen als sein scharfer Ton. Beschämt und verlegen ging ich weiter, hielt mit gesenktem Kopf Abstand zu ihm, während wir Soho durchquerten.

Etwa eine Viertelstunde lang gingen wir schweigend durch die Straßen, und ich fragte mich, wie lange er das durchhalten würde. Er machte große Schritte, und ich musste mich anstrengen, um in meinen Büropumps mit ihm mitzuhalten. Ich überlegte mir, ob ich nach Hause gehen sollte. Offensichtlich war meine Gesellschaft gerade nicht erwünscht. Ich stellte mir vor, ich müsste allein mit der U-Bahn heimfahren und Martha erklären, warum ich nach Hause käme, wo sie mich doch erst am nächsten Tag zurückerwartete. Ich begann mich ziemlich mies zu fühlen.

Als wir in die Straße einbogen, in der Lucas wohnte, blieb er wieder stehen und wandte sich zu mir. Sein Gesicht sah im Neonlicht der Straßenbeleuchtung ernst und traurig aus. »Entschuldige. Ich wollte nicht unfreundlich sein. Es tut immer noch so weh.« Seine Augen glänzten vor unterdrückten Tränen.

Ich nickte. »Ich möchte mich auch entschuldigen. Ich hätte nicht fragen sollen. Es geht mich nichts an.« Gern hätte ich ihn getröstet, aber etwas hielt mich davon ab.

»Ich möchte dich in mein Leben einbeziehen. In alles. Aber lass mir mit Patrick noch Zeit, ja?« Er blinzelte rasch und deutete aufs Pub. »Wollen wir? Jetzt könnte ich einen Drink gebrauchen.«

Kapitel VII

Am nächsten Samstag schlug Danny in Stoneborough nach dem Mittagessen eine Partie Tischtennis vor. Der Tisch stand in dem einstöckigen Flügel, der im rechten Winkel von der Küche abging und die zweite Seite des ummauerten Gartens bildete. Es war ein langer Raum mit dunklem Steinboden und einem Fenster mit breitem Fensterbrett, das sich fast die gesamte Wand entlangzog. Es roch anders hier als im übrigen Haus, modrig und unbenutzt. Lucas machte einen Schrank auf und nahm Schläger und einen Ball heraus.

»Okay, wir spielen Turnier«, sagte Danny, ließ die Knöchel knacken und untersuchte die Schläger, um sich den besten herauszusuchen.

»Gib uns wenigstens die Chance, uns aufzuwärmen«, sagte Martha. Sie reichte mir einen Schläger und schlug behutsam ein paar Bälle über das Netz. Es war Jahre her, seit ich zum letzten Mal gespielt hatte, und ich brauchte eine Weile, bis ich wieder ein Gefühl für den Ball bekam. Der hohle Plastikklang des Aufpralls wurde vom Boden und der niedrigen Decke zurückgeworfen.

Danny spielte als Erstes gegen Michael und hetzte ihn von einer Ecke in die andere. Der Ball tanzte hin und her und schien sich über ihn lustig zu machen. Michael hob die Hand. »Erbarmen! Ich hab schon seit Monaten keine Sporthalle mehr von innen gesehen.«

»Ha, keine Gnade.« Danny warf den Ball in die Luft und servierte den Aufschlag direkt auf Michaels Bauch. »Einundzwanzig – neun für Danny«, verkündete Lucas.

Michael setzte sich neben uns aufs Fensterbrett und zog sich den Pulli über den Kopf. »Der Mann ist richtig bösartig«, sagte er.

»Im Kühlschrank gibt's Bier«, munterte Lucas ihn auf. »Wir sind zu siebt, jemand muss zweimal spielen. Danny, nochmal du, gegen Rachel.«

»Da!« Martha reichte Rachel den Schläger. »Verteidige uns Mädels!«

Rachel sah aus, als nähme sie das Spiel ernst. Sie reckte die Arme über den Kopf und ging vor Danny in Kampfstellung. »Dann mal los«, forderte sie ihn heraus.

Er lächelte langsam und schmetterte ihr den Ball entgegen. Zu meiner Überraschung gab sie ihn zurück, und das äußerst geschickt, ins entfernteste Eck der Platte. Danny bekam ihn zwar, aber nur knapp und auf Kosten einer breiten Blöße an der Seite. Rachel ließ den Ball knapp übers Netz rollen, einen echten Stopper. Greg, Martha und ich johlten vor Begeisterung. Mir wurde bewusst, dass ich mir echt wünschte, Danny würde verlieren.

Danny beschleunigte sein Spiel und kassierte die nächsten beiden Punkte, doch Rachel erholte sich und landete einen weiteren Höllenschuss. Als Danny sich bückte, um den Ball aufzuheben, sah ich, wie Greg ihr ermutigend zuzwinkerte.

»So gehört sich das«, sagte Martha, als Rachel den Satz gewann.

»Nicht alles muss ein Kampf zwischen den Geschlechtern sein, Martha«, sagte Danny und nahm die Bierflasche, die Michael ihm reichte.

»Nicht alles muss ein Kampf auf Leben und Tod sein, Danny«, konterte sie.

Obwohl Gregs Arme eine Spannweite von der Breite des Tisches zu haben schienen, konnte er Danny nicht besiegen, der ihm den Ball mit wahrer Gehässigkeit entgegenschmetterte. Er warf triumphierend den Schläger auf die Platte. »Lucas, das

Endspiel ist zwischen uns. Ich hoffe, du hast dich schon darauf eingestellt, dass es dir gleich an den Kragen geht.«

»Es ist nur ein Spiel, Danny«, warf Michael ein.

»Schaut mal«, sagte Rachel. »Es schneit.« Ich drehte mich zum Fenster. Die Luft war mit winzigen Partikeln erfüllt, die für Regentropfen zu langsam fielen. Während wir sie beobachteten, wurden sie größer, Flocken weich wie Entendaunen. Plötzlich war der Himmel voll grauer Federn, die weiß wurden, wenn sie am Boden ankamen, und das kräftige, winterliche Braun der Erde in den Gemüsebeeten verblassen ließen. Wir konnten zusehen, wie sich die erste Schicht langsam schloss.

»Glaubst du, wir werden eingeschneit?«, fragte Martha.

»Das ist schon öfter vorgekommen«, antwortete Lucas.

»Na los, weiter!« Danny holte eine Münze aus der Tasche. »Kopf oder Zahl?«

Ich hatte vergessen, was für einen Kampfgeist Lucas entwickeln konnte. Er trug eine Miene ausdrucksloser Entschlossenheit zur Schau. Auch Danny hatte aufgehört, fürs Publikum zu spielen. Es war ihm sichtlich wichtig, Lucas zu schlagen, warum auch immer. Diesen Zug hatte ich noch nie an ihm bemerkt – war er neu, oder hatte ich ihn nur nicht wahrgenommen? Michael zählte. Sie spielten bis dreiundzwanzig zu vierundzwanzig. Lucas hatte Aufschlag. Mit einer schnellen Fingerbewegung schnippte er den Ball in die Luft, dann schlug er ihn leicht übers Netz. Doch der Ball hatte einen trügerischen Drall, und Danny war der Ärger anzusehen, als er ihn schwach retournierte. Lucas schmetterte ihn so hart zurück, dass er beim Aufprall fast einen Meter in die Höhe flog. Irgendwie erwischte Danny ihn noch, doch sein Ball landete weit hinter dem Tisch.

»Gutes Spiel«, sagte Lucas und legte seinen Schläger ab.

Danny kam von seiner Seite herüber und schlug ihm auf die Schulter. Er hatte das ironische Lächeln des knapp Besiegten in den Mundwinkeln, dem allerdings jede Liebenswürdigkeit fehlte. »Nächstes Mal krieg ich dich.«

Ich verdrückte mich in die Bibliothek, um nach Lesestoff zu suchen. Es schneite beharrlich weiter, und ich hatte vor, mich in einem der Ledersessel niederzulassen und zuzusehen, wie der Schnee die weite Rasenfläche bis zum Wald langsam zudeckte. Fernab vom Tischtennis hatte sich eine seltsame Stille über das Haus gelegt, als dämpfte der Schnee die Geräusche drinnen ebenso wie draußen. Die Art von Stille, hinter der sich bange Erwartungen verbergen, die einsetzt, wenn man allein zu Haus im Bett liegt, ein Geräusch hört und steif und starr auf die Schritte des Einbrechers unten an der Treppe wartet. Der Gedanke, in Stoneborough eingeschneit zu werden, versetzte mich in eine heftige Panik, deren Gründe ich mir nicht erklären konnte. Ich stand vor dem Kamin und betrachtete in dem fleckigen antiken Spiegel über dem Sims mein Spiegelbild. Die Vertrautheit meines Gesichts beruhigte mich. Doch dann merkte ich, dass mein Blick zum Hintergrund des Raums abschweifte, und ich wirbelte herum, um dem Raum die Stirn zu bieten, als glaubte ich dort etwas vorzufinden. Ich lachte mich laut aus, um das Summen in den Ohren zum Verstummen zu bringen. Auf keinen Fall wollte ich mich von der Atmosphäre dieses Orts einschüchtern lassen, und auch nicht zu den anderen hinüberlaufen, in deren Gesellschaft ich mich sicher fühlen könnte. Ich musste lernen, hier auch allein zu sein. Schließlich war ich hier im Haus meines Freundes.

Auf einem Regalbrett in der Nähe lag ein Stapel alter Taschenbücher mit orangefarbenem Rücken, und ich ging sie durch, bis ich auf *Das ruhelose Grab* von Cyril Connolly stieß. Ich nahm das Buch zum Fenster hinüber und rückte meinen Sessel so, dass ich möglichst viel vom Raum überblicken konnte.

Es dauerte ein paar Minuten, bis meine Nervosität nachließ; ich war gerade dabei, mich zu beruhigen, als ich aus den Augenwinkeln sah, wie die Tür aufging. Mein Herz machte einen Satz. Lucas' Lockenkopf erschien, und ich atmete wieder auf. Ich konnte im Spiegel erkennen, dass er dachte, ich hätte ihn nicht bemerkt. Daher las ich weiter und tat, als wüsste ich nichts von seiner Anwesenheit. Er trat von hinten an meinen Sessel heran und legte mir die Hand auf die Schulter. Obwohl ich wusste, was er vorhatte, schrak ich zusammen. Er lachte und setzte sich vor mich auf den Boden. »Alles klar mit dir?«, fragte er. »Du bist vorhin einfach verschwunden.«

»Alles klar. Ich wollte nur eine Weile meine Ruhe haben und zusehen, wie es schneit.« Ich sah in sein Gesicht mit den Sommersprossen auf den Wangenknochen, mit den funkelnden Augen, die meinen Blick festhielten. Ich fuhr ihm mit der Hand durch die Haare und sah zu, wie die Locken zurücksprangen, sobald meine Finger sie wieder freigaben. Mir lag die Frage auf der Zunge, ob auch er die seltsame Atmosphäre dieses Hauses spürte. Ich käme mir bestimmt weniger hysterisch vor, wenn er dasselbe empfände wie ich. Aber ich wollte keinen weiteren Ausbruch riskieren wie neulich – womöglich glaubte Lucas, ich wolle ihn wieder wegen Patrick löchern. Ungewissheit war zumindest im Moment der Preis, den ich um des lieben Friedens willen zahlen musste. Was am Mittwochabend passiert war, hatte uns beiden Angst gemacht. Wir hatten gesehen, wie leicht diese zarten neuen Fäden zwischen uns reißen konnten. Heute hatten wir den größten Teil des Vormittags damit verbracht, uns im Winterlicht, das aufs Bett fiel, zu lieben und vor uns hin zu dösen. Ich hoffte, wir würden einander immer mehr ins Muster unseres persönlichen Lebensgewebes einsticken, fest genug, dass sich die Fäden mit etwas Glück nicht wieder lösten.

»Ich habe vor ein paar Tagen den Schrank in Patricks Arbeitszimmer durchgesehen«, sagte Lucas und stand wieder auf. »Da hab ich ein paar Super-8-Filme gefunden.«

»Echt? Was ist denn drauf?«

»Ich weiß nicht. Ich wollte sie mir ansehen, hab aber den Projektor nicht in Gang gekriegt. Greg konnte ihn heute früh reparieren. Wir gehen gleich rauf und schauen uns den ersten an – kommst du mit? Vielleicht wurden die Filme ja von einem der Künstler gedreht, die Patrick betreut hat.«

Der Karton stand auf dem Schreibtisch. Wer immer die Filme eingepackt hatte, wollte sie sicher verwahren und hatte die Schachtel an mehreren Stellen dick mit Klebeband umwickelt. Es sah aus, als hätte Lucas erst versucht, die Schichten abzuwickeln, dann aufgegeben und sein Taschenmesser zu Hilfe genommen. In der Schachtel standen zwei Reihen Filmkassetten. Jede Kassette war nummeriert und eingeordnet.

Der Projektor stand auf einem Tisch mitten im Zimmer, die Linse auf die weiße Wand gerichtet. Greg hatte die erste Filmspule eingelegt und schaltete den Projektor ein, Rachel und Martha zogen die Vorhänge zu. An der Wand tauchte ein helles Rechteck mit abgerundeten Ecken auf. Als sich Greg vergewissert hatte, dass der Film richtig lief, drehte er das Deckenlicht aus und setzte sich neben Rachel auf die Fensterbank. Ich hatte mir den Schreibtischstuhl geholt, Lucas setzte sich vor mich auf den Fußboden und lehnte den Kopf an meine Beine.

Plötzlich lebte die Wand auf. Ich spürte, wie sich Lucas verspannte.

Vor uns war Patrick auferstanden.

Er war jung, in unserem Alter, Ende zwanzig, vielleicht auch dreißig. Weil er schlanker war, als ich ihn gekannt hatte, wirkte er noch größer, wie ein Zwei-Meter-Hüne. Er trug Jeans und ein marineblaues Polohemd, die schwarzbraunen Locken fielen ihm über den Kragen. Sein breites, offenes Gesicht strahlte jene besondere Energie aus, der ich bei niemandem sonst begegnet bin. Er grinste breit, verbeugte sich und deutete dann wie ein Hofnarr mit einer verschnörkelten Geste auf das Anwesen hinter sich.

»Willkommen im Spaßhaus«, sagte Danny.

Jetzt trat Patrick an den Rand, und die Kamera konzentrierte sich auf das Haus, bildete es in bewusst gewählten Abschnitten auf der Leinwand ab. Der Kameramann hatte eindeutig das Auge eines Künstlers; was wir hier zu sehen bekamen, war kein Amateurvideo. Ein Schwenk vom Erdgeschoss nach oben, der Steinweg zum Eingangsportal, die Eibenreihen auf beiden

Wegseiten. Mir fiel auf, dass noch nicht so viele Steinplatten gesprungen waren und die Eingangstür einen grünen Anstrich hatte. Sonst sah das Haus genauso aus wie jetzt. In der Rabatte, die sich die gesamte Fassade entlangzog, wiegten sich dicht gepflanzte Narzissen, die Becher in der Blütenmitte wie ein Eigelb auf dem blasseren Außenkranz.

Patrick kehrte ins Bild zurück und sprang den Fußweg entlang. Er flitzte in die Eibenreihen hinein und wieder heraus, versteckte sich hinter einem Baum und raste dann hinter dem nächsten hervor wie in einer dieser Filmszenen von wilden Jagden durch die Hotelzimmer eines ganzen Korridors. An der Eingangstür blieb Patrick lachend stehen und holte einen Schlüssel aus der Tasche. Er steckte ihn ins Schloss und drehte ihn mit großem Getue mühsam herum. Die Tür öffnete sich weit, und drinnen erwartete ihn schon eine Gruppe von Leuten, die darüber lachten, wie witzig sie waren. Normalerweise hätte mich das Gestellte der Szene genervt, doch Patrick verlieh ihr Charme, und seine hünenhafte Größe trug eine zusätzliche, unfreiwillig komische Note bei.

Die Kamera verweilte als Erstes bei einer dunkelhaarigen Frau. Sie kam mir irgendwie bekannt vor, obwohl ich mich nicht erinnerte, ihr schon begegnet zu sein.

»Das ist meine Mutter«, sagte Lucas ohne jede Regung. Ich sah noch einmal hin und erkannte sie dann; dennoch wirkte sie anders als die Person, die ich selbst kennengelernt hatte. Claire war noch reservierter als Lucas gewesen. Ich trug von ihr das Bild im Gedächtnis, wie sie aus ihrem stillen, aufgeräumten Arbeitszimmer im ersten Stock ihres Hauses in West Hampstead trat und uns begrüßte. Ihre strenge, etwas längere Pagenfrisur war vorne von silbernen Strähnen durchzogen; Lucas hatte sie vergeblich gedrängt, sich die Haare zu färben. Sie hatte eine Art, ihr Gegenüber kritisch zu mustern, und das ein, zwei Sekunden länger, als ihm lieb sein konnte, als wollte sie sich des ersten Eindrucks noch einmal vergewissern.

Die Frau vor der Kamera dagegen schien lebendig und offen, sie hatte nichts von Claires misstrauischer Vorsicht, sondern wirkte glücklich und ungezwungen. Vermutlich hatte sie, als der Film gedreht wurde, ihren Mann noch nicht verloren, war noch keine allein erziehende Mutter. Ich hätte dieser Frau an der Wand gern gesagt, wie wunderbar sie ihre künftige Aufgabe erfüllen würde, und ihr gedankt. Beides wäre mir in Gegenwart der späteren Claire nie in den Sinn gekommen.

»Ist dein Dad auch dabei?«, fragte Martha.

»Nein, den hab ich nicht gesehen.«

Die Kamera schwenkte weiter über die Gruppe und stellte auch die anderen vor, meist Männer. Selbst wenn wir nicht gewusst hätten, wie alt Patrick und Lucas' Mutter damals waren, hätten wir den Film leicht auf die siebziger Jahre datieren können. Alle trugen Hosen, die oben eng und vom Knie abwärts ausgestellt waren; eine zierliche Blondine hatte sich die Haare mit einem zum breiten Band gefalteten Tuch, das mit einem Pucci-Muster bedruckt war, aus dem Gesicht gebunden. Ebenfalls war klar, dass es sich hier um Künstlerkreise handelte. Außer Patrick trugen die Männer einen etwas aufgesetzten Gammellook zur Schau. Zwei, drei hatten Bärte, einer einen besonders extravaganten Schnauzer.

»Stell dir vor, du müsstest deinen Kindern solche Bilder zeigen.« Danny lachte.

»Patrick hatte keine. Das ist Peter Hampton, der Bildhauer. Er war einer von Patricks besten Freunden. Vor fünf, sechs Jahren ist er in New York an Aids gestorben.«

»Beileid.«

Die Kamera wanderte weiter. Der weiche Gelbstich des Films wirkte wie Bernstein, der sämtliche Details für die Ewigkeit konservierte. Eine weitere Frau kam ins Blickfeld. Sie stach aus der Gruppe hervor. Ihre Haut leuchtete, ihre Haare, die sie lang und offen trug, glänzten in einem satten Kastanienbraun. Sie trug wie Patrick ein Polohemd, das allerdings schwarz war, und ihre schmalen Hüften wurden von einer engen Schlaghose zur Geltung gebracht. Die Kamera verweilte einen Moment auf den Formen ihres Gesichts, und sie lächelte uns über die Jahre hinweg wissend an, überzeugt, dass ihre herausfordernde Schönheit ohnegleichen bleiben würde.

»Wer ist denn das?«, fragte Danny leise, und seine Stimme klang wie ein anerkennender Pfiff.

»Das ist Elizabeth Orr. Eine Freundin der Familie. Sie war vor vielen Jahren mit Patrick zusammen.« Sofort dachte ich an das Gespräch, das ich in der Galerie mitgehört hatte. Die Frau, die alle anderen in den Schatten stellte.

Sie lachte dort an der Wand und zeigte ihre weißen, scharf modellierten Zähne. Die Haare fielen ihr nach vorn, verdeckten ein Auge und erzeugten auf ihrem Gesicht ein ausdrucksvolles Spiel von Licht und Schatten. Ich musste sie schon irgendwo gesehen haben. Ach ja, das Foto auf dem Schreibtisch hinter uns. Sie war die Frau im weißen Hosenanzug.

»Warum zum Teufel hat er sie gehen lassen?«, fragte Danny. »Eine unglaubliche Frau.« Ich sah ihn an, das Licht an der Wand beleuchtete sein Profil. Er wandte den Blick nicht von ihr.

Lucas zuckte mit den Achseln. »Keine Ahnung. Von solchen Dingen erfahren Kinder nichts. Ich glaube, sie vermisst ihn jetzt sehr – sie spricht viel von ihm.«

»Hast du Kontakt mit ihr?«

»Ja. Sie wohnt ganz in der Nähe, am Rand des Dorfes.«

»Was hat sie beruflich gemacht?«, fragte Danny. »Sie muss Schauspielerin gewesen sein.«

»Erst war sie Aktmodell. In den Siebzigern war sie ziemlich berühmt. Sie hat Thomas Parrish Modell gesessen – so hat sie Patrick kennengelernt.«

»Ist es normal, dass die Modelle von Künstlern berühmt sind?«, fragte ich. »Ich kenne keine, jedenfalls keine modernen. Außer diesem Dicken, der Lucian Freud Modell gesessen hat.«

»Das war Leigh Bowery«, erwiderte er. »Elizabeth hat erst für

Parrish Modell gesessen und dann als Fotomodell gearbeitet, für Modefotos. Ich glaube, sie war nicht groß genug für den Laufsteg, aber Fotos von ihr sind in Zeitschriften und in der Werbung erschienen, außerdem hat sie auch in einigen Filmen mitgespielt. Sie gehörte jedenfalls zur Szene, wie Patrick mir erzählt hat. War immer in den Klatschspalten und so.«

»Ist sie immer noch schön?«, fragte Danny.

»Ich finde schon.«

Er lachte. »Wann kann ich sie kennenlernen?«

Der Schnee versetzte uns alle in diese Hochstimmung, die bei ungewöhnlichen Wetterbedingungen aufkommt, die Aufgeregtheit bei einem Belagerungszustand. Nach dem Essen tranken und tanzten wir wie an Silvester. Michael, der samstags, wenn er richtig ausgeschlafen hatte, immer besser drauf war, tanzte extravaganter, als ich es je an ihm erlebt hatte. Dass er seine Sexualität nicht mehr vor seinen Eltern zu verstecken brauchte, nahm vielleicht auch in anderen Bereichen Druck von ihm. Er sah freier aus. Rachel und Greg tanzten mit ihm zu Stevie Wonders *Superstition*, die beiden versuchten lachend, seine Bewegungen mitzumachen. Wir hatten die Sofas zur Seite geschoben; Danny saß rittlings auf der Lehne des einen, blätterte die CDs in seinem Reiseetui durch und teilte Ratschläge an Lucas und Martha aus, die nach einem Kochbuch komplizierte Cocktails mixten. Nachdem wir den Film angesehen hatten, war Lucas ein, zwei Stunden recht still gewesen, und ich erinnerte mich wieder daran, dass sein doppelter Verlust noch nicht lange zurücklag, auch wenn er über seine Trauer entschlossen schwieg, um niemandem die gute Laune zu verderben.

Ich tanzte und trank Harvey Wallbangers, die er extra für mich mixte. Etwas später, als wir schon ziemlich alkoholisiert waren und nicht mehr so herumtobten, ging ich hinaus. Es hatte aufgehört zu schneien, und der Schnee lag so tief und sauber wie eine frisch gereinigte Daunendecke über Terrasse und Garten. Obwohl ich Lucas' dicken Mantel vom Garderobenständer genommen hatte, empfand ich den Temperatursturz, als ich aus dem Haus trat, wie einen Schock. Mein Atem flog in Wölkchen davon, als ich mit knirschenden Schritten über die Terrasse zum Geländer ging. Ich schob mit dem Unterarm so viel Schnee beiseite, dass ich mich hinsetzen konnte, und die Kälte brannte auf der nackten Haut meines Handgelenks wie Säure.

Ich schlug mit den Hacken gegen die Mauer unter mir und spürte, wie meine Füße von der Mauer abprallten und unwillkürlich ein Stück nach vorn schwangen. Von diesem Geräusch abgesehen, war die Nacht vollkommen still. Von der Party drinnen war nichts zu hören, und sogar die Eule, die die ersten Male, als ich hier draußen gewesen war, im Wald geklagt hatte, schien sich verzogen zu haben. Ich fühlte mich ganz allein, als wäre die Welt im Frost erstarrt und ich das Einzige, was sich darin bewegte. Mich überkam ein Gefühl grenzenloser Freiheit.

Plötzlich hörte ich eine Tür zugehen, dann Stimmen, zwei Stimmen, und unterdrücktes Lachen. Die Geräusche kamen von der Vorderseite des Hauses. »Psst!«, hörte ich, dann noch mehr ersticktes Lachen. Ein, zwei Minuten vergingen, in denen ich reglos dasaß. Jetzt hörte ich das Knirschen von Tritten, die den Schnee zusammenpressten. Um die Ecke, in die jungfräuliche Landschaft, kamen zwei Gestalten, die sich gegenseitig umarmten und wieder lösten, stehen blieben, um sich zu küssen, und immer wieder in ein ausgelassenes, verschwörerisches Gelächter ausbrachen. Hinter mir drang kein Licht aus dem Haus, das mich verraten hätte, und ich hielt meine Zigarette nach unten, damit die glimmende Spitze verborgen blieb. Die beiden – wer auch immer sie waren – gingen fünf Meter unter mir den Weg entlang, ohne die geringste Ahnung, dass sie beobachtet wurden, und machten einen Lärm, wie ihn nur Menschen machen können, die möglichst leise zu sein versuchen. An der Ecke des Hauses bogen sie schräg auf den Rasen ab, immer noch eng umschlungen. Erst als sie so weit vom Haus entfernt waren, dass das fleckige Mondlicht auf sie fiel, erkannte ich sie. Es waren Danny und Michael, die da draußen miteinander tanzten und im Schnee eine doppelte Fußspur hinterließen.

Es war Marthas Idee, mit mir am nächsten Morgen zusammen ins Dorf zu laufen und Zeitungen zu holen. Wir suchten uns aus den Schuhen, die unter den Mantelhaken aufgereiht im Durchgang standen, Stiefel heraus und nahmen den Weg durch die Vordertür. Der Himmel war weit und wattig, ein Spiegel für den Schnee darunter, der bis auf winzige Vogelspuren und die größeren Abdrücke von zwei Paar Sportschuhen unberührt war.

»Sieht so aus, als wäre schon jemand draußen gewesen«, sagte Martha. »Ich hätte geglaubt, wir wären als Erste aufgestanden.«

»Hm«, sagte ich, »vielleicht sind die Spuren noch von gestern Abend.«

Ich hatte in der Nacht überlegt, ob ich jemandem von meinen Beobachtungen erzählen sollte. Etwa zwanzig Minuten, nachdem ich wieder hineingegangen war, kehrten auch Danny und Michael zurück, mit fünf Minuten Abstand; den Rest des Abends unterhielten sie sich kaum miteinander. Offensichtlich waren sie noch nicht bereit, ihre Beziehung publik zu machen. Ich ertappte mich dabei, wie ich sie scharf belauerte, aber sie spielten ihre Rolle sehr gut. Sie redeten zwar wenig miteinander, aber doch genügend, dass niemandem etwas auffiele. Ich erinnerte mich, wie mir Michael vor zwei Jahren auf Rachels Geburtstag im volltrunkenen Zustand gestanden hatte, er sei in Danny verknallt; vielleicht wurden seine Gefühle jetzt erwidert.

»Ich hab nicht mitgekriegt, dass jemand in den Garten gegangen ist.«

Die Auffahrt lag nun hinter uns, und wir bogen in die Zufahrtsstraße ein; vom Haus war nichts mehr zu sehen. Die Allee lag makellos weiß vor uns wie ein Brautkleid, die verschneiten Bäume wie weiße Spitze und alles vor unseren Stiefeln rein und unberührt. Es war fast schade hineinzutreten.

Martha sah mich an. »Ich hab gesagt, ich hab nicht mitgekriegt, dass schon jemand in den Garten gegangen ist.«

Nein, beschloss ich; Michael würde es uns erzählen, wenn er dazu bereit wäre. »Ich hab auch nichts mitgekriegt«, sagte ich. »Vielleicht sind Greg und Rachel schon früher aufgestanden, haben einen Spaziergang gemacht und sich dann wieder hingelegt.«

Der Moment war vorbei, jetzt konnte ich es Martha nicht mehr erzählen. Trotzdem hätte ich das Thema gern in einem größeren Bogen umkreist und mit ihr über Danny und das Unbehagen geredet, das ich ihm gegenüber empfand. Mir stellte sich die Frage, wie er mit Michael umspringen würde. Er war berüchtigt für seine Affären: Einmal ex und hopp, und das war's dann. Genauso berüchtigt war er für die bösartige Lieblosigkeit, mit der er seine Eroberungen behandelte.

»Martha«, setzte ich an, »glauben die Leute, ich hätte etwas mit Lucas angefangen, nur weil er jetzt das alles geerbt hat?«

Ihre Überraschung war aufrichtig. »Das Haus? Nein. Wie kommst du denn darauf?«

»Mir hat jemand was in der Richtung gesagt.«

»Wer denn?«

Ich zögerte. »Danny. Nach der Sache mit Patricks Jaguar. Ich hab versucht, mit ihm darüber zu reden, aber er hat den Spieß umgedreht und gesagt, eigentlich sollte er Lucas vor *mir* beschützen, da ich erst jetzt, seit er das ganze Geld hat, bei ihm zu landen versuche.«

Martha lachte. »Ach Jo, das war sicher als Witz gemeint. So etwas würde er nie denken.«

»Ich weiß nicht. Manchmal ist er mir gegenüber richtig komisch.«

»Manchmal bist du *ihm* gegenüber richtig komisch. Du gehst sehr streng mit ihm ins Gericht.« Ihr Ton hatte eine gewisse Schärfe angenommen.

Ich ärgerte mich. Ich sah mich überhaupt nicht als strenge

Richterin, die über das Verhalten anderer urteilt, und begriff auch nicht, was Martha dazu bewog, Danny vor mir in Schutz zu nehmen. »Ich gehe überhaupt nicht streng mit ihm ins Gericht. Du weißt doch selber, wie er ist.«

»Jetzt sei doch nicht so. Im Zweifel für den Angeklagten – einmal kannst du diese Regel doch für ihn gelten lassen.«

Darauf erwiderte ich nichts mehr, und wir gingen eine Weile schweigend weiter. Marthas Reaktion ärgerte mich, und in meiner Gereiztheit war ich froh, dass ich ihr von Michael und Danny nichts erzählt hatte. Aber ich war immer noch zu keinem Schluss gekommen, ob ich es Lucas sagen sollte oder nicht. Einerseits kam es mir nicht richtig vor, dass ich ihm etwas verschwieg, vor allem jetzt nicht, da wir zusammen waren. Andererseits konnte ich nicht anderer Leute Geheimnisse ausplaudern, wie Rachel an jenem Abend richtig bemerkt hatte. Schon lange, bevor Lucas mich kennenlernte, war er mit Danny eng befreundet gewesen; sollte er dann Dannys Neuigkeiten von mir erfahren?

Wir erreichten die Straße, die ins Dorf führte. Hier waren schon Autos über den frischen Schnee gefahren, aber nur zwei oder drei, und die einzelnen Reifenspuren ließen sich immer noch gut an ihren eisigen Mustern unterscheiden. Die Hecken waren weiß und plustrig. Würde ich es an Lucas' Stelle denn wissen wollen? Wahrscheinlich schon. Aber trotzdem hätte ich kein gutes Gefühl, wenn ich es an ihn weitertrüge.

Kapitel VIII

Die Bar war extrem angesagt, wie sich herausstellte, als Lucas und ich sie endlich gefunden hatten. Sie lag ganz in der Nähe von Dannys Büro in einem Souterrain, zu dem eine rostige Eisentreppe hinabführte. Hier hätte ich eher eine Gangsterkneipe oder eine nächtliche Spielhölle vermutet. Meine Schuhe klapperten unangenehm laut, als ich die Stufen hinunterstieg. Ein Türsteher mit Glatze und Ohrring taxierte uns kurz und stieß dann die schwere Feuertür auf. Die Luft war zum Schneiden. Auch an diesem frühen Mittwochabend war viel los, und wir mussten uns auf der Suche nach Danny und Martha zwischen Menschentrauben durchdrängen. Schließlich entdeckten wir die beiden ganz hinten in der Ecke, wo sie auf einer Art niedrigem schwarzem Bett lümmelten.

»Lucas, na endlich.« Danny drückte sich auf den Ellbogen ein wenig in die Höhe, um unsere Ankunft zu würdigen.

Ich zog meinen Mantel aus und wurde mir meines spießigen Büro-Outfits peinlich bewusst: knielanger Rock, helle Bluse, klassisches Jackett. Martha dagegen sah in ihrer besten Seven-Jeans und der seitlich gebundenen schwarzen Jacke aus Pünktchenstoff einfach toll aus.

»Was soll ich dir mitbringen?«, fragte Lucas.

»Scotch, bitte.«

Ich ging mit Lucas, um ihm die Gläser tragen zu helfen. Als wir zurückkamen, beugte sich Danny zu Martha, als teilte er ihr etwas Vertrauliches mit. Ob er ihr vielleicht von Michael erzählte? Wieder war ich froh, dass ich es nicht getan hatte.

»Na, was gibt's? Warum dieser coole Auftritt hier?« Lucas ließ sich vorsichtig auf dem Rand der Matratze nieder.

Danny drehte sich zu ihm und zog eine Augenbraue hoch. »Ich bin gefeuert worden.«

»Was?« Das war das Letzte, was ich erwartet hatte. »Wie das denn?«

»Ich bin beim Koksen mit einem Kunden erwischt worden. Auf dem Klo.«

»Danny, du Idiot.« Lucas schüttelte den Kopf.

»Was ist da schon dabei? Das machen doch alle.«

»Wenn das stimmt, warum haben die dann ausgerechnet dich vor die Tür gesetzt?«

»Weil ich mich hab erwischen lassen. Es ist ein gewaltiger Unterschied, ob man's macht oder ob man dabei gesehen wird. Ich hab einfach Pech gehabt. Und es hat schon lang keiner mehr dran glauben müssen. Wenn sie zur Abschreckung gelegentlich jemand feuern, werden wieder alle daran erinnert, dass sie sich gefälligst bedeckt zu halten haben.« Er winkelte den Arm an und beobachtete geistesabwesend, wie sich seine Muskeln wölbten.

»Und was machst du jetzt?«

»Keine Ahnung. Im Moment sitz ich in der Scheiße.«

»Du kriegst doch sicher leicht was anderes, bei deinem Ruf«, sagte Martha.

»Vielleicht, aber erst muss ich mal abtauchen. In zwei Monaten ist Gras über die Sache gewachsen, aber vorher hab ich keine Chance.«

»Du hast doch was gespart, oder?«, fragte Lucas. »Du stehst doch nicht im Hemd da?«

Danny lachte humorlos. »Ich hab gar nichts, mein Guter. Nichts als Schulden.«

Ich staunte. »Schulden? Wieso?«

Er setzte eine Geduldsmiene auf, die mir deutlich zu verstehen gab, dass es für mein Spatzenhirn sowieso unmöglich wäre, seine Erklärungen zu begreifen. »Jo, Schätzchen, wenn du auf einem gewissen Niveau agierst, dann haben die Leute auch gewisse Erwartungen an dich. Zum Beispiel an dein Äußeres. Ich kann mir meine Klamotten nicht aus dem Kaufhaus holen.« Er warf einen verächtlichen Blick auf meine Kleidung. »In der Werbung dreht sich alles ums Image.« Dann setzte er sein Gespräch mit Lucas fort: »Hauptsächlich Kreditkartenschulden.«

»Du lieber Himmel. Wie viel denn?«

»Zwanzig, fünfundzwanzig. Aber das ist ja gar nicht das Schlimmste. Ich wollte schon neulich was sagen. Ich muss aus meiner Wohnung raus.«

Mit einem Schlag sah ich vor mir, was passieren würde. Danny wusste genau, dass Lucas' Mitbewohner gerade eine eigene Wohnung gekauft hatte und ausziehen würde. Angst stieg in mir hoch. Ich wollte nicht, dass Danny bei Lucas wohnte. Er würde ihn jeden Abend in irgendeine Kneipe schleppen und ihm einreden, bloß, weil er eine Freundin hätte, bräuchte er sich doch keinen Zwang anzutun. Die Blume der Eifersucht entfaltete in meinem Bauch ihre kleinen Blütenblätter.

»Warum musst du denn ausziehen?«, erkundigte sich Martha.

Er schnitt eine Grimasse. »Du kennst doch Stacie, meine Mitbewohnerin? Sie und ich … na ja, eine ganz schön verfahrene Sache. Ich weiß auch nicht, was ich mir dabei gedacht habe.«

Ich unternahm einen Versuch: »Du kannst gern auf unserem Sofa schlafen, bis du was gefunden hast.«

»Nein«, sagte Lucas, und ich sah das Unvermeidliche kommen. »Bei mir steht im Moment ein Zimmer leer. Es ist lächerlich, dass du auf einem Sofa schläfst, wenn es bei mir ein freies Bett gibt.«

Danny tat, als wäre er selbst nie auf diese Idee gekommen, was ihm sehr überzeugend gelang. »Bist du sicher? Nur, bis ich was anderes gefunden habe?«

»Schauen wir mal. Wenn es klappt, könntest du ja auch bleiben. Wir haben noch nie zusammengewohnt. Dann brauche ich mich nicht nach einem neuen Mitbewohner umzusehen, und es wird bestimmt lustig. Eigentlich ist es ideal. Ich zahl die Miete einfach weiter, und du kannst deine Hälfte übernehmen, wenn du einen neuen Job hast. Du hast mir früher auch ausgeholfen.«

»Lucas, das geht ja weit über alles hinaus, was man von einem Freund erwarten kann … Aber wenn du dir wirklich sicher bist …?«

Gleich am nächsten Tag zog Danny um. Ich machte Überstunden und aß dann mit Martha zu Abend; erst gegen zehn rief ich Lucas an und erkundigte mich, wie sie vorankamen.

»Das wird super. Ich kann gar nicht verstehen, warum wir das nicht schon längst gemacht haben«, sagte er.

Ich erinnerte ihn nicht daran, dass er einmal zu mir gesagt hatte, mit Danny zusammenzuwohnen sei sicher furchtbar anstrengend. »Er ist die ganze Zeit auf Achse und würde mich mitschleifen. Sein Leben ist total ungeregelt. Ich bin Anwalt, Jo, wir können uns keinen solchen Lebensstil leisten.« Wenn Danny schon trotz Job ein ungeregeltes Leben führte, graute mir vor dem Gedanken, wie er wohl leben würde, wenn jede berufliche Verpflichtung wegfiel. Und dann stellte sich da noch die Geldfrage. Lucas war jetzt in der Lage, Danny unter die Arme zu greifen – hoffentlich nutzte Danny ihn nicht aus. Ich musste mich einfach bemühen, ihm zu vertrauen.

Am nächsten Abend rief Lucas nicht an, und als er sich auch am Samstagabend um elf noch nicht gemeldet hatte, wurde ich sauer. Nach Stoneborough hinauszufahren war dieses Wochenende nicht geplant; ich hatte mich darauf eingestellt, tagsüber etwas mit ihm zu unternehmen. Ich versuchte es regelmäßig bei ihm, doch immer schaltete sich die Mailbox ein. Den ganzen Tag tigerte ich auf und ab und malte mir aberwitzige Szenen aus. Endlich rief er an, aus einer Telefonzelle vor einem Pub in Bloomsbury. Er war betrunken. Im Hintergrund hörte ich einen laufenden Motor, außerdem machte Danny ständig die Tür auf und flüsterte gut hörbar, Lucas solle sich beeilen, ihm wäre kalt.

»Jo? Hier ist Lucas.«

»Ich weiß.« Ich nahm einen Kugelschreiber vom Telefontischchen und begann darauf herumzukauen.

»Bist du mir böse?«

Ich klopfte mir mit dem Kugelschreiber gegen die Zähne. »Sollte ich?«

»Tut mir echt leid, ich hab einen sitzen.«

»Warum entschuldigst du dich dafür? Ich bin doch nicht deine Mutter, verdammt.« Mir wurde sofort heiß vor Verlegenheit, als ich merkte, was mir da herausgerutscht war. »Und überhaupt, warum rufst du von der Telefonzelle aus an? Wo ist denn dein Handy? Ich versuch schon den ganzen Tag, dich zu erreichen.«

»Ich hab's gestern Abend im Taxi liegen lassen. Wir waren auf einer Party in Clapham.«

»Eine Party bei wem?«

»Keine Ahnung. Bei irgendeiner Frau – einer Freundin von Danny.«

Wieder hörte ich die Tür der Telefonzelle aufgehen. Im Hintergrund sagte Danny ungeduldig: »Jetzt komm schon. Im Taxi läuft die Uhr. Du kannst später mit deiner Trulla reden.«

»Jo, ich muss Schluss machen.«

»Ich hab's gehört.«

»Willst du vielleicht am Montag zu mir zum Essen kommen? Danny hat eine Verabredung, und ich koch was für uns beide.« Seine Stimme nahm einen weicheren Klang an, und er begann zu flüstern, damit Danny ihn nicht hören konnte. Zu meinem Verdruss merkte ich, wie sich meine Wut in Nichts auflöste. Zum Teufel mit Lucas und seinem Charme.

»Um wie viel Uhr?«, fragte ich.

Nach der Arbeit fuhr ich mit der U-Bahn zu Lucas. Im Zug war es stickig und roch durchdringend nach nasser Wolle; als ich wieder nach oben kam, nahm mir ein eisiger Regen den Atem. Bis ich Lucas' Haus erreichte, war meine Brust wie zugeschnürt, und ich blieb kurz im schwach erleuchteten Hausflur stehen, sprühte mir mein Asthmaspray in die Lungen und wartete, bis sie sich erholt hatten.

Die Wohnungstür war nur angelehnt. Ich ging hinein und schloss die Tür leise hinter mir. Das Dielenlicht war nicht an, doch aus der Küche fiel ein warmer Lichtschein auf den Läufer. Ich konnte Stimmen hören, Lucas klang gedämpft und ernst, Danny witzelte. »Ach, nimm's doch locker«, schnappte ich auf.

Ich ging in die Küche und stellte meine immer noch in Seidenpapier gewickelte Weinflasche ab. Lucas drehte sich überrascht um. »Jo, ich hab dich gar nicht reinkommen hören.« Er drückte mich fest an sich. »Mein Gott, bist du kalt«, sagte er. »Gib mir mal deine Hände.« Er nahm sie in die seinen und rieb sie warm. Dann küsste er mich sanft auf die Lippen, doch ich entzog mich rasch; mich störte, dass Danny hinter ihm an der Spüle lehnte.

»Keine Sorge, Jo«, sagte der mit amüsiertem Blick. »Ich bin gleich weg.«

Ich versuchte mir meinen Ärger nicht anmerken zu lassen. »Hast du was Interessantes vor?«

»Ich bin nur mit einem alten Freund verabredet.« Er rauchte seine Zigarette zu Ende und machte sie nachlässig auf einem Teller hinter sich aus. »Bis später dann.« Er zwinkerte mir zu.

Als die Haustür ins Schloss fiel, drückte ich die Zigarette, deren Filter stinkend weiterglomm, noch einmal richtig aus.

»Setz dich doch schon mal ins Wohnzimmer«, sagte Lucas. »Das Essen ist fast fertig.«

Er hatte wirklich aufwendig gekocht, sogar für seine eigenen Verhältnisse. Ich war gerührt, dass er sich für mich so angestrengt hatte, und das nach einem Arbeitstag.

»Danny war ja gut gelaunt«, begann ich tastend das Gespräch.

»Hmm«, brummte er unverbindlich.

»Hat er gerade jemanden?« Hatte ihm Danny von Michael erzählt, aber gebeten, es mir nicht weiterzusagen? Wenn es so wäre, würde ich es Lucas wahrscheinlich anmerken.

Er legte sein Besteck ab und sah mich an. »Jo, glaubst du, dass ich das Zeug zum Schreiben hätte? Als Beruf, meine ich? Wie meine Mutter?«

»Warum fragst du das?«

»Nun ja – die Juristerei behagt mir nicht, und ich habe jetzt genug Geld, um nicht dabeibleiben zu müssen. Nüchtern besehen stellt sich schon die Frage, ob ich das die nächsten dreißig Jahre wirklich durchhalten werde.« Er nahm einen großen Schluck Wein und ich sah zu, wie sein Adamsapfel auf und ab hüpfte.

»Aber du hast eine glänzende Karriere gemacht, bist mit Ende zwanzig schon Partner und alles ...«

»Das hat nichts zu bedeuten.« Er fuhr sich durch die Haare, drückte seine schwarzen Locken flach an den Kopf.

»Ist was Bestimmtes vorgefallen?«

»Ich denke einfach darüber nach, weiter nichts. Man lebt nur einmal. Und das vielleicht nicht sehr lang – schau dir meine Familie an.« Er fixierte mich mit einem herausfordernden Blick. »Patrick hat gemacht, was er wollte. Er hat nicht jahrelang in einem Beruf gearbeitet, den er hasste. Er wollte etwas mit Kunst zu tun haben und hat das auch umgesetzt, obwohl ihm meine Großeltern in den Ohren gelegen haben, eine solide Ausbildung zu machen.«

»Das ist das Privileg des Geldes«, sagte ich und erwiderte seinen intensiven Blick. »Man hat mehr Freiheit zu tun, was man möchte, weil man weiß, dass man überleben wird, auch wenn man auf die Nase fällt, und sich in Ruhe etwas anderes suchen kann.«

»Wenn das Geld nun mal vorhanden ist, warum sollte man es nicht nutzen, um seine Träume zu verwirklichen?«

Ich zuckte mit den Achseln. Es war mir selbst nicht klar, warum mir dieses Gespräch so auf die Nerven ging. »Keine Ahnung. Klingt jedenfalls gut.«

Diese Antwort schien Lucas zu gefallen. Er stand auf und räumte die Antipastiteller ab. »Nein, bleib, wo du bist.«

Ich lehnte mich auf dem Stuhl zurück, suchte in meiner Tasche nach meinen Zigaretten und zündete mir eine an. Dann stützte ich mich mit dem Ellbogen auf den Tisch, hörte der Musik des Geschirrgeklappers zu und schaute aus dem Fenster auf die Straße hinunter. Der Verkehrslärm erreichte den dritten Stock nur noch gedämpft.

Lucas kam zurück und brachte ein mit italienischen Kräutern geschmortes Huhn, Polenta und grünen Salat. Er wirkte jetzt heiterer als vorhin. »Ich möchte, dass du eines weißt: Egal, was passiert, du bist das Beste, was mir jemals zugestoßen ist«, sagte er, legte seine Hand auf meine und drückte sie.

Ich stand auf und stellte mich hinter ihn. Dann schlang ich ihm die Arme um den Hals, beugte mich herunter und schmiegte meine Wange an die seine. Er roch nach Kräutern und ganz leicht nach Schweiß.

»Es wird nichts passieren«, sagte ich. »Ich liebe dich.«

Sobald mir die Worte über die Lippen gekommen waren, konnte ich kaum fassen, dass ich das wirklich gesagt hatte. Ich hatte es nicht vorgehabt. Und ich war nicht sicher, ob es stimmte. Ich hatte am Freitagabend und Samstag darüber nachgedacht, als ich auf seinen Anruf wartete. Dann hatte ich mir die Frage umgekehrt gestellt: Wenn ich ihn nicht liebte, warum setzte es mir dann so zu, dass er nicht anrief?

Sein Gesicht leuchtete auf, und er zog mich an sich, um mich zu küssen. Als wir uns voneinander lösten, sah er mich ernst an. »Ich habe dich immer geliebt. Bitte vergiss das nie.«

Er kehrte in die Küche zurück. Die Kühlschranktür wurde geöffnet und geschlossen, weitere Teller aus dem Schrank genommen. »Willst du Kaffee?«, rief er. Ich hörte die Wohnungstür. Dann drangen leise Stimmen aus der Küche. Danny. Er war schon wieder zurück. Ich nahm mein Glas und ging hinüber.

»Hallo, Danny. Ich hab dich nicht so früh zurückerwartet.«

Ich lehnte mich an die Arbeitsplatte und lächelte ihn fragend an. »Ich dachte, du hättest eine Verabredung.«

»Hatte ich auch. Er musste wieder ins Büro. Wir sind nur kurz auf ein Bier gegangen.« Er warf einen Blick auf die schmutzigen Teller und Töpfe. »Aber es sieht ja so aus, als hättet ihr fertig gegessen, dann hab ich euch den Abend nicht allzu sehr verdorben.« Lucas packte gerade den Käse aus und legte ihn auf ein Brett. »Käse, super. Soll ich noch eine Flasche Wein aufmachen?« Danny ging zum Kühlschrank und holte meinen Frascati heraus.

Ich versuchte Lucas' Blick einzufangen, doch er sah nach unten und wickelte sorgfältig ein Stück Brie aus dem Wachspapier. Ich legte ihm die Hand auf den Arm und wartete auf eine Reaktion, ein Zeichen, dass er Dannys Verhalten nicht in Ordnung fand. Er warf mir ein gezwungenes Lächeln zu und wandte sich wieder ab.

»Dann kannst du ja mitessen, Danny. Du brauchst nur noch einen Stuhl.« Lucas nahm das Brett und trug es zum Tisch hinüber.

Danny kam mit seinem Stuhl und der Flasche, entkorkte sie mit einer theatralischen Geste und schenkte ein. »Prost«, sagte er. »Wer will Käse?«

Wir tranken den Weißwein, Danny öffnete eine weitere Flasche. Er lenkte das Gespräch auf Themen, zu denen ich nichts beitragen konnte: alte Schulfreunde von ihm und Lucas, Leute, die sie gestern Abend gesehen hatten. Ich hörte abwechselnd zu und klinkte mich aus; seine Bemühungen, mich auszuschließen, ärgerten mich zwar, aber nicht so sehr, um mit ihm um Lucas' Aufmerksamkeit zu buhlen. Vielleicht hatte Danny nicht gelernt zu teilen, weil er ein Einzelkind war.

Lucas stand auf und holte die Karaffe, die Patrick ihm zum einundzwanzigsten Geburtstag geschenkt hatte. Er goss drei große Gläser Scotch ein. »Jo, da gibt es eine Sache, die wir mit dir besprechen müssen.« Er reichte mir ein Glas.

Das »wir« ließ bei mir sofort die Alarmglocken schrillen. Ich goss mir etwas Wasser in den Whisky.

Danny sah Lucas an und hob auffordernd die Augenbrauen. Lucas räusperte sich, krempelte mit umständlicher Langsamkeit die Hemdsärmel herunter und knöpfte die Manschetten zu. »Danny und ich ziehen nach Stoneborough.« Sein Blick irrte überall herum, nur dem meinen wollte er nicht begegnen.

»Was?« Empört stürzte ich einen großen Schluck Whisky hinunter, der mir prompt in der Kehle brannte. »Wie meinst du das, ihr zieht nach Stoneborough?« Angestrengt unterdrückte ich meinen Hustenreiz.

»Wir werden die ganze Zeit dort wohnen, nicht nur am Wochenende.«

»Und weshalb?« Dabei kannte ich die Antwort ganz genau: weil Danny es so wollte.

»Also, es ist folgendermaßen.« Danny lehnte sich zurück und zündete sich eine Zigarette an. Mit einer raschen Drehung des Handgelenks brachte er die Streichholzflamme geschickt zum Erlöschen. »Lucas will schreiben, und ich werde an ein paar Kurzfilmen arbeiten. Das sind die Dinge, die wir beide tun sollten, statt in öden Büros zu malochen. Lucas will nicht als Anwalt versauern, Jo; er möchte Schriftsteller sein.«

»Ich weiß.« Bildete er sich ein, er wäre der Einzige, der Lucas verstand? Ich konnte meinen Ärger körperlich spüren, in meinem Gesicht brannte die Röte. Am liebsten wäre ich aufgestanden und aus dem Zimmer gestürmt, womit ich Danny jedoch verraten hätte, wie wütend ich war. »Noch lange kein Grund, aufs platte Land zu ziehen.«

»Es ist viel billiger, Jo.« Lucas sah mich flehend an. Bitte akzeptier diese Entscheidung, beschworen mich seine Augen. »Im Moment zahle ich hier Miete. Das Haus gehört mir schon.«

»Gerade hast du mir erzählt, Geld sei kein Thema. Und was wollt ihr dort den ganzen Tag machen? Bücher schreiben und Kurzfilme drehen? Wirklich?«

»Ja. Genau das.« Lucas leerte sein Glas. »Wenn es nicht richtig laufen sollte, überlegen wir weiter.«

»Und was ist mit deinem Job?«

»Ich hab heute gekündigt. Und weil ich noch Urlaub habe, brauche ich nur noch zehn Tage zu arbeiten.«

»Ach, nett, dass du mir Bescheid sagst. Vorhin hast du über deine Zukunftsideen geredet, als wäre alles noch Theorie, und jetzt stellst du mich vor vollendete Tatsachen. Vielen Dank auch.« Jetzt ließ sich mein Hustenreiz nicht länger beherrschen; der Husten schüttelte mich so heftig durch, dass mir die Tränen herunterliefen. Lucas stand auf, hielt mir mein Wasserglas hin und klopfte mir auf den Rücken.

»Und noch was«, sagte ich, sobald ich wieder sprechen konnte. »Wann sehe ich dich überhaupt, wenn du nicht mehr hier bist? Dann wird alles anders.« Ich wischte mir eine Haarsträhne aus dem erhitzten Gesicht. Danny betrachtete mich mit distanziertem Interesse, als wäre ich eine Ameise und er ein Junge, der an einem sonnigen Tag mit der Lupe auf naturkundliche Streifzüge geht.

»An den Wochenenden, wenn du zu uns rausfährst.«

»Und das ist alles?«

»Ich komm auch manchmal nach London. Dich besuchen.«

»Na klar! Das ist doch Mist, und das weißt du auch.«

»Danny, könntest du dich vielleicht eine Weile rar machen, damit ich mit Jo reden kann? Es gibt da ein paar Dinge, die wir unter vier Augen besprechen müssen«, sagte Lucas.

Danny griff nach seinem Weinglas und der Flasche, ging in sein Zimmer und schloss nachdrücklich die Tür. Lucas nahm unsere Whiskygläser und führte mich zu dem abgewetzten Ledersessel. Er setzte sich hin und zog mich auf seinen Schoß. Vielleicht war es der Anblick meiner Beine, die quer über den seinen lagen, oder die Art, wie er mir übers Haar streichelte, jedenfalls brachen in mir alle Dämme. Ich war wütend auf mich selbst und wischte mir die Tränen mit dem Handrücken ab.

»Dass du's nur weißt: Ich heul nicht, weil ich so erschüttert bin, dass du wegziehst«, sagte ich. »Sondern weil ich betrunken und müde und sauwütend bin.«

Lucas bog mein Gesicht zu sich und schaute mir in die geröteten Augen. Er fing an zu lachen. »Ach, Jo«, sagte er nach einer Weile. »Du bist so lustig.«

Ich schniefte, was sich richtig widerlich anhörte. »Was zum Kuckuck ist so lustig daran, wenn ich heule?«

»Du siehst einfach süß aus. Und du hast überhaupt keinen Grund, dir Sorgen zu machen. Ich liebe dich, und daran wird sich nichts ändern, ob ich nun hier wohne oder in Stoneborough.« Er küsste mich, was in diesem Moment kein vernünftiger Mensch getan hätte. »Hab doch Vertrauen zu mir. Ich möchte einfach meinen Roman schreiben und habe jetzt endlich die Zeit dazu.«

»Du bist es ja auch nicht, zu dem ich kein Vertrauen habe«, sagte ich.

»Ich kann mich schon selbst um mich kümmern.«

»Drei Tage hat er gebraucht, um dich dazu zu bringen, deinen Job und deine Wohnung aufzugeben und in die Pampa zu ziehen.«

»Ich denke schon länger darüber nach.«

»Lucas, wie wird er denn Geld verdienen?«

»Ich hab massenhaft Geld, und er hat nichts, Jo. Betrachte es doch mal aus meiner Sicht. Er hat mich jahrelang in Bars und Restaurants eingeladen. Ich habe mich immer wie der mittellose jüngere Bruder gefühlt – ich freue mich, wenn ich mich nun ein bisschen revanchieren kann.«

»Aber das ist doch nicht vergleichbar.«

»Wieso nicht?« Er dämpfte seine Stimme. »Er steckt wirklich in der Klemme. Er hat keinen Job und einen Haufen Schulden. Eher dreißigtausend als zwanzigtausend. Wer soll ihm denn sonst helfen? Zu seiner Familie kann er nicht gehen; sein Vater ist wahrscheinlich noch schlimmer dran als er.«

»Was ist mit seiner Mutter? Die hat doch Geld.«

Er schüttelte den Kopf. »Sie würde er nie fragen. Jo, Danny würde dir das nie erzählen, aber es widert ihn an, wie sein Vater Bares aus seiner Mutter herauspresst, vor allem, wenn man bedenkt, wie er sie behandelt. Das findet Danny zum Kotzen und will nicht auch noch bei ihr ankommen – dann wäre er auch nicht besser als sein Vater.« Er seufzte. »Ich will ihm eben einfach helfen.«

Mir wurde klar, dass sein Entschluss schon feststand. »Weißt du, ich hab das Gefühl, als wäre das alles ein abgekartetes Spiel, deshalb bin ich so wütend. Ich dachte, ich komme zu dir zum Essen, Danny wäre weg und wir beide könnten einen ungestörten Abend miteinander verbringen.« Ich suchte in meiner Handtasche nach einem Taschentuch und schnäuzte mich. »War das alles schon vorausgeplant, mich erst mit dem wunderbaren Essen und ein paar Glas Wein milde zu stimmen, bis Danny wiederkommt?« Wieder schäumte Wut in mir hoch und ich stieß mit der Hacke heftig gegen den Sessel. »Ich komm mir richtig verarscht vor, Lucas.«

»Es war kein abgekartetes Spiel. Ich wollte es dir erzählen. Hab schon darauf hingearbeitet. Als dann Danny früher zurückkam, wurde das Ganze etwas übers Knie gebrochen.«

»Ich hoffe nur, du weißt, worauf du dich einlässt.«

Meine Wut auf ihn flaute ab und verlagerte sich immer mehr auf Danny. Ich musste zugeben, Danny war ganz schön clever gewesen. Er hatte Lucas' Schwachpunkt erkannt, seine Sorge, dass er Patricks Vorbild nicht gerecht würde, weil er im Leben nichts riskieren wollte. Dann hatte er Lucas unter Druck gesetzt, bis er bekam, was er wollte: die Freiheit, die Lucas' Geld ihm garantierte. Ich konnte mir vorstellen, wie er im Zimmer nebenan saß und still auf sein neues Leben trank. Am liebsten hätte ich seine Tür eingetreten und auf ihn eingeprügelt.

»Dann wirst du mich also vermissen, wenn ich auf dem Land bin?« Lucas wusste immer, wann ich genug vom Streiten hatte.

Er strich mir über die Haare, die Konturen meines Kopfes entlang. Das hatte eine seltsam einlullende Wirkung auf mich.

»Das weißt du doch. Wir sind doch erst am Anfang.«

»Es gibt eine Alternative.«

Mir wurde gleich leichter ums Herz. »Wirklich?«

»Du könntest mit uns rausziehen.«

Einen Moment dachte ich, ich hätte mich verhört. Als mir dämmerte, dass ich durchaus richtig gehört hatte, sprang ich von seinen Knien herunter, als hätten sie mich verbrannt. »Du willst, dass ich mit euch nach Stoneborough komme?«

Er lächelte zaghaft. »Was hältst du davon?«

»Ich glaube, du hast keine Ahnung, wer ich bin.«

»Wieso?«

»Du verlangst von mir, meinen Job aufzugeben – meine Karriere –, damit ich mit dir wohne, wo sich Fuchs und Hase gute Nacht sagen.« Ich griff nach meinen Zigaretten, mir zitterten vor Wut die Hände.

»Aber du magst deinen Job doch gar nicht.«

»Nur, weil ich noch nicht erfolgreich genug bin. Das heißt noch lange nicht, dass ich ihn hinschmeißen werde. Ich liebe den Journalismus. Ich habe mir mein ganzes Leben lang gewünscht, Journalistin zu werden. Und das weißt du auch. Du weißt, wie wichtig mir mein Beruf ist.«

»Du könntest freiberuflich arbeiten.«

»Für wen? Ich habe weder genug Erfahrung noch Kontakte. Wenn ich freiberuflich arbeiten könnte, würde ich das längst tun. Begreifst du denn nicht? Ich bin erst am Anfang, muss mir ein Fundament erarbeiten. Ich bin noch nicht so weit. Und selbst wenn, würde ich nicht dort hinziehen wollen.« Ich fing wieder an zu heulen. »Wieso kapierst du das nicht? Nach all den Jahren? Ich dachte, dass gerade du mich verstehst.«

»Ich würde einfach gern für dich sorgen.« Sein Gesicht war voller Kummer.

»Aber ich will nicht, dass jemand für mich sorgt. Nicht jetzt und wahrscheinlich auch nicht später. Es ist mir wichtig, selber zu arbeiten und produktiv zu sein.«

Zu meinem Entsetzen sah er nun selbst aus, als wäre er den Tränen nahe. Durch und durch grauenhaft, diese Szene.

Ich versuchte, dem Ganzen die Schwere zu nehmen. »Kein Geheule, bitte«, sagte ich, »fürs Heulen bin *ich* zuständig.« Ich setzte mich wieder auf sein Knie und legte ihm den Arm um die Schulter. Dann begrub ich mein Gesicht an seinem Hals und tränkte seinen Hemdkragen mit meinen Tränen.

»Ich brauche deine Liebe«, sagte er und hielt mich ganz fest. »Und du? Brauchst du meine auch?«

Ich sagte ja, weil ich musste und weil ich Angst davor hatte, mich der Alternative zu stellen. Doch eines war mir klar geworden: Etwas ganz Grundlegendes in unserer Beziehung, was ich immer für selbstverständlich gehalten hatte – dass wir einander verstanden wie niemand sonst –, traf nicht länger zu. Es war, als hätte ich plötzlich das Vertrauen in den Boden verloren, auf dem ich ging.

Viel später im Bett streckte Lucas den Arm nach mir aus, fasste mich um die Taille und legte mir die Finger leicht auf den Bauch. Ich konnte nicht reagieren. An diesem Abend war Lucas in meiner Achtung gesunken. Dass er schreiben wollte, konnte ich respektieren. Mehr zu schaffen machte mir etwas anderes: wie leicht er seinen festen Vorsatz über Bord warf, anders zu sein als sein Vater. Und nur von selbst verdientem Geld zu leben. Über diesen Grundsatz hatten wir jahrelang diskutiert, er war für mich noch wichtiger, als ich gedacht hatte. Ich hatte mir von Anfang an Sorgen gemacht, dass Lucas' neuer Reichtum unsere Beziehung trüben könnte. Es wäre wichtig für mich gewesen, dass Lucas gerade jetzt besonders fest mit beiden Beinen auf der Erde stünde, um mir zu beweisen, dass dieser Reichtum nichts veränderte, dass er ihm etwas entgegenzusetzen hatte. Ich rührte mich nicht und tat, als ob ich schliefe.

Am nächsten Morgen entschuldigte ich mich mit der Ausrede, ich müsse früh ins Büro, und verschwand schnell aus der Wohnung. Ich ging zu dem Schnellrestaurant um die Ecke, setzte mich mit einem Kaffee an einen Tisch und versuchte, meine neuen Gefühle zu sortieren. Das Koffein verhalf mir leider auch zu keiner anderen Erkenntnis als der, die mir bereits deutlich war: Unsere Beziehung hatte einen Knacks bekommen und würde nie mehr sein wie früher. Mir kam nur ein einziger neuer Gedanke, ein kindischer Gedanke, für den ich mich sofort schämte: Lucas hatte Danny mir gegenüber bevorzugt.

Kapitel IX

Es wurde zu einer neuen Routine, dass die Beifahrerin nach dem großen Einschnitt in den Chiltern Hills, wo sich die Kalkwände teilen wie das Rote Meer, das Radio neu einstellte. Wenn sich Oxfordshire vor uns ausbreitete, konnten wir den Londoner Sender nicht mehr empfangen. An diesem Freitagabend war Rachel mit dabei. Ihr Auto stand beim Kundendienst in der Werkstatt, und Greg musste heute Abend Überstunden machen. Er würde später mit Lucas und Danny fahren, die schon die erste Ladung ihrer Sachen mitnehmen wollten. Michael konnte gar nicht kommen; er hatte heute Vormittag angerufen, dass er vor einem großen Abschluss stand und das ganze Wochenende im Büro verbringen müsste. Der neue Sender brachte Hörerwünsche, gerade rief jemand an und bat um einen Song von REM.

Der DJ legte *Losing My Religion* auf. Wie jedes Mal fragte ich mich, warum immer dieser Song ausgewählt wurde, wo REM doch so viele andere gute Nummern hat, dann verfiel ich dem melancholischen Sog der Musik.

»That's me in the corner, that's me in the spotlight, losing my religion …« Martha trommelte den Beat auf dem Knie mit. Sie begann zu singen, Rachel und ich fielen ein. Wir verließen die Autobahn und bogen bei den schönen ausklingenden Tönen des Songs in die weite Landschaft ab. Der DJ legte eine respektvolle Pause ein, bevor er den nächsten Anruf entgegennahm.

Dieser Teil der Strecke, der mir anfangs wie ein Labyrinth vorgekommen war, wurde mir langsam vertraut. Meine Ente fuhr wie ferngesteuert durch die kleinen Landsträßchen nach

Stoneborough. Rechts, zehn Meilen weiter nördlich, sengten die Lichter von Oxford die Wolkenbäuche an, dass sie orange leuchteten, doch hier war alles außerhalb des Lichtkegels unserer Scheinwerfer pechschwarz. Nur da und dort schien eine Lichterinsel über die Felder. Als wir das Dorf erreichten, stellte ich das Radio ab. Die Häuser am Straßenrand lagen stumm da, und obwohl es erst neun Uhr war, brannte hinter so wenigen Fenstern Licht, dass ich fürchtete, wir würden mit unserer Lärmblase alle aufwecken.

Da wir diesmal vor Lucas ankamen, hatte er mir die Schlüssel gegeben. Als wir in den Parkplatz einbogen, bereitete uns das Herrenhaus einen düsteren Empfang. Die dunklen Fenster blickten uns im Schein der Mondsichel finster entgegen, als nähmen sie uns die lange Vernachlässigung übel. Der massive Steinbau kauerte vor dem Wald wie ein Hund mit gesträubtem Nackenfell, und ich ahnte schon wieder das Unbehagen voraus, das ich immer mehr mit diesem Ort verband. Doch heute kam noch mein persönlicher Ärger dazu: Das Haus nahm mir Lucas weg.

»Gespenstischer alter Kasten so im Dunkeln, was?«, sagte Martha vom Rücksitz.

»Ja, aber auch beeindruckend«, erwiderte Rachel. »Ich kann's kaum glauben, immer noch nicht. Wie viele Menschen bekommen schon die Gelegenheit, sich in einem solchen Haus aufzuhalten? Das ist doch wie im Film.«

Der Schlüssel drehte sich mit einem dumpfen Knacken, und die Eingangstür ging auf. Laut und schrill tönte uns der Einbrecheralarm in den Ohren. Ich tastete an der Wand nach dem Lichtschalter. Meine Erleichterung war groß, als der Code, den Lucas mir gegeben hatte, akzeptiert wurde und der Alarm verstummte. Wir stellten unser Gepäck ab und gingen überall Licht machen, unsere Schritte hallten durchs Haus. Es roch stark nach Möbelpolitur. Lucas hatte Patricks Putzfrau übernommen, die im Dorf wohnte. Zwar spülten wir an den Wochenenden ab und beseitigten unsere gröbsten Spuren, doch sie übernahm das Abstauben, Staubsaugen und Bettenüberziehen. Sie kam unter der Woche und sorgte dafür, dass am Freitag alles für uns bereit war. Ich war froh, dass sie nicht während unserer Anwesenheit erschien; mir war es peinlich, wenn jemand hinter mir herputzte. Als ich jetzt in die Eingangshalle zurückkehrte, stand ich einen Moment lang reglos da und sah zur Decke hoch, den Punkt, auf den sich der ganze Riesenraum konzentrierte. Heute kam mir der Gesichtsausdruck des dunklen Mannes auf der Chaiselongue irgendwie hintergründig vor, als verberge er etwas in den üppigen Falten seines Gewandes. Auch hatte die Art, wie Ganymed seine Weinschale ausstreckte, etwas Flehendes, die Muskeln unter der goldenen Haut verspannten sich vor Anstrengung. Jedes Mal, wenn ich das Gemälde ansah, fiel mir etwas anderes auf. Es war, als fingen die Figuren darin an, zu leben und zu atmen, sobald ich ihnen den Rücken zukehrte, und fänden nicht mehr genau in ihre Ausgangsposition zurück, wenn ich den Blick wieder auf sie richtete.

»Ich mach Feuer«, rief Martha. Ich folgte ihrer Stimme in den Salon, wo sie auf dem Kaminvorleger kniete. Sie nahm Späne aus dem Korb und schichtete sie mit zerknülltem Zeitungspapier auf den Rost. Als die Flammen in Gang kamen, legte sie kleine Kohlestücke dazu, die bald zu glühen begannen. Ich machte im Raum die Runde, schaltete die Tischlampen an und zog die schweren Vorhänge zu.

Martha stand auf und wischte sich die Hände ab. »Jetzt hätte ich gern ein Glas Wein.« Weder im Salon noch in der Bibliothek oder im Kühlschrank war etwas zu finden. »Wir werden in den Keller gehen müssen«, sagte sie.

Wir standen zu dritt vor der weißen Tür in der Küche, dem Zugang zum Keller. Ich nahm den Schlüssel vom Haken. Die Tür öffnete sich nach innen, und wir sahen, wie die grauen Steinstufen ins Schwarze verschwanden. Nichts auf der Welt hätte mich dazu bringen können, hinunterzugehen. Ich stellte mir vor, wie sich die

Atmosphäre des Hauses dort unten verdichtete, im tiefsten Teil sammelte. Bei diesem Gedanken wurde mir eng um die Brust, als müsste ich bereits die zähe, giftige Luft einatmen. Ich kämpfte gegen den Drang an, die Tür augenblicklich zuzuknallen.

»Geh doch runter und such was aus«, schlug Rachel vor. »Du kennst dich mit Wein besser aus als ich. Ich heiz schon mal den Ofen für die Pizza vor.«

»Sag bloß, du hast Angst vor dem Keller«, frotzelte ich.

»Ich bin nur kein Weinkenner.«

»Das ist doch kein Laden. Jede Flasche da drunten ist gut.«

»Na, du reißt dich ja auch nicht gerade darum.«

»Ich geh schon«, sagte Martha und stieg hinunter. Unten bog sie nach links und verschwand aus unserem Blickfeld. Rachel und ich machten uns in der Küche an die Arbeit. Nach zwei, drei Minuten hörten wir wieder Schritte, und Martha kam mit zwei staubigen Flaschen zurück. Sie stellte sie auf den Tisch und suchte in der Schublade nach einem Korkenzieher. »Das ist der Wahnsinn da unten«, sagte sie. »Ein Regal nach dem anderen. Diese beiden sind recht bescheiden im Vergleich zu anderen, die ich hätte nehmen können. Da unten muss ein Vermögen lagern.«

»Vielleicht kann ich Lucas dazu bringen, dass er mir mal den Weinkeller zeigt«, sagte ich und verschloss energisch die Tür.

Als wir mit einem Glas Wein vor dem Kamin saßen, wurde mir wohler. Ich fragte Rachel nach ihrem Laden, einer Boutique in Richmond, wo sie edle Accessoires verkaufte. Die Sachen faszinierten mich, und ich ging öfter hin, auch wenn ich es mir nicht leisten konnte, etwas zu kaufen.

»Es läuft gut.« Sie strich die Fransen des Kaminvorlegers glatt und fuhr mit den Fingernägeln durch die Fäden, um sie zu entwirren. »*Vogue* hat in der letzten Ausgabe einen Artikel über einen unserer Handtaschendesigner gebracht und unsere Adresse genannt. Das hat uns viel Zulauf gebracht.«

Martha stocherte im Feuer, um ihm mehr Hitze zu entlocken.

»Ich krieg mich immer noch nicht ein«, sagte sie. »Offene Kamine – wie ich das liebe!«

»Was hältst du davon, dass Lucas hierherzieht, Jo?«, fragte Rachel.

Ich setzte mich aufrecht hin, mir waren die Füße eingeschlafen. »Es macht mir Sorgen. Nicht so sehr wegen Lucas als wegen Danny. Arbeiten werden die hier sicher nicht. Danny wird sich bloß bei Lucas durchschnorren und ihn beim Schreiben stören – wenn er ihn überhaupt schreiben lässt. Du kennst Danny doch, der hat keinen Ehrgeiz.«

»Jedenfalls nicht, wenn's ums Arbeiten geht«, sagte sie.

»Und jetzt, wo er seinen Job verloren hat, ist die einzige klare Struktur aus seinem Leben verschwunden.«

»Du kannst nichts dagegen machen, Jo«, sagte Martha, schob sich eine Haarsträhne hinters Ohr und schlug die Beine unter. »Du musst es einfach aussitzen. Wenn du mich fragst, hat Lucas Schuldgefühle, weil er jetzt so viel Geld besitzt, und wenn er seinen Reichtum teilt, fühlt er sich besser.«

»Das sieht man schon an diesen Wochenenden«, sagte Rachel. »Er nimmt keinen Penny von uns an.« Das stimmte; wir hatten versucht, unseren Teil beizutragen, aber Lucas wollte nichts davon wissen.

Durch die Vorhänge sahen wir Scheinwerfer über die Fassade wandern, dann hörten wir ausgelassenes Hupen. Wir gingen hinaus, um die Ankömmlinge in Empfang zu nehmen, und ließen die Eingangstür auf, damit Licht auf den Weg fiel. Das Wiedersehen mit Lucas machte mich etwas beklommen. Wir hatten uns seit dem Morgen nach unserem Streit nicht mehr getroffen. Unbeholfen stand ich auf dem Kies und wartete, dass er die Autotür öffnete.

»Tut mir leid, dass wir so spät kommen. Wir haben ewig zum Einladen gebraucht«, sagte er, stieg aus und umarmte mich etwas steif, als spürte er neue Grenzen, die erst zu verhandeln wären, bevor wir wieder normal miteinander umgehen könnten.

»Gib mir die Schlüssel«, rief Danny. »Am besten laden wir gleich was aus.« Er machte den Kofferraum auf, aus dem Taschen und Kartons herauszufallen drohten. »Nimm mal, Jo. Die kannst du tragen.« Er hielt mir eine Pappschachtel hin. Sie war groß und schwer. Als er mich anschaute und sich vergewisserte, dass ich sie richtig im Griff hatte, sah ich das unmissverständliche triumphierende Leuchten in seinen Augen. Und er wusste, dass ich es gesehen hatte. Ein kleines, nur von mir wahrnehmbares Lächeln umspielte seine Lippen.

Ganz langsam zog er seine Hände unter der Schachtel hervor, ohne den Blick von mir zu wenden. Ich drehte mich zu Seite, voller Ärger über ihn und mich selbst, weil ich mich verraten hatte.

Es war noch nicht Frühling, aber es gab Anzeichen, dass der Winter dem Ende zuging. In den Rabatten an der Fassade und in den Rasenstreifen neben der Auffahrt waren die Schneeglöckchen verblüht, und robuste, orangefarbene und indigoblaue Krokusse hatten die harte Erdkruste durchbrochen. Der Regen und die beißende Kälte verzogen sich, und am Sonntag dehnte sich über dem Haus ein mattblauer Himmel, den die Sonne mit leerem Licht tränkte wie an einem wolkenlosen Sommertag. Das Ganze hatte etwas Trügerisches: Beim Wind und der Kälte diese Woche hatte man gewusst, woran man war, doch dieser Himmel versprach eine Wärme, die er nicht hielt.

Martha kam Sonntag früh in mein Zimmer, als ich mir die Haare bürstete. Ich verbrachte nun die meiste Zeit in Lucas' Zimmer ein paar Türen weiter und benutzte mein ursprüngliches Zimmer nur noch, um mich dort anzuziehen und meine Kleidung zu deponieren. Ich sah vom Spiegel hoch, als Martha hereinkam.

»Danny macht mich wahnsinnig«, sagte ich und fuchtelte mit der Bürste. »Er stolziert schon das ganze Wochenende herum und spuckt große Töne, was sie hier alles machen werden, wenn niemand mehr ihre Zweisamkeit stört.«

»Zeig ihm bloß nicht, wie wütend du bist. Damit würdest du alles nur noch schlimmer machen.« Sie setzte sich aufs Fußende des Betts und wippte ein bisschen auf und ab. »Außerdem ist sein Gelaber doch ganz harmlos – es macht ihm einfach Spaß, dich auf die Palme zu bringen.«

»Du hast leicht reden. Und für harmlos halte ich ihn nicht.«

»Jo.« Sie hörte auf zu wippen und sah mich ernsthaft an. »Du musst das locker angehen. Es darf nicht so weit kommen, dass sich Danny zwischen dich und Lucas stellt. Lucas will Danny nur eine Weile aushelfen, und das ist riesig nett von ihm. Lass ihn einfach machen.«

»Ich weiß nicht, Marth …« Ich beschloss, ihr von Lucas' Vorschlag zu erzählen, ich solle meinen Job aufgeben. Auch das hatte mich seither beschäftigt. »Danny ist nicht das einzige …«

Es klopfte an der Tür, und Lucas kam herein, frisch aus der Dusche. Er rubbelte sich den Kopf mit einem Handtuch trocken, die Haare standen ihm in schwarzen Stacheln vom Kopf ab. Um die Hüften hatte er ein zweites Handtuch geknotet und ich sah, wie Marthas Blick über das Spiegelbild seines Körpers wanderte. Ich fing ihren Blick im Spiegel auf, sie lächelte und sah beiseite. Die dunklen Haare, die in einer Linie von seinem Nabel nach unten wuchsen und unter dem Handtuch verschwanden, kräuselten sich vor Feuchtigkeit. Er beugte sich leicht herunter und küsste mich hinterm Ohr. »Du bist schon wieder so früh aufgestanden.«

»Na, Schöner, wie sehen die Pläne für heute aus?«, fragte Martha, als er sich neben sie aufs Bett setzte.

»Deshalb komm ich ja rein. Danny hat mir ständig wegen Elizabeth in den Ohren gelegen, ihr wisst schon, Patricks Exfreundin aus den Super-8-Filmen. Ich hab sie zum Mittagessen eingeladen, damit Danny endlich Ruhe gibt.«

Eigentlich war ich genauso neugierig auf Elizabeth wie Danny. Ich wollte wissen, wie sie heute aussah, diese Schönheit, die Patrick erobert hatte. Doch dass Danny seine Finger im Spiel hatte, verdarb mir die Freude über diesen Besuch etwas. Als Lucas sich wegdrehte, sah ich Martha augenrollend an. Sie antwortete mit einer Grimasse gespielter Verzweiflung, aber mir blieb nicht verborgen, dass ihre Verzweiflung über mich zumindest teilweise echt war.

Wir wussten, dass Elizabeth mindestens fünfzig sein musste. Trotzdem war es schwer zu glauben; ich wäre nicht überrascht gewesen, wenn mir jemand gesagt hätte, sie wäre acht- oder neununddreißig. Sie überragte mich um etwa fünf Zentimeter und zeigte in ihrer Haltung eine imposante, kraftvolle Ruhe, wie man sie wohl durch lebenslanges Posieren vor der Kamera erwirbt. Eine lebendig gewordene Tempelgöttin, die Haut fast faltenlos und die Katzenaugen durch dunklen Lidschatten leicht betont. Sie trug einen schwarzen Kaschmirpulli und eine Hose aus feinem Wollstoff mit elegantem Fall, doch ich hatte immer noch das Bild des rasanten weißen Hosenanzugs im Kopf, den sie auf dem Foto anhatte. Ihre glänzenden kastanienbraunen Haare, die auch jetzt nur einen leisen Schimmer von Grau zeigten, waren im Nacken zu einem lockeren Knoten geschlungen.

Lucas trat auf sie zu, begrüßte sie in aller Form und gab ihr ein respektvolles Küsschen auf beide Wangen. »Lucas, Darling«, sagte sie und umfasste ihn fest an den Ellbogen.

»Elizabeth, das ist meine Freundin Joanna.« Lucas nahm mich an der Hand und zog mich etwas an sich.

»Schön, Sie kennenzulernen«, sagte sie in gestochen klarem Oxfordenglisch, was mich überraschte. Ich hatte etwas Exotischeres erwartet oder wenigstens ein breites Südstaatenamerikanisch. Sie taxierte mich rasch von Kopf bis Fuß. Lucas stellte ihr die anderen vor, und sie nickte und murmelte. Greg streckte ihr die Hand entgegen, und sie schüttelte sie, wobei ihre langen, sorgfältig manikürten Fingernägel und ein Silberring mit einem großen meergrünen Stein zur Geltung kamen. Sie sah ihn wohlwollend an und hielt seine Hand eine Sekunde länger als nötig.

»Möchtet ihr einen Drink vor dem Essen?«, fragte Lucas. Er führte uns in den Salon und bot Elizabeth einen Platz auf dem Sofa an. Sie schlug die Beine übereinander, presste die Knöchel zusammen und wartete, ihrer Schönheit bewusst, auf ihren Drink. Ich hörte die Eiswürfel knacken, als Lucas den Gin eingoss.

Sie blickte sich um. »Hast du gar nichts verändert?«

Wir hatten die Spuren des vorigen Abends ganz gut beseitigt. In einem Anfall von Arbeitseifer hatte ich sogar die Möbel poliert, und der Duft von Bienenwachs wetteiferte mit dem Rauch des neuen Feuers, das nun fröhlich im Kamin knisterte.

»Es gibt nichts, was ich gern anders hätte. Wenn ich alles lasse, wie es ist, erinnert es mich an ihn.«

»Er hatte einen wunderbaren Geschmack, nicht wahr?« Sie seufzte. »Ich vermisse ihn so.«

Lucas lächelte traurig und reichte ihr den Gin. »Elizabeth, würdest du mich bitte ein paar Minuten entschuldigen? Nur ein paar letzte Vorbereitungen fürs Mittagessen.« Er täuschte recht überzeugend den Gelassenen vor. Sie hatte sich vierzig Minuten verspätet, und Lucas war in der Küche auf und ab getigert in der Sorge, dass das Essen ruiniert wäre. Er hatte alles warm halten müssen, so gut es ging.

»Selbstverständlich, Darling. Kann ich helfen?« Der Ton der Frage stellte von vornherein klar, dass die Antwort nur nein lauten könnte.

»Kommt gar nicht in Frage. Ich ruf euch in einer Minute.« Er zog die Tür hinter sich zu. Dabei bot auch ich ihm mit einer Geste meine Hilfe an, doch er schüttelte den Kopf. Einen Moment lang saßen wir schweigend da. Elizabeth holte ein Zigarettenetui aus ihrer Handtasche. Ich sah Gregs Blick, als Danny vom anderen Sofa aufsprang und ihr Feuer gab.

»Danke«, sagte sie, lächelte ihn unter gesenkten Lidern an und stieß den Rauch aus. »Na, wie gefällt euch denn das Haus?«

»Es ist wunderbar hier, so friedlich nach der Woche in London«, sagte Martha.

»Wir fanden es immer paradiesisch. Wir haben uns haufenweise ins Auto gequetscht und sind bei jeder Gelegenheit hergekommen. Der erste Sommer, den wir hier verbracht haben, war einer der schönsten meines Lebens.« Irgendwie konnte ich mir Elizabeth nicht vorstellen, wie sie sich in etwas hineinquetschte; stattdessen sah ich sie in Patricks Jaguar, mit Sonnenbrille und flatterndem Schal, wenn sie mit offenem Verdeck die Stadt verließen. Ob das wohl der Sommer war, als sie ein Paar wurden?

»Ich kann den Sommer kaum erwarten.« Rachel schaute von ihrer Bank vor dem Fenster auf den Rasen hinaus. »Wir können uns ganz unbeobachtet sonnen.«

»Wie beneidenswert«, sagte Elizabeth. »So jung zu sein! Ihr habt alles noch vor euch.«

»Sie wollen uns doch nicht erzählen, Sie wären alt?«, fragte Danny mit aufrichtigem Entsetzen.

Sie tat seinen Einwurf mit einem bescheidenen Lachen ab, das keinen Zweifel daran ließ, dass sie dieses Kompliment als selbstverständlich empfand.

Lucas rief uns durch den Gang zu Tisch. Greg stand auf und bot Elizabeth den Arm. Sie nahm ihn, und er führte sie behutsam zum Speisesaal, als wäre sie ein lebendes Kunstwerk.

»Schaut euch bloß diese Typen an«, sagte Rachel, die hinter mir und Martha ging, mit leiser Stimme. »Ist denen überhaupt klar, dass diese Frau ihre Mutter sein könnte?«

»Darling, ich hab gerade deinen Freunden erzählt, wie ihr mich an die Zeit erinnert, die ich mit deinen Eltern und Patrick und allen unseren Freunden hier verbracht habe. Es ist, als hätte jemand den Film zurückgespult – ihr könntet unser Kreis von damals sein.« Mit einem Handwedeln lehnte sie den Löffel Kartoffeln ab, den Martha ihr anbot. Danny füllte ihr Glas nach und wurde mit einem katzenhaften Lächeln belohnt.

»Ich fürchte nur, wir haben nicht halb so viel Glamour«, erwiderte Lucas, der das Lamm tranchierte. Er hatte einen riesigen

Braten gemacht – wieder einmal war es nichts mit dem bescheidenen Mittagessen, das er angeblich geplant hatte.

»Unsinn. Und du bist ein viel besserer Koch als Patrick. Die ganze Verpflegungsfrage blieb damals an deiner armen Mutter hängen«, sagte sie. Das glaubte ich gut und gern; ich konnte mir unmöglich vorstellen, wie sich Elizabeth zum Gemüseschälen herabließ.

Wir aßen in Schweigen, das ab und zu durch eine Bemerkung über das kalte Wetter neulich oder ein Kompliment unterbrochen wurde, das Lucas für das Essen erhielt. Ich bekam plötzlich richtigen Hunger und nahm mir noch eine Scheibe Fleisch.

»Beherzigen Sie meinen Ratschlag und heiraten Sie ihn, Jo«, sagte Elizabeth. »Männer, die kochen, haben Seltenheitswert. Schmieden Sie das Eisen, solange es heiß ist.«

»Danke für den Tipp«, erwiderte ich. »Aber ich habe noch nicht getestet, ob er auch bügeln kann.«

»Träum weiter.« Lucas sah mich skeptisch an.

Das Essen zog sich hin, und ich sah zu, wie die Sonne aus dem Garten verschwand. Der Schatten, der bei Beginn des Essens nur auf der windabgewandten Seite des Hauses gelegen hatte, breitete sich wie vergossene Tinte über den Rasen und die Auffahrt aus. Greg machte noch eine Flasche Wein auf, aber ich ging zu Wasser über, weil ich in ein paar Stunden nach London zurückfahren musste. Lucas brachte die Nachspeise herein, einen sirupgetränkten Biskuit-Pudding, und Elizabeth war sichtlich schockiert, wie man eine solche Kalorienbombe essen konnte. Ich amüsierte mich so sehr darüber, dass ich ein extragroßes Stück verlangte. Danny ließ Elizabeth nicht aus den Augen, als vergliche er ihre gegenwärtige Erscheinung mit dem, was er im Film gesehen hatte.

»Haben Sie Kinder, Elizabeth?«, fragte Martha.

Elizabeth wandte sich ihr mit einem heiteren Lächeln zu, als gäbe sie ein Fernsehinterview. »Eine Tochter. Diana. Sie ist gerade auf Reisen, in Afrika. In Südafrika genau genommen, bei

Jonathan. Erinnerst du dich an ihn, Lucas? Den Fotografen?« Er schüttelte mit ausdrucksloser Miene den Kopf. »Auch einer der Freunde von damals.«

»Wo in Südafrika ist sie denn?«, fragte Greg. »Ich war kurz vor Weihnachten in Johannesburg.«

»Wirklich? Wie interessant.« Sie richtete ihre Aufmerksamkeit nun auf ihn und sah ihn mit großen Augen an. »Haben Sie dort Urlaub gemacht oder gearbeitet?«

»Gearbeitet. Ich habe ein Computersystem eingerichtet.«

»Du lieber Himmel, Greg«, warf Rachel lachend ein. »Warum gibst du dir immer alle Mühe, deine Arbeit so langweilig wie möglich darzustellen? Er hat für eine internationale Firma, die Diamantenminen betreibt, ein Betriebssystem entwickelt«, erklärte sie. »Ein hochkarätiger Auftrag sozusagen.«

Das interessierte mich. Ich wusste natürlich, dass Greg mit Computern zu tun hatte, aber mir war nicht klar gewesen, auf welchem Niveau. Rachel zog ihren Stuhl näher zu Greg heran und strich ihm über die Haare. Er ließ sich das ein paar Sekunden gefallen, dann bog er den Kopf ein wenig weg; ihre Bemerkung hatte ihn offensichtlich verstimmt.

Elizabeth rührte träge ihren Kaffee um, der Löffel ließ ihre Tasse klingen. »Diana ist in Kapstadt. Sie arbeitet nicht, sondern sieht sich nur das Land an. Weiß Gott, was sie machen wird, wenn sie zurückkommt.«

»Ich habe Diana schon jahrelang nicht mehr gesehen«, sagte Lucas. »Seit sie acht war.«

Elizabeth lächelte. »Wirklich? Acht? Was für ein gutes Gedächtnis du hast, Lucas.«

»Es war ein Tag, den man im Gedächtnis behält.«

»Diana hat wohl schon immer einen starken Eindruck hinterlassen.«

»Das ist nicht der Grund. Es war der Tag, an dem mein Vater seinen Unfall hatte.«

Die anderen verstummten schockiert, doch ich kannte dieses

Detail bereits; Lucas hatte mir davon erzählt. Elizabeth griff über den Tisch hinweg nach seiner Hand und drückte sie fest. Der grüne Stein blitzte.

»Ich würde sie gern wiedersehen.«

»Das wirst du auch. Im Sommer kommt sie zurück.«

Lucas lächelte. »Ich rechne übrigens fest damit, dass wir beide uns bis dahin noch öfter treffen. Darauf wollte ich dich heute vorbereiten.«

Sie sah ihn fragend an.

»Ich werde nämlich ständig hier sein. Ich mache dasselbe wie Diana und benutze einen Teil von Patricks Geld, um eine Auszeit zu nehmen. Danny und ich ziehen von London hierher und wollen einige Monate hier wohnen. Um unsere Kreativprojekte zu verfolgen.«

»Kreativprojekte?«

»Ich wollte schon immer einen Roman schreiben …«

»O Lucas, das ist ja großartig!« Sie klatschte in die Hände. »Ihr müsst beide zu mir zum Dinner kommen.« Sie hob das Glas auf sie. »Bravo. Patrick wäre ja so stolz auf dich.«

»Wenn es keine allzu große Zumutung für Sie ist, Elizabeth«, begann Danny, »dann würde ich mich sehr gern einmal mit Ihnen über Ihre Karriere unterhalten. Lucas hat mir erzählt, dass Sie nicht nur als Model, sondern auch beim Film gearbeitet haben. Der Film ist meine Domäne – es würde mich wahnsinnig interessieren, von Ihren Erfahrungen zu hören. Vielleicht darf ich Sie zum Lunch ausführen?«

Sie strahlte auf wie frisch poliertes Silber. »Selbstverständlich. Das wäre mir ein großes Vergnügen.«

Kapitel X

Als Martha und ich am folgenden Freitagabend ankamen, machte Danny uns die Tür auf. »Marthaschatz«, rief er und umhalste sie, als hätte er sie wochenlang nicht gesehen. Ich stand wie ein Trottel daneben und wartete, dass er sie wieder losließ. »Gebt mir eure Mäntel. Lasst euer Zeug einfach hier stehen und kommt mit.« Er nahm ihre Tasche und stellte sie an den Fuß der Treppe. Ich ließ meine daneben fallen. Wir gingen in den Salon, und ich schlenderte ziellos umher, wahrscheinlich auf der Suche nach Anzeichen von Dannys Einfluss im Haus. Bei der Anlage blieb ich stehen und sah den Stapel CDs durch. Klar, da war viel Musik zum Tanzen dabei, CDs von Gruppen, von denen ich noch nie gehört hatte.

»Setzt euch doch.« Danny winkte zu den Sofas und stellte sich vor den Kamin. Martha setzte sich, aber ich blieb stehen.

»Wo ist denn Lucas?«, fragte ich.

»In der Bibliothek. Ich bin nicht sicher, ob er euer Auto gehört hat.«

»Ich geh ihn mal begrüßen.« Ich ging zum Tisch hinüber und nahm die Ginflasche. »Was dagegen, wenn ich mir was eingieße?« Ich bemühte mich um einen möglichst neutralen Ton.

»Bedien dich. *Mi casa es su casa* und so weiter.« Er lächelte unergründlich. Einen Moment lang erwog ich, ihn zu fragen, wie es mit Michael lief. Danny liebte es, vor anderen Geheimnisse zu haben, auch wenn er die Geheimnisse anderer nie für sich behielt. Wie ich Michael kannte, hätte er liebend gern alles mit Rachel, Martha und mir durchgekaut; vermutlich brannte er darauf, uns von der Sache zu erzählen, doch Danny setzte ihn sicher unter Druck, dass er den Mund hielt. Michael zuliebe verkniff ich mir meine Frage und ging zu Lucas hinüber.

Die Tür zur Bibliothek stand offen, und ich blieb einen Moment stehen, um ihn zu beobachten. Er saß mit dem Rücken zu mir an dem großen runden Tisch, auf dem er einen Fächer weißer Blätter vor sich ausgebreitet hatte. Mit einer Hand zwirbelte er eine Haarsträhne um den Zeigefinger, mit der anderen schrieb er konzentriert. Er saß im Lichtkreis der Leselampe mit dem grünen Glasschirm, der einzigen Lichtquelle im Raum. Ich wollte ihn nicht erschrecken und rief ihn leise beim Namen. Er drehte sich auf dem Stuhl um und lächelte.

»Schon hart am Arbeiten«, sagte ich und ging zu ihm hinüber.

Er zog mich auf den Schoß, damit ich mir die Papiere ansehen konnte. Manche waren mit seiner schwungvollen Schrift bedeckt, auf anderen erkannte ich ein kompliziertes Netzdiagramm mit Ausläufern über mehrere Blätter. Ringsherum hatte er Kreise gemalt, in denen Namen und Orte und gelegentlich auch ein Satz standen. »Hast du an mir gezweifelt?«, fragte er mich.

»Spielt der Roman in Athen?«, fragte ich, als ich den Namen eines Hotels in der Plaka sah, wo wir einmal übernachtet hatten.

»Zum Teil.« Er nahm mir mein Glas aus der Hand und trank einen Schluck.

»Und worum geht es?«

»Verrat ich nicht. Da musst du dich noch ein bisschen gedulden.«

Danny hatte die DVD *True Romance* gekauft, und nach dem Abendessen machten wir es uns alle gemütlich und zogen uns den Thriller rein. Mir war noch nicht aufgefallen, dass es im Haus keinen Fernseher gab. Jetzt hatte Danny den Apparat aus Lucas' Wohnung auf ein niedriges Tischchen gestellt und ihn mit seiner Playstation verbunden. Ich hatte den Film schon gesehen und drückte mich hinten im Raum herum, bis Lucas sich beschwerte, ich würde die anderen ablenken. Ich ging in die Küche zurück. Hier spürte ich die eigentümliche Atmosphäre des Hauses am wenigsten, vielleicht weil der Raum durch die elektrischen Geräte und das ständige leise Brummen des Kühlschranks am stärksten mit dem einundzwanzigsten Jahrhundert verbunden war, trotz Hackklotz und Fleischhaken an der Decke. Ich nahm den *Guardian* vom Tisch und begann ihn durchzublättern, als ich eine Wolke von Motten entdeckte, die wie winzige Engel aus der Dunkelheit heranflogen und gegen die Fensterscheiben prallten.

Hinter mir auf dem Gang hörte ich Schritte; ich drehte mich um und erwartete Lucas. Doch stattdessen war es Michael. Er stand hinter mir und sah den Motten eine Weile zu. »Verdammt dämlich«, stieß er dann hervor.

Überrascht über die Schärfe der Bemerkung drehte ich mich noch einmal um, sah ihn genauer an und entdeckte Tränen in seinen Augen. Ich war bestürzt. Ich hatte ihn noch nie weinen sehen. »Was ist denn los?« Ich fasste ihn am Arm.

Er trat näher, sodass er vom Gang aus nicht mehr zu sehen war. »Ich war ja so bescheuert«, sagte er und atmete mit einem heftigen Seufzer ein. Dann zog er einen Stuhl heraus, um sich an den Tisch zu setzen. Er trug noch immer sein Büro-Outfit, hatte nur den Schlips abgelegt und den Kragenknopf aufgemacht. In seinem Anzug aus schwerem, anthrazitfarbenem Wollstoff sah er aus, als wäre er plötzlich aus der Wall Street in die völlig unpassende Umgebung einer englischen Landhausküche gebeamt worden. Der Stoff seines Jacketts spannte zwischen den Schulterblättern, als er den Kopf in die Hände legte. »Tut mir leid. Ich bin besoffen. Ignorier mich einfach.«

Ich setzte mich neben ihn. »Was ist denn passiert?«

»Danny und ich ...«, sagte er. »Hast du eine Zigarette?«

Ich zündete zwei an und gab ihm eine, an der er gierig zog. Bis zu diesem Moment hatte ich ihn nie als echten Raucher eingeschätzt. »Danny und ich hatten was miteinander. Am Mittwoch hat er mich abserviert.« Seine Hand zitterte, als er die Zigarette wieder zum Mund führte. Ich erinnerte mich an sein glückliches Lachen an jenem Abend, als ich auf der Terrasse gesessen hatte.

»Ach, Michael.«

»Du bist anscheinend nicht besonders überrascht.«

»Ich hab euch mal zusammen gesehen, in der Nacht, als es geschneit hat, draußen auf dem Rasen.«

Er blickte auf. »Wirklich? Scheiße. Es sollte doch ein Geheimnis sein. Wer weiß sonst noch davon?«

»Niemand.«

»Du hast es Lucas nicht erzählt?« Er war überrascht.

»Nein.«

Wieder begann er zu weinen, die Tränen liefen ihm über das Gesicht und tropften auf sein Hemd, wo sie unregelmäßige, halb durchsichtige Kreise hinterließen. »An dem Abend hat alles angefangen. Ich wusste eigentlich schon damals, dass es ein Fehler war. Aber ich bin so verdammt schwach. Jeder weiß, wie er ist.«

»Mach dir doch deswegen keine Vorwürfe. Er hat schließlich jahrelang an seiner magnetischen Ausstrahlung gearbeitet.« Plötzlich kam mir der Gedanke, dass Danny im buchstäblichen, altmodischen Sinn des Wortes Charme besaß: Er konnte die Menschen bezaubern, in seinen Bann ziehen.

»Ich hab versucht, mich emotional nicht so reinzusteigern. Ich war immer scharf auf ihn. Ich dachte, es wäre nur was Sexuelles, und dann wäre ich befriedigt …« Er rieb sich das Gesicht mit beiden Händen und versuchte, sich wieder in den Griff zu bekommen. »Heute Abend wär ich beinahe nicht hergekommen. Ich wusste, dass es schwierig werden würde. Aber dann stellte ich mir vor, wie es wäre, allein in London zu hocken, wenn ihr alle hier wärt. Ich konnte auch den Gedanken nicht ertragen, ihn nicht zu sehen.« Sein Blick forderte mich geradezu auf, ihm seine Blödheit zu bestätigen. »Glaubst du, es geilt ihn auf, wenn er andere verletzt?«, fragte er. »Es kommt mir so berechnend vor; er hat gewartet, bis er wusste, dass ich angebissen hatte, und dann hat er mich fallenlassen – einfach so, ohne Vorwarnung.«

»Es macht ihm aber auch Spaß, mir vorzuführen, dass er Lucas nun für sich alleine hat«, sagte ich. »Hier draußen kann ich ihm ja nicht in die Quere kommen.«

»Glaubst du, er ist hinter Lucas her?« Michael sah mich scharf an. »Ist das der Grund, warum er unbedingt mit ihm hier rausziehen wollte?«

»Nein, nein, überhaupt nicht.« Ich schüttelte den Kopf, als ich erkannte, dass ich ihm einen neuen Grund zur Beunruhigung geliefert hatte. »Es geht ihm ums Geld und darum, dass er den ganzen Tag nichts zu tun braucht. Dass er mir damit auch noch eine reinwürgen kann, ist nur ein angenehmer Nebeneffekt. Ganz sicher.«

»Wenn Danny scharf auf jemand ist, dann hat der keine Chance.«

»Lucas steht nicht auf Männer. Er ist mein Freund.« Noch während ich das sagte, stellte ich mir die Frage, ob Danny vielleicht wirklich scharf auf Lucas war. Ich verwarf diese Möglichkeit sofort als unrealistisch. Selbst wenn Danny Sex von Lucas wollte, würde es nie dazu kommen; Lucas liebte Frauen, in jeder Hinsicht. Außerdem wusste ich, dass Danny alle, mit denen er Sex hatte, danach mit menschenverachtender Geringschätzigkeit behandelte – alle, ohne Ausnahme. Schon öfter hatte ich mich gefragt, ob Danny im tiefsten Inneren nicht bitteren Selbsthass empfand. Warum sonst sollte er sich sofort von jedem Menschen distanzieren, der sich mehr als nur oberflächlich und platonisch auf ihn einließ? Als bewiese jeder, der ihn genug mochte, um mit ihm zu schlafen, mangelnde Urteilsfähigkeit und verdiene seine Verachtung. Allein schon deshalb glaubte ich, dass Danny seine Beziehung zu Lucas nicht durch Annäherungsversuche in Gefahr bringen würde. Dazu war ihm ihre Freundschaft zu wichtig – er brauchte sie.

Doch dann kam mir noch eine andere Erkenntnis: Die Vorstellung machte mich nicht eifersüchtig. Nicht einmal der versuchsweise heraufbeschworene Gedanke, dass Lucas mit einer anderen Frau zusammen wäre, versetzte mir einen Stich. Früher war ich furchtbar eifersüchtig geworden, wenn eine andere mit meinem Freund flirtete; mit der Zeit hatte ich gelernt, mich zu mäßigen, doch ganz beherrschte ich meine Gefühle nie. Die neue Erkenntnis löste in mir ein Unbehagen aus, das sich wohl in meinem Gesicht spiegelte.

»Tut mir leid, Jo, so hab ich's nicht gemeint.« Michael lächelte mich reumütig an und schniefte laut. »Sieht man mir an, dass ich geheult habe?«

»Ein bisschen.«

»Ich geh ins Bett. Wenn jemand nach mir fragt, sag einfach, ich wäre erschöpft, ja?« Er stand auf, dann drehte er sich noch einmal um und fasste mich am Arm. »Versprichst du mir, dass du niemandem etwas erzählst? Bitte. Vor allem jetzt nicht.«

»Natürlich nicht.«

Er ließ mich los und wandte sich zum Gehen.

»Michael«, sagte ich. »Versuch, es dir nicht so unter die Haut gehen zu lassen.«

»Zu spät.« Er lächelte kurz, dann war er fort.

Ich gewöhnte mich an die nächtlichen Rhythmen von Stoneborough, an das Knarzen, wenn sich die Zentralheizung abschaltete, das Haus abkühlte und sich zusammenzog. Gegen elf begannen in den Rohren klirrende Geräusche, die immer wieder neu einsetzten, wenn jemand die Klospülung zog oder einen Wasserhahn aufdrehte, und sich dann nach und nach in der Entfernung verloren. Anfangs hatten mich diese Geräusche beunruhigt, jetzt waren sie nur noch eine Klangtapete.

Am Samstag lag ich noch lange wach, nachdem Lucas schon eingeschlafen war. Das Haus war für die Nacht zur Ruhe gekommen, die Rohre hatten ihre rhythmische Begleitung zum

Zähneputzen einen Stock tiefer bereits seit Stunden eingestellt. Ich konnte einfach nicht schlafen. Lucas' Körper schien eine unnatürliche Hitze auszustrahlen. Ich hatte das Gefühl zu ersticken und strampelte auf meiner Seite die Decke weg. Eine Weile konnte ich leichter atmen. Es musste drei Uhr vorbei sein, vielleicht halb vier. Lucas drehte sich um und tastete nach mir. In seinen Träumen war unser Streit, mit dem der Abend geendet hatte, eindeutig vergessen.

Als wir nach oben gegangen waren, hatte ich mich vor den Spiegel gestellt, um mich abzuschminken. Ich hatte gesehen, wie er von hinten auf mich zukam und dachte, er würde wie so oft die Arme um mich legen. Ich war nicht darauf gefasst, dass er nach dem Knopf meiner Jeans griff. Ich sprang zur Seite, als hätte mich in der U-Bahn ein Perverser belästigt.

Er sah mich verletzt und verlegen an. »Was ist denn los?«, fragte er. »Warum willst du nicht mehr, dass ich dich anfasse?«

»Wie meinst du das?« Ich ging sofort in Abwehrhaltung, hatte Panik, dass er entdecken würde, was ich mir selbst noch kaum eingestand.

»Du bist mir gegenüber abgekühlt.«

»Nein, bin ich nicht.«

»In den letzten beiden Wochen hast du so wenig Zeit wie möglich mit mir im Bett verbracht. Nachts bist du zu müde, um mit mir zu schlafen, morgens bist du schon auf und angezogen, bevor ich die Augen aufmache.«

»Ich …« Ob ich meine Gefühlsverwirrung je in Worte fassen könnte? Er wartete darauf, dass ich etwas erwiderte. »Ich hab im Moment viel Hektik in der Arbeit.«

»Ich weiß, dass du sauer auf mich bist, weil ich hier rausgezogen bin.« Er setzte sich aufs Bett, zog seine Sportschuhe aus und schleuderte sie in die Ecke. »Ich hoffe nur, du beruhigst dich wieder. Dass ich London verlassen habe, hat nichts mit dir zu tun. Das darfst du nicht als Abfuhr auffassen. Es geht darum, dass ich etwas tun möchte, was mir wichtig ist.«

Ich kam mir vor wie eine Egoistin, setzte mich neben ihn und legte ihm den Arm um die Schulter. »Ich weiß.«

Er beugte sich zu mir und küsste mich sanft. Das fühlte sich gut und unbedrohlich an, und ich erwiderte seinen Kuss. Doch nach der Flasche Wein oder mehr, die er getrunken hatte, reagierte er zu ungestüm. Er schubste mich sofort aufs Bett und schob sich auf mich. Ich konnte einfach nicht. Ich wand mich unter ihm heraus und lief ins Bad, setzte mich auf den Badewannenrand und überlegte, was ich tun sollte. Die Dunkelheit war mir sehr willkommen, also machte ich kein Licht. Der Mond schien groß durchs Fenster und ließ die Fliesen milchig weiß schimmern. Nach etwa zehn Minuten kehrte ich zum Bett zurück. Lucas drehte mir den Rücken zu, eine große, abweisende Masse unter der Decke. Ich versuchte mit ihm zu reden, doch er tat, als schliefe er. Ich überlegte mir ernsthaft, in mein Zimmer zu gehen, aber damit goss ich vielleicht nur Öl ins Feuer. Ich wollte nichts tun, was die Situation verschlimmerte, bevor ich selbst wusste, ob ich die Sache zwischen uns nicht doch wieder einrenken konnte. Also legte ich mich ins Bett und wartete vergeblich auf den Schlaf. Nach einer Weile ging Lucas' Atem langsamer, und ich blieb im Dunkeln allein. Draußen bellte ein Fuchs; der düstere, raue Laut klang mehr wie ein Vogelruf, das hohlste Geräusch, das man sich denken kann.

Wenn meine Mutter nachts nicht schlafen kann, macht sie sich eine Tasse Tee, setzt sich an den Küchentisch und liest. Ich beschloss, es mit ihrer Taktik zu versuchen. Lautlos schlüpfte ich aus dem Bett, nahm mein Buch und zog Lucas' dicken Pulli über mein T-Shirt. Der vertraute Geruch war tröstlich. Ich hatte Angst, dass der alte Messingtürgriff quietschen und ihn aufwecken würde, aber er blieb stumm.

Das Herzstück des Hauses war von einem geisterhaften blauen Licht erfüllt, das durch den Fensterring unter der Kuppel bis in die Eingangshalle fiel. Die Gänge wurden vom Schwarz verschluckt. Ich folgte der Helix des Treppenhauses, an Kunstwerken vorbei, die Hunderttausende wert waren, aber in der Dunkelheit ihre Macht eingebüßt hatten. Unten spürte ich die Fliesen eisig unter den Fußsohlen. Aus der Bibliothek kam ein schwaches Licht. Noch jemand war wach. Ich hörte ein Husten. Danny, der lange aufblieb und rauchte. Auch wenn er der Letzte war, mit dem ich reden wollte, erschien mir zu dieser Stunde seine Gesellschaft immer noch besser als gar keine. Die Tür stand offen, deshalb streckte ich den Kopf hinein.

Auf dem Kaminvorleger lag ein Paar. Und vögelte. Ich war so geschockt, dass es ein, zwei Sekunden dauerte, bis ich die beiden erkannte. Greg presste Rachel gegen den Teppich. Sie hatte ihre schlanken hellen Arme hinter den Kopf geworfen. Wieder hörte ich das Husten, das aber keines war, sondern ein tiefer Laut in Rachels Kehle, als Greg sich in ihr bewegte. Er legte ihr den Finger auf die Lippen, damit sie verstummte, und sie sog ihn in den Mund. Ich hätte sofort verschwinden sollen, aber ich konnte mich nicht von der Stelle rühren. Auf Gregs Haut lag der schwache Schein des erlöschenden Feuers; gegen Rachel wirkte er dunkel. Er war groß und muskulös, aber nicht so mager wie Danny oder Lucas. Schwer wie ein Fels ragte er über ihr auf, ein massiger Schatten zwischen ihren Schenkeln. Er umfing mit der Hand eine ihrer Brüste, hob die Brustwarze zwischen den Fingern an. Ich stand da wie gelähmt. Schließlich schaffte ich es wenigstens, einen Schritt rückwärts aus dem Zimmer zu machen. Das Dielenbrett unter mir knarzte unter meinem Gewicht. Ich erstarrte. Doch Rachels Augen blieben weiter geschlossen, und Greg hielt weder inne noch blickte er hoch. Ich bog mich nach hinten, so weit es ging, ohne die Füße zu bewegen, und wartete zur Sicherheit noch eine Sekunde. Im Moment, als ich mich abwandte, hob Greg den Kopf und lächelte mich an.

Ich rannte durch die Eingangshalle die Treppe hoch. Jetzt war mir egal, wie viel Lärm ich machte. Mir kam der scheußliche Gedanke, dass mich alle diese kubistischen Gesichter aus ihren Rahmen heraus verhöhnten, als ich im ersten Stock an ihnen vorbeiraste. *Spannerin*, hörte ich sie rufen, *perverse Schnalle*.

Und dann passierte es. Gerade, als ich um die Ecke bog, um die letzte Treppe in den obersten Stock hochzulaufen, bewegte sich etwas im Schatten. Mir hob sich der Magen. Jemand trat mir in den Weg. Unwillkürlich stieß ich einen Laut aus, mehr ein Keuchen als einen Schrei.

»Still«, fauchte die Gestalt und zog sich ins Dunkel zurück.

»Danny.« Mein Atem ging stoßweise.

Sein Flüstern war wie das Zischen einer Schlange. »Na? Hat's dich angetörnt?«

Der Boden schwankte unter meinen Füßen, und ich streckte eine Hand aus, um das Gleichgewicht nicht zu verlieren.

»Greg und Rachel. Die hast du doch gerade beobachtet, nicht wahr?«

In mir brannte die Scham.

»Nicht schlecht, der Anblick, was? Komm schon, gib's ruhig zu. Ganz schön sexy, die beiden. Wahrscheinlich musstest du mal dran erinnert werden, wie so was aussieht.«

»Was soll das?«, presste ich mit unterdrückter Stimme hervor.

»Ich pass nur ein bisschen auf Lucas auf. Er erzählt mir so einiges, Joanna. Und ich sehe selber, wie es mit euch beiden steht. Glaubst du wirklich, du hast eine Chance?« Er gab ein ganz leises Lachen von sich, das ihn einhüllte wie Zigarettenrauch. »Mit dir und Lucas, das klappt nie.«

»Das stimmt nicht.«

»O doch. Vielleicht hast du früher eine Chance gehabt, als Lucas noch malocht und sich die Knete mühsam verdient hat, aber das alles hier hat immer schon auf ihn gewartet.« Er machte im Zwielicht eine Geste in die Runde. »Damit kannst du nicht mithalten, Joanna. Er lebt jetzt in einer anderen Welt, und du kannst ihm nicht folgen.«

»Danny, was redest du da für furchtbares Zeug – bitte ...«

»Du bist ein Nichts. Er hat noch ein paar falsche Vorstellungen und hält deshalb noch an dir fest, aber die Sache mit euch ist gelaufen. Fragst du dich nicht«, fuhr er fort und seine Zähne blitzten kurz im Mondlicht auf, »fragst du dich nicht, warum es nicht Lucas und du sind, die da drunten vor dem Kamin ficken? Weißt du, warum? Weil du nicht gut genug für ihn bist! Das kannst du mir glauben.«

»Ich lasse mich von dir nicht einschüchtern.«

Er lachte leise. »Was hast du denn vor? Willst du ihm alles erzählen? Ihm erklären, warum du mitten in der Nacht durchs Haus schleichst und durch Türspalten schielst? Oder ist dir lieber, ich erzähl's ihm?« Er trat in die Dunkelheit zurück. Einen Moment später hörte ich, wie sich die Tür zu seinem Zimmer leise schloss.

Als ich Lucas' Zimmer erreichte, schlug ich die Tür zu, riss mir den Pulli vom Leib und warf mich aufs Bett – jede Vorsicht, ihn nicht zu wecken, war vergessen. Ich spürte, wie meine Wangen auf dem Kopfkissen brannten. Mir schoss das Blut so in den Kopf, dass mir die Schläfen schmerzten.

Lucas bewegte sich. »Alles in Ordnung?«, murmelte er.

»Ich kann nicht schlafen«, antwortete ich, drehte mich auf den Rücken und verhedderte mich noch mehr ins Leintuch.

»Tut mir leid, dass wir gestritten haben«, sagte er.

»Mir auch.«

Er stützte sich halb auf und drückte mir mit leicht säuerlichem Atem einen Kuss auf die Wange. »Jetzt sind wir wieder gut«, sagte er.

»Klar. Schlaf weiter.«

Den Rest der Nacht lag ich wach. Mein Herz galoppierte wie wild und wollte nicht wieder zu seiner normalen Gangart zurückkehren, egal, was ich tat. Ich versuchte, reglos dazuliegen und meinen Atem zu kontrollieren, doch es schlug weiter in wahnsinnigen Synkopen. Auch meine Gedanken rasten über eine neue, verworrene Landschaft, Bilder der Szene vor dem Kamin mischten sich mit dem Anblick von Danny, als er aus der Nacht heraustrat wie ein Gespenst. Beim Gedanken an ihn brach mir erneut der Schweiß aus. Jetzt gab es keine Unklarheiten mehr zwischen uns, er hatte mir seine Feindseligkeit offen gezeigt. Aber ich konnte Lucas nicht erzählen, was passiert war; ich konnte nicht riskieren, dass er Danny zu Rede stellte und der ihm dann sagte, dass ich Greg beobachtet hätte.

Und außerdem konnte ich trotz aller Versuche, mich abzulenken, das Bild von Greg und Rachel nicht verscheuchen. Als ich sie zusammen sah, hatte ich gedacht, so sollte Sex sein – machtvoll, erwachsen, existenziell. Solchen Sex hatte ich noch nie gehabt. Es ging da nicht um Zuneigung und Wärme und nettes Herumgeturtel, sondern um Mann und Frau und Begehren. Ich fragte mich, ob ich es nicht die ganzen Jahre falsch gemacht hatte und genau vor dem zurückgescheut war, was ich am erotischsten fand. Und zwar, weil ich Angst hatte, einfach loszulassen. Die Szene vor dem Kamin zeugte von Macht und Hingabe; ich wollte erfahren, wie sich das anfühlte. Martha wäre über solche Gedanken entsetzt gewesen, aber in den Stunden, die mir von der Nacht noch blieben, war mir das egal. Hatte ich mit meinen politisch korrekten Ansichten über Beziehungen etwa eine Mauer zwischen mir und den nackten Tatsachen der Sexualität errichtet? War ich deshalb so oft Beziehungen mit Männern eingegangen, mit denen ich vorher befreundet gewesen war? Vielleicht hatte ich ihnen auf diese Weise die Zähne gezogen, sie entschärft und harmlos gemacht. Für mich bestand kein Zweifel, dass ich nicht Greg und Rachel beobachtet hatte. Ich hatte Greg beobachtet. Ich wollte Rachel sein und wissen, wie es wäre, von ihm bezwungen zu werden. Mich an ihn zu verlieren.

Ich sah Lucas an, wie er neben mir schlief, die verstrubbelten Haare flaumig wie das Brustgefieder eines Eulenbabys, und bekam sofort Schuldgefühle. Ich liebte ihn, so viel wusste ich, aber ich bezweifelte, dass ich mich ihm mit jener ekstatischen

Selbstvergessenheit hingeben könnte, mit der Rachel sich Greg hingegeben hatte. Ich war unglaublich erregt und schämte mich dafür; an Schlaf war überhaupt nicht mehr zu denken. Einen irren Moment lang spielte ich mit dem Gedanken, Lucas aufzuwecken, aber es wurde mir klar, dass ich mir eine solche Unaufrichtigkeit, ja Untreue nie verzeihen könnte.

Und dann braute sich die Frage nach dem nächsten Morgen zusammen – ich konnte zusehen, wie er näher kam, wie die Dämmerung über die Zimmerdecke kroch wie ein Fleck über ein Tischtuch. In wenigen Stunden müsste ich mit einem Mann am Frühstückstisch sitzen, der wusste, dass ich ihn beim Sex mit seiner Freundin beobachtet hatte. Ein Mann, der den Kopf gehoben und mich angelächelt hatte, im Bewusstsein, dass ich die ganze Zeit dort gewesen war.

Kapitel XI

Wie es oft so ist, schlief ich genau dann ein, als alle anderen aufstanden. Lucas ließ mich schlafen; so blieb ich noch eineinhalb Stunden im Bett und trieb zwischen traumloser Erschöpfung und oberflächlichem Schlummer hin und her. Schließlich konnte ich die Sache nicht länger vor mir herschieben, zog mich an und ging nach unten.

Der Geruch von gebratenem Speck rief mich wie Sirenengesang in die Küche. Schon im Gang hörte ich, wie der Speck unter dem Grill brutzelte und Brot in Scheiben geschnitten wurde. Als ich um die Ecke bog, sah ich, dass Greg und Rachel das Frühstück zubereiteten. Ich musste mich zwingen, nicht wieder hinauszurennen.

»Morgen, Jo«, sagte Rachel in einem so normalen Ton, dass mir sofort klar war, dass sie mich gestern Abend nicht gesehen und Greg nichts zu ihr gesagt hatte.

Greg blickte von der Tomatendose hoch, die er gerade öffnete. Er stand hinter Rachel und hätte alle möglichen Grimassen schneiden können. Doch er sah mich völlig offen an. »Morgen.« Er kippte die Tomaten in einen Topf.

Ich nuschelte, dass ich Lucas suchen wolle, verdrückte mich aus der Küche und ging zurück in die Eingangshalle. Unter der Kuppel spürte ich wieder das Rauschen in den Ohren, das Pochen des Bluts, das viel zu schnell durch meine Adern raste. Es begann in einem leisen, bedrohlichen Rhythmus zu pulsieren, wie die Kriegstrommeln eines Eingeborenenstamms. Der Boden wölbte sich unter mir hoch, die Wände rückten näher. Ich war bisher erst zweimal im Leben ohnmächtig geworden, aber da war es wieder, dieses Zuckerwattegefühl im Kopf, dieses Schachbrettmuster am Rand meines Gesichtsfelds. Mein Instinkt befahl mir, mich niederzuknien, bevor ich stürzte, doch selbst in diesem Zustand gehorchte ich einem anderen, noch stärkeren Impuls: Ich wollte nicht allein unter diesem Gemälde sein. Ich blickte hoch und sah, wie Zeus auf mich heruntersah. Seine Augen verkündeten ein Urteil. Er wusste es. Panik überkam mich. Fast taumelnd legte ich die letzten paar Schritte bis zum Salon zurück und setzte mich halb, halb fiel ich aufs nächste Sofa.

Martha und Michael lasen auf dem anderen Sofa in freundschaftlichem Schweigen die *Sunday Times*, sie die Nachrichten, er den Reiseteil. Sie hatten die Schuhe abgestreift und saßen einander gegenüber, den Rücken an die Seitenlehnen gestützt, die Füße ineinander verschränkt.

»Ist was, Jo?«, fragte Michael. »Du siehst blass aus.« Er ließ die Zeitung sinken und sah mich über den Brillenrand hinweg an.

»Ach, ist schon okay. Ich bin nur müde.« Ich legte den Kopf auf die Sofalehne und wartete, dass das Summen in meinen Ohren aufhörte. Ich wusste nicht, was heute der Auslöser war: meine Nervosität wegen Greg, meine Wut auf Danny oder das Haus selbst. Martha schaute mich immer noch besorgt an. »Ehrlich«, sagte ich, »alles in Ordnung.« Sobald ich dazu in der Lage war, nahm ich mir den Hauptteil der Zeitung und ging damit zur Bank am Fenster. In dieser Entfernung vom Kamin war es kalt, draußen im Garten lag ein Dunstschleier dicht über dem Boden.

Rachel rief uns zum Frühstück. Ich stand auf und fühlte mich wieder sicherer auf den Beinen, doch Lucas kam herein und hielt mich zurück. Er wartete, bis die anderen weg waren, setzte sich auf die Sofalehne und zog mich zu sich. »Jo, wegen gestern Abend …«

Meine Gedanken überschlugen sich. Was würde er jetzt sagen? Hatte Danny mit ihm geredet? »Es tut mir leid«, sagte ich rasch, die ersten Worte, die mir durch den Kopf schossen. Erst hinterher kam mir, dass dies eine – wenn auch lahme – Entschuldigung für ein Vergehen war, von dem er nichts wusste.

»Nein, *mir* tut es leid. Ich habe mir nicht genug Gedanken gemacht, was es für uns bedeuten würde, wenn ich so schnell hierher ziehe. Ich hätte vielleicht abwarten sollen, bis unsere Beziehung gefestigt wäre.«

Erleichterung durchflutete mich. »Lucas, mach dir doch keine …«

»Schsch.« Er wollte mich nicht ausreden lassen. »Ich will damit sagen, dass es mir wirklich leidtut. Und auch, dass ich dich liebe und alles daransetzen werde, dass es mit uns beiden klappt.«

Die Falle war zugeschnappt. Dieser Gedanke blitzte in mir auf und verflüchtigte sich auch schon wieder, bevor er richtig in mein Bewusstsein gedrungen war. Ich war schockiert; nie hätte ich geglaubt, dass ich auf Lucas einmal so reagieren könnte. Denn war ich nicht entschlossen, Danny mit allen Mitteln zu beweisen, dass er völlig schieflag? Ich zwang mich, Lucas in die Augen zu sehen. Seine Pupillen waren geweitet, als wolle er mehr von mir aufnehmen; ich konnte mich darin gespiegelt sehen, mit einem großen runden Kopf, unter dem der Körper verschwand wie der einer Robbe. Ich hasste diese Person. Ich wollte, dass unsere Beziehung wieder rein und ungefährdet wäre. Ich wünschte, ich hätte Greg gestern Abend nicht gesehen und würde nicht dieses neue Gefühl für ihn empfinden – was für ein Gefühl auch immer. In Lucas' Gesicht hielten sich Zuversicht und Unsicherheit die Waage. Er machte sich darauf gefasst, von mir zu hören, dass es mit uns vorbei wäre, hoffte aber, er hätte genug gesagt, um dies zu verhindern. Ich traf eine Entscheidung. Ich wollte noch nicht aufgeben. Ich würde mich gegen Danny behaupten. Solange ich noch irgendeinen Einfluss hätte, wollte ich nicht zulassen, dass Danny sich Lucas krallte, ihn benutzte und manipulierte. Außerdem gab es viel zu viel Positives zwischen uns, um alles einfach hinzuschmeißen. Ich konnte doch nicht die ganzen Jahre, in denen ich Lucas geliebt hatte, in den Wind schreiben, bevor ich nicht alles versucht hätte, um unsere Beziehung am Leben zu erhalten. Ich lächelte zögernd. »Na, dann probieren wir's doch«, sagte ich.

Sein glückliches, erleichtertes Gesicht war für mich die Bestätigung, dass ich mich richtig entschieden hatte. Auch wenn ich mich dabei fühlte wie ein Miststück.

Beim Frühstück glaubte ich allmählich, Greg habe mich vielleicht doch nicht gesehen. Er gab mir keinen Anlass zur Vermutung, dass etwas anders wäre als sonst. Ich nahm ihn überscharf wahr, seine Hände, die den Speck und die Würstchen auf Teller verteilten, die Form seiner Schultern und seines Rückens, als er sich umdrehte und mehr Brot aufschnitt. Natürlich hatte ich auch schon vorher gewusst, dass er attraktiv war, aber an diesem Vormittag sah ich ihn mit neuen Augen. Ich starb vor Angst, dass er mich dabei ertappen würde, wie ich ihn anstarrte, konnte aber gleichzeitig den Blick nicht von ihm wenden.

Mir war ebenfalls bewusst, dass Danny, sonst immer ein Morgenmuffel, untypisch energiegeladen war. Vermutlich bildete er sich ein, er stünde unmittelbar vor dem Sieg. Na, der würde sich ganz schön täuschen.

Ich nahm mir eine Scheibe Toast und merkte zu spät, dass die Butter auf der anderen Seite des Tischs stand, zwischen Lucas und Greg. »Lucas«, sagte ich, »könnte ich bitte die Butter haben?«

Greg nahm die Butterdose und hielt sie mir hin. Ich zögerte, fürchtete mich davor, seinem Blick zu begegnen und darin entweder einen Vorwurf oder, vielleicht noch schlimmer, Belustigung zu lesen wie in seinem Lächeln gestern Abend. Doch wieder war nichts zu sehen. Vielleicht quälte ich mich umsonst. Vielleicht hatte Greg in jenem Moment nur zufällig den Kopf gehoben und sein Ausdruck hatte nur mit seiner Lust und nichts mit mir zu tun. Trotzdem spürte ich die Röte auf meinen Wangen, und als mir das Blut ins Gesicht stieg, sah mich Danny an und zog den Winkel einer Augenbraue in die Höhe. Merkte er womöglich etwas von meinen Gefühlen für Greg? Plötzlich fühlte ich mich so schutzlos und entblößt, als läge ich nackt auf dem Tisch. Wenn Danny das mitbekäme, würde er mir das Leben zur Hölle machen.

»Heute spielen die Lions«, sagte Lucas.

»Das werden wir wohl verpassen«, sagte Rachel, die sich Marmelade auf den Toast strich. »Dieser Designer von mir ist gerade aus New York gekommen, und der einzige gemeinsame Termin, den wir finden konnten, ist heute Nachmittag.«

»Pech gehabt, Kumpel!« Danny schlug Greg auf die Schulter.

Greg zuckte mit den Achseln. »So ist das eben, wenn man eine erfolgreiche Freundin hat.«

Marthas Gesicht leuchtete auf, als wäre ihr eine tolle Idee gekommen. »Greg könnte doch mit uns zurückfahren! Dann kann er sich das Match hier ansehen und wird später von Jo nach Hause kutschiert. Wenn du keine anderen Pläne hast? Das wäre doch kein Problem, oder, Jo?«

Ich sah hoch und spürte, wie ich immer röter wurde. Ich begegnete Gregs Blick. Jetzt musste doch was kommen! Aber nein, wieder kein Hinweis, dass er mich für eine miese kleine Spannerin hielt.

»Macht es dir auch bestimmt nichts aus?«, fragte er. »Ich würde das Match wirklich gern sehen.«

»Nein«, hörte ich mich sagen. »Natürlich nicht.«

»Und du schaust dir das Match doch sicher auch an, was, Jo?«, fragte Danny. »Du schaust doch gern zu, oder?«

Ich mochte das Bad, das Lucas und ich in Stoneborough miteinander teilten, sehr. Im Vergleich zu den anderen Räumen, sogar zu den anderen Bädern war es winzig. Ein riesiger gusseiserner Heizkörper bullerte Tag und Nacht, eine zwei Meter hohe Yuccapalme und eine Sammlung von Muscheln und Seeigeln auf der Glasablage über dem Waschbecken verstärkten das tropische Feeling. Das Fenster reichte so weit nach unten, dass ich in der Badewanne liegen und auf den Garten hinausschauen konnte. Ich ließ die Wanne volllaufen und stieg langsam hinein, gewöhnte meine Haut an die Hitze und sah zu, wie das Wasser ins Überlaufloch schwappte. Dann wurde es ganz still und friedlich. Die anderen saßen unten und sahen sich das Rugbymatch an, doch ich ertrug es nicht, mich länger als nötig mit Danny im selben Raum aufzuhalten. Ich war nur noch ein Nervenbündel. Nach dem Frühstück hatte ich den Abwasch erledigt, dann fuhr Rachel los, und wir winkten ihr nach. Als sie um die Ecke der Auffahrt gebogen und vom Haus aus nicht mehr zu sehen war, drückte sie noch einmal kurz auf die Hupe. Ich war sichtlich zusammengefahren. »Jo«, hatte Lucas besorgt zu mir gesagt, »versuch dich doch zu entspannen.«

Ich nahm mir Charles Dickens' *Bleak House* vor und suchte die Stelle, wo ich aufgehört hatte zu lesen. Als ich nach fünf Minuten immer noch auf derselben Seite herumlas, gab ich es auf und legte das Buch zur Seite. Mich beschäftigte noch etwas anderes. Hatte sich Lucas wirklich mit Danny über unsere Beziehung unterhalten, wie Danny es gestern Nacht behauptet hatte? Mir sträubten sich die Haare beim Gedanken, dass Lucas solche Intimitäten preisgab und mich Dannys Urteil aussetzte. Doch vorstellbar war es. Wahrscheinlich hatte Lucas das Gespräch nicht von sich aus begonnen, sondern Danny hatte ihn aufgefordert, ihm seine Probleme anzuvertrauen, seine Unterstützung als besorgter Freund angeboten und die ganze Zeit hämisch Informationen gehortet, die er später als Waffe benutzen könnte. Das Ganze machte mir Bauchweh. In Dannys Gegenwart stellte ich sofort alle Stacheln auf, doch wenn ich allein war, begann die Saat des Selbstzweifels, die er in mir gesät hatte, zu keimen.

Das Bad war voller Dampf, das Wasser sogar für meinen Geschmack etwas zu heiß. Draußen hatte sich der Frühnebel verzogen, aber nun verschleierte ein dichter Regen die Landschaft. Die dunklen Bäume am Ende des Rasens sahen aus wie in den Himmel getuscht. Ich ließ mich noch tiefer ins Wasser sinken und spürte, wie es mich an den Schultern umfing.

Nun machte sich die schlaflose, aufgewühlte Nacht bemerkbar. Ich schloss die Augen und genoss das Gefühl der Schwerelosigkeit im Wasser. Ich versuchte mir vorzustellen, wie mir der Stress von den Schultern glitt und über die Fingerspitzen ins Wasser abfloss. Das funktionierte einigermaßen, und ich wurde langsam ruhiger. Allem Anschein nach hatte mich Greg doch nicht gesehen, und Lucas wollte mit mir zusammenbleiben. Schlaf bloß nicht in der Badewanne ein, ging es mir noch durch den Kopf, als mich die Müdigkeit immer tiefer nach unten zog.

Plötzlich spürte ich eine Veränderung. Ich schlug die Augen auf und sah, was es war: Greg saß auf dem Rand der Badewanne. »Huch!« Ich zog reflexartig die Knie an.

»Das ist nicht fair«, sagte Greg. »Wieso darfst du mich nackt sehen, aber ich dich nicht?«

Ich war völlig preisgegeben, hatte nicht einmal einen Schwamm, hinter dem ich in Deckung gehen könnte. Er ragte voll bekleidet wie ein Turm vor mir auf. Meine Haut leuchtete mit der surrealen, tödlichen Blässe der *Ophelia* von Millais im Wasser. Ich sah meine durch die Wellen verzerrten Beine an. Ich wollte besser aussehen, nicht so weiß und dick wie ein Albinowal. Das Bild der hoch gewachsenen, schlanken Rachel stieg vor mir auf. Einen Moment lang blieben wir beide stumm. Das Wasser, das ich durch meine plötzliche Bewegung aufgewühlt hatte, schwappte gegen die Wände der Badewanne; der Kaltwasserhahn tropfte.

»Ist das eine Racheaktion?«, fragte ich. »Das gestern Abend tut mir wirklich leid, mehr als leid. Ich konnte nicht schlafen und bin runtergegangen, um mir Tee zu kochen. Als ich in der Bibliothek ein Geräusch hörte, dachte ich, da ist noch jemand wach …«

»Ich weiß. Ich bin nur gekommen, um dir zu sagen, dass es mir nichts ausmacht.« Er tauchte die Hand ins Wasser und strich mit der Fingerspitze über meine linke Brustwarze. Sie zog sich unter seiner Berührung verräterisch zusammen. Er hatte seine Manschette nass gemacht, der hellblaue Stoff verfärbte sich zu einem kräftigen Türkis. Er lächelte mich an, ging davon und schloss die Tür hinter sich.

Ich blieb in der Wanne liegen, bis das Wasser beinahe kalt war. Der Hahn tropfte immer noch, auf dem glatten Wasserspiegel breiteten sich die Tropfen in Kreisen aus, Ursache und Wirkung. Ich konzentrierte mich darauf, wie sich die Ränder des Wassers auf meinem Körper anfühlten, wo er daraus aufragte, und auf die Härchen, die sich auf meinen Armen aufstellten, als mir kalt wurde. Ich konnte noch nicht ganz fassen, was gerade geschehen war. Erneut hatte ich mich sexuell zum Leben erweckt gefühlt wie nie zuvor. Meine Haut vibrierte, mein Nippel war das Zentrum eines kleinen Erdbebens. Es klopfte an der Tür, und ich fuhr zusammen, dass das Wasser spritzte.

»Bist du immer noch im Bad?«, fragte Lucas' Stimme. »Das Match ist zu Ende – du bist schon stundenlang im Wasser. Ich hab dir Tee gebracht.«

»Einen Moment noch.«

»Komm in mein Zimmer; ich helf dir beim Abtrocknen.«

Ich zog den Stöpsel heraus und sah zu, wie das Wasser in einem Strudel verschwand, vom Abfluss gierig aufgesogen. Ich wusste, welchen Fehler ich gleich begehen würde. Aber wenn ich Lucas noch einmal abwies, wären wir wieder am selben Tiefpunkt wie zuvor, und das durfte nicht geschehen. Ich wollte Danny zeigen, wie sehr er sich irrte. Als die Wanne leer war, stieg ich zitternd aus und wickelte mich in die tröstliche Wärme eines Handtuchs, das ich über den Heizkörper gehängt hatte. Meine Füße hinterließen feuchte Spuren auf dem Flurläufer, als ich langsam den Gang entlangtappte.

An diesem Nachmittag schlief ich mit Lucas, während eine ganze Filmrolle voller Bilder von Greg in meinem Kopf ablief: wie er vor dem Kamin auf Rachel herunterlächelte, wie er sich vorbeugte, um mich zu berühren, als ich in der Badewanne lag. Mein Körper war genauso unehrlich wie meine Gedanken. Er reagierte auf die leiseste Berührung, und ich war sofort bereit. Die Freude in Lucas' Gesicht war fast unerträglich.

Wir verließen Stoneborough kurz nach sieben. Der Regen hatte aufgehört, aber am Himmel hingen immer noch dicke Wolken und von den Sternen war nichts zu sehen. Die ideale Nacht für Strandguträuber. Ich lehnte an der Seite meiner Ente, während Michael und Martha hinten einstiegen. Sie hatten beschlossen, dass Greg vorn sitzen durfte, weil er für seine Beine mehr Platz brauchte. Lucas kam, um sich von mir zu verabschieden. Alle mussten gemerkt haben, dass wir einen großen Teil des Nachmittags mit Sex verbracht hatten; ich versuchte es zwar zu verbergen, doch Lucas hatte dieses lässige, leicht erschöpfte Lächeln im Gesicht und küsste mich vor den anderen mit ungenierter Offenheit. Jetzt strich er mir die Haare vom Ohr und lehnte sich gegen mich, presste mich mit seinem ganzen Gewicht und einem harten Druck seines Beckens gegen die Karosserie. »Danke, dass du uns noch eine Chance gegeben hast«, sagte er.

Greg kam mit seinem Rucksack den Weg vom Haus herunter. Über Lucas Schulter begegnete ich seinem Blick. Er sah rasch zur Seite, als wäre es ihm peinlich, in unsere Privatsphäre eingedrungen zu sein; er ging wie in Deckung hinters Auto, um sein Gepäck in den Kofferraum zu laden.

Danny tigerte auf dem Kies hin und her wie ein Ehemann, der das ganze Wochenende seine Schwiegereltern über sich ergehen lassen musste und es nun kaum erwarten kann, dass sie endlich das Feld räumen. Als ich mir sicher war, dass Greg uns nicht sehen konnte, zog ich Lucas zu seiner Überraschung noch einmal an mich und küsste ihn heftig. Das hatte die gewünschte Wirkung; Danny machte auf dem Absatz kehrt und ging ins Haus zurück; er wollte mir nicht den Gefallen tun, bei einer solchen Szene den Zuschauer zu spielen.

Auf der Fahrt über Land saß Michael schweigend da. Im Rückspiegel sah ich, wie er den Kopf ans Fenster lehnte und ein bemüht nichtssagendes Gesicht aufsetzte. Martha versuchte sich mit ihm zu unterhalten; er antwortete ihr in kurzen, höflichen Sätzen, die nicht zum weiteren Gespräch einluden. Ich konnte mir vorstellen, wie er sich fühlte, als wir davonfuhren und Danny in seinem neuen Machtbereich zurückließen.

Für mich war offensichtlich, dass Martha Greg wirklich gut leiden konnte. Sie beugte sich zwischen den Sitzen nach vorn und stellte ihm Fragen. Ihre Unterhaltung gab mir die Gelegenheit, zwischendurch immer wieder einen Seitenblick auf ihn zu werfen. Seine Stimme klang im Halbdunkel warm und leise, sein Gesicht wurde ab und zu von schräg hereinfallenden Lichtkegeln anderer Autos beleuchtet. Seine körperliche Nähe beunruhigte mich, und ich musste mich immer wieder mühsam auf die Straße konzentrieren. Ich hatte das Gefühl, alle meine Gedanken über ihn, die mir den ganzen Nachmittag durch den Kopf geschwirrt waren, wären aus mir ausgebrochen, streunten nun frei herum und könnten jeden Moment von ihm aufgelesen werden. Diese Gedanken waren so lebhaft und intensiv, dass ich mir kaum vorstellen konnte, die anderen würden nichts davon merken. Am Rand meines Gesichtsfelds nahm ich die leisesten Regungen seines Körpers wahr, seine Schenkel in der Jeans. Ich bräuchte die Hand nur ein paar Zentimeter auszustrecken und könnte ihn berühren.

Wir erreichten die Londoner Peripherie und krochen im Schritttempo an Gipsy Corner vorbei und durch den Hangar Lane-Tunnel, Stoßstange an Stoßstange. Als wir uns dem Kreisverkehr von Shepherd's Bush näherten, tauchte Michael aus seinen Tagträumen auf und bat mich, ihn am Notting Hill Gate abzusetzen. Ich hielt in einer Seitenstraße und stieg aus, um meinen Sitz nach vorn zu ziehen. Er holte seine weinrote Ledertasche aus dem Kofferraum und küsste mich auf die Wange. Nach einem Blick auf die anderen, die noch im Auto saßen, sagte er: »Danke, Jo. Tut mir leid, dass ich so ein Trauerkloß bin.«

»Bist du doch gar nicht.« Ich umarmte ihn. »Kannst du gar nicht sein. Kommst du denn klar?«

Er nickte. »Ich werde noch einen Freund besuchen. Mit jemandem reden, der nicht in diesem Sumpf drinsteckt.«

Ich umarmte ihn noch einmal und sah ihm nach, wie er um die Ecke verschwand. Selbst wenn ich nichts von seinen Gefühlen gewusst hätte, wäre an seiner Haltung zum Ausdruck gekommen, wie niedergeschlagen er war. Ich zögerte einen Moment, stieg dann wieder ins Auto und schnallte mich an. Noch einmal kochte in mir der Hass auf Danny hoch, der wie eine Planierraupe durchs Leben anderer Menschen walzte und sich nicht um ihre Gefühle scherte, sondern nur um die Befriedigung seiner eigenen Bedürfnisse.

»Hast du Hunger?«, hörte ich Martha fragen. »Jo und ich wollten uns Fisch und Pommes holen und bei uns zu Hause essen. Kommst du mit?«

Greg drehte sich zu mir und blickte mich an. Marthas Frage versetzte mich nicht so in Panik, wie ich befürchtet hatte. Stattdessen sah ich ihm im Licht der Straßenlampen ins Gesicht und merkte, dass ich gern ein Ja von ihm gehört hätte.

»Ich würde ja gern – danke –, aber ich sollte lieber nach Hause. Ich habe noch zwei Stunden Arbeit vor mir. Am besten steige ich gleich hier aus.«

»Wo wohnst du denn?«, fragte ich.

»Shepherd's Bush, da komm ich von hier aus gut zu Fuß hin.«

»Ich setz dich dort ab«, sagte ich.

»Nur keine Umstände. Nett von dir, dass du mich überhaupt bis hierher mitgenommen hast.«

»Ich fahr dich aber gern hin«, hörte ich mich sagen und wir sahen uns beide überrascht an.

»Danke«, erwiderte er.

Kapitel XII

Einen Monat lang schaffte ich es, alles ganz gut im Lot zu halten. Der Nachmittag, den ich mit Lucas im Bett verbracht hatte, erwies sich als hilfreich; Lucas schien wieder sicher, dass ich ihn noch begehrte, und er entspannte sich, was alles vereinfachte. Wahrscheinlich half es auch, dass ich das Thema Danny oder den Umzug nach Stoneborough nicht noch einmal aufs Tapet brachte. Das wäre ohnehin sinnlos gewesen: Nichts könnte ihn davon überzeugen, dass Danny etwas anderes war als ein guter, allenfalls etwas unzuverlässiger Freund; ständiges Herumnörgeln an ihm würde nur ein schlechtes Licht auf mich werfen. Und wenn Danny den Verdacht bekam, dass ich über ihn herzog, würde er es mir womöglich heimzahlen. Ich traute ihm durchaus zu, Lucas zu erzählen, wie ich Greg und Rachel beobachtet hatte, oder sich noch Schlimmeres über mich aus den Fingern zu saugen. Lucas legte mein Schweigen so aus, dass ich mich mit der Situation abgefunden hatte, und war dafür dankbar; also akzeptierte ich die momentane Lage als das kleinste aller Übel.

Zum anderen hatte ich den Eindruck, dass er gut mit seinem Roman vorankam. Wenn wir abends telefonierten, berichtete er mir von der stattlichen Anzahl Seiten, die er heute geschrieben hatte, und fragte mich nach meiner Meinung zu Beschreibungen oder Metaphern, die er benutzen wollte. Zugegeben – allem Anschein nach hatte ich mich getäuscht, als ich glaubte, er würde in Stoneborough nichts zustande bringen. Nur zwei-, dreimal kam es vor, dass er etwas angetrunken klang oder die Musik zu laut im Hintergrund lief oder Danny uns öfter unterbrach und eine Unterhaltung schwierig machte.

Dennoch hielten die Wochenenden in Stoneborough nicht, was sie am Jahresanfang versprochen hatten. Im Gegenteil. Das Haus war kein Ort entspannten Landlebens, sondern hatte sich in ein dicht vermintes Beobachtungsfeld verwandelt. Ich war ständig auf der Hut. Danny ließ mich nicht aus den Augen und wartete nur auf einen falschen Schritt von mir; er wusste genau, wie peinlich es mir war, dass ich Greg und Rachel gesehen hatte, und schöpfte aus diesem Wissen eine nie versiegende Befriedigung. Mehrmals war es vorgekommen, dass ich den Kopf hob und entdecken musste, dass Greg mich ansah. Ich war gelähmt vor Scham, und mein Blick hakte sich in dem seinen fest, bis mich Dannys amüsiertes Starren schließlich dazu zwang, die Augen abzuwenden. Des Weiteren war mir bewusst, dass Michael Danny mit Blicken verfolgte, auch wenn er sich alle Mühe gab, den Hunger darin zu verbergen.

Dann waren da die Filme, von denen Lucas und Danny gar nicht genug bekommen konnten. Lucas' Interesse daran war offensichtlich: Sie verschafften ihm einen Zugang zu seiner Mutter und Patrick. Warum Danny von ihnen so fasziniert war, konnte ich mir weniger erklären, doch hatte ich den Verdacht, dass Elizabeth dabei eine wichtige Rolle spielte.

In der zweiten Märzwoche verlor der Winter an Kraft. Vor den Terrassentüren erwachte der Küchengarten zu neuem Leben. Im Rhabarberbeet, bei den Stachelbeeren und den Himbeeren trieben neue Keime die regenschwere Erde wie Hefeteig in die Höhe. Das junge Laub der Spalierbäume an der hinteren Mauer leuchtete wie frisch geblasenes Glas. Am Samstagnachmittag saß ich am Tisch, trank Kaffee und las Zeitung. Zu meiner Erleichterung hatte Danny vor ein paar Stunden verkündet, dass er mit Elizabeth in Oxford essen gehen würde, und Lucas hatte ihn zu ihrem Cottage ins Dorf gefahren. Nach dem Mittagessen hatten die anderen wieder eines dieser endlosen Tischtennisturniere angefangen, die inzwischen einen festen Platz im Ablauf der Wochenenden einnahmen. Das Turnier dauerte nun schon über eine Stunde. Ab und zu drangen Schreie oder anfeuernde Zurufe bis zu mir durch. In der Endrunde standen sich meist Lucas und Danny in einer Pattsituation von zunehmender Aggressivität gegenüber, doch Greg hatte sich seit dem ersten Spiel dramatisch verbessert und erreichte nun auch ab und zu das Finale.

Ich dachte an meine Arbeit. Ich machte mir große Hoffnungen, dass der Artikel, den ich gerade eingereicht hatte, mein erster Aufmacher werden könnte. Hatte ich doch aufgedeckt, dass ein Stadtrat dem Cateringbetrieb seiner Frau Aufträge für kommunale Veranstaltungen zuschanzte. Das könnte ich als Plus für meine Bewerbungsmappe verbuchen. Ich war immer noch entschlossen, die *Gazette* dieses Jahr zu verlassen. Mehr als alles andere wünschte ich mir einen Job bei einer überregionalen Zeitung oder beim *Evening Standard*. So etwas musste doch möglich sein, auch wenn ich ganz unten in der Recherche oder als Assistenz der Berichterstattung für die Klatschspalten anfangen müsste. Zum ersten Mal schien es mir, als wirke sich die Stagnation in meinem beruflichen Vorankommen auch auf andere Bereiche meines Lebens aus. Jahrelang hatten Martha und ich uns Gedanken gemacht, ob wir einmal Kinder haben wollten, und ich war mir immer noch nicht sicher. Auf jeden Fall müsste ich bis dahin eine Stufe auf der Karriereleiter erreichen, zu der ich später zurückkehren könnte; davon war ich noch weit entfernt. Ich hatte auch das Gefühl, ich müsste noch viel an Lucas arbeiten, wenn eine Ehe mit ihm überhaupt in Frage kommen sollte. Immer noch sträubte sich alles in mir, wenn ich an seinen Vorschlag dachte, mit ihm nach Stoneborough zu ziehen, auch wenn ich mir diese Idee inzwischen als seinen Versuch erklärte, überhastet eine schwierige Situation zu lösen.

Ich hörte Schritte, und Lucas erschien in der Tür. »Greg hat mich haushoch geschlagen«, sagte er.

»Magst du Kaffee?«
»Nein danke.« Er winkte ab. »Kann ich dir was zeigen?«
»Klar. Was denn?«
»Oben. Einen der Filme.«
»Worum geht's?«
Er runzelte die Stirn. »Meine Mutter kommt drin vor.«

Das auf die Wand projizierte Bild zeigt eben diesen Raum: Patricks Arbeitszimmer. Es ist derselbe Raum und doch nicht derselbe: Es stehen keine Möbel darin; der riesige Schreibtisch mit dem Rollladen fehlt, ebenso die beiden Sessel vor dem Fenster und sogar das lange Sitzpolster auf der Fensterbank. Die Fenster sind vorhanglos, an den Wänden hängen keine Bilder. Stattdessen fängt die Kamera beim Schwenk zwei Leinwände ein, die an einer Wand lehnen, die Rückseite dem Betrachter zugekehrt. Eine große Holzstaffelei liegt zusammengeklappt auf dem Boden. Das satte gelbe Licht, das durch die hohen Schiebefenster fällt, siedelt die Szene am späten Nachmittag an. Der Dielenboden ist mit dicken weißen Laken abgedeckt, die hier und da Falten werfen und im Spiel von Licht und Schatten an Meereswellen bei einer leichten Brise erinnern. Auf der Fensterbank sind ein großer Farbkübel, eine Rolle und eine flache, mit weißer Farbe gefüllte Wanne abgestellt.

Die Kamera schwenkt rasch in den Raum zurück. Links und rechts neben dem Kamin, die Ellbogen auf den Sims gestützt, stehen Patrick und Lucas' Mutter. Sie lächeln einander an, ein breites Lächeln, wie es auf ein Lachen folgt. Erst merken die beiden nicht, dass sie gefilmt werden: Sie haben den Kameramann nicht eintreten hören, seine Schritte wurden von den Laken gedämpft. Lucas' Mutter trägt eine alte Latzhose; einer der Träger hat sich gelöst und hängt auf der einen Seite herunter. Sie hat sich die Haare mit einem gemusterten Tuch aus dem Gesicht gebunden, doch eine Locke ist hervorgerutscht und hängt ihr über die Wange. Patrick macht einen Schritt auf sie zu und schiebt ihr die Locke unters Tuch zurück. Sie beugt sich vor und küsst ihn zart auf den Mund. Dabei bemerkt sie die Kamera und lächelt wieder, diesmal gehemmt. Man sieht ihr an, dass sie nicht gern gefilmt wird: Ihre Bewegungen, die die letzten sechs, sieben Sekunden so ungezwungen waren, wirken nun steif. Sie steckt die Hände in die Hosentaschen und geht zum Fenster hinüber, verschwindet von der Bildfläche. Patrick dagegen grinst in die Kamera und deutet auf die Wände; dann bückt er sich und rafft mit beiden Armen die Leintücher zusammen, unter denen die dunklen Dielenbretter wieder zum Vorschein kommen. Fast meint man ihn sagen zu hören: »Schau mal! Fertig!«

»Und?« Lucas knipst das Licht an.

Ich zögerte. »Sieht so aus, als ob sie den Raum zum Malen hergerichtet hätten, mit der Staffelei und den Leinwänden und den weißen Wänden – als eine Art Atelier. Hat deine Mutter gemalt?«

»Ich hab sie nie malen sehen. Genauso wenig wusste ich, dass sie und Patrick was miteinander hatten. Das ist doch das wirkliche Thema hier.« Lucas' Gesicht war verhärtet. Er schaltete den Projektor aus und riss die Vorhänge auf.

»Wie meinst du das?« Ich wollte Zeit schinden.

»Na, das ist doch offensichtlich, oder? Dass die beiden zusammen sind. Würdest du deinen Schwager so küssen?«

Es stimmte; der Film hatte eine Begegnung zwischen Liebenden eingefangen, einen zufälligen Moment der Intimität. »War er schon ihr Schwager? Wann ist das gedreht worden?«

»Ach Scheiße, keine Ahnung«, sagte er. »Ich hoffe bloß, bevor ich auf der Welt war.«

»Ganz bestimmt. Deine Mutter hätte doch keine Affäre gehabt, schon gar nicht mit Patrick.«

»Woher willst du das wissen?« Sein Gesicht war plötzlich dicht vor mir. »Wieso bist du dir da so sicher?«

Ich wusste nicht recht, was ich sagen sollte. Er starrte mich an, als wolle er die Antwort aus mir herauszerren. »Lucas, bitte …«

Die Tür ging auf. Danny war aus der Stadt zurück. »Ach, da

seid ihr. Ich hab mich schon gefragt, wo ihr euch versteckt.« Er sah Lucas' Gesicht. »Du lieber Himmel. Hast du dir schon wieder diesen Film angeschaut?«

»Ich wollte ihn Jo zeigen.«

»Das ist ja schon richtig zwanghaft. Du machst dich noch verrückt.« Er ging zum Projektor hinüber, nahm die Filmspule heraus, legte sie sorgsam in die Schachtel zurück und schloss den Deckel.

»Das ist nicht zwanghaft, Danny. Ich will einfach nur die Wahrheit wissen. Das ist doch verständlich, oder?« Lucas ließ sich in den zweiten Sessel fallen.

»Warum fragst du nicht Elizabeth?«, schlug ich vor. »Sie kann dir sicher erzählen, was los war. Sie war ja dabei.«

»Hervorragende Idee. Dann hörst du endlich auf zu brüten. Ich ruf sie nachher an und lad sie nächste Woche zum Abendessen ein«, sagte Danny.

»Ich kann sie schon selber anrufen.«

Sein Ton stieß Danny auf. »Was ist denn los mit dir? Ich wollte ja nur helfen.«

»Ich brauche keine Hilfe. Und überhaupt – wieso bist du plötzlich so dicke mit Elizabeth?«

»Lucas, sie hat mit wirklich interessanten Leuten gearbeitet, wie du bereits weißt. Ich will bloß von ihr lernen. Außerdem macht mir ihre Gesellschaft Spaß. Dagegen kannst du doch nichts haben, oder?«

Kapitel XIII

Elizabeth beugte sich vor und stützte das Kinn auf die Hand. Ihre schmale goldene Uhr rutschte ihr ein Stück den Arm hinunter. »Du hast diese Filme gefunden? Gott, das ist ja unglaublich – ich hatte keine Ahnung, dass es die noch gibt.« Sie warf den Kopf zurück und zeigte ihre makellose Kinnpartie und den schlanken Hals.

Sie hatte nur Freitagmittag Zeit gehabt, da sie am nächsten Tag für eine Woche nach Edinburgh aufbrach. Ich wollte gern dabei sein, wenn Lucas sie nach seiner Mutter fragte, und hatte mir deshalb den Tag frei genommen. Ich wünschte, ich könnte von mir behaupten, dass ich lediglich Lucas den Rücken stärken wollte, doch diese edelmütige Absicht wurde von einem weniger löblichen Impuls getrübt: Danny sollte nicht der Einzige sein, der Elizabeths Erklärungen mitbekam oder Lucas, falls nötig, tröstete. Ein merkwürdiges Gefühl, zu viert hier in der Küche des Hauses zu sitzen, während die anderen in ihren Londoner Büros arbeiteten.

»Sie waren im Schrank seines Arbeitszimmers«, sagte Danny, streckte den Arm über den Tisch und füllte ihr Glas nach. »Eine ganze Schachtel voll.«

»Der gute alte Patrick. Er konnte nie etwas wegwerfen.«

»Warum hätte er sie denn wegwerfen sollen?«, fragte Lucas.

»Ach, keine Ahnung.« Sie wandte den Kopf leicht zur Seite, um Rauch auszuatmen. »Vermutlich hatten sie irgendeinen komischen sentimentalen Wert für ihn, als die Aufzeichnung jenes Sommers.«

»Was für eine Idee steckt denn dahinter? Wer hat die Filme gedreht?« Danny, der Elizabeth gegenüber saß, beugte sich vor und stützte den Ellbogen auf, eine Spiegelung ihrer Pose.

»Richard Appleton, der Maler. Kennt ihr seine Bilder?«

Mir sagte der Name nichts, doch Lucas nickte.

»*Der* Richard Appleton?«, fragte Danny zu meiner Überraschung. »Ich hab ein paar Bilder von ihm gesehen, als ich letztes Jahr in New York war.«

Sie nickte. »Drüben war er viel erfolgreicher. Ich glaube, er war der Einzige, der nicht durch Patricks Protektion berühmt wurde. Jedenfalls hat er immer mit Neuem experimentiert. Das war irgendwo auch sein Problem. Er besaß Talent, ist aber nie bei einer Sache geblieben, hat sich nie ganz für etwas engagiert. In diesem Sommer hatte er einen richtigen Filmtick entwickelt, dann hat er das Filmen wieder fallenlassen. Richtig ernst war es ihm sowieso nie damit. Er hat uns alle verrückt gemacht, weil er ständig die Kamera zückte. Und er hat weiß Gott wie viele Sonnenuntergänge gefilmt. Habt ihr schon einen von denen gesehen?«

»Einen oder zwei.« Lucas lächelte. »Ich bin mehr an den Filmen interessiert, in denen meine Mutter vorkommt, Elizabeth. Wie oft hat er sie denn gefilmt?«

Fast unmerklich verdüsterte sich ihr Gesicht, hellte sich aber gleich wieder auf. »Ach, fast gar nicht. Er hat sich vor allem für die Natur begeistert.«

»Wirklich? Meine Mutter ist aber schon in etlichen Filmen aufgetaucht.«

Elizabeth strich über die glänzenden Blütenblätter einer der blutroten Tulpen, die Lucas als Tischdekoration geschnitten hatte. Am Morgen hatte ich nackt am Fenster gestanden und mit Schrecken einen Mann entdeckt, der einen Schubkarren über den Rasen schob; ich hatte mich unters Fensterbrett geduckt, bevor er mich sehen konnte. Dass es einen Gärtner gab, hatte ich ganz vergessen, da ich ihn an den Wochenenden nie zu sehen bekam. Aber Tulpen wachsen natürlich nicht von allein.

»Elizabeth, hatten meine Mutter und Patrick mal was miteinander?«

»Gott, das ist so lange her.« Sie drehte die Vase und unterzog eine weitere Blüte eingehender Prüfung.

»An so was erinnert man sich doch!«

Sie blickte betroffen hoch, so einen gereizten Ton kannte sie gar nicht an ihm. »Na ja, so war's wohl.«

Lucas lehnte sich zurück, als drücke ihn die Last dessen, was sich nun bestätigt hatte, nach unten. »War es was Ernstes?«

»Was Ernstes? Nein, gar nicht, überhaupt nicht.« Mit einem leisen Lachen warf sie wieder den Kopf zurück. Sie trug heute die Haare zu einem Knoten hochgesteckt, doch diese Geste stammte sicher noch aus den Tagen, als sie die offenen Haare über die Schulter zurückwarf, wie mir in den Filmen aufgefallen war. »Claire hat erst Patrick kennengelernt und sie waren eine Weile zusammen, aber dann ist sie deinem Vater begegnet, und das war's dann.« Sie lächelte und legte ihre Hand auf die seine. »Die beiden waren ein so wunderbares Paar, Lucas.«

»Und Patrick? War der nicht stinksauer?«

»Ach, eigentlich nicht. Ich glaube nicht, dass die Beziehung zwischen ihm und Claire viel Tiefgang hatte. Anfangs hat er sich schon etwas aufgeregt, aber mehr aus verletztem Stolz. Und du kennst ihn ja – er war ein so großzügiger Mensch. Er hat gesehen, wie glücklich Claire und Justin miteinander waren, und sich mit Stil zurückgezogen. Außerdem sind anschließend wir beide zusammengekommen, und diese Beziehung hatte dann ein ganz anderes Format.« Sie lächelte. »So hat sich alles zum Besten entwickelt. Für uns alle.«

»Ich würde ausflippen, wenn mir meine Schwester oder auch nur eine Freundin meinen Freund ausspannt. Ich bin nicht sicher, ob ich das so einfach schlucken könnte«, sagte ich.

»Eure Generation kann manchmal so *spießig* sein.«

»Und das Ganze lief auch bestimmt, bevor meine Eltern geheiratet haben?«, bohrte Lucas noch einmal nach.

»Auf jeden Fall, Lucas.«

»Ich glaube, Lucas macht sich Sorgen, dass er der Sohn des falschen Bruders ist«, sagte Danny.

»Jetzt reicht's aber, Danny«, fuhr er auf.

»Ach Lucas, du Armer. Nein, deine Eltern haben sich sehr geliebt. Und als Claire mit deinem Vater zusammen war, hätte sie keinen anderen je auch nur angesehen.«

»Hat meine Mutter gemalt?«

»Gemalt?«

»In einem der Filme haben sie und Patrick sein Arbeitszimmer gestrichen. Es sah aus, als würden sie ein Atelier daraus machen.«

»Ja, aber nicht für deine Mutter, sondern für Patrick.«

»Er hat gemalt? Das wusste ich gar nicht.«

»Nun ja, er hat auch wieder damit aufgehört, bevor du alt genug warst, um etwas davon mitzubekommen. Aber damals hat er gern gemalt.«

»War er gut?«

»Für einen Amateur nicht schlecht. Unter so vielen Künstlern fühlte er sich wohl ein bisschen zweitklassig. Es hat ihm aber großen Spaß gemacht.«

»Warum hat er dann aufgehört?«

»Ich glaube, später war er einfach zu beschäftigt. Wie du weißt, hat er sich wahnsinnig für die Galerie engagiert.« Sie leerte ihr Glas. »Danny, könnte ich ...« Er war schon mit der Flasche zur Stelle, bevor sie den Satz beendet hatte.

»Ist die Flasche leer?«, fragte Lucas. »Ich hol uns noch eine.« Er stand auf und nahm den Kellerschlüssel vom Haken.

»Ich bin selber gerade dabei, mir eine Schmalfilmkamera anzuschaffen«, sagte Danny, als Lucas' Schritte nicht mehr zu hören waren.

»Wirklich? Wie interessant.«

Etwa zwei Sekunden lang fragte ich mich, wie er wohl das Geld dafür auftreiben würde. Es wurde mir gleich klar: natürlich

genauso wie das Geld für seine neuen Sportschuhe oder das Essen, zu dem er Elizabeth letztes Wochenende eingeladen hatte.
»Mir gefallen die Super-8-Filme gut«, sagte ich. »Sie haben so ein nostalgisches Flair, wie Sepia-Fotografien.«

Danny rollte mit den Augen. »Du bist so eine ewig Gestrige, Joanna.« Er wandte sich wieder an Elizabeth: »Ich würde damit nur zum Spaß filmen. Ganz unabhängig von dem Projekt, über das wir gesprochen haben.« Auch das war neu für mich; er hatte uns gegenüber nichts erwähnt, was im Entferntesten mit Arbeit zu tun hatte.

Sie nickte, ohne den Blick von seinem Gesicht zu wenden. Eins musste man ihr lassen: Sie verstand einem Mann das Gefühl zu vermitteln, dass er ihre ganze Aufmerksamkeit besaß.

»Elizabeth, darf ich dich was fragen?« Ich dämpfte meine Stimme, falls Lucas in Hörweite war.

Sie wandte sich wieder an mich; das Lächeln, mit dem sie Danny bedacht hatte, verblasste.

»Die Filme. Gibt es darin irgendetwas, was Lucas verletzen könnte?«

»Es ist immer schmerzhaft, sich mit der Vergangenheit zu beschäftigen, findest du nicht?«, sagte sie. »Und zu erkennen, dass auch eure Eltern einmal jung waren und ein eigenes Leben hatten, bevor sie Kinder bekamen.«

»Du bist dran, Martha.« Danny lag auf dem Rücken vor dem Kamin, seinem Stammplatz, reckte den Arm über den Kopf und gab den Joint an sie weiter. Dann öffnete er den Mund und ließ den dicken Rauch daraus aufsteigen, als würde er nicht ausatmen, sondern sich den Gesetzen der Physik ergeben und den Rauch wie durch Osmose aus sich herausquellen lassen. Martha nahm einen kurzen Zug und reichte den Joint weiter an mich. Höchst professionell gebaut, die Tüte. Normalerweise rauchte ich kein Gras, aber heute Abend fühlte ich mich danach. Der Wein tat nicht die gewünschte Wirkung – ich driftete nicht in eine glückselige Beschwipstheit hinüber, sondern blieb in einem unangenehmen Schwebezustand stecken, war einfach nur müde und hatte einen Wattekopf. Elizabeth war kurz nach vier gegangen, doch Lucas, Danny und ich hatten weitergetrunken. Als die anderen schließlich kamen, mussten sie sich ganz schön anstrengen, um aufzuholen.

Ich zog am Joint und schloss beim Inhalieren die Augen. Als ich sie wieder öffnete, beobachtete mich Greg schon wieder; ich sah rasch weg. Der Stoff wirkte fast sofort, ich spürte eine plötzliche Schwere in den Armen und Beinen, dazu eine leichte Übelkeit. Andere schienen immer mehr Genuss daraus zu ziehen als ich.

»Beeil dich«, sagte Lucas. »Du verschwendest das Ding. Rauch oder gib's weiter.«

»Mann, wir haben noch reichlich«, sagte Danny.

»Dann dreh einen neuen.«

»Mach du.« Danny warf den Beutel mit Gras zu ihm hinüber.

»Nein, du machst das. Ich hab schon dafür bezahlt.« Lucas warf den Beutel zurück. Widerwillig rappelte sich Danny hoch und griff nach seiner Unterlage, einer Hardcover-Ausgabe von Tom Wolfes *Fegefeuer der Eitelkeiten*.

Mehr um Lucas zu ärgern, als weil ich wirklich Lust darauf hatte, nahm ich noch einen Zug und gab den letzten Fingerbreit zurück an Martha. Lucas stand seit dem Mittagessen wie unter Strom, und soviel ich sah, trug der Joint wenig zu seiner Entspannung bei. Er hatte viel getrunken und zeigte heute Abend eine Gereiztheit, die mir nicht gefiel. Danny hielt ihm den neuen Joint hin, und er nahm ihn wortlos entgegen. Er zündete ihn an, wartete, dass das Papier am zusammengedrehten Ende wegbrannte, und nahm einen tiefen Zug, füllte sich die Lunge, schloss die Augen und lehnte sich an die Armlehne des Sofas. Er rauchte fast den halben Joint, bevor er die Augen wieder aufmachte und ihn Rachel anbot.

»Danke«, sagte sie, nahm den Joint und gab ihn gleich an Greg weiter.

»Kannst du nicht *einmal* lockerlassen, Rachel?«, fragte Lucas. Rachel sah mich an und zog die Augenbrauen hoch. Lucas fing den ratlosen Blick auf, mit dem ich ihr antwortete.

»Was ist?«, fragte er mich, aufmerksam geworden.

»Nichts.«

»Wenn du was zu sagen hast, dann sag's.«

Ich zögerte und suchte nach der besten Formulierung. »Entspann dich doch ein bisschen. Jetzt weißt du doch, dass zwischen deiner Mutter und Patrick nichts mehr lief, nachdem sie deinen Vater geheiratet hatte.«

»Weißt du was? Warum kümmerst du dich zur Abwechslung nicht um deine eigenen Angelegenheiten?« Er setzte sich auf.

»Nein, ich meine doch nicht ...«

»Was weißt du denn schon von Familienproblemen? Du hast doch keine Ahnung! Für dich war alles einfach, auch wenn du immer die Außenseiterkarte ausspielst, sobald es dir in den Kram passt. Ich weiß nicht, wieso gerade du dich berufen fühlst, kluge Sprüche über meine Situation abzulassen, mit deinen glücklich verheirateten Eltern und deinen Brüdern und deinem idyllischen Zuhause.« Die letzten beiden Worte stieß er mit bitterer Verachtung hervor. »Warum haust du nicht einfach ab? Geh, verpiss dich!«

Es wurde ganz still, niemand sagte etwas. Ich stand auf, leicht benommen vom Joint, und ging aus dem Zimmer. In der Eingangshalle begann wieder das merkwürdige Pochen in meinen Ohren, aber ich achtete nicht darauf. Ich wollte nur weg von Lucas. Hinaus aus diesem Haus und seiner Atmosphäre, in der ich nicht atmen konnte. Mit zitternden Händen fingerte ich an den Riegeln der Eingangstür herum und ärgerte mich, dass ich sie nicht schneller aufbekam. Als sie sich öffnete und mir frische Luft entgegenschlug, ging es mir gleich besser. Ich atmete heftig ein und wünschte, ich hätte mein Asthmaspray bei mir.

Meine Lungen krampften. Ich war von Lucas' Worten wie vor den Kopf geschlagen. Vielleicht musste er Wut ablassen, um sich von der Angst zu befreien, die er vor Elizabeths Erklärungen gehabt hatte. Das machte mir nichts aus. Aber die Art, wie er über meine Familie gesprochen hatte, schockierte mich. Das klang, als hätte es schon länger in ihm geschwelt, als hätte er den Groll in sich aufgestaut.

Plötzlich wurde mir klar, dass ich eine aussichtslose Schlacht schlug. Mit uns beiden würde es nicht funktionieren. Es gab zwischen uns zu viele Hindernisse, zu viele Unterschiede. Ich konnte nicht in einer Beziehung leben, in der mir meine glückliche Familie zum Vorwurf gemacht oder womöglich von mir erwartet wurde, meine Karriere aufzugeben.

Wir hatten die Grenze überschritten und entdeckt, dass dahinter nicht die wunderbare Beziehung lag, die wir uns vorgestellt hatten. Tief im Herzen hatte ich das von Anfang an geahnt, meinen Instinkt aber ignoriert und gehofft, ich könnte mir selbst – und später Danny – beweisen, dass alle düsteren Prophezeiungen falsch waren. Aber die Chemie zwischen uns stimmte nicht, es fehlte dieses undefinierbare Element, das Sex so phantastisch macht und eine neue Beziehung festigt. Wir mussten uns bemühen, und das schon ganz am Anfang; die Anstrengung, die uns das kostete, ging nun über unsere Kräfte. Ich wünschte, ich könnte klar denken. Das Pochen in meinen Ohren hatte aufgehört, dafür meldeten sich die Anfänge eines Katers, ein dumpfes Dröhnen in den Schläfen. Am Himmel standen wenige Wolken, die Nachtluft war sehr kühl. Der Mond tauchte den Garten in ein seltsames Halbdunkel. Ich setzte mich auf die Balustrade, wo Lucas und ich an anderen Abenden zusammen gesessen hatten, blinzelte und spürte, wie mir die ersten Tränen die Wangen hinunterliefen. Ich gab ihnen nach. Ich weinte vor Selbstmitleid über die unabwendbare Trennung und vor Mitleid mit Lucas, dem diese Trennung sehr wehtun würde. Ich weinte um unsere Freundschaft. Ich weinte auch vor Heimweh nach meinen Eltern, die mir plötzlich furchtbar fehlten. Ich hatte sie seit Weihnachten nicht gesehen und begriff nicht mehr, warum ich so viel Zeit hatte verstreichen lassen. In dieser Umgebung, dem herrschaftlichen Garten und dem riesigen, eleganten Herrenhaus fühlte ich mich nicht heimisch. Ich sehnte mich nach dem Häuschen meiner Eltern, nach meinem gemütlichen alten Zimmer.

Hinter mir ging die Tür des Blumenzimmers auf und schloss sich wieder.

Ohne mich umzudrehen, überlegte ich, wer von unserer Gruppe wohl hinausgeschickt worden war, um nach mir zu sehen, oder ob Lucas selbst gekommen war, um sich entweder zu entschuldigen oder weiter auf mir herumzuhacken. Die Schritte, die ich hörte, waren Männerschritte. Ich wischte mir verstohlen übers Gesicht und bemühte mich, die Tränen, die noch kommen wollten, wegzublinzeln. Ich könnte wohl kaum verbergen, dass ich geweint hatte, aber vielleicht, wie sehr ich geweint hatte. Die Schritte näherten sich.

»Jo.« Zu meiner Überraschung hörte ich Gregs Stimme.

Ich sah zu ihm hoch. Sogar im Dunkeln nahm er das Schimmern in meinen Augen zur Kenntnis und setzte sich neben mich, die Beine auf der Terrassenseite, sodass wir fast Rücken an Rücken saßen. Ich blieb, wo ich war, das Gesicht vom Haus abgewandt, die Beine auf der anderen Seite des Geländers nach unten baumelnd.

»Tut mir leid, dass er so mit dir geredet hat.«

»Ich hätte nichts sagen sollen. Ich hätte einfach abwarten sollen, dass er sich in den Schlaf trinkt und raucht. Morgen wäre er mit einer besseren Laune aufgewacht.«

»Wenn es dich tröstet: Martha hat ihn gerade ganz schön zusammengestaucht.«

»Das sieht ihm gar nicht ähnlich. Das weißt du doch, oder?«, sagte ich.

»Natürlich. Er ist ein guter Kerl.«

»Ja«, sagte ich. Der arme Lucas. Letzten Endes hatte er recht;

ich konnte mich nicht in seine Lage hineinversetzen, Ende zwanzig und ohne einen einzigen Angehörigen, ohne Eltern, ohne Geschwister. Sogar eine Scheidung war für mich etwas Fremdes, etwas – wie ich als Kind empfunden hatte – aus einer mondänen Glitzerwelt, denkbar nur bei den Eltern anderer. Wieder kamen mir die Tränen, doch diesmal wenigstens lautlos. Ich fand es feinfühlig von Greg, dass er mir den Rücken zuwandte und mich nicht ansah – so gab er mir Unterstützung und gleichzeitig Freiraum. Damit war das Reden leichter, wie zu einem Beichtvater, den ich nicht sah und der mich nicht sah.

»Wirst du denn klarkommen?«, fragte er.

»Ich glaube, Lucas und ich werden uns trennen. Obwohl ich weiß, dass sich seine Wut heute eigentlich nicht gegen *mich* richtet. Bitte erzähl niemandem davon.« Ich legte ihm die Hand auf den Arm, und er schüttelte den Kopf. »Wenn ich mir selbst gegenüber ehrlich bin, dann weiß ich, dass es mit uns einfach nicht stimmt und nie gestimmt hat. Ich hätte es so gern gewollt. Wahnsinnig gern. Lucas ist seit Jahren mein bester Freund, seit Beginn des Studiums. Aber das lässt sich nicht in eine Beziehung hinübernehmen. Ich versuche etwas zu erzwingen, was nicht da ist. Und ich mache mir Sorgen, dass er mich hassen wird, wenn ich mit ihm darüber rede. Er hat sowieso diese Zwangsvorstellung, dass ihn alle verlassen – sein Vater, seine Mutter, Patrick. Wie kann ich ihn da auch noch verlassen? Ich bin für ihn das, was einer Familie am nächsten kommt.«

»Aber du läufst ja nicht davon. Nicht, was sein Leben angeht. Du wirst immer noch für ihn da sein, seine Freundin bleiben. Vielleicht dauert es eine Weile, bis ihr einen Weg findet, aber wenn ihr es beide wirklich wollt – und Lucas will dich sicher nicht verlieren, auch wenn ihr euch trennt –, dann werdet ihr es schaffen.« Er blickte immer noch von mir weg, als würde er mit jemand anderem auf der Terrasse reden. Er scharrte mit den Füßen herum, und ich hörte die Steinchen zwischen seinen Schuhsohlen und den Steinplatten knirschen.

»In Sachen Beziehungen bin ich eine Katastrophe«, sagte ich.

»Das stimmt nicht. Du hast jede Menge Freunde, und du und Lucas seid ein viel besseres Paar als so manche, die ich kenne, auch wenn es letztlich nicht klappt. Ihr habt Spaß miteinander, unterstützt euch gegenseitig …«

»So kommt mir das heute Abend aber nicht vor.«

Schließlich drehte er sich doch herum. »Bitte nicht weinen, Jo.« Er legte die Hand auf meine Wange und drehte mein Gesicht zu sich. Wortlos sah er mich an. Obwohl ich wusste, dass meine Augen gerötet waren und mein Gesicht verquollen, fühlte ich mich plötzlich ganz unbefangen. Mit dem Daumen wischte er mir die Tränen erst von der einen, dann von der anderen Wange, ohne den Blick von mir zu wenden. Durch diese Geste fühlte ich mich sehr beschützt.

Dann beugte er sich vor und küsste mich, seine Lippen lagen warm und fest auf den meinen. Als ich mich ihm nicht sofort entzog, küsste er mich noch einmal, und diesmal reagierte ich. Das konnte doch nicht wahr sein? Noch während es geschah, war ich schockiert. Das Bild von Rachel schoss mir durch den Kopf. Wir fuhren auseinander.

»Mein Gott, es tut mir leid«, sagte er. »Das wollte ich nicht.«

Da empfand ich trotz allem eine heftige Enttäuschung.

»Nein, nein, so hab ich's nicht gemeint«, sagte er rasch. »Natürlich wollte ich dich küssen. Aber nicht so. Nicht, solange wir beide noch mit jemand anderem zusammen sind, nicht, wenn du so durcheinander bist. Ich will deine Situation nicht ausnutzen.« Er wandte sich von mir ab und begann wieder, ins Dunkle hineinzusprechen. »Ich mag dich sehr, Jo. Ich finde dich witzig und liebevoll und – nun, ich mag dich wirklich sehr. Seit diesem Wochenende, als du Rachel und mich gesehen hast, ist es ganz schön schwierig für mich, in deiner Nähe zu sein, vor allem, wenn ich dich und Lucas zusammen sehe. Und ich habe überhaupt kein Recht. Abgesehen von allem anderen habt ihr beide diese lange Geschichte. Ihr habt schon so viel zusammen gemacht. Das habt ihr natürlich auch als ganze Gruppe, aber vor allem du und er. Wie könnte ich es damit aufnehmen?«

»Ich glaube nicht, dass unsere Geschichte Lucas und mir im Moment viel hilft.« Ich bemühte mich um einen leichteren Ton.

»Vielleicht nicht. Aber da ist auch noch die Tatsache, dass ich mit einer deiner besten Freundinnen zusammen bin. Rachel ist mir wirklich wichtig. Eine Weile dachte ich, ich würde mich in sie verlieben, aber inzwischen ist mir klar geworden, dass es mit uns nicht klappen kann. Wir haben nicht genug Gemeinsamkeiten. Zum Thema Mode habe ich keinen Zugang.« Er seufzte. »Es nervt mich sogar ziemlich, obwohl Rachel ihre Sache wirklich toll macht. Ich muss jetzt Klarheit schaffen, weil sie heiraten und Kinder haben möchte und ich ihre Zeit verschwende. Andererseits – und das klingt jetzt wirklich kaltschnäuzig: Wenn Rachel und ich uns trennen, dann reißt auch meine Verbindung zu dir ab. Ich habe keine andere Möglichkeit, dich zu sehen.«

»Was für ein Chaos«, sagte ich. »Ein Chaos von vorn bis hinten.« Keiner von uns hatte je mit dem Partner eines anderen aus der Gruppe geliebäugelt, nicht einmal flüchtig oder als wir noch viel jünger und unsere Beziehungen nicht so ernsthaft waren. Jetzt sah ich, wie wichtig diese unausgesprochene Regel für uns als Gruppe gewesen war.

»Habe ich mich jetzt komplett zum Idioten gemacht?«, fragte er.

Darüber brauchte ich nicht lange nachzudenken. »Nein.« Ich schüttelte den Kopf. »Weißt du was? Ich glaube, es liegt an diesem Ort, an diesem Haus. Seit wir herkommen, läuft nichts mehr wie früher. Lucas und ich haben nach wer weiß wie vielen Jahren eine Beziehung miteinander angefangen, Danny und …« Ich bremste mich gerade noch rechtzeitig. »Vielleicht liegt es daran, dass wir uns sozusagen auf einer größeren Bühne bewegen. Aber manchmal beschleicht mich auch das Gefühl, das Haus hat etwas an sich, was uns auf eine Katastrophe zutreibt. Klingt das für dich lächerlich?«

Er nahm meine Hand und rieb mit dem Daumen leicht über meine Finger. »Nein, aber ich finde den ersten Gedanken wahrscheinlicher. Dass die Dimensionen dieser Umgebung die Leute dazu verführen, sich aufzuspielen – da denke ich natürlich vor allem an Danny.«

Ich lächelte, und wir sahen uns wieder an. Diesmal war ich es, die den ersten Schritt tat – ich legte meine Hand in seinen Nacken, wo die weiche Haut in den Ansatz seines kurz geschnittenen Haars überging. Ich zog ihn an mich und küsste ihn. Unsere Münder wurden zum weiß glühenden Mittelpunkt der Welt. Das ganze Verlangen, das ich in der Bibliothek und in der Badewanne gespürt hatte, war wieder da, unvermindert heftig. Ich wollte mich in diesem Kuss verlieren, wollte, dass Greg mit mir verschmolz und ich mit ihm. Ohne sich von mir zu lösen, verlagerte er seine Position und schwang ein Bein über das Geländer. In diesem Moment wurde mir bewusst, dass wir genau an der Stelle saßen, wo ich Lucas zum ersten Mal geküsst hatte. Ich löste mich von ihm.

»Greg …«

»Wir sollten reingehen. Wir müssen die Dinge klären. Aber nicht mehr heute Abend. Küss mich nur noch einmal, dann gehen wir.«

Er zog mich wieder an sich, vergrub seine Hände in meinen Haaren.

Ich glaube, wir spürten beide gleichzeitig, dass wir nicht mehr allein waren. Wir fuhren auseinander und sahen die Gestalt, die direkt vor der Tür zum Blumenzimmer stand. Rachel.

»Sag mir, dass es nicht so ist, wie es aussieht.« Rachels Stimme hallte in der nächtlichen Stille über den Steinboden.

Greg schloss die Augen und senkte den Kopf. »Scheiße«, sagte er gerade noch hörbar. »Rachel, es tut mir leid.«

Sie kam auf uns zu, als näherte sie sich einem sehr gefährlichen, aber trotzdem faszinierenden Tier. »Es tut dir *leid*?«

»Das ist das erste Mal«, sagte er.

»Das kann doch nicht wahr sein. Ich glaub's einfach nicht.« Sogar im Halbdunkel zeigte sich auf ihrem Gesicht der rasende Wechsel ihrer Gefühle: tiefste Ungläubigkeit, Verwirrung, Wut. »Sag mir, dass ich schlafe und alles ein Albtraum ist.«

Greg schwang sein Bein wieder über die Balustrade zurück und stand auf. Mit sichtlicher Mühe machte er ein paar Schritte auf sie zu. Sie wich genauso viele Schritte zurück. »Rachel.«

Sie gab einen trockenen Laut von sich, einen Laut zwischen ersticktem Schrei und ironischem Gelächter. »Kommt jetzt vielleicht: *Ich kann dir alles erklären*?«

»Bitte nicht so. Es ist alles furchtbar schiefgelaufen, aber bitte lass mich mit dir reden.«

»Ich will nicht mit dir reden, jetzt nicht und nie wieder. Du hast alles kaputt gemacht. Ich dachte, wir hätten etwas miteinander, was wirklich trägt. Wie man sich täuschen kann! Und auch noch mit einer Freundin von mir. Jo, du hinterhältige, miese Schlampe!« Rachel drehte sich um, rannte ins Haus zurück und schlug die Tür hinter sich zu. Greg und ich sahen uns entsetzt an.

»Ich muss mich um sie kümmern«, sagte er.

»Mein Gott. O mein Gott. Lucas.«

Ich erwartete, das Haus in Aufruhr vorzufinden, doch drinnen war alles seltsam ruhig. Immer noch kam das einzige Licht in der Eingangshalle von den beiden Lampen auf der Kommode und dem hellen Lichtstreifen, der unter der Salontür hervorschien. Es war wie im Auge des Sturms: die tödliche Stille, die Unausweichlichkeit. Als hockte ein Tornado wie ein teuflischer Dämon über dem Haus – die Hälfte des Zerstörungswerks war schon getan, die zweite Hälfte würde jeden Augenblick beginnen. Mir wurde schlecht vor Angst. Wenn jetzt alles über mir zusammenstürzte, wäre mir das lieber als dieses qualvolle Warten. Ich holte tief Luft, öffnete die Salontür und machte Greg ein Zeichen, er solle noch zurückbleiben, damit die anderen uns nicht gemeinsam sahen – für den wenig wahrscheinlichen Fall, dass sich die Situation doch noch irgendwie retten ließe. Drinnen fand ich Michael, Martha und Danny in derselben Haltung vor wie vorhin, als ich hinausgelaufen war. Ich fühlte mich wie in die Vergangenheit zurückversetzt. Obwohl weniger als eine halbe Stunde verstrichen war, gehörte diese Szene für mich einem anderen Zeitalter an.

»Alles in Ordnung, Jo?« Martha blickte besorgt hoch. »Ich war schon auf dem Weg hinaus zu dir, doch dann wollte Greg gehen.«

»Ist schon gut«, sagte ich. Ich hatte fast vergessen, dass das Hauptereignis für sie immer noch in dem Auftritt bestand, als Lucas mich angebrüllt hatte. Dabei verdiente im Moment niemand weniger Mitgefühl als ich. »Wo ist Rachel? Und Lucas?«

»Keine Ahnung, wo Rachel ist. Aber Lucas kotzt«, sagte sie.

»Hängt über der Kloschüssel – ruft Gott auf dem großen weißen Telefon an«, sagte Danny, ohne die Augen zu öffnen.

»Er hat's total übertrieben«, sagte Martha. »Na, du hast's ja selber mitgekriegt. Der war doch schon völlig dicht, bevor er dich angeschrien hat.«

»Ich rede mit ihm. Wo ist er denn?«

»Im unteren Klo, aber er wird nicht reden wollen. Ich hab's schon versucht«, sagte Michael.

Ich schloss die Tür hinter mir und fragte Greg: »Glaubst du, sie ist bei Lucas?«

Oben hörte man eine Tür und rasche Schritte. Rachel erschien mit ihrer Wochenendtasche oben auf der Treppe. Ich spürte mehr, als ich es hörte, das erste Pulsieren des heimlichen Rhythmus, der dieses Haus beherrschte. Jetzt lag etwas Hinterhältiges, Wissendes, Hämisches darin. Ich schüttelte den Kopf, um mich davon zu befreien, doch der Rhythmus wurde schneller, als wollte er sich meinem Herzschlag anpassen. Ich blickte nach oben, wollte das Deckengemälde erkennen. Es lag im Dunkel verborgen, das Licht der Lampen reichte nicht so hoch hinauf, aber ich hatte das Gefühl, als reckten die Menschen dort oben die Hälse, um zu sehen, welches Drama das Haus diesmal ausgebrütet hatte. Fast konnte ich das Knarzen der Chaiselongue hören, als Zeus sich erwartungsvoll vorbeugte. Ich sprach ein stummes Gebet. Bitte lass es nicht so enden. Bitte lass es mich Lucas selber sagen, auf zivilisierte Weise.

»Habt ihr noch nicht genug davon, euch hier rumzudrücken?«, fragte Rachel, als sie herunterkam. Ich hatte solche Schuldgefühle, dass ich ihr nicht ins Gesicht sehen konnte.

»Wo willst du hin?«, fragte Greg.

»Nach Hause.«

»Hast du ein Taxi gerufen?«

»Mein Auto steht hier. Ich fahre. Ich will einfach weg. Lass mich bloß in Ruhe.« Sie wehrte sich, als er versuchte, ihr die Tasche abzunehmen.

»Rachel, egal, wie sehr du mich im Moment verachtest, ich werde dich heute Nacht nicht fahren lassen. Du hast getrunken.«

»Die Zeit, in der du einen Einfluss auf meine Entscheidungen hattest, ist vorbei.« Doch nun verlor sie die Fassung und brach in Tränen aus. »Du Scheißkerl«, schluchzte sie. »Ich habe dich wirklich geliebt.« Mein Herz schwoll an vor Mitleid und eine Sekunde später vor Scham, weil ja ich, ihre angebliche Freundin, die Ursache ihres Kummers war. Sie riss Greg die Tasche weg und ging auf mich los, sprühend vor Feindseligkeit. »Und dann du! Einfach unfassbar, dein Verhalten! Es ist schon schlimm genug, was du *mir* antust, aber dass du Lucas betrügst … Wie kannst du nur? Nach allem, was er durchgemacht hat!« Ihre Worte wühlten mir wie ein Messer im Bauch. »Hoffentlich kannst du dich noch im Spiegel ansehen, Joanna – ich könnte es, glaube ich, nicht. Zehn Jahre hat es gedauert, bis du dein wahres Gesicht gezeigt hast. Ich will bloß schnellstens vergessen, dass ich dich je gekannt habe.« Sie wich vor mir zurück wie vor etwas zutiefst Widerwärtigem.

Die Salontür ging auf, und Martha kam in die Halle. »Ist irgendwas passiert?«, fragte sie. »Ich hab euch rumschreien gehört.«

»Nichts«, sagte ich automatisch.

Rachel schnaubte. »Nichts? Warum sagst du's ihr denn nicht, Joanna? Sag Martha doch, was für eine tolle Freundin du bist!«

»Wovon redet sie, Jo?« Martha sah mich an und beim Gedanken, dass sie gleich erfahren würde, was ich getan hatte, war mir nur noch zum Heulen. Mein Magen rebellierte, meine Wangen brannten, ich konnte Marthas Blick nicht länger als einen kurzen Moment begegnen. Das Pochen in meinen Ohren schob ein paar Zusatzschläge ein wie einen schadenfrohen kleinen Triller.

»Wir sind alle betrunken und übermüdet«, sagte Greg. »Lassen wir's doch gut sein für heute.«

Vom Garderobenraum her kamen Schritte, und Lucas erschien im Gang. Sogar im trüben Schein der Tischlampen konnte ich die wächserne Blässe in seinem Gesicht sehen. Er schwankte und stützte sich an die Wand. »Was ist denn hier los?«, fragte er. »Warum steht ihr alle rum?«

»Hier stimmt was nicht«, sagte Martha.

Ich stand da und sah Lucas an. Meine Wut über seine verletzenden Worte war vergessen, ich konnte nur noch an den Schmerz denken, den ich ihm gleich zufügen musste – das ließ sich jetzt nicht mehr vermeiden. Die Situation war fast surreal. Ich begriff nicht, wie dieser Abend mein Leben so plötzlich auf den Kopf gestellt hatte, wie ich mich einen Moment noch so verzweifelt um meine Beziehung mit Lucas abgemüht und im nächsten Moment Greg draußen geküsst hatte. Und jetzt das, der öffentliche Showdown. Ich saß in der Falle – es gab kein schmerzloses Vor oder Zurück mehr, weder für mich noch für die Menschen, die ich liebte. Es ließe sich nichts wiedergutmachen. Ich würde Lucas genauso verlassen wie seine Mutter, sein Vater und Patrick ihn verlassen hatten, aber davor würde ich ihn noch furchtbar verletzen.

Auch Michael und Danny drängten sich jetzt in der Salontür, wie Martha von den lauten Stimmen alarmiert. Und im Brennpunkt ihrer aller Aufmerksamkeit stand ich.

»Wenn du nichts sagen willst, tu ich's.« Rachel wandte sich zu Lucas. Die Luft vibrierte im Voraus vom Chaos, das Rachel gleich entfesseln würde. »Lucas, ich wollte gerade nachsehen, ob Greg Jo gefunden hatte, ob alles mit ihr in Ordnung war. Ich habe die beiden auf der Terrasse entdeckt – beim Küssen.«

Lucas sah mich an. Sein Gesichtsausdruck blieb unverändert, nur seine Augen weiteten sich fast unmerklich.

»Lucas ...«, setzte ich an.

»Stimmt das?« Er sah mich an wie ein einziges Fragezeichen. Es war unerträglich mitzuerleben, wie die Nachricht langsam in sein Bewusstsein eindrang.

»Nein. Ja. ... Ich weiß nicht. Es ist nicht so, wie du glaubst. Es ist ...«

»Ach, komm schon, Joanna«, platzte Danny von der Tür her dazwischen. »Es ist seit Wochen klar, dass zwischen euch was läuft. Jedes Mal, wenn ihr beide in einem Zimmer seid, starrt ihr euch entweder an wie die Zombies oder tut, als wäre der andere Luft.«

Ich sah ihn ungläubig an. Er wusste genau, dass nichts »gelaufen« war. Seit Wochen beobachtete er mich mit Argusaugen und ließ mich den Druck seiner Überwachung spüren. Wenn irgendwas gelaufen wäre, dann hätte er es fast noch vor mir gewusst. Jetzt leuchteten seine Augen vor Schadenfreude. Das war der Moment, auf den er gewartet hatte, der Moment, in dem ich als Lügnerin und Verräterin entlarvt wurde und er sich als Lucas' einziger wahrer Freund entpuppte. Mein Hass auf ihn flammte mit neuer Heftigkeit auf. Ich hätte ihn liebend gern nach seiner geheimen Beziehung gefragt und wie es ihm gefiele, wenn seine Affären in der Öffentlichkeit breit getreten würden, doch hinter ihm sah ich Michaels beklommenes Gesicht. Und ganz unpassend machte mein Herz einen kleinen Sprung beim Gedanken, dass auch Greg mich beobachtet hatte.

»Dann hast du dich also mit ihm in London getroffen, während wir hier draußen waren? Ihr habt miteinander geschlafen?« Jetzt klang der Schmerz in Lucas' Stimme durch, roh wie eine offene Wunde.

»Nein«, sagte ich mit einer lauten Stimme, die durchs ganze Haus hallte. »Nein, Lucas. Heute war das einzige Mal. Und wir haben uns nur geküsst. Und hatten es nicht beabsichtigt.«

»Nicht beabsichtigt? Du wolltest es aber.«

»Nein, natürlich nicht. Ich ...«

»Hör mal«, sagte Greg. »Das tut keinem von uns gut. Wir müssen richtig darüber reden, nicht so.« Seine Stimme strahlte eine Ruhe aus, die Lucas noch mehr in Rage brachte.

»Ach ja!? Wie kommst du Arschloch dazu, mir vorzuschreiben, was ich in meinem Haus zu tun und zu lassen habe?« Nun kam Bewegung in ihn. Er trat aus dem Schatten am Ende des Gangs und ging quer durch die Halle auf Greg zu. Es war etwas Wildes um ihn. Man sah ihm an, dass er sich übergeben hatte, seine Haut schimmerte feucht, Haare klebten ihm in der Stirn. Rasch irrte sein Blick zwischen Greg und mir hin und her, als wollte er uns bei einem geheimen Austausch ertappen. Er war außer sich, die Weißglut seiner Wut umgab ihn wie eine Aura.

»Lucas, das wollte ich doch gar nicht. Ich fände es nur besser, wir würden uns ohne Zuschauer darüber unterhalten.«

Lucas machte einen Schritt nach vorn und schlug mit voller Kraft zu. Seine Faust traf Greg am Wangenknochen, Greg machte unter der unerwarteten Wucht des Schlags eine Drehung und presste sich die Hand aufs Gesicht. Rachel stieß einen spitzen Schrei aus. Lucas stand da, zitternd vor Wut und Fassungslosigkeit, die Faust noch immer geballt.

Greg betastete seinen Unterkiefer. Er hatte Blut im Mund, es überzog seine Zähne mit einem roten Film. Er schluckte es hinunter. Dass Greg nicht zurückschlug, schien Lucas nur noch weiter zu reizen und er holte noch einmal aus. Diesmal wich

Greg zur Seite, und der Schlag streifte nur sein Ohr. Doch das genügte, dass er vor Schmerz zusammenfuhr.

»Na los, du Scheißkerl. Los – schlag zu.«

»Lucas, hör auf.« Danny war hinübergespurtet und packte ihn am Arm. »So geht das nicht.«

Lucas drehte sich zu Danny, und einen Augenblick lang dachte ich, er würde auch ihm einen Schlag verpassen, doch stattdessen fing er an zu weinen. »Er nimmt mir Jo weg, Danny«, sagte er. »Er schläft mit Jo.« Er vergrub den Kopf in seinen Händen und schluchzte, dass seine Schultern zuckten. Ich sah, dass er immer noch sehr betrunken war.

»Das stimmt nicht«, sagte ich. »Das haben wir nicht getan. Du hast das völlig missverstanden. Danny stellt alles falsch hin. Es war nur ein Kuss. Vorher ist nie etwas gewesen.«

»*Rachel* hat dich gesehen, Joanna. Nicht *ich* bin der Zeuge.« Danny zog Lucas an sich, legte ihm die Arme um den Rücken und hielt ihn fest. Über seine Schulter sah er mich an. Sein Blick war unmissverständlich, er hätte es genauso gut laut sagen können: *Jetzt gehört er mir.*

»Lucas.« Greg schluckte wieder. Er wischte sich mit dem Handrücken über den Mund. »Das war nicht geplant. Und ich gebe dir mein Ehrenwort, dass es das erste Mal war.«

»Hau ab. Hau bloß ab.« Lucas Worte wurden von Dannys Schulter gedämpft.

Ich fing kurz Marthas Blick auf. Sie starrte mich ungläubig an, als überstiege, was da vor sich ging, ihr Fassungsvermögen.

Greg kam als Erster wieder in Bewegung. »Rachel, komm …«

»Ich gehe nirgendwo mit dir hin.«

»Bitte. Ich muss mit dir reden.« Ich sah, wie ihr Widerstand schmolz, und erkannte beim zweiten Blick, wie viel er ihr bedeutet hatte. Sie ließ sich von ihm nach oben in ihr Zimmer führen. Er ging langsam hinter ihr die Treppe hoch, betastete vorsichtig seine Wange. Ich wartete darauf, dass er sich umdrehte und mir einen Blick zuwarf, erwartete irgendeine Bestätigung, doch er sah sich nicht um.

Danny nahm Lucas, führte ihn in den Salon und schloss die Tür. Martha sah mich voller Abscheu an, machte auf dem Absatz kehrt und ging davon. »Komm, Michael«, sagte sie mit eisiger Stimme.

»Martha«, setzte ich an, doch sie ignorierte mich. Michael warf mir einen nicht zu deutenden Blick zu und folgte ihr in die Küche.

So schnell sich alle versammelt hatten, waren sie nun wieder fort. Plötzlich stand ich allein und verlassen in der Eingangshalle, und die Atmosphäre dieses Orts verdichtete sich, ballte sich um mich herum zusammen. Ich hatte das Gefühl, als wäre ich den schneidenden Blicken von tausend unsichtbaren Augen ausgeliefert. Mir wurde ganz benommen, die Halle schien mir auf den Leib zu rücken, der Boden hob sich in alle Richtungen, und die Wände näherten sich von allen Seiten, als wollten sie mich einmauern. Meine Brust war wie eingeschnürt, dann rauschte mir wieder das Blut in den Ohren, war es mein Herzschlag oder der des Hauses, ich wusste es nicht, aber das Pochen wurde immer lauter. Meine Beine fühlten sich an, als wären sie vom Rest meines Körpers abgetrennt, und ich wusste nicht, ob ich Kontrolle über sie hätte, wusste nur, dass ich hier weg musste.

Die ersten Schritte waren, als watete ich durch zähen Schlamm, als müsste ich gegen einen Widerstand anlaufen. Das Pochen schwoll zu einem Hämmern an. Ich erreichte die Treppe und stieg langsam hinauf. Die einzelnen Treppenabschnitte schienen sich ewig hinzuziehen, ich stolperte mehrmals. Ich hatte nur noch ein einziges Ziel: eine Tür zwischen mir und dieser entsetzlichen pulsierenden Energie zu schließen, was immer das sein mochte.

Als ich mein Zimmer erreichte, schlug ich die Tür zu und stemmte mich dagegen, als würde von draußen etwas nach innen drücken. Ich wartete, bis dieses Gefühl verging und das Pochen etwas nachließ. Auf dem Nachttisch stand mein Ersatzspray, und ich sprühte einen Hub nach dem anderen in meine Lungen, bis mir die Hände wegen der Überdosierung zitterten. Dann zerrte ich unten aus dem Schrank meinen Koffer heraus und begann zu packen. Ich packte ohne Methode, für mich zählte jetzt nur Schnelligkeit. Wahllos griff ich nach meinen Sachen, zog aus der Kommode ganze Händevoll Unterwäsche, warf meinen Fön und meine Schuhe als erstes in den Koffer.

Auf dem Gang näherten sich schwere Schritte, die Tür wurde geöffnet. Mir hob sich der Magen. Es war Lucas. Wir sahen einander an wie über eine weite Fläche unbekannten Terrains. Sein Blick wanderte von mir zum Koffer auf dem Bett, zum Haufen Strümpfe und T-Shirts daneben. »Was kann ich tun?«, fragte er. Einen begriffsstutzigen Moment lang glaubte ich, er wollte mir beim Packen helfen. Sein Gesicht sah schrecklich aus. Erst vom Erbrechen, dann vom Weinen waren seine Lider gerötet und geschwollen, seine Augen blutunterlaufen. Ansonsten wirkte seine Haut leichenblass, sodass sich die Röte umso greller davon abhob.

Er zog die Tür hinter sich zu. »Es ist alles meine Schuld«, sagte er. »Ich hab's versaut.«

»Bitte, Lucas. Sag das nicht.« Ich wandte mich ab, unfähig, ihm ins Gesicht zu sehen.

»Ich hab nicht genug richtig gemacht. Sag mir, was ich hätte anders machen sollen. Sag's mir bitte. Ich hätte in London bleiben sollen, nicht? Jo, wenn ich jetzt zurückgehe … Ich werd's versuchen«, sagte er plötzlich. »Ich werde mir wieder eine Wohnung in London mieten, und wir kommen nur am Wochenende her. Dann sähe doch alles anders aus, oder?«

Ich sagte nichts.

»Und was, wenn ich mich wieder um meinen alten Job bemühe? Ich weiß, du findest es nicht gut, dass ich von Patricks Geld lebe. Und wenn ich Danny sage, er soll ausziehen?« Er kam um das Bettende herum in mein Blickfeld, sodass ich ihn ansehen musste. »Sag mir, was ich tun kann. Bitte. Ich flehe dich an.«

»Du kannst nichts tun.« Es war so schwer, diese Worte auszusprechen. Es war, als würde ich ein Ankertau kappen, sodass ich nun von ihm wegdriftete oder er von mir, weg von allem, was wir miteinander geteilt hatten, von den vielen Jahren der besten Freundschaft, die ich je erlebt hatte. Ein Strudel des Kummers, des Bedauerns und der Sehnsucht nach Freiheit erfasste mich und wirbelte mich davon.

Wieder kamen ihm die Tränen: »Gar nichts?«

Ich schüttelte so verhalten ich konnte den Kopf.

»Jo, ich flehe dich an. Ich tu alles, was du willst, damit du bei mir bleibst.« Seine Stimme wurde lauter.

Ich hätte mir so sehr gewünscht, ich könnte ihm eine befriedigende Antwort geben, ihm die eine, einfache Veränderung nennen, die zwischen uns alles wieder einrenken würde. Aber eine solche Antwort gab es nicht. »Das sind alles nicht die Gründe, warum ich dich geliebt habe«, sagte ich. »Ich habe den alten Lucas geliebt, den unabhängigen Lucas, der alles für sich selbst entschieden hat. Du bist nicht du selbst geblieben, du hast dich verändert.«

»Aber ich kann wieder werden wie früher. Wirklich, Jo. Hör mich an, ich kann wieder zurück.« Er stellte sich vor mich hin und fasste mich an den Schultern, drückte so fest zu, dass mir durch den Pullover hindurch das Schlüsselbein schmerzte. Ein widerlicher Geruch ging von ihm aus, mit einem Beigeschmack von Erbrochenem. Vorsichtig, um ihn nicht wieder in Wut zu bringen, wich ich zurück, bis er gezwungen war, mich loszulassen.

Er fing wieder an zu weinen. »Ich liebe dich«, sagte er, doch die Worte, die mir einmal das Herz hatten schwellen lassen, stürzten mich nur noch in Verzweiflung. Und ich bekam Angst, auch wenn ich es mir kaum selbst eingestand. Ich hatte noch nie erlebt, wie Lucas jemanden geschlagen hatte. Der Alkohol und der Schock hatten ihn um seine Besonnenheit gebracht. »Ich liebe dich«, sagte er weinend. »Und ich muss dich bei mir haben. Ich brauche dich.«

»Ich kann nicht bleiben.«

»Du gehörst zu den Einzigen, die ich noch habe. Du *kannst* mich nicht verlassen. Begreifst du das nicht? Siehst du das nicht?«

Ich presste den Deckel auf den Koffer, zog den Reißverschluss zu und klemmte eine hervorhängende Strumpfhose ein. Ich zerrte sie aus dem Reißverschluss und stopfte sie nach innen. Im ganzen Haus verstreut lag noch mehr herum, was mir gehörte, aber damit konnte ich mich jetzt nicht abgeben. »Ich muss gehen«, sagte ich und machte ein paar Schritte rückwärts.

»Das kannst du nicht tun.« Plötzlich fiel Lucas auf die Knie. Ein leises Ächzen kam aus seiner Kehle. Er packte mein Hosenbein und als ich hinunterblickte, sah ich die schreckliche Wut in seinen geröteten Augen. »Wenn du jetzt gehst, kannst du dich nie mehr hier blicken lassen.«

Darauf sagte ich nichts mehr, sondern riss mich nur los. In diesem besitzergreifenden, furchteinflößenden Mann erkannte ich Lucas nicht wieder. Rasch schnappte ich mir meinen Koffer vom Bett und wandte mich zur Tür, doch gleichzeitig stand er auf und packte mich am Pulli. »Du Miststück! Du willst mir nicht mal eine Chance geben!« Sein Gesicht war verzerrt vor Schmerz.

»Lucas, bitte lass mich los.« Mir kamen nun selbst die Tränen, doch es waren die Tränen der Verzweiflung und der Angst. Ich spürte, wie sie mir die Wangen bis zum Mund hinunterliefen. Jede Faser meines Körpers schrie danach, diesen Ort zu verlassen. Mein Autoschlüssel steckte in meiner Hosentasche, und ich tastete danach, um mich zu vergewissern.

»Ich kann nicht«, sagte er. »Ich kann dich nicht fortlassen. Ich kann nicht zulassen, dass du mich verlässt.«

Er stürzte sich auf mich, packte meine Tasche, meine Schultern, schüttelte mich, tat mir weh. Er fuhr mir in die Haare und zerrte so fest daran, dass ich dachte, er würde sie mir vom Kopf reißen. Obwohl er dünn war, besaß er viel Kraft. Ich weiß nicht, was passiert wäre, wenn Danny nicht in der Tür erschienen wäre und ihn von mir weggezerrt hätte. Erneut in Dannys Armen, gab Lucas seinen Kampf schließlich auf und ließ mich gehen.

Von der Heimfahrt nach London sind mir nur noch Momentaufnahmen in Erinnerung, eine Folge ungeordneter Bilder, die mir nun wie Halluzinationen vorkommen. Ich weiß, dass ich immer noch betrunken war, und bis heute ist mir ein Rätsel, wie ich ohne Unfall nach Hause gelangte. Ich weinte den ganzen Rückweg auf der Autobahn, doch ich weinte nicht wie sonst. Dieses Weinen war neu, es schmerzte körperlich und dehnte meinen Mund zu einem großen, stummen Schlund des Elends, aus dem kein Laut kommen wollte. Als ich Stoneborough verließ, war es immer noch dunkel, doch im Osten hellte sich der Horizont schon auf, das giftige Orange deutete sich an, mit dem die Morgendämmerung den Himmel überziehen würde. Als ich London erreichte, fuhr ich durch das fahle blaurosa Licht der ersten Stunde eines neuen Tages. Bei den Ampeln blickte ich starr geradeaus vor Angst, dass einer der wenigen Fahrer, die um diese Zeit unterwegs waren, mein schmerzverzerrtes Gesicht sah.

Kapitel XIV

Martha kürzte ihr Wochenende ab und kam noch am selben Abend zurück. Ich saß oben in einem der Sessel und hielt ein Kissen an die Brust geklammert. Als ich die Haustür hörte, bekam ich Herzklopfen. Mir hatte vor ihrer Rückkehr gegraut. Mein Blick war auf den Fernseher geheftet, wo *Mord in Yorkshire* lief. Ich konnte mich nicht genug konzentrieren, um der Handlung zu folgen, doch Dalziels großes, trauriges Gesicht schien mir Ausdruck für den ganzen Kummer dieser Welt, in der es keine Sicherheiten gibt. Das Knallen der zuschlagenden Tür erschütterte das ganze Haus. Ich hörte, wie Martha ihre Tasche unten auf den Boden warf, dann polterte sie die Treppe hoch, immer zwei Stufen auf einmal.

Sie stand in der Tür wie eine Furie. »Wie kannst du nur?«, schrie sie mich an. »Wie kannst du Lucas so etwas antun? Und Rachel?« Sogar ihre Haare wirkten zornig. Sie standen ihr vom Kopf ab wie elektrisch aufgeladen. Sie reckte mir die Hände entgegen, die Finger steif vor Anspannung, als flehte sie mich um eine Erklärung an, die ihr mein Verhalten begreiflich machen könnte.

»Ich hab's nicht darauf angelegt, Marth. Es ist einfach passiert«, sagte ich lahm.

»So ein Scheiß.« Sie schnitt mit der rechten Hand wie mit einer Klinge durch die Luft. »Selbst wenn er seinen Charme hätte spielen lassen wie ein Johnny Depp, hättest du immer noch nein sagen können. Du hättest nein sagen können, Joanna, aber du hast es nicht getan. Lieber hast du zwei deiner ältesten Freunde in die Pfanne gehauen. Ich fass es nicht!« Sie sank auf die Armlehne des Sofas wie eine schlaffe Stoffpuppe.

»Tut mir leid«, sagte ich und spürte selbst, wie unzulänglich diese Entschuldigung war.

»Das reicht nicht ganz.« Sie schüttelte den Kopf. »Gerade von dir hätte ich mehr Hirn erwartet. Außerdem entschuldigst du dich bei der Falschen.«

»Aber wie könnte ich mich denn bei Lucas und Rachel jemals entschuldigen? Wie kann ich ihnen je begreiflich machen, wie furchtbar leid es mir tut?«

»Das kannst du dir sowieso abschminken.«

»Bitte hilf mir, Martha«, flüsterte ich. »Mir geht's total beschissen.«

»Das hättest du dir vorher überlegen sollen. Und im Moment kann ich dir echt nicht helfen. Das kannst du nicht von mir verlangen.« Sie stand auf, als befürchtete sie, sich zu besudeln, wenn sie sich meiner Gegenwart noch länger aussetzte. »Denn dein Verhalten wirft bei mir einige Fragen auf. Wenn du mit Lucas und Rachel so umspringst, wer sagt dann, dass du es mit mir nicht genauso machst, wenn ich jemanden kennenlerne, den ich wirklich gern habe? Ich weiß nicht, ob ich dir überhaupt noch über den Weg trauen kann.«

Noch nie war ich so nahe daran, mir etwas anzutun, wie in jener Nacht. Ich meine damit nichts so Dramatisches wie einen Selbstmordversuch; dafür wäre ich nicht mutig genug, nicht einmal in einer ausweglosen Situation. Sein eigenes Leben zu beenden verlangt eine gewisse innere Größe, wie verachtenswert oder feig die Motive für eine solche Tat auch sein mögen. Nein, in jener Nacht verfiel ich auf die Idee, mir selbst Schmerzen zuzufügen. In der leeren Küche glänzten die Messer in der Schublade mit einer gefährlichen Anziehungskraft und ich hätte gern gewusst, ob Selbstverletzungen irgendwie helfen, ob ein genügendes Quantum Schmerz von außen die Seelenqualen im Inneren dämpfen kann – wenigstens vorübergehend.

Ich konnte die Erinnerung an den Schmerz, den ich in Lucas'

Gesicht gesehen hatte, nicht auslöschen. Mein Zimmer wurde mir zum Gefängnis, in dem ich schier erstickte, so sehr verpesteten meine eigenen Gedanken die Luft. Jeder meiner Selbstrechtfertigungsversuche endete in einer Sackgasse. Ich versuchte mir einzureden, dass es ja nur ein Kuss gewesen wäre, nichts weiter, und die Reaktionen darauf völlig überzogen, aber ich wusste nur zu gut, dass das nicht stimmte. Auf diesen Kuss lief mein ganzes Verhalten der letzten Wochen hinaus, in denen ich Greg beobachtet und begehrt hatte; ich hatte wissen wollen, wie es wäre, mit ihm zusammen zu sein, mit ihm zu schlafen. Lucas zu betrügen. Ich weinte stumm aus Angst, Martha würde mich hören und über mich urteilen, dass ich meine eigenen Tränen nicht verdiente. Die Zeiger meines Weckers schritten immer weiter in die Nacht voran, doch jeder Versuch zu schlafen war sinnlos.

Schließlich verließ ich das Haus und lief durch die Stadt. Es war weit nach Mitternacht, und London zeigte mir sein Nachtgesicht, das vertraute Straßen in eine kalte, fremde Landschaft verwandelt. Die Läden waren verrammelt, die Fensterscheiben des Zeitungsladens und des Geschäfts auf der anderen Straßenseite, das Geldüberweisungen und Pakettransporte nach Polen und Osteuropa organisiert, durch Gitter geschützt. Die Straßenlampen beleuchteten schmutzige Schluchten zwischen heruntergekommenen Häusern, im Erdgeschoss der Sozialwohnungen in der Dawes Road hingen schmuddelige Stores vor den Fenstern wie Geister, die nicht zur Ruhe kommen. Jedes Geräusch, jedes Knistern weggeworfenen Papiers im Rinnstein, jedes Rascheln in den armseligen Bepflanzungen der winzigen Vorgärten hallte wie verstärkt in meinen Ohren wider, dennoch ging ich weiter.

Ich sah so gut wie niemanden. Nur ein paar Autos fuhren an mir vorbei und gelegentlich ein Nachtbus mit vereinzelten Fahrgästen, die mit trüben Augen aus der Geborgenheit des gelben Lichts ins nächtliche Aquarium der Stadt starrten, hinaus ins Unberechenbare, Ungezähmte. Ich ging bis zur Putney Bridge und stand am Geländer, blickte flussaufwärts ins schwarze Wasser. Die Themse. Hier legte der Fluss mit rascher Strömung die letzten Meilen seiner Reise zurück, hastete dem Meer entgegen, doch in Oxfordshire, wo er herkam, hatte er seine Schleifen langsamer gezogen, als wollte er diese angenehmeren Gefilde nur widerwillig hinter sich lassen. Ich weiß nicht, wie lange ich dort stand: zwanzig Minuten, vielleicht eine halbe Stunde. Als mir die Kälte des Windes bis zu den Knochen drang, kehrte ich um und machte mich auf den Heimweg. Am Fuß der Brücke, wo die Fulham High Street mit ihrem wirren architektonischen Konglomerat von Kirchen, Bürogebäuden und dem monströsen Betonbunker des Travelodge-Hotels beginnt, spürte ich, dass mich jemand beobachtete. Am Tor des Parks, halb hinter einem Steinpfeiler, stand ein Mann; er zog den Mantel eng um sich, als würde er darunter etwas Gefährliches oder Wertvolles verstecken. Er war zu weit von der Bushaltestelle entfernt, um auf den Nachtbus zu warten. Ich wich seinem Blick aus und er dem meinen, bis ich an ihm vorbeiging und seinen Blick auf meinem Gesicht spürte wie eine hervorschnellende Zunge. Ich ging weiter in der Erwartung, dass er mir folgen, mich am Mantel packen würde, doch hinter mir beschleunigte keiner seine Schritte, kein Schatten stürzte von hinten auf mich zu, um sich über den meinen zu werfen. Als ich nach Hause kam, stellte ich mich wieder in die Küche und verfolgte, wie mein Puls langsamer wurde. Es war eine idiotische Unternehmung gewesen, aber ich hatte sie gebraucht. Als Test. Ich hatte mich dem Schicksal angeboten, das eine Frau ereilen kann, die in den frühen Morgenstunden alleine in einer Großstadt herumspaziert. Ich hatte alle Gefahren da draußen herausgefordert, mich zu vernichten, wenn ich es denn nicht anders verdiente.

Ich lebte in meinem eigenen Zuhause wie im Exil. Ich konnte Martha nicht unter die Augen treten – sie hätte kein Wort mit mir geredet. Wir verhielten uns in den gemeinsamen Räumen des

Hauses wie in einer Art Niemandsland; ich verließ mein Zimmer erst, wenn ich sicher war, dass sie sich in ihrem Zimmer oder im Bad befand, hinter verschlossener Tür. Jedes Geräusch einer unerwarteten Bewegung veranlasste mich zu einem angstvollen, überstürzten Rückzug in mein Zimmer.

Am Sonntagnachmittag hörte ich, wie sie das Haus verließ. Ich wartete fünf Minuten, falls sie etwas vergessen hätte und zurückkäme, wie es ihr oft passierte, dann rief ich meine Eltern an. Seit Weihnachten hatte ich so viel Zeit mit Lucas und in Stoneborough verbracht, dass ich sie vernachlässigt hatte. Unsere Telefongespräche waren immer kürzer geworden, und mir war, als hätte ich mich seit meinem Besuch an den Feiertagen nicht mehr richtig mit meiner Mutter unterhalten. Ich hatte das verzweifelte Bedürfnis, mit ihr zu reden, ihr von meiner Trennung von Lucas zu erzählen und eine mitfühlende Stimme zu hören.

Das Telefon klingelte lange durch. Die Kälte der Nacht hatte sich verzogen, ihr war einer jener trügerischen Apriltage gefolgt, die mit ihrer Mittagswärme den Sommer anzukündigen scheinen, später aber bitterkalt werden. Ich vermutete, dass meine Eltern draußen die Sonnenstunden nutzten; Mum arbeitete wohl im Garten, Dad las am Terrassentisch Zeitung und hoffte insgeheim, nicht für körperliche Arbeiten eingespannt zu werden. Als ich schon nahe daran war aufzugeben, hob meine Mutter schließlich doch noch ab. »Jo, schön, von dir zu hören. Ich zieh noch eben meine Handschuhe aus. Hab gerade die Bäume ausgeschnitten.« Ihre Stimme war wie ein Balsam, innerhalb von Sekunden fühlte ich mich weniger verloren. »Jetzt bin ich so weit. Wie geht's dir denn? Bist du bei Lucas auf dem Land?«

»Mum, wir haben uns getrennt.«

»Nein! Was ist denn passiert?« Sie war richtig erschüttert.

Ich berichtete nur das Minimum. Ich sagte, ich hätte Zweifel an ihm bekommen, die sich zugespitzt und zum Bruch geführt hätten. Ich brachte es nicht über mich, ihr von Greg zu erzählen. Als überzeugte Verfechterin von Sitte und Anstand hätte sie mein Verhalten als unverzeihlichen Verstoß gegen alle moralischen Grundsätze betrachtet.

»Das muss ein ganz schöner Schock für ihn gewesen sein«, sagte sie, als ich geendet hatte. »Ich habe mich schon gefragt, ob er ans Heiraten gedacht hat. Schließlich kennt ihr euch schon seit ewigen Zeiten.«

Ihre Antwort überraschte mich. »Eigentlich solltest du auf meiner Seite stehen!«

»Ja, natürlich, mein Schatz, aber der arme Lucas. Wie schade. Er ist ein guter Kerl, diesen Eindruck hatte ich immer. So aufmerksam, auch schon im College. Gibt es denn eine Chance …?«

»Nein. Keine.«

»Oh.«

Ich war zu kurz angebunden gewesen. »Mum, das ist es nicht allein. Ich hatte auch mit einigen Hindernissen von außen zu kämpfen.«

»Was denn zum Beispiel?«

Ich konnte ihr nicht von der seltsamen Atmosphäre von Stoneborough Manor erzählen; das hätte absurd geklungen. »Mit Danny zum Beispiel. Es hat ihm nicht gepasst, dass Lucas und ich zusammen waren. Ich glaube, er will mich aus Lucas' Leben vertreiben, damit er ihn für sich alleine haben kann.«

Meine Mutter lachte. »Jo, sei doch nicht so melodramatisch. Ich bin sicher, dass das nicht stimmt; warum um Himmels willen sollte Danny denn so etwas wollen? Er lebt doch sein eigenes Leben. Aber Schatz …« – ihre Stimme wurde wieder ernst – »… überstürze nichts, was Lucas betrifft. Er ist eine Seele von Mensch. Ich habe wirklich gedacht …«

Unmut stieg in mir hoch. »Ist Dad da?«, fragte ich, weil ich mich nicht der Gefahr aussetzen wollte, sie anzuschreien. Ich kannte mich gut genug, um zu wissen, dass ich nicht immer die Ruhe bewahren konnte, wenn ich mit den Nerven am Ende war, auch wenn mein Gegenüber nichts dafür konnte.

Sie reichte das Telefon sofort weiter. Mein Vater hatte offenbar neben ihr gestanden. »Dann hast du dich also von Lucas getrennt«, sagte er. »Was ist denn passiert? Hast du's nicht hingekriegt?«

Ich sehnte mich so sehr nach seiner Unterstützung und Zuneigung, dass mich seine rasche Unterstellung, alles läge daran, dass ich mich nicht genügend bemüht hätte, tief verletzte. »Manchmal klappt es einfach nicht, Dad.«

»Beziehungen sind eine komplizierte Sache«, sagte er. »Aber ich hätte gedacht, bei dir und Lucas wäre genug Substanz vorhanden, dass ihr miteinander glücklich werden könntet.«

»Hör mal, ich fühle mich sowieso schon schlecht deswegen, merkst du das nicht? Bitte mach mich nicht noch weiter runter.« Ich versuchte, mich nicht aufzuregen. Warum war denn keiner der beiden gewillt, Mitgefühl mit mir aufzubringen und mich zu trösten? Sie waren mein letzter Strohhalm gewesen, ich hatte so sehr auf sie gezählt.

»Ich versuche nur, das Ganze zu verstehen. Ich bin schließlich dein Vater und soll Anteil an deinem Leben nehmen.« In seiner Stimme lag nun ein Anflug von Ärger.

»Es ist nicht allein meine Schuld.«

»Dann erzähl doch, was passiert ist. Ich will dir doch nur helfen, Joanna.«

»Ich brauche keine Hilfe. Wir werden nicht wieder zusammenkommen, ist das klar? Lassen wir das Thema einfach, ja?« Ich konnte ihnen nicht erzählen, dass Lucas mich körperlich angegriffen hatte, obwohl ich sie gern damit schockiert hätte, um sie endlich auf meine Seite zu ziehen. Aber das käme mir wie ein Verrat an Lucas vor.

»Na, du bist offensichtlich aufgebracht und hast Schwierigkeiten, mit deiner Mutter oder mir höflich umzugehen, deshalb mache ich jetzt Schluss, und wir reden wieder miteinander, wenn du besser gelaunt bist.«

»Dad, hör mir bitte zu …«

»Tschüs, Jo.« Ich hörte, wie er auflegte, dann blieb die Leitung stumm.

Die folgenden Tage gehörten zu den einsamsten meines Lebens. Allein schon die Abwesenheit meiner besten Freunde wäre schlimm genug gewesen. Doch uns trennte nun eine gewaltige Mauer, die ich selbst errichtet hatte und niemals überwinden könnte. Ich befand mich auf der einen Seite, die elysischen Gefilde unserer früheren Freundschaft auf der anderen. Lucas und Rachel waren zwar im Moment nicht glücklich, aber ihnen war das Glück nicht für immer verschlossen wie mir, nachdem ich bewiesen hatte, dass ich die Freundschaft der Menschen, die ich am meisten liebte, nicht wert war. Vor mir gähnte eine öde, leere Zukunft.

Ohne Lucas und Martha, die Eckpfeiler meines Daseins, war das Gewebe meines restlichen Lebens fadenscheinig dünn. Ich hätte alles darum gegeben, die Zeit zurückzudrehen. Wenn ich jetzt über die Beziehung zwischen mir und Lucas nachdachte, konnte ich gar nicht mehr erkennen, was eigentlich so verkehrt daran gewesen war. Und warum war ich bloß mit Danny nicht fertig geworden? Ich hätte über alles nur lachen und ihm nicht die Genugtuung verschaffen sollen, recht zu behalten. Momente des Zweifels waren sicher zu Beginn jeder Beziehung normal, vor allem in einer Beziehung mit unserer Vorgeschichte. Aber ich hatte zugelassen, dass er sich die paar unbedeutenden Zweifel zunutze machte, bis er alles untergraben hatte, was für uns an Glück möglich gewesen wäre. Wie hatte ich nur so dumm sein können?

Die einzige vertraute Struktur, die mir blieb, war meine Arbeit, und auch hier konnte ich nicht aufatmen. Ich versuchte meinen Zustand mit Hilfe von Make-up zu übertünchen, doch das hielt nicht lange; jeder im Büro musste mir angesehen haben, wie schlecht es mir ging. Niemand fragte, was los war. Um den Tag zu überstehen, teilte ich ihn in Abschnitte, Vormittag, Mittagspause, Nachmittag, und machte so viele Zigarettenpausen, wie ich mir ungestraft erlauben konnte, dazu so viele Gänge zur Toilette und zum Kaffeeautomaten wie nur möglich, alles, damit ich nicht mit meinen Gedanken und dem Computer allein am Schreibtisch sitzen musste, wo ich im Posteingang keine E-Mails von den anderen zu erwarten hatte.

Auf dem Heimweg kaufte ich mir irgendwas Fettiges vom Schnellimbiss – Pommes, Nudeln, Sandwiches –, um jeder Konfrontation mit Martha in der Küche zu entgehen. Dann saß ich heulend in meinem Zimmer, qualmte wie ein Schlot und verschlang ganze Stapel amerikanischer Krimis, mein übliches Trostmittel. Wenn ich einen Band ausgelesen hatte, vergaß ich die Handlung sofort wieder, die im großen Mahlstrom von Leichen, angeschlagenen Privatdetektiven und vergeudeten Leben unterging.

Und dann: Greg. Er meldete sich nicht.

Ich weiß nicht, was ich erwartet hatte. Wenn ich mich daran zu erinnern versuchte, musste ich passen. Mit jedem Tag, der verstrich, kam mir die Vorstellung einer Beziehung mit ihm unwahrscheinlicher vor, eine Wahnidee, die betrunkenem Wunschdenken und wild wuchernden Teenie-Phantasien entsprungen war. Wieso sollte ein Mann wie Greg mich Rachel vorziehen? Warum sollte überhaupt jemand mich Rachel vorziehen? Ich wurde nun für meine Vermessenheit bestraft, dass ich dies je zu denken gewagt hatte. Der Vorfall an jenem Abend auf der Terrasse war nichts weiter als eine Illusion gewesen, eine perfide optische Täuschung, die bei näherem Hinsehen zu etwas Zweidimensionalem abflachte und in mir nur den Nachgeschmack eines faulen Zaubers hinterließ. Genau besehen hatte mir Greg nach unserer Rückkehr ins Haus keinerlei Anhaltspunkt gegeben, dass es ihm ernst mit mir war. Und als er mit Rachel die Treppe hochging, hatte er sich nicht einmal umgesehen. Ich verachtete mich dafür, dass ich so bescheuert sein konnte.

Ich überlegte, ob ich ihn anrufen sollte. Aber eine weitere Demütigung könnte ich nicht ertragen. Seine Nummer stand auf den alten Gruppen-Mails, die ich immer wieder las, doch wenn er mich nicht haben wollte, dann würde ich ihm auch nicht nachlaufen. Dennoch gab es im Büro lange Phasen, in denen meine Gedanken weit von den langweiligen Artikeln abschweiften, an denen ich hätte arbeiten sollen. Dann sog ich mir Gründe aus den Fingern, warum ich ihn anrufen könnte: Ich machte mir Sorgen wegen Rachel; ich wollte mich für das Chaos entschuldigen, das ich verursacht hatte. Aber ich wusste sehr wohl, dass ich mich damit nur auf Abwege begäbe, die zu nichts führen würden als zu weiterem Kummer.

Mit Beginn der zweiten Woche war ich mir sicher, einen fatalen Fehler begangen zu haben. Ich gelangte zu der Überzeugung, dass die Vorkommnisse in Stoneborough das Ergebnis der seltsam aufgeladenen Atmosphäre dort waren. Ich verfluchte das Haus dafür, dass es meine Beziehung mit Lucas ruiniert und mich auf die abstruse Idee gebracht hatte, Greg könnte an mir interessiert sein. Nach der Rückkehr in die reale Welt hatte sich alles, was in Stoneborough geschehen war, in Dunst aufgelöst wie Pfützen nach dem Regen.

Kapitel XV

In den leeren Tagen nach meiner Trennung von Lucas fühlte ich mich wie ein Geist. Ich spulte in der Arbeit und zu Hause die vertrauten Muster ab, aber ohne jede innere Beteiligung. Körperlich war ich draußen in der Welt, doch meine ganze Energie richtete sich nach innen, um dort langsam meine Schuldgefühle, meine Trauer und meine Einsamkeit abzutragen. Das Ganze war ein seltsamer Spuk, bei dem ich, die Hingeschiedene, um die noch Lebenden trauerte, die meine einstige Existenz völlig vergessen hatten. Uns trennte eine dicke Scheibe Panzerglas, durchsichtig, aber undurchdringlich.

Das erste Wochenende war am schlimmsten. Am Samstag lag ich bis mittags im Bett, der ganze Tag dehnte sich noch vor mir, ein schmerzhaftes offenes Loch. Dabei bräuchte ich mich nicht einmal verstohlen herumzudrücken. Das Haus war leer. Martha war nach Stoneborough gefahren.

Ich hatte mitbekommen, wie sie die Einzelheiten am Telefon besprach. Es war für mich, als hörte ich einem Geliebten zu, wie er sich mit einer anderen verabredete. Statt wie üblich gemeinsam am Freitagabend in meinem Auto hinauszufahren, in dieser Kapsel, die uns aus der realen Welt in die Privatwelt des Herrenhauses beförderte, waren sie und Michael in den Zug gestiegen und Lucas hatte sie am Bahnhof abgeholt. Das schockierte mich. Wahrscheinlich hatte ich angenommen, dass es ohne mich mit den Wochenenden im Haus ein Ende hätte. Ihre Fortführung bestätigte mir, wie überflüssig ich war.

Erst am darauffolgenden Mittwoch änderte sich die Lage. Ich saß am Schreibtisch und ein weiterer Nachmittag kroch im Schneckentempo dahin, als eine E-Mail von Greg eintraf. Vor Schreck bekam ich Herzklopfen. Ich zögerte beim Öffnen, meine Hand blieb über der Maus in der Schwebe. E-Mails waren das perfekte Kommunikationsmittel, um mich auf Distanz zu halten, sich zu entschuldigen und mir sehr höflich mitzuteilen, dass das Ganze nicht so gemeint gewesen war. In den letzten beiden Tagen hatte ich Fortschritte gemacht; heute früh war es zum ersten Mal nicht nötig gewesen, vor dem Weg in die Arbeit meine Tränenspuren zu kaschieren. Ich wollte nun die Wunde nicht wieder aufreißen lassen. Ich stand auf und ging ein, zwei Minuten herum, dann holte ich tief Luft und öffnete die Nachricht.

Es war nur eine Zeile. »Kann ich dich sehen?«

Wider alles besseres Wissen explodierte in meinem Brustkorb die Hoffnung. Ich unterdrückte sie schnell mit dem Gedanken, wie viel Zeit seit jenem Abend vergangen war. Wenn er wirklich etwas von mir wollte, dann hätte er nicht so lange gewartet. Ich ließ zwanzig Minuten verstreichen, dann erst antwortete ich: »Wann?«

Die Antwort kam sofort. »Heute Abend. Ich hol dich vom Büro ab.«

Ich wurde ganz zittrig und ging hinaus, eine rauchen. Es war kurz vor vier, und der Verkehr nahm allmählich zu, die Schlangen vor den Ampeln wurden länger, die Nachzügler unter den Schülern trafen auf die Ersten, die das Büro verließen. Gregs Mails waren völlig ausdruckslos. Ein Austausch ohne Einzelheiten, der sich jeder Auslegung entzog – nichts, was Anlass zum Grübeln gegeben hätte. Seinen geschäftsmäßigen Worten ließ sich nicht einmal entnehmen, dass er mich tatsächlich sehen *wollte*. Ich stellte mir vor, dass er und Rachel sich ausgesprochen hatten und er sichergehen wollte, dass ich keine Schwierigkeiten machen würde. Früher hätte ich Martha angerufen, was sie davon hielte.

Nun – ich beschloss, tapfer zu sein, dazu war ich durchaus in der Lage. Ich würde nicht vor ihm weinen. Ich würde ihm zu verstehen geben, dass auch ich es nicht so gemeint hatte und nur der Alkohol daran schuld war. Greg wusste, dass mit Lucas einiges schiefgelaufen war; ich würde ihm sagen, das Ganze sei nur ein Symptom dafür gewesen und nichts weiter. Doch bei allem erzwungenen Mut musste ich gegen eine Woge der stärksten Enttäuschung ankämpfen, die ich je verspürt hatte.

Ich ging zur Toilette und betrachtete mich im Spiegel. Man merkte mir an, dass ich schlecht geschlafen hatte. Ich hatte dunkle Ringe unter den Augen, und meine Haut wirkte fahl. Es blieb auch keine Zeit, nach Hause zu fahren und mich umzuziehen. Um fünf hatten wir eine Redaktionssitzung, die immer länger dauerte als angesetzt. Ich würde mich zurechtmachen müssen, so gut es eben ging.

Den restlichen Nachmittag war ich so angespannt, dass ich von der Sitzung kaum etwas mitbekam. Die Vorstellung, dass ich gleich mit Greg reden würde, hatte etwas Irreales. Als die anderen ihre Sachen zusammenräumten, stellte ich mich wieder vor den Spiegel, bürstete mir die Haare und tuschte mir die Wimpern. Ich blieb im Büro, bis die vereinbarte Zeit um ein paar Minuten überschritten war, dann ging ich hinunter.

Er wartete auf dem Gehweg, mit dem Gesicht zur Straße. Ich blieb vor der Glastür stehen und schaute ihn ein paar Sekunden an. Er trug einen marineblauen Anzug und hatte die Hände in den Hosentaschen. Sogar von hinten sah er unbeschreiblich erwachsen aus. Als ich die Tür aufmachte, drehte er sich um. Ich bekam einen trockenen Mund. Er trug keine Krawatte und hatte den Kragen seines hellen karierten Hemds aufgeknöpft. Er sah aus, als hätte er hart gearbeitet, er war sichtlich unrasiert und seine Augen wirkten müde.

»Hallo.« Er lächelte nicht. Ich wartete, dass er auf mich zukäme, mir vielleicht einen Kuss auf die Wange gäbe, aber er tat nichts dergleichen. Ich stand linkisch und unsicher da, wusste nicht, wie ich mich verhalten sollte. »Gehen wir ein Stück?«, fragte er.

Wir gingen die High Street zum Fluss hinunter. Es war viel los auf der Straße, alle, die vom Büro nach Hause gingen, schienen uns entgegenzukommen. Ich musste ständig Haken schlagen, um neben Greg zu bleiben. Ich glaube zwar, er versuchte sein normales Tempo zu drosseln, doch er hatte viel längere Beine als ich und es fiel mir schwer, mit ihm Schritt zu halten. Wir wechselten kein Wort, bis wir am Fluss angekommen waren und an einer Ampel warten mussten. Dort sagte er: »Ich dachte, wir könnten zum Bishop's Park rübergehen und am Ufer entlanglaufen.«

Auf der Brücke blies mir die warme, von der Themse heranwehende Brise durch die losen Haare an Stirn und Nacken. Ich dachte daran, wie ich vor zehn Tagen hier gestanden und die nächtliche Stadt herausgefordert hatte. Jetzt fühlte ich mich kaum weniger einsam. Beim Lärm der Busse, die in Haltebuchten einschwenkten oder an uns vorbeidröhnten, gab ich jedes Bemühen um Smalltalk von vornherein auf, doch das Schweigen zwischen uns war alles andere als ungezwungen. Ich war den Tränen gefährlich nahe. Obwohl Greg sich so lange nicht bei mir gemeldet hatte, hatte ich am Nachmittag irgendwo tief im Inneren gehofft, er würde mich in die Arme nehmen und dann sähen wir weiter.

Im Park überquerten wir den Gartenteil mit den spillerigen Rosensträuchern und den viktorianischen Laternen und gingen zu dem asphaltierten Weg, der am Ufergeländer entlangführte. Links von uns strömte der Fluss dahin, kraftvoll und immer gleich. Das Licht wurde weicher und ließ in den Wellen, die der Wind übers Wasser trieb, goldene Lichter aufblitzen. An uns zog ein mit zwei Mann besetztes Ruderboot vorbei, flink und mit präzisen Bewegungen wie ein Wasserinsekt. »Bist du in Cambridge gerudert?«, fragte ich.

»Nein«, antwortete er. »Ich habe Rugby gespielt. Und du?«

»Ich auch nicht«, sagte ich. »Beim Rudern war ich eine Niete.«

Er lächelte leise, beließ es aber dabei. Wir gingen weiter. Nach einiger Zeit fragte ich ihn, wie sein Tag gewesen war. Das klang ganz nach der verzweifelten Gesprächseröffnung, die es war. Ich senkte den Kopf und betrachtete unsere Füße, die sich den Asphalt entlangbewegten. Ich dachte daran, wie er mich auf der Terrasse in den Armen gehalten hatte. Wie konnte sich das alles in Nichts auflösen?

Endlich warf er mir ein paar Gesprächsbrocken hin und erzählte mir von seinem neuesten Projekt, einem Programm für eine Plattenfirma in Hammersmith. Er fragte mich, woran ich arbeitete, und ich erzählte ihm von dem Artikel über die internen Machtkämpfe im Stadtrat. Ich fühlte mich, als müsste ich auf einer Party mit einem schweigsamen Unbekannten Konversation machen, jeder Satz eine Anstrengung.

Unvermittelt blieb er stehen, mitten auf dem Weg. Er griff nach meiner Hand und zog mich fast grob an sich. Die Abruptheit überraschte mich. Und schon lag sein Mund auf meinem, doch diesmal war es kein behutsamer, forschender Kuss. Diesmal war er fordernd, besitzergreifend. Ein Kuss, hinter dem Kraft steckte; Greg hatte die Hände um meinen Kopf gelegt, die Finger in meinen Haaren vergraben. Meine Kehle war wie zugeschnürt und ich fühlte mich so schwindlig, als wäre mein Blutdruck auf einen Schlag in den Keller gesackt.

Ich stieß ihn weg. »Du kannst doch nicht einfach … Nach allem, was passiert ist.«

Er blickte mir forschend ins Gesicht und sah, wie verstört ich war. Wir standen mitten auf dem Weg, und ein Pärchen auf Inlineskates musste sich trennen, um uns zu umkurven. Greg bemerkte es entweder nicht, oder es war ihm egal. Ich sah, dass er in meinem Gesicht zu lesen versuchte, herausfinden wollte, was ich meinte. Ich wusste, dass meine Augen mein Verlangen nach ihm verrieten.

Er trat wieder auf mich zu und umfasste mein Gesicht mit seinen großen Händen, als wollte er es behüten. Dann beugte er sich über mich und küsste mich wieder, ganz langsam. Nach den Tagen voller Selbsthass trieb mir seine Zärtlichkeit Tränen in die Augen. Aber sein Kuss war auch erotisch – die ganze Energie, die ich auf der Terrasse zwischen uns gespürt hatte, war wieder da und glühte wie der Draht in einer Glühbirne. Am liebsten hätte ich mich um ihn herumgeringelt wie eine Katze.

Er machte sich los. »Wir nehmen uns ein Taxi«, sagte er. Er fasste mich an der Hand, und wir liefen über den Rasen zurück und die Straße hoch bis zur Fulham Palace Road. Er hielt ein Taxi an und gab dem Fahrer seine Adresse in Shepherd's Bush. Mir war egal, was der Fahrer von uns dachte. Ich selber dachte an nichts anderes als an den Geschmack von Gregs Mund, seinen Atem in meinem Haar, wie er mir ins Ohr flüsterte und daran knabberte. An der Ampel beim Kreisverkehr von Hammersmith bremsten wir scharf, und ich wurde noch enger an ihn gepresst.

Wir hielten vor seinem Wohnhaus, und er bezahlte den Fahrer. Ich war so zerstreut, dass ich fast meine Handtasche hätte liegen lassen. Greg schlug die Eingangstür hinter uns zu. Wir standen in einem Gemeinschaftsflur mit Brieffächern und einem Treppenhaus. »Wir sind ganz oben«, sagte er, ohne sich zu rühren. Er sah mich an, ließ meinen Blick nicht los. Ich brachte kein Wort hervor. Er schob mich rückwärts gegen die Wand und küsste mich wieder. Diesmal spürte ich, wie mein ganzer Körper antwortete. Er zerrte mir die Bluse aus dem Rock und fuhr mit den Händen über meinen Bauch zu meinen Brüsten hoch, zog mir den BH herunter und fasste meine Nippel zwischen den Fingern. »Ich will dich«, sagte er rau.

Ich nickte, froh über die Wand in meinem Rücken. »Oben.«

Irgendwie gelangten wir zu seiner Wohnung hinauf. Es war schon fast dunkel, aber er machte kein Licht. Wir gingen direkt ins Schlafzimmer, und er zog mir ein Kleidungsstück nach dem anderen aus und ließ sie einfach fallen, bis ich nackt vor ihm stand. Ich hörte, wie er schluckte. Ich griff nach seinem Hemd und wollte es aufknöpfen, aber er hielt meine Hände fest. »Das geht viel zu langsam.« Er zog sich das Hemd über den Kopf, riss sich die Socken von den Füßen und zerrte sich die Hose vom Leib. Dann lagen wir auf dem Bett, er nackt, die Hand zwischen meinen Schenkeln.

Als wir uns liebten, erinnerte ich mich daran, wie er mit Rachel ausgesehen hatte. Es war, wie ich es mir mit ihm vorgestellt hatte: ernst. Sein Gewicht hielt mich gefangen, ich hätte ihn nicht wegstoßen können, selbst wenn ich es gewollt hätte. Es war, als würde ich erwachsen, als begriffe ich erst jetzt, wofür mein Körper geschaffen war. Ich lebte unter seinen Berührungen auf, als wäre meine Haut mit Brailleschrift bedruckt, die er lesen konnte. Ich ergab mich ihm, gewann aber gleichzeitig neue Macht. Ich entdeckte, dass ich ihn zum Aufstöhnen bringen konnte, wenn ich mich unter ihm wand. Manchmal nahm sein Gesicht einen fast grimmigen Ausdruck an, als nähme er mir übel, was ich ihm angetan hatte. Wir tauschten einen merkwürdigen Blick miteinander, etwas Archaisches, Wildes, einen Blick, wie ihn auch unsere Vorfahren hätten tauschen können. *Du gehörst mir*, sagten Gregs Augen, und ich wusste, dass er dasselbe in meinem Gesicht lesen konnte. Ich fühlte mich stark und kühn, als schöpfte ich Kraft aus einer Quelle in mir, von der ich bislang nichts gewusst hatte.

Er schlang seine Arme so fest um mich, dass ich kaum atmen konnte, und presste mein Gesicht an seine Brust. Unwillkürlich begann ich zu weinen und er hob meinen Kopf, bis er mir ins Gesicht sehen konnte.

»Ich glaube, es ist der Schock«, sagte ich.

»Wieso Schock? Hast du etwa nicht gewusst, was jetzt kommen würde?«

Wie hätte irgendjemand auf der Welt auf so etwas gefasst sein können, hätte ich am liebsten gefragt. »Ich hatte nichts von dir gehört«, sagte ich stattdessen. »Ich dachte, du hättest es dir anders überlegt. Und als wir heute Abend nicht miteinander geredet haben …«

Er drehte sich auf die Seite und schob mich ein Stück weg. Seine Stimme war fast feierlich. »Ich habe dich nicht angerufen, weil ich dachte, du brauchst Zeit. Deine Beziehung mit Lucas war eine ernste Sache, Jo.«

O Gott, Lucas. Wie konnte ich ihm das antun?

Ich betrachtete die Form von Gregs Mund, während er redete.

»Ich wollte nicht hereinstürmen und dich zu etwas drängen, wozu du nicht bereit warst. Ich wusste nicht, ob du vielleicht zum Schluss gekommen wärst, du hättest dich geirrt. Und womöglich die ganze Sache bedauerst und mich lieber nicht sehen wolltest. Oder ob es nicht noch zu früh wäre, falls du mich tatsächlich sehen wolltest.«

»Hast du Wein da?«, fragte ich. »Mir wäre jetzt wirklich danach.«

Ohne etwas überzuziehen ging er aus dem Zimmer. Er war völlig unbefangen und fühlte sich wohl in seinem Körper. Ich hörte seine Schritte einen Stock höher, hörte, wie er auf der Suche nach dem Korkenzieher die Schublade aufzog. Ich wickelte mich in seine Steppdecke. Wir hatten die Vorhänge nicht zugezogen und von der Straßenlampe fiel oranges Licht bis aufs Bett herein. Der Raum war, wie ich es von anderen Männerwohnungen kannte, frei von allem überflüssigen Krimskrams, doch im Regal neben dem Fenster standen eine ganze Menge Bücher. Ich stieg aus dem Bett, um zu sehen, was er las. Neben den unvermeidlichen Fachbüchern über Programmieren und Computer nahmen Sachbücher zu den verschiedensten Themen einen breiten Raum ein. Ich war beeindruckt, nicht nur die erwartbaren Bestseller zu sehen, sondern auch Bücher über Wirtschaft, internationale Politik und Reisen. Sowohl die Sachbücher als auch die kleine Sammlung von Romanen waren stark von Afrika geprägt, da gab es Chinua Achebe, Alan Paton und Coetzee. Ich hüpfte durchs Zimmer zurück, als ich ihn die Treppe herunterkommen hörte.

Er kam wieder herein und stellte eine Flasche und zwei Gläser auf den Nachttisch. Verstohlen betrachtete ich seinen Körper, die langen Beine, die kräftigen Schenkel und Gesäßmuskeln, die dunklen Haare auf seiner Brust.

»Ich habe mich ziemlich schlecht gefühlt«, sagte er. »Wegen Rachel.«

Sofort stand mir die Schuld wieder vor Augen. Rachel. Ich war mit ihrem Freund im Bett. Sie musste hier mit ihm geschlafen haben. Ich schloss kurz die Augen, um den Gedanken zu verscheuchen.

»Aber auch wegen dir. Ich wollte keinen Keil zwischen dich und Lucas treiben. Erst, als ich erkannt hatte, das du nicht glücklich mit ihm warst, und nach diesem Kuss … Ich wollte die Lage nicht ausnutzen. Es kam mir einfach nicht passend vor, dich gleich anzurufen.«

»Ich dachte, du willst mich nicht mehr«, sagte ich.

Er schob die Hand unter meinen Kopf, zog mich an sich und küsste mich wieder. Ich spürte seine Kraft.

Es war drei Uhr früh, als wir das Licht ausmachten. Ich schlief kurz nach Greg ein – mühelos, zum ersten Mal seit dem überstürzten Aufbruch von Stoneborough. Ob es an der körperlichen Erschöpfung lag oder daran, dass ich nicht mehr allein war, wusste ich nicht. Das Gefühl der Einsamkeit, das in den letzten Tagen an mir genagt hatte, war jedenfalls in den Hintergrund getreten.

Um vier Uhr früh wachte ich wieder auf und wusste nicht, wo ich war. Ich erkannte das Zimmer nicht sofort, und es dauerte mehrere Sekunden, bis die Erinnerung wieder einsetzte. Als ich mich umdrehte und Greg sah, war ich zwar froh, dass er neben mir lag, doch ich wurde von der Melancholie der nächtlichen Stunde überwältigt und trauerte um Lucas. Ich wollte Lucas nicht mehr, da war ich mir ganz sicher, und doch vermisste ich ihn in diesen Minuten so sehr, dass es mich körperlich schmerzte. Ich entfernte mich von ihm, und es gab keine Wiederkehr. Das war mehr als das Ende unserer Beziehung, es war das Ende eines Kapitels in meinem Leben, und er blieb in der Vergangenheit zurück. Ich konnte mich der Tränen nicht erwehren. Behutsam rutschte ich zur Seite, damit ich Greg nicht störte, weinte stumm vor mich hin und versuchte das Gefühl der Trostlosigkeit wegzuschwemmen, das auf meinem Zwerchfell lastete. Nach etwa fünf Minuten bewegte sich Greg auf der anderen Seite des Betts, und ich merkte, dass ich ihn doch geweckt hatte. Er sagte nichts, streckte aber den Arm aus, zog mich an sich und hielt mich ganz fest.

Kapitel XVI

Ich hatte auf ein Wochenende gehofft, bei dem ich möglichst wenig Zeit außerhalb des Bettes verbringen würde, doch meine Eltern hatten angerufen und mich gefragt, ob ich am Sonntag mit ihnen zu Mittag essen wollte. Da ich sie schon so lange nicht gesehen hatte und einen Ölzweig erkannte, wenn er geschwenkt wurde, sagte ich zu. Seit ich wieder glücklicher war, fiel es mir leichter, ihre Reaktion auf die Nachricht meiner Trennung von Lucas gelassener zu nehmen. Dennoch hatte ich es ihnen noch nicht ganz verziehen, dass sie mich nicht unterstützt hatten, als ich sie so dringend gebraucht hätte. Am Sonntagmorgen kurz vor zehn verließ ich London. Auf der A4 erinnerte ich mich an die vielen Fahrten nach Stoneborough, bei denen ich diese Straße ein Stück weit benutzt hatte. Martha und Michael waren, wie ich wusste, wieder hingefahren. Der Schmerz, ausgeschlossen zu sein, brannte so heftig wie beim ersten Mal. Ich bog in das Straßennetz südwestlich von London ab, das mich durch Chiswick und zur Autobahn nach Southampton führte. Der Himmel war porzellanblau, und obwohl die Luft noch etwas kühl war, hatte ich das Fenster hochgeklappt, um sie im Gesicht zu spüren.

Ich hatte den Freitagabend und den ganzen Samstag mit Greg verbracht und mich gerade mit einem Kuss von ihm verabschiedet. Bevor ich aufgewacht war, hatte er schon Croissants gekauft; wir frühstückten in seinem Wohnzimmer. Ich saß im Schneidersitz auf dem alten, blau-weiß gestreiften Sofa, das den rechteckigen Erker einnahm, und sah ihn an. Die Dächer der Reihenhäuser gegenüber reflektierten die Sonne und warfen ein so helles Licht ins Zimmer, dass ich blinzeln musste, um Greg zu sehen. Er trug eine dunkle, an Schenkeln und Hüften knapp sitzende Jeans und ein ausgewaschenes türkises T-Shirt. Mit nackten Füßen tappte er leise übers Parkett, als er den Kaffee aus der Küche brachte. Bis Mittwoch hatte ich nicht bemerkt, dass er Kontaktlinsen trug. Heute früh hatte er seine Brille aufgesetzt, die sein intelligentes Gesicht unterstrich.

Als wir mit dem Frühstück fertig waren, hatte mich Greg wieder an sich gezogen. Wir saßen eine Weile stumm da, die Finger ineinander verschränkt. Ich fuhr mit der Daumenkuppe über seine kurz geschnittenen Nägel. Ein dunkler Haarflaum überzog seinen Handrücken und ich musste gegen den Drang ankämpfen, mir seine Finger in den Mund zu schieben.

»Erzähl mir von Danny«, sagte er.

Ich blickte überrascht hoch. »Was willst du von ihm wissen?«

»Warum er so ist. Was hat er für eine Geschichte?«

»Na, ich weiß nicht wahnsinnig viel über seinen Hintergrund. Ich war nie im Haus seiner Mutter, jedenfalls nicht drinnen. Er redet nicht viel über seine Familie und wenn doch, kann er ziemlich ätzend werden. Und wenn ihn jemand danach fragt, wird er total wütend.« Ich berührte seine Haare, und er lehnte den Kopf gegen meine Hand. »Ich weiß allerdings«, fuhr ich fort, »dass Dannys Vater viel jünger ist als seine Mutter. Der Altersunterschied beträgt fünfzehn Jahre. Lucas hat erzählt, dass Dannys Vater ein richtiges Sahneschnittchen war und Affären mit einigen der schönsten Frauen seiner Zeit hatte. Alle waren völlig perplex, als er dann diese ältere, geschiedene Frau heiratete.«

»Sie muss eine beeindruckende Person gewesen sein.«

»Sie war nicht besonders schön. Das hat die Leute damals mit am meisten überrascht: Vorher war die äußere Erscheinung alles für ihn. Alle diese Informationen stammen von Patrick; er kannte diese Clique, auch wenn er die Leute nicht besonders mochte. Anscheinend war Dannys Vater dafür berüchtigt, dass er zu Frauen, die er unansehnlich fand, ganz schön gemein sein konnte. Bei der Hochzeit war sie zweiundvierzig.«

»Dann war er also – siebenundzwanzig?«

»So um den Dreh. Jedenfalls hat sie sich ganz dringend ein Baby gewünscht, ist sehr schnell schwanger geworden und alles schien in Butter. Aber sobald Danny zur Welt kam, nahm sein Vater sein altes Playboyleben wieder auf. Und das ganz schamlos, ohne die geringste Diskretion. Als wollte er seine Frau absichtlich demütigen.«

»Finanziert von ihrem Geld.«

Ich nickte. »Das Komische daran ist, dass die Leute vor ihrer Hochzeit und auch noch danach, während ihrer Schwangerschaft, wirklich geglaubt hatten, er liebe sie. Ursprünglich hatten alle angenommen, er wäre nur hinter ihrem Geld her, was sich hinterher ja auch bewahrheitet hat, aber wenn er sich vorher wirklich verstellt hat, dann so gründlich, dass er alle täuschen konnte. Dannys Mutter brach es das Herz.«

»Sie muss jetzt um die siebzig sein.«

»Ja. Sie wohnt in Chelsea. Ich bin ihr einmal begegnet. Sie ist nett. Reich und vornehm eben. Und immer noch mit Dannys Vater verheiratet. Sie leben nur getrennt. Ich weiß nicht, ob er überhaupt in London wohnt. Ich glaube, er hält sich viel in Frankreich auf.«

»Das erklärt, warum Danny kein Problem damit hat, von Lucas' Geld zu schmarotzen.«

»Einerseits ja. Aber genau das macht mir auch Sorgen, denn andererseits hat Danny enorm viel Stolz, wie du wahrscheinlich gemerkt hast. Er muss immer besser sein als alle anderen, und dabei hat sein Job eine große Rolle gespielt. Das Geld war ein wichtiger Aspekt, aber er muss auch die Bestätigung bekommen, dass er mehr geschätzt wird als andere – daraus bezieht er sein Selbstwertgefühl. Ich weiß nicht, wie er zurechtkommen wird, wenn ihm keiner mehr den ganzen Tag sagt, wie brillant er ist.«

»Ich glaube, sein Selbstbewusstsein ist ziemlich brüchig – er könnte es nicht ertragen, wenn jemand wüsste, wie brüchig.«

Ich sah Greg an. Seine feinfühlige Wahrnehmung hatte mich schon mehrmals überrascht. Seit Mittwoch hatte ich mehr über ihn gelernt als in all den Monaten davor. Dauernd entdeckte ich Neues an ihm; es war, als könnte ich mir endlich ein ganzes Album anhören, von dem ich vorher nur quälend kurze Ausschnitte aus einzelnen Songs gehört hatte. Ich gierte nach Informationen über ihn, als könnte ich ihn mir umso mehr zu eigen machen, je mehr ich über ihn wüsste. »Sind deine Eltern verheiratet?«, fragte ich.

»Ja, sie sind immer noch zusammen. Sie leben jetzt in der Nähe von Melbourne. Mein Bruder ist nach Australien ausgewandert, und als er Kinder bekommen hat, haben meine Eltern beschlossen, auch dorthin zu ziehen. So sind sie in der Nähe ihrer Enkel und glücklich. Ihr Haus steht auf einer Klippe, mit Blick aufs Meer. Es wird dir bestimmt gefallen.«

Mein Magen machte vor Aufregung einen kleinen Satz. Greg dachte also, wir hätten eine Zukunft – mit Eltern und Australien als festen Posten.

Mein innerer Monolog verebbte wieder, als mich Greg mit seinem Gewicht nach unten presste. Meine Aufmerksamkeit auf seinen Körper zu richten war eine wunderbare Art, mein eigenes Ich loszulassen. Es war aber auch das einzige wirksame Gegenmittel gegen meine Schuldgefühle, durch die alles einen schalen Beigeschmack bekam. Nur wenn ich mit Greg im Bett war, fiel das Gefühl, das mich jeden Tag von früh bis spät verfolgte, ganz von mir ab: dass in Stoneborough Lucas mein Glück mit seinem Elend bezahlte.

Inzwischen war ich beim New Forest angelangt. An diesem Vormittag sah die herrliche Waldlandschaft besonders schön aus. Sie wurde einmal als Kathedrale beschrieben, als irdisches Monument für Gott, und ihre sanfte Pracht hat wirklich etwas Heiliges. Kurz vor Mittag fuhr ich die lange, gerade Straße entlang, die den Wald teilt. Die Bäume trugen ihr frisches Frühlingslaub, und die Sonnenstrahlen, die durch die Kronen fielen, ließen das zarte Grün aufleuchten. Beim Balmer Lodge Hotel grasten zwei Ponys am Bachufer. Mir wurde fröhlicher ums Herz. In den letzten Tagen war mir das Atmen wieder leichter geworden. Seit Jahresanfang hatte ich ständig unter einer Art Klaustrophobie gelitten, dem Gefühl, von allen Seiten eingeengt zu werden. Da war mein Job, die seltsame, erstickende Atmosphäre von Stoneborough und meine Beziehung mit Lucas, die ich tief im Innersten wohl immer als Fehler erkannt hatte. Und obwohl es mir wehtat, dass die anderen mich ausschlossen, bekam ich wenigstens wieder Luft.

Als ich das Haus meiner Eltern erreichte, ein altes Landarbeiter-Cottage am Rande von Lyndhurst, war ich für die Begegnung mit ihnen auch wirklich bereit. Ich hatte mich auf ihre Enttäuschung über meine Trennung von Lucas eingestellt; mein neues, geheimes Glück mit Greg machte mich stark, auch wenn es noch in vorsichtigen Anfängen steckte.

Dad hörte mein Auto und kam durch die seitliche Gartentür, um mich zu begrüßen. Ich stieg aus und schloss die Ente ab. Er legte mir den Arm um die Schultern und drückte mich. »Hallo, mein Schatz«, sagte er und küsste mich auf die Wange; sein kurz gestutzter grauer Bart prickelte auf meiner Haut. Auf seinem breiten Gesicht mit den großen Eulenaugen lag ein Lächeln. Er trug seine übliche Wochenendkluft für Frühling und Sommer, eine ausgebeulte Cordhose und ein kurzärmeliges Baumwollhemd mit Brusttasche. »Gut siehst du aus«, sagte er nach einem prüfenden Blick und drückte mich noch einmal. »Du kommst viel zu selten. Wir sehen dich gern, deine Mutter und ich.«

Ich hatte nie glauben wollen, dass das eigene Elternhaus immer kleiner wird, wenn man es einmal verlassen hat. Doch es ließ sich nicht bestreiten: Schon als ich zur Uni ging, hatte ich das Schrumpfen bemerkt, aber jetzt kam mir das Haus wirklich winzig vor, vielleicht auch im Vergleich zu Stoneborough. Kaum zu glauben, dass sich hinter der Puppenhausfassade dieser Doppelhaushälfte drei Schlafzimmer verbargen. Das Haus war in den dreißiger Jahren aus roten Ziegeln erbaut worden, vor Jahren hatten meine Eltern eine Glyzinie gepflanzt, die jetzt die Fassade überzog.

»Deine Mutter setzt gerade die grünen Bohnen«, sagte Dad. »Wir unterbrechen sie einfach und trinken zusammen Kaffee.«

Sie kniete am Ende des zehn Meter langen Gartens neben einem Bambusstock und drückte die Erde um einen Setzling fest. In diese Arbeit war sie so vertieft, dass sie uns nicht über den Rasen kommen hörte. Sie erschrak leicht, und als sie hochsah, fiel mir plötzlich auf, dass sie gealtert war. Seit Weihnachten hatte sich an ihr nichts Konkretes verändert, ihre Haare waren nicht grauer, ihr Gesicht nicht faltiger geworden, aber irgendwie kam sie mir verwaschener vor, ihre Farben waren eine winzige Nuance verblasst. Doch als sie mich umarmte, roch sie genau wie immer nach Rive Gauche mit einem Beiklang von Gartenaromen: sattem Erdgeruch und Eichenblättern.

Nach dem Kaffee führte mich Mum herum und zeigte mir die neuen Pflanzen, die sie dieses Jahr ausprobierte. Sie war eine ausgezeichnete Lehrerin und konnte auf eine große Zahl erfolgreicher Schüler zurückblicken, von denen viele sie noch besuchten, wenn sie in die Gegend kamen, doch im Grunde empfand sie den Garten, so klein er war, als ihre größte Leistung. Besonders stolz war sie darauf, dass sie meine Brüder und mich in den Sommern unserer Kindheit größtenteils mit selbst angebautem Gemüse verpflegt hatte. Sie ging in die Knie, um eine Erbsenpflanze an die nächsthöhere Sprosse des Rankgitters zu binden. »Tut mir leid wegen neulich, Jo«, sagte sie, immer noch auf die Pflanze konzentriert. »Da waren wir ein bisschen unsensibel. Dad und ich haben immer geglaubt, dass du Lucas mal heiraten würdest. Wir waren einfach geschockt.«

»Schon gut, Mum. Ich war überempfindlich. Ich hatte an

diesem Tag einfach das Gefühl, die ganze Welt hätte sich gegen mich verschworen.«

»Hast du von ihm gehört?«

»Nein. Er ist sehr wütend auf mich.«

»Und du hast dir auch bestimmt nichts zuschulden kommen lassen? Er kann doch nicht wütend sein, nur weil du der Meinung bist, dass es mit euch nicht klappt.«

»Na, du weißt doch, wie es ist. In solchen Dingen reagiert man nicht unbedingt vernünftig«, sagte ich. Das Lügen war mir zuwider, ich bekam gleich wieder Schuldgefühle.

»Mhm. Wirklich schade, aber ich hoffe, du wirst bald dem Richtigen begegnen. Die Ehe kann einen sehr glücklich machen. Dein Vater und ich haben unser Zusammensein immer sehr genossen.«

Erst in allerletzter Zeit hatte sich meine Abneigung gegen das Thema Ehe gelegt. Noch vor einem Jahr hatte ich mit heftiger Abwehr reagiert, wenn meine Mutter darauf zu sprechen kam. Ich bin mit einem ausgesprochen gelungenen Beispiel vor Augen aufgewachsen und weiß gar nicht, warum ich die Ehe immer als spießbürgerliche Falle, als Fessel betrachtet hatte. Mum hatte immer prophezeit, wenn ich erst einmal dem Richtigen begegnete, würde ich nicht mehr ständig auf meine Freiheit pochen, und jetzt begann ich ihre Sicht allmählich zu teilen.

Sie lehnte mein Angebot ab, ihr beim Pflanzen zu helfen, und ich ging hinein, um das Gemüse fürs Mittagessen zu putzen. Das Küchenfenster stand offen, und der Wasserstrahl prasselte melodisch in die Edelstahlspüle. Ich war froh, dass ich hergekommen war. Es tat gut, die beiden zu sehen, und dass ich heute nicht mit Greg zusammen war, verschaffte mir immerhin die Möglichkeit, lustvoll an ihn zu denken.

Nach zehn Minuten kam mein Vater in die Küche und begann die geschälten Kartoffeln klein zu schneiden. »Keine Angst«, sagte er. »Ich werde dich nicht nach Lucas fragen. Ich möchte nur wissen, wie es mit der Arbeit läuft.«

»Gut«, sagte ich erleichtert. »Ich hab etwas mitgebracht, was ich dir zeigen möchte.« Ich trocknete mir die Hände ab, um meine Tasche zu holen. Ich nahm einen Artikel heraus, den ich über einen Teenie aus meinem Stadtteil geschrieben hatte. Eine große Plattenfirma hatte ihn wegen illegalen Herunterladens von Musik angezeigt, um ein Exempel an ihm zu statuieren. Die *Times* griff die Geschichte auf, und ich wurde von einer Redakteurin angerufen. Wir führten ein lebhaftes Gespräch miteinander, und sie fragte mich zum Schluss, ob ich daran interessiert wäre, freiberuflich Wochenendschichten zu übernehmen. Als ich aufgelegt hatte, war ich so aufgeregt, dass ich hinaus auf den Gang zur Feuertreppe lief und einen Freudentanz aufführte. Zur Feier des Ereignisses hatte Greg eine besonders gute Flasche Wein gekauft.

Auch Dad war begeistert. »Gut gemacht, Jo. Das sind ja tolle Neuigkeiten. Häng dich nur richtig rein. Man kann nie wissen, vielleicht ist es der Anfang einer großen Sache.«

»Sie hat nebenbei bemerkt, dass jemand aus ihrer Abteilung in Mutterschutz geht. Vielleicht wollen die testen, wie ich arbeite.«

Das Essen schoben wir hinaus, damit wir die Mittagswärme so ausgiebig wie möglich genießen konnten. Wir setzten uns an den Terrassentisch, lasen Zeitung und erzählten einander das Neueste aus unserem Leben. Sowohl mein Vater als auch meine Mutter hatten dieses Jahr interessante Abiturklassen, genossen das Unterrichten und konnten mit einem guten Abschneiden ihrer Schüler rechnen. Der Duft des Schmorbratens wehte aus dem Küchenfenster und machte mich hungrig.

Um vier, als wir beim Essen saßen, brummte mein Handy in der Handtasche. Ich beachtete es nicht, hatte aber vergessen, dass es in regelmäßigen Abständen Signale von sich gab, wenn eine SMS nicht abgerufen wurde. Beim dritten Mal fragte mich Dad, warum ich nicht einfach nachschaute.

Die SMS kam von Greg. »Ich kann's kaum erwarten, dich

wieder zu küssen«, las ich. Unwillkürlich begann ich zu strahlen. Das entging der scharfen Beobachtungsgabe meiner Mutter nicht.

»Ach Jo, du hast einen anderen kennengelernt.«

Ich konnte es nicht länger abstreiten. Schlimm genug, dass ich es ihr nicht längst hatte erzählen können. Den ganzen Tag wäre ich am liebsten mit der Neuigkeit herausgeplatzt. Ich wünschte, ich könnte ihr begreiflich machen, wie ich mich fühlte, wenn ich in seinen Armen einschlief, doch über so etwas hätte ich mit meinen Eltern nie reden können. Einerseits hätte ich ihnen gern alles erzählt, andererseits wollte ich nicht, dass sie meine neue Beziehung abwerteten – ich wusste, sie würden sie nicht billigen und wären der Ansicht, ich hätte alles, was mich mit Lucas verband, gegen etwas Minderwertiges eingetauscht, das auf weit wackligeren Füßen stand. Gegen jemanden, den ich kaum kannte. Und ich könnte ihnen niemals sagen, dass Greg vorher mit Rachel zusammen gewesen war.

»Weiß Lucas davon?«, fragte sie. »Der Arme. So bald, nachdem Claire gestorben ist. Und sein Onkel.«

»Bitte macht mir das Leben nicht noch schwerer. Ich hatte es ja nicht geplant.« Ich hörte, wie meine Stimme lauter wurde.

»Ich bin doch etwas überrascht«, sagte Dad. »Jahrelang redest du nur von Lucas, und jetzt lässt du ihn fallen.«

»Du weißt ja gar nicht, was mit Lucas los ist«, sagte ich. »Aber du bist sofort zu der Annahme bereit, dass *ich* die Schuldige bin. Mich trifft ja auch eine gewisse Schuld, vielleicht sogar die meiste, aber nicht die ganze. Also halte mir bitte keine Predigt, ohne die Fakten zu kennen.«

»Wie wär's, wenn du uns die Fakten mal mitteilst?«, fragte er.

Ich zögerte, hin und her gerissen zwischen dem Bedürfnis, Lucas zu schützen, und dem Wunsch nach Verständnis. »Lucas hat sich verändert«, begann ich. »Er hat sich verändert, seit Patrick gestorben ist und ihm diesen Herrensitz vererbt hat. Anfangs dachte ich, es wäre alles in Ordnung. Er sagte, er würde deswegen sein Leben nicht umkrempeln und wollte seinen Job behalten, auch wenn er jetzt so viel Geld hätte, dass er nicht mehr zu arbeiten bräuchte. Er hat ja nicht nur das Haus auf dem Land geerbt, sondern auch eine Wohnung in Hampstead, die er verkauft hat, und eine Menge Kunst und Wertpapiere und anderes.«

»Und was ist passiert?«

»Du weißt doch, dass er immer schreiben wollte?«

Dad nickte. Er hatte sich einmal lange mit Lucas darüber unterhalten.

»Danny hat ihm eingeredet, dass er mit einem Vollzeitjob nie zum Schreiben käme. Jetzt hat er gekündigt und sie wohnen beide auf dem Land.«

»Danny auch?«, fragte meine Mutter überrascht.

»Sie haben beide keine Arbeit, und Lucas wollte, dass auch ich meine Stelle aufgebe und zu ihnen rausziehe.« Ich konnte meinem Vater ansehen, dass er mich zu verstehen begann. »Ich habe langsam, aber sicher immer mehr den Respekt vor ihm verloren. Ich brauche jemand, der produktiv ist. Ich kann das nicht so gut erklären.«

»Ich begreif dich schon, Jo«, sagte meine Mutter. »So ein Leben ist sehr unstrukturiert.«

»Ich brauche jemand, der im wirklichen Leben steht. Und dann hängt da eben noch Danny rum.«

»Ja, was will Danny denn machen, wenn Lucas schreibt?«, fragte sie.

»Er behauptet, er würde an Filmideen arbeiten, aber in Wirklichkeit macht er gar nichts. Er lässt sich nur aushalten.«

»Und was ist mit seinem Job? Er hatte doch solchen Erfolg, oder?«

»Er ist gefeuert worden.« Ich nannte ihr keine Gründe.

Mum schüttelte den Kopf. »Also, das Rumgammeln kann er sich nicht lange leisten. Er wird doch dieses Jahr dreißig, oder? Es ist in Ordnung, wenn man in den Zwanzigern einige Zeit verbummelt, aber mit fünfunddreißig macht sich das nicht mehr gut. So hat er einer Frau auch nichts zu bieten.«

Fast hätte ich aufgelacht bei der Vorstellung, dass Danny jemandem etwas bieten sollte, statt immer nur zu nehmen.

»Und was ist mit Martha? Hat sie einen Freund?«

»Du lieber Himmel, Mum, das ist doch nicht das Einzige, was auf dieser Welt zählt!«

»Was macht denn dein Neuer?«, fragte Dad rasch dazwischen.

Ich entspannte mich, mir gefiel seine Bezeichnung für Greg. »Er ist Softwaredesigner.«

Meine Eltern waren noch nicht so ganz bereit, sich mit mir über Greg zu unterhalten, aber mich erleichterte es ungemein, dass ich ihnen meine Trennung von Lucas etwas begreiflicher machen konnte. Ich erzählte ihnen nichts von den Vorfällen in jener letzten Nacht, zum Glück bestand dazu keine Notwendigkeit. Irgendwie war ich Lucas für seinen gewalttätigen Ausbruch sogar dankbar. So war das Fehlverhalten etwas besser verteilt, die Bilanz zwischen uns ausgeglichener.

Ich blieb bis zur Dämmerung. In London hatte ich meinem Besuch zu Hause mit einer gewissen Beklemmung entgegengesehen, doch jetzt fiel es mir schwer, wieder Abschied zu nehmen. Ich bekam oft ein bisschen Heimweh, wenn ich meine Eltern verließ, und an diesem Abend war es stärker als sonst. Es tat mir gut, dass zwischen uns wieder alles bereinigt war. Ein wenig nervte mich, dass meine Mutter uns immer in die Rolle von vollwertigen, im Erwerbsleben stehenden Mitgliedern der Gesellschaft drängen wollte, doch in Dannys Fall hatte sie schon recht. Ich fragte mich, wie er sich seine Zukunft vorstellte.

Doch als ich mich London näherte, war es mit meinem inneren Frieden wieder vorbei. Zum ersten Mal seit Freitag fuhr ich zu mir nach Hause. Als ich draußen parkte, sah ich das Wohnzimmerlicht brennen. Martha war schon zurück. Ich betrat das Haus so leise wie möglich und ging direkt in mein Zimmer.

Für nächsten Donnerstag hatte Greg Karten für eine neue Band besorgt, die mir, wie er meinte, gefallen könnte. Sie spielte in einem kleinen Kellerclub in einer Seitenstraße der Charing Cross Road; Greg und ich wollten uns direkt dort treffen, und ich fuhr von Putney mit dem Bus hin. Bevor ich das Büro verließ, schlüpfte ich in meine Jeans und meine neuen High Heels, und als ich die Straße entlangging, merkte ich, dass ich bei jedem Schritt die Hüften schwenkte, als ließe ich einen Hula-Hoop-Reifen kreisen. Ich fühlte mich lebendig wie nie zuvor, empfand plötzlich alles ganz intensiv: die Bewegung meines Körpers, als ich schwungvoll den Gehweg entlangstöckelte, meine Tasche, die bei jedem Schritt von den Hüften abprallte, den Haarflaum auf meinen Unterarmen, der sich in der leichten Abendbrise aufstellte, meine Haare im Rücken, wo das Top die Haut freiließ. Ich spürte, wie meine Brüste den Stoff berührten, und empfand dies wie ein ganz sanftes Streicheln. Ich hatte ein neues Gefühl körperlicher Bewusstheit, eine erstaunliche, plötzlich überscharfe Sensibilität sowohl meinem Körper als auch der Außenwelt gegenüber. Die Luft roch nach Stadt – nach Autoabgasen, Staub, Zigaretten und den Ausdünstungen der Menschen, die immer noch auf dem Heimweg von der Arbeit waren –, und ich liebte diesen Geruch. Ich lächelte einem Typen mit dicken Dreadlocks zu, der vor einem Gitarrenladen eine Selbstgedrehte rauchte, und er erwiderte mein Lächeln und pfiff mir leise zu, als ich vorbeiging. Anstatt wie früher verlegen zu werden, lachte ich und übertrieb meinen Hüftschwung noch ein bisschen. »Hey, beautiful girl«, rief er mir nach, und obwohl ich wusste, dass ich nicht schön war, fühlte ich mich doch einen Moment lang so.

Ich sah Greg an der Ecke der Manette Street auf mich warten; er zog verstohlene Blicke der Mädels auf sich, die unterwegs zum Club waren. Er sah mir entgegen, doch ich tat, als hätte ich ihn noch nicht bemerkt, denn ich wollte seinen Blick noch länger auskosten. Seinen Blick, der mich auszog; ich wusste, dass er sich vorstellte, wie mein Körper unter meinen Kleidern aussah, und genau das wünschte ich mir auch. Er war es, dem ich dieses Gefühl des Verbundenseins mit dem Leben verdankte. In etwas mehr als einer Woche hatte er mir eine neue Dimension der Welt erschlossen. Nach Jahren in Schwarz-Weiß leuchtete plötzlich alles in Technicolor, was mich umso mehr überraschte, als ich mich davor von so vielem hatte trennen müssen, was ich als unverzichtbar für mein Glück angesehen hatte.

Für die Band würde heute Abend nur ein Bruchteil meiner Aufmerksamkeit abfallen; der Rest würde von meinen begierigen Sinnen beansprucht, die möglichst viel von Greg in sich aufnehmen wollten: die Wärme seines Körpers neben mir, die Berührung seiner Hand in meinem Kreuz, die bald in die Tasche meiner Jeans schlüpfen würde, seinen Geruch. Meine Ohren würden die Musik hören, aber der Rest meines Körpers würde die Sekunden zählen, bis wir wieder in Shepherd's Bush wären, in seinem Bett.

Kapitel XVII

Über einen Monat später riss mich in der Nacht ein Geräusch aus dem Tiefschlaf, das ich erst für den Wecker hielt. In meiner Benommenheit brauchte ich ein paar Sekunden, bis ich begriff, dass das Telefon klingelte. Ich schlug die Augen auf und sah auf die Uhr: halb drei. Der Gedanke an die Gründe, warum mich jemand um diese Zeit anrufen wollte, löste Panik in mir aus und ich war schlagartig hellwach. Ich stieg aus dem Bett und tastete mich zur Treppe vor. Unten auf dem Dielentisch klingelte das Telefon immer weiter, eine Sirene in der nächtlichen Stille. Ich staunte, dass Martha nicht davon aufgewacht war.

Unten zögerte ich einen Moment, bevor ich abhob. Falls mich schlimme Nachrichten erwarteten – falls meinen Eltern oder meinen Brüdern etwas zugestoßen war –, wollte ich noch ein paar Sekunden haben, in denen ich von nichts wusste.

»Hallo?«

»Jo?«

»Lucas!« Vor Überraschung setzte ich mich auf die unterste Treppenstufe.

Eine Weile blieb es still. »Bist du noch dran?«

»Ja«, sagte ich. Es tat so gut, seine Stimme zu hören. »Wie geht's dir?«

»Ich vermisse dich.«

Ich hatte keine Ahnung, wie ich darauf reagieren sollte. Meine Freude, ihn zu hören, verflog ein wenig, als ich merkte, dass er betrunken war. Aber natürlich war er das, warum sonst würde er zu dieser nachtschlafenden Zeit anrufen?

»Und wie geht's *dir*?«, fragte er. »Bist du jetzt glücklich? Mit Greg? Hast du die richtige Entscheidung getroffen?«

»Bitte frag nicht.«

»Hab ich nicht das Recht, ein paar schwierige Fragen zu stellen? Das kannst du mir doch zugestehen, Joanna.« Am anderen Ende der Leitung gab es einen dumpfen Schlag und das Geräusch von Glas, das auf dem Steinboden zersplitterte. »Scheiße.«

»Was war denn das? Was ist los?«

»Nichts, nichts. Ich hab nur mein Glas runtergeworfen. Vergiss es.«

»Alles in Ordnung mit dir?«

»Ich sagte, vergiss es. Es spielt keine Rolle.« Ich hörte ihn schwer schlucken, dann ganz schwach ein leises Schluchzen. »Ich vermisse dich, Jo. Es tut so weh.«

»Ich vermisse dich auch.«

»Dann komm zurück zu mir. Was mit Greg war, ist mir egal. Das vergessen wir einfach, das war eben ein Irrtum. Wir können noch einmal von vorn anfangen.«

»Lucas.« Ich unterbrach mich. Wie konnte ich es ihm beibringen, ohne ihn noch mehr zu verletzen?

»Bitte.«

»Das kann ich nicht. Ich bin jetzt mit Greg zusammen. Ich vermisse dich als Freund.«

»Als Freund?« Er wurde lauter. »Wie kannst du so was sagen? Zwischen uns war doch was anderes, Jo! Du und ich – das zählt, sonst nichts!«

»Du bist einer meiner besten Freunde. Und wirst es immer bleiben.« Mir kamen jetzt die Tränen. »Aber ich habe gespürt, dass es nicht das Richtige war – nicht für mich.«

»Was du mit Greg hast, kann nie so sein wie das, was wir miteinander haben könnten, wenn du nicht so blind wärst. Siehst du nicht, dass du das Wichtigste in meinem Leben bist?«

Ich versuchte zu sprechen, aber ich fand nicht die richtigen Worte und die Tränen drängten rasch hervor. »Auch du bist mir wirklich wichtig«, sagte ich schließlich. »Aber es ist nicht dasselbe. Es tut mir so leid.«

»Du wirst nie wirklich glücklich mit ihm werden.« Seine Stimme schlug jetzt ins Gehässige um. »Du kapierst nicht, dass du dich irrst. Ich wusste nicht, wie blöd du bist. Du bist nicht nur ’ne verdammte Schlampe, Jo, sondern ’ne Idiotin noch dazu.« Dann knallte er den Hörer auf und war ebenso rasch und unerwartet, wie er in mein Leben zurückgekehrt war, wieder daraus verschwunden.

Ich legte den Kopf in beide Hände und weinte. Ich saß direkt vor Marthas Tür, aber es war mir egal, ob ich sie aufweckte. Sollte sie ruhig wissen, wie sehr es mich verletzte, wenn ich ausgegrenzt und verachtet wurde. Wenn meine alten Freundschaften wirklich für immer kaputt waren, wollte ich das jetzt, auf der Stelle erfahren. Ich konnte in dieser Hölle nicht weiterleben, Tag für Tag neu abgestraft.

Plötzlich ging Marthas Tür auf, und sie stand vor mir. Zum ersten Mal seit jenem Abend, als sie mich im Wohnzimmer zur Schnecke gemacht hatte, kam sie freiwillig in meine Nähe. Die hellen Streifen ihres Schlafanzugs reflektierten blass das Licht, das durch die Glasscheibe in der Haustür fiel. Ich senkte den Blick und beschwor sie innerlich mit meiner ganzen Willenskraft, nicht noch einmal so auf mich loszugehen. Zu meiner Überraschung kniete sie sich auf den Boden und legte die Arme um mich. Freundlichkeit macht mich schon fertig, wenn es mir gutgeht, doch jetzt kam sie so unerwartet und ich war so wahnsinnig dankbar dafür, dass alle Dämme brachen. Ich erwiderte ihre Umarmung und heulte wie ein Schlosshund. Lange sagte keine von uns ein Wort, meine Tränen tränkten ihre Pyjamajacke. Schließlich bekam ich die Flut etwas unter Kontrolle und machte mich los.

»Komm«, sagte sie. »Ich setz uns einen Tee auf.«

Nach der Dunkelheit schmerzte das Küchenlicht in den Augen. Ich saß am Tisch, während sie uns etwas Heißes zu trinken machte. Der Kühlschrank brummte in der Stille. Ich zog die

Strickjacke über, die über einem der Stühle hing, mir war kalt in meinem dünnen T-Shirt.

»Ach, lassen wir den Tee, trinken wir heiße Schokolade«, sagte Martha. »Ich hab Marshmallows!«

Eine von Marthas wunderbaren Eigenschaften war ihre Fähigkeit, auch noch in den trostlosesten Situationen gute Laune zu verbreiten. Ich wusste nicht, ob ich lachen oder weinen sollte, und blinzelte die Tränen weg. Marshmallows! Seit wann bunkerte Martha solches Zeug? Dann fiel es mir ein: Wenn es ihr nicht gutging, stopfte sie einen fürchterlichen Fraß in sich hinein. Im letzten Monat, als wir nicht miteinander geredet hatten, waren mir die Unmengen Pizzas, Reispudding und Schokoriegel im Kühlschrank aufgefallen, alles von kurzer Lebensdauer. Ein Bild des Elends.

»Jetzt hör schon auf zu heulen, Jo. Das wird schon wieder.« Sie stellte die Becher auf den Tisch und setzte sich. Die Marshmallows schaukelten oben, lächerlich rosa-weiß um drei Uhr früh. »War Lucas unfreundlich?«

»Ein bisschen. Nicht mehr, als ich verdiene.«

»War er betrunken?«

»Ich glaub schon. Ja.«

Sie schüttelte den Kopf. »Er ist am Boden zerstört, anders kann man's nicht ausdrücken. Er trinkt viel zu viel und regt sich furchtbar auf. Wir haben ihm eingeschärft, er soll dich bloß nicht anrufen, wir wollten so etwas verhindern. Wenn er nüchtern ist, geht es, aber wenn er sich einen ansäuft, verliert er die Kontrolle. Danny hat sich wirklich gut um ihn gekümmert, aber heute Nacht ist er wohl entgleist.«

»Ich glaube, er hasst mich.«

»Eben nicht. Das ist ja das Problem. Er müsste eine gesunde Hassphase durchmachen. Dann wäre alles besser.«

Ich hätte so gern meine Hand auf die ihre gelegt, aber ich konnte nicht. »Danke«, sagte ich stattdessen nur. »Danke, dass du wieder mit mir redest.«

Sie schnitt eine Grimasse verzweifelter Ungeduld. »So ein Unmensch bin ich ja auch wieder nicht. Ich konnte doch nicht im Bett liegen und mit anhören, wie Lucas dich anschreit und du dir die Seele aus dem Leib heulst. Da musste ich doch was tun.«

»Das meine ich ja. Danke.«

»Aber du brauchst nicht zu glauben, dass damit wieder alles in Butter ist.« Sie fischte ein Marshmallow aus dem Kakao und schob es sich in den Mund. »Ganz verziehen hab ich dir noch nicht. Aber wahrscheinlich lasse ich mich doch breitschlagen, unter der Bedingung, dass so was nie wieder vorkommt. Ich habe ja schon eingesehen, dass es mit dir und Greg wohl was ziemlich Ernstes ist. Offensichtlich macht er dich glücklich.«

»Marth ...«

»Überhaupt finde ich es grauenhaft, wie wir hier in den letzten Wochen leben. Voll beknackt. Ich halt das nicht länger aus; ich hab schon überlegt, ob ich ausziehen soll.«

»Ich auch.« Vor zwei Tagen hatte ich mir ein Zimmer in einem anderen Haus angesehen. Es hatte mir ganz gut gefallen, aber der Gedanke, von Martha wegzuziehen, war so schmerzhaft, dass ich dem Mädchen wieder abgesagt hatte.

»Was ist mit Rachel?«, fragte ich.

»Was soll mit ihr sein? Ich glaube, sie wird dir nie verzeihen, wenn du das meinst. An deiner Stelle würde ich gar nicht erst versuchen, ihr etwas zu erklären oder dich zu entschuldigen – die Mühe kannst du dir sparen. Sie würde dir nicht zuhören.«

»Hast du sie gesehen? Fährt sie auch zu Lucas raus?«

»Sie war nicht wieder dort, nein, aber Michael und ich haben sie letzte Woche getroffen. Sie hatte in ihrem Laden einen Sektempfang, zur Präsentation einer neuen Designerin.«

Wieder schlug die Melancholie über mir zusammen. Früher wäre ich bei einem solchen Ereignis automatisch auf der Gästeliste gewesen. »Hat sie mich erwähnt?«

»Warum sollte sie? Ich glaube, sie würde am liebsten vergessen, dass es dich gibt.«

Ich nippte an meinem Becher, um zu verbergen, dass mir schon wieder Tränen in die Augen gestiegen waren. Ich wollte auf keinen Fall, dass Martha die Geduld mit mir verlor.

»Ich rechne es dir hoch an, dass du Greg noch nicht angeschleppt hast.«

»Das wäre mir nie eingefallen. Ich hätte das ziemlich daneben gefunden.« Ich tupfte mir die Augen mit dem Ärmel der Strickjacke ab.

»Aber wenn du ihn jetzt mitbringen willst, dann ist das von mir aus in Ordnung. Ich mag ihn ja, wie du weißt. Und da es nun mal so aussieht, als würdet ihr zusammenbleiben, wird's Zeit, sich an den Gedanken zu gewöhnen.«

Ich wünschte, ich könnte ihr von Greg und mir erzählen. Sie war die Einzige, mit der ich immer völlig offen über meine Beziehungen geredet hatte. Doch dafür war es noch viel zu früh.

»Übrigens – auch ich hab dir was mitzuteilen«, sagte sie. »Etwas ganz Persönliches.« Ihre Stimme hatte sich verändert, die freundliche Strenge war einem vertraulichen Ton gewichen – hier kam wieder ganz die alte Martha durch, von Distanz nichts mehr zu spüren. Ihre Augen funkelten.

»Was denn?«

»Ich hab wieder jemanden.« Sie lächelte schüchtern, aber stolz. Sie schlug ein Bein unter, eine kleine Spannungspause.

»Wirklich? Wer ist es denn?«

»Du musst versprechen, es niemandem zu erzählen.«

»Warum?«

»Er findet, wir sollten es im Moment noch geheim halten. Nur, bis wir sicher sind.«

»Also, wer? Erzähl.«

Sie hielt inne – gleich würde sie die Blase ihrer exklusiven Zweisamkeit zum Platzen bringen. »Danny.« Sie lachte, aber als sie mein Gesicht sah, mischte sich ein Anflug von Unbehagen darunter. »Ach, Jo. Das ist doch keine große Überraschung, oder? Du weißt doch, dass er mir schon immer gefallen hat.«

Ich rang um einen einigermaßen neutralen Ausdruck. »Nein. Ich hatte keine Ahnung. Ich meine, wir wissen natürlich, dass er charmant ist. Und gut aussieht.«

»Er ist toll, Jo.«

»Wann seid ihr euch denn nähergekommen?« Bitte, lieber Gott, dachte ich, nicht noch während seiner Affäre mit Michael.

»Vor zwei Wochen. In Stoneborough natürlich. Lucas war total blau und wir mussten ihn ins Bett bringen. Michael ist wie üblich zusammengeklappt. Ich weiß auch nicht – wir sind bis ziemlich spät im Salon geblieben und er … hat sich einfach zu mir gebeugt.«

Ich grübelte nach, was ich sagen könnte. Es brannte mir auf der Zunge, ihr von Michael zu erzählen, aber ich wusste nicht wie, ohne einen erneuten Bruch zu riskieren. Gerade jetzt durfte ich nicht diejenige sein, die ihr das neue Glück vermieste. Dann würde sie vielleicht nie wieder mit mir reden.

»Das ist doch kein Vergehen!« Mein Schweigen provozierte sie. »Ich weiß, dass man sich erst daran gewöhnen muss, nachdem wir so lange nur gute Freunde waren, aber es ist einfach super.«

»Martha, das ist nicht der Punkt.«

»Niemand wird dadurch verletzt«, sagte sie spitz. Patzig räumte sie die leeren Becher ab. »Kannst du dich nicht einfach für mich freuen? Ich bin nun mit jemandem zusammen, der mir schon immer gefallen hat. Ich weiß, dass du ihn nicht magst, aus welchen lächerlichen Gründen auch immer. Du solltest da endlich mal über deinen Schatten springen. Es gibt zwischen uns allen schon genug Probleme.«

»Ich freue mich ja für dich. Und ich möchte, dass du glücklich bist. Aber sei vorsichtig.« Ich wollte meine Botschaft ein bisschen verpacken. »Du kennst doch seinen Freiheitsdrang.«

Sie lächelte wieder. »Das mag ich ja gerade an ihm.«

»Pass auf dich auf.«

»Tu ich schon, aber damit hab ich kein Problem. Weißt du,

auch die wildesten Kerle müssen mal zur Ruhe kommen. Es wird echt super werden. Aber sag's im Moment noch niemandem, ja?«

»Da sowieso niemand mit mir redet, glaube ich, dass dein Geheimnis ziemlich gut aufgehoben ist.«

Sie sah mich kurz an, dann lachten wir beide.

Zwei Wochen später geschah es zum zweiten Mal. Greg und ich waren im Kino und kamen gegen elf zu mir nach Hause. Als wir aus dem Taxi stiegen, hörte ich drinnen schon das Telefon klingeln. Ich suchte in meiner Tasche hastig nach dem Schlüssel und schloss auf. Dann stürzte ich in die Diele und hob ab. »Hallo?«

»Jo, ich bin's.«

Greg kam hinter mir herein und schloss die Tür. Er sah den Ausdruck auf meinem Gesicht.

Ein, zwei Sekunden war es still, dann hörte ich das Anreißen und Aufflammen eines Streichholzes. Ich stellte mir vor, wie Lucas den Kopf drehte, um sich die Zigarette anzuzünden. »Ich wollte mich für unser letztes Gespräch entschuldigen«, sagte er schließlich.

»Kein Thema. Vergessen wir's einfach.«

»So leicht kann ich das nicht vergessen. Das hätte nicht passieren dürfen. Auch wenn es keine Entschuldigung ist: Ich war sehr betrunken.«

»Ich weiß. Vergiss es. Ehrlich.«

Greg fragte mich lautlos, ob alles in Ordnung wäre. Ich nickte und er ging in die Küche, damit ich ungestört reden könnte.

»Das ist nicht das Einzige, was mir leidtut«, fuhr Lucas fort. »Der letzte Abend in Stoneborough. Ich weiß nicht, was über mich gekommen ist. Mein Angriff auf dich … Wenn ich jetzt daran denke, kann ich's kaum begreifen. Ich war wie besessen, völlig außer mir.«

Ich erinnerte mich daran, wie er sich auf mich gestürzt hatte, wie beängstigend das war. Er schien jede Kontrolle über sich verloren zu haben. Doch trotz meiner Panik wusste ich, dass er einem Impuls von außen gehorcht hatte – das war nicht der Lucas, den ich kannte. »Es war meine Schuld«, sagte ich.

»Nein«, widersprach er. »Das stimmt nicht. Ich hab dir Angst gemacht und das tut mir sehr leid. Das werde ich mir nie verzeihen.«

Mein Unbehagen begann sich zu legen – anfangs hatte ich gedacht, dass Lucas mir mit einem so späten Anruf wieder die Hölle heißmachen wollte.

»Ich hab dir schon längst verziehen«, sagte ich. »Du warst von den Ereignissen überrollt, aber du hast mich nicht verletzt.«

»Darüber bin ich heilfroh.« Lucas machte eine Pause. »Ohne dich sind die Wochenenden nicht mehr dasselbe. Jo, ich möchte, dass du zurückkommst.«

Ich schloss die Augen – Gott sei Dank konnte er mich nicht sehen. »Das geht nicht. Ich bin jetzt mit Greg zusammen.«

»So hab ich's nicht gemeint. Ich möchte, dass du wieder nach Stoneborough kommst.«

Greg kehrte leise in die Diele zurück und hockte sich vor mich hin. »Alles klar?«, flüsterte er. Er strich mir über die Haare und ging um mich herum, die Treppe hoch.

»War er das?«, fragte Lucas.

Im ersten Moment hätte ich es am liebsten abgestritten, überlegte es mir dann aber anders.

»Ich bin einsam, Jo, verdammt nochmal. Ich möchte dich wieder hier haben.«

»Lass uns Zeit. Ich glaube, wir sind alle noch nicht ganz so weit.«

»Ich schon.«

»Lucas, es ist noch zu früh. Glaub mir. Wenn wir alle wieder ruhiger geworden sind, kommen wir gern raus, aber nicht vorher, ja?« Jetzt trat ein, wovor ich mich gefürchtet hatte: Ich hörte, wie Lucas die Tränen kamen. »Bitte nicht weinen«, beschwor ich ihn.

»Ich kann nichts dagegen tun. Ich vermisse dich so.«

Die Worte brachen mir das Herz, aber ich konnte ihm nicht helfen. Es gab keine Lösung, keinen aufrichtigen Trost; ich murmelte leere Phrasen in den Hörer. Und ich schäme mich, es zuzugeben, aber in mir meldete sich noch ein weiteres Gefühl: Lucas wurde mir lästig. Greg saß oben in meinem Zimmer, und ich wollte bei ihm sein und nicht unten auf der Treppe hocken und Lucas beim Weinen zuhören. Ich verbot es mir jedoch, ihn zu drängen oder das Gespräch abzuwürgen. Das wäre unverzeihlich gewesen. Stattdessen wartete ich und hörte zu. Über mir ging Greg ins Bad, ich hörte seine elektrische Zahnbürste summen – seine Art, mir mitzuteilen, ohne Druck auf mich auszuüben, dass er da war und auf mich wartete. Irgendwann hatte sich Lucas ausgeweint, legte auf, und ich war wieder frei.

Danach wurden die Anrufe immer häufiger. Zwei davon nahm ich selbst entgegen; einmal bekam ich wüste Beschimpfungen zu hören und musste mich vom stockbetrunkenen Lucas als Nutte beschimpfen lassen; am nächsten Abend folgten tränenreiche Entschuldigungen. Den Abend darauf nahm Martha für mich ab und behauptete, ich wäre nicht da. Schließlich hängten wir nach zehn Uhr abends das Telefon aus, und wenn mein Handy klingelte, sah ich erst auf dem Display nach, bevor ich ranging. Furchtbar, einen Menschen so zu behandeln, der einmal der beste Freund gewesen war, aber ich wurde nicht anders damit fertig. Ich tat ihm damit wohl auch einen größeren Gefallen, als wenn ich ihn anhörte und Dinge sagen ließe, die er in nüchternem Zustand bitter bereuen würde.

Kapitel XVIII

Ich weiß nicht, ob wir die nächsten Ereignisse hätten voraussehen können. Vielleicht, wenn unser eigenes Leben uns nicht so in Anspruch genommen hätte. Aber wir hielten nicht Ausschau; unsere Aufmerksamkeit war auf andere Dinge gerichtet – bei uns allen. Es fiel mir schwer, mich auf etwas anderes als meine Beziehung mit Greg zu konzentrieren. Ich verbrachte den größten Teil meiner Zeit entweder mit ihm oder damit, über ihn nachzudenken. Auch entwickelte ich einen bis dahin ungekannten hausfraulichen Eifer, brütete stundenlang über Kochbüchern und überlegte, was ich abends für uns kochen könnte. Ich besorgte kleine Naschereien für ihn – Nougateier zum Beispiel, die er liebte – und steckte sie ihm morgens in die Sakkotaschen, wo er sie später finden würde. Dem geliebten Mann etwas Gutes zu essen zu machen ist wohl ein sehr elementares Bedürfnis. Ich erzählte Martha nichts davon, da ich befürchtete, sie würde mich hoffnungslos altmodisch finden, doch vielleicht hätte sie jetzt sogar Verständnis für mich. Sie hielt ihre Beziehung mit Danny zwar immer noch unter Verschluss und hatte mich angefleht, nicht einmal Greg etwas davon zu erzählen; aber gelegentlich ertappte ich sie dabei, wie sie mit leerem Blick aus dem Fenster lächelte oder die Schnulzen im Radio mitsummte. Jedem Unbeteiligten musste bei unserem Anblick schlecht werden.

Dass ich so glücklich war, schien auch von mir auszustrahlen und auf andere Bereiche meines Lebens abzufärben. Die Nachrichtenredakteurin der *Times* hatte mich wie angekündigt angerufen und gefragt, ob ich eine Wochenendschicht übernehmen wolle. Obwohl das bedeutete, zwölf Tage am Stück zu schuften, war ich ganz aus dem Häuschen vor Aufregung. Ich fürchtete, Greg wäre enttäuscht, dass wir das Wochenende nicht zusammen verbringen könnten, doch es ergab sich, dass auch er arbeiten musste. Als Belohnung für unseren Fleiß wollten wir in einem schönen Lokal essen gehen.

Es war für mich ein irres Gefühl, die Redaktionsräume der *Times* zu betreten. Selbstverständlich war auch die *Gazette* eine richtige Zeitung und auch unsere Storys waren Nachrichten, aber das hier hatte doch eine andere Dimension. Die Nachrichtenzentrale sah aus wie jedes andere nicht ganz straff organisierte Großraumbüro, dennoch, ich hatte das Gefühl, als stieße ich endlich zum wahren Kern des Journalismus vor und mein Traum wäre nahe daran, sich zu erfüllen. Alles dort schien bedeutungsvoll. Da standen die Schreibtische der berühmten Journalisten, deren Namen ich unter den Artikeln las, seit ich selbst den Ehrgeiz entwickelt hatte, Journalistin zu werden; sie hatten ihren eigenen Ablagekorb mit ihrem Namen darauf. Die Sonntagsausgabe hatte ein Exklusivinterview mit einem Minister gebracht, woraufhin den ganzen Tag die Telefone klingelten. Am Samstag bekam ich alles gezeigt, dann konnte ich recherchieren und eine eigene Story schreiben, die prompt in der Montagsausgabe erschien. Als der Zeitungshändler in Gregs Straße aufmachte, stand ich schon vor der Tür. Meinen Dienstausweis trug ich die ganze Woche in der Handtasche herum, und wenn ich in der *Gazette* einen ruhigen Moment hatte, zog ich ihn heimlich hervor und alles stand mir wieder vor Augen.

Es passierte am Donnerstag jener Woche. Ich wollte bei Greg übernachten und wir saßen eng umschlungen auf dem Sofa im Erkerfenster, als mein Handy in der Tasche klingelte. »Geh nicht ran«, bat er und streifte mir den Träger meines BHs von der Schulter. Irgendwann hörte das Klingeln auf. »Gut«, sagte er lächelnd. Ich berührte mit dem Finger seine Wimpern, er blinzelte und küsste mich. Das Handy fing wieder an zu klingeln. »Herrgott nochmal«, fluchte er. »Haben wir denn nie unsere Ruhe?«

Widerstrebend machte ich mich los und tastete in meiner Handtasche herum. »Stoneborough.«

»Geh nicht ran. Bitte, Jo.«

Ich steckte das Handy in die Tasche zurück, brachte es aber nicht über mich, es auszuschalten. Drei Sekunden später klingelte es wieder. »Gib's mir.« Er schnappte sich meine Tasche und zog das Handy heraus. »Jo«, sagte er, als er das Display sah. »Das ist nicht Stoneborough. Sondern Dannys Handy.«

»Was?« Ich konnte an einer Hand abzählen, wie oft mich Danny in meinem Leben angerufen hatte.

»Nimm's lieber an«, sagte er resigniert. Er stand auf und begann seine Kleidung wieder in Ordnung zu bringen, knöpfte sämtliche Knöpfe zu, die ich aufgeknöpft hatte.

Gereizt meldete ich mich. »Danny?«

Auf das, was nun folgte, war ich völlig unvorbereitet. Danny war hysterisch, brachte kaum ein Wort heraus. Er atmete flach und hastig, es hörte sich an, als ringe er um Atem. Ich wurde nicht schlau aus dem Durcheinander, das aus dem Hörer kam.

»Beruhige dich. Beruhige dich. Ich versteh nichts«, sagte ich. Greg vermutete, dass ich mit Lucas redete, ging in die Küche und schenkte sich ein Glas Wein ein. »Beruhige dich, Danny. Erzähl mir, was passiert ist.«

Endlich gelang es ihm, einen vollständigen Satz herauszubringen. »Lucas hat eine Überdosis Tabletten geschluckt.«

»Was? Bist du sicher? Was ist mit ihm los? Wo ist er?«

Wieder stieß Danny in seiner Panik lauter Unsinn hervor.

»Ist er bei Bewusstsein? Okay, Danny – du legst jetzt sofort auf und rufst den Rettungswagen. Hörst du mich? Du musst den Notarzt anrufen. Klar kannst du. Himmelarsch, reiß dich zusammen!«

»Ich kann nicht. Ich kann nicht. Du musst herkommen. Hilf mir. Bitte, hilf mir.«

»Ich komme, aber du musst ihn vorher ins Krankenhaus schaffen. Ich ruf von hier aus den Notarzt an, dann fahr ich los, so schnell ich kann. Bis der Notarzt kommt, musst du bei Lucas sitzen bleiben und dafür sorgen, dass er auf keinen Fall einschläft. Verstehst du mich? Wir müssen hoffen, dass er erbricht, und wenn er das tut, musst du darauf achten, dass er atmen kann. Lass ihn nicht ersticken. Er darf sich nicht hinlegen.«

Ich alarmierte den Rettungsdienst und rief Danny zurück. Es würde einige Zeit dauern, bis der Notarzt bei ihnen draußen wäre. Ich hoffte nur, dass Lucas wach bliebe und Danny fähig wäre, ihm zu helfen, wenn es kritisch würde. Gewettet hätte ich darauf nicht.

»Ich fahre«, sagte Greg und nahm seine Autoschlüssel. »Du kannst Danny unterwegs wieder anrufen.«

Den ersten Teil der Fahrt fühlte ich mich wie schizophren. Die vernünftige Seite in mir redete auf Danny ein, beruhigte ihn und forderte ihn auf, Lucas zum Wassertrinken zu bewegen. Der Rest meines Gehirns jagte fieberhaften Gedanken nach. Ich konnte einfach nicht glauben, dass Lucas so etwas getan hatte. Ich wusste natürlich, dass ihn die momentane Situation sehr quälte. Aber wirklich zu versuchen, sich das Leben zu nehmen – das hatte eine andere Dimension. Ich betete inständig, dass er die Sache überstehen würde, ballte so heftig die Fäuste, dass mir die Fingernägel in die Handflächen schnitten. Lucas war noch bei Bewusstsein, hatte Danny mir erzählt, aber er hatte eineinhalb Flaschen Scotch intus und dazu den Inhalt etlicher Tablettenschachteln. Danny hatte in Lucas' Zimmer haufenweise Schachteln mit Schmerztabletten gefunden, sämtliche Tabletten waren aus ihren Folientafeln herausgedrückt und verschwunden. Ich versuchte ihn dazu zu bringen, die fehlenden Tabletten zu zählen, doch dazu war er nicht in der Lage. Etwa zwanzig Minuten nach meinem Anruf traf der Notarzt ein. Ich hörte Danny die Treppe hinunterrennen und die Haustür aufreißen, hörte die

Angst in seinen übersprudelnden Worten, die ruhige Sachlichkeit der Sanitäter.

»Wo bringen sie ihn hin, Danny? Frag sie.«

»Ins John Radcliffe.«

Als wir im Krankenhaus in Oxford ankamen, befand sich Danny im Warteraum der Notfallambulanz. Er war außer sich, irrte herum wie ein verängstigter Vogel und schaffte es nicht, sich irgendwo auf der Plastikstuhlreihe niederzulassen. Er hatte aus einer der Schachteln auf dem Regalbrett ein Infoblatt herausgenommen und riss es in schmale Streifen, die hinter ihm auf den Boden flatterten, während er auf und ab tigerte. Seine Sneakers quietschten auf dem Linoleum, seine Haut hatte im Licht der Leuchtstoffröhre einen beunruhigenden Grünstich. Als er uns draußen kommen sah, rannte er uns den Gang entlang entgegen, was ihm den missbilligenden Blick einer Krankenschwester eintrug. »Gott sei Dank«, sagte er. »Gott sei Dank seid ihr da.«

»Wo ist er?«, fragte ich.

»Die holen das Zeug aus ihm raus. Mein Gott, wenn ich ihn nicht gefunden hätte! Er hätte sterben können.«

Ich wollte ihn nicht darauf hinweisen, dass Lucas immer noch sterben konnte, wenn sie das Aspirin und Paracetamol nicht schnell auspumpten. Plötzlich überfiel mich die volle Bedeutung dessen, was Lucas getan hatte, und ich sank auf einen der Stühle. Greg setzte sich neben mich und nahm meine Hand.

»Ich könnte es nicht ertragen, wenn ihm etwas passiert«, murmelte Danny, nahm ein neues Infoblatt und zerknüllte es. »Ich könnte es nicht ertragen.«

»So weit wird es nicht kommen, Danny«, sagte Greg. »Komm, setz dich hin, und ich hol Tee für uns alle.« Er machte sich auf die Suche nach einem Automaten und ließ Danny und mich alleine. Wir schwiegen kurz; ich beobachtete seine Hände, die das Papier wie selbsttätig immer wieder knickten und zur Ziehharmonika falteten.

»Er ist der einzige Mensch, der in meinem ganzen Scheißleben immer für mich da war«, sagte er. »Der einzige Mensch, dem ich nicht total scheißegal bin. Der einzige Mensch, der mir jemals geholfen hat oder mit mir zusammen sein wollte, und das nicht nur wegen der Partys, zu denen ich ihn mitnehmen konnte, wegen der Leute, die ich kannte, oder wegen der Drogen, die ich besorgen konnte. Weißt du, was das heißt? Hast du überhaupt eine Ahnung, was das bedeutet? Ha?«

»Nein«, sagte ich.

»Lucas ist meine Familie. Er ist mein Bruder. Du wirst ihn mir nicht wegnehmen, kapiert?«

Ich sah an seinem Blick, das er mir die Schuld an allem gab, mich aber gleichzeitig im Moment brauchte, sodass er seinen aufgestauten Hass nicht ungehemmt entladen konnte. Doch er gab mir auch ohne Worte zu verstehen, dass er mir, falls Lucas stürbe, das Leben zur Hölle machen würde.

Er wandte sich ab, und wir schwiegen wieder, bis Greg mit drei Plastikbechern Tee zurückkam. Der Tee war zu heiß, und ich nippte eigentlich nur daran, um eine Beschäftigung zu haben, und nicht, weil ich ihn wirklich trinken wollte. Ich fühlte mich zittrig, vor Angst und Schuldgefühlen war mir ganz flau im Magen. War das wirklich meine Schuld? Ich hatte Lucas eines anderen wegen verlassen und seine Anrufe ignoriert, als er offensichtlich litt. Ich hatte mein Handy ausgeschaltet, als er mich brauchte. Es kam mir jetzt unglaublich vor, dass ich so etwas fertiggebracht hatte. Was war ich bloß für ein Mensch?

Ich sah die anderen Leute im Warteraum an, die sich leise unterhielten oder geistesabwesend alte Zeitschriften durchblätterten und ungelesen weglegten. Danny stand wieder auf und lief hin und her.

»Komm, Danny, wir gehen eine rauchen. Ich glaube, wir brauchen jetzt beide eine Zigarette«, sagte Greg und stand auf.

»Ich kann nicht weg. Wenn es was Neues gibt?«

»Dann wird Jo uns Bescheid sagen.«

Danny warf mir einen bitteren Blick zu und folgte Greg. Als sie zurückkamen, ging ich auf den Parkplatz vor der Ambulanz hinaus. Die Nacht war klar, vom Krankenhaushügel aus konnte ich unter mir die Lichter Nordoxfords sehen, und da wir weit genug vom Stadtzentrum entfernt waren, leuchteten die Sterne hell über mir, wie mit der Nadel in den indigoblauen Himmel gestochen. Ich rauchte eine Zigarette, dann eine zweite. Lucas, du Idiot, dachte ich. Du verdammter Idiot. Dann fiel mir Patrick ein. Natürlich. Auch er hatte Tabletten geschluckt. Weil ich so mit meinen eigenen Angelegenheiten beschäftigt war, hatte ich fast vergessen, dass Lucas noch andere Gründe zum Trauern hatte.

Ich ging wieder hinein, und wir tranken einen weiteren Becher brühheißen Tee. Endlich erschien ein Assistenzarzt und berichtete uns, sie hätten Lucas den Magen ausgepumpt und alles wäre in Ordnung, er würde überleben, müsse aber zur Beobachtung in der Klinik bleiben. Danny legte den Kopf in die Hände und starrte mindestens eine Minute lang seine Schuhe an.

»Ich komm nicht mit rein«, sagte Greg. »Ich warte hier draußen, falls du mich brauchst.«

Lucas lag in einem Nebenraum, auf einen Berg Kissen gestützt, als hätte er einen Kampf verloren. Sein Gesicht war blutleer, ebenso seine Hände, die auf der Steppdecke lagen, seine Augen rot gerändert. Als ich hineinging, fühlte ich mich wie immer im Krankenhaus furchtbar befangen, als würde mir ein Mensch durch seinen Krankenstatus fremd, denjenigen unterlegen, die sich frei bewegen können, gleichzeitig aber wichtiger, da seine Körpersignale mit einer Ehrfurcht überwacht und analysiert werden, wie sie sonst kultischen Ritualen vorbehalten bleibt.

Ich ließ Danny den Vortritt, doch Lucas suchte hinter ihm nach mir. »Du bist gekommen«, sagte er. Seine Stimme war brüchig, als hätte er seit Jahren nicht mehr gesprochen.

»Lucas.« Danny setzte sich auf den Stuhl neben dem Bett und legte die Stirn auf die Decke. »Versprich mir, dass du so was nie wieder tust. Hörst du mich?«

»Ja.« Er sah mich über Dannys Kopf hinweg an.

Ich näherte mich vorsichtig der Bettkante. Lucas hing am Tropf, und wo der Schlauch in seinen Unterarm führte, war ein kleiner blauer Fleck.

»Warum hast du das getan?«, fragte Danny. »Was war so schlimm, dass du mit mir nicht darüber reden konntest?«

»Ich weiß nicht, ich kann's nicht erklären.« Lucas strich über die Bettdecke. »Ich war sehr traurig.« Ihm kamen Tränen, die in zwei geraden Linien seine Wangen herabliefen. Er machte sich nicht die Mühe, sie wegzuwischen.

»Du kannst immer mit mir reden. Über alles. Wenn irgendwas schiefläuft, wenn ich was falsch mache, brauchst du's mir nur zu sagen. Aber mach so was nie, nie wieder.«

Lucas sagte nichts, nickte aber langsam; neue Tränen liefen ihm über das Gesicht.

Ich hatte immer noch nichts gesagt. Ich traute mich nicht.

Eine Schwester kam herein und goss Lucas aus einem zerkratzten Plastikkrug ein Glas Wasser ein. Sie stellte es auf den Tisch, der auf der Höhe von Lucas' Knien quer übers Bett reichte. »Alles in Ordnung?«, fragte sie. »Sie sollten so viel wie möglich trinken. Ich weiß, dass das Schlucken wehtut.« Sie ging wieder hinaus und ließ uns allein.

»Danny, du siehst furchtbar aus«, krächzte Lucas.

»Also, du wirst so auch keinen Blumentopf gewinnen, das kannst du mir glauben«, erwiderte er lächelnd.

»Geh doch mal eine rauchen.«

Danny sah erst aus, als wollte er protestieren, doch dann respektierte er Lucas' Bitte und stand auf. Er machte einen großen Bogen um mich herum, als wäre ihm der Gedanke, mich vielleicht kurz zu streifen, widerwärtig. Sobald er das Zimmer verlassen hatte, streckte Lucas die Hand aus und fasste mich am Arm. Wir sahen einander an.

»Warum hast du das getan?«, fragte ich. »Wolltest du dich wirklich umbringen? Du hast es fast geschafft.«

»Ich wollte so nicht weiterleben«, sagte er. »Ich habe niemanden mehr. Es ist mir so ein großes Bedürfnis, dass wir wieder Freunde sind.«

»Du hättest es nur zu sagen brauchen. Du hättest nicht …« Mein Blick irrte ab.

»Ich hab's gesagt. Du hast mich nicht angehört.«

Die Erkenntnis, wie sehr ich ihn im Stich gelassen hatte, brach aufs Neue über mir herein, und jetzt kamen auch mir die Tränen. Lucas zog an meiner Hand, bis ich mich zu ihm auf die Bettkante setzte. Ich konnte ihm nicht in sein geschundenes Gesicht sehen. Stattdessen kehrte mein Blick immer wieder zu dem blauen Fleck auf seinem Arm zurück.

»Ich weiß, dass du jetzt mit Greg zusammen bist und sich daran nichts ändern wird«, sagte er. »Das muss ich akzeptieren. Jo, erinnerst du dich daran, was Elizabeth erzählt hat? Als sich Patrick und meine Mutter getrennt haben, hat er sich dadurch nicht alles kaputtmachen lassen. Patrick war immer mit meinen Eltern befreundet. Er hätte sie verlieren können, aber das ist nicht geschehen.«

»Du wirst mich nicht verlieren.«

»Es wäre schon fast so weit gekommen. Aber das darf nicht passieren.«

»Auf die Dauer hättest du mich nicht verloren. Es war nur eine Frage der Zeit. Rachel wird nie wieder ein Wort mit mir reden, aber unsere Freundschaft ist stärker. Das wissen wir beide.« Ich fühlte mich wie in einem Film, als würde ich Sätze sagen, die ein anderer für mich geschrieben hatte. Ich wünschte, ich meinte sie ehrlich – irgendwo meinte ich sie auch ehrlich –, doch dem Sog der alten Beziehung widersetzte sich nun eine starke Gegenkraft. Mein innerer Magnetpol hatte sich verschoben.

Er drückte meine Hand. »Der Sommer kommt, und es ist wunderschön in Stoneborough. Das solltest du dir anschauen. Ich werde wieder mit meinem Roman anfangen und brauche deine Expertenmeinung.«

Ich hatte keine Chance, nein zu sagen. Ich lächelte so aufrichtig ich konnte und strich ihm die Haare aus dem Gesicht. »Aber wir lassen es ganz behutsam angehen, ja? Kein Druck, auf beiden Seiten nicht. Akzeptierst du, dass du für den Rest deines Lebens mit mir geschlagen bist?«

Er versuchte zu lachen, doch sein Hals tat zu weh. Er verzog das Gesicht vor Schmerz.

»Ganz ruhig«, sagte ich. »Und alles der Reihe nach. Aber eins musst du mir noch versprechen, wenn du hier rauskommst.«

»Was denn?«

»Ich möchte, dass du nicht mehr so viel trinkst.«

Er wandte den Blick ab. »Ich weiß. Als es mir so schlecht ging, war Alkohol das Einzige, was mir geholfen hat. Am Ende fühlte ich mich noch mieser, aber da gab es diese goldene Stunde, in der ich gut drauf war.« Er sah mich wieder an. »Jo, du musst mir helfen. Ich will nicht zum Alkoholiker werden. Ich will nicht werden wie mein Vater.«

Danny sah erschöpft aus, bestand aber darauf, bei Lucas zu bleiben. Er hatte die Schwester mit seinem Charme bezirzt, dass sie eine zusätzliche Decke herausrückte, und wollte versuchen, auf dem Stuhl neben dem Bett ein paar Stunden zu schlafen.

Wir trafen uns kurz auf dem Flur, bevor ich ging. Trotz aller Spannungen zwischen uns und seinem anfänglichen Versagen bei der Krise heute empfand ich mehr Verständnis und Sympathie für ihn als je zuvor. Und es bewegte mich, wie entschieden er sich für Lucas engagierte. Die Gründe dafür reichten viel tiefer, als ich vermutet hatte. Ich versuchte ihm beim Abschied etwas von meinen Gefühlen mitzuteilen. »Danny«, sagte ich, »du hast heute Abend viel geleistet, als du Lucas wach gehalten hast. Mit ihm geredet hast …«

Ich verstummte, als ich sein Gesicht sah.

»Was hätte ich denn sonst tun sollen, Joanna?«, fragte er. »Rumsitzen und ihn sterben lassen?«

»Natürlich nicht. Ich wollte sagen …«

Seine Augen verengten sich, die Kajalumrandung stach hart von ihrem Blau ab. »Zwischen uns beiden ändert sich nichts, bloß weil er dich wieder in Stoneborough haben will. Schau, was du ihm angetan hast.« Er machte eine heftige Geste in die Runde. »Das ist alles deine Schuld.«

»Danny …«

»Du kannst sagen, was du willst, aber du weißt selber, dass es deine Schuld ist. Das hast *du* zu verantworten, Joanna. Deinetwegen wäre er fast gestorben.«

Ich drehte mich um und ging. Es war mir klar, dass er mich mit seinen Worten absichtlich und gezielt verletzen wollte; trotzdem prallten sie nicht spurlos von mir ab.

Dass er auf mich losging, diente ihm als Ventil für seine eigene Angst, aber er bestrafte mich auch dafür, dass er mich seine Schwäche hatte sehen lassen. Ich würde dafür bezahlen, dass ich diejenige war, die er heute hatte anrufen müssen. Ich würde auch dafür bezahlen, dass ich von ihm erfahren hatte, wie tief seine Gefühle für Lucas gingen. Er konnte nicht mehr so tun, als hätte er keine Altlasten am Hals und wäre innerlich viel zu frei und zu gut drauf, um sich wie wir anderen in emotionale Beziehungen zu verstricken. An diesem Punkt fiel mir auf, dass er keine Sekunde daran gedacht hatte, Martha anzurufen.

Ich holte Greg im Warteraum ab, und wir gingen in die erste Stunde des neuen Morgens hinaus. Es war gerade fünf Uhr vorbei und schon kündigte sich einer jener fast schmerzhaft schönen Oxforder Frühsommertage an, wenn die Blätter gerade ihr frisches Grün entfalten und die Luft bei jedem Atemzug alle Zutaten zu enthalten scheint, die zusammen das Glück ausmachen. Als Studentin hatte ich diese frühen Stunden oft erlebt, aber aus viel angenehmerem Anlass. Es war schwer zu glauben, dass mich ein Jahrzehnt später Lucas' Selbstmordversuch wieder hierhergeführt hatte.

Wir gingen über den Parkplatz zu Gregs Auto. »Er will, dass

du nach Stoneborough zurückkommst«, sagte Greg, kickte einen kleinen Stein weg und sah zu, wie er davonschlitterte.

»Er sagt, dass er mich vermisst und …«

»Darum dreht sich doch das Ganze. Er liebt dich.«

»Wir waren lange sehr eng befreundet und …«

»Er liebt dich und will dich zurückhaben.«

»So ist es ganz bestimmt nicht. So war es anfangs, aber das hat sich geändert. Ich glaube, ich bin zu einer Art Symbol für alles geworden, was er verloren hat.« Als ich das sagte, war ich von der Richtigkeit meiner Worte überzeugt. »Seine Eltern und Patrick sind für immer fort; ich bin das Einzige, was er wiedergewinnen könnte. Es geht nicht um mich, es geht darum, nicht noch mehr zu verlieren.«

»Ich sag dir, er will dich zurückhaben.« Wir stiegen ins Auto. Die Türen fielen mit einem dumpfen Geräusch ins Schloss. Greg warf mir einen merkwürdigen Blick zu. »Ich glaube nicht, dass du wirklich über ihn hinweg bist. Wenn du bereit bist, nach Stoneborough zurückzukehren …«

Ich konnte es nicht fassen. »Was? Du glaubst, ich will immer noch eine Beziehung mit Lucas?«

Er zuckte mit den Achseln. »Stimmt das nicht? Ich würde jedenfalls nicht zu Rachel rennen, um Händchen mit ihr zu halten. Ich glaube, du liebst ihn immer noch.« Er sah aus dem Fenster, wich meinem Blick aus. »Und wenn du ihn liebst, dann weiß ich nicht, was mit uns ist.«

Vor mir tat sich ein schwarzes Loch auf. »Das ist absurd«, sagte ich.

»Was soll ich denn denken, Joanna? Du klebst doch richtig an ihm.«

Noch nie hatte ich einen solchen Ton an Greg gehört – er klang so unbeteiligt. Das machte mir Angst, als wäre die Nähe zwischen uns, von der ich schon abhängig geworden war, plötzlich wieder in Frage gestellt. »Ich liebe Lucas nicht.« Ich hörte die Panik in meiner Stimme. »Nicht im Sinn von romantischer

Liebe. Weitere Besuche in Stoneborough sind das Letzte, was ich will, aber er hat es mir unmöglich gemacht, nein zu sagen. Das ist emotionale Erpressung«, sagte ich. »Bitte, Greg. Das weißt du auch. Ich werde unter Druck gesetzt. Lucas liegt mir am Herzen, und ich kann nicht zusehen, wie er dort untergeht. Aber ich will mit dir zusammen sein. Das musst du doch spüren.«

Er sagte immer noch nichts. Ich legte ihm meine Hand auf den Arm, doch er reagierte nicht.

»Schließlich ist das Ganze meinetwegen passiert«, sagte ich.

Da drehte er sich mit einem Ruck zu mir, sein Blick war hart. »Es ist nicht deine Schuld. Lass dir das bloß nie einreden, weder von ihm noch von jemand anderem.«

Ich konnte Greg nichts von Dannys Anschuldigungen erzählen. Und ich konnte ihm auch den Grund nicht gestehen, warum ich zurückkehren musste: um zu beweisen, dass Danny nicht der einzige wichtige Mensch für Lucas war, dass auch ich als Freundin zählte.

»Ich kann den Gedanken nicht ertragen, dass er dich immer noch haben will und solche Macht über dich besitzt. Wenn du immer wieder hinfährst, wird er dich nie loslassen«, sagte er. »Wir werden nie frei sein.«

»Ich weiß nicht, was ich sonst tun könnte. Ich sitze in der Falle.«

Wir schwiegen eine Weile, und ich dachte über die Situation nach. Lucas musste sich klar gewesen sein, dass seine Forderung auch eine Belastung für meine Beziehung mit Greg war. Ärger stieg in mir hoch.

»Du fühlst dich für ihn verantwortlich, stimmt's?«

Er hatte recht. Ich fühlte mich für Lucas in derselben Weise verantwortlich wie für meine jüngeren Brüder: Wenn einer von ihnen in Schwierigkeiten steckte, ließ ich alles stehen und liegen, um ihm zu helfen. Nicht nur, weil ich das wollte, sondern weil mich ein innerer Drang dazu trieb, der nichts mit Pflichtbewusstsein oder den Erwartungen anderer zu tun hatte. Dieses Gefühl hatte ich noch nie so klar erkannt.

»Du kannst Lucas nicht ewig beschützen, Joanna.«

»Nicht ewig. Aber jetzt, solange er noch trauert. Er hat so tiefe Verletzungen erlitten.«

»Ja, aber das riskiert man eben, wenn man sich verliebt. Es besteht immer die Möglichkeit, verlassen zu werden.«

Kapitel XIX

Die Kastanienbäume wölbten sich über der Zufahrtsstraße zu einem dunkelgrünen Tunnel, der Stoneborough Manor von der wirklichen Welt trennte. Wie Lucas gesagt hatte, war während meiner Abwesenheit der Sommer gekommen. Durch die großen Blätter fiel das letzte Licht, doch am Boden machte sich schon die Dunkelheit breit und verwandelte das Unterholz in eine schwarze, undurchdringliche Masse. Als ich nach dem Dorf von der Straße abbog, hatte ich das Gefühl, mich von der Normalität zu verabschieden, und atmete ein letztes Mal tief ein, bevor ich ins Wasser sprang und abtauchte. Im Rückspiegel sah ich, wie sich die Stichstraße hinter mir schloss. Mir hob sich der Magen; ich fühlte mich gar nicht wohl bei der Aussicht, wieder nach Stoneborough zu kommen. Was immer ich dort spürte, in London hatte es keine Macht über mich und ich wollte mich dem nicht wieder ausliefern. Mir graute vor dem Gefühl, beobachtet zu werden, diesem Gefühl, dass es dort jemanden oder etwas gab, was sehen konnte, ohne gesehen zu werden.

Ich wünschte, ich hätte Greg bei mir. Lucas hatte zwar gesagt, er wäre willkommen, doch Greg hatte die Vorstellung nicht behagt, mich zu begleiten, nicht beim ersten Mal. Außerdem fand er, dass auch ich heute Abend lieber nicht hätte hinfahren sollen. Ich kam direkt von der *Times*, mitten aus der Wochenendschicht, der dritten hintereinander. Ich war mit dem Auto ins Büro gefahren, damit ich nach der Arbeit so schnell wie möglich aufbrechen könnte. Morgen früh um neun müsste ich schon wieder am Schreibtisch sitzen. Ich wusste, dass ich mich unter

Zeitdruck setzte, aber seit Lucas' Verzweiflungstat waren zehn Tage vergangen und ich hatte ihm schon letztes Wochenende abgesagt. Als ich ihm zu verstehen gab, ich würde es auch dieses Wochenende nicht schaffen, hatte er so verletzt geklungen, dass ich doch nach einer Möglichkeit gesucht hatte zu kommen. Ich arbeitete nun seit drei Wochen durch und hatte die schlaflose Nacht, die wir im Krankenhaus verbracht hatten, noch nicht richtig nachgeholt. Auf der Autobahn musste ich mich anstrengen, wach zu bleiben. Nach diesem warmen Tag war es heiß in meiner Ente – allerdings nicht der einzige Grund, warum ich das Lenkrad mit feuchten Händen umklammerte.

Es war schon nach neun Uhr, als ich auf der Kiesauffahrt parkte. Ich stellte den Motor ab und gähnte. Draußen roch die Luft gleich ganz anders. Anstelle der metallischen Asphaltdünste heißer Straßen umhüllte mich der laue, liebliche Duft englischer Frühsommerabende – es war, als atmete das Land sanft aus. Im nachtblauen Himmel über mir schwenkte eine Fledermaus nach unten und schwirrte dann seitlich davon. Ich drehte mich zur abweisenden Fassade des Herrensitzes. »Ich hab keine Angst vor dir«, sagte ich laut, aber irgendwie erstarb die Unerschrockenheit, die ich dem Haus entgegenschleudern wollte, mitten in der Luft zu einem dünnen, eingeschüchterten Klangfädchen. Mich überkam plötzlich wieder ein Vorgefühl der Verletzlichkeit, die ich früher hier empfunden hatte; es verlangte mich nach Gesellschaft, und ich ging den Weg hoch, um zu klingeln.

Wer mir die Tür öffnete, war der vertraute Lucas, nicht der zornige, gewalttätige Lucas der Nacht unserer Trennung oder der Lucas aus dem Krankenhaus, der vernichtet und mit gebrochenem Herzen im Bett lag. Ich hatte den plötzlichen Drang, mich in seine Arme zu stürzen und ihn fest an mich zu drücken, um diese Inkarnation seines Ichs auf Dauer zu fixieren und die Wiederkehr der anderen zu verhindern. Ich trat auf ihn zu, und er berührte mich leicht an der Schulter. Wir sagten beide kein Wort, er nahm meine Übernachtungstasche und stellte sie am

Fuß der Treppe ab. Mit einem Husten sagte er: »Komm rein. Danny hat was Gutes aus dem Keller geholt. Wir haben dich etwas früher erwartet, deshalb hat er die Flasche schon aufgemacht. Ich hoffe, das macht dir nichts aus.«

»Natürlich nicht.«

»Ich trinke nicht. Ich bleibe zwei Wochen abstinent.«

»Gute Idee.«

In der Küche sprang Michael auf, um mich zu begrüßen. Ich hatte ihn zwei Monate nicht gesehen, wie ich jetzt merkte. Danny blieb am Tisch sitzen. Er begrüßte mich nicht, doch als er sicher war, dass keiner es sah, zog er ironisch eine Augenbraue hoch. Lucas holte für mich ein Glas aus dem Schrank, doch Martha drängte ihn, sich wieder hinzusetzen.

Meine Ankunft hatte sie bei einer Geschichte über das Frauenhaus unterbrochen, die sie gerade erzählte. Sie wiederholte für mich kurz den Anfang und fuhr dann fort. Ich war dankbar für die Chance, ein paar Minuten schweigend dazusitzen. Ob wohl jemand bemerkte, wie oft sie einen raschen Blick zu Danny hinüberwarf, um sich der Wirkung ihrer Pointen zu vergewissern? Sie konnte gut erzählen, und ich freute mich, dass er mit ihrer Geschichte mitging. Dass ihre Beziehung von Dauer wäre, hieße, sich zu viel zu erhoffen – allein schon die Tatsache, dass er Martha zur Geheimhaltung drängte, sagte genug –, aber mir wäre es unerträglich gewesen, wenn er sie herablassend behandelt hätte. Eine Gemeinheit oder Geringschätzigkeit, und ich könnte den Mund nicht halten und würde das Versprechen brechen, das ich ihr gegeben hatte. Ansonsten stellte ich erfreut fest, dass er Michael wieder zur Kenntnis nahm und Michael mit ihm redete. Vielleicht war auch diese Wunde am Heilen.

»Weil es schon spät ist, essen wir nur Omeletts, Jo«, sagte Lucas und goss sich noch ein Glas Orangensaft ein. »Jetzt, wo du hier bist, fang ich gleich an.«

»Nein, du bleibst sitzen, Lucas«, sagte Michael und stand auf. »Das übernehme ich.«

Die Küche war mit ihrer hohen Decke abends immer kalt gewesen, doch jetzt strömte durch die Terrassentüren warme Luft herein, und ich schwitzte sogar in meiner leichten Sommerbluse. Ich verkniff mir ein Gähnen – wie spät würde es wohl werden, bis ich mich abseilen und schlafen gehen könnte? Michael brach die Eier mit akribischer Sorgfalt in eine große Keramikschüssel, und ich hätte ihn am liebsten zur Eile angetrieben.

Nach dem Essen stand Martha auf, um aufs Klo zu gehen, und Lucas rutschte neben mich auf ihren Stuhl. »Danke, dass du gekommen bist«, sagte er leise.

»Du brauchst mir doch nicht zu danken, du Idiot«, sagte ich. »Es ist schön, hier zu sein.«

»Ich muss dir was zeigen. Ich weiß, dass du todmüde bist, aber es dauert nicht lang.«

Mir sank der Mut, aber ich lächelte. »Klar.« Ich sah auf die Uhr, es war schon nach elf. »Ich muss nur noch schnell anrufen, dann komme ich.«

Er presste die Lippen ein wenig zusammen, als er daran dachte, wen ich um diese Zeit anrufen wollte, doch dann rang er sich ein Lächeln ab. »Lass dir Zeit.«

Die Tischlampen waren die einzige Lichtquelle in der Eingangshalle; die Nacht hatte sich hier schon ausgebreitet und verschluckte wie schwarzer Sirup die Wände und die Büsten auf den Säulen. Das Mondlicht aus der Kuppel beleuchtete gerade noch das Treppengeländer. Ich wollte Greg nicht anrufen, wo unsichtbare Ohren lauschten, wirklich oder nur eingebildet. Ohnehin kam es für mich nicht in Frage, Lucas' Telefon zu benutzen, wenn er die Rechnung zahlte.

Drinnen hatte mein Handy keinen Empfang, deshalb musste ich in den Garten gehen. Ich verließ das Haus durch die Seitentür und stieg vorsichtig die Stufen von der Terrasse zum Rasen hinunter. Der Himmel war nicht schwarz, sondern von einem samtigen Dunkellila, und die vollkommene, cremefarbene Scheibe des Vollmonds darin so nahe, dass ich meinte, ich bräuchte mich nur auf die Zehenspitzen zu stellen, um sie berühren zu können. Sie warf ein eigentümlich helles Licht auf den Garten, den ich in allen Einzelheiten sehen konnte. Allzu weit wollte ich mich nicht vom Haus entfernen, weil ich mich unwillkürlich ein bisschen fürchtete, was in den Schatten weiter draußen lauern könnte. Also ging ich nur ein paar Schritte, bis ich Empfang hatte. Danny hatte mir einmal gesagt, dass das Handy weiter weg vom Haus besser funktionierte, doch allein mitten auf der weiten Rasenfläche würde ich mich schutzlos fühlen, als könnte etwas mit einem hässlichen Flügelschlagen aus der Luft auf mich herabstürzen und mich mitnehmen.

Ich sehnte mich danach, Gregs Stimme zu hören und zu wissen, dass die wirkliche Welt auch ohne mich immer noch existierte. Gerade schlossen die Pubs, und die Straßen in Shepherd's Bush wären voller Leute auf dem Weg nach Hause oder woandershin. Ich wünschte, ich wäre dort und könnte auf meinem Lieblingsplatz, dem Sofa im Erker, die Straßengeräusche hören.

»Jo?« Er hob ab, nachdem es so lange durchgeklingelt hatte, dass ich schon dachte, wir würden getrennt. »Wie ist es?«

»Ganz in Ordnung«, sagte ich. »Er strengt sich wirklich an. Niemand erwähnt den Tag neulich, aber sie rennen alle um ihn herum und behandeln ihn mit Samthandschuhen.«

»Und wie geht's dir selber?«, fragte er. »Wie war die Arbeit heute?«

»Super. Rebecca hat auch reingeschaut und mir gesagt, die Termine für den Mutterschaftsurlaub stünden jetzt fest und wir sollten uns unterhalten.«

»Das ist ja phantastisch. Schau, dass du morgen rechtzeitig ins Büro kommst. Du bist schon ein gewisses Risiko eingegangen, als du heute Abend rausgefahren bist. Aber du kennst ja meine Meinung.«

Allerdings – wir hatten ausführlich darüber gesprochen. »Ein Zugeständnis an Lucas«, erwiderte ich. »Aber das heißt auch, dass ich nur eine Nacht von dir getrennt bin …«

»Ich vermisse dich. Ich will dich hier haben, in meinem Bett.« Er markierte den Höhlenmenschen, gab ein wildes Grunzen von sich. »Und du kannst Lucas von mir ausrichten, wenn er dich nur mit dem kleinen Finger anfasst, mach ich Kleinholz aus ihm.«

Als ich wieder hereinkam, führte Lucas mich hinauf in Patricks Arbeitszimmer. Ich war so müde, dass ich kaum die Augen offen halten konnte. Und als Lucas den Filmprojektor anschaltete, hätte ich heulen mögen. »Schau mal«, sagte er.

Es ist früher Abend, die Sonne hängt über dem Haus wie ein glühendes Pennystück. Lange Schatten fallen auf die Terrassenplatten und spielen in den Blättern der Glyzinie, durch die ein leiser Wind streicht. Auf das eine Ende der Terrasse fällt immer noch Sonne, und dort lümmeln Patricks Freunde auf großen Sitzkissen oder ausgestreckt auf Decken. Auf den Steinplatten stehen Rotweinflaschen, auf einem Holzbrett zerläuft neben einem Baguetterest ein Stück Käse. Elizabeth lehnt sich auf einem scharlachroten Kissen zurück und stellt ihren Körper zur Schau, nackt bis auf einen schwarzen Slip. Thomas Parrish umfasst besitzergreifend ihre Schultern, sein Arm hebt sich in seiner dicht behaarten Massigkeit von ihrer glatten braunen Haut ab. Sie hat einen ganz anderen Körperbau als er und wirkt neben ihm wie ein frühreifes Kind, das seine Reize austestet. Er beugt sich vor, streift mit den Lippen ihr Ohr und vergräbt die Nase in den dunklen Haaren, die ihr um die Schultern fallen. Mit einem selbstbewussten Lachen wirft sie den Kopf zurück, woraufhin Justin, Lucas' Vater, von seiner Decke aufblickt. Er sagt etwas, worüber beide lachen, und wendet sich dann wieder Claire zu. Die Kamera folgt ihm.

Er und Claire teilen eine große, gestreifte Decke. Wie Elizabeth trägt Claire nur ein Bikinihöschen, das mit einem grün-gelben Spiralmuster bedruckt und seitlich mit Bändchen geschlossen ist. Wieder zeigt sich ihre Schüchternheit vor der Kamera; sie sitzt mit angezogenen Knien da, die sie mit den Armen eng umschlungen hält. Ihre Brüste sind verdeckt, auf ihren Schultern sind die blassen Streifen eines Bikinitops zu sehen. Justin liegt hinter ihr auf der Seite, mit abgeschnittenen Jeans als Shorts. Er ist unglaublich braun, seine Brust flach und muskulös. Verwegen steckt er den Finger unter den Rand ihres Höschens und zeichnet ihre Hüfte und ihren Rücken nach. Die Kamera hält fest, wie Parrish den Joint an ihn weitergibt und Justin daran zieht, dass die Spitze orange aufglüht. Er setzt sich auf und beugt sich vor zu Claire, die sich erst mit einem leisen Lächeln sträubt, dann aber zulässt, dass er den Inhalt seiner Lungen in ihren Mund bläst. Ohne den Blick von Justin zu wenden, behält sie den Rauch drei, vier Sekunden lang in sich und atmet ihn dann aus, in das schwächer werdende Licht.

Abseits der Gruppe balanciert Patrick auf dem Geländer. Er ist voll bekleidet, aber barfuß, und blickt von der Terrasse über den Rasen zu den Bäumen hinüber; erst nach ein paar Augenblicken dreht er das Gesicht zur Kamera. Er lächelt den Kameramann an und sagt kurz etwas, dann zieht er eine Schachtel Zigaretten aus der Tasche, zündet sich eine an und wendet den Blick wieder dem Garten zu.

»Deine Eltern sehen glücklich miteinander aus«, sagte ich mit einem unterdrückten Gähnen.

»Ja.« In Lucas' Stimme schwang ein Lächeln mit. »Das stimmt. Aber deswegen wollte ich auch, dass du dir den Film ansiehst. Sie sind alle drei drin, obwohl meine Mutter jetzt mit meinem Vater zusammen ist. Sie sind immer noch Freunde.«

Trotz meiner Erschöpfung konnte ich kaum schlafen. Die Hitze sammelte sich oben im Haus und heizte mein Dachzimmer auf wie einen Backofen. Ich ließ die Vorhänge offen und hoffte, etwas von der schwachen Brise draußen würde hereinwehen, aber so schien auch das ungewöhnlich helle Mondlicht störend ins Zimmer. Und trotz aller Appelle an meine eigene Vernunft fürchtete ich mich. Ich spürte wieder die Atmosphäre des Hauses, das unheimliche Wirbeln in den dunklen Ecken des Raums, in den Falten der Vorhänge, hinter den Möbeln. Es war nicht so eindeutig wie vorher, nicht dieser plötzliche Ansturm, der mir den Atem nahm, als wäre die Luft weggesaugt worden, als stürzten die Wände im Vakuum über mir zusammen, doch das Gefühl einer unterschwelligen Drohung blieb bestehen, als ließe jemand die Muskeln spielen. Ich kniff die ganze Nacht die Augen fest zusammen in der kindischen Angst, was vielleicht am Fußende meines Betts lauern könnte, wenn ich sie aufmachte.

Gegen drei ergriff mich wegen meines großen Schlafdefizits die Panik. Obwohl ich Lucas fast verloren hätte und deshalb besonders behutsam mit ihm umgehen wollte, gestand ich mir ein, dass ich jetzt von ihm genervt war. Wenn ich nicht hergekommen wäre, dann wäre ich jetzt nicht in dieser Situation, dachte ich, als ich mich im Bett herumwälzte und auf dem Kissen eine kühle Stelle für meine Wange suchte. Morgen wäre ich den ganzen Tag fix und fertig, dabei müsste ich topfit sein. Wenn ich die Mutterschaftsvertretung bekäme, könnte ich die *Gazette* verlassen, und sogar wenn nach sechs Monaten keine feste Stelle bei der *Times* zu haben wäre, hätte ich in meinem Lebenslauf Erfahrung bei einer wirklich renommierten Zeitung vorzuweisen.

Als ich aufwachte, sah ich sofort, dass ich den Wecker überhört und verschlafen hatte. Im Zimmer war es hell wie am Mittag. Es war Viertel vor acht und um neun müsste ich in Wapping am Schreibtisch sitzen. Das würde ich nie schaffen. Ich hatte keine Zeit, mich zu duschen oder mir die Haare aufzustecken. Hastig schlüpfte ich in die Kleider, die ich mir am Abend zurechtgelegt hatte, und putzte mir oberflächlich die Zähne. Zehn Minuten später stand ich an der Haustür.

Lucas wartete schon auf mich in der Eingangshalle.

»Tut mir leid«, sagte ich, lief an ihm vorbei und wühlte schon in meiner Handtasche nach den Autoschlüsseln. »Ich hab jetzt keine Zeit mehr zum Reden. Ich ruf dich heute Abend an, ja?«

Er folgte mir zur Auffahrt hinaus und tappte barfuß, wie er

war, vorsichtig über den Kies. Er machte mir ein Zeichen, dass ich mein Fenster aufklappen sollte. »Kommst du wieder?«, fragte er und hockte sich auf den Boden.

»Ja«, sagte ich. »Klar.«

Er lächelte. »Und bring Greg nächstes Mal mit, wenn er will. Ich werd mich dran gewöhnen.«

Ich verspätete mich um eine Stunde, und als ich meinen Schreibtisch erreichte, klebte ein Post-it am Monitor. »Rebecca hat angerufen. Sie hat dich um neun erwartet. Bitte sofort zurückrufen.«

Kapitel XX

Letztlich war nicht ich es, die Greg zu einer Rückkehr nach Stoneborough überredete. Es war zwei Wochen lang schön gewesen, doch dann nahm der ausklingende Juni seine ganze Kraft zusammen und brach wie ein Flammenmeer über London herein. In der Stadt wurde es nahezu unerträglich. Wenn ich jetzt daran zurückdenke, frage ich mich, ob Lucas seine Chance witterte. Am Freitagabend, als ich unter der Dusche stand und die schmutzige Hitze der Stadt von mir abzuwaschen versuchte, klingelte mein Handy. »Gehst du ran, Greg?«, rief ich durch den prasselnden Wasserstrahl. Als ich zu meinem Zimmer hochkam, war er gerade dabei, sich zu verabschieden.

»Das war Lucas.« Greg legte das Handy wieder auf den Nachttisch. Ich blieb stehen und sah ihn an.

»Er fragt, ob wir rauskommen wollen. Er sagt, der Fluss im Wald wäre an einer Stelle so breit wie ein Teich. Sie gehen morgen dort schwimmen.«

»Wie bitte?«, sagte ich. »Heißt das, du willst hinfahren?«

»Ich würde gern schwimmen. Für eine Abkühlung tu ich alles.«

»Aber wir könnten woanders schwimmen gehen.«

»Jo, Lucas und ich haben uns ausgesprochen, und es ist in Ordnung. Ich will nicht der Grund für das Ende eurer Freundschaft sein. Damit ist nichts gelöst. Wenn er so anständig ist, mir zu verzeihen, dann ist es das Mindeste, was ich tun kann, mich bei ihm blicken zu lassen. Ich hab ihm zugesagt, dass wir kommen – natürlich nur, wenn du willst.«

»Danke«, sagte ich. »Dass du dazu bereit bist, bedeutet mir sehr viel.«

Am nächsten Tag fuhr Greg uns nach Stoneborough. Um mich von meiner Nervosität abzulenken, las ich Zeitung; wenn wir endlich Tempo zulegen könnten, würde mir schlecht werden, aber im Moment stand der Verkehr auf beiden Spuren der Hammersmith-Überführung still. Ein benzingetränkter Hitzeschleier flirrte auf der Straße, doch drinnen war mir mit der Klimaanlage etwas zu kühl. Auf meinen Unterarmen stellten sich die Härchen auf. Wider Willen war ich von Gregs schwarzem Mercedes beeindruckt. Auch der schien wie so vieles an Greg erwachsener als alles, was in meinem eigenen Leben vorkam. Selbst wenn ich es mir hätte leisten können, wäre es mir nicht im Traum eingefallen, ein solches Auto zu kaufen.

Den ganzen Weg herrschte dichter Verkehr. Auf dem Autobahnstück hinter High Wycombe reihten sich die glänzenden Autodächer vor uns wie Perlen einer bunten Halskette. Die Landschaft reifte der Ernte entgegen. Das Knallgelb des Raps war längst verschwunden, die Maisfelder nahmen ein blasses Silbergold an. Heute strich kein Wind wie unsichtbare Finger durch die Felder. Aufrecht und reglos standen die Pflanzen in der schwülen Luft.

Als wir ankamen, waren die anderen im Garten, wo sie auch blieben und Lucas Zeit ließen, uns zu begrüßen. Greg hängte sich unsere Taschen um die Schulter und legte beschützend und besitzergreifend den Arm um mich. Ich wollte Lucas vor Greg nicht umarmen, deshalb tätschelte ich ihn nur linkisch am Arm.

Lucas und Greg schüttelten sich die Hand. »Danke fürs Kommen«, sagte Lucas.

Greg nickte. »Danke für die Einladung. Wir freuen uns schon aufs Schwimmen. London ist fürchterlich. Du hast ganz recht gehabt, die Chance zu nutzen und aufs Land zu ziehen.«

»Ich habe das Bett für euch in deinem alten Zimmer beziehen lassen, Greg«, sagte Lucas, und ich sah rasch zur Seite für den Fall, dass er Blickkontakt zu mir suchte. »Vielleicht wollt ihr euch die Badesachen anziehen.«

Greg und ich waren fast schon drei Monate zusammen, trotzdem hatte ich ein komisches Gefühl dabei, ein Zimmer zu benutzen, das für mich immer noch Gregs und Rachels Zimmer war. Ich durfte mir die beiden nicht zusammen in diesem großen Bett vorstellen, wie ich es mir auch streng versagte, Rachel in seiner Wohnung in Shepherd's Bush zu sehen. Denn wenn ich ins Grübeln kam, konnte ich immer noch nicht fassen, was ich ihr angetan hatte, und versank in einem furchtbaren Morast von Schuldgefühlen. Wenn Greg und ich eine Zukunft haben sollten, musste ich mich von solchen Gedanken befreien.

Als wir herunterkamen, warteten die anderen schon auf der Terrasse, und wir brachen zum Fluss auf. Michael und Danny gingen mit Martha voraus, die eine Strohtasche voller Handtücher vor- und zurückschwingen ließ wie ein Metronom. Die Männer legten ein zügiges Tempo vor, und Martha musste ab und zu einen Extraschritt machen, um mitzuhalten.

»Ich hab mir noch ein paar Filme angesehen, Jo«, sagte Lucas, als wir durch das langsam verdorrende Gras schlenderten, die Sonne heiß im Rücken. »Wirklich komisch, wenn man zusieht, wie die eigenen Eltern kiffen und sich die Mutter oben ohne sonnt.« Er lachte kurz auf. »Was hatte ich da schon für Chancen, selber zu rebellieren?«

Ich dachte an seine Juristenkarriere, die er hingeschmissen hatte.

»Wie läuft's mit dem Schreiben?«, fragte Greg.

»Wirklich gut. Ich bin überzeugt, das ist das Richtige für mich.«

»Und wie geht's dir sonst?«, fragte ich. Ich hatte lange überlegt, ob ich seinen Selbstmordversuch ansprechen sollte, und mich dann dazu entschlossen. Wir sollten nicht so tun, als hätte es diesen Vorfall nie gegeben, auch wenn uns das am liebsten gewesen wäre.

»Ganz gut. Die Traurigkeit hat nachgelassen. Man hat mir zu einer Therapie geraten, aber ich sehe eigentlich keine Notwendigkeit dazu. Alles geht jetzt viel besser.«

»Vielleicht solltest du trotzdem mit einem Therapeuten reden«, wandte ich ein. »Nur, um sicher zu …«

»Wo geht's lang, Lucas?«, rief Martha.

Die anderen warteten auf uns, und Lucas übernahm nun im Wald die Führung. Es war, als träten wir in eine andere Welt ein. Unter dem Kronendach der Bäume schlug das Licht zu einem wässrigen Grün um, und die Luft fühlte sich frisch an, wie mit heilsamen Kräften getränkt. Es war, als hätten wir ein Unterwasserreich entdeckt oder wären in die Vergangenheit zurückversetzt worden, vielleicht viele Jahrhunderte, bis ins Mittelalter. Man konnte einen Weg erkennen, den allerdings länger niemand gegangen war. Wir folgten ihm, so gut es ging. Alles war mit Brombeersträuchern überwuchert, dem Stacheldraht der Natur. Immer wieder blieb ich mit dem Kleid an den Ranken hängen und bekam ein paar Kratzer ab. Moos und die Blätter unzähliger Jahre machten den Boden weich wie einen Schwamm. Greg ging mir voraus und bog die Holunderzweige zur Seite; sobald er sie losließ, schnellten die saftigen Triebe elastisch zurück. Dreißig Meter weiter blockierte ein umgestürzter Baum den Weg. Danny und Greg setzten mit einer Flanke darüber, aber ich zweifelte an meiner Sportlichkeit, hockte mich auf den Stamm und schwang die Beine darüber, wonach auf meinem Kleiderstoff ein runder Fleck aus grünem Staub zurückblieb.

»Du lieber Himmel – das ist ja wie bei Dornröschen«, sagte Martha, als sie aus ihrem T-Shirt die Dornen einer Ranke herauspulte, die sich in den Stoff verhakt hatte. »Wie lange geht das noch so weiter?«

»Ach, sei doch nicht so zimperlich, Martha«, sagte Danny

und schlängelte sich mit wiegenden Hüften geschickt durchs Dickicht.

Sie lachte. »Dann wart eben auf mich.«

»Ein erstaunlicher Ort.« Greg hielt mich kurz fest, damit ich stehen blieb, und hob den Kopf.

Ich blickte hoch. Die Bäume standen so dicht, dass die Sonne kaum durch die Blätter dringen konnte. Doch wo es ihr gelang, fiel sie in scharf gebündelten, hellen Strahlen durch die Kronen und malte kleine Lichtkreise auf den Boden. Über uns zwitscherte eine Amsel, dann hörten wir Geflatter, als der Vogel aufflog und durch die Laubdecke ins Freie durchbrach.

»Toll, nicht? Als Kind habe ich die ganze Zeit hier gespielt«, rief Lucas zu uns nach hinten. »Ich konnte mich stundenlang verstecken, und niemand hat mich gefunden.«

Zehn Minuten arbeiteten wir uns so voran. Schließlich erreichten wir eine Stelle, wo die Bäume und Büsche auseinandertraten und weiches, moosiges Gras wuchs. Dort war der Fluss, wie von Lucas beschrieben. Weiter oben floss er in seinem etwa drei Meter breiten, tiefen Bett, das er sich gegraben hatte, doch hier auf der Lichtung weitete er sich zu einem kleinen Tümpel, als nähme er sich ein wenig Zeit, um in der Sonne zu faulenzen. Diese breite Stelle war etwa sieben Meter lang, flacher und von einem helleren Grün. Das klare Wasser funkelte in der Sonne, ein Gegenbild zum grasigen, von Lichtflecken gesprenkelten Ufer. Wo das Wasser zum Ufer hin seichter wurde, sah ich weiße Kiesel leuchten und ein paar Wasserpflanzen, von der Strömung durchgekämmt wie seidiges Haar.

»Wer geht als Erstes rein? Los, Mädels.«

»Nach dir, Danny.«

Michael hatte sich die Sportschuhe und die Socken ausgezogen, saß auf dem kleinen Felsen am Ufer und tauchte die Füße ins Wasser. »Hilfe, ist das eisig. Ist das dein Ernst mit dem Schwimmen?«

Lucas lächelte, setzte sich auf den Boden und lehnte sich mit dem Rücken an den rissigen Stamm einer großen Buche. »Klar. Aber ich war schon drin, deshalb schwimm ich nicht als Erster.«

Martha stieg vorsichtig hinein und stakste am Rand hin und her, ihre Füße sahen unter Wasser merkwürdig marmorweiß aus. »Es fühlt sich nur wegen der Lufttemperatur so kalt an. Wenn man sich dran gewöhnt hat, geht's.«

»Dann lass den Worten Taten folgen, Martha«, sagte Danny.

»Ich hab keine Badesachen dabei.« Sie sah ihn schräg an.

»Sicher hat niemand was dagegen, wenn du ohne reingehst.«

»Das würde dir so passen.« Sie lachte so glücklich und kokett, dass ich staunte, warum keiner zu merken schien, was sich da zwischen den beiden abspielte.

Rechts von uns, etwa sieben Meter flussaufwärts, tat es plötzlich einen Platscher. Ich drehte den Kopf und sah noch die letzten Spritzer, mit denen das Wasser wieder zusammenschlug. Unter Wasser glitt jemand vorbei. Als ich dachte, er könne den Atem nicht länger anhalten, schwamm er schräg nach oben, und Gregs Kopf und Schultern tauchten auf. Er schüttelte den Kopf wie ein Hund und versprühte einen Kreis silbriger Wassertröpfchen. »Kommt rein, das Wasser ist herrlich«, rief er lachend.

»Ist es nicht eiskalt?«, rief ich zurück.

»Erfrischend.« Er tauchte wieder ab.

»Was der kann, können wir auch, Martha.« Ich band meine Sportschuhe auf. »Lass halt die Unterwäsche an.«

An der seichten Stelle ging ich hinein. Das eisblaue Wasser wirkte belebend, ein Gefühl wie beim Kippen von geeistem Wodka, nur dass man ganz hineinstieg. Ich watete etwas weiter. Mein Körper war nun zwei Temperaturzonen ausgesetzt, meine Schultern und Arme wurden von der Sonne gewärmt, von den Knien abwärts begann alles taub zu werden.

»Komm schon, Jo«, rief Greg. Alles oder nichts, dachte ich. Ich machte noch ein paar Schritte vorwärts, um mich dann ins Nass zu stürzen. Es war so kalt, dass es schmerzte. Ich schwamm so schnell ich konnte zu Greg hinüber und schlang in der Hoffnung auf etwas Wärme die Arme um ihn.

»Brrr«, sagte ich zähneklappernd.

»Tu so, als ob dir warm wäre«, flüsterte er mir ins Ohr. »Sonst kriegen wir die anderen nie rein.« Er entwand sich meiner Umarmung, tauchte wieder ab und zog an meinen Füßen, dass ich unterging. Unter Wasser war es still, ich hörte nur das kristallene Fließgeräusch des Flusses. Die Strömung war stark und zog mich beinahe mit. Ich hörte mein Herz schlagen. Ich ruderte wieder nach oben und holte keuchend Luft. Greg tauchte lächelnd neben mir auf. »Dein Badeanzug ist total durchsichtig geworden.«

Michael schwamm zu uns heran. »Meine Eier fühlen sich an wie zwei Tiefkühlerbsen«, sagte er. »Das kann doch nicht gesund sein.«

Vom Ufer kam das Plopp beim Entkorken einer Weinflasche. Lucas goss sich ein Glas voll; er dachte wohl, alle wären beschäftigt, und leerte es rasch. Ich sah Greg an, der es ebenfalls bemerkt hatte. Martha stand jetzt im seichten Wasser, nur mit einem himbeerfarbenen Spitzenhöschen bekleidet. Sie hatte einen langen, schlanken Körper mit jungenhaft schmalen Hüften, die aber mit einem sehr weiblichen Schwung in die Taille übergingen. Ich sah, wie Lucas aufblickte und sie ansah. Verlegen wandte er den Blick ab, riskierte dann aber einen zweiten. »Willst du mir die Schau stehlen?«, rief ich zu ihr hinüber. »Bloß im Slip?«

»Ich hatte keinen BH an«, rief sie zurück. »Ich komm mir ganz schön blöd vor.«

»Dann schnell ins Wasser.«

Sie warf Danny einen letzten Blick zu und stürzte sich dann hinein. Mit sportlichen Zügen schwamm sie zu uns herüber, wo wir Wasser tretend die Stellung hielten. »Mein Gott, ist das kalt«, sagte sie. »Aber ich krieg die beiden schon noch rein. Lucas!«, schrie sie.

»Schon gut, schon gut.« Er stand auf, zog sich aus und warf seine Kleider auf einen Haufen. Es war seltsam, seinen Körper zu sehen, den ich so gut kennengelernt hatte; nun war er für mich tabu, ich dürfte ihn nie wieder berühren. Ich empfand einen winzigen Stich des Bedauerns. Lucas war schmaler als Greg, aber für jemand, der nie Sport trieb, erstaunlich gut in Form. Martha stieß einen bewundernden Pfiff aus. »Lass den Scheiß, Martha«, sagte er, aber ich sah, wie er sich ein Lächeln verkniff. Er ging flussaufwärts zu der Stelle, wo Greg hineingesprungen war, und hechtete ins Wasser, das sich sofort über ihm schloss. Fünf, sechs Sekunden lang blieb er verschwunden, dann tauchte er unterhalb von uns wieder auf. »Ja«, sagte er. »Genauso kalt wie immer.« Seine dunklen Haare lagen glatt am Kopf an, er erinnerte an einen Seehund.

Danny ließ sich bitten. »Ehrlich«, sagte er, »mir ist nicht heiß. Ich fühl mich sehr wohl so und brauch keine Abkühlung.«

»Komm schon«, sagte Martha. »Schwimm einfach. Los.«

»Nach einer Zigarette.« Jede Sekunde, die er rauchend am Ufer saß, stieg unsere Entschlossenheit, ihn ins Wasser zu kriegen. Schließlich gingen ihm bei seiner Hinhaltetaktik die Argumente aus, und er zog sich bis auf seine schwarzen Boxershorts aus. Dann stieg er mit den Füßen ins Wasser und ging am Rand hin und her.

»Mensch, Danny, komm doch einfach rein!« Lucas schwamm auf ihn zu.

»Okay, okay; ich muss mich langsam akklimatisieren.«

»Mach schon, Mann«, sagte Michael. »Ich seh langsam aus wie ’ne eingelegte Walnuss.«

Danny brauchte fünf Minuten, bis er sich so weit vorgearbeitet hatte, dass das Wasser an den unteren Rand seiner Boxershorts leckte. Schließlich verlor Lucas die Geduld, schwamm von hinten an ihn heran und schubste ihn ins Tiefe. Ich weiß nicht, ob es außer mir noch jemand gesehen hatte, aber als Danny den Halt verlor, flog über sein Gesicht ein Ausdruck panischen Entsetzens. Mit einem Platschen verschwand er unter Wasser, mit dem Gesicht voran. Die Strömung trieb ihn von uns weg.

Ein, zwei Sekunden vergingen. Sein Kopf tauchte kurz auf und wir hörten ein würgendes, kehliges Geräusch, als hätte er Wasser in den falschen Hals bekommen. Er ruderte wild mit den Armen, sein Körper hob und senkte sich im Wasser wie ein Schwimmkorken an einem Fischernetz.

Martha und Michael hielten alles für einen Scherz und lachten. »Sehr lustig, Danny«, sagte Lucas und schwamm in die Flussmitte zurück, doch von Danny kam keine Antwort.

»Verdammte Scheiße, Jo«, sagte Greg leise. »Der kann wirklich nicht schwimmen.«

Rasch kraulte er zu Danny hinüber, packte ihn am Arm und zog ihn in die Höhe, dass er mit dem Mund übers Wasser kam. Er rang keuchend nach Luft und sackte wieder ab. Ich sah sein Gesicht, als er unterging: Er hatte Todesangst. Er glaubte, er würde ertrinken. Greg tauchte nach unten, nahm ihn unter beiden Achseln und brachte ihn nach oben. Er hielt ihn unterm Kinn fest, bis er wieder zu Atem kam und seine Panik sich legte. Dann schwamm er mit ihm näher zum Ufer, bis er wieder stehen konnte. Irgendwie gelang es Greg, den Anschein zu erwecken, als würden sie zusammen schwimmen, aber die anderen hatten Danny kämpfen sehen. Sie wandten den Blick ab und taten, als hätten sie nichts bemerkt – genau wie ich.

»Tut mir leid«, hörte ich Greg zu ihm sagen. »Wir hätten dich warnen sollen. Es ist verdammt kalt. Ich geh jetzt raus. Trinken wir doch ein Glas von diesem Wein.« Sie wateten zum Ufer und kletterten hinauf. Im Vergleich zu Danny wirkte Gregs Körper breit und massig, wie ein Labrador neben einem Windhund. »Zieh dich lieber an!« Greg warf ihm ein Handtuch zu.

»Mir wird kalt«, sagte ich zu den anderen. »Ich geh auch raus.« Die Luft war wie eine Kälteattacke, und ich wickelte mich fest in mein Handtuch ein. Ich merkte, dass ich vergessen hatte, Unterwäsche mitzunehmen; so unauffällig wie möglich zog ich meinen Badeanzug aus und schlüpfte nackt in Jeans und T-Shirt. Greg schenkte den Wein aus, den Lucas aufgemacht hatte. Ich setzte mich neben ihn in die Sonne und rieb mir die Arme, um meine Gänsehaut zu vertreiben.

Greg legte mir die Hand ans Ohr. »Ich weiß, dass du keinen Slip anhast. In ein paar Minuten gehen wir spazieren.«

Als die Sonne unterging, trugen wir Kissen und einen Stapel Decken auf die Terrasse hinaus. Danny baute die Anlage draußen auf und fummelte eine Viertelstunde mit den Kabeln und Boxen herum; schließlich steckte er das Stromkabel in der Bibliothek ein und führte es durchs Fenster über die Steinplatten. Er benahm sich nicht ganz so lässig wie sonst, woran man merkte, dass ihm der Zwischenfall immer noch wahnsinnig peinlich war. Ich hatte mich gefragt, ob er Greg wohl für seine unauffällige Hilfe danken würde, doch er kam nie wieder darauf zurück. Greg fragte mich später, was das wohl für Eltern wären, die nicht dafür sorgen, dass ihr Kind etwas so Elementares wie Schwimmen lernt.

Danny legte wunderbare Musik auf. Sie hatte einen melancholischen, eindringlichen Rhythmus; eine klare, kräftige Frauenstimme sang auf Spanisch Melodiefetzen, die wie eine Klage klangen. Ich lag auf dem Rücken und sah zu, wie der Himmel zu Perlmutttönen verblasste und über dem Wald blauschwarze Wolkenstreifen aufstiegen. Greg stützte sich auf die Ellbogen.

»Die Musik ist super. Wer ist das denn?«

»Freunde von mir. Sie haben noch keinen Plattenvertrag. Im Moment spielen sie auf Ibiza, um präsent zu sein.«

Ich rollte mich auf den Bauch, und Greg legte mir die Hand ins Kreuz auf die nackte Haut, wo mein T-Shirt hochgerutscht war. Lucas hatte uns beobachtet, machte ein undurchdringliches Gesicht und wandte rasch den Blick ab. Danny zündete Kerzen an und schirmte die kleinen Flammen mit der gewölbten Hand ab, bis sie richtig brannten. Unversehens war es Nacht geworden. Das Kerzenlicht zog uns an, wir umlagerten es im Kreis wie die Speichen eines Rads, die Gesichter einander zugewandt. Die

Kerzen erhellten nur unsere Gesichter und Schultern, unsere Körper verschwanden im Dunkel. Es war, als würden wir uns auf eine Séance vorbereiten, um Kontakt mit längst Verstorbenen aufzunehmen.

Danny ging hinein und kam mit einer Flasche Wermut zurück. Martha stöhnte auf. »Gott, muss das sein? Erinnerst du dich nicht, wie schlecht uns letztes Mal war?«

»Keine Sorge. Das ist bessere Qualität. Der wird dir schmecken.« Er zwinkerte ihr zu und kehrte in den Kreis zurück, dann schraubte er den Verschluss ab und nahm einen großen Zug, bevor er die Flasche an sie weiterreichte. Ob er nun einen Ausgleich für den Schock des Nachmittags brauchte oder sein lädiertes Image wiederherstellen wollte, man spürte jedenfalls, dass er auf die große Dröhnung aus war. Als die Flasche zu mir wanderte, verschätzte ich mich und nahm einen größeren Schluck als beabsichtigt. Er brannte mir eine Flammenspur die ganze Kehle hinunter.

Lucas hatte mehrere Krüge Long Island Iced Tea mit einem so hohen Alkoholgehalt gemixt, dass ich mich fragte, ob darin überhaupt Cola enthalten war; in Kombination mit dem Wermut wirkte er bald wie ein mächtiger Weichzeichner. Dafür war ich dankbar; ich hatte heute das Bedürfnis, mich zu betrinken und mein Unbehagen zu betäuben, das ich in Lucas' Nähe spürte. Dieses Unbehagen hatte ich schon den ganzen Tag empfunden, besonders aber, als Lucas mich und Greg bei der Rückkehr von unserem Rendezvous im Wald ertappte. Lucas war mit den anderen zum Haus zurückgekehrt und stand an der Terrassenbrüstung, als Greg und ich zwanzig Minuten später kichernd aus dem Wald kamen und ich mir trockene Blätter aus den Haaren zupfte. Sogar aus der Ferne lastete sein Blick schwer auf mir und ich entfernte mich sofort ein Stück von Greg. Als wir das Haus erreichten, war Lucas verschwunden, als hätte ich mir seine Gegenwart nur eingebildet.

Danny drehte die Anlage auf, die plötzlich den ganzen Garten mit Musik erfüllte. Sie schien bis zum Wald hinüberzuhallen, wurde von den Hausmauern zurückgeworfen und stieg in den Himmel bis hinauf zu den Sternen, die heute besonders hell zu leuchten schienen. Wir standen auf und machten mit nackten Füßen auf den noch warmen Steinplatten die ersten Tanzschritte. Die Musik war jetzt schneller, doch die Frauenstimme drang immer noch durch meinen Brustkorb bis in mein Herz. Ich spürte den Schweiß zwischen meinen Brüsten herunterrinnen; Danny zog sein T-Shirt aus und tanzte mit nacktem Oberkörper wie ein schöner Wilder. Meine Füße waren nach dem Winter in Schuhen empfindlich und begannen bald zu brennen, doch ich konnte nicht aufhören. Die Musik und der Alkohol schufen einen magischen Raum, in dem ich geborgen blieb, solange ich weitertanzte. Ich glaube, die anderen empfanden ähnlich; Tanzen machte zwar Spaß, wurde aber auch zur Notwendigkeit. Wir hielten nur inne, um zu trinken. Lucas war in eine eigene Welt abgetaucht. Ich sah die Glut seiner Zigarette im Dunkeln herumwirbeln, als er sich im Kreis drehte, unablässig rund herum.

Ich erinnere mich, wie ruhig es abseits der Terrasse mit ihrem Lärm und Trubel war, bei wolkenleerem Himmel und einer schwachen Brise, die die Blätter der Bäume im Takt mit der vibrierenden Musik zum Rauschen zu bringen schien. Ich erinnere mich, dass Lucas ungewöhnlich betrunken war, noch betrunkener als wir anderen. Plötzlich brach er aus unserem lockeren Kreis aus und sprang auf die schmale Balustrade. Wir hörten alle sofort zu tanzen auf.

»Schaut mal«, sagte er und machte drei rasche Schritte auf der Brüstung. Der Stein war nicht breit genug, um die Füße nebeneinander zu stellen; er musste einen Fuß vor den anderen setzen wie auf alten ägyptischen Reliefs.

»Du lieber Himmel, Lucas, komm bloß wieder runter.«

»Beruhig dich, Joanna.« Mit zwei Schritten näherte er sich der Ecke, wo die Terrasse einen Knick machte und schließlich in die Treppe mündete, die in den Garten hinunterführte.

»Mann«, sagte Danny, »komm runter.«

»Ich geh bis ans Ende. Schaut her!« Er bog um die Ecke und legte etwa drei Meter einigermaßen stabil zurück.

Danny lief neben Lucas her, doch in einigem Abstand, weil er ihn nicht zu plötzlichen Bewegungen provozieren wollte. Lucas' Augen glänzten vor Anstrengung. »Komm runter, bevor noch was passiert.«

»Ach, ihr Kleingläubigen!« Lucas bewältigte ein noch weiteres Stück, doch man begann ihm die Anstrengung anzusehen: Er geriet ins Wackeln und streckte die Arme aus, um das Gleichgewicht zu halten. Die Terrasse fiel fünf Meter tief in den Garten ab. Wie könnte er einen solchen Sturz überstehen?

Es sah aus, als würde er die letzten eineinhalb Meter bis zum Ende schaffen, denn er ging sicher und setzte die Füße vorsichtig auf. Doch bei einem der letzten Schritte kippelte unter ihm ein Stein, wo der Mörtel schadhaft war, und Lucas verlor die Balance. Er riss die Arme hoch und versuchte, sein Gewicht zum Haus hin zu verlagern, damit er auf die Terrasse fiel. Doch er stürzte zur anderen Seite hinunter.

Wir standen wie erstarrt vor Schreck, wollten nicht glauben, was gerade passiert war. Die Musik lief immer noch in voller Lautstärke, die ergreifende, fast unheimliche Stimme durchschnitt die Nachtluft. Wir liefen zum Rand und schauten hinab. Lucas war nicht in den Garten gefallen, sondern auf die Treppe, gute zwei Meter tief. Er lag reglos auf dem Rücken. Plötzlich schlug er die Augen auf. »Aua«, sagte er und lachte.

Kapitel XXI

Bis zum nächsten Tag hatte sich auf Lucas' Rücken ein enormer blauer Fleck ausgebreitet, der vom Po bis zu den Rippen reichte und in einem bösartigen Lila-Schwarz schillerte. Lucas hatte sein T-Shirt abgestreift, beugte sich vor und ließ sich von Martha mit einem Wattebausch betupfen, den sie mit Hamamelistinktur getränkt hatte. Der süßliche Geruch stieg rasch in die Mittagsluft auf. Lucas zuckte zusammen, obwohl Martha ihn so behutsam behandelte wie ein rohes Ei. Die ganze Partie war geschwollen, sie hatte offensichtlich den vollen Aufprall abbekommen. Es war ein Riesenglück für Lucas, dass er sich nicht an der Wirbelsäule verletzt hatte.

»Du solltest zum Arzt gehen, Lucas«, riet ihm Martha. »Die Prellung ist riesig, und du hast Schmerzen, das merkt man ja.«

»Ist doch nur ein blauer Fleck, Marth. Das wird schon wieder.«

»Vielleicht hast du dir die Nieren verletzt.«

»Ist schon in Ordnung, ehrlich.« Er fuhr wieder zusammen, als sich Martha einen neuen Abschnitt vornahm.

Die Sonne hing direkt über unseren Köpfen, warf keine Schatten. Vom Gefühl her hätte ich die Hitze auf weit über dreißig Grad geschätzt. Ich sah zu, wie das Eis im Wasserkrug schmolz, die Eiswürfel immer kleiner wurden und schließlich ganz verschwanden. Ein Pärchen Kohlweißlinge stieg von der Rosenrabatte hoch und tanzte über unseren Köpfen, die Flügel hoben sich hell vom tiefblauen Himmel ab. Wir waren alle reichlich verkatert und in gedämpfter Stimmung. Greg hatte sich drinnen hingelegt, da ihm die Kühle lieber war.

Martha war mit Lucas' Rücken fertig und gab ihm sein T-Shirt. »Zieh das an, sonst kriegst du auch noch einen Sonnenbrand.« Er richtete sich vorsichtig auf und hob sehr langsam die Arme, um sich das T-Shirt über den Kopf zu ziehen. Dann stand er wie in Zeitlupe auf und ging ins Haus. Nach etwa fünf Minuten kam er zurück. Er stieß die Seitentür mit dem Ellbogen auf, da er zwei Flaschen Wein trug; zwischen seinen Fingern klemmten Gläser wie nach unten hängende Tulpen. Ich dachte, ich sehe nicht richtig. Er setzte sich langsam auf sein Kissen und zog einen Korkenzieher aus der Tasche. Dann machte er die erste Flasche Wein auf und goss sie in vier Gläser. »Martha?« Er streckte ihr ein Glas entgegen.

»Unmöglich«, sagte sie. »Ich bin immer noch vom Alkohol ausgedörrt.«

»Jo? Wein?«

»Nicht für mich.«

Danny hob abwehrend die Hand. »Heute nicht.«

»Was seid ihr denn für Weicheier! Seid ihr wirklich noch die Freunde, die ich an der Uni hatte?«

Ich blickte einen Moment in den Garten hinaus; mir war klar, dass ich mich auf gefährliches Gelände voranwagte. »Lucas, ich dachte, du wolltest zwei Wochen lang auf die Bremse treten.«

Eine Weile herrschte Stille. Niemand sagte etwas.

»Wir waren gestern Abend alle ziemlich dicht«, fuhr ich fort. »Warum warten wir nicht lieber bis später?«

Er sah mich trotzig an und leerte das Glas in seiner Hand auf einen Zug. Dann stellte er die übrigen drei Gläser in einer Reihe auf, nahm das erste, kippte es hinunter und knallte es zurück auf die Steinfliesen. Dabei ging der Stiel zu Bruch. Er nahm das zweite Glas und trank es aus, dann auch das dritte. Sein Adamsapfel sackte nach unten und er begann zu würgen. »Weil ich nicht will. Klar?« Er stand auf. »Meinst du nicht, dass es auch so schon schwer genug für mich ist, wenn ich dich mit ihm sehe, wenn ich weiß, was ihr treibt, im Wald, in meinem Haus?«

Ich sah zu Boden.

»Lass mich einfach in Ruhe.« Er ging die Stufen zum Rasen hinunter. Als er sich weit genug entfernt hatte, dass er wieder zu sehen war, drehte er sich zu uns um und warf die Arme hoch. »Verpisst euch, alle miteinander.« Dann ging er, so schnell es sein Rücken erlaubte, in Richtung Wald davon.

Wir sahen ihm nach, bis er hinter den Bäumen verschwand. »Was machen wir jetzt?«, fragte ich. »Sollen wir ihm nach?«

»Du wärst auf jeden Fall nicht die geeignete Person dafür«, meinte Michael.

»Und wenn er zum Fluss geht und reinfällt?«, fragte Martha.

»Dafür bräuchte es inzwischen mehr als eine Flasche Wein«, sagte Danny. »So etwas kommt jetzt öfter vor. Er rastet aus und verschwindet. In zwei Stunden ist er wieder da und tut, als wäre nichts passiert.«

»Ich habe ihn noch nie so wütend erlebt. Das gefällt mir überhaupt nicht.« Martha begann die Glasscherben aufzusammeln.

»Das gefällt keinem von uns.« Er drückte seine Zigarette aus.

»Ich glaube, er sollte noch einmal über eine Therapie nachdenken«, sagte ich. »Es würde ihm gut tun, einfach zu reden.«

»Lucas braucht keine Therapie, Joanna«, erwiderte Danny giftig. »Ich bin die ganze Zeit für ihn da, mehr ist nicht nötig.«

Lucas blieb länger als zwei Stunden weg, und als er zurückkehrte, war er nicht allein.

Ihn begleitete eine hoch gewachsene junge Frau, die fast so groß war wie er. Sie trug ein schwarzes Bikinitop und einen scharlachroten, eng um die Hüften geknoteten Sarong, der knapp über den Knien in einem Fransensaum endete. Die schwarzen Haare hatte sie zu einem Pferdeschwanz zusammengebunden, der ihr im Rücken fast bis zur Taille herabfiel. Sie ging mit langen, selbstbewussten Schritten neben Lucas her; die wippenden Haare und Fransen gaben ihr etwas Leichtes, Beschwingtes wie ein leise schaukelndes Boot. Sie verschwanden aus unserem Blickfeld, als sie die Treppe hochstiegen, und wir lagerten uns wieder lässig auf unsere Decken.

»Hi«, rief Lucas von den obersten Stufen. Sie kamen herüber und stellten sich zwischen uns und die Sonne. »Es ist etwas ganz Erstaunliches passiert. Schaut mal, wen ich am Fluss entdeckt habe.« Wir blinzelten gegen die Sonne zu der jungen Frau hoch, und sie lächelte auf uns herunter. Ihr Gesicht kam mir irgendwie bekannt vor, doch keiner von uns war ihr schon einmal begegnet. Als niemand etwas sagte, verkündete Lucas, als wäre es das Selbstverständlichste der Welt: »Das ist Diana.«

Ich hatte den Namen schon gehört, konnte mich aber nicht entsinnen, in welchem Zusammenhang. Plötzlich fiel es mir wieder ein: Diana, die Tochter von Elizabeth. Deshalb kam sie mir auch so bekannt vor: die langen dunklen Haare, die vollen hellen Lippen im sonnengebräunten Gesicht.

Lucas ging mit ihr im Kreis herum und stellte uns alle vor. »Hey«, begrüßte sie uns.

»Möchtest du etwas zu trinken? Es gibt Wein. Oder Orangensaft?«

»Saft wäre super. Danke.« Lucas ging hinein und sie setzte sich, schlug die schlanken Beine zur Seite. Auf ihren Flip-Flops war je eine rote Stoffrose befestigt.

»Hübsche Schlappen«, bemerkte ich, um das Schweigen zu brechen. Keiner von uns hatte etwas gesagt, aber das schien sie nicht aus der Fassung zu bringen. Sie sah uns offen und interessiert ins Gesicht. Ihr Selbstbewusstsein und ihre unverhüllte Neugier hatten etwas Unenglisches.

»Danke«, sagte sie und lächelte mich an. »Ich hab sie in Kapstadt gekauft. Ich bin gerade von dort zurückgekommen.«

»Ich war Ende letzten Jahres dort«, sagte Greg, der sich inzwischen etwas erholt und wieder zu uns gesetzt hatte. »Wie hat's dir dort gefallen?«

»So eine Stadt habe ich noch nie erlebt.« Sie zog eine Zigarettenschachtel aus ihrer Baumwolltasche, die mit hintereinander herjagenden Pferden bedruckt war, Nüstern an Schwanz. Sie zündete sich eine Zigarette an, blies den Rauch aus und blinzelte, als ihr etwas davon in die Augen stieg. »Eine Stadt mit einer solchen Energie. Und dann fährst du raus und siehst diese Küste und wirst dir bewusst, dass nichts mehr zwischen dir und der Antarktis liegt.«

»Bist du in den Nationalparks gewesen? Nur der Busch und der offene Himmel, meilenweit.« Greg wurde munter. Ich war etwas verstimmt, dass er mir noch nie davon erzählt hatte. »Manchmal hatte ich da draußen das Gefühl, ich wäre der erste Mensch, der diese Landschaft sieht.«

Lucas kam mit Orangensaft und einer Flasche Wein zurück, von der Kondenswasser tropfte.

»Was machst du jetzt nach deiner Rückkehr?«, fragte Martha.

»Ich brauche noch nicht gleich zu arbeiten. Patrick hat mir etwas Geld hinterlassen, wie du weißt.« Sie sah Lucas an. »Deshalb möchte ich mir Zeit nehmen, um die richtige Stelle für den Anfang zu finden. Ich möchte Fotografin werden.«

Das war interessant; Lucas hatte es nie erwähnt. Ich fragte mich, warum Patrick ihr Geld hinterlassen sollte.

»Schön«, sagte Martha; ihre Stimme klang aufrichtig, aber wer sie gut kannte, bemerkte darin eine gewisse Gereiztheit.

Danny winkte Lucas zur Seite und schenkte Diana eigenhändig ein Glas Saft ein. »Jetzt erklär mir nur noch eins«, sagte er. »Wieso hat dich Lucas im Wald entdeckt?«

»Ich war beim Schwimmen«, erklärte sie.

»Es war wie im Traum«, fiel Lucas ein. »Ich bin zum Fluss gegangen, weil ich selber schwimmen wollte. Aber unter den Bäumen war es so schön kühl, dass ich mich erst ein bisschen hingesetzt habe und eingeschlafen bin.«

Niemand von uns erwähnte mit einem Wort, wie er davongestürmt war. Genau, wie Danny vorausgesagt hatte, tat Lucas, als wäre nichts passiert. Ich konnte mir gut vorstellen, dass er am Fluss eingeschlafen war – die Mischung aus Schlafmangel, Schmerzen und einer Flasche Wein konnte den Stärksten umwerfen.

»Jedenfalls bin ich eine ganze Weile später von einem Platscher aufgewacht. Ich hab meinen Augen nicht getraut. Diana ist weiter oben ins Wasser gesprungen – du weißt schon, Greg, wo du gestern reingehechtet bist. Zuerst hab ich sie gar nicht erkannt; wir haben uns seit Jahren nicht gesehen. Ich dachte, ich träume.«

»Diana und die Nymphen beim Bad«, sagte ich.

»Es war für uns beide peinlich«, sagte Diana. »Ich dachte, ich wäre allein, und hatte mich ganz ausgezogen. Nackt schwimmen hat so was Befreiendes.« Sie zog die Augenbrauen zu einer drolligen Grimasse hoch. Sicher wusste sie, wie schön sie war, aber das hielt sie nicht davon ab, einen Moment lang ein Clownsgesicht aufzusetzen. Es war so ganz anders als das stets beherrschte, würdige Auftreten ihrer Mutter.

»Droht nicht Menschen, die Diana beim Baden überraschen, etwas Schlimmes?«, fragte Michael. »Diana ist schließlich die jungfräuliche Göttin, die kein Mann berührt oder auch nur gesehen hat.«

»Also, ideal ist das wirklich nicht«, sagte ich. »Da braucht man nur an Aktäon zu denken. Artemis – die griechische Ausgabe der Diana – ließ ihn von seinen eigenen Jagdhunden zerfleischen. Und als Teiresias Athene beim Baden sah, ließ sie ihn erblinden. Lucas, nimm dich lieber in Acht.«

»So schlimm war das mit Teiresias auch wieder nicht. Er hat zum Ausgleich die Sehergabe und die Unsterblichkeit bekommen.«

»Ja, und er hat sein ganzes unsterbliches Dasein damit verbracht, in Bettlerlumpen von einer Stadt zur anderen zu wandern, und niemand wollte ihm zuhören.«

»Wie wär's, wenn du's mal mit positivem Denken versuchst?«

Diana lachte. »Ich werde mein Bestes tun, dass du nicht zerfleischt wirst, Lucas.« Sie trank einen Schluck Saft und sah ihn über den Rand ihres Glases an.

»Das weiß ich sehr zu schätzen.«

»Ich hab versucht, Lucas ins Wasser zu locken«, sagte sie in die Runde. »Aber er ließ sich absolut nicht bewegen.«

Natürlich nicht, dachte ich. Er wollte seinen Rücken lieber nicht herzeigen.

»Du siehst deiner Mutter sehr ähnlich«, sagte Danny. »Jeder Zoll genauso schön wie sie.«

»Danke.« Man merkte ihr ein leichtes Unbehagen an. »Ich selber konnte das zwar nie erkennen, aber es heißt ja, dass man seinen Eltern immer ähnlicher wird, nicht?«

»Hilfe!«, stöhnte Martha entsetzt auf.

»Wie lange ist es denn her, seit ihr beide euch zum letzten Mal gesehen habt?«, erkundigte sich Danny.

»Viele Jahre. Ich glaube, ich war damals sieben«, antwortete Diana.

»Ein Sandkastenpärchen – ist das nicht süß?«

»Von Pärchen kann nicht die Rede sein«, sagte Lucas. »Wir haben die ganze Zeit miteinander gespielt, aber nachdem mein Vater gestorben ist, kam Diana ins Internat, und in den Ferien waren wir meistens weg. Wir haben uns immer irgendwie verpasst.«

»Es war ein bisschen unhöflich von mir, einfach so mir nichts, dir nichts hier zum Schwimmen aufzukreuzen, nachdem ich dich so lange nicht gesehen hatte. Ich hab mittags hier angerufen und niemand hat sich gemeldet. Ich dachte, wahrscheinlich bist du nicht da. Mum war sicher, dass du nichts dagegen hättest.«

»Natürlich nicht«, sagte Danny. »Komm, wann immer du Lust hast. Iss doch mal mit uns zu Abend. Und bring Elizabeth mit; sie ist doch sicher aus Rom zurück. Ich habe ihr ein Mittagessen versprochen, das könnten wir doch durch ein Abendessen hier ersetzen.«

Sie lächelte Lucas sanft an. »Das wäre super, ich werde Mum fragen.«

»Was hältst du von ihr?«, fragte Greg. Er ließ das Fenster herunter und streckte seine Hand in den kühlen Fahrtwind. Langes goldenes Gras und Wiesenkerbel flogen wie weich gezeichnete Spitzenschleier an uns vorüber. Die Straßen, die Stoneborough mit dem Rest der Welt verbanden, ähnelten einem Heckenlabyrinth im Garten eines verwunschenen Schlosses. »Sie war ziemlich selbstsicher, findest du nicht? Wenn man bedenkt, dass sie keinen von uns kannte. Aber ich sehe es als Plus, wenn sie und Lucas ihre Freundschaft wieder aufnehmen. Dann stehen wir nicht mehr so in der Schusslinie.«

»Hoffen wir's«, sagte ich. Meine Gefühle ihr gegenüber waren zwiespältig. Ich hatte natürlich keinen Grund, sie nicht zu mögen; sie war freundlich und offen gewesen. Aber ich konnte nicht abstreiten, dass ich ganz schön zu schlucken hatte, als Greg so lebhaft auf sie reagierte. Mir wurde schlecht beim Gedanken, dass er sie sexy finden könnte. Manchmal war mein Verlangen nach ihm so groß, dass ich ihn buchstäblich gern verschlungen, mit den Zähnen ein paar Bissen aus seinen Oberarmen oder seinem Hintern herausgerissen hätte. Ich glaube nicht, dass ich es ertragen könnte, wenn er sie attraktiv fände. In einem dunklen Kämmerchen meines Hinterkopfs sagte eine leise Stimme: Er hat Rachel für dich verlassen; wer sagt dir, dass er dich nicht für eine andere verlassen würde? Ich knallte die Tür zu diesem Kämmerchen ganz schnell zu.

»Ich glaube, Danny war hin und weg von ihr.« Greg schaltete den Blinker ein, gleich würden wir nach rechts auf die Hauptstraße abbiegen. »Er hat gesabbert wie ein alter Spaniel. *Jeder Zoll so schön wie deine Mutter* – also echt!«

Ich dachte an Martha. Wenn Greg so etwas bemerkt hatte, dann sie erst recht. Und Michael wahrscheinlich auch. Danny war in seinen sexuellen Gelüsten zügellos; als er noch arbeitete, hatte er wenigstens nur begrenzt Zeit gehabt. Auch Diana arbeitete nicht; wenn sie während der Woche in Stoneborough war, konnte er mit ihr und Martha gleichzeitig eine Affäre haben und würde wahrscheinlich aus dem doppelten Spiel eine enorme Befriedigung ziehen. So könnte er seine intellektuelle Energie, die momentan kein Ventil hatte, wieder nutzbringend einsetzen und käme in den Genuss doppelter, seinem Ego schmeichelnder Aufmerksamkeit. Die arme Martha. Mir wurde aus Angst um sie ganz beklommen ums Herz.

Kapitel XXII

Am nächsten Donnerstag hatte Martha Geburtstag. Ich gab ihr morgens mein Geschenk, ein fettes rotes Acrylglasarmband und die neue CD von den Gorillaz; später nach der Arbeit wollten Michael, Greg und ich sie am Fluss zum Cocktail einladen. Greg und ich hatten mit ihr verabredet, dass wir um halb acht bei ihr vorbeikommen würden, doch als wir eintrafen, war nichts von ihr zu sehen. Ihre Geburtstagskarten standen aufgereiht am Kaminsims und auf dem Sofatisch lagen leere Umschläge; sie musste also hier gewesen sein, um ihre Post zu öffnen.

»Martha?«, rief ich, aber es kam keine Antwort.

»Ihre Zimmertür ist zu«, sagte Greg.

Wenn Martha sich nicht gerade umzog, machte sie tagsüber selten ihre Tür zu. Ich ging nach unten und klopfte vorsichtig. »Martha?« Sie antwortete nicht, aber ich glaubte eine Bewegung zu hören und rief daher noch einmal ihren Namen. Wieder kam keine Antwort. Ich öffnete die Tür einen Spalt und schaute hinein.

Sie saß mit gebeugtem Kopf auf der Bettkante, die Hände im Schoß, die Haare fielen ihr ins Gesicht. Sie blickte hoch, als ich hereinkam. »Ich benehme mich total lächerlich«, sagte sie schniefend und zog ein Kosmetiktuch aus der Schachtel auf ihrem Nachttisch, um sich die Augen abzuwischen. »Es ist gleich vorbei, ehrlich.«

Martha weinte nie. »Du meine Güte«, sagte ich und setzte mich neben sie. »Was ist denn los? Heute darfst du nicht weinen.«

»Ach, es ist was total Läppisches«, sagte sie. »Ich weiß auch nicht, warum mir das so an die Nieren geht. Meine Mutter hat meinen Geburtstag vergessen.«

Ich dachte an die leeren Umschläge im Wohnzimmer. »Ach Marth, du kennst doch die Post. Die verbummeln doch ständig was. Wahrscheinlich kriegst du ihre Karte oder ihr Päckchen erst morgen.«

Sie schüttelte den Kopf. »Nein, ich hab sie angerufen. Sie hat's vergessen. Sie hat es nicht mal gemerkt, als ich schon heftige Andeutungen gemacht habe. Schließlich hab ich's ihr einfach gesagt, und sie hat sich mit dem Argument gerechtfertigt, man könne von ihr doch nicht erwarten, sich diese ganzen Daten zu merken. Du lieber Himmel, ich bin ihr einziges Kind – macht ein Datum im Jahr.«

Ich hatte von Marthas Mutter schon gehört, bevor ich Martha kennenlernte. Patricia war in den siebziger Jahren eine der Leitfiguren des Feminismus und wurde in einem Atemzug mit Germaine Greer, Betty Friedan und Gloria Steinem genannt. Als ich erfuhr, dass Martha die Tochter dieser Frau war, beneidete ich meine Freundin sehr. Ich dachte, es wäre sicher toll, eine solche Rebellin zur Mutter zu haben, ein intellektuelles Kraftwerk, jemanden, der den Erdrutsch in der allgemeinen Einstellung gegenüber Frauen mit ausgelöst hatte. Ich merkte bald, dass das nur in der Theorie so aussah; mit der Realität war etwas schwieriger zu leben.

Ich war ihr einmal begegnet, am Ende unseres ersten Studienjahrs in Oxford, als sie aus Amerika zu ihrem jährlichen Besuch bei ihrem Exmann anreiste, Marthas Vater, mit dem sie freundschaftlich verbunden blieb. Vorher war ich furchtbar nervös gewesen, und ihre Erscheinung hatte nichts dazu beigetragen, mich zu beruhigen. Zur schwarzen Jeans trug sie ein enges weißes T-Shirt und darunter eindeutig keinen BH. Sie hatte sich die Haare tomatenrot gefärbt und zog eine Wolke würzigen Parfüms hinter sich her. Auch mit Ende fünfzig war sie absolut auf der

Höhe der Zeit. Das Gespräch hatte sich an jenem Tag nur um sie gedreht, und Martha, die sich so sehr auf ihren Besuch gefreut hatte, tat mir leid. Patricia bereitete sich auf einen Vortrag über Veränderungen der Mutterrolle in der modernen Gesellschaft vor, den sie in London halten sollte, und ließ sich darüber aus, wie die Frauen ihren Ehrgeiz abtöten müssten, wenn sie Kinder bekämen. »Ich hoffe, ich habe den deinen nicht allzu sehr abgetötet«, hatte Martha ironisch gesagt.

»Was?«, hatte Patricia geantwortet, als müsste sie sich erinnern, dass Martha tatsächlich ihre Tochter war. »Nein. Dein Vater hat sich viel um dich gekümmert. Es war nicht so schlimm.«

Martha machte sich meistens nicht viel daraus, doch bei Gelegenheiten wie dieser setzte es ihr schwer zu, wenn ihre Mutter Kinder als heimtückische Form der Sklaverei betrachtete. »Weißt du was?«, sagte sie, »Karten oder Geschenke sind mir völlig schnuppe. Aber wenn sie es vergisst, dann habe ich das Gefühl, ich bin ihr egal.«

Greg war hereingekommen, lehnte sich ans Fensterbrett und streckte seine langen Beine aus. »Marth, das kann doch nicht dein Ernst sein«, sagte er. »Wie könnte sie dich nicht abgöttisch lieben?«

Sie lächelte ihn dankbar an. »Danke. Ich wüsste gar nicht, was ich ohne meine Freunde anfangen sollte. Danny hat schon angerufen. Lucas macht am Samstagabend ein Festessen, ein Geburtstagsessen für mich und ein Willkommensessen für Diana in einem. Ihr zwei kommt doch auch, oder?«

Etwas bang wartete ich auf Gregs Antwort; ich wollte ihn zu nichts drängen. »Selbstverständlich. Um nichts auf der Welt würde ich dein Geburtstagsessen verpassen wollen«, sagte er.

»Und ich muss nicht bei der *Times* arbeiten. Letztes Mal war ich ganz schön in der Klemme und hab's gerade so geschafft, mich herauszureden, aber dieses Wochenende brauchen sie mich sowieso nicht.«

»Super.« Martha lächelte wieder. »Übrigens hat Danny erzählt, dass Diana zwei-, dreimal zum Schwimmen da war und Lucas wieder schreibt. Anscheinend hat er sich stundenlang im Arbeitszimmer eingeschlossen.«

Das gab mir einen leisen Stich. »Klingt, als täte sie ihm gut«, sagte ich.

Wir kamen erst mittags nach Stoneborough. In der Auffahrt parkte Michaels neues Auto, ein silberner Audi TT. Bei Marthas Geburtstagscocktail hatten wir schon ausführlich davon gehört – es war richtig süß, wie stolz er darauf war. Gestern hatte er sich frei genommen, um den Wagen beim Händler abzuholen. Martha klingelte, aber niemand machte auf. Wir klingelten noch einmal und hörten drinnen den Widerhall der Glocke, aber niemand kam.

»An einem solchen Tag sind sie sicher draußen, wahrscheinlich auf der Terrasse.« Greg machte sich dorthin auf.

Auf der Terrasse war niemand, aber die Tür zum Blumenzimmer stand weit offen. Wir gingen hinein und schauten in die Küche und den Salon. Noch nie hatte ich eine solche Stille in diesem Haus erlebt. Ich stand unten an der Treppe und legte den Kopf in den Nacken, bis ich das Deckengemälde sah. In der Hitze machte der Mann auf der Chaiselongue einen besonders trägen Eindruck. »Hallo?«, rief ich durch die Mitte des Gebäudes nach oben. Ein paar Sekunden vergingen, bis das letzte Echo meiner Stimme verhallte.

»Hallo?« Danny erschien im Korridor. »Ach, ihr seid das.«

»Hast du jemand anderen erwartet?«

»Wir sind im Küchengarten.« Er drehte sich um und ging davon. Greg rollte mit den Augen.

Als wir ebenfalls dort ankamen, war Danny wieder auf seinen Platz zurückgekehrt: Er saß auf einer hübschen, weiß gestrichenen Gartenbank, die er vors Hochbeet gezogen hatte, wo Lucas und Michael kauerten. Lucas stand auf und begrüßte mich. »Erdbeeren«, sagte er. »Wir essen welche heute Abend.«

Auf seinem löcherigen T-Shirt zeichneten sich unter den Achseln zwei Schweißflecken ab.

»Hey!«, rief eine weibliche Stimme hinter den Terrassentüren.

»Hallo, Diana«, sagte ich überrascht.

»Ich glaub, ich brauch ein Glas Wasser«, sagte Michael. Er stand auf, reckte sich und stützte die Hände ins Kreuz. »Die Hitze ist fast unerträglich. Schau mal, die Luft flirrt richtig.«

»Heute soll das Wetter umschlagen, hab ich im Radio gehört. Wir essen heute Abend drinnen, für alle Fälle«, sagte Lucas.

Diana schlenderte zu uns heraus. Sie trug ein weißes T-Shirt und einen Rock, der die Farbe einer grünen, an den Strand gespülten Glasscherbe hatte. Darin sah sie aus wie eine gestrandete Nixe. »Hi und tschüss«, sagte sie. »Ich geh jetzt nach Hause. Ich muss ein paar Fotos entwickeln und will mich vor dem Essen noch duschen.«

»Soll ich dich runterfahren?«, fragte Lucas. »Wir können den Jaguar nehmen.«

»Nein. Ich gehe gern zu Fuß.« Sie beugte sich vor und gab ihm einen Kuss auf die Wange. Zwischen ihnen herrschte nun dieselbe ungezwungene Vertrautheit wie früher zwischen uns. Der Gedanke machte mich traurig. »Bis später.« Sie hob die Hand und machte eine Abschiedsgeste in die Runde, begleitet von einem leisen Klimpern ihrer silbernen Armreifen.

Wir warteten, bis sie weg war. »Es muss schön sein, sie wiederzusehen«, sagte Martha.

»Ja«, sagte Lucas. »Ist es auch.«

»Sie ist 'ne geile Schnitte«, sagte Danny. »So einfach ist das.«

Martha hatte für den Tisch zwei Schalen mit buttermilchweißen Rosen geschnitten, deren Duft schwer wie Weihrauch war. Als Diana und Elizabeth ankamen, hatte uns Michael bereits sein Auto vorgeführt; das Thermometer stand immer noch bei 35 Grad. Wenn die Feuchtigkeit weiter zunähme, wäre jeder Atemzug, als inhalierte man Suppe. Wir hatten die Schiebefenster so weit wie möglich nach oben geschoben, doch die Luft stand still. Mir war leicht übel. Es war noch zu früh für die Abenddämmerung, doch von meinem Platz am Tisch aus konnte ich eine schwarze Wolkenwalze sehen, die über dem Wald aufstieg wie eine Woge, die gleich brechen wird; ihr Bauch wurde von Minute zu Minute dunkler. Über dem Haus lag ein ungemütliches Dämmerlicht, als wäre es in den Schatten eines Riesen getaucht.

Heute Abend trug Elizabeth ein cremefarbenes, schlicht geschnittenes Leinenkleid, dazu einen einfachen Bronzearmreif am Handgelenk. Trotz der Hitze strahlte sie eine solche Frische aus, dass sie auf jeder Yacht in St. Tropez eine gute Figur gemacht hätte. »Ich erinnere mich an ein unglaubliches Gewitter im ersten Sommer«, sagte sie jetzt. »Es war fast apokalyptisch – es blitzte unaufhörlich, und das stundenlang, so kam es uns wenigstens vor, dazu goss es wie aus Kübeln. Wir machten Witze, was wir alles angestellt hatten – ob uns der Himmel vielleicht bestrafen wollte. Wir malten uns aus, wie wir von einer Flut aus dem Haus gespült würden und ertranken, Sünder, die wir waren.« Sie lachte. »Der Strom war zwei Tage lang unterbrochen. Wir sind hier so weit ab vom Schuss, dass wir als Letzte wieder angeschlossen wurden. Aber Patrick nahm alles in die Hand, wie immer. Eigentlich hat es uns viel Spaß gemacht. Wir fühlten uns wie die Pfadfinder, machten Suppe auf einem Benzinkocher warm und schwammen im Fluss, statt zu duschen. Als wir eingeschneit wurden, war es genauso. Er war da wie du, Lucas, das weißt du ja.« Sie lächelte ihm zu. »Er übernahm die Verantwortung und sorgte dafür, dass alles funktionierte. Ich glaube, deshalb zog er die Menschen auch so an, vor allem Frauen. Er gab ihnen das Gefühl, dass sie bei ihm gut aufgehoben wären.« Ich beobachtete sie, wie sie bei diesen glücklichen Erinnerungen auflebte. Jetzt, wo sie uns besser kannte, verschwand ihre Kühle, und die echte Elizabeth kam hinter der Fassade hervor. Ich fragte mich, ob sie womöglich schüchtern gewesen war.

»Warst du eifersüchtig auf die anderen Frauen?«, fragte Danny.

Martha warf wieder einen raschen Blick zu Danny hinüber, wie schon den ganzen Abend.

»Danny«, sagte ich, »vielleicht würde Elizabeth über dieses Thema lieber nicht reden.«

Er sah mich an, als wäre ich ein Hausmädchen, das sich ungefragt in das Gespräch der Herrschaften eingemischt hatte.

»Ach, das macht mir nichts aus. Ich freue mich über die Gelegenheit, in Erinnerungen zu schwelgen. Es war wirklich schön für mich, Danny bei unseren Mittagsverabredungen von Patrick zu erzählen. Die Jahre, die ich mit Patrick verbracht habe, gehören zu den glücklichsten meines Lebens. Natürlich haben wir uns letzten Endes auseinanderentwickelt; die Arbeit hat uns sehr beansprucht, und dann bin ich Dianas Vater begegnet. Aber wir sind uns immer nahe geblieben. Ich frage mich, wenn er nicht gestorben wäre …«

Lucas erhob sich mit einem Ruck und räumte den Tisch ab. Ich stand auf, um ihm zu helfen, doch Diana winkte ab: »Du brauchst dich nicht darum zu kümmern, Jo, ich mache das gleich.« Sie nahm vier Schälchen, stapelte sie aber nicht, sondern setzte sie sich auf den Arm. »Hab jahrelang gekellnert.« Leichtfüßig drehte sie sich in Richtung Küche; der Stoff ihres Kleids schwang um ihre braunen Waden. Ob sie dieses Kleid bewusst mit verführerischen Absichten trug, weiß ich nicht, aber sogar ich fand es schwer, den Blick von ihr abzuwenden. Das Kleid war schräg geschnitten und hatte die Farbe von Zartbitterschokolade; es schmiegte sich so eng um ihre Brüste und Hüften, dass sie aussah, als wäre sie in Schokolade getaucht. Ihre glänzenden Haare fielen ihr über die Schultern und umspielten die geknoteten Spaghettiträger. Ich hatte beobachtet, wie Danny sie ansah und auch Greg, doch als er meinen Blick bemerkte, schaute er rasch woandershin.

In der Küche klapperten Teller, eine weitere Flasche Wein wurde entkorkt.

»Danny«, sagte Elizabeth vertraulich, »wie geht es Lucas jetzt? Ich habe mir solche Sorgen gemacht.«

»Er macht Fortschritte«, antwortete er. »Ich kümmere mich um ihn, so gut ich kann.«

Sie lächelte ihn dankbar an, als würde er ihr damit einen Gefallen tun. Die Art, wie sie sich ihm unterordnete, hatte etwas sehr Altmodisches. »Weißt du«, sagte sie, »manchmal erinnerst du mich an den jungen Patrick. Du hast dieselbe Art von Kraft. Und dein Verhältnis zu Lucas ist ein bisschen wie das Verhältnis zwischen Patrick und Justin, wenigstens wie es am Anfang war. Patrick hatte sich um Justin gekümmert. Das ist für einen Bruder vielleicht selbstverständlich, aber zwischen den beiden herrschte eine besonders starke Bindung.«

Danny wirkte freudig überrascht. »Interessant, dass du das sagst.« Er sprach leiser. »Auch ich denke manchmal darüber nach. Ich habe immer versucht, mich um Lucas zu kümmern. Er ist weniger weltgewandt als ich, weniger stabil ...«

Ich fragte mich, ob Elizabeth wohl noch genauso denken würde, wenn sie von Dannys Zusammenbruch gewusst hätte, als er Lucas in jener Nacht gefunden hatte. Wachsam wie eine Katze ließ sie ihren Blick auf ihm ruhen und streckte einen Arm zu ihm hin, sodass die glatte weiße Haut auf der Innenseite ihres Handgelenks sichtbar wurde.

»Was hat sich zwischen den Brüdern verändert?«, fragte Michael. »Du hast gesagt, wenigstens am Anfang sei ihr Verhältnis gut gewesen.«

»Nun ja, als Justin die Rolle in der Fernsehserie bekam, hatte er zum ersten Mal eigenes Geld. Patrick brauchte ihm nicht mehr unter die Arme zu greifen. Das hat das Verhältnis zwischen ihnen etwas verändert, eher ausgeglichen.«

Diana kam mit einer Schüssel neuer Kartoffeln durch die Schwingtür, und Danny zog seine Hand rasch von Elizabeths

Hand weg. »Können wir irgendwas für dich tun, Schatz?«, fragte sie.

»Nein, Mum, alles bestens.« Sie kehrte in die Küche zurück. Kurz darauf hörten wir ein lautes »Scheiße!« und das blecherne Scheppern eines Topfdeckels, der auf den Steinboden fiel. Diana lachte laut und von ganzem Herzen; Lucas stimmte ein, ein Duett von Bass und Alt.

»Wunderbar, dass sie so gut miteinander auskommen«, sagte Elizabeth und nahm eine Zigarette aus ihrem Silberetui.

»Ja, absolut.« Danny gab ihr Feuer. »Und sie ist so attraktiv. Ganz die Tochter ihrer Mutter.«

Ich sah, wie Martha in ihren Schoß blickte, und stupste sie unter dem Tisch mit dem Fuß an, damit sie mich ansah. *Mach dir nichts draus*, versuchte ich ihr wortlos zu sagen. Aber ich war selbst nicht überzeugt davon. Wenn Danny sich an Diana heranpirschte, hoffte ich nur, dass er es nicht vor Marthas Augen täte.

Die Küchentür schwang wieder auf, und Lucas brachte eine riesige Platte mit zwei Hähnchen herein, die mit Brunnenkresse garniert waren. »Tut mir leid«, sagte er. »Keine Ahnung, welcher Teufel mich geritten hat, dass ich an einem Tag wie heute unbedingt etwas im Ofen machen wollte.« Er krempelte sich die Ärmel seines grauen Hemds bis zu den Ellbogen hoch. Als er sich vorbeugte, um die Hähnchen zu tranchieren, fiel ihm eine dunkle Locke in die Augen. Seine Haare wurden allmählich sehr lang. Ich konnte mich nicht erinnern, dass er seit seinem Umzug hierher einmal beim Friseur gewesen war.

»Schaut euch mal die Farbe von dieser Wolke an«, sagte Greg. »Das kann nicht mehr lange dauern.« Ich drehte mich zum Fenster. Der Himmel über dem Wald hatte nun den Farbton von Lucas' Rückenprellung und schien genauso zu toben.

»Ich kann das Gewitter kaum erwarten«, sagte Martha, »ich will bloß noch eins: mich wieder frisch fühlen.«

Als wir Kaffee tranken, beobachtete ich, wie die Wolke unerbittlich vom Wald zu uns heranzog und mit der Abenddämmerung verschmolz, die ihr von der anderen Seite des Hauses entgegenkam. Rasch wurde es finster; Lucas machte die Tischlampen auf der Anrichte an und zündete die Kerzen an. Als er sich wieder setzte, tat es einen so lauten Donnerschlag, dass ich erst dachte, das Dach wäre eingestürzt. Wir fuhren alle in die Höhe.

»Du lieber Himmel«, sagte Martha, die ihre Tasse umgeschüttet hatte. Der Kaffee zog in das weiße Leinentischtuch ein und hinterließ schlammige Rückstände.

Es folgte ein gewaltiges Knistern. Ein gegabelter Blitz zerriss den Himmel wie ein Stück Zuckerpapier. Sein Licht war so grell, dass es im Zimmer einen Moment lang heller war als am Tag; unsere Gesichter rund um den Tisch wirkten wie ausgebleicht. Diana zählte leise und kam nicht weiter als bis vier, als der Donner mit demselben Getöse wieder einsetzte. »Das Gewitter ist nah«, sagte sie. »Aber es regnet nicht. Alles ist so trocken. Ich hoffe, dass nichts zu brennen anfängt.« Wir standen auf und stellten uns an die offenen Fenster. Greg stand hinter mir und legte mir die Arme um die Schultern. Wieder fuhr ein Blitz im Zickzack herunter, der den ganzen vorderen Rasen und die Auffahrt in ein unheimliches elektrisches Licht tauchte. Der Donner folgte fast sofort in einer Lautstärke, als wäre ein Ozeanriese mit seinem Stahlrumpf auf Grund gelaufen.

»Wer hat Zeus die Laune verdorben?«, fragte Martha.

In der Donnerpause begann draußen auf dem Weg ein leises Klatschen, wie ein langsames Intro für einen Song; der Rhythmus wurde bestimmter. Punkte so groß wie größere Münzen übersäten die Steinfliesen. »Endlich«, sagte Diana. Sie drehte sich aufgeregt um, ihr war eine Idee gekommen. »Ich geh raus, mich abkühlen – wer kommt mit?«

Ohne eine Antwort abzuwarten, lief sie los, und wir hörten, wie sie die Haustür öffnete. Ein paar rasche, leichtfüßige Schritte auf den Steinen, dann erschien sie vor dem Fenster, nur vom

Schein der Lampen drinnen beleuchtet. »Der Regen ist warm«, sagte sie. Sie warf die Arme hoch, als warte sie darauf, dass jemand aus dem Himmel herunterschwebte und sie umarmte. Ihr Kleid war sofort klatschnass und klebte an ihrer glänzenden Haut.

»Diana, sei vorsichtig! Das ist gefährlich! Du wirst noch vom Blitz getroffen!«, rief Elizabeth.

»Nein, werd ich nicht. Erst schlägt er ins Haus ein.« Sie wischte sich die Haare aus dem Gesicht. »Leg Musik auf, Lucas.«

Danny stand schon bei der Anlage. Er sah nach, ob die richtige CD im Schub lag, und schloss ihn wieder. Und gleich erfüllte jene Frauenstimme die Luft mit ihren sinnlichen, klagenden Tönen auf Spanisch.

»Lauter«, rief ihm Diana zu.

Vom Fenster aus sahen wir, wie sie sich zu bewegen begann. Jede andere hätte lächerlich ausgesehen, sie nicht. Ihr vor Nässe schwarzes Kleid klebte an den Rundungen ihrer Taille und Hüfte, ihr langes Haar schlängelte sich in Strähnen den Rücken herab. Sie schloss die Augen, um sie vor dem Regen zu schützen, und wandte das Gesicht nach oben – ein in einem sehr archaischen Sinn naturhaftes Wesen. Wieder zuckte ein Blitz über den Himmel. Diana erinnerte mich an eine Mänade, wie von etwas Mächtigem, Unsichtbarem getrieben. Ihre Bewegungen hatten nichts Jungfräuliches, sondern waren von einer dunkleren, wissenderen Sinnlichkeit, eine Huldigung nicht an die gleichnamige keusche Göttin, sondern an Dionysos, jenseits aller Moral. Wir standen reglos da und sahen ihr zu.

»Das ist doch verrückt«, sagte Elizabeth. »Sie wird sich den Tod holen.« Sie wandte sich ab, ging zum Tisch und nahm ihr Weinglas in die Hand.

Dass Lucas weg war, merkte ich erst, als er im Garten erschien. Lachend umfasste er Dianas Taille und fand sich in ihren Rhythmus hinein, bewegte sich mit ihr. Bald war auch sein Hemd nass, die dunklen Flecken auf dem Stoff verschmolzen zu einem gleichmäßigen Metallton. Seine Haare ringelten sich im Regen wie bei einem nassen Hund.

»Dann mal los, ihr beiden.« Greg nahm Martha und mich an der Hand und zog uns nach draußen.

»Ich will nicht«, rief ich, aber er ging gar nicht darauf ein, entweder wollte er mich nicht hören oder konnte es nicht bei dem Geprassel des Regens, dem Donner und der dröhnenden Musik. Michael kam auch mit und streifte auf der Türschwelle die Schuhe von den Füßen. Wir liefen zu Diana und Lucas hinüber und tanzten als Gruppe. Erst war ich gehemmt, aber mit jedem Blitz und Donner fiel ein Stück von meinem Ich ab, und ich fühlte mich wie ein winziger Teil von etwas Größerem, das ich weder kontrollieren noch begreifen konnte.

Lucas tanzte näher zu mir heran; ich konnte nicht hören, was er sagte.

»Was?« Ein weiterer Blitz setzte den Himmel unter Strom.

Lucas musste sich wieder entfernen, da Greg zu mir herübertanzte und aggressiv die Arme um mich schlang. Er küsste mich heftig, und unsere Gesichter verschmolzen wie zu einem einzigen, umflossen vom Regen.

»Wo ist denn Danny?«, fragte Martha und drehte sich um. Mit dem Donnerschlag, der gleichzeitig mit dem Aufzucken eines Blitzes ertönte, hörte Martha auf zu tanzen und erstarrte wie zu Stein. Wir folgten ihrem Blick.

Drinnen im Zimmer zeichneten sich vor dem Licht zwei Silhouetten ab: Danny und Elizabeth, die sich eng umschlungen küssten und vom Gewitter nichts mehr wahrnahmen.

Wir standen im Regen und starrten auf das Paar, bis Greg den Bann schließlich mit ein paar Worten löste; wir folgten ihm hinein. In der Eingangshalle sahen wir einander fassungslos an. Die Tür zum Speisesalon stand offen, doch wir hielten uns panisch von ihm fern, als wäre er mit hochansteckenden Keimen verseucht. Das Gewitter tobte immer noch über uns, und durch den Ring der kleinen Fenster unter der Kuppel fiel das Blitzlicht mit einem Flackern herein, das an ein Stroboskop oder einen Krankenwagen erinnerte und das Deckengemälde in einem elektrischen Blau erhellte. Unter den zuckenden Lichtern wirkte das Fresko wie zum Leben erweckt, die Figuren schienen sich zu bewegen, jeder Blitz beleuchtete sie anders, zeigte jetzt den Mann auf der Chaiselongue, dann die dunkelhaarige Frau zu seinen Füßen, dann wieder den goldenen Ganymed, der mit einer furchterregenden Lebhaftigkeit seine Schale darbot.

Wir troffen vor Nässe, das Wasser sammelte sich in Pfützen am Boden. Ich sah Martha an. Sie zitterte leicht, als fröre sie in den nassen Klamotten, doch ich erkannte darin ein erstes Zeichen ihrer Verzweiflung. Sie biss sich auf die Unterlippe und riss die Augen auf, als hätte sie Angst, dass die hochsteigenden Tränen nur auf einen Lidschlag warteten, um hervorzubrechen.

»Gehen wir rauf und ziehen uns um, damit wir nicht zu frieren anfangen«, schlug Greg vor.

»Ich hab noch eine Jeans dabei, die du anziehen kannst, Diana; Lucas leiht dir sicher ein T-Shirt«, sagte ich. »Vorläufig geht das schon, bis du ins Dorf zurückkannst.«

Sie kam in unser Zimmer, und ich suchte ihr die Jeans heraus. Mir fiel auf, dass sie von uns allen am wenigsten schockiert war. Eigentlich wirkte sie nicht einmal überrascht. Die wilde Ekstase, mit der sie sich dem Tanz hingegeben hatte, war einer seltsamen Resignation gewichen. »Alles in Ordnung?«, fragte ich sie.

»Ja, ja. Ich bin daran gewöhnt. Das macht sie, seit ich klein war.« Sie zögerte, ob sie noch mehr dazu sagen sollte. »Sie ist die letzte große Romantikerin. Wie ein Teenie glaubt sie immer noch, wenn sie nur jemanden finden würde, der sie liebt, dann wären alle Fragen beantwortet und alle Probleme gelöst. Bei jeder Affäre meint sie, endlich hätte sie den Mann ihres Lebens gefunden, und wenn dann Schluss ist, bricht ihr wieder mal das Herz.«

Als ich wieder trocken war, ging ich in Marthas Zimmer. Sie

hatte sich nicht geduscht, nicht einmal die nassen Sachen ausgezogen, sondern lag bäuchlings auf dem Bett. Das Bettzeug war ringsum feucht. Ich rief sie leise beim Namen, aber sie reagierte nicht. Da legte ich ihr die Hand auf den Hinterkopf und strich ihr über die wirren, nassen Haare.

»Ich bin so verdammt scheißblöd.« Das Kissen erstickte ihre Stimme. »Jetzt spuck's schon aus, dass du's mir gleich gesagt hast.«

»So was käme mir nie über die Lippen.«

Auf dem Nachttischchen sah ich Dannys Geburtstagsgeschenk, eine alte, ledergebundene Ausgabe von George Eliots *Middlemarch*, ihrem Lieblingsbuch, wie er wusste. Mit diesem Geschenk hatte er mich beeindruckt.

»Ich hab ihm geglaubt«, sagte sie. »Und bin auf die älteste Masche der Welt reingefallen, dass wir die Sache nur am Anfang nicht verbreiten sollten, bis wir sicher wären. Aber ich war mir sofort sicher. Ich hab mich voll auf ihn eingelassen, ich doofe Kuh.«

»Mach dich doch nicht so runter«, sagte ich. »Er verhält sich eben nicht wie ein normaler Mensch. Er hat kein Gewissen. Es ist ihm egal, was er bei anderen anrichtet. Ach Martha, jetzt ist es hart, aber auf die Dauer wirst du garantiert froh sein. Ich möchte, dass du dich in jemanden verliebst, der dich verdient. Danny ist nicht gut genug, um dir die Schuhe zu putzen. Stell dir vor, er hätte so was erst später gemacht, wenn ihr verheiratet wärt und Kinder hättet.« Insgeheim dachte ich, wie unwahrscheinlich es wäre, dass Danny jemals heiraten und Kinder kriegen würde. »Er würde sich dauernd rumtreiben. Und dich todunglücklich machen.«

»Ich hatte noch nie solche Gefühle für einen Mann. Ich dachte, das ist mir das Risiko wert. Mit ihm wird alles so … aufregend. Jo, ich kann den Gedanken nicht ertragen, nie mehr mit ihm aufzuwachen.«

Kurz spielte ich mit dem Gedanken, ihr von Michael zu erzählen. Sie sollte wissen, dass sie nicht die Einzige war, die Dannys schillernden Verführungskünsten erlegen war. Ich hätte sie auch gern schockiert und Danny in ihren Augen unmöglich gemacht, damit sie nie wieder ein gutes Haar an ihm finden würde. Mich hielt nur der Gedanke zurück, welchen Einfluss diese Information auf ihre Freundschaft mit Michael haben könnte, mit dem sie von uns allen wahrscheinlich am engsten verbunden war – das durfte Danny nicht auch noch ruinieren.

Schließlich drehte sie sich um und sah mich an. Ihre Augen waren verschwollen und ihre Wangen so rot, als käme sie gerade aus einer heißen Badewanne. »Du hast doch niemandem etwas davon erzählt, oder?« Sie zog die Knie an, umschlang sie und drückte sie an die Brust. »Ich könnte es nicht ertragen, wenn alle wüssten, wie bescheuert ich gewesen bin.«

Den Rest des Abends herrschte zwischen uns eine gedämpfte Atmosphäre. Martha blieb oben, und Greg, Michael und ich halfen Lucas und Diana beim Abspülen. Dann gossen wir uns große Brandys ein und setzten uns damit in die Küche. Das Gewitter war etwas weitergezogen und grollte nur noch in der Ferne. Aber es regnete immer noch; wir ließen die Terrassentüren offen und hörten dem seltsam beruhigenden Geräusch zu, das wie das weiße Rauschen im Radio klang. Danny und Elizabeth waren fort. Wir brauchten gar nicht nachzusehen, um das zu wissen; die Luft im Haus war anders, als hätte sich die elektrische Ladung ihrer Partikel verändert.

Als wir später im Bett lagen, ging mir unablässig die Frage durch den Kopf, ob ich Greg von Martha erzählen sollte. Die ständige Geheimnistuerei erzeugte einen unheimlichen Druck in mir, und ich hätte gern mit ihm geredet, um mir Erleichterung zu verschaffen, aber auch, um wirklich offen mit ihm zu sein. Wenn unsere Beziehung funktionieren sollte, durfte ich keine Geheimnisse vor ihm haben – das wäre ein Vertrauensbruch. Aber wäre es nicht ein noch größerer Vertrauensbruch Martha gegenüber, wenn ich Greg einweihte? Dann dachte ich an sein Verhalten in der Nacht, als Lucas ins Krankenhaus eingeliefert wurde; ich war sicher, dass ich ihm vertrauen konnte. »Darf ich dir was erzählen?«, fragte ich. Damit war die Entscheidung gefallen.

»Klar. Was gibt's?« Er setzte sich auf und stopfte sich sein Kissen in den Rücken.

»Martha hatte eine Affäre mit Danny.«

Es verschlug ihm den Atem. »Du lieber Himmel. Und heute Abend, als …?« Er schüttelte betroffen den Kopf. »Verdammte Scheiße. Die arme Martha.«

»Genau.«

»Aber sag mal, sie musste doch wissen, mit wem sie es zu tun hat. So einen würde sie doch sonst nicht mit der Beißzange anfassen, oder?«

»Anscheinend hatte sie schon seit Jahren ein Faible für ihn. Davon hat sie mir nie erzählt – das will was heißen.«

»So ein Arschloch. Wie konnte er ihr das antun? Sie ist so eine Seele von Mensch.«

Es erleichterte mich so sehr, mit ihm zu reden und meine Entrüstung mit ihm zu teilen, dass ich beschloss, gleich sämtliche Katzen aus dem Sack zu lassen. Als ich ihm auch noch von Michael erzählte, sah er mich mit fassungsloser Ungläubigkeit an. »Dann hat er also mit beiden geschlafen, und niemand weiß was davon? Himmelarsch. Keiner der beiden wusste vom anderen?«

»Genau. Und jetzt sieht es ganz so aus, als wollte er etwas mit Elizabeth anfangen.«

Am nächsten Morgen hatte sich die Gewitterfront nach Osten verlagert. Wir machten den Fernseher an und sahen, welche Verwüstungen das Gewitter im Osten Englands angerichtet hatte: Flüsse waren über die Ufer getreten und hatten Autos in Gräben geschwemmt.

»Unser schöner britischer Sommer«, sagte Lucas, stand auf und schaltete den Apparat ab.

Danny ließ sich nicht blicken, deshalb nahmen wir an, er hätte die Nacht bei Elizabeth im Dorf verbracht. Es lag mir sehr am Herzen, Martha nach London zurückzubringen, bevor er wieder auftauchte. Ich wollte nicht, dass sie mit ihm konfrontiert und vielleicht noch mehr verletzt würde, entweder durch seine unbekümmerte Gleichgültigkeit oder durch gockelhaftes Prahlen mit der neuen Eroberung. Ich sog mir die durchsichtige Ausrede aus den Fingern, ich hätte noch eine Menge für die *Gazette* zu tun – jeder, der mich auch nur einmal über meinen Arbeitsplatz hatte reden hören, musste die Lüge sofort durchschauen –, und wir fuhren ab.

Kapitel XXIII

Ich war sehr glücklich über den Anruf der *Times*, ob ich am folgenden Wochenende arbeiten wollte. Nach dem Fiasko meiner Verspätung hatte ich schon befürchtet, ich hätte alles versiebt, zumal die *Times* mich seither nicht mehr benötigt hatte. An jenem Sonntagvormittag hatte ich keine großen Erklärungen abgeben wollen, warum ich unbedingt hatte aufs Land fahren müssen – es schien mir unpassend, mit Leuten, die Lucas gar nicht kannten, über seine Labilität zu reden –, doch die Dringlichkeit der Sache war wohl angekommen. Ich entschuldigte mich wortreich und versprach, dass es nicht wieder vorkommen sollte.

Ich arbeitete nun an einem Artikel über eine Änderung des Gesetzes zur Förderung des britischen Films und kam gut voran. Jeder Blick durch die Redaktionsräume bestärkte mich in der Überzeugung, dass ich den richtigen Beruf gewählt hatte; es gab nichts, was ich lieber getan hätte. Eine durchaus erhebende Erkenntnis; lächelnd klickte ich mich durch meine Notizen. Auch freute ich mich auf einen ungestörten Abend allein mit Greg. Es kam mir vor, als hätten wir schon ewig kein Wochenende mehr für uns gehabt.

Auch Martha und Michael waren in London geblieben. Die arme Martha hatte gestern Abend furchtbar gelitten – normalerweise wären wir nach Stoneborough aufgebrochen. Ich sah ihr an, dass sie liebend gern hingefahren wäre, um in Dannys Nähe zu sein. Gleichzeitig graute ihr vor einem Wiedersehen mit ihm, denn sie hatte Angst, sie würde verraten, wie nahe sie ihn an sich herangelassen hatte, und zur Zielscheibe seiner gefürchteten Verachtung werden. Ich brauche wohl nicht zu erwähnen, dass er sie nicht angerufen hatte. Michael ging zu einer Party bei einem Kollegen und fragte Martha, ob sie nicht mitkommen wolle. Sie zögerte, aber ich redete ihr gut zu – immer noch besser, als einen Abend Trübsal blasend zu Hause zu hocken.

Auf dem Schreibtisch neben mir klingelte das Telefon. Ich hob ab in der Annahme, es wäre jemand von den Leuten, die ich interviewen wollte und denen ich eine entsprechende Nachricht auf dem Anrufbeantworter hinterlassen hatte.

Es war Lucas. »Ich muss mit dir reden«, sagte er.

»Ich bin in der Arbeit.« Ich dämpfte die Stimme und sah über die Trennwand, ob jemand in der Nähe wäre, der mich hören könnte. »Woher hast du diese Nummer?«

»Dein Handy ist ausgeschaltet, deshalb hab ich bei dir zu Hause angerufen. Martha hat mir gesagt, wo du bist, also hab ich in der Zentrale angerufen.«

»Hör mal, Lucas, ich will wirklich nicht unhöflich sein, aber ich muss diesen Artikel fertig kriegen. Ich bin hier auf Probe und sollte keine privaten Telefongespräche führen. Kann ich dich nicht später zurückrufen?«

»Es ist wichtig«, sagte er. »Und später bist du mit Greg zusammen, dann können wir auch nicht ungestört reden. Ich werde dich nicht lange stören.«

Mir sank der Mut. Ich musste mich aufs Schreiben konzentrieren und konnte mich nicht in ein weiteres Stoneborough-Drama hineinziehen lassen. Aber ich erinnerte mich daran, was beim letzten Mal passiert war, als ich seine Anrufe abgeblockt hatte. Ich würde mir nie verzeihen, wenn sich so etwas wiederholte. »Schieß los«, sagte ich. »Aber mach's kurz, sonst krieg ich Schwierigkeiten.«

Er zögerte kurz. »Okay. Um gleich zum Kern der Sache zu kommen: Ich glaube, Jo, dass ich dabei bin, mich in Diana zu verlieben.«

Das Erste, was ich empfand, war Überraschung; ich hatte keine Ahnung, was sich da angebahnt hatte. Dann stieg eine unerwartete, wilde Eifersucht in mir hoch. »Habt ihr miteinander geschlafen?«, platzte ich ohne nachzudenken heraus, als würde er mich betrügen und ich hätte jedes Recht, alles zu erfahren. Ich blickte rasch auf, um mich zu vergewissern, dass niemand hersah; ich war mir nicht sicher, wie laut meine letzten Worte gewesen waren. Natürlich hatte ich gewusst, dass Lucas eines Tages einer anderen begegnen würde, aber nicht erwartet, dass es so schnell ginge. Es war ein Schlag für mich, so leicht ersetzbar zu sein.

Meine Frage schien ihn nicht weiter zu verwundern. »Gestern Abend. Diana hat gekocht und wir haben draußen auf dem Rasen gegessen.« Er machte eine Pause, als wäre er hin- und hergerissen zwischen dem Wunsch, die Erinnerung für sich zu behalten, und dem Bedürfnis, seine Aufregung mit jemandem zu teilen. »Es wurde wirklich spät, wahrscheinlich gegen zwei, und alles war so ruhig, die absolute Stille. Es war, als wären wir die letzten Menschen auf der Welt. Wir haben über alles geredet: über meine Eltern, Patrick, Elizabeth, wie wir als Kinder diese Gruppe erlebt haben. Es ist seltsam, Jo – irgendwie hab ich das Gefühl, als hätte ich das ganze Leben auf ihre Rückkehr gewartet.«

»Lucas …« Ich sah Rebecca in meine Richtung kommen; sie hatte sich in der Kantine ein Mittagessen geholt. Von ihrem Platz am übernächsten Schreibtisch aus würde sie jedes Wort von mir mithören, aber jetzt konnte ich das Gespräch unmöglich abwürgen.

»Und es hilft mir, sie hier zu haben, wenn du in London bist und nicht für mich erreichbar. Und weil sie mich als Kind schon kannte, versteht sie mich auch.«

Ich wusste nicht, ob die Spitze beabsichtigt war, deshalb sagte ich nichts dazu.

»Ich habe das Gefühl, das Leben fängt neu an. Und ist es

nicht eigenartig: Im Wald haben Diana und ich uns das letzte Mal gesehen, und im Wald haben wir uns zwanzig Jahre später wiedergefunden.«

Jetzt wartete er auf einen Kommentar von mir. Rebecca setzte sich und fuhr mit der Maus hin und her, um den Bildschirmschoner aufzuheben. Ein Pech aber auch, dass sie heute arbeitete; sie war nur hergekommen, um einen Artikel zu beenden, den sie gestern nicht mehr ganz geschafft hatte.

Lucas fuhr fort, durch mein Schweigen zu noch größerer Eindringlichkeit angespornt. »Jo, als sie mich küsste, war es, als würde ich mich erst jetzt richtig verlieben und alles bekäme einen neuen Sinn. Ich hätte nie gedacht, dass ich das einmal sagen würde, aber du hattest ganz recht, als du Schluss gemacht hast. Ich glaube, diesmal ist es wirklich Liebe.«

»Das ist ja wunderbar«, sagte ich so leise, dass er es gerade noch hören könnte. »Ich freue mich für dich.« *Sag's, als ob du's wirklich meinst, Joanna*, ermahnte ich mich, froh, dass er mich nicht sehen konnte. Ich sah gerade rechtzeitig hoch, um Rebeccas fragenden Blick aufzufangen, und zog eine bedauernde Grimasse.

Nachdem ich ihm mehrmals versichert hatte, ich würde ihn später an diesem Wochenende anrufen, legte er endlich auf. Sein Anruf löste eine innere Unruhe in mir aus. Einerseits konnte ich die Nachricht als Erleichterung betrachten. Wenn er jetzt mit Diana zusammen war, könnte ich die Verantwortung an sie abgeben. Auch würde er mich nicht mehr ständig mit Argusaugen beobachten und damit weniger Druck auf mich ausüben. Trotzdem blieb mir ein Nachgeschmack von Trostlosigkeit. Dass er eine andere gefunden hatte, war ein weiterer Meilenstein auf dem Weg, der uns von unserer gemeinsamen Geschichte entfernte, ein weiteres Abbröckeln der Verbindung zwischen uns. Auch verletzte mich die Botschaft, die wie ein Riff unter der Oberfläche seiner Worte lag: Ich hatte das Gefühl, er wollte mir mitteilen, wie nebensächlich ich für ihn geworden war. Nun rief ich mich selbst zur Ordnung. Warum sollte er sich nicht ein bisschen mit seiner neuen Beziehung brüsten wollen? Ich hatte kein Recht, die Beleidigte zu spielen. Was er und Diana miteinander erlebt hatten, band sie stärker aneinander, als es die meisten Menschen in ihren Beziehungen je erfahren können. Vielleicht konnte sie ihn wirklich auf eine Weise verstehen, wie es einer Außenstehenden nie gelingen würde.

Rebecca blieb bis Büroschluss, und nachdem ich meinen Artikel abgespeichert und begonnen hatte, meine Sachen zu packen, bat sie mich um ein kurzes Gespräch. Sie deutete auf einen Tisch in der Ecke, abseits von den anderen. Noch bevor sie ein Wort gesagt hatte, verriet mir ihr Gesicht, dass ich nichts Gutes zu erwarten hatte.

»Es tut mir sehr leid, Joanna«, sagte sie. »Ich mag dich und glaube, aus dir wird eine gute Journalistin werden. Aber ich habe den Eindruck, dass du zu viele anderweitige Verpflichtungen hast. Wir brauchen jemand, der sich voll darauf konzentrieren kann, was hier zu tun ist. Ich habe noch jemanden probearbeiten lassen und bin leider zu der Entscheidung gelangt, die Mutterschaftsvertretung an ihn zu vergeben.«

Die ganze Fahrt von Wapping nach Shepherd's Bush saß ich vor Fassungslosigkeit wie versteinert in der U-Bahn. Erst als ich in Gregs Wohnung ankam, wurde mir voll bewusst, was sich gerade abgespielt hatte, und mir kamen die Tränen. Das Schlimme war: Sie hatte recht; ich tanzte auf zu vielen Hochzeiten. Wie könnte ich etwas anderem meine volle Aufmerksamkeit widmen, wenn zwischen uns allen so viel passierte und ich für Lucas' gefährdetes psychisches Wohlbefinden verantwortlich war? Mir war klar, dass ich das Desaster mitverschuldet hatte, weil ich ihm nicht sofort klipp und klar gesagt hatte, ich würde ihn später zurückrufen. Dennoch verfestigte sich in mir ein neues Bild von ihm. Lucas wurde mir zur Last, und auch wenn ich mich selbst für meine Herzlosigkeit hasste, konnte ich nichts daran ändern. Seinetwegen hatte ich die größte Chance vertan, die ich jemals bekommen hatte.

Kapitel XXIV

Am folgenden Wochenende befand Greg, wir sollten ans Meer fahren und am Strand zelten. Erst wollte ich nicht, gab dann aber seinem freundlichen Druck nach. Das Meer, sagte er, sei sein Heilmittel gegen jeden Kummer, beruflichen wie privaten. Er war in dieser Woche so verständnisvoll gewesen, dass ich nicht ablehnen konnte; auch versicherte er mir, eine Nacht im Zelt mit ihm sei etwas völlig anderes als die Campingurlaube damals mit meinen Eltern.

Wir verließen London am späten Samstagvormittag. Ich sah ihn auf der Fahrt verstohlen an. Sein gelbes T-Shirt schmiegte sich eng um seine Brust, unter der abgetragenen Jeans, die seine langen Schenkel betonte, zeichnete sich die Wölbung seiner Muskeln ab. Ich hätte gern daran herumgedrückt. Vor dem Frühstück war er joggen gewesen; als er zurückkam, ging sein Atem rasch und sein durchgeschwitztes blaues Laufhemd klebte ihm am Rücken. Er strotzte vor urwüchsiger Kraft und Gesundheit, bereit, es mit allem aufzunehmen.

Auf beiden Seiten der Straße breitete sich nun das Land aus, das wieder üppig grün war. Ich ließ mir nicht anmerken, wie gut ich die Strecke kannte. Wir fuhren bei Lepe in der Nähe von Beaulieu zum Strand, etwa fünf Meilen vom Haus meiner Eltern entfernt. Ich war schon Hunderte Male hier gewesen, meine Eltern waren mit mir und meinen Brüdern immer zum Schwimmen hergekommen. Für mich lagerten sich an diesem Ort so viele Erinnerungen übereinander wie Farbschichten auf den Riesenlutschern, die Dad uns immer im Laden hinter dem Strand gekauft hatte. Als kleines Mädchen war ich hier Stammkundin gewesen, hatte mein Taschengeld in Eis umgesetzt und war mit schmerzenden Füßen über den scharfen Kies zu meiner Mutter zurückgetappt. Ich erinnerte mich an meinen Stolz, eine Einheimische zu sein, im Gegensatz zu den Kindern aus Birmingham und London, die hier Ferien machten und für mich etwas sehr Großstädtisches hatten. In der Abschlussklasse wurde dieser Ort für mich zu einem neuen Ziel. Ich kam mit meinen Freundinnen her, um Cidre zu trinken und zu rauchen, entweder allein oder mit Jungs vom College in Brockenhurst. Wir lagen am Strand und unterhielten uns über unsere Zukunftspläne. Ich erinnere mich genau, wie ich meinen großen Traum beschrieb, Journalistin bei einer großen Tageszeitung zu werden, und an meine Entschlossenheit, diesen Traum umzusetzen. Mit der Arroganz eines Teenagers hatte ich die Meinung vertreten, Leute, die ihre Pläne nicht verwirklichten, hätten sich ihr Scheitern selbst zuzuschreiben, weil sie sich von anderen Dingen ablenken ließen. Der Ehrgeiz hatte damals in mir gebrannt wie glühende Kohlen, und ich konnte mir nicht vorstellen, einmal zu den Versagern zu gehören.

Greg musste mein Gesicht gesehen haben, denn er beugte sich herüber und strich mir über die Haare. »Na, na – versuch, nicht dran zu denken.«

Wir stellten das Auto im oberen Feld ab und setzten uns auf das seidige Gras, das die Klippen überzog. Es kitzelte mich an den Beinen, da ich Shorts trug. Jetzt war ich froh, dass ich den Bikini schon zu Hause angezogen hatte; ich zog mir meine Bluse aus und ließ mir die Sonne auf die Schultern brennen. Hitze stieg vom Meer auf, und vor dem tiefblauen Himmel zeichnete sich undeutlich die Form der Isle of Wight ab. Sie erhob sich aus dem Wasser wie das Rückgrat eines riesigen Meeresungeheuers, vielleicht ein Dinosaurier aus früheren Zeiten. »Du weißt, dass ich diesen Ort kenne, ja?«, fragte ich ihn.

»Ja«, sagte er. »Ich wollte gern mit dir herkommen. Ich war

schon öfter alleine hier, und du bist hier aufgewachsen. Ich wollte beides zusammenbringen. Wohl ein Versuch, dich in meine Erfahrungen einzubinden und mich in deine.«

»Du willst also meine Vergangenheit stürmen.«

Er drehte sich auf die Seite und lächelte. »Was dagegen?«

»Nein.« Ich küsste ihn.

Wir gingen zum Ufer hinunter und schwammen. Danach setzten wir uns auf den Kies, ließen uns trocknen und sahen zu, wie sich das Wasser immer weiter zurückzog, bis die Ebbe ihren höchsten Stand erreichte und eine wellige Landschaft aus Schlamm, Treibholz und Geröll zurückließ. Als wir zum Auto zurückkehrten, begannen die Familien am Strand ihre Sachen zu packen und aufzubrechen. Neben uns stand ein Volvo, auf dessen Rücksitz sich ein ganzer Haufen Kinder drängte. Die Mutter zumindest einiger dieser Kinder kniete neben der offenen Tür und versuchte, den Sand von ein paar zappelnden Füßchen zu wischen und sie in Badeschuhe zu stecken. In den letzten Wochen war mir immer wieder der Gedanke an Kinder gekommen. Etwas in mir war im Begriff, sich zu verändern. Ich reagierte nicht mehr spontan ablehnend. Mir gefiel sogar das Bild von Greg und mir zusammen mit einem Kind, das ich mir ausgemalt hatte. Und auch wenn ich es mir kaum eingestehen konnte, fand ich die Idee, mit seinem Kind schwanger zu sein, ziemlich sexy. Das war ein ordentlicher Schock für mich, nachdem ich den Wunsch nach Kindern jahrelang als eine Art biologischen Hinterhalt betrachtet hatte, der einer Frau die Karriere ruinierte.

Wir trugen das Zelt bis zur Spitze der Landzunge und stellten es auf grasigem Gelände hinter Stechginsterbüschen auf, die uns vor der leichten Brise schützten. Als die Sonne ihre Kraft verlor und die Schatten der Kiefern länger wurden, sammelte Greg Treibholz und machte ein Feuer. Wir saßen daneben und sahen die Yachten mit der zunehmenden Flut näher kommen. Sein Heilmittel wirkte schon. Das Meer, so wandelbar wie unveränderlich mit seinem immer gleichen Rhythmus, hatte etwas an sich, das meine übermächtigen Gefühle von Wut und Bedauern zur Ruhe kommen ließ. Und auch das Zusammensein mit Greg entspannte mich. Er besaß die Fähigkeit, ganz im Moment zu leben, was auch mir in seiner Gegenwart leichter fiel.

Als die Nacht hereinbrach, beobachteten wir die Lichter der großen Schiffe, die nach Southampton einliefen und von dort kamen; wir stellten Vermutungen an, wo sie wohl hinfuhren – die Frachter nach Australien und in den Fernen Osten, die Passagierfähren nach Frankreich und zu den Kanalinseln. Ich legte mich auf den Rücken und sah zu den Sternen hoch. Sie gehörten zu den Dingen, die ich in London am meisten vermisste, wo man so leicht vergessen kann, dass es ein natürliches Universum gibt und wir ein Teil davon sind. Meine Haare rochen nach dem Rauch des Holzfeuers. Greg rückte dicht an mich heran und legte mir den Arm um die Schultern. »Hier müssen wir mit unseren Kindern herkommen«, sagte er.

Kapitel XXV

Fast zwei Wochen vergingen, bis Lucas anrief und sich entschuldigte. Sicher hatte ihn Martha informiert. Ich selbst hatte nichts gesagt, da ich Angst hatte, die Beherrschung zu verlieren. Doch inzwischen hatten sich meine erst so brodelnden Gefühle zu einer Art resignierten Hinnahme verhärtet, und ich konnte zumindest ohne den frustrierten Urschrei, der mich anfangs erschüttert hatte, an die Sache denken. Die Enttäuschung allerdings hatte nicht nachgelassen, sondern schien sich täglich zu verstärken. Mein Job bei der *Gazette* kam mir jetzt total sinnlos vor. Der einzige Zweck dieser Stelle hatte darin bestanden, als Sprungbrett zu etwas Besserem zu dienen; zu lernen gab es für mich dort jedenfalls nichts mehr. Doch wenn nicht etwas Dramatisches passierte, würde ich dort hängenbleiben. Ich wäre zu einer Zukunft mit Berichten über nichtige Lokalnachrichten verdammt, in einem schäbigen Büro, ohne Aussichten auf ein Gehalt, das Leuten meines Alters entsprach. Der Hauptgewinn war mir vor der Nase weggeschnappt worden, und was mir blieb, war noch mieser, als ich mir bisher eingestanden hatte.

Ich machte mir auch Sorgen, wie sich dies auf Gregs Bild von mir auswirken würde. Solange ich für einen Job bei der *Times* im Gespräch war, fühlte ich mich einem so erfolgreichen Mann wie ihm durchaus ebenbürtig. Jetzt war ich wieder auf das Niveau eines Käseblattes zurückgestuft und wurde das Gefühl nicht los, dass alle, die uns als Paar kennenlernten, mich als Trittbrettfahrerin einschätzen könnten, die von Gregs Sozialstatus schmarotzte. Greg hatte mir nie einen Anlass zur Vermutung gegeben, dass er selbst so dachte, aber mein eigener Stolz legte es mir schmerzhaft nahe.

»Jo, es tut mir wahnsinnig leid«, sagte Lucas jetzt. »Ich habe wirklich nicht gemerkt, wie ernst die Situation war. Du hättest es mir sagen sollen.«

»Ich hab's versucht.« Mir dämmerte, dass er nach Monaten ohne Arbeit den Bezug zum Berufsleben verloren hatte und nicht mehr begriff, dass es Verpflichtungen gab und das Privatleben nicht an erster Stelle stehen konnte.

»Ich weiß nicht, wie ich das wiedergutmachen kann.«

Ich schwieg.

»Kommst du am Wochenende? Bitte komm! Ich koch was Tolles. Alles, was du willst.« Er klang verzweifelt, aber es berührte mich nicht.

»Das ist nicht nötig«, sagte ich. Ich hatte einen Entschluss gefasst. Ich würde dieses Wochenende hinfahren und ernsthaft mit ihm reden. Ich musste einen Ausweg aus dieser Situation finden. So konnte ich nicht weiterleben, an einem Gummiband, an dem er nur zu ziehen brauchte, damit ich meine Zukunft verpasste und in jene eigentümliche Stagnation verfiel, die ich inzwischen so fürchtete.

Als wir ankamen, stand Diana gerade in der Küche und kochte den Eintopf fürs Abendessen. Sie trug enge Jeans mit einem Streifengürtel in allen Regenbogenfarben und hatte die Haare zu einem kunstvoll-lässigen Knoten hochgesteckt. Während sie mich mit einem Küsschen begrüßte, rührte sie in dem riesigen Topf auf dem Herd. Lucas ging von hinten auf sie zu und schlang die Hände um ihre Hüften. Sogar barfuß war sie fast genauso groß wie er, fünf, sechs Zentimeter größer als ich. Sie strahlte eine laszive Erotik aus, und ich wünschte mir glühend, dass Greg dafür unempfänglich wäre. Lucas ertappte mich dabei, wie ich sie beobachtete, und lächelte. Ich wandte rasch den Blick ab.

Wie unter Zwang wanderten meine Blicke an diesem Abend

immer wieder zu den beiden. Sie hatten sehr schnell eine große Nähe zueinander entwickelt. Emotional waren sie sich natürlich schon immer nahe gewesen, doch auch ihre körperliche Nähe wirkte so selbstverständlich wie eine Hand in der Hosentasche. Lucas benahm sich ihr gegenüber mit einer Ungezwungenheit, wie sie durch langjährige Vertrautheit entsteht, und ich sah, dass er sich dessen bewusst war und die Wirkung genoss, die es auf mich hatte.

Wir setzten uns zum Essen an den Küchentisch. Die Doppelflügel der Terrassentüren standen offen, und die Kerzen, die Diana angezündet hatte, zogen zwei Motten an, die sie zwischen ihren gewölbten Handflächen fing und wieder in den Garten beförderte. »Es ist schrecklich, dass sie um die Flammen herumflattern«, sagte sie. »Ich kann es nicht ertragen, wenn sie sich die Flügel verbrennen.«

Später am Abend verließ ich die Küche, um mir Zigaretten aus dem Auto zu holen, und auf dem Rückweg begegnete ich Lucas im Gang. »Alles klar?«, fragte ich aus alter Gewohnheit.

»Ich bin ja so glücklich, Jo«, antwortete er.

Trotz allem, was geschehen war, selbst angesichts meiner Wut über den verlorenen Job, war ich eifersüchtig. Nicht dass ich ihn für mich haben wollte; der Gedanke, mit einem anderen Mann als Greg zusammen zu sein, war mir inzwischen unvorstellbar. Es lag vielmehr an der Kränkung, ersetzbar zu sein, und dem Gefühl, dass alles, was mir an der Uni und in meinen Zwanzigern Halt gegeben hatte, immer stärker wegbröckelte.

Sobald wir an jenem Abend in unser Zimmer traten, presste ich Greg an die Wand, küsste ihn, knöpfte die obersten Knöpfe seines Hemds auf und fuhr mit der Hand über seine rauen Brusthaare. Mit einer Hand zerrte ich an seiner Gürtelschnalle, mit der anderen zog ich mir mein eigenes T-Shirt über den Kopf. »Was ist denn mit dir los?«, fragte er verblüfft.

»Liebst du mich?« Ich rupfte ihm das Hemd aus der Hose und knöpfte die restlichen beiden Knöpfe auf; dann wollte ich ihn wieder küssen und verfehlte in der Eile seine Lippen. Er stemmte mich an den Schultern von sich weg und zwang mich, innezuhalten und ihm ins Gesicht zu sehen. Meine Augen waren auf seinen Mund fixiert, vor allem auf die volle Unterlippe, die ich so unwiderstehlich fand.

»Ich werd's dir zeigen«, sagte er. Er hob mich hoch und ließ mich sanft aufs Bett fallen.

In Stoneborough wurde mir oft bewusst, wie viel stärker wir dort vom Wetter abhingen. In der Stadt veränderte das Wetter den Blick aus dem Bürofenster. In Stoneborough war Regen ein echtes Ereignis.

Am nächsten Morgen hörte ich an den Fenstern, dass es regnen musste, obwohl es so hell war, dass das Rauschen an den Scheiben auch von den Glyzinien kommen könnte; aus dem Plan, den Tag draußen zu verbringen, würde wohl nichts werden. Im Lauf des Vormittags wurde der Regen immer stärker. Als wir in der Küche Kaffee tranken, prasselte er so heftig herunter, dass er kleine Löcher in die Erde der Hochbeete schlug. »Bei so einem Wetter platze ich entweder vor aufgestauter Energie, oder ich werde so träge, dass ich mich kaum rühren kann«, sagte Diana mit einem Blick aus dem Fenster.

»Und wie ist es heute?«, erkundigte sich Lucas.

»Ich bin träge«, sagte sie. »Ich würde am liebsten gar nichts machen. Wir könnten doch ein paar DVDs ausleihen und sie uns in den großen Ledersesseln in Patricks Arbeitszimmer reinziehen.«

Greg hatte Lust auf ein Bad, deshalb erbot ich mich, nach Oxford zu fahren und die DVDs zu holen; ich war froh, eine Weile allein sein und meine Gedanken sortieren zu können. Bevor ich losfuhr, wollte ich noch etwas nachsehen. Ich vergewisserte mich, dass mich niemand sah, schlich in die Bibliothek und schloss die Tür hinter mir. Die gedämpfte Atmosphäre dort war weder feindlich noch freundlich. Mich überkam die Vorstellung, das Haus würde sich im Moment seine Energie aufsparen und auf den richtigen Augenblick warten. Ich schob eine der Leitern die Regale entlang und ging die Buchreihen durch, bis ich fand, wonach ich suchte: die Romane von George Eliot. Natürlich fehlte *Middlemarch*, die anderen Bände waren zusammengeschoben, damit die Lücke nicht auffiel. Danny, dieser Arsch – nicht einmal ein Buch konnte er ihr kaufen.

Es war seltsam, mit Gregs Auto zu fahren – als ob man sich von jemand anderem die Schuhe ausleiht und die Form der fremden Füße spürt. Ich war mit der Automatik nicht vertraut, deshalb fuhr ich Landstraßen und näherte mich der Stadt über Boar's Hill, wo ich ein paar Minuten stehen blieb, um die Aussicht zu genießen. Von hier hatte man den Postkartenblick auf Oxford, nur die sandfarbenen Türme vor einem üppig grünem Hintergrund, eine ländliche Idylle mit weltstädtischem Zentrum. Heute kauerte die Stadt unter den tief hängenden Wolken. Ich hatte immer noch keinen Plan, wie ich Lucas beibringen könnte, dass ich nicht ständig nach Stoneborough kommen konnte. Mir ging wieder durch den Kopf, was ich zu Greg auf dem Klinikparkplatz gesagt hatte: Lucas wollte mich nicht mehr als Partnerin, sondern als Symbol der alten Ordnung, an die er sich auf der Suche nach Halt festklammerte. Ich begriff dieses Bedürfnis, auch für mich war es schmerzhaft, mich dem Neuen zu öffnen, aber es musste einfach sein. Jetzt, mit Diana, hatte vielleicht auch er das Gefühl, am Anfang eines neuen Kapitels zu stehen. Und ganz kappen wollte ich die Verbindung zwischen uns ja schließlich nicht.

Auf der Rückfahrt schaltete ich das Radio aus, um dem Zischen der Reifen auf der nassen Straße und dem Rhythmus der Scheibenwischer zuzuhören. Es regnete bestimmt den ganzen Tag weiter. Die Wolken hingen nun noch tiefer und hatten sich verdichtet, als hätte jemand eine taubengraue Decke über den Himmel geworfen und sie hinter dem Horizont festgestopft. Ich fuhr wie durch Regenwald, die riesigen, triefnassen Kastanienblätter leuchteten smaragdgrün, die Schlaglöcher füllten sich mit Wasser von der Farbe kalten Kaffees. Sogar das Haus selbst sah verändert aus. Der Stein der Fassade war dunkel geworden. Ich schob die DVDs unter meine Jacke und sprintete zur Tür. Bis ich es in die Halle schaffte, war ich völlig durchnässt.

Wir sahen uns die Filme erst am späten Nachmittag an. Es war noch nicht einmal sechs Uhr, doch es regnete so stark, dass die Nacht früh anzubrechen schien. Der Himmel ging in ein Indigoblau über, und man fühlte sich weniger wie im August als an einem jener Oktobertage, bevor die Uhr eine Stunde zurückgestellt wird. Diana schlenderte oben im Arbeitszimmer herum und sah sich um. »Ich liebe dieses Zimmer. Patrick hatte einen solchen Blick für Design.« Sie strich mit dem Finger über den Schreibtisch und zeichnete einen Strich in den Staub. »Du solltest die Putzfrau nächste Woche hier mitputzen lassen. Und es wird langsam Zeit, dass du dich auch mal *damit* beschäftigst, Lucas.« Sie deutete auf die Papierstapel, die seit dem Beginn unserer Besuche in Stoneborough unberührt dalagen. »Ich helf dir gern dabei.«

Als Erstes legten wir *Lost in Translation* ein, Gregs Wunschfilm. Etwa nach der Hälfte des Films ging die Tür auf, und der Anblick von Danny, der tropfnass und mit triumphierender Miene dastand, holte uns in die Wirklichkeit zurück. Er schüttelte die Haare wie ein Hund, der aus dem Wasser klettert, dass die Tropfen nur so sprühten. »Ach, da seid ihr«, sagte er. »Ich hab mich schon gefragt, wohin ihr alle verschwunden seid. Ihr hättet die Haustür nicht offen lassen sollen. Hier kann ja jeder reinspazieren.«

Lucas stand auf. »Ich hab dich seit Tagen nicht gesehen. Wo warst du denn?«

»Nie schreibst du, nie rufst du an … du benimmst dich wie eine jüdische Mutterglucke, mein Guter.«

»Ob du's glaubst oder nicht: Ich hab mir Sorgen um dich gemacht.«

»Tut mir leid, Lucas.« Er klang aufrichtig. »Ich war in London und hab versucht, ein paar Sachen für diesen Film zusammenzusuchen, der mir vorschwebt.« Das war mir neu. Soweit ich wusste, hatte Danny seit seinem Umzug nach Stoneborough keinen Gedanken mehr an Arbeit verschwendet.

»Warst du mit meiner Mutter dort?«, fragte Diana.

»Ja.«

Im nun folgenden Schweigen drehte sich Lucas um und berührte Diana leicht an der Schulter. Danny deutete auf den Bildschirm. »Guter Film. Auch wenn's vermutlich hilft, Francis Ford Coppolas Tochter zu sein.«

»Sie ist eine gute Regisseurin, Coppola hin oder her«, sagte Lucas.

»Gib's doch zu, Lucas. Vitamin B.« Danny verlagerte das Gewicht aufs andere Bein. »Hör mal, könnte ich kurz mit dir reden?«

»Klar.«

»Unter vier Augen?«

Lucas seufzte. »Okay, aber mach's kurz. Wir sind hier mitten drin.« Er folgte Danny hinaus, und ihre Schritte entfernten sich in Richtung Treppe.

Nach fünf Minuten war Lucas immer noch nicht zurück; ich ging hinunter, um uns eine Kanne Tee zu machen. Als ich mich der Küche näherte, hörte ich, dass er offenbar auf denselben Gedanken gekommen war. Der Wasserkessel kochte schon fast, und ich hörte auch Stimmen. Etwas an Lucas' Ton bremste mich; ich zog mich in den Schatten des Ganges zurück und hörte unwillkürlich mit.

»Ich begreife nicht, warum du noch mehr brauchst«, sagte Lucas.

»So viel kostet das Leben heute eben – die Dinge sind teuer.«

»Aber ich hab dir doch erst letzte Woche tausend Pfund gegeben.«

»Ich weiß, aber ich war in London. Da sind die Preise anders als auf dem Land. Und ich möchte Elizabeth ausführen können. Ich kann sie doch nicht alles für mich zahlen lassen, als wäre ich so 'ne Art Gigolo.«

»Du hast doch deine Kreditkarten. Die hab ich für dich ausgeglichen.«

»Ich will nicht wieder ein solches Minus zusammenkommen lassen. Ich weiß, wie dumm das von mir war. Siehst du, manchmal höre ich sogar auf dich.«

Lucas seufzte. »Na schön, aber ich kann's dir erst morgen geben.«

»Danke, Lucas, das weiß ich sehr zu schätzen. Ich weiß nicht, was ich ohne dich tun würde. Du bist der Einzige, auf den ich mich verlassen kann.« Füße bewegten sich über den Boden, und ich hörte ein dumpfes Klopfen; ich stellte mir vor, dass Danny Lucas kräftig auf den Rücken schlug. »Wie läuft's übrigens mit Diana?«, fragte er.

»Wir sind noch ganz am Anfang«, sagte Lucas.

»Sie ist große Klasse. Bei der solltest du bleiben.«

Es fiel mir sehr schwer, den Rest des Films abzusitzen. Ich hatte gewusst, dass Lucas Danny unterstützte, das hatte er von Anfang an offen zugegeben, aber ich hatte keine Ahnung, in welchem Ausmaß. Tausend Pfund die Woche – kaum zu glauben. So viel hatte ich noch nie in einer Woche ausgegeben, hatte auch nie so viel zur Verfügung gehabt. Dabei brauchte Danny nicht einmal Miete oder sonstige Haushaltskosten zu zahlen; er setzte sich einfach ins gemachte Nest. Das erklärte auch, warum seine Garderobe in den letzten Monaten nicht gelitten hatte, wie er sich ständig neue Schuhe, neue Jeans, neue T-Shirts kaufen konnte. Nun hatte ich genau mitbekommen, wie er Lucas herumkriegte; er manipulierte ihn zynisch und souverän.

Sobald es ging, nahm ich Greg beiseite, und wir zogen uns in unser Zimmer zurück.

»Willst du ihn darauf ansprechen?«, fragte er. »Er hat doch schon dreißigtausend Pfund Kreditkartenschulden bezahlt.«

»Keine Ahnung. Wie könnte ich? Ich kann ihm schlecht sagen, dass ich im Gang gelauscht habe, und überhaupt geht es mich nichts an. Es ist sein Geld; er kann damit machen, was er will.« Ich ging zum Fenster und sah hinaus. Der Garten war im Dunkel verschwunden, der Regen prasselte immer noch gegen die Scheiben.

»Wirst du mit ihm darüber reden, dass wir nicht mehr so oft herkommen wollen?«, fragte er.

Ich drehte mich überrascht um. Das war ein heikles Thema zwischen uns, über das wir nie diskutierten – ich entschuldigte mich nur andauernd, und er zeigte viel Verständnis. Ich hatte ihm von meinem Entschluss erzählt, mit Lucas zu reden, denn ich wollte ihm zeigen, dass ich bereit war, die Vergangenheit hinter mir zu lassen und unsere Beziehung in den Mittelpunkt zu stellen. Und obwohl er mich nie darum gebeten hatte, sah ich, wie glücklich er darüber war.

Trotzdem zögerte ich jetzt. Es war zum Verrücktwerden; mein Ärger über den vermasselten Job und mein Bedürfnis, den gordischen Knoten durchzuhauen, mit dem ich mich an dieses Haus gefesselt fühlte, waren so groß wie nie zuvor, aber genau in diesem Moment wurde mein Beschützerinstinkt wieder geweckt, als Danny Lucas um Geld anging. Ich sah Greg an, der eine bemüht sachliche Miene aufsetzte. »Ja«, sagte ich. »Ich werde mit ihm reden. Noch heute Abend.«

Nach dem Abendessen suchte ich Lucas in der Bibliothek auf. Er hatte die langen, gobelinartigen Vorhänge zugezogen; die Atmosphäre des stark abgedunkelten Raums passte mehr zum Jahresende als zum Spätsommer. Es fehlte nur ein Feuer im Kamin wie in jener Januarnacht, als wir beide uns gefunden hatten. Er hatte es sich in einem der Sessel gemütlich gemacht, ein großes Glas Whisky stand auf dem Tischchen rechts von ihm. Die Haare fielen ihm in die Stirn, er schien ganz in seine Lektüre vertieft. Ich sah ihn eine Weile an und erinnerte mich an die vielen Male, als ich ihn im College, bei unseren Eltern, in den Ferien oder in verschiedenen Londoner Wohnungen so gesehen hatte.

»Lucas«, sprach ich ihn an und schloss die Tür leise hinter mir.

Er blickte hoch und lächelte, als er mich sah.

»Kann ich mit dir reden?«, fragte ich.

»Natürlich. Komm und setz dich.« Er zog den zweiten Sessel dicht neben den seinen heran. »Möchtest du einen Drink?«

Er goss mir einen Whisky ein, und ich stärkte mich mit einem Schluck.

»Worüber willst du denn mit mir reden?«, fragte er, als er sich wieder niedergelassen hatte. Sein Gesicht zeigte Vorfreude; zu meiner Überraschung erwartete er von mir nichts Böses.

»Es fällt mir sehr schwer«, sagte ich, um Zeit zu gewinnen.

»Raus damit.« Er lächelte.

»Lucas, ich muss mich sehr anstrengen, um alles auf die Reihe zu kriegen. Ich habe das Gefühl, mir fehlt die Zeit. Ich bin bald dreißig und habe keinen Job, auf den ich stolz sein könnte. Ich kann nicht zeigen, was in mir steckt. Da muss ich mich jetzt dahinterklemmen.«

Er schwieg.

»Es ist nicht so, dass ich nicht gern herkomme …« Ich brach ab. »Aber es gibt Dinge, denen ich einfach mehr Zeit widmen muss.«

Der Ausdruck freudiger Erwartung war aus seinem Gesicht gewichen. »Was willst du damit sagen? Willst du nicht mehr kommen?«

»Das will ich natürlich nicht sagen. Selbstverständlich will ich dich sehen. Aber ich kann nicht mehr jedes Wochenende kommen, auch nicht jedes zweite.«

Mit steinernem Gesicht wandte er sich ab, um sich noch zwei Fingerbreit Whisky nachzuschenken.

Ich weiß nicht, was mich dazu trieb, weiterzureden und auch jenes andere Thema anzusprechen. Vielleicht war es meine Unfähigkeit, ein unangenehmes Schweigen auszuhalten, ohne etwas zu sagen – eine alte Schwäche von mir. Vielleicht war es auch schlicht und einfach echte Anteilnahme, das Bedürfnis, ihm mitzuteilen, dass ich mir seinetwegen Sorgen machte, dass mir immer noch alles, was ihn betraf, sehr naheging, auch wenn ich mich einen weiteren Schritt von ihm entfernte. Vielleicht war es aber auch wieder dieser alte Impuls, Danny Konkurrenz zu machen und Lucas eine bessere Freundin zu sein als er. Und wenn ich zu Lucas auf Distanz ging, wollte ich vielleicht, dass er auch Dannys Position in seinem Leben kritisch betrachtete.

»Lucas, läuft's gut mit Danny?«

»Warum fragst du?«

»Aus keinem besonderen Anlass.« Der Wunsch, mit ihm darüber zu reden, verflog sofort bei seinem scharfen Ton.

»Es muss doch einen Grund geben.«

»Ich weiß nicht. Er ist manchmal schwierig.«

»Das denkt niemand außer dir.« Lucas redete jetzt lauter und kippte seinen Whisky in einem zornigen Zug hinunter. »Aus irgendeinem Grund hast du ein Problem mit ihm, das keiner von uns anderen begreift. Was stört dich denn an ihm, Joanna? Dass er und ich uns so nahe sind? Spuck's aus, wenn wir schon dabei sind, reinen Tisch zu machen.« Er starrte mich herausfordernd an.

»Ich traue ihm nicht.«

Lucas schnaubte. »Warum? Was hat er denn verbrochen?«

Ich konnte ihm nicht sagen, dass Danny es vor seiner Nase sowohl mit Michael als auch mit Martha getrieben hatte. Ich konnte ihm nichts von den Drohungen erzählen, mit denen er mich einschüchtern wollte. Wem würde Lucas glauben, dem zungenfertigen Danny oder mir, die ihm gegenüber bekanntlich lauter Vorurteile hatte? Aber ich war entschlossen, etwas Gewichtiges vorzubringen. Lucas sollte auf keinen Fall glauben, ich wäre von kleinlicher Eifersucht besessen. »Ich mache mir Sorgen, dass er dich ausnutzt.«

Sobald mir diese Worte über die Lippen gekommen waren, merkte ich, dass ich etwas Schlimmeres überhaupt nicht hätte sagen können.

Lucas sprang auf. Sein ganzer Körper verriet seine Wut, er ballte die Fäuste und biss mit finsterem Gesicht so heftig die Zähne zusammen, dass ich befürchtete, sie würden Sprünge bekommen. Wenn ich ein Mann gewesen wäre, hätte er mich sicher verprügelt. Ich sank in mich zusammen, und er baute sich turmhoch vor mir auf, rückte mir unangenehm nah auf den Leib.

»Das ist echt das Letzte, Joanna. Du sitzt hier in meinem Sessel und trinkst meinen Whisky und machst Danny schlecht, der mir immer den Rücken gestärkt hat, seit der Schule, noch bevor wir beide uns überhaupt kennengelernt haben. Warum tust du das? Warum fängst du immer wieder davon an? Du täuschst dich gewaltig. Er ist mein bester Freund, ein viel besserer, als du es jemals gewesen bist. Du hast nie so hinter mir gestanden wie er.«

»Das stimmt nicht.«

»Doch«, sagte er. »Und ob das stimmt. Willst du etwa behaupten, du stehst hinter mir? Wo du mich betrogen hast?«

Ich stand auf; mir kippte der Boden unter den Füßen weg. Ich musste raus hier. Die Luft in diesem Raum war erstickend; Lucas' Wut schien den ganzen Sauerstoff darin zu verbrennen. Er rührte sich nicht vom Fleck, und ich musste mich linkisch von ihm wegbeugen, um an ihm vorbeizukommen. Mir stieg ein winziger Hauch von Patricks altem Rasierwasser in die Nase, überlagert vom stärkeren Whiskygeruch seines Atems. So gefasst wie möglich entfernte ich mich und zog die Tür hinter mir zu. Dann rannte ich die Treppe hoch.

Greg war am Arbeiten, schob aber seinen Laptop zur Seite, sobald er mich sah.

»Ich halt das nicht mehr aus«, sagte ich. »Ich hab's satt, mich ständig von ihm gängeln zu lassen und auf jedes Wort achten zu müssen, das ich sage. Ich hab's satt, immer die Böse zu sein und mir meine Sünden vorschmeißen zu lassen. Ich ersticke hier.«

Greg legte die Arme um mich und hielt mich fest, doch mein Brustkorb war so eingeschnürt, dass ich Abstand brauchte. Es war, als hätte das Haus die ganze Luft aufgesaugt. Nun fing ich auch noch an zu husten und konnte nicht mehr aufhören. Ich verfluchte Lucas dafür, dass er aus mir ein hilfloses Bündel aus Wut, Enttäuschung und Schuldgefühlen gemacht hatte.

Mich überkam der Drang, hinauszulaufen und in meine Lungen eimerweise Luft einzusaugen, die nie mit dem Gifthauch des Hauses in Berührung gekommen war. Ich wollte wegfahren und nie mehr wiederkommen, auf der Straßenkarte herumradieren, bis ich bei Stoneborough ein Loch ins Papier gerieben hätte, sodass es nicht mehr aufzufinden wäre. Doch unten war Lucas, und nun erschien er mir wie die Verkörperung des Ungeists, der dieses Haus beherrschte und mich oben gefangen hielt. Ich zerrte das Schiebefenster hoch und atmete so viel Luft ein, wie es meine schwachen Lungen erlaubten, als wäre das Haus hinter mir in Brand geraten und ich kämpfte um Luft, die nicht mit beißendem, stinkendem Rauch verpestet wäre. Ich sog an meinem Inhalator, bis ich zitterte.

»Wir fahren morgen in aller Frühe weg«, sagte Greg.

Bis ich mich etwas beruhigt hatte, war es Zeit, schlafen zu gehen. Während Greg sich im Bad fertigmachte, lag ich allein in unserem Bett. Ich drehte mich auf die Seite und zog die Knie an die Brust. Diese fötale Haltung hatte mich immer getröstet, doch jetzt fühlte ich mich damit seltsam verletzlich. Bei aller Eleganz besaß das Zimmer die Wärme und Behaglichkeit einer Gefängniszelle. Das Bett dehnte sich links und rechts von mir aus, die teure Baumwollbettwäsche fühlte sich steif und kalt an. Die Zimmerdecke befand sich in schwindelnder Höhe. Als ich hochsah, schien sie noch weiter zurückzuweichen, als wolle sie in den Äther entschwinden und sich weigern, mich zu beschützen.

Und dann spürte ich wieder das Rauschen des Bluts in meinen Ohren und den geheimen Pulsschlag des Hauses. Heute Nacht kostete es seinen Siegestriumph aus, genoss das Bewusstsein seiner Überlegenheit. Es tuschelte über mich, lachte mich aus. Das Geräusch glich nun dem Gewusel von Millionen Insekten, deren glänzende Chitinpanzer mit einem feinen Knistern aneinanderstießen, eine schimmernde Flut winziger, übereinanderkrabbelnder Körper. Ich presste die Hände auf die Ohren, um mich dagegen abzuschotten, aber nun kam das Geräusch von innen, als wäre das Phänomen, was immer es sein mochte, in meinen Kopf eingedrungen und wollte sich wie ein Parasit in mein weiches Hirngewebe eingraben. Gleichzeitig schien es auch außerhalb gegenwärtig, überall ringsherum. Ich wagte nicht, die Augen zu öffnen.

Als sich Gregs Schritte näherten, ließ das höhnische Wispern langsam nach, der Pulsschlag kam etwas zur Ruhe. Ich saß aufrecht im Bett, als er die Tür öffnete, und gab mich so ruhig ich konnte. Ich wollte nicht, dass er mich so sah, fast gelähmt von einer Angst, die völlig irrational erschien, sobald jemand anderer den Raum betrat. Sogar mir selbst kam mein Verhalten vor, als wäre es bis zum Wahnsinn nur noch ein kleiner Schritt.

Greg drehte das Licht aus, schlüpfte hinter mir ins Bett und zog mich an sich, sodass wir wie zwei Löffel ineinander geschmiegt lagen. Sein Pfefferminzatem wehte mir über die Schulter. Ich spürte die Wärme seiner Schenkel hinter den meinen, und sein Brusthaar kitzelte mich am Rücken. Mein Herzschlag wurde wieder langsamer. Ich griff nach seiner Hand und umfasste sie. »Ich versprech dir, dass sich alles wieder normalisiert, wenn wir hier weg sind«, sagte ich.

Greg schlief schnell ein, doch bei mir ließ der Schlaf auf sich warten. Ich hatte befürchtet, dass das grauenvolle Pulsieren wieder einsetzen würde, doch das war nicht der Grund für meine Schlaflosigkeit. Unten randalierte der betrunkene Lucas. Der Klang seiner Stimme griff durchs Haus nach mir wie eine kalte

Hand. Meine Eltern hatten sich in meiner Kindheit nicht oft gestritten, doch die seltenen Male, wenn es doch vorkam, hatte ich dasselbe Gefühl wie jetzt: Ich war zu weit abseits, um die Worte zu verstehen, doch mein Herz krampfte sich vor Angst zusammen, dass ihr Zerwürfnis eine unkontrollierbare Dynamik entwickeln und meine Welt zusammenbrechen lassen würde.

Schließlich stand Lucas in der Eingangshalle und brüllte herum. Ich hatte ihn seit der Nacht unserer Trennung nicht mehr so betrunken erlebt; seine Stimme versackte und schwoll dann wieder an, dass das Zentrum des Hauses erzitterte. Ich hörte meinen und Gregs Namen und zornige Verwünschungen. Als ich schon glaubte, ich könnte es nicht länger ertragen, wurde das Gebrüll von heftigen Schluchzern abgelöst. Dann kam der behutsame Klang von Dianas Stimme, als sie ihn wegführte.

Am nächsten Morgen dehnte sich der Himmel weit und strahlend über uns. Nach dem Regen war die asthmatische Spannung, die das Haus umklammert hatte, etwas abgeflaut, auch wenn ich immer noch spüren konnte, wie sie als beklemmende Erinnerung an den Rändern meiner Lungen zerrte.

Wenn ich nach einer Auseinandersetzung einschlafe, stelle ich beim Aufwachen oft fest, dass sich die vehementen Überzeugungen des vorigen Abends in Luft aufgelöst haben. Doch heute war mein Entschluss abzufahren noch genauso stark wie gestern Nacht, als ich endlich einschlief. Wir packten, sobald wir wach wurden.

Unten war von Lucas oder Diana nichts zu sehen, aber die Terrassentüren, die in den Garten führten, standen offen. Wir gingen hinaus, hörten die Stimmen der beiden und folgten ihnen durch das schmiedeeiserne Tor, den Durchgang zum Obstgarten. Im Spalier entlang der hinteren Mauer summten die Insekten, und die warme Brise trug den Duft reifender Birnen heran. Ein Idyll von geradezu übertriebener Gefälligkeit.

Vom Tor aus sahen wir nur ihre Beine, die Oberkörper verschwanden im raschelnden Laub der unteren Zweige. Auf dem Boden standen große Schüsseln aus der Küche, manche bereits mit riesigen grünen Äpfeln gefüllt. Die Sonne hatte den Regen noch nicht weggetrocknet und der Saum meiner Jeans war bald vom knöchelhohen Gras durchnässt. Beide sahen uns näher kommen, da war ich mir sicher, doch nur Diana nahm uns zur Kenntnis.

»Hi«, sagte sie. »Die sind schon reif. Wir können heute Nachmittag Apfelkuchen essen.«

Ihre Stimme ließ in keiner Weise erkennen, dass sie von dem Streit gestern wusste. Ich fragte mich, ob dies ihre Friedenstaktik war: zu tun, als wäre nichts gewesen.

»Lucas«, sagte ich, »wir fahren jetzt.«

Er ließ einen langen Augenblick verstreichen, bevor er antwortete. Schließlich trat er rückwärts aus dem Baum heraus und streifte dabei einen niedrigen Ast, von dem jede Menge Regenwasser ins lange Gras tropfte. Man merkte ihm an, dass er unter einem heftigen Kater litt; er sah aus, als müsste er sich jeden Augenblick abwenden und übergeben. Die feuchte Blässe seiner Haut passte so gar nicht zur Schönheit des Morgens.

»Ich werde eine Party geben«, sagte er plötzlich.

»Ein Abendessen?«, fragte Diana lebhaft.

»Eine richtige Party. Zu meinem Dreißigsten. Am zweiten Samstag im September. Sie wird hier stattfinden, und ich werde alle einladen. Alle, die wir dieses Jahr aus dem Blick verloren haben. Freunde, Freunde von Freunden, deren Freunde. Eine Riesenfete. Wir werden ein Zelt auf dem Rasen aufstellen, fein essen und danach tanzen. Das Ganze wird relativ bald stattfinden, in drei Wochen, aber wir kriegen's schon noch hin. Ich werde etwas dafür springen lassen.« Er zog seine Zigaretten aus der Hosentasche. Mit abgewandtem Kopf zündete er sich eine an.

Dann sah er mich eindringlich an, konzentrierte sich ganz darauf, mir die Idee zu verkaufen. »Es wird nicht nur meine

Party sein, sondern *unsere.* Wir feiern das Jahr, das wir hier verbracht haben. Wahrscheinlich haben wir dann eine der letzten Wochen mit schönem Wetter. Du hast doch noch keinen Urlaub genommen, oder? Kommt schon zwei Tage vorher raus. Wir lassen's zum Abschluss richtig krachen, okay?« Unsere Freundschaft, unsere jahrelange gemeinsame Geschichte und alles, was sie für uns beide bedeutet hatte, hing wie sein Zigarettenrauch zwischen uns in der Luft. Gönn mir dieses eine Mal noch, schien er zu sagen, und danach kannst du gehen. Beschließen wir unser gemeinsames Jahrzehnt mit diesem Fanal.

»In Ordnung«, sagte ich.

Kapitel XXVI

Wir hatten eingewilligt, schon zwei Tage vor dem großen Fest nach Stoneborough zu kommen und Lucas und Diana bei den Vorbereitungen zu helfen. Davor verbrachten Greg und ich einen ruhigen Abend in London. Wir aßen in einer Nudelbar bei Notting Hill Gate zu Abend und gingen dann zu Fuß durch den Holland Park nach Shepherd's Bush zurück. Wir machten das Fenster im Schlafzimmer weit auf, um die nächtliche Brise hereinzulassen, die schon vom Herbst flüsterte, und ich blieb noch lange wach, nachdem Gregs Atem langsamer geworden war, und lauschte der allmählich abkühlenden Stadt, den letzten U-Bahnen, die durch die Goldhawk Road Station rumpelten, und den Stimmen der Australier, die nach einem Kneipenabend im *Walkabout* herumgrölten. In London brauchte ich, wenn ich wach dalag, Gregs Anteilnahme nicht so dringend wie auf dem Land; wenn er schlief, vermisste ich ihn bloß, als hätte er sich an einen unerreichbaren Ort begeben. Doch in dieser Nacht hätte ich am liebsten seinen wunderbar robusten Körper um mich herumgeschlungen, als Schutzschild gegen das neue, übermächtige Gefühl banger Ahnungen, die rings um mich aufstiegen wie ein Nebel, den die Sonne nicht auflösen könnte.

Am nächsten Tag drückten wir uns so lange vor dem Aufbruch, dass wir erst nachmittags um fünf in Stoneborough ankamen. Der Garten badete im warmen, goldenen Licht des Spätnachmittags. Alle waren draußen, Diana und Michael spielten auf dem Rasen über einem altmodischen Netz Federball. Das Netz hatte Löcher und hing in der Mitte durch, deutliche Zeichen seines langen Exils im Schuppen. Ein Mückenschwarm, der aus der Entfernung wie ein Daumenabdruck auf einem Foto aussah, hing auf Michaels Seite in der Luft; beim Spielen schlug er immer wieder Haken, um ihm auszuweichen. Ich stand eine Weile da und sah zu, wie der Ball mit seinem altmodischen Federkranz übers Netz flog; das regelmäßige Plopp der Gummispitze auf den straff gespannten Saiten der Schläger lullte mich ein.

Die beiden beendeten ihr Spiel und kamen die Terrassentreppe hoch. »Hallo, Süße«, begrüßte mich Michael und gab mir ein Küsschen auf die Wange. Seine Haut fühlte sich heiß und feucht an, das müde Grau war völlig daraus verschwunden. Manchmal genügte schon der Gedanke an ein paar freie Tage.

Lucas reichte mir ein Glas Pimms, auf dem drei Fingerbreit Fruchtstückchen schwammen. Er war sich der unausgesprochenen Abmachung zwischen uns genau bewusst, das war klar. Ich merkte es daran, wie er Distanz zu mir hielt, wie er mich wieder als Gast behandelte. Drei Tage, hatte ich gedacht, als er uns mit einem höflichen Lächeln am Auto abholte, nur drei Tage. »Wie viele Leute kommen denn?«, fragte ich jetzt, als er sich wieder umdrehte und sein eigenes Glas nachfüllte.

»Knapp hundertfünfzig.«

»Eine ganze Menge«, sagte Martha und blickte von ihrem Buch hoch.

»Ja, ich freue mich sehr.« Er fischte eine störrische Orangenscheibe aus seinem Glas und warf sie hinunter ins Blumenbeet. »Ich hatte schon Angst, dass sich keiner herausbemühen will, aber anscheinend sind alle ganz wild darauf, das Haus zu sehen.«

»Was sollen wir helfen?«

»Diana und ich haben eigentlich schon das meiste erledigt. Es geht vor allem noch um die Deko.«

»Wir wollen im Garten ganz viele Kerzen aufstellen und Lichterketten in die Glyzinie da flechten.« Diana deutete auf die

Fassade. »Das Ganze soll ein Mittelding zwischen griechischem Bacchanal und römischem Festgelage werden.«

Michael tippte mit dem Daumen rasant und sehr geübt auf seinem Handy herum. Als Reaktion kam nur ein trotziger Piepton. Er versuchte es noch einmal, mit demselben Ergebnis. »Kann ich dein Telefon benutzen?«, fragte er. »Ich vergesse immer, dass der Empfang hier draußen so unzuverlässig ist.« Er stand auf und steckte sein Handy in die Hosentasche.

»Auch Danny hat mitgeholfen«, sagte Lucas, wobei er meinem Blick auswich.

Diana lachte. »Nun ja, nicht gerade im praktischen Sinn.«

»Das nicht, aber erinnerst du dich an die CD, die wir damals am Abend auf der Terrasse gehört haben? Diese DJs, mit denen er befreundet ist? Er hat sie für die Party angeheuert, nach der Jazzband.«

»Ich glaube, ich hab in *Time Out* ihren Namen gelesen«, sagte Greg. »Hatten die nicht erst einen Auftritt im Elysium?«

Ich trank aus und setzte mich neben Greg auf die Polster. Dann schlüpfte ich aus den Sandalen und stellte die Füße auf die Steinplatten, um die gespeicherte Sonnenwärme zu spüren. Wenn keiner redete, herrschte im Garten ein solche Stille, dass sie Tiefe zu gewinnen schien. Ich betrachtete die Szenerie, die vielleicht seit hundert Jahren gleich geblieben war. Generationen waren hier gezeugt worden, aufgewachsen und gestorben, doch der Garten blieb unverändert. In einem plötzlichen Erkenntnisschub begriff ich, dass wir hier nur zufälliges Beiwerk darstellten. Wer hier herrschte, war das Haus, und so würde es immer bleiben; wir dagegen spielten keine Rolle. Im Moment dieser Erkenntnis zog ich die Füße vom Boden weg und schob sie wieder in die Schuhe. Denn flüchtig hatte ich das Gefühl gehabt, die Wärme unter meinen Fußsohlen wäre die Wärme eines lebenden Organismus, ein spürbarer Hinweis auf das pochende Herz des Hauses.

Am Tag darauf fuhr Greg mit Lucas und Michael nach Oxford, um den Wein zu holen. Als sie weg waren, breiteten Diana, Martha und ich Decken auf dem Rasen aus und legten uns in die Sonne. Ich schlug die Kommentarseiten der Zeitung auf und nahm mir einen Artikel über die amerikanische Außenpolitik vor. Doch nach ein paar Minuten schmolzen meine guten Vorsätze dahin, und ich ließ den Kopf auf den Unterarm sinken. Die Sonne knallte mir auf den Rücken, mein Nacken war schon feucht.

»Das ist wahrscheinlich das letzte Sonnenbad des Jahres«, sagte Martha.

»Aber ich liebe auch den Herbst.« Diana rieb sich die Waden mit Sonnenöl ein. »Ich verbinde ein Gefühl von Vorfreude damit. Der Herbst bringt alle guten Dinge: Halloween, Bonfire Night und dann Weihnachten. Und man stürzt sich nach den Ferien mit frischem Elan auf seine Aufgaben, das Leben fängt wieder neu an.«

»Was hast du denn vor?«, fragte ich. »Ist es nicht schwierig, Profifotografin zu werden, selbst wenn man gut ist?«

Da setzte sie sich auf und nahm eine Schachtel Zigaretten aus ihrer Tasche. Sie zündete sich eine an, und ich sah der Girlande des Rauchfadens nach, bis sie im Himmel verschwand, der die Farbe eines in Wasser aufgelösten Tintentropfens hatte. »Eine kleine Londoner Galerie will vier meiner Fotos ausstellen. Das ist schon eine ganze Weile im Gespräch. Ich habe einen Wettbewerb gewonnen, während ich meinen Studienabschluss gemacht habe, und dadurch den Galeristen kennengelernt.«

»Das ist ja toll«, sagte ich. »Gratuliere.«

»Danke.« Sie zog lange an ihrer Zigarette und blies den Rauch langsam aus. »Er hat mich auch mit einem anderen Fotografen bekannt gemacht, der dort ausstellt, einem echten Könner, und der hat mir einen Job als Assistentin angeboten. Damit kann ich gleichzeitig Geld verdienen und etwas lernen.« Sie wandte mir das Gesicht zu. »Das bedeutet, dass ich nach London umziehen muss.«

»Ist das ein Problem?«, fragte Martha verständnislos.

»Nicht für mich. Ich möchte gern. Aber es bedeutet, dass ich nicht mehr mit Lucas zusammenwohnen kann.«

»Oh.«

»Genau.« Sie schnippte ihre Zigarettenasche ins Gras. »Aber ich muss nach London. Diese Chance kann ich mir nicht entgehen lassen.« In ihren Augen spiegelte sich ihre Beklommenheit wider. »Ich bin hin- und hergerissen. Einerseits will ich mit ihm zusammen sein, aber andererseits muss er begreifen, dass ich hier nicht unter einer Glasglocke leben kann. Ich muss am wirklichen Leben teilnehmen.«

Sie beugte sich vor, hakte ihr Bikinitop im Rücken auf und zog sich das Band, das das Oberteil im Nacken festhielt, über den Kopf. »Ihr habt doch nichts dagegen? Solange die Jungs nicht hier sind? Komisch, mir macht es nichts aus, vor ihnen oben ohne rumzulaufen, aber manchmal glaube ich, es bringt sie in Verlegenheit.« Sie legte sich wieder hin und räkelte die Schultern. Im Schutz meiner Sonnenbrille sah ich sie verstohlen an. Sie war nicht im geringsten befangen, sondern sah aus, als gehörte sie genauso natürlich ins Bild wie das Gras, die Bäume und der Himmel. Ich kam mir prüde vor, zog ebenfalls mein Oberteil aus und streckte mich neben ihr aus; ich hoffte nur, ich wirkte selbstbewusster, als ich mich fühlte, auch wenn keine Zuschauer da waren.

»Und sonst läuft es gut mit euch?«, fragte ich in die Luft hinein. Hätten wir einander gegenüber gesessen, wäre mir diese Frage zu riskant vorgekommen. Dianas Beziehung zu Lucas ging mich nichts an, und ich hatte kein Recht zu fragen. Doch irgendwie fühlte ich mich für beide seltsam verantwortlich, für Lucas aus den alten Gründen, jetzt aber auch für Diana. Da ich wusste, wie rasch Lucas' Laune in letzter Zeit umschlagen konnte, wollte ich ihr Raum zum Reden geben, falls ihr danach war.

»Ich liebe ihn«, antwortete sie offen und ohne die geringste Verlegenheit. »Ich habe ihn schon als Kind geliebt. Wir waren uns so nahe, und er war anders als die anderen Jungs, die ich kannte. Er war nett. Wahrscheinlich hat sich seine Sensibilität schon damals gezeigt. Jetzt will ich dafür sorgen, dass es ihm gutgeht. Er hat einiges durchgemacht und braucht jemand, der ihn liebt und ihm wieder auf die Beine hilft.«

Dazu schwieg ich lieber, denn ich war mir nicht sicher, ob sie mich nicht mit zu dem zählte, was er durchgemacht hatte.

»Er hat mir gesagt, er hätte auch schon mit dir über die Trinkerei geredet«, fuhr sie fort. »Er macht sich Sorgen, dass er genauso ist wie sein Vater, nicht? Ich versuche ihm das auszureden. Ich weiß natürlich, dass er zu viel trinkt und damit aufhören muss, aber bei seinem Vater hatte das Trinken ganz andere Dimensionen. Justin war dem Alkohol völlig verfallen, Jo; das habe ich schon als Sechs-, Siebenjährige gemerkt. Vielleicht würde Lucas dasselbe passieren, wenn er so weitermacht, aber das werde ich verhindern.«

»Du wirst ihm guttun«, sagte ich.

Sie drehte sich auf die Seite und sah mich über den Rand ihrer Sonnenbrille an. »Hoffentlich. Ich hoffe, er lässt es zu. Er ist immer noch sehr in andere Dinge verstrickt. Manchmal ist er so weit weg, dass ich nicht an ihn rankomme.«

Am dritten Tag hatten Greg und ich eine kleine Atempause nötig und fuhren allein nach Oxford. Wir gingen ins Georgina's, das winzige Café unter dem Glasdach des Markts. Die Studenten hatten noch bis zum Ende des Monats Semesterferien, deshalb bekamen wir einen Tisch für uns allein. Die gesprenkelten Keramikschüsseln mit Reis- und Nudelsalat hinter der Glastheke und der Geruch getoasteter Bagel riefen die Nachmittage unseres Abschlussjahrs wieder wach, als Lucas, Martha und ich in den unteren Lesesälen der Bodleian-Bibliothek büffelten und hier öfter eine Teepause einlegten. Rachel, die Englische Literatur studierte, arbeitete im Stockwerk über uns und war pflichtbewusster. Doch gelegentlich stieß auch sie zu uns, und wir vier suchten uns einen Platz an einem der langen Holztische. Es war ein seltsames Gefühl, alles noch genauso vorzufinden, den alten Teppich mit denselben gefährlichen Stolperfalten, die Zeitungen auf demselben Platz, die niedrige Bank oben auf der Treppe. Dieselben Filmposter hingen an den Wänden, und es lief *Parklife* von Blur, ein Album, das in unserer Collegezeit herauskam. Es war, als hätte mein damaliges Leben die Zeiten überdauert und ich wäre irgendwie in eine andere Existenz geschlüpft, aus der ich zu meinem jüngeren Selbst hinüberblicken konnte, wie es einen Becher Tee trank und über die Unmengen Arbeit stöhnte, die vor dem Examen noch zu bewältigen wären. Aber jetzt saß ich mit Rachels Exfreund hier, und sie und ich redeten nicht mehr miteinander. Die altvertrauten Schuldgefühle nagten mir im Magen.

»Ich frage mich, ob Lucas auch Rachel zur Party eingeladen hat«, sagte ich.

Greg spielte am Verschluss seiner Armbanduhr herum. »Hat er. Sie hat ihm abgesagt. Ich hab ihn gestern gefragt.«

»Das hast du mir gar nicht erzählt.«

»Entschuldige.« Er löffelte Zucker in seinen Kaffee und rührte um, ohne mich anzusehen.

Ich erwartete, dass er weiterreden würde, doch er schwieg. Plötzlich packte mich die Angst. »Liebst du sie noch?«, platzte ich heraus.

»Natürlich nicht. Wie kannst du so was fragen?« Er sah mich entgeistert an. »Aber ich mag sie und bedaure, dass sie so verletzt werden musste, damit wir zusammenkommen konnten. Weiter nichts. Du lieber Himmel, Jo, wie kannst du so was auch nur denken … so, wie es zwischen uns steht?«

»Entschuldige, ich … Das war blöd von mir. Tut mir leid.« Ich tat, als wühlte ich in meiner Handtasche, und schämte mich, dass ich an ihm gezweifelt hatte. Eine Weile studierte er die Kratzer in der Holzplatte des Tischs, und ich tat, als wäre ich von den Postern fasziniert, die über uns an der Decke klebten.

»Was willst du denn in der Stadt erledigen?«, fragte ich, als Damon Albarn den Refrain von *Boys and Girls* begann.

»Zwei Dinge. Ich dachte, wir sollten für Lucas ein Geschenk besorgen«, sagte er.

»Was willst du einem Mann kaufen, der alles hat?«

»Lucas hat nicht alles, oder? Er ist nicht auf Konsum aus, nicht wie Danny. Er kauft Bücher und CDs, aber Danny hat die Stereoanlage gekauft. Lucas besitzt auch nicht viele Klamotten. Er gibt sein ganzes Geld für Essen und Getränke aus und alles, was er für seine Gäste braucht. Diese Party muss Tausende kosten.«

»Das ist eben, was für Lucas zählt: seine Freunde um sich zu haben«, sagte ich.

»Mir ist da eine Idee gekommen«, sagte Greg. Er machte seine Tasche auf und zog das Buch heraus, das er gerade las, *Der Graf von Monte Christo*. Er las gern Klassiker. Ich fragte mich, was der Graf mit Lucas' Geschenk zu tun haben könnte. Greg blätterte die Seiten durch, bis das Buch an einer Stelle aufklappte. Dort lag ein Foto, das er mir gab.

Meine Überraschung war groß. Das Foto zeigte uns alle im Salon in Stoneborough, an jenem ersten Abend dort, in der Silvesternacht. Wir tanzten – Danny mit Rachel, er hatte ihr die Hände um die Taille gelegt, auf ihr silbernes Fetzenkleid. Sie strahlte eine überschwängliche Freude aus und warf dem Fotografen einen Blick zu, der unverkennbar voller Liebe war. Es gab mir einen kleinen Ruck, als mir klar wurde, wer dieser Fotograf gewesen sein musste. Martha, Michael und ich tanzten in einem lockeren Kreis und sahen aus wie die Rumpelstilzchen. Wir hatten alle schon ziemlich einen in der Krone. Marthas Wangen waren gerötet, meine Haare hatten jeden Anspruch auf eine Frisur fahren lassen. Michael setzte gerade zu einem besonders interessanten Tanzschritt an, der auch den Einsatz der Finger erforderte, mit denen er sich über die Augen fuhr. Hinter uns sah man den Raum, der mich damals so beeindruckt hatte und inzwischen so vertraut war. Das Feuer brannte, die niedrigen Lampen warfen ihre goldenen Lichtkreise auf das üppige Grün und Rot der traditionellen Raumausstattung. Lucas hatte sich hingesetzt. Er beobachtete uns vom Sofa aus mit einem amüsierten Gesicht. Wenn ich Fotos wie dieses sehe, finde ich es sehr weise von ihm, vom Tanzen lieber Abstand zu nehmen.

»Ich dachte, wir könnten es für ihn vergrößern und rahmen lassen«, sagte Greg. »Was meinst du dazu?«

Ich sah mir das Foto noch einmal an. Es schwang so viel Nostalgie darin mit, dass es richtig wehtat. »Er wird sich wahnsinnig freuen.«

Wir tranken unseren Kaffee aus und gingen die steile Treppe zu den Marktständen hinunter. Auch hier schien sich nichts verändert zu haben. Die überquellenden Blumeneimer vor dem Blumenstand an der Ecke könnten noch dieselben sein wie damals, als wir nach den Prüfungen Blumen füreinander gekauft hatten; in der Luft lag immer noch der herbe Eisengeruch der Tierhälften, die vor den Fleischerständen hingen, eine blutige Kopfnote über dem Gemüsegeruch des Marktes. Obwohl er nicht groß war, konnte man sich im Gitter der Gänge verirren. Greg führte mich hinaus zur High Street und schob mich dann zu meiner Überraschung in die teure Boutique dort.

»Was machen wir hier?«, fragte ich.

»Wir suchen etwas für die Party aus«, antwortete er lächelnd. »Ich möchte, dass du ein Kleid trägst, das dir wirklich gefällt, nicht irgendwas Altes, das du nur anziehst, weil du nichts Besseres hast.«

»Das geht nicht. Hier kann ich nichts kaufen. Dafür hab ich nicht genug Geld, Greg.« Sehnsüchtig blickte ich zu den wenigen Ständern mit den Kleidern hinüber, die so viel kosteten wie meine halbe Monatsmiete. Wie gern hätte ich eines dieser Kleider mit ihren durchscheinenden Stoffen und ihrer Perlen- und Paillettenpracht gehabt, ein Wunsch, der unmöglich wahr werden könnte. Ich dachte wieder an Rachel. Das war die Sorte

Laden, in der sie einkaufte. Ich fragte mich, ob Greg schon einmal mit ihr hier gewesen war, verscheuchte diesen Gedanken aber schnell wieder. Ich musste lernen, der Vergangenheit nichts nachzutragen.

In London hatte Greg auf meinem Bett gesessen und zugesehen, wie ich meine zwei Abendkleider anprobierte. Beide waren altgedient, und ich konnte mich für keines mehr so recht begeistern. Das rote Samtkleid war acht, neun Jahre alt und erinnerte mich an einen Ball im College, bei dem ich so viel getrunken hatte, dass ich auf einer der Bänke zusammengeklappt war; aber es war schön geschnitten und von guter Qualität, was dafür sprach. Das andere war ein billiger schwarzer Fummel, in dem ich ein Dekolleté hatte wie der Marianengraben. Dieses Kleid trug ich gerade, als ich Greg nach seiner Meinung fragte.

»Na, es bringt deine Reize jedenfalls prachtvoll zur Geltung.« Er unterdrückte ein Grinsen.

»Das hilft mir nicht weiter. Was hältst du von dem Roten?«

»Nimm das Schwarze mit.« Er sah mein Gesicht und streckte die Hand nach mir aus. »Komm her.« Er zog mich an sich und vergrub das Gesicht in meinem mächtigen Vorbau. Seine Haare kitzelten mich am Kinn. »Ich finde, du siehst umwerfend aus.« Seine Hände glitten außen an meinen Schenkeln hoch, unter mein Kleid, und er sah mit diesem besonderen Leuchten in den Augen zu mir hoch, das ich inzwischen so gut kannte.

»Greg, das geht nicht. Wir müssen nach Stoneborough. Wir kommen zu spät.«

»Die sollen uns mal«, sagte er und hakte die Daumen an den Seiten meines Slips ein, bevor seine Hände wieder nach unten wanderten.

»Du denkst an dasselbe wie ich, stimmt's?«, fragte er mich jetzt mit einem wissenden Lächeln. »Wenn du dir schnell genug was aussuchst, kriegen wir's vor dem Mittagessen vielleicht nochmal hin.«

»Ich kann's mir nicht leisten, hier was zu kaufen.«

»Jo, bist du absichtlich so schwer von Begriff? Ich möchte dir gern ein Kleid schenken.«

»Nein. Keine Chance. Das geht nicht. Die Sorte Frau bin ich nicht. Das geht mir gegen den Strich.«

»Das hat nichts mit *der Sorte Frau* zu tun. Versetz dich doch mal in meine Lage. Ich möchte dir was schenken, und du lässt mich nicht. Und jetzt mach schon. Du verplemperst kostbare Zeit.«

Bei unserer Rückkehr wurde gerade das Festzelt geliefert. Als wir in der Auffahrt parkten, trugen die Männer vom Verleih die riesige Plane vom Lieferwagen auf den Rasen. Wir grüßten sie kurz und schlichen dann hinein und in unser Zimmer hinauf, bevor uns jemand sehen konnte.

Als wir wieder herunterkamen, schrieb Diana am Küchentisch die Tischkarten. Links von ihr lag ein Stapel cremeweißer Karten und rechts von ihr das viel kleinere Häufchen der bereits beschrifteten. Ich hob eine davon auf. Die Gestaltung wirkte perfekt; Dianas Kalligraphie in schwarzer Tinte war selbstbewusst und professionell. »Robert Clifford«, las ich. »Den Namen hab ich schon lange nicht mehr gehört. Das ist ein alter Schulfreund von Lucas.«

»Mir war bis jetzt nicht klar, wie viele Zusagen wir bekommen haben«, sagte Diana, strich einen Namen von der Liste und nahm sich die nächste Karte vor.

»Kann ich was helfen?«

»Die Zeltlieferanten hätten sicher gern Tee. Magst du das übernehmen?«

Ich richtete ein Teetablett her und trug es hinaus. Die Zeltplane hing bereits über dem Gestänge und brauchte nur noch festgepflockt zu werden. Ich ging hinein. Die Sonne fiel gedämpft durch das dicke Segeltuch und erzeugte im Inneren ein seltsames Zwielicht. Dies war das größte Zelt des Verleihs, wie Lucas mir berichtet hatte, und es kam mir wirklich riesig vor. Ich stellte mir vor, wie es morgen Abend hier aussehen würde, mit gedeckten Tischen und Livemusik, und mich überlief ein aufgeregtes Kribbeln. Ich mag große Partys mit so vielen Gästen, dass die Atmosphäre fast unpersönlich wird und man später am Abend einfach durch die Menge schlendern kann, ohne viel aufgehalten zu werden. Genau das hatte ich vor; ich wollte mich bedeckt halten, die Party genießen wie ein x-beliebiger Gast und einfach die Zeit verstreichen lassen, bis alles vorüber wäre.

Nach dem Mittagessen wollte Diana Greg und Michael durch den Garten führen und ihnen zeigen, wo die Fackeln aufgestellt werden sollten. »Lucas, wie wär's, wenn du mit Jo die Tischpläne machst?«, fragte sie beim Hinausgehen und drückte ihm eine handgeschriebene Liste aller Zusagen in die Hand. »Ich brauch das gar nicht erst zu versuchen, denn ich hab keine Ahnung von den diversen Fettnäpfchen.« Sie ließ uns allein in der Küche zurück, und wir standen unschlüssig da. Dianas Geste berührte mich. Offensichtlich wollte sie uns eine Gelegenheit geben, miteinander zu reden.

»Gehen wir doch ins Arbeitszimmer hoch, da haben wir unsere Ruhe«, schlug Lucas vor. Ich folgte ihm nach oben, an den vielen Kisten vorbei, die im hinteren Teil des Hauses herumstanden. Der Cateringservice hatte das nötige Zubehör schon vorab geliefert, Behälter voller Gläser und Geschirr säumten den Durchgang. Im Blumenzimmer stapelten sich unzählige Weinkisten und etliche Ständer, die wir morgen mit Blumen schmücken würden.

Im Arbeitszimmer ließ Lucas den Schreibtischrollladen herunter und breitete den Plan mit den fünfzehn Zehnertischen aus. Wir saßen nebeneinander, vermieden sorgfältig jede Berührung unserer Arme und hörten achtsam darauf, was der andere zur Platzierung zu sagen hatte. Wir trugen nach und nach die Namen ein, wobei wir verhindern wollten, dass Leute zusammensaßen, die einander zu gut oder überhaupt nicht kannten oder einmal etwas miteinander gehabt hatten und deshalb womöglich noch verbittert waren. Mit vielen Leuten auf der Liste hatte ich seit über einem Jahr keinen Kontakt mehr gehabt und wusste überhaupt nicht, was sich in ihrem Leben inzwischen getan hatte. »Du hast Paul eingeladen«, sagte ich. »Den hab ich seit Ewigkeiten nicht gesehen. Ich wusste nicht einmal, dass er schon aus Hongkong zurück ist.«

»Er ist gerade erst angekommen. Neulich hat er mich angerufen. Ich dachte, du würdest ihn gern wiedersehen.«

»Auf jeden Fall. Du lieber Himmel, erinnerst du dich an die Party, die er im Haus seiner Eltern gefeiert hat, als sie weg waren?«

»Als er und Martha ein Feuer machen wollten, aber es war so trocken, dass der halbe Rasen in Flammen aufging?« Lucas grinste.

»Und alle rannten mit Wasserschüsseln in die Küche und wieder hinaus, wie im Zauberlehrling. Das war echt komisch.«

»Aber auch ziemlich beängstigend, bis das Feuer gelöscht war.« Er lachte.

»Ja, aber es wäre noch schlimmer gewesen, wenn wir alle nüchtern gewesen wären. Dann hätten wir gemerkt, dass wir beinahe das Haus abgefackelt hätten.« Ich notierte Pauls Namen auf dem Plan und wandte mich wieder der Liste zu.

»Ich hab auch Marianne eingeladen«, sagte Lucas. »Wir müssen aufpassen, dass wir sie auf keinen Fall in die Nähe von Roger setzen.«

»Ich dachte, der Sturm hätte sich inzwischen gelegt.«

Er schüttelte den Kopf. »Nein, sie wird ihm nie verzeihen. Aber schließlich war es ja auch ihre Schwester.«

Wir sahen einander an. In Lucas' Augen tanzte ein Licht, und seine Heiterkeit war ansteckend wie eh und je. Er zog die Augenbrauen hoch, und ich konnte mein Lachen nicht mehr bremsen. »Hör auf«, sagte ich. »Wir sind ganz schön gemein.«

»Tut mir leid. Ich weiß auch nicht, warum ich das so zum Brüllen finde. Vielleicht, weil es mir vorkommt wie aus den

Anfragen an die Briefkastentante. ›Mein Freund ist mit meiner Schwester davongelaufen.‹«

Unser Gelächter löste viel von der Spannung zwischen uns, und wir wurden beide lockerer. Ich wandte meine Aufmerksamkeit wieder der Tischordnung zu. Nach einer Viertelstunde schob ich meinen Stuhl zurück und sah mich im Zimmer um. »Es sieht hier jetzt viel aufgeräumter aus«, sagte ich.

»Wir haben gründlich geputzt und einiges von den Papieren aussortiert. Jetzt ist es nicht mehr ganz so chaotisch.« Er stand auf und ging zum Fenster. Ich war völlig überrumpelt, als er die Finger in den Mund steckte und einen lauten Pfiff ausstieß. »Sieht toll aus von hier oben«, rief er. Ich hörte Diana lachen.

»Morgen soll das Wetter nochmal schön werden«, sagte er und setzte sich wieder an den Schreibtisch. »Danke, dass du gekommen bist; wie du weißt, bedeutet mir das sehr viel. Es wird ein Ende und ein Anfang sein. Der Anfang meines neuen Lebens – ich werde mich jetzt richtig an mein Buch setzen –, aber auch eine Art Abschied von Patrick. Ein Schlussstrich und ein Neubeginn. Ich muss dir was zeigen.« Er zog eine Schublade auf und holte eine etwa meterlange Papierrolle heraus, die er auf dem Schreibtisch ausbreitete und an den Ecken sorgfältig mit Büchern von den Stapeln auf dem Boden beschwerte. »Erkennst du, was das ist?«

Ich starrte auf das Blatt. »Das ist das Deckenfresko.« Ich beugte mich vor, um es genauer zu betrachten. Alles war da, ein Entwurf für das Gemälde, das die Kuppel der Eingangshalle ausfüllte. Die Kohleskizze war verschmiert, aber sofort erkennbar. Alle Figuren waren darauf zu sehen, der hünenhafte, auf der Chaiselongue ausgestreckte Mann mit den Frauen zu seinen Händen und Füßen, der schöne Ganymed mit seiner Trinkschale, die Menschenmenge dahinter und die Kinder im Vordergrund. Auch die Weinranken waren einskizziert. »Erstaunlich«, sagte ich. Sogar der kleine Maßstab ließ schon die Großartigkeit des vollendeten Bildes erkennen.

»Aber schau mal«, sagte Lucas und fuhr mit dem Finger am Rand des Papiers zur rechten unteren Ecke. »Schau dir das mal an. PCH. Patrick Charles Heathfield.« Er holte eine weitere Papierrolle aus der Schublade. »Es gibt noch mehr davon, Detailstudien.« Er legte drei kleinere Blätter auf den Schreibtisch. Tuschestudien von Frauengesichtern und den Hasen und Rehen, die einander in alle Ewigkeit um den Rand der goldenen Trinkschale jagen. Die feinen Linien waren gestochen klar, die Tusche hatte die Zeit besser überdauert als die Kohle.

»Heißt das, Patrick hat die Decke gemalt?«, fragte ich. »Hast du das gewusst?«

»Nein.« Er schüttelte lächelnd den Kopf.

»Das ist ja der Wahnsinn! Wenn er das Fresko gemalt hat, warum hat er's dir dann nie gesagt? Oder sonst jemandem?«

»Ich weiß auch nicht, warum, aber ich bin fast hundertprozentig sicher, dass er es war. Schau dir die Frauen doch mal genauer an.«

Ich erkannte sie vor allem aus den Filmen. Das fertige Gemälde sah so sehr nach einer klassisch-antiken Szene in Renaissancemanier aus, dass ich nie auf die Idee gekommen wäre, hier wären reale Personen abgebildet, doch bei näherem Hinsehen gab es keine Zweifel mehr. Vom Papier sahen Claire und Elizabeth, als sie in den Zwanzigern waren, zu mir hoch. Ich packte Lucas am Arm. »Das ist deine Mutter. Und Elizabeth.«

»Rat mal, wer die Kinder sind«, sagte er.

»Mein Gott, Lucas, du bist auf einem Bild!« Ich lachte. »Und Patrick war ein Maler, und ein verdammt guter noch dazu.«

Auch Lucas lachte jetzt, er freute sich über meine Reaktion. »Ich wusste, dass dir die Neuigkeiten gefallen würden. Im Moment wissen nur du und ich und Diana davon. Unglaublich, was? Ich entdecke einen Patrick, den ich nie kannte.«

Ich stand auf und ging zum Treppenhaus. Wie beim ersten Mal, als ich das Fresko sah, flutete das Licht durch die Fenster am Fuß der Kuppel herein und beleuchtete das Bild. Doch diesmal war das Licht weicher als das grelle Winterlicht jenes ersten Morgens und das Fresko wirkte freundlicher. Ich legte den Kopf in den Nacken, um es richtig betrachten zu können. Nun wusste ich, dass ich ein Familienporträt vor mir hatte, und erkannte auch, dass es sich bei den beiden Kindern eindeutig um einen Jungen und ein Mädchen handelte. Lucas hatte sich neben mich gestellt. »Und wer ist der Mann auf der Chaiselongue?«, fragte ich ihn.

»Ich glaube, das ist Patrick selber – meinst du nicht auch?«

Wir gingen ins Arbeitszimmer zurück. Ich war immer noch nicht ganz überzeugt. Wenn Patrick das Deckenbild gemalt hatte, wie es den Anschein hatte, warum wusste dann niemand davon? Lucas erzählte mir, dass er einmal in den Weihnachtsferien hergekommen war, als das Bild gerade im Entstehen war. »Der Entwurf war auf den Mörtel skizziert«, sagte er, »und der Teil mit der Trinkschale war schon ausgemalt. Patrick hatte behauptet, der Künstler wäre über Weihnachten nach Amerika zu seiner Familie gefahren und käme erst zurück, wenn ich wieder in der Schule wäre. In diesem Jahr unternahmen wir Ostern mit Patrick eine Studienfahrt nach Italien – wenn man sich den Stil ansieht, leuchtet das Reiseziel sofort ein –, und als ich ihn in den Sommerferien wieder besuchte, war das Fresko fertig und der vorgebliche Künstler abgereist.«

»Er muss wie ein Besessener gearbeitet haben, um es in weniger als einem Jahr fertigzustellen«, sagte ich.

»So war er eben«, antwortete Lucas. »Halbe Sachen hat er nie gemacht.«

»Aber warum hat niemand gewusst, dass er das Bild gemalt hat?«

Lucas drehte die Handflächen nach oben und zuckte mit den Achseln. Sein Gesicht leuchtete in einem Lächeln, und ich konnte den Blick nicht von ihm wenden. Erst begriff ich nicht, was mich so fesselte, doch dann wurde es mir bewusst: Vor mir stand der alte, freundliche Lucas, den ich seit Monaten nicht gesehen hatte. Es gab ihn immer noch, verborgen unter allem, was in diesem Jahr geschehen war – den Schwierigkeiten zwischen uns, seinen Trinkexzessen. Der Gedanke machte mich glücklich. Und vielleicht setzte sich *dieser* Lucas mit der Zeit trotz allem wieder durch.

Er drehte sich zum Projektor. »Ich möchte dir was zeigen«, sagte er und suchte eine Spule heraus. »Das war die letzte in der Schachtel.« Er schaltete das Gerät ein und auf der Wand über dem Kamin erschien das vertraute helle Rechteck mit den abgerundeten Ecken. Die Metallringe klapperten auf den Stangen, als er die Vorhänge zuzog, um den Raum abzudunkeln.

Die Kamera befindet sich außerhalb des Arbeitszimmers, ein heimliches Auge, das durch den Türspalt späht. Die Hand, die die Kamera hält, ist meist ruhig, doch ab und zu ruckt die Linse zur Seite und zeigt in Nahaufnahme den Rand der Tür, ihren glänzenden weißen Lack, den vertrauten Astknoten im Holz auf Augenhöhe.

Im Zimmer sind zwei Elizabeths. Die eine steht als Silhouette vor dem Fenster; ihr Gesicht liegt im Schatten, die Sonne scheint ihr von hinten durchs schwarze Haar und lässt es bläulich schimmern. Die andere sitzt in einem weißen, um Brust und Schultern eng anliegenden Seidenkleid an einer abendlichen Tafel, das Kinn auf die Hand gestützt. In der anderen Hand hält sie zwischen Zeige- und Mittelfinger so locker eine Zigarette, dass sie jeden Moment unbemerkt herunterzufallen droht.

Diese zweite Elizabeth sieht aus wie die schöne Helena der Ilias. *Der Künstler hat den metallischen Glanz ihrer Haare, den Perlmuttschimmer ihrer Haut eingefangen. Eine Frau von einer Schönheit, die einen Mann um den Verstand bringen kann.*

Die erste Elizabeth lässt die Finger über ihr Alter Ego gleiten, spürt nach, wo die Farbe dick und voller Struktur ist und wo so glatt, dass die Linien fließen. Wie in Trance bleibt sie vor der Staffelei stehen.

Dann dreht sie sich um und die Linse schwenkt nach unten zum

Türrahmen ab, um nicht entdeckt zu werden. Einige Sekunden vergehen mit der Untersuchung des blassgrünen Teppichs im Flur. Als beruhigende Gewissheit besteht, dass die Kamera unbemerkt geblieben ist, legt sie sich am Rand der halb offenen Tür wieder auf die Lauer.

Elizabeth sieht sich einige Gemälde an, die mit der Rückseite nach vorn an der Wand lehnen. Sie blättert die Bilder rasch durch wie ein riesiges Buch und stützt sie nach einem prüfenden Blick gegen ihre linke Hand. Sie findet das Bild, nach dem sie sucht, und zieht es an seinem provisorischen Holzrahmen aus dem Stapel heraus in die Mitte des Raums.

Nun lehnt sie es gegen die Wand, und bevor sie sich davor stellt, zeigt die Kamera uns das Bild. Es ist unverkennbar Lucas' Mutter, ein Porträt von Claire, gemalt unten in der Bibliothek: der ernste Kopf in seiner noch jugendlichen Schönheit, das Strahlende, das wir schon im Film mit Justin gesehen hatten und dem auch ihre Verlegenheit keinen Abbruch tun konnte. Der Stil des Bildes zeigt, dass es vom selben Künstler stammt.

Elizabeth geht zum Tisch in der Ecke des Raums und nimmt sich ein Tapeziermesser. Sie kehrt zum Bild zurück und stellt die Füße auf den Boden wie eine Balletttänzerin. Auch wenn sie sich unbeobachtet glaubt, posiert sie für ein Publikum. Sie streicht mit dem Daumen langsam über den grauen, geriffelten Messergriff. Dann tritt sie auf das Bild zu und schneidet mit chirurgischer Präzision Lucas' Mutter die Kehle durch. Das Gemälde wirkt so lebensnah, dass es überrascht, kein Blut hervorquellen zu sehen. Elizabeth tritt zurück und betrachtet ihr Werk. Dann verliert sie jede Selbstkontrolle. Sie stürzt sich auf das Bild, sticht darauf ein, die Haare fliegen, die Armmuskeln treten hervor, als sie das Messer immer wieder und wieder in die zähe Leinwand rammt.

Ich starrte Lucas entgeistert an. »Was ist denn da …?«

»Keine Ahnung«, sagt er. »Wenn die Party vorbei ist, werde ich der Sache nachgehen.«

»Wann hast du das entdeckt?«

»Letzte Woche. Wie gesagt ist das der letzte Film.«

»Warum sollte sie so was …«

»Keine Ahnung. Ich weiß es einfach nicht.« Er setzte sich auf die Armlehne des Sessels neben mir.

Vielleicht weil wir vorhin miteinander lachen konnten, fühlte ich mich sicher genug, um wie früher seine Hand zu nehmen und in unserer alten Trostgeste mit dem Daumen über seine Finger zu reiben. Einen Moment lang sahen wir uns im Halbdunkel an, die dicken Vorhänge schlossen mit dem Licht auch den Rest der Welt aus. Ich hörte Dianas hohes Lachen wie aus Wassertiefen zu uns hinaufsteigen. »Das ist sicher nichts weiter von Bedeutung, Lucas.«

»Ich hoffe es. Ich weiß nicht, was ich davon halten soll. Aber danke.« Er beugte sich herunter und küsste mich behutsam auf die Wange.

Greg und ich kochten zu Abend, und wir aßen zu sechst am Küchentisch. Der Ofen hatte auch den Raum aufgeheizt und ich machte die Terrassentüren auf, um frische Luft hereinzulassen.

»Jetzt ist es so weit«, sagte Diana und häufte sich Möhren auf den Teller. »Morgen um diese Zeit bricht die große Invasion herein.«

In der Eingangshalle hörten wir Schritte, dann tauchte Danny in der Tür auf. »Verdammt, was ist denn hier los?«, fragte er. »Bereitet ihr euch auf eine Party vor oder auf eine Belagerung?« Sichtlich hatte er einen großen Teil der Woche im Garten verbracht; bis zu den knappen Ärmeln seines T-Shirts waren seine Arme karamellbraun. Ich warf einen kurzen Blick zu Martha hinüber, die ihre Hände betrachtete. »Na, freust du dich auf die Party?«, fragte er Lucas.

»Klar. Die wird bestimmt gut.«

»Auch ich hab eine Überraschung für dich. Eigentlich bin ich nur gekommen, um dir das zu sagen: Dein Geschenk ist gerade eingetroffen und ich bring's morgen mit. Etwas wirklich Besonderes. Ich wette sogar, es ist das Geburtstagsgeschenk deines Lebens.« Was es auch war, er schien sehr davon eingenommen.

Lucas heuchelte höfliche Begeisterung, doch ich konnte mir vorstellen, warum er von der Aussicht nicht sonderlich erbaut war. Danny hatte sicher mit Kreditkarte dafür bezahlt und so würde Lucas letztlich selbst auf den Kosten sitzen bleiben.

Kapitel XXVII

Um acht, gerade als die ersten Gäste eintrafen, begann der Wald zu flüstern. Eine plötzliche Brise ließ die Zeltplane flattern und jagte die Blätter mal hierhin, mal dorthin; im Wald erhob sich ein Rauschen, das man bis zum Haus hörte. Die paar Wolken, die den Garten vor dem Gewölbe des Nachthimmels geschützt hatten, wurden vertrieben, sodass die Sterne kalt herunterfunkelten. Die Allee von Fackeln, die von der Auffahrt zum Rasen führte, begann zu zischen und flackern, die Flammen züngelten in verzerrten Formen; die Teelichterinseln hier und dort auf den Mauern, Stufen und Fensterbrettern erloschen ganz.

Lucas hatte um sieben eine Champagnerflasche geöffnet und ich nahm mein Glas mit aufs Zimmer, um es zu trinken, während ich mich fertig machte. Den ganzen Nachmittag hatte ich ziemlich erfolglos versucht, ruhig zu bleiben. Mir war schlecht vor Nervenanspannung. Als ich heute früh aufwachte, hatte sich in meinen Ohren bereits ein leises Pochen festgesetzt. Ich spürte, wie sich das Haus vorbereitete. In den ersten Stunden des Tages blieb seine Aktivität noch gedämpft, als wollte es sich warmlaufen, aber jetzt nahm seine Energie zu. Ich hatte mich ständig in der Nähe der anderen aufgehalten, da ich nicht allein sein wollte, vor allem nicht in der Eingangshalle, wo das Pochen am stärksten war. Um nicht allein durchs Haus gehen zu müssen, hatte ich lange Umwege durch den Garten gemacht.

Ich duschte und streifte die Schutzhülle von meinem neuen Kleid. Es war rubinrot, vorn eher züchtig, aber hinten tief ausgeschnitten, der Stoff umspielte in zwei Falten den unteren Rücken. Meine Halskette lag schon auf dem Frisiertisch bereit und ich wollte sie mir nun umhängen, doch meine Hände zitterten so, dass ich die winzige Schließe nicht zumachen konnte.

»Warte«, sagte Greg, »ich helfe dir.«

Ich stand still da, während sich seine Finger behutsam an meinem Nacken zu schaffen machten. »Es gefällt mir gar nicht, wenn ich dich so sehe«, sagte er.

»Tut mir leid. Ich versuche ja, mich nicht aufzuregen.«

»Es kann doch gar nichts passieren. Wir werden uns heute Abend bestens amüsieren und danach wird alles einfacher.«

»Ich weiß nicht«, sagte ich. »Irgendwie hab ich ein komisches Gefühl. Ich mache mir Sorgen, dass Martha durchdreht, wenn sie nach ein paar Drinks in Dannys Nähe ist, oder dass Danny Michaels neuer Freund nicht passt. Einfach, dass irgendwas – wahrscheinlich etwas völlig Nebensächliches – plötzlich entgleist.«

»Aber dass Michael eine neue Beziehung hat, ist doch ein Grund zur Freude, oder?«, lenkte er auf ein anderes Thema über. »Jetzt gib's schon zu, du alte Unke.«

Nachdem Michael zwei Tage lang ständig am Telefon gehangen oder auf der Suche nach Handyempfang herumgelaufen war, um eine SMS abzuschicken, hatte Lucas ihn gefragt, wen er denn so dringend erreichen wollte. Wir nahmen alle an, es hätte etwas mit seiner Arbeit zu tun, einem Geschäftsabschluss, den er herunterspielte, um sich die paar freien Tage nicht zu verderben. Doch er lächelte schüchtern und erzählte uns, er hätte einen neuen Freund, den er auf der Party kennengelernt hätte, zu der er mit Martha gegangen war. Lucas wollte wissen, warum er nicht schon früher etwas gesagt hätte, und lud diesen Freund spontan mit ein. Da nur Greg und ich etwas von der Sache zwischen Danny und Michael wussten, sahen nur wir beide den möglichen Sprengstoff darin.

Ich ging zum Fenster hinüber und beobachtete, wie die ersten Gäste ankamen. Stoneborough Manor war mir nicht gerade ans Herz gewachsen, trotzdem widerstrebte mir der Gedanke, dass es hier von Fremden wimmeln würde, die den unsichtbaren Schutzschild zwischen diesem Haus und der Außenwelt durchlöcherten. Das Haus schien uns manchmal nur widerwillig zu dulden, doch war inzwischen so viel passiert, dass es untrennbar mit uns verbunden war. Vielleicht war frisches Blut jedoch genau, was hier benötigt wurde: ein Zustrom neuer Menschen, der Bewegung in die muffige, verbrauchte Luft zwischen uns brachte, in das verworrene Netz von Gefühlen und gemeinsamer Geschichte, an dem wir in den letzten neun Monaten gewebt hatten.

Als Erstes traf ein Paar ein, das ich nicht kannte. Die Frau trug ein königsblaues Kleid und schirmte die Stirnpartie ihrer Frisur mit der Hand gegen den Wind ab. Die beiden umarmten Lucas und plauderten ein paar Minuten mit ihm, bis ein weiteres Paar erschien. Da schlenderten sie davon und bewunderten die festliche Kulisse, in die Diana den Garten für den Abend verwandelt hatte. Von meinem Standpunkt hier oben wirkte Lucas glücklich, er sprühte vor Leben.

Zwei Frauen vom Catering-Service stellten die Teelichter in Gläser, um sie windfest zu machen. Die Fackeln schufen Verbindungswege und eröffneten hier und da Inseln auf dem Rasen, an der weißen Holzbank und in der Nähe einiger spät blühender Rosen in der Rabatte. Neben einem langen Tisch, auf dem sich unzählige Champagnergläser reihten, standen zwei Barkeeper im Smoking bereit, um auf Bestellung Cocktails zu mixen. Auf der Terrasse waren zwischen den Blättern der Glyzinie, wie von Diana geplant, winzige Glühbirnchen eingeflochten.

Während Greg vor dem Spiegel seine Fliege band, saß ich im Sessel und sah zu, wie sich der Rasen mit Menschen füllte. Sogar aus der Ferne erkannte ich an Körperhaltung und Gesten, dass sie auf einen festlichen Anlass eingestimmt waren. Sie standen sehr aufrecht und nickten einander übers Glas hinweg mit steifer Würde zu, wie Filmstatisten, die für einen ruhigen, aber dennoch bewegten Hintergrund sorgen. Die Kleider schillerten in allen Farben, als wäre ein exquisiter Blumenladen geplündert worden, neben der ganzen Bandbreite Rosa, Rot und Pink leuchteten Iris, Magnolien, Flieder und dunkles Immergrün. Die Röcke flatterten wie die Flügel exotischer Vögel. Die Szene wirkte altmodisch, der Wind hätte statt über Oxfordshire genauso gut über Long Island wehen können, einen Moment, nachdem Jay Gatsby aus dem Blickfeld verschwunden war.

Ich stand auf und strich mit feuchten Händen mein eigenes Kleid glatt.

»Bereit?«, fragte Greg und streckte mir die Hand entgegen.

Ich hatte vergessen, dass Greg kaum jemanden von meinen sonstigen Freunden kannte. Wir sieben waren im Haus so vertraut miteinander geworden, dass ich mir kaum erklären konnte, warum alle außerhalb der Stoneborough-Clique Greg noch nicht einmal gesehen hatten. »Kommst du dir vor wie eine Debütantin beim Eröffnungsball?«, fragte ich ihn, als wir die Stufen zum Rasen hinunterstiegen.

»Mehr wie ein halb gezähmtes Tier, das wieder freie Wildbahn wittert. Das Kleid gefällt mir.« Er fuhr mir mit einem Finger das Kreuz entlang, unters Kleid bis zwischen die Pobacken.

»Gezähmt bist du kein bisschen!« Ich schubste seine Hand weg, bevor uns jemand sehen konnte, und schob dafür die meine in seine Tasche mit dem kühlen Seidenfutter.

Es wurde nun immer dunkler, das Kobaltblau des Himmels ging in Schwarz über. Ein Streichquartett spielte während der Ankunft der Gäste und der Wind riss an der Musik herum, ließ die Töne anschwellen oder leiser werden. Nur ich hörte, wie sie mit dem Pulsieren des Hauses kollidierten, das, wie ich zu meinem Grauen feststellte, zum ersten Mal jenseits der Mauern nach draußen gedrungen war. Sein gnadenloser Rhythmus vergiftete jetzt also auch den Garten.

Er erinnerte mich an die *Bakchen*, das Stück, das Lucas und ich von allen griechischen Tragödien am meisten liebten. Anfangs beschreibt darin ein Bote, wie die Thebanerinnen auf dem Berg in wilder Raserei zu den phrygischen Rhythmen des Dionysos tanzten. Das war die Rache jenes grausamen, amoralischen Gottes an der Stadt, die ihm nicht huldigen wollte. Wir hatten das Stück einmal in einem antiken Amphitheater in Griechenland gesehen, während die Nacht hereinbrach, und mir wurde begreiflich, wie sich jene Frauen im ekstatischen Rhythmus des dionysischen Tanzes verlieren konnten. Er stieg zu Kopf wie eine Droge, damals wie jetzt, heute Abend. Obwohl mir das Pochen immer Angst eingejagt hatte, war es draußen im Garten nicht mehr gebändigt, nicht mehr von dieser berechneten Präzision, sondern naturhafter; es hatte etwas Verführerisches, als wollte es mich dazu bringen, meine Abwehr abzulegen und mich ihm endlich zu unterwerfen. Während ich solchen Gedanken nachhing, beschleunigte sich der Rhythmus, doch mir wurde dabei nicht schwindlig oder übel wie im Haus, sondern ich merkte, wie ich mich seinem Sog allmählich ergeben wollte. Ich wusste aber, dass ich mit aller Kraft dagegen ankämpfen musste, so wie jemand, der das Bewusstsein zu verlieren droht, gegen den Schlaf ankämpfen muss.

»Hallo, ihr Turteltäubchen!« Danny kam quer über den Rasen auf uns zu; er führte Elizabeth sanft an der Hand wie ein schüchternes Kind. Nie hatte ich zwei Menschen gesehen, die so reif fürs große Finale mit Filmkuss in Großaufnahme gewesen wären. Dannys Smoking war makellos – er wirkte sogar brandneu –, und so fiel heute Abend seinem Haar die Aufgabe zu, sein Image als zerknautschtes Rockidol hochzuhalten. Zuvorkommenderweise stand es genau mit der richtigen Dosis Widerspenstigkeit in alle Richtungen ab. Elizabeth sah so jung aus, dass ich mich einen Moment lang fragte, ob es wirklich *sie* war. Zu ihrem tief ausgeschnittenen Kleid aus taubengrauer Seide trug sie eine zinngraue Nehru-Jacke mit kleinem Stehkragen. Ihre Haare, dunkel wie Balsamico-Essig, fielen ihr offen auf die Schultern;

sie hatte sie durch einen Seitenscheitel geteilt, mit dem sie seltsam jungenhaft aussah. Während sie Greg ein Kompliment über sein Aussehen machte, forschte ich in ihrem Gesicht nach einer Spur des Hasses, den ich auf Lucas' Video an ihrem jüngeren Selbst gesehen hatte. Ich dachte, ein solcher Hass müsste einen Menschen zeichnen, wahrnehmbar vielleicht nicht für jeden, aber doch für jemanden, der davon wusste. Doch sie war von einer gelösten Heiterkeit; weder ihre Augen noch ihr Mund gaben den leisesten Anhaltspunkt, dass sie zu solchen Emotionen fähig war. Im Gegenteil, ich sah an ihr höchstens Anzeichen einer Weichheit, die ihr eigen war, wie ich inzwischen wusste, die ich aber beim ersten Kennenlernen nie an ihr vermutet hätte.

»Stimmt was nicht?«, fragte sie.

Erst jetzt merkte ich, dass ich sie angestarrt hatte. »Nein. Du siehst so toll aus.«

»Danke. Dein Kleid gefällt mir auch. Lass dich doch mal von hinten ansehen.«

Ich drehte mich um und präsentierte mich ihr, und während sie abgelenkt war, nahm Greg Dannys Arm und sagte leise: »Kein Stress heute Abend, ja?«

Danny lachte und wandte sich zum Gehen. »Komm, Liz«, sagte er. »Ich will mit dir angeben.«

Bevor wir uns ins Gewühl stürzten, nahmen wir uns ein frisches Champagnerglas und naschten von den Dim Sum, die herumgereicht wurden. Ich war verblüfft, wie viel sich in den neun Monaten getan hatte, während wir in Stoneborough Manor ganz mit uns selbst beschäftigt waren – als hätten alle einen Sprung nach vorn gemacht, solange wir ihnen den Rücken zukehrten. Ein Typ, den Lucas und ich bei Vorlesungen an der Uni kennengelernt hatten, hatte einen Job in Australien angenommen und würde in zwei Wochen dorthin übersiedeln, wahrscheinlich für immer. Sarah und Graham, die zusammen mit Lucas im Jura-Referendariat gewesen waren, hatten geheiratet. »Wir lagen mal Samstag früh im Bett und hatten plötzlich diese Eingebung. Wir haben uns angezogen und sind sofort los, um uns beim Standesamt anzumelden«, erzählte Sarah und streckte mir ihre Hand mit dem Ehering entgegen. »Die kürzeste Verlobungsphase aller Zeiten.«

»Und echt kein Trick, um die Verlobungsringe zu sparen«, sagte Graham und lehnte seinen Kopf an ihren. Ich lachte, weil das von mir erwartet wurde. Aber ich hatte den Bezug zu diesen Leuten verloren. Was ich einmal als Sensation empfunden hätte, kam mir nun so banal und weit weg vor wie Promiklatsch. Es machte mich nervös, Greg Leuten vorzustellen, die Rachel kannten; sie hatte ihnen sicher alles erzählt. Ich bezweifelte, dass mir jemand seine Meinung ins Gesicht sagen würde, allerdings fürchtete ich mich vor abschätzigen Blicken. Rachel wurde mir gegenüber mit keinem Ton erwähnt, und das kam mir sogar noch schlimmer vor, als hätte ich etwas so Schreckliches verbrochen, dass nicht einmal indirekt davon gesprochen werden durfte.

Letzten Endes bekam ich ganz zufällig ein Gespräch über Rachel mit. Ich wartete an der Cocktailbar, hinter einer Frau aus unserem Studienjahrgang, für die Lucas immer mehr Sympathien gehabt hatte als ich. Sie unterhielt sich mit einem Unbekannten, vielleicht ihrem Freund. »Ich hab dir doch letztens von dieser Freundin erzählt? Die eine Boutique in Richmond aufgemacht hat, die echt gut läuft?«, sagte sie mit einer Stimme, die mich sowohl wegen ihres bohrend-fragenden Tons als auch wegen der Lautstärke nervte, mit der ich mich nicht über jemanden unterhalten würde, den viele Leute auf dieser Party kannten. »Gerade habe ich gehört, dass sie eine Auszeichnung für den heißesten unabhängigen Modeladen gekriegt hat. Von *Vogue* oder *Harper's*, genau kann ich mich nicht erinnern. Anscheinend hat sie vor, einen Laden in New York aufzumachen mit Klamotten junger britischer Designer.«

Ihr Begleiter interessierte sich offensichtlich mehr für die Cocktails, die in immer größere Nähe rückten, und nickte zerstreut; doch ich fühlte mich, als wäre ich plötzlich in eisiges

Wasser gefallen. Nicht dass ich Rachel ihren Triumph missgönnt hätte; sie hatte ihn verdient. Doch mir wurden mit einem Schlag zwei Dinge klar. Erstens mussten die anderen davon gewusst haben und hatten es mir verschwiegen. Zweitens ließ sich nicht leugnen, dass Rachel – im Gegensatz zu mir – wirklich erfolgreich war. Weniger ihre Auszeichnung als der Gedanke an ihr New-York-Projekt bereitete mir körperliche Schmerzen. In meinen wilderen Karrierephantasien hatte ich davon geträumt, mich durch meine Features in einer großen Londoner Zeitung so zu profilieren, dass ich nach Manhattan abgeworben wurde. Davon war ich so weit entfernt, dass mir solche Wunschvorstellungen geradezu vermessen vorkamen. Rachel dagegen hatte eine konkrete Möglichkeit, die sich in naher Zukunft verwirklichen ließe. Zu meinem Entsetzen begannen meine Augen unter einem Ansturm von Tränen zu brennen; ich gab meinen Platz in der Cocktailschlange auf und zog mich in eine ruhige Ecke im Garten zurück, wo ich ein, zwei Minuten im Schatten herumwandern konnte.

Als ich mich wieder im Griff hatte, mischte ich mich erneut unter die Menge. Lucas ging stärker aus sich heraus, als ich es je erlebt hatte. Er plauderte mit ganzen Gruppen, lachte, umarmte Neuankömmlinge, sorgte dafür, dass jeder etwas zu trinken hatte – kurz, er war, was ihm sonst widerstrebte: der Mittelpunkt der Party. Als ich einmal zu ihm hinübersah, erinnerte er mich an seinen Vater in den Kurzfilmen, umgeben von einer goldenen Aura, im Fokus der Kamera. Zum anderen wirkte er erst jetzt auf mich glaubhaft als der Besitzer von Stoneborough, Patricks rechtmäßiger Erbe. Jetzt füllte er das Haus aus. Er hatte uns dazu aufgefordert, es auch als das unsere zu betrachten, doch heute Abend gehörte es ganz ihm. Auch sein Smoking hatte seinem Onkel gehört. Der Schnitt hatte etwas Retrohaftes, was sich schwer fassen ließ. Vielleicht die leise Einbuchtung in der Taille oder die fast unmerklich ausgestellten Hosenbeine. Auf alle Fälle war er viel zu gut, um nur im Schrank zu hängen.

Martha flatterte herum wie ein Kolibri. Ich sah sie hier und dort mit Leuten reden; nie blieb sie lange bei einer Gruppe, sondern zog rasch weiter, als suchte sie jemanden. Sie trank schnell, und ich wartete auf eine Gelegenheit, ihr größere Vorsicht ans Herz zu legen, damit sie heute Abend nicht die Kontrolle über sich verlöre. Auch Diana fiel Marthas Verhalten auf, und sie fragte mich, ob mit ihr alles in Ordnung wäre. Ja, soweit ich wüsste, beschwichtigte ich sie.

Michael kam zu uns herüber, um uns seinen neuen Freund vorzustellen, einen großen, schlanken Mann mit kurzen Haaren, die sich oberhalb der Schläfen schon lichteten. Er trug eine Brille mit schwarzer Fassung und sah mit den Fältchen in den Augenwinkeln aus, als würde er ständig lächeln. »Das ist Richard«, sagte Michael stolz. »Jo und Greg, sehr gute Freunde von mir.« Sofort tauchte Danny an meinem Ellbogen auf, kam wie ein Hai durch die Menge geschossen, die sich vor ihm zu teilen schien wie furchtsame Schwimmer.

»Du musst der neue Freund sein«, sagte er, schüttelte Richards Hand und hielt sie ein, zwei Sekunden länger fest als nötig. »Pass gut auf Michael auf. Wir beide stehen uns sehr, sehr nahe.«

Michael sah entsetzt aus, doch Richard zuckte nicht mit der Wimper. »Pardon – Sie haben mir nicht gesagt, wer Sie sind.«

Danny nannte seinen Namen, zwischen seinen Augenbrauen erschien eine kleine Steilfalte.

Richard blickte mit fragendem Gesicht nach oben, als würde er sein Erinnerungsarchiv durchforsten.

»Michael und ich hatten Anfang des Jahres eine kleine Geschichte miteinander«, half ihm Danny auf die Sprünge. Ich riss die Augen auf; bisher hatte Danny nie auch nur darauf angespielt.

Richard schüttelte den Kopf, als stünde er vor einem Rätsel. »Tut mir leid. Ich bin überrascht, dass ich noch nichts von Ihnen gehört habe.«

Dannys Gesicht war vor kaum unterdrückter Wut wie versteinert. Er murmelte, er habe Elizabeth schon viel zu lange allein gelassen, und war im nächsten Moment verschwunden. Michael lachte und drückte Richard am Arm. »Danke.«

Richard lächelte ihn an. »Von solchen Fatzkes kann man sich doch nicht einschüchtern lassen.« Er ergriff Michaels leeres Glas und ersetzte es durch ein volles, das er von einem vorbeigetragenen Tablett nahm. Ich hoffte, Danny hätte nun nicht das Bedürfnis zurückzuschlagen.

Ein Gong rief zum Dinner. Der mächtige Hall erfüllte den Garten und wurde vom Haus, das sich hinter der Terrasse drohend über uns aufzurichten schien, zurückgeworfen. Eine Woge von Menschen bewegte sich auf das Zelt zu und staute sich am Flaschenhals des Eingangs, wo die Gäste auf der großen Tafel nach ihren Plätzen suchten. Ich ließ mir Zeit und trank gemächlich mein Glas aus. Die nächtliche Stille Stoneboroughs war gründlich vertrieben. Die Unterhaltungen von hundertfünfzig Menschen verschmolzen zu einem dumpfen, dem Brummen einer riesigen Maschine ähnelnden Geräusch, über das sich gelegentlich eine Stimme oder ein Lachen erhob. Die Luft war von Parfum und Rauch durchzogen.

Dianas Konzept für die Dekoration des Zeltes wirkte umwerfend. »Stell dir ein Mittelding aus römischem Festgelage und griechischem Bacchanal vor«, hatte sie mich heute Nachmittag noch einmal erinnert, als wir die Tische und die schulterhohen Kerzenständer mit dem Grün schmückten, das wir im Wald geschnitten hatten. Überall brannten Kerzen und erzeugten im ganzen Zelt ein Spiel aus Licht und flackernden Schatten. Dicke Kirchenkerzen standen auf den Abstelltischen entlang der Zeltwände, und auch die Esstische waren mit Kerzengruppen bestückt, die ihr schmeichelndes, aber wenig vertrauenswürdiges Licht auf uns warfen. Wir hatten sie mit Efeu umwunden, dessen Ranken wir über den schweren weißen Damast zu den einzelnen Gedecken auslaufen ließen. Große Schalen quollen über vor üppigen, dunkellila Trauben von Patricks Rebstöcken, junge Triebe ringelten sich zwischen den Weinblättern, die wir mit abgeschnitten hatten. Die Gestecke aus Efeu und Lorbeer wirkten so natürlich, als hätte sich der Wald im Lauf des Nachmittags selbst ausgesät und wüchse hier nun mit einer Urgewalt, als wolle er sich allem menschlichen Treiben widersetzen und das Zelt der Wildnis einverleiben.

Diana und ich waren noch einmal in die Stadt gefahren, um nach weiteren, zum Motto passenden Dekorationsgegenständen zu suchen, und hatten bei Oxfam Panflöten aus Holz gefunden, die wir hier und da in den Blätterschmuck steckten. Von einer Freundin, die als Kostümbildnerin am Theater arbeitete, hatte Diana eine Ziegenmaske aus Pappmaché ausgeliehen, die nun vom höchsten Gesteck herabspähte und die hereinkommenden Gäste, die nach ihren Plätzen suchten, auf Augenhöhe mit einem anzüglichen, leicht irren Blick begrüßte. Das Besteck, die Gläser und der Schmuck der Frauen auf dem Weg zu ihren Plätzen blinkten im Kerzenlicht. Das alles erzeugte einen Zauber, der sich nicht als Summe der einzelnen Elemente erklären ließ: die lebende, atmende Seele der Party.

Greg und ich saßen zum Essen am selben Tisch, doch sein Platz war auf der anderen Seite der Runde, zu weit weg, als dass ich mich mit ihm unterhalten könnte. Rechts von mir saß ein Mann, dem ich schon einige Male begegnet war, aber wo, konnte ich mich nicht erinnern. Nachzufragen kam mir unhöflich vor. Er schwallte endlos über seine Arbeit, doch ich war ihm dankbar, dass er mir das Reden ersparte. Sobald ich einen Schluck Wein trank, goss er mir wieder nach. Zwischen mich und die Welt schob sich eine Isolierschicht und ich blieb darin eingekapselt, allein mit jenem Pulsschlag, den anscheinend nur ich hören konnte. Ich blendete die Menschenmenge aus und konzentrierte mich auf den Klang. Er beruhigte mich. Wenn ich mich ihm ganz überließ, und sei es nur für kurze Zeit, gewann er eine seltsame Schönheit, eine komplexe, großartige Logik. Die Geräuschkulisse der vielen essenden Menschen – das Lachen, das Klappern des Bestecks auf den Tellern, das Klingen der Weingläser – wich immer weiter in den Hintergrund. Ich könnte mich heute im Alkohol verlieren, dachte ich, und alles in Rotwein ertränken, ein Glas nach dem anderen. Am liebsten hätte ich mich betäubt, und in einem gewissen Ausmaß war ich schon betäubt, ich nahm vom Essen, der Konversation kaum etwas wahr. Das Einzige, was von außen wirklich zu mir durchdrang, waren die Plätze, an denen die anderen aus unserer Gruppe saßen. Obwohl ich mit dem Rücken zum Raum saß, konnte ich sie so deutlich orten, als wäre mir ein Lageplan in den Rücken eingebrannt.

Als das Dessert abgeräumt war, kam Greg zu mir herüber und hockte sich neben meinen Stuhl. »Alles klar?«, fragte er. »Du trinkst ganz schön viel. Du solltest einen klaren Kopf behalten, falls doch irgendeine Bombe hochgeht. Komm mal mit raus, frische Luft schnappen.« Ich schob meinen Stuhl zurück, und wir schlängelten uns zwischen den Tischen nach draußen durch. Nun wurden Kaffee und Zigarren angeboten, die Leute entspannten sich, lehnten sich auf ihren Stühlen zurück oder tauschten Plätze, um sich mit anderen Freunden zu unterhalten. Immer wieder brach ausgelassenes Gelächter los. Der Lautstärkepegel schwoll zu einem Getöse.

Der Zelteingang stand zwar offen, dennoch hatte sich drinnen die Luft erhitzt, und draußen war es merklich kühler. Ich bekam eine Gänsehaut und rieb mir die Arme warm. Der Wind, der stetig zugenommen hatte, fuhr mir durch die Haare und wehte sie mir ins Gesicht. Windstöße blähten die Zeltwände auf oder ließen sie wie schlaffe Segel flattern. Wir stiegen die Treppe zur Terrasse hoch und ließen uns zwischen Terrakotta-Öllampen auf einem der riesigen Schaffelle nieder, die Diana für später zum Relaxen ausgelegt hatte. Ich war dankbar für die reinere Luft hier draußen. Greg zog mich an sich und wickelte mich mit in sein Jackett hinein. Wir schwiegen eine Weile.

»Ich hab mir so ein paar Gedanken gemacht«, sagte er dann. »Was hältst du davon, wenn wir zusammenziehen?«

»Meinst du das wirklich?«

Das Licht der Lampe beleuchtete die eine Hälfte seines Gesichts, die andere blieb im Dunkeln; ich blickte in ein ernstes Auge. »Ich will dich nicht nur am Wochenende und ab und zu unter der Woche sehen. Ich möchte richtig mit dir zusammen sein, Jo. Dein Leben teilen und dich bei mir haben, damit du meines teilst.«

»Das klingt sehr erwachsen«, sagte ich mit einem kleinen Lachen.

»Wir *sind* erwachsen.«

Das wusste ich natürlich, doch irgendwie war es bis zu diesem Moment nicht wahrhaft zu mir durchgedrungen. Plötzlich erkannte ich, dass ich in einem längst überholten Entwicklungsstadium steckengeblieben war wie ein Schmetterling, der nicht aus seinem Kokon schlüpfen will. Solange es möglich gewesen war, mich ohne echte Verpflichtungen treiben zu lassen, hatte ich mich mit Stillstand begnügt und keine Anstrengungen unternommen, vorwärtszukommen. Das ganze letzte Jahr war so vergangen, ein Vorwand, noch ein wenig länger dahinzutreiben, in einer Gruppe, die in meiner Phantasie vom gewöhnlichen Leben abgekoppelt war, zumindest solange wir uns in diesem Haus aufhielten. Die Gruppe war lange für mich etwas sehr Wertvolles gewesen, das seine eigene Dynamik besaß und in dem ich als Teil eines größeren Ganzen aufging; ein solches Zugehörigkeitsgefühl hatte ich nirgendwo sonst erlebt. Doch nun war ich bereit, sie hinter mir zu lassen. Ich sehnte mich nach dem gewöhnlichen Leben. Nach einem normalen Erwachsenenleben.

»Wir müssen nicht, wenn du nicht willst«, sagte er.

Ich lächelte. »Und ob ich will. Sehr sogar.«

Er küsste mich sanft. »Ich liebe dich.«

Wir hörten, wie im Zelt eine Gabel an ein Glas geschlagen wurde und das Stimmengewirr langsam verebbte. Ich wollte nicht mehr hinein. Das erschien mir jetzt wie ein Schritt zurück, wo sich doch plötzlich vor uns riesiges Neuland auftat. Ich wäre lieber geblieben, wo ich war, in Gregs Jackett, und hätte dem Partylärm zugehört wie der Musik beim Abspann eines Films, eine Erinnerung an das Geschehen auf der Leinwand, aber auch dessen Ende. Doch wir erhoben uns widerstrebend und gingen langsam die Stufen hinunter. Die Ränder der Treppe waren mit Kerzen markiert, doch jeder, der im Dunkeln stolperte, fiel ziemlich tief. Greg ging voran und streckte seine Hand hinter sich, um mich zu stützen. Ich erinnerte mich an den Abend, als Lucas gestürzt war.

Um nicht zu stören, kehrten wir für Lucas' Rede nicht an unseren Tisch zurück, sondern stellten uns im Zelt hinten an den Rand. Lucas war schon aufgestanden, das Glas in der Hand. Jemand in unserer Nähe pfiff auf zwei Fingern. Ein seltsames Gefühl, ihn im Mittelpunkt aller Aufmerksamkeit zu sehen. Die Rolle des Gastgebers verlieh ihm eine Art Prominentenstatus. Hier sah ich wieder den Lucas vor mir, den ich geliebt hatte: ein wenig unsicher, großzügig, intelligent, auf unaufdringliche Weise gut aussehend. Doch durch meine nostalgischen Gefühle der Zärtlichkeit zogen sich rote Schlieren einer namenlosen Angst wie eine Blutspur im Wasser.

Er trank einen Schluck Wein und begann. »Erst einmal danke ich euch allen, dass ihr heute Abend gekommen seid.«

»Das Vergnügen ist ganz meinerseits«, sagte jemand laut und löste zustimmendes Gelächter aus.

Lucas lächelte. »Es bedeutet mir viel, hier mit euch allen zu feiern. Wie die meisten von euch sicher wissen, habe ich letztes Jahr sowohl meine Mutter verloren als auch einen Onkel, der mir sehr nahestand. Das als Entschuldigung, warum ich so lange vom Erdboden verschwunden war. Mein Onkel – Patrick – hat mir Stoneborough hinterlassen, und alles hier erinnert mich an ihn. Er war für mich als Heranwachsender von ungeheurer Bedeutung, und ich vermisse ihn jeden Tag. Ich weiß, dass er sehr glücklich wäre, wenn er Stoneborough heute Abend sehen könnte.« Wieder nahm Lucas einen Schluck von seinem Glas.

»Im letzten Jahr habe ich vor allem eins gelernt: wie wichtig Freunde sind. Da weiß man erst, wer man ist.« Er erhob sein Glas. »Danke – das werde ich euch nie vergessen.«

Mein Blick wanderte zu Dannys Tisch hinüber. Ich wollte den Ausdruck in seinem Gesicht sehen, wenn er sich dazu gratulierte, einer von Lucas' wahren Freunden zu sein. Er war nicht da. Ich überflog den ganzen Raum, konnte ihn aber nicht finden. Doch als ich mich Lucas wieder zuwandte, begegnete mir sein Blick, und er lächelte.

Er räusperte sich wie vor der Mitteilung einer schlechten Nachricht. »Vielleicht wisst ihr auch, dass morgen mein dreißigster Geburtstag ist.« Ironische Hurrarufe ertönten. »Unter normalen Umständen wären das düstere Aussichten, doch auf das Risiko hin, dass ihr mich widerlich sentimental finden werdet, möchte ich euch sagen, dass von normalen Umständen keine Rede sein kann, seit ich Diana wiederbegegnet bin. Wir beide waren schon im Sandkasten miteinander befreundet, und wenn ich sie noch nicht allen vorgestellt habe, werde ich das nachholen. Ich kenne keine Frau, die schöner, begabter und aufregender wäre als sie.« Wieder sah er mich an, und diesmal empfand ich seinen Blick als trotzige Herausforderung. Ein unverhülltes Starren, das auch anderen auffallen musste. Was sollte das, zum Teufel? Ich brach den Blickkontakt ab und sah Diana an. Sie saß mit niedergeschlagenen Augen neben Lucas und stocherte mit der Gabel in ihrer Leinenserviette herum, sichtlich verlegen, dass sie so viel Aufmerksamkeit auf sich zog. »Ich möchte gern den Rest meines Lebens mit ihr verbringen«, fuhr Lucas fort. Diana hörte auf, die Serviette zu durchlöchern, hob die Hand und legte sie Lucas auf den Arm, damit er sich herunterbeugte und hörte, was sie murmelte. »Jetzt muss ich die Klappe halten – sie findet mich peinlich.« Er lachte. »Auf jeden Fall erheben wir das Glas. Auf meine Mutter, auf Patrick und auf Diana!«

Nach der Rede machten Greg und ich uns auf die Suche nach Martha. Wir fanden sie im Gespräch mit Michael und Richard, zu dem sie anscheinend sofort einen heißen Draht gefunden hatte. Sie lachte, als wir dazutraten. »Richard will mich unbedingt mit einem seiner Freunde verkuppeln«, erklärte sie.

»Hast du ihn schon gesehen? Ist er nett?«

»Ja, auf der Party, wo sich auch diese beiden kennengelernt haben.« Sie wedelte mit der Hand in Richtung Michael. »Ich versuche Richard beizubringen, dass ich im Moment nicht an einer Beziehung interessiert bin.«

»Und ich versuche ihr beizubringen, dass das Blödsinn ist und John ein Traummann«, sagte er.

Nun fing die Jazzcombo an zu spielen und riss alle von den Stühlen. Die Musik war ausgezeichnet. Die drei Mitglieder der Band waren längst im Rentenalter und hätten mit ihren marineblauen Blazern, in die sie schweißtreibend eingeknöpft waren, bei jedem Veteranentreffen Staat gemacht, doch sie spielten einen überschäumenden, strahlenden Jazz. Die Töne flossen betörend und verführerisch hervor, stießen sich gegenseitig voran, wurden wieder lässig und cool zurückgenommen. Bald drängte sich alles auf der Tanzfläche. Im Zelt war es sehr heiß geworden, nach der ersten Nummer zog Greg sein Jackett aus und hängte es über den nächstbesten Stuhl. Ich holte mein Asthmaspray aus der Tasche und sprühte mir heimlich zwei Hübe. Die Anspannung, die Hitze und der Rauch machten meinen Lungen zu schaffen. Was dieser Abend noch an Förmlichkeit besaß, löste sich zusehends auf. Alle benahmen sich jetzt wesentlich lockerer als vor drei Stunden, die Ströme von Champagner, Wein und Cocktails zeigten Wirkung. Überall gierten große, lüstern grinsende Augen nach jeder Sensation, die der Abend zu bieten hätte, Drinks, Essen, Musik, weibliche Reize, zur Schau gestellt in teurer Garderobe. Von der Szenerie, einer Art haltlosem Karneval der Lust, wurde mir übel, ich bekam klaustrophobische Beklemmungen. Die Frau, die neben mir tanzte, gab alle Bemühungen auf, ihre Frisur zu retten, und schüttelte die Haare wild über die Schultern. Wieder kamen mir die Bacchantinnen auf dem Berg in den Sinn, die die Zwänge der Normalität abwarfen. Ihr Begleiter ließ seine Hände auf ihrem Körper herumwandern, es war ihm egal, wer zusah.

Zwei Nummern hielt ich noch durch, dann war ich so außer Atem, dass ich aufhören musste. Ich drängte mich nach draußen durch. Dankbar für die frische Luft stand ich ganz still da, füllte meine Lungen und genoss den kalten Wind im Gesicht und auf den nackten Armen.

»Jo.« Plötzlich tauchte Diana vor mir auf. In ihrem schulterfreien Kleid und den wehenden Haaren, die ihr der Wind aus dem Gesicht blies, sah sie aus wie eine Galionsfigur, die sich den Wellen entgegenwirft. »Hast du Lucas gesehen?«

Der Pulsschlag in meinen Schläfen wurde schneller – rührte sich mein Gewissen? Spürte mein sechster Sinn eine wachsende Intensität, erkannte mein Unterbewusstsein, dass sich der Abend zuspitzte?

»Du suchst mich, Diana?« Lucas kam aus dem Zelt heraus, dicht hinter ihm Greg und Elizabeth.

»Danny hat mich gebeten, dich zu holen. Dein Geschenk steht im Haus bereit.« Sie hielt ihr Schultertuch fest, das der Wind fortreißen wollte.

Lucas wirkte leicht verärgert. »Kann das nicht bis morgen warten?« Er sprach lauter, um den Wind zu übertönen; seine Worte blähten sich um uns wie Segel.

»Er meint, du willst es ganz sicher unbedingt sehen.«

»Was?« Er beugte sich vor, um sie besser zu hören.

»Ich habe gesagt, er meint, du willst es ganz sicher unbedingt sehen.«

»Ich hab keine Ahnung, was es sein könnte«, sagte Elizabeth. »Er wollte es nicht einmal mir verraten.«

»Na, dann kommt mit. Nur ganz kurz.«

Aus Gründen, die weder Greg noch ich uns später erklären konnten, folgten wir ihnen ins Haus. Als sich die Tür hinter uns schloss, war es, als träten wir in eine andere Welt, die Party versank, als wäre sie nur ein Traum, und die düstere Stille der Eingangshalle wurde zur einzigen Wirklichkeit. Hier herrschte Dunkel bis auf das Licht der beiden Lampen auf der niedrigen Truhe. Die Kuppeldecke blieb im Verborgenen, aber ich hatte das Gefühl, die Figuren reckten dort oben die Hälse, um zu sehen, was da unten vor sich ging. Ich hörte fast das Knarzen der Chaiselongue, als Patrick sich vorbeugte. Er wartete.

Hinter uns öffnete sich die Salontür, und Danny erschien. Er hatte rote Wangen und wirkte aufgedreht wie nie. »Lucas«, sagte er, »bist du bereit?«

Ich sah zu Lucas. Er starrte in Richtung Salon. Sein Gesicht war aschgrau geworden. Ich drehte mich wieder um. Nie hätte ich erwartet, was ich nun zu sehen bekam. Hinter Danny stand ein Mann.

»Justin«, sagte Elizabeth.

»Lucas«, sagte Diana. »Dein Vater.«

Kapitel XXVIII

Der Mann hinter Danny war wie ein Schatten aus der Unterwelt, körperlos wie ein Rauchschwaden. Vielleicht hätte ich durch ihn hindurchgreifen können. Er sah so verloren aus, als hätte er seinen freien Willen aufgegeben und wäre vom Wind hergeweht worden. Er war verblichen wie ein den ganzen Sommer auf dem Fensterbrett liegen gebliebenes Foto, das zu einem einheitlichen, überbelichteten Gelbton verblasst war und ihn nur noch umrisshaft zeigte. Dieser Mann war Justin, das erkannte ich wohl, doch es war nicht der Justin aus den Filmen. Sein Strahlen war schon vor langer Zeit erloschen, nicht einmal als Nachklang noch spürbar. Seine leblosen, dünnen Haare waren von einem stumpfen Gelb, ohne jede Spur von Gold oder Bronze. Auch seine Haut schien stumpf, ihr Grauton besaß keine Wärme. Als wüsste sein Körper, dass er etwas produzieren musste, um die Organe zusammenzuhalten, war annähernd etwas wie Haut entstanden, eine blasse, kränkliche Hülle.

Nur eines an ihm besaß Farbe, und das waren seine weit aufgerissenen Augen, in denen sich Angst, Fassungslosigkeit und ein unverhüllter Hunger spiegelten. Doch es war eine erschreckende Farbe, ein ausgewaschenes Wachsblau, das nicht natürlichen Ursprungs sein konnte, sondern nur das Ergebnis einer langen Gesundheitskrise. Und dann erinnerte ich mich, dass ich ihn schon einmal gesehen hatte. Im Pub, am zweiten Abend, den wir in Stoneborough verbracht hatten, als Lucas beim Kochen war und wir uns später auf der Terrasse geküsst hatten. Dieser Mann hatte die ganze Zeit im Hintergrund gewartet.

»Lucas?« Dannys Stimme durchbrach die Stille.

Ich folgte seinem Blick. Lucas war wie in einer Glaskugel gefangen, er stand unter einem so tiefen Schock, dass er sich nicht rühren konnte. Es war, als wäre die Zeit für ihn zum Stillstand gekommen und er müsste warten, dass jemand den Zeiger der Uhr auf die nächste Sekunde schob, damit er weiterleben könnte. Seine Augen waren auf seinen Vater geheftet, er blinzelte nicht, vielleicht sah er überhaupt nichts. Sein Mund war leicht geöffnet, doch er schien nicht zu atmen.

Plötzlich fiel er auf die Knie, schlug die Arme über dem Kopf zusammen und krümmte sich mit dem Oberkörper nach vorn. Aus seiner Kehle löste sich ein animalischer Laut, den ich lieber nie gehört hätte. Ein Urschrei der Qual, ausgestoßen von jeder einzelnen Zelle seines Körpers. Der Schrei füllte die ganze Eingangshalle, ihre Decke warf sein Echo in immer neuen Wellen zurück.

»Was hast du da angerichtet, Danny?« Dianas Stimme erreichte mich in jenem Innenraum meines Kopfes, wo das Echo von Lucas' Schrei und der anschwellende Trommelschlag des Hauses zu einer unheimlichen, pulsierenden Musik verschmolzen. Diana richtete sich vor Danny auf wie eine wütende Löwin. Justin duckte sich hinter Danny wie hinter einen Schutzschild.

Danny starrte auf Lucas, der wie vor Unterkühlung zu zittern begann. Dann wanderte Dannys Blick zu Diana hoch, und ich erkannte darin einen ungläubigen Schock. »Das … das wusste ich nicht«, stammelte er. »Ich wusste nicht, dass …«

»Bring Justin da rein«, sagte Diana mit kalter Stimme. »Geht und setzt euch hin.«

Elizabeth stand unschlüssig da. Ihr Blick irrte zwischen Danny und Lucas hin und her. »Du auch, Mum«, sagte Diana sanfter. »Geh rein und setz dich.«

Wir knieten uns links und rechts von Lucas auf den Boden. Diana legte ihm den Arm um den Rücken und begann auf ihn einzuflüstern, Worte, die kaum hörbar waren, aber von einem beruhigenden Rhythmus, fast ein Singsang. Sie wiegte ihn, fing mit ihrem Körper sein heftiges Zittern ab. Endlich brach der Bann, und er begann heftig zu schluchzen. Diana sah mich über seinen Rücken hinweg an. Ihr Blick spiegelte meine eigene Angst. Die Eingangshalle, diese riesige, widerhallende Höhle, führte uns Lucas' Verwundbarkeit und unsere eigene Machtlosigkeit vor – wir konnten ihm nicht helfen.

Nach einer Weile wurde Lucas ruhiger; Greg half ihm aufzustehen und schob ihm den Arm unter die Achsel, denn seine Beine wollten ihn nicht tragen. Greg holte eine Schachtel Zigaretten hervor, zündete eine an und steckte sie Lucas zwischen die zitternden Finger.

»Er ist es«, stieß Lucas mit einem ruckartigen Ausatmen hervor. »Er ist es wirklich.«

Greg führte ihn in den Salon. Justin saß ganz vorn auf der Sofakante, als wüsste er, dass er eigentlich nicht hier sein sollte, bereit aufzuspringen, sobald jemand auf ihn losginge. In sein Gesicht war etwas Farbe gekommen, die Wangen unter seinen ausgehungerten blauen Augen waren fieberhaft gerötet. Ich konnte ihn gar nicht direkt ansehen, zu groß war die von ihm ausstrahlende Bedürftigkeit. Danny stand vor dem kalten Kamin und drehte sich rasch um, als er uns sah. Mit den Fingern der linken Hand fummelte er an dem silbernen Manschettenknopf seines rechten Ärmels herum. Elizabeth wusste immer noch nicht, wohin sie schauen sollte; ihr Blick wanderte rasch zwischen Danny und Justin hin und her, als hätte sie den Auftrag, die beiden streng zu bewachen.

Diana setzte sich mit Lucas auf das andere Sofa und nahm seine Hand. Greg und ich hielten uns im Hintergrund. Ich war nicht sicher, ob wir noch zu seinem Unterstützungstrupp gehörten oder Eindringlinge waren, doch ich stand da wie angewurzelt.

»Du … was machst du hier?«

Sein Vater öffnete den Mund, doch es kam kein Ton heraus.

»Lucas«, sagte er schließlich mit einer so brüchigen Stimme, als hätte er die ganze Zeit, in der er fort gewesen war, nicht gesprochen.

»Wir haben gedacht, du wärst tot.«

Justin verbarg das Gesicht in den Händen. Ich sah, wie mager seine Schultern waren, wie schütter seine Haare, durch die die blasse Kopfhaut durchschimmerte.

»Wie konntest du uns das antun? Wie konntest du Mum das antun, um Himmels willen?«

»Das verstehst du nicht«, kam schließlich eine Stimme durch die Hände.

»Wie könnte ich auch? Wie könnte ein Mensch so etwas verstehen?«

Einige Sekunden verstrichen, dann hob Justin den Kopf und tupfte sich die Augen mit dem Ärmel ab. Er räusperte sich heftig und griff mit zitternden Händen nach seinen Zigaretten. Nach ein paar fehlgeschlagenen Versuchen flammte sein Feuerzeug auf, und er sog gierig an der Zigarette, als wolle er die Schluchzer ersticken, die aus ihm herausdrangen. Mit seiner freien Hand strich er sich immer wieder über die Haare wie eine Mutter, die ihr kleines Kind tröstet. »Ich wollte nie weggehen«, sagte er. »Das musst du mir glauben.«

»Warum? Warum sollte ich ein Wort von dem glauben, was du sagst? Du warst zwanzig Jahre lang verschwunden. Zwanzig Jahre!«

»Das war mein größter Schmerz.«

»Bitte sei still.« Lucas hob abwehrend die Hände, als wollte er sich vor den Worten schützen. »Das will ich gar nicht hören.«

»Lass mich doch ...«

»Wenn es ein so großer Schmerz für dich war, warum hast du's dann getan? Warum?«

»Weil ich musste.«

Lucas schnaubte. »Weil du diesen Mann überfahren hast? Du bist so was von feig. Du hättest bleiben und die Sache durchstehen müssen. Hattest du Angst vor dem Knast? War es das?« Seine Stimme war voller Verachtung. »Da hättest du hingehört. Du hättest allein schon dafür in den Knast gehört, dass Mum deinetwegen so schrecklich leiden musste. Du hast sie in dem Glauben gelassen, du wärst tot. Wie konntest du ihr das nur antun?«

»Weil ich sie liebte.«

Lucas stieß einen gequälten Schrei aus und schoss in die Höhe. Diana zog ihn wieder aufs Sofa zurück.

»Lucas, hör zu«, sagte sie.

»Dann soll er es verdammt nochmal erklären. Soll er mir doch sagen, warum er einen Mann im Straßengraben hat krepieren lassen wie ein Stück Vieh! Sag mir, warum ich in dem Bewusstsein aufgewachsen bin, der Sohn eines Mannes zu sein, der so etwas fertiggebracht hat.« Lucas war leichenblass und so aufgewühlt, dass ich dachte, er würde sich im nächsten Moment übergeben müssen.

»Bitte …«, begann Justin.

»Lucas«, sagte Diana noch einmal. »Lass ihn reden.«

»Du begreifst nicht, Lucas«, rief Justin in erbitterter Verzweiflung. »Das war doch nicht nur meine Schuld.«

»Jetzt mach aber einen Punkt.«

»Ich war an jenem Tag nicht allein. Patrick war auch dort.«

Mit einem Mal wurde es grabesstill. Der Boden unter uns schien wegzurutschen, das Haus in seinen Grundfesten zu wanken, der ganze Bau vom Einsturz bedroht. Meine Haut wurde kalt, als hätte der Wind seine Finger hereingestreckt und meine nackten Arme und den Nacken gestreift.

»Du lügst«, sagte Lucas schließlich so leise, als würde er beten.

»Nein.« Justin senkte den Blick.

»Erzähl. Erzähl mir, was passiert ist.«

»Ein Teil von dem, was du weißt, ist wahr. Ich habe zu Hause getrunken und bin dann ins Auto gestiegen. Ich bin zu schnell gefahren, wahrscheinlich auch auf der falschen Straßenseite – sicher bin ich nicht.«

Lucas sagte nichts. Sein Blick war auf Justins Gesicht geheftet.

»Ich höre immer noch das Geräusch, wie er auf der Windschutzscheibe aufprallte. Es ging alles so schnell, aber das Geräusch … Es war so laut. Wie ein Schlag, aber weich und … feucht. Und dann ist er übers Dach geflogen. O Gott.«

Er sah aus, als würde er zusammenbrechen, doch er schluckte schwer und fasste sich wieder. Lucas wartete wortlos, während sich Justin die nächste Zigarette anzündete.

»Es gelang mir, den Wagen zum Stehen zu bringen, und ich bin zurückgelaufen, um ihn zu suchen. Erst konnte ich ihn nicht sehen. Es war Sommer – das weißt du ja – und überall war so viel hohes Gras und Wiesenkerbel und … einfach Grünzeug. Dann habe ich ihn im Straßengraben entdeckt. Lucas, er lag reglos da. Seine Hose war zerrissen und an einem Bein stand der Knochen durch den Stoff heraus. Zersplittert und blutig – rohes Fleisch. Ich habe ins Gras gekotzt. Er hat sich nicht gerührt. Aus seinem Auge sickerte Blut.«

Keiner von uns sagte etwas. Ich sah Lucas an. Er hatte den Gesichtsausdruck eines Menschen, der weiß, dass sich seine Welt gleich für immer verändert.

»Ich war am Ende. Ich bin zurück nach Hause gefahren, um Patrick zu suchen. Ich hab mich auf ihn verlassen, auch an jenem Tag. Das haben wir alle. Er wusste immer, was zu tun ist. Er kam die Auffahrt runter, und als ich ihm sagte, was passiert ist, ließ er mich sofort aussteigen und setzte sich selber ans Steuer. Wir sind zusammen zurückgefahren. Er hat unten im Feld geparkt, wo wir von der Straße aus nicht gesehen werden konnten. Ich hab bloß noch geheult und konnte nicht aufhören. Ich glaube, er hat mir ein paar Ohrfeigen gegeben. Er ging sich den Mann ansehen und kam dann zum Auto zurück.«

»Und weiter?«

»Er sagte, ich hätte ihn umgebracht. Er wäre tot.«

Justin sah Lucas flehend an, und mir stieß auf, wie hässlich er war, wie abstoßend ihn seine verzweifelte Bedürftigkeit machte. Seine Gesichtsknochen, die sich unter der Haut abzeichneten, erinnerten an einen Totenschädel – ein schwer erträglicher Anblick. »Und er sagte, es wäre Zeit, mir ein paar Wahrheiten ins Gesicht zu sagen. Ich wäre ein Schmarotzer. Ich würde Claire und dich mit meiner Sauferei zerstören, würde euch runterziehen, euch das Mark aussaugen. Und jetzt hätte ich auch noch jemanden umgebracht. Er sagte, wenn ich geschnappt würde, würde ich ins Gefängnis kommen, und ihm selber wäre es verdammt egal, wenn ich in der Hölle schmorte, aber Claire würde das den Rest geben, und das könne er nicht zulassen.«

Er zog noch einmal an seiner Zigarette, doch sie war schon bis zum Filter heruntergeraucht und er verbrannte sich. Mit zitternder Hand drückte er sie im Aschenbecher aus. Seine Finger waren vom Nikotin gelb verfärbt.

»Er sagte, es gäbe nur eins, um die Situation zu retten: Ich müsste verschwinden. Wenn ich das täte, würde er mir helfen. Wenn die Polizei käme, was sie sicher tun würde, würde er aussagen, dass er mich nicht gesehen hätte. Aber ich müsste spurlos verschwinden. Er sagte, ich solle ein paar Tage untertauchen und ihn dann in der Galerie anrufen. Er würde für mich ein Konto unter einem fremden Namen eröffnen. Ich dürfe mein eigenes Bankkonto nicht anrühren und ja nie versuchen, mit einem von euch beiden wieder Kontakt aufzunehmen. Alle würden glauben, ich wäre tot, und irgendwann aufhören, nach mir zu suchen.« Er hatte jetzt Tränen in den Augen, die ihr wässriges Blau noch heller machten. »Schließlich wüssten alle, wie er sagte, was ich für ein Stück Dreck wäre. Niemand würde sich schwertun zu glauben, ich hätte mich umgebracht oder um den Verstand gesoffen.«

Lucas hielt den Kopf gesenkt und ich sah, wie fest Diana seine Hand umklammerte. »Und wenn du nicht mitgespielt hättest?«, fragte er.

»Was blieb mir denn übrig? Er hatte recht – ich war dabei, deine Mutter umzubringen. Sie rackerte sich ab und ich zerstörte alles. So schnell sie das Geld verdiente, so schnell gab ich es wieder aus. Ich ging auf Sauftour, kam nicht nach Hause. Ich war oft krank. Es war furchtbar für ein Kind, so etwas mit anzusehen. Ich musste fort, damit ihr beide eine Chance hättet. Lucas, stell dir vor, deine Mutter hätte mit ansehen müssen, wie ich ins Gefängnis kam. Ich konnte ihr Leben nicht an meines fesseln.«

Lucas blickte immer noch nicht hoch. Das Beben seiner Schultern war sogar von meinem Platz aus sichtbar.

»Aber es gab noch einen anderen Grund. Patrick sagte mir, wenn ich jemals versuchen sollte, dich oder deine Mutter wiederzusehen, dann würde er mir die Polizei auf den Hals hetzen, egal, wo ich mich verstecke.«

Ich brauchte Justin nicht anzusehen, um zu wissen, dass er die Wahrheit sagte. Daran konnte keiner von uns zweifeln. Die Aufrichtigkeit klang in seiner Stimme so klar durch wie Harfentöne.

»Es passierte alles so überstürzt. Erst war ich hier, im nächsten Moment saß ich im Zug, wurde von euch fortgetragen und sollte euch nie wiedersehen.« Er weinte jetzt offen und gab sich keine Mühe mehr, seine Tränen zu verbergen. »Er hat den Wagen aus dem Feld herausgefahren und am Straßenrand stehen lassen. Er hat meine Brieftasche hineingelegt und die Schlüssel drinnen stecken lassen. Niemand konnte wissen, dass er mich gesehen hatte. Ich musste mich im Feld hinter der Kurve verstecken und warten, bis er sein Auto geholt hatte. Dann hat er mich zum Bahnhof gefahren.«

»Und es kam niemand vorbei?«, fragte Diana. »Solange das Auto dort stand. Solange du dich versteckt hast.«

»Es war Sonntagnachmittag, mitten in der Pampa. Und das vor zwanzig Jahren. Auch heute noch, wo überall Verkehr ist, fahren nicht viele Leute durch Stoneborough.« Er ließ verzweifelt die

Schultern hängen. »Weißt du, wie sehr ich mir wünsche, dass jemand gekommen wäre? Wenn ich nur damals schon gewusst hätte, was ich heute weiß!«

»Er war nicht tot, nicht wahr?«, fragte Diana voller Mitgefühl.

Er sah sie an. »Nein. Er war nicht tot.«

»Spaziergänger kamen mit einem Hund die Straße entlang und der Hund fand ihn. Er war immer noch am Leben und die Leute haben den Rettungswagen geholt«, sagte Diana. »Er ist erst später in der Nacht gestorben, im Krankenhaus. Dort hat man vermutet, er hätte überlebt, wenn er gleich in die Klinik gekommen wäre.«

»Ja.« Seine Stimme erstarb. Dann fasste er sich wieder. »Ja. Aber er wurde erst Stunden später gefunden. Er hatte zu viel Blut verloren. Das alles wusste ich damals nicht.«

»Aber Patrick hat es gewusst«, sagte Lucas. »Er war nicht betrunken. Er wusste, wie man jemandem den Puls fühlt. Er hat dich angelogen und diesen Mann liegen und sterben lassen.«

»Ja.«

Lucas schlug die Hände vors Gesicht und fuhr dann mit ihnen nach oben, wühlte mit den Fingern in den Haaren.

»Zwanzig Jahre lang habe ich an eine Lüge geglaubt. Ich war damals so betrunken und geschockt, dass ich nicht erkannte, was los war. Ich vertraute Patrick. Ich glaubte, was er mir sagte. Ich hätte diesen Mann nie dort liegen lassen, wenn ich gewusst hätte, dass er eine Überlebenschance hatte.«

Lucas begann wieder zu weinen, wurde von den gleichen quälenden Schluchzern geschüttelt wie in der Eingangshalle. Danny ging zu ihm hinüber und legte ihm die Hand auf die Schulter. Ich sah zu, wie Lucas nach oben griff und Dannys Hand umklammerte, als wäre sie ein Rettungsfloß. Dannys eigenes Gesicht war leer vor Entsetzen.

»Ich begreife einfach nicht, weshalb«, sagte Lucas schließlich.

»Weil er deine Mutter geliebt hat. Aber es war nicht nur Liebe. Sondern eine Art Wahn. Er war von ihr besessen. Völlig besessen. Er wollte sie … besitzen. Sie war die Einzige, die er nicht herumkriegen, kaufen oder mit seinem Charme bezirzen konnte. Das machte sein Verlangen nach ihr nur noch stärker. Er dachte, wenn ich weg wäre, könnte er sie kriegen.«

Mir fielen die ersten Filme mit Patrick und Claire wieder ein. Wie Patrick sie angesehen hatte, als er ihr übers Haar streichelte. *Μήδεν άγάν*, dachte ich. *Alles in Maßen*.

»Er war mit Mum zusammen, bevor du sie kennengelernt hast, nicht?«

»Hat sie dir das gesagt?«

»Nein. Ist auch egal, woher ich es weiß. Erzähl mir, wie alles gewesen ist.«

»Bevor ich sie kennengelernt habe, war ich bei Dreharbeiten unterwegs. Patrick und ich haben uns nie besonders gut verstanden, sind aber unserer Eltern wegen immer in Verbindung geblieben. Es ist für sie immer ein unerträglicher Gedanke gewesen, dass wir nicht gut miteinander auskommen würden. Auch schon vor Claire hatte sich Patrick durch mich immer bedroht gefühlt. Gott weiß, warum. Er war in allem besser als ich. Er war klüger, erfolgreicher, hatte mehr Geld – alles. Schon als Kind war er ein Spitzenschüler, und ich habe mich zwei Klassen unter ihm immer gerade so durchgewurstelt. Er hatte diese fixe Idee, ich würde besser aussehen als er, aber das war Blödsinn.«

Ich dachte an Justins Ausstrahlung in den Filmen. Eine solche Attraktivität konnte man nicht so leicht abtun. Auch sie war eine Form von Macht, selbst wenn er das jetzt abstritt, ein Kapital wie Begabung oder Reichtum.

»Jedenfalls hatten wir uns monatelang nicht gesehen, deshalb kam ich für ein Wochenende her und lernte Claire kennen. Ich habe sie vom ersten Augenblick an geliebt. Sie war die Liebe meines Lebens. Der einzige Mensch, den ich jemals ähnlich geliebt habe, warst du. Und es geschah das Wunder, dass sie mich genauso liebte. Irgendwie war sie fähig zu sehen, dass an mir mehr war als diese angebliche Schönheit …« – er spuckte das Wort aus – »… das Einzige, was alle anderen an mir interessierte. Sie erkannte mich. Was deine Mutter und ich füreinander empfanden, war von Anfang an gegenseitig. Wir waren so glücklich miteinander. Und es hat mich beglückt, dass ich sie glücklich machen konnte, diese unglaubliche Frau; es war, als hätte ich endlich begriffen, weshalb ich auf der Welt war.«

Bei dieser Erinnerung lächelte er zum ersten Mal; er kehrte zu diesen vergangenen Momenten zurück wie zu einem Lieblingsfoto mit abgegriffenen Ecken.

»Also hat sie ihn verlassen.«

»Ja. Wir waren ihm gegenüber so aufrichtig und behutsam wie nur möglich, aber er ist fast wahnsinnig geworden vor Eifersucht. In London tauchte er um drei Uhr früh vor Claires Wohnung auf, heulte, brüllte und klingelte Sturm. Wenn wir nicht aufmachten, tobte er ewig weiter. Die Nachbarn haben zweimal die Polizei geholt. Er weigerte sich, einem Regisseur, der mir eine Rolle gegeben hatte, ein Bild zu verkaufen. Er drohte sogar damit, sich umzubringen. Es war eine sehr schwierige Zeit. Eine Weile dachte ich, wir müssten jeden Kontakt zu ihm abbrechen.«

Wieder dachte ich an die Filme, an die Szene mit dem Picknick auf der Terrasse an jenem Sommernachmittag. Justins Hände auf Claire, seine Finger, die unter dem Rand ihres Bikinis entlangstrichen, während Patrick versteinert auf der Balustrade saß, trotz der Hitze voll bekleidet. Ich hatte Claires Unbehagen für Kamerascheu gehalten, doch jetzt begriff ich, dass sie daran dachte, wie sehr sie Patrick verletzt hatte und nun nicht wollte, dass er sie und Justin so sah.

»Dann hat sich etwas verändert«, sagte Justin. »Ich glaube, er hat gemerkt, dass er sie ganz verlieren würde, sogar ihre Freundschaft, wenn er so weitermachte. Ich war ihm dabei scheißegal. Ich glaube, er hätte mich vielleicht sogar umgebracht, wenn er ungeschoren damit davongekommen wäre. Er hasste mich dafür, dass ich ihm Claire weggenommen hatte – mein Gott, und wie er mich hasste. Damit war jede Chance auf eine gute Geschwisterbeziehung ein für alle Mal vorbei. Um Claires willen wahrten wir die Höflichkeit, aber mehr war nicht drin.«

»Warum bist du dann weiter nach Stoneborough gekommen?«

»Ihretwegen. Sie mochte die Leute, die herkamen, die Künstler. Sie hatte sich mit ihnen angefreundet. Und sie mochte Patrick. Sie sagte mir, sie hätte Freundschaft mit Anziehung verwechselt. Und einmal sagte sie, sie hätte Patrick für den Mann gehalten, den sie liebte, bevor sie entdeckte, was Liebe wirklich ist.«

Greg nahm meine Hand und drückte sie.

»Ich habe immer getrunken, auch damals schon. Etwas mehr als alle anderen, aber ich hatte es immer noch im Griff. Doch dann bekam ich keine Arbeit mehr. Du bist immer größer geworden und ich verdiente nicht genug, um uns drei zu ernähren. Der Fernsehfilm, den ich gedreht hatte, bevor ich deine Mutter kennenlernte, wurde ein großer Erfolg. Ich dachte, meine Karriere wäre jetzt gesichert, und ein paar Jahre lang ging es auch gut, aber dann löste sich alles irgendwie in Rauch auf. Claire tat, was sie konnte, und steuerte das Geld von ihren Büchern bei, aber das reichte nicht. Sie hätte gern noch ein Baby bekommen, aber wir konnten es uns nicht leisten. Ich war ein Versager. Nicht Manns genug, um Frau und Kind zu ernähren. Patrick hat uns immer finanzielle Unterstützung angeboten, die ich aber nicht annehmen wollte. Das brachte ich nicht fertig. Denn dann wären wir sozusagen in seinem Besitz gewesen.« Bei diesen Gedanken nahm sein Gesicht wieder den verhärmten Ausdruck von vorhin an. »Außerdem hatte ich ständig das Gefühl, dass er in Warteposition war. Dass er mich beobachtete und darauf lauerte, wann ich Mist baute. Und das hab ich dann auch gründlich getan, was? Ich bin ihm richtig ins Messer gelaufen. O Lucas, wenn ich die Uhr nur zurückdrehen könnte! Dafür würde ich alles tun.«

»Wo bist du hingegangen? Danach?«

»Nach Marokko. Ich wusste, dass mich die Polizei suchen würde, deshalb musste ich ins Ausland gehen, irgendwohin, wo ich untertauchen konnte. Ich habe dort unter falschem Namen gelebt. Fast sechzehn Jahre lang hab ich gesoffen wie ein Loch und versucht, die ganzen Erinnerungen auszulöschen. Diese Schuldgefühle, weil ich jemanden getötet hatte. Das wünsche ich meinem ärgsten Feind nicht. Diesen Schmerz, von dir und deiner Mutter für immer getrennt zu sein. Der hat mich zerrissen. Ich wusste nicht, dass Schmerz so groß werden kann.«

»Trinkst du nicht mehr?«

»Nein. Eines Tages bin ich im Krankenhaus aufgewacht; ich wurde bewusstlos und halb tot auf der Straße aufgegriffen. Die haben mich ausgenüchtert und nicht mehr gehen lassen. Seitdem habe ich keinen Alkohol mehr angerührt, keinen einzigen Tropfen.« Stolz schwang in seiner Stimme mit. »Ich habe die ganze Zeit an dich und deine Mutter gedacht. Ich besitze alle ihre Bücher. Sie waren die einzige Verbindung zu euch, die mir blieb. So traurige Bücher. Ich spürte, dass diese Bücher an mich gerichtet waren, dass Claire mir mitteilen wollte, dass sie immer noch an mich dachte.«

»Sie hat nie aufgehört, dich zu lieben. Sie hat dich bis zu dem Tag geliebt, als sie starb.«

Justin begann wieder zu weinen. Noch nie hatte ich einen so gebrochenen Menschen gesehen.

»Hat sie nicht nach mir gesucht?«

»Patrick hat darauf bestanden, das für sie zu übernehmen. Jahrelang hat er ein großes Tamtam um seine Bemühungen gemacht, herauszufinden, was passiert ist. Er hat Mum erzählt, er hätte Privatdetektive auf dich angesetzt. Und durchblicken lassen, dass er ein Vermögen dafür ausgegeben hat.«

»Und sie hat das geglaubt? Hat sie nie selber nach mir gesucht?«

»Nachdem du weg warst, hatte sie einen Nervenzusammenbruch. Sie war dazu nicht in der Lage.«

Justin schloss die Augen.

»Aber sie wollte nicht, dass Patrick die Suche aufgab. Schließlich erklärte er ihr, diese Hartnäckigkeit sei destruktiv. Er wollte dich für tot erklären lassen, aber sie wollte nicht einwilligen. Schließlich hat er sie mit dem Argument überzeugt, du müsstest tot sein, denn wenn du noch leben würdest, wärst du zu ihr zurückgekommen.«

Justin stieß einen grässlichen Schrei aus und presste sich die Hände auf die Ohren. »Mir wird schlecht, wenn ich daran denke. Kotzübel. Ich hatte Albträume, in denen er versuchte, sie zurückzuerobern. Er hat ihr wahnsinnig zugesetzt. In meinem Traum hat er behauptet, er wäre dein Vater.«

»Warum hast du denn so lange mit deiner Rückkehr gewartet? Warum kommst du erst jetzt?«

»Ich bin letztes Jahr zurückgekommen, als sie gestorben ist. Ich habe ihren Nachruf in der Zeitung gelesen, Lucas. Patrick hat mir nicht einmal mitgeteilt, dass sie krank war. Die Frau, die ich liebe, ist gestorben, und ich habe durch die Zeitung davon erfahren, tausend Meilen entfernt. Danach war ich entschlossen, zurückzukommen und ihn um die Chance zu bitten, wenigstens dich kennenzulernen, bevor es zu spät ist. Ich bin nicht früher gekommen, weil ich dachte, er würde mich der Polizei ausliefern, doch nach Claires Tod war mir das egal – sie war nicht mehr da und nichts, was ich tat, könnte sie noch verletzen. Aber es lief nicht gut. Patrick war entsetzt, mich zu sehen. Für ihn war ich wie eine Geistererscheinung. Er hatte eine solche Angst, Lucas, dass ich sie richtig riechen konnte. Die ganzen Jahre, in denen er mich erpresst hatte. Dieser Mann, den er hat sterben lassen. Er hat mir gesagt, er wolle darüber nachdenken, wie sich meine Begegnung mit dir am besten einfädeln ließe, wie sich alles bewerkstelligen ließe; ich solle am nächsten Tag wiederkommen und wir würden darüber reden. Als ich wiederkam, war er tot, mit Tabletten und Alkohol voll gepumpt, in seinem Sessel oben zusammengesackt. Auch er war ein Feigling.«

Lucas starrte ihn an. »Du warst hier? Ich habe Patrick gefunden, als er tot war. Dann hast du ihn vor mir gesehen.«

»Ja, aber als ich ihn fand, bin ich sofort abgehauen. Zurück nach Marrakesch. Stell dir vor: Der lang verschollene Bruder kehrt zurück, und am nächsten Tag ist Patrick tot. Wie sieht das denn aus? Vor allem für die Polizei, die zuletzt wegen Unfallflucht nach mir gefahndet hat. Ich bin ein Schwächling, Lucas. Das ist dir sicher klar geworden.«

»Aber das erklärt nicht, warum du jetzt wieder da bist.«

»Ich bin Anfang des Jahres zurückgekehrt. Ich glaube, deine Freundin hier erkennt mich wieder.« Justin deutete auf mich, und Lucas drehte rasch den Kopf zu mir.

»Es war am Neujahrstag«, sagte ich. »Sie waren im Pub. Ich hatte noch keinen der Filme mit Ihnen gesehen, und als ich sie sah, stellte ich den Zusammenhang nicht her. Sie sehen so anders aus.«

Er nickte zustimmend. »Ich wollte im Pub versuchen, etwas über dich zu erfahren, Lucas. Es war unglaublich, deine Freunde zu sehen, sie über dich reden zu hören. Erwachsene. Als ich dich zuletzt gesehen habe, warst du zehn. Es war unfassbar. Du warst so nah.«

»Hättest du nicht einfach zu mir kommen können?«

Justin nickte langsam. »Ich habe darüber nachgedacht. Tagelang. Doch ich habe es nicht fertiggebracht. Ich war noch nicht bereit. Ich hatte Angst vor einer Abfuhr. Ich wollte mich vorbereiten, um genau zu wissen, was ich sagen sollte. Also bin ich nach Marokko zurückgekehrt und habe nachgedacht, wie ich es anstellen sollte.«

»Und wie hat Danny dich gefunden?«

»Ich bin vor einer Woche wiedergekommen. Inzwischen hatte ich Zeit zum Nachdenken und war entschlossen, Kontakt mit dir aufzunehmen. Ich hatte immer noch wahnsinnige Angst, aber dass ich es tun musste, stand für mich fest. Ich bin wieder ins Pub gegangen, um vielleicht etwas von den Leuten aus dem Dorf zu erfahren, und habe dort Danny getroffen.«

Alle schwiegen. Justins Erwartungen waren fast mit Händen greifbar. Er wartete auf Lucas' Reaktion wie auf ein Todesurteil.

»Er hat dein Leben zerstört, Justin«, sagte Elizabeth. Wir drehten uns alle zu ihr um. Sie hatte sich plötzlich auf den niedrigen viktorianischen Sessel an der Wand gesetzt.

»Ja«, sagte er. »Und deins auch, nicht? Du hattest nie die Kraft für einen Neuanfang. Ich war sehr erstaunt, als Danny mir erzählt hat, du wärst immer noch hier.«

»Ich habe ihn geliebt.« Ihre Stimme klang fast ungläubig.

»Aber er hat dich nie geliebt.«

Die Fassade, die Elizabeth sonst immer so sorgfältig aufrechterhielt, brach zusammen. Es war schrecklich, die schutzlose Frau darunter zu erkennen. »Das stimmt nicht«, sagte sie schwach.

»Doch, Elizabeth. Du kannst ihn nicht einmal jetzt loslassen, wo du weißt, was er getan hat? Denk doch darüber nach, was er dir angetan hat. Er hat dich benutzt.«

»Nein.«

»Doch. Hat er. Er hat dich benutzt, um Claire eifersüchtig zu machen. Um so zu tun, als wäre er auch ohne sie glücklich, als hätte sie ihm nicht alles bedeutet. Du hast ihn natürlich auch gebraucht. Unter deinem ganzen Glamour warst du so verletzlich. Du hast in Patrick jemanden gesehen, der dich beschützen würde. Nichts hat sich verändert, nicht wahr?« Justins Augen blieben an Danny haften. »Du suchst immer noch jemanden, der sich um dich kümmert. Den Mann, der alles in Ordnung bringt. Ich glaube, du hast dein ganzes Leben lang nach Patrick gesucht – oder nach dem Mann, für den du ihn gehalten hast.«

»Hör auf«, sagte Lucas. »Du bist grausam.«

»Nein, Lucas«, sagte Elizabeth. »Er hat recht. Patrick hat mich benutzt. Er hat etwas mit mir angefangen, weil ich aussah wie sie, das weiß ich. Manchmal hat es geklappt. Manchmal war es, als hätte er sich selbst davon überzeugt, dass er mit ihr zusammen wäre. Er konnte liebevoll sein, doch dann ist er immer wieder erkaltet. Kannst du dir vorstellen, wie das ist? Zu wissen, dass der Mann, den du liebst, nur mit dir zusammen ist, weil du ihn an eine andere erinnerst?«

»Aber du wolltest die Beziehung unbedingt retten, nicht? Du hast alles versucht. Du bist rumgelaufen und hast dich wie sie karitativ betätigt, bist ihm Modell gestanden, hast sie nachgeahmt. Ein trauriger Anblick.«

»Das war alles deine Schuld. Wenn du mehr Mumm in den Knochen gehabt hättest, wäre das alles nie passiert«, zischte sie zurück. »Patrick hätte sich nie eingebildet, er könne sie zurückgewinnen. Er hätte aufgegeben. Aber die ganze Zeit, in der sie mit dir zusammen war, dachte er, er würde sie schon wiederkriegen. Du hattest ganz recht vorhin. Er wusste, dass du früher oder später alles versauen würdest.«

»Aber wenigstens hat Claire mich geliebt. Was wir miteinander hatten, war echt und nicht vorgetäuscht, keine Illusion. Du hast jeden Trick ausprobiert, nicht wahr, bist seinem Ego um den Bart gegangen, hast dich mit deinen Reizen an ihn rangeschmissen. Du meine Güte, wie du dich gesonnt hast. Jeder Mann im Umkreis von fünfzig Meilen hat einen Ständer gekriegt außer dem einen, den du haben wolltest.«

»Raus«, sagte Lucas und stand auf. »Beide. Ich kann das nicht mehr hören.«

»Lucas, es tut mir leid.« Elizabeth war aufgesprungen.

»Geht einfach. Bitte.«

Ich dachte, sie würde protestieren. Doch sie straffte nur die Schultern und verließ den Raum mit so viel Würde, wie sie noch aufbringen konnte. Sie musste an Greg und mir vorbei und ich sah, wie blass sie geworden war. Alles Jugendliche, was ich früher am Abend an ihr bewundert hatte, war verschwunden; zum ersten Mal, seit ich sie kannte, sah sie so alt aus, wie sie war: eine Frau Mitte fünfzig.

»Du auch, Justin. Bitte geh jetzt. Ich muss allein sein. Ich muss nachdenken.«

»Lucas.« Justins verhungerte Augen waren voller Angst. »Mein Sohn …«

»Nein.«

Ich sah, dass Justin gehofft hatte, Lucas würde ihn in die Arme nehmen, ihm zeigen, dass er ihm verziehen hatte. Wie schlimm die Zurückweisung für ihn war, ließ sich an seinem Körper ablesen, an den eingefallenen Schultern, dem gebeugten Kopf. Es heißt ja, dass die Luft kälter wird, wenn ein Gespenst im Raum ist, und ich schwöre, dass die Temperatur ein paar Grad sank, als Justin an uns vorbeiging.

Als die beiden fort waren, ließ sich Lucas wieder aufs Sofa fallen. Keiner von uns sagte ein Wort. Solange Justin seine Geschichte erzählte, hatte ich den Wind nicht gehört, doch jetzt füllte er die Stille aus und warf sich gegen das Haus, als wollte er es zum Einsturz bringen. Ich spürte die Wände zittern. Eine neuerliche Bö wehte uns das schrille Gelächter einer Frau zu. Die Party. Sie war immer noch voll im Gang. Das kam mir unglaublich, unmöglich vor. Eine Sekunde lang wünschte ich, sie würde vom Sturm weggefegt, wie von einem Tornado in die Luft gewirbelt und woanders abgesetzt, damit Lucas seine Ruhe hätte und vergessen könnte, dass es sie je gegeben hatte. Doch sie lärmte unerbittlich weiter, die Musik, die Rufe und das Gelächter schallten zu uns herüber in die anschwellende Stille, die uns zu verschlingen drohte.

»Ich muss allein sein«, sagte Lucas schließlich. »Jo, Greg, könntet ihr jetzt gehen?«

»Pass auf dich auf, Lucas«, sagte Greg und nickte Diana zu.

Ich trat zu ihm und legte ihm die Hand auf die Schulter. Da spürte ich, wie er zurückwich, und vergaß alles, was ich sagen wollte. Ich erschrak – das hatte ich noch nie an ihm erlebt, er war mir zutiefst fremd geworden. Ich hatte Mitleid mit ihm, aber auch Angst, Angst um ihn und vor ihm. Greg nahm mich an der Hand und führte mich hinaus.

In der Eingangshalle blickte ich zum Publikum über unseren

Köpfen hoch. Ich fürchtete halb, die Figuren wären zu Leben erwacht. Erst verbargen sie sich im Halbdunkel, doch als wir die Treppe hochstiegen, konnte ich sie im Licht der wolkenlosen Nacht erkennen. Heute Abend wusste ich endlich, was ich da vor mir hatte. Es war die Szene von Patricks Sieg, sein Triumph über alle.

Mit diesem Wissen wurde alles sonnenklar: Claire demütig zu seinen Füßen – die gemalte Claire betete ihn so an, wie es ihm die lebendige verweigert hatte, war aber auch selbst anbetungswürdig in ihrer Reinheit, die sie von Elizabeth abhob, einer Elizabeth, die sich herabbeugte, um Patrick die Hand zu küssen, wobei sie ihre Sexualität als Waffe einsetzte, allerdings die einzige, die sie besaß. Im Hintergrund der Ganymed mit seiner Trinkschale, Justin, wie ich jetzt erkannte, hinter die kaiserliche Chaiselongue verwiesen, ein Diener, bei aller strahlenden Schönheit darauf beschränkt, seine Trinkschale mit verzweifelter Bedürftigkeit anzubieten. Wie hatte mir dieser Sinn nur entgehen können?

Und dort, in der Mitte des Ganzen, Patrick der Sieger, Herrscher über alle, über die er seine Blicke schweifen ließ, der Burgherr, der seine Feinde unterworfen hatte. Der Mann, der einen anderen wissentlich hatte sterben lassen. In diesem sich verändernden, unsteten Gesicht entdeckte ich nun das Böse. Und ich begriff endlich, dass wir seinen negativen Energien ausgeliefert wären, solange wir uns unter seinem Dach befänden. Stoneborough war davon durchtränkt. Sogar nach seinem Tod bestand er fort, der böse Geist des Hauses, der mich gehetzt und verhöhnt und seine wahre Natur bis heute Abend vor mir verborgen hatte.

Als wir unsere Sachen in die Koffer warfen, beschleunigte sich das Pochen in meinen Ohren wieder. Es schwoll zu einem so raschen und lauten Trommeln an, dass ich befürchtete, verrückt zu werden. Es kam mir vor, als würde ich verfolgt und müsste um mein Leben rennen; ich hörte mein Herz vor Panik schreien, mit zweihundert Schlägen in der Minute. Beim Weg nach unten hielt ich mich dicht hinter Greg, um ja keinen Moment allein zu bleiben. Und ich hielt den Kopf gesenkt, um keinen Preis der Welt wollte ich jenen Augen wieder begegnen. Es reichte, dass ich sie in meinem Rücken spürte, wie sie mich verspotteten und in meiner Naivität verachteten.

Draußen war es, als hätte ein grauenvoller Ritus seinen Höhepunkt erreicht. Die DJs bestimmten jetzt die Party, und das elektronische Gewummer und der furchtbar klagende Gesang klangen wie eine Ankündigung der Furien, die kommen und vergangene Untaten rächen würden. Überall taumelten Leute betrunken herum und lachten wie hässliche Karikaturen ihrer selbst. Ich hielt den Blick möglichst gesenkt, als wir durch den ummauerten Garten bis zur Rückseite des Hauses gingen, wo unser Wagen parkte. Vor dem Tor lehnte ein Paar an der Mauer; er vergrub sein Gesicht in ihrem Hals und presste sie mit seinen Hüftstößen gegen die Steine; sie hatte die Beine um seine Mitte geschlungen, das Kleid bis zur Taille hochgerafft, das Gesicht eine Maske qualvoller Lust.

Wir stiegen ins Auto, und Greg ließ den Motor an. Dann verließen wir den Hof und fuhren auf die lange, gerade Zufahrt, die ins Dorf führte. Unter den Kastanien, deren große Blätter schon trocken und braun wurden, schnitten die Scheinwerfer einen Lichttunnel durch die Nacht. Ich schnappte zwischen den Hüben meines Asthmasprays immer wieder keuchend nach Luft; Greg sah besorgt zu mir herüber. Er fuhr langsam, um den Schlaglöchern auszuweichen; der leise surrende Motor wurde vom Rascheln und Rauschen der Blätter übertönt, die der Wind hin- und herpeitschte. Auch sie wollten uns verjagen. Ihr Tuscheln und Wirbeln trieb uns die Zufahrt entlang, fort von Stoneborough. *Geht, geht!* Das massige Haus saß uns im Nacken, sein Pulsieren dröhnte mir immer noch in den Ohren. Ich richtete den Blick starr nach vorn. Mir drängte sich der lächerliche Gedanke auf, ich dürfe ja nicht in den Rückspiegel schauen.

Denn sonst würde ich auf dem Weg hinter uns einen grässlichen Totentanz sehen, gesichtslose Menschen, die sich aus ihren Gräbern erhoben und mit ihren wurmzerfressenen Körpern zur Musik von Lucas' Party tanzten. Und allen voran, als ihr Anführer, tanzte Patrick.

Kapitel XXIX

Beim Versuch, die Woche nach jener Party zu rekonstruieren, fällt mir auf, dass ich fast keine Erinnerungen daran habe. Es ist, als hätte ich in diesen Tagen meine ganze geistige Energie dafür benötigt, das Geschehene zu verarbeiten, sodass sonst nichts blieb, was im Gedächtnis hätte abgelegt werden können. Von dieser Zeit bleibt mir nur ein Eindruck eher körperlicher als geistiger Natur: ein schleichend ungutes Gefühl, klamme Haut und eine Anspannung in den Bauchmuskeln, gleich der namenlosen Angst um vier Uhr früh, in jenen schwärzesten Minuten, wenn die Sonne nie wieder aufzugehen scheint.

Ich musste mich richtig überwinden, mich mit diesem Gefühl näher zu befassen, und habe mindestens drei Anteile darin entdeckt. Der offensichtlichste war die schlichte Schwierigkeit, Justins Rückkehr, seine Wiederauferstehung zu begreifen. Das Bild dieses kränklichen, gelbhäutigen Menschen verfolgte mich. Damals wie heute kam er mir vor wie eines jener warnenden Beispiele aus altmodischen Kinderbüchern, die den Kleinen mittels Abschreckung Moral eintrichtern sollten. Oder mehr noch wie eine Gestalt aus der griechischen Mythologie: Er hatte etwas Prometheisches an sich. Ich fand immer, dass Prometheus' Bestrafung zu den schrecklichsten aller griechischen Mythen gehörte, die Gnadenlosigkeit, wie er seinen einen Raub mit ewigem, sich täglich erneuerndem Schmerz bezahlen musste.

Der Gedanke an Patrick war viel schlimmer. Ich versuchte vergeblich, dieses neue Patrickbild mit dem Mann, den ich gekannt hatte, in Deckung zu bringen. Das war, als wollte ich zwei verschiedenen, gleichzeitig abgespielten Musikstücken zuhören. Ich konnte nicht begreifen, wie ein Mensch all die Jahre mit einem solchen Geheimnis leben und einem ganz normalen Leben nachgehen konnte – arbeiten, essen, schlafen –, im ständigen Bewusstsein, dass er seinen eigenen Bruder erpresst und einen völlig unbeteiligten, unschuldigen Menschen elend auf der Straße hatte sterben lassen. Wie hatte er es fertiggebracht, die Nähe der Frau und des Kindes seines Bruders zu ertragen, sie sogar noch am Nachmittag des Unglücks in den Arm zu nehmen, wie Lucas es mir erzählt hatte?

Die einzige Gemeinsamkeit, die ich zwischen den beiden Patricks entdecken konnte, war ihr titanisches Format. Der Patrick, den ich gekannt hatte, war eine Gestalt wie aus einem Heldenepos, ein Atlas von einem Mann, der die Welt mit scheinbarer Leichtigkeit trug und ihrer Größe so mühelos gewachsen war, dass er zur Schlüsselfigur im Leben vieler Menschen werden konnte, auch in meinem. Der zweite Patrick hatte ebenfalls eine gewaltige Kraft in sich, groß genug, um ein Geheimnis zu tragen, das andere mit seinem Gewicht erdrückt hätte; nie war ihm die Anstrengung anzusehen. Dies war eine erschreckende Kraft, und wenn ich zu lange darüber nachgrübelte, blickte ich in dunklere Abgründe, als mir lieb war.

Patrick hatte über unsere Welt einen Schatten geworfen, vor dem ich gern davongelaufen wäre. Ich wollte frei sein von dieser Fäulnis, dem krank machenden Niederschlag seiner Taten, der auf alles herabregnete, was er angerührt hatte, und auch jetzt noch, nach zwanzig Jahren und nach seinem Tod, alles verpestete. Ich wollte das Wissen von mir abschütteln, dass ich ihn gemocht und bewundert hatte. Ich hatte ihn als Idol verehrt, als Inbegriff des Urbanen, Künstlerischen, allen für mich Erstrebenswerten. Und jetzt wäre es mir am liebsten, ich hätte ihn nie gekannt.

Am meisten bedrückte mich in jener Zeit jedoch die Angst um Lucas. Das Wissen, was Patrick, sein Ersatzvater, getan hatte, musste ihn unendlich quälen. Dieser Mann hatte sich Claire so unentbehrlich gemacht, hatte sich in die Substanz ihrer beider Leben eingefressen wie ein Totenuhr-Käfer ins Holz. Und nun, wo Lucas selbst höchst verletzlich war, wurde er auch noch mit seinem eigenen Vater und dessen verzweifelter Bedürftigkeit konfrontiert.

Ich hatte erwartet, dass sich Lucas melden würde, um mit mir zu reden, doch er gab kein Lebenszeichen von sich. Ich selbst konnte mich nicht entschließen, ihn anzurufen. Einerseits drängten mich meine Sorge um ihn und ein drückendes Pflichtgefühl dazu, andererseits schien sein Schweigen zu signalisieren, dass er in Ruhe gelassen werden wollte, einen Schonraum benötigte, um mit den Ereignissen fertig zu werden. Ich dachte daran, Diana anzurufen; so könnte ich erfahren, wie es Lucas ging, und gleichzeitig auf Distanz bleiben. Doch ich hatte ihre Handynummer nicht; es hatte sich nie die Notwendigkeit ergeben, dass wir unsere Nummern austauschten. Ich rief die Auskunft an und erkundigte mich nach Elizabeths Nummer im Dorf, doch sie war nicht ins Telefonbuch eingetragen.

Die Woche verging und die nächste begann. Und zu meiner Schande muss ich gestehen, wie froh ich war, dass das Schweigen weiter anhielt. Nichts wünschte ich mir sehnlicher, als dass die Last der Verantwortung für Lucas von meinen Schultern genommen würde, dass meine langwierige Aufgabe endlich aufhörte – ein Wunsch, für den ich mich so schämte, dass ich ihn nicht einmal Greg eingestanden hätte. Ich wollte die neue Welt betreten, zu der mir Greg die Tür aufgestoßen hatte und an deren Schwelle ich schon stand. Gleichzeitig wollte ich möglichst viel Abstand zwischen mir und Stoneborough Manor schaffen. Auch nach den jüngsten Ereignissen überkam mich beim Gedanken an das Haus ein übermächtiges Grauen, das keineswegs zur Erinnerung an eine inzwischen geklärte Situation verblassen wollte. Ich konnte mich des Gefühls nicht erwehren, dass das Haus mit uns noch nicht fertig war.

Die Person, mit der ich Kontakt hätte aufnehmen können, war Danny. Ich nahm mehrere Anläufe, doch wenn ich seinen Namen auf dem Display meines Handys sah, brachte ich es nicht über mich, ihn anzurufen. Zwar wusste ich, dass Justin früher oder später den Weg zu Lucas gefunden hätte, doch aus meiner Sicht war Danny der Alleinverantwortliche für die theatralische Inszenierung von Justins Auftauchen bei der Party, für ihr hässliches Finale. Das passte zu Dannys Vorstellungen vom Leben: eine Reihe intensiver Erfahrungen, die man wie eine Zitrone auspresste, bis alles Sensationelle daran ausgelutscht war, und dann weg damit. Doch was er zuletzt eingefädelt hatte, war schwer verzeihlich. Der Schreck in seinen Augen bei der Wiedersehensszene verriet zur Genüge, dass er keine Ahnung gehabt hatte, was für einen Schock Justins Erscheinen auslösen würde. Dass er Justin als Geburtstagsgeschenk präsentierte, war in dem völligen Unvermögen, die eventuellen Auswirkungen zu begreifen, fast psychopathisch. Diesmal hatte sich Danny in seinem Wunsch, die entscheidende Person in Lucas' Leben zu sein, grob verrechnet.

Fast drei Wochen vergingen, bis Lucas anrief. Ich war in Gregs Wohnung und machte mich bereit, schlafen zu gehen, als mein Handy klingelte. Sobald Lucas den Mund aufmachte, merkte ich, dass er betrunken war. »Jo?«, sagte er mit belegter Stimme.

»Lucas!« Ich wusste im Moment nicht, was ich sagen sollte.

Er bemühte sich erfolglos, seine Tränen zu unterdrücken. »'tschuldige. Tut mir leid.«

»Schon okay.«

»Ich weiß nicht, ob ich ihm verzeihen kann, Jo.« Er würgte seine Schluchzer hinunter. »Ich versuch's ja, aber ich hasse ihn auch. Als er damals weggegangen ist, habe ich immer gebetet, dass er zurückkommt. Ich habe mit Gott gefeilscht – wenn ich die beste Note in der Prüfung bekomme, dann ist Dad nicht tot. Wenn ich Mum glücklich machen kann, kommt er zurück.« Die

Stimme versagte ihm. »Und jetzt, wo er hier ist, wünschte ich, er wäre geblieben, wo der Pfeffer wächst. Er ist ein Jammerlappen. Aber das ist noch gar nichts verglichen mit Patrick. Mein Gott – zwanzig Jahre lang habe ich in ihm eine Art Vater gesehen. Das ist doch total krank! Was für ein Teufel war er denn? Und wir haben ihn in unser Leben hereingelassen. Mit ausgebreiteten Armen.«

Lucas war außer sich und ließ sich durch nichts beruhigen. Schließlich fing er so heftig an zu schluchzen, dass er überhaupt nichts mehr sagen konnte, und legte ohne Abschied auf.

Am nächsten Tag hörte ich nichts von ihm, deshalb rief ich nach der Arbeit in Stoneborough an. Beim dritten Klingeln meldete sich Diana. Sie klang ziemlich nervös. Es war früh am Abend, vielleicht halb acht, doch sie sagte mir, Lucas schliefe und sie sei so schnell zum Telefon gelaufen, damit er nicht vom Klingeln geweckt würde.

»Es ist schwierig für ihn«, erzählte sie mir, als ich nachfragte. »Er trifft sich jetzt gelegentlich mit seinem Vater, aber es wird für ihn lange dauern, wieder ein Vertrauensverhältnis aufzubauen. Ich hoffe nur, er dreht nicht durch. Danny verbringt viel Zeit mit ihm; er sieht meine Mutter kaum noch. Ich glaube, er will Lucas besonders viel Unterstützung geben, als Ausgleich dafür, dass er Justin einfach so hergebracht hat.«

Sie klang müde, und ich fragte sie, wie es ihr ginge. »Gut«, antwortete sie, zögerte aber dann. »Nun ja, in Wirklichkeit ist es ganz schön schlimm, Jo. Lucas trinkt und ist übel drauf. Ich versuche das herunterzuspielen, weil er noch so viel anderes am Hals hat, aber es ist nicht leicht. Er leidet auch an einer furchtbaren Schlaflosigkeit, deshalb ist er jetzt im Bett. Nachts kann er anscheinend nicht schlafen. Er sagt, er liegt ewig wach und kann an nichts anderes denken, als dass er von allem umgeben ist, was hier passiert ist. Und das erstickt ihn. Saugt ihm die Luft aus den Lungen.«

Das konnte ich mir gut vorstellen. Allein schon der Gedanke an das Haus rief in mir wieder dieses klaustrophobische Gefühl hervor, die Übelkeit und Kurzatmigkeit. Das hässliche Trommeln der Partynacht, das erst verstummte, als wir das Dorf hinter uns gelassen hatten. So etwas wollte ich nicht noch einmal erleben. Ich dachte an den schrecklichen Triumph in Patricks Augen, der auf alles herabblickte, was innerhalb dieser Wände geschah.

»Er muss das Haus verkaufen«, sagte ich. »Und wegziehen. Er sollte sich überhaupt nicht mehr dort aufhalten.«

»Davon will er nichts hören. Ich habe ihm das auch schon vorgeschlagen, und er ist wütend auf mich geworden. Er glaubt, er wäre mit dem Haus verbunden, es gäbe etwas wie eine Nabelschnur zwischen ihm und dem Haus. Und ständig zieht er sich diese Filme rein. Er sieht in beidem eine Art Schlüssel zu der Zeit, als alles anfing schiefzulaufen.«

Nach jenem ersten Gespräch rief mich Lucas oft an, fast immer spät abends und immer betrunken. Unsere Gespräche verliefen unterschiedlich. Manchmal war er wütend und schimpfte mit einer ätzenden Bitterkeit auf Patrick und seinen Vater. Manchmal versank er in einer tiefen Depression und erzählte, wie er nun seine Erinnerungen an Patrick auftrennte und mit einem neuen Faden wieder zusammennähte. Ich ließ mich jedes Mal auf die Gespräche ein oder rief ihn so bald wie möglich zurück, wenn er mich nicht erreichen konnte. Seine Anrufe machten mich so traurig, dass ich mich richtig ausgehöhlt fühlte, zum Teil auch deshalb, weil ich so machtlos war und ihm nicht helfen konnte. Die Zeit schien die Wunden nicht zu heilen, sondern noch zu verschlimmern; die Wochen vergingen, und es gab keine plötzliche Wendung, keine Alternativversion der Geschichte, die Patrick und seinen Vater von ihrer Schuld befreit hätte. Lucas kam die dumpfe Erkenntnis, dass er es mit diesen Tatsachen sein restliches Leben lang würde aushalten müssen.

Es gab auch Zeiten, in denen er lange, melancholische Streifzüge durch unsere Vergangenheit machte, als hielte er einen Rosenkranz in den Händen, an dem unsere gemeinsamen Erinnerungen wie Perlen aufgereiht waren. So fragte er mich, ob ich mich daran erinnerte, wie wir einmal im November nackt gebadet hatten oder wie wir das Marathon-Essen mit organisiert hatten, das von Freitag bis Sonntagabend dauerte. Er kramte nicht nur die Highlights hervor, unsere Kneipentouren, unsere alten Insider-Scherze oder die Eskapaden, als wir die Sau rausgelassen hatten. Oft erinnerte er sich an ruhige Momente, an unser nächtelanges Büffeln in der College-Bibliothek vor den Prüfungen, oder wie wir nach den Prüfungen zwischen den Überresten eines Picknicks im Unipark im Gras gelegen waren – Momente, in denen wir uns so nahe waren, dass wir uns fast wortlos verstanden.

Als besonders grausamen Zwiespalt empfand ich es, dass ich in meiner Beziehung mit Greg ein solches Glück erlebte. Ich konnte von einem Extrem, der hilflosen Sorge um Lucas, ins andere fallen, eine Euphorie, in der ich wildfremde Leute auf der Straße anstrahlte. Um diese freudige Energie anzuzapfen, brauchte ich an Greg nur zu denken. Ich frage mich, ob ich ohne diese machtvolle Quelle der Freude überhaupt in der Lage gewesen wäre, Lucas so lange zuzuhören, ohne mich von seinem Elend langsam auffressen zu lassen.

Eine weitere Quelle der Freude war für mich Martha, die ihr Leben ebenfalls wieder zu genießen schien. Obwohl Martha anfangs ihr Desinteresse beteuert hatte, war es Michael und Richard gelungen, sie mit Richards Freund John zu verbandeln. Durch ihre Affäre mit Danny war sie vorsichtig geworden, doch es ließ sich nicht übersehen, dass sie sich allmählich in John verliebte und er sich in sie. Als sie ihn zum ersten Mal abends bei uns zum Essen einlud, hatte ich gesehen, wie er sie beobachtete, wenn sie lachte und in der Küche herumhantierte. Er war Anwalt, aber vom spießigen, konventionellen Klischee weit entfernt. In seiner lebhaften Mimik drückte sich eine freundliche Verschmitztheit aus, die zu der ihren passte.

Als das Jahr dem Ende zuging, verbrachten Greg und ich unsere Samstage mit Maklerterminen und Hausbesichtigungen. Nachdem wir unzählige schäbige Wohnungen gesehen hatten, fanden wir eine Maisonnette-Wohnung in den obersten beiden Stockwerken eines großen Hauses in Kilburn. Wir machten ein Angebot, und danach ging alles sehr schnell. Mitte Dezember konnten wir einziehen.

»Ist das nicht ziemlich erwachsen?«, neckte mich Greg, nachdem wir beim Notar den Kaufvertrag unterschrieben hatten. »Zusammen mit mir eine Wohnung zu kaufen?« Dieser Gedanke war mir gar nicht gekommen. Das Einzige, was mir einen Anflug von Unbehagen bereitete, war die Tatsache, dass Greg einen wesentlich größeren Anteil zum Kapital beigesteuert hatte als ich. Von meinem Gehalt bei der *Gazette* hatte ich im Lauf der Jahre nur wenig zurücklegen können, und so machte mein Beitrag nicht einmal ein Zehntel der Gesamtsumme aus.

Obwohl wir Weihnachten nicht in unserem neuen Zuhause verbringen würden, hängte ich an der Lampenfassung im Flur ein paar Stechpalmenzweige und einen großen Mistelzweig auf. Wer von uns beiden in dieser Woche als Erster von der Arbeit nach Hause kam, rannte zur Tür, sobald der andere den Schlüssel im Schloss drehte, und baute sich unter den Zweigen auf. Oft dauerte es ziemlich lange, bis wir dazu kamen, uns etwas zum Abendessen zu machen. Wir liebten uns in der ganzen Wohnung, zwischen den unausgepackten Kisten und Taschen mit den zahllosen Dingen, die wir aus unserer getrennten Vergangenheit in das Leben mitbrachten, das wir uns nun gemeinsam aufbauen wollten.

Kapitel XXX

Greg und ich verbrachten Weihnachten bei meiner Familie. Ich war gerührt, wie sehr er sich bemühte, einen guten Eindruck zu machen, aber er hätte sich gar nicht so anzustrengen brauchen. Meine Eltern schlossen ihn sofort ins Herz und meine beiden Brüder fanden ihn super, vor allem Ant, mit dem er sich stundenlang über künstliche Intelligenz unterhielt, das Thema von Ants Doktorarbeit. Der Besuch verlief sogar so harmonisch, dass wir zwei Tage länger blieben als geplant. Wir machten lange Spaziergänge unter einem knallblauen Himmel; der Frost legte sich nicht nur über den Ginster und das dürre Gras, sondern schien auch die Luft zu erobern, die auf der Zunge einen frischen Geschmack voller Verheißungen fürs neue Jahr hinterließ.

In der ersten Januarwoche schlug das Wetter um und warf eine dicke Wolkendecke über London. Der Himmel war trüb geworden, die Kälte nicht länger erfrischend, sondern beißend, als scheuerte sie einem das Gesicht wund. Den Rest der Woche sollte das Wetter unverändert bleiben, danach versprach der Wetterbericht einen weiteren Temperatursturz und den Wechsel von gelegentlichem matschigen Schneeregen zu ergiebigen Schneefällen. Ich freute mich schon auf die kurze Verwandlung des grauen, an Weihnachtskater leidenden London in eine malerische, altmodische Winterszenerie.

Die Wohnung nahm langsam Gestalt an. Wir packten die letzten Kisten aus und machten eine Liste der Dinge, die keiner von uns beiden besaß. Ich war richtig schockiert, als ich entdecken musste, dass Marthas Besitztümer nicht zugleich mir gehörten – so lange hatte ich mit ihr zusammengewohnt. Am meisten vermisste ich ihren gelben Toaster, eine Küche ohne ihn war für mich keine richtige Küche. Am Samstag fuhren wir mit der U-Bahn in die Stadt und hatten vor, uns nach dem Albtraum des Winterschlussverkaufs zur Belohnung in einem gemütlichen Pub aufzuwärmen. Wir kämpften uns mit unserer Beute – dem Toaster, einem Wok und drei Töpfen – die Tottenham Court Road entlang, als mein Handy klingelte. Greg nahm mir die Einkaufstüten ab, und ich kramte es aus meiner Handtasche. Die angezeigte Nummer war mir unbekannt und ich brauchte ein, zwei Sekunden, bis ich Dianas Stimme erkannte.

»Tut mir leid, wenn ich dich einfach so überfalle«, sagte sie. »Ich hab deine Nummer aus Lucas' Handy.« Wo immer sie war – der Wind heulte durch den Hörer.

»Ist bei euch alles in Ordnung?«

»Bist du in London? Können wir uns treffen?«

Wir fanden ein Pub in der Nähe des British Museum und schrieben Diana eine SMS mit der Adresse. Das Pub lag nur ein paar Straßen von Lucas' alter Wohnung entfernt; die Zeit, die Lucas und ich gemeinsam dort verbracht hatten, schien einem anderen Leben anzugehören.

Diana kam nach einer halben Stunde. Ich sah, wie die beiden Männer am Nebentisch aufblickten, als sie in der Tür erschien und den Raum nach uns absuchte. Sie trug eine enge Jeans, Stiefel und eine schwarze Lederjacke über einem cremefarbenen Pulli mit Polokragen. Die langen Haare hatte sie zu einem Pferdeschwanz zusammengebunden. Wir standen auf, um sie zu begrüßen, und Greg ging ihr etwas zu trinken holen. Aus der Nähe sah sie müder aus als auf den ersten Blick.

»Entschuldige, wenn ich mich dir so aufdränge«, sagte sie und suchte in ihrer großen, ledernen Umhängetasche nach ihren Zigaretten. »Aber ich musste dich sehen.«

»Ist Lucas auch in der Stadt?«

»Nein. Er ist in Stoneborough.« Die kleine Flamme ihres Feuerzeugs beleuchtete die Schatten unter ihren Augen. »Ich übernachte momentan in der Wohnung meiner Mutter. Sie hat ein Apartment in Notting Hill.« Sie schlug die Beine übereinander, und beim Anblick ihrer langen, schlanken Beine in der teuren Jeans überkam mich ein schmerzhafter Anflug von Neid.

»Arbeitest du jetzt in der Stadt?« Ich war überrascht, dass mir Lucas nichts davon erzählt hatte.

»Seit drei Wochen vor Weihnachten. Ich konnte es nicht länger hinauszögern. Ich hätte gern bis Neujahr gewartet, damit ich noch länger bei Lucas bleiben könnte, aber Trevors vorige Assistentin musste gehen, und nachdem er mir ohnehin schon entgegengekommen ist, wollte ich seine Geduld nicht überstrapazieren.« Sie sah dankbar hoch, als Greg mit einem Glas Wein für sie zurückkehrte. »Deshalb bin ich hin und her gependelt. Die Woche über habe ich in Mums Wohnung übernachtet und bin am Wochenende immer nach Stoneborough gefahren – auch einmal unter der Woche, wenn es ging.« Sie heftete den Blick auf ihr Glas. »Also, was ich dir erzählen wollte: Ich bin nicht mehr mit Lucas zusammen. Ich dachte, du solltest Bescheid wissen.«

Eine Woge der Angst brach über mich herein. »Was ist denn passiert?«, fragte ich.

Sie richtete einen leeren Blick auf mich. »Ich habe ihn geliebt – das tue ich noch immer. Aber ich kann nicht länger bei ihm bleiben.« Sie zögerte wieder. »Ich komme mir vor wie eine Verräterin, wenn ich dir das erzähle. Aber wenn es jemand versteht, dann bist du es, Jo. Du weißt ja, wie viel er getrunken hat, schon vor der Rückkehr seines Vaters. Er steht wirklich auf der Kippe. Aber ich hätte nie gedacht, dass er gewalttätig werden würde.«

»Gewalttätig?«, fragte Greg entsetzt.

»Gestern Abend hab ich ihm erzählt, dass ich etwas Dauerhafteres in London brauche und eine eigene Wohnung mieten werde, statt immer nur in Mums Wohnung abzusteigen. Da ist er ausgeflippt. Er hat mir grauenhafte Sachen an den Kopf geworfen. Schließlich bin ich rausgerannt, aber er ist hinter mir hergelaufen und hat mich am Ausschnitt gepackt. Ich hab kaum noch Luft gekriegt. Ich habe mich gewehrt, da hat er eine Flasche vom Tisch genommen und sie mir gegen die Wange gepresst. Er hat mich angestarrt wie ein Wahnsinniger und gedroht, er würde mir die Flasche ins Gesicht schmettern. Ich habe Blickkontakt mit ihm gehalten und bloß noch gehofft, dass er wieder zur Besinnung kommt und merkt, was er da tut. So war es dann auch, aber das war die schlimmste Minute meines Lebens. Ich hab wirklich gedacht, er schlägt gleich zu. Dann ist er in Tränen ausgebrochen und hat sich auf dem Fußboden zusammengerollt. Und ich bin gegangen.«

Ich bekam sofort Schuldgefühle. Wenn ich Lucas' Angriff nicht für mich behalten hätte, wäre ihr diese brutale Szene vielleicht erspart geblieben. Sie sah so elend aus, dass ich sie am liebsten in den Arm genommen hätte, doch ihre Beherrschtheit hielt mich auf Abstand.

»Das muss der Alkohol sein, oder?«, fragte sie mich mit flehendem Blick. »Natürlich kann sich keiner von uns auch nur annähernd vorstellen, was er in den letzten achtzehn Monaten durchgemacht hat. Und die Sache mit Justin belastet ihn wahnsinnig. Aber ich glaube nicht, dass das der wahre Lucas ist. Das will ich einfach nicht glauben.«

»Warum ist er denn deiner Meinung nach so ausgerastet?«, fragte Greg.

»Er glaubt, dass ihn alle verlassen«, sagte sie. »Ich wusste, dass es schwer sein würde, wenn ich nach London gehe und dort arbeite. Jedes Mal, wenn ich meine Pläne erwähnt habe, ist er in die Luft gegangen. Ich habe ihn einmal mit meinem Handy ertappt. Ich dachte, er würde meine SMS lesen, was schon schlimm genug wäre. Doch dann hat sich rausgestellt, dass er

Trevors Nummer gesucht hat. Zwei Tage später hat mich Trevor angerufen und gebeten, ich solle es mir doch noch einmal überlegen. Lucas hatte ihm nämlich telefonisch mitgeteilt, dass ich den Job doch nicht will.« Sie schnitt eine Grimasse. »Ihr könnt euch vorstellen, wie wir gestritten haben.«

»Er hatte einfach panische Angst, dich zu verlieren«, sagte Greg.

Sie zündete sich die nächste Zigarette an, ihre Hände zitterten leicht. »Ganz überzeugt bin ich davon nicht. Sicher ist unsere Freundschaft wieder sehr eng geworden. Aber eigentlich hat es zwischen uns nie so richtig gestimmt. Ich glaube nicht, dass er mich so liebt, wie er nach außen hin tut.«

Ich sagte nichts, doch mir wurde ganz flau im Magen.

Diana sah mich an. »Ich glaube, dass er immer noch nicht über dich weg ist, Jo.«

»Das sind längst alte Kamellen«, sagte ich.

»Das schon, und irgendwo weiß Lucas das auch. Krieg das jetzt bitte nicht in den falschen Hals: Er ist in dich verliebt, aber nicht in dich als reale Person, sondern in sein Bild von dir. Er hat dich und eure gemeinsame Zeit romantisch verklärt und auf ein Podest erhoben. Keine andere Beziehung wird es je damit aufnehmen können. Manchmal frag ich mich sogar, ob ihm nicht Danny den Floh ins Ohr gesetzt hat, er soll was mit mir anfangen, nur um dich eifersüchtig zu machen.«

Ich runzelte die Stirn. »Nein, so etwas würde Lucas nie tun. Wie kommst du denn auf die Idee?«

»Richtige Beweise hab ich natürlich nicht. Ach, keine Ahnung. Aber erinnerst du dich, wie Danny am Anfang, als ich euch kennengelernt habe, ständig rumgetönt hat, wie toll ich wäre? Erst dachte ich an Anmache, aber dann ist mir aufgefallen, dass er sich nur so verhalten hat, wenn Lucas dabei war. Als wollte er mich bei ihm anpreisen oder so. Wenn Danny und ich allein im Zimmer waren, hat er die Masche total fallen lassen.« Sie schüttelte den Kopf. »Ich weiß auch nicht, vielleicht komme ich bloß auf die Idee, weil Patrick damals meine Mutter zu diesem Zweck benutzt hat.«

»Ich bin sicher, dass Lucas so etwas nicht tun würde«, sagte Greg und drückte ihre Hand. »Denk bloß dran, wie er reagiert hat, als du gehen wolltest.«

»Danke.« Sie lächelte schwach. »Ich weiß überhaupt nicht mehr weiter. Ich liebe ihn und will ihm helfen, aber nach dem Übergriff gestern Abend muss ich doch machen, dass ich wegkomme, oder? Ich hatte Todesängste. Aber selbst wenn ich bleiben würde, könnte ich ihm nicht helfen.« Ihre Augen begannen kampfbereit zu funkeln. »Ich würde sogar bleiben, wenn ich überzeugt wäre, dass es was bringt. Aber auch ohne den Auftritt gestern Abend – ich komme einfach nicht an Lucas ran. Wisst ihr, das er Danny eine Menge Geld gibt? Übrigens ist es aus zwischen Danny und meiner Mutter.«

»Ach, wirklich?« Auch davon hatte mir Lucas nichts erzählt.

»Er hat sie einfach fallen lassen. Das hat schon nach der Party angefangen, als er mehr Zeit mit Lucas verbringen wollte; und jetzt will er sie überhaupt nicht mehr sehen. Meine arme Mum, sie ist so verzweifelt. Und Danny wirkt wie eine Art Kraftfeld, das er um Lucas ausbreitet; ich dring gar nicht zu ihm durch, weil ich die ganze Zeit an Danny zurückpralle.« Sie blickte hoch. »Er hasst dich, was?«

Ich grinste. »Das kann man wohl sagen.«

»Und der Grund dafür ist, dass Lucas dich liebt und Danny nichts daran ändern kann.«

»Danny tut zwar gern so, als könnte ihn nichts ankratzen«, sagte ich, »doch das stimmt nicht. Auch Geld spielt dabei eine Rolle; seine finanzielle Abhängigkeit von Lucas muss ihm fürchterlich gegen den Strich gehen. Aber das Schlimmste für ihn ist, dass er Lucas wirklich liebt. Damit gibt er sich eine Blöße, und dafür hasst er sich selbst.«

»Es kann nicht gut sein, die beiden sich selbst zu überlassen, wenn Lucas in diesem Zustand ist.«

»Diana, wenn er dich so bedroht hat, darfst du nicht dorthin zurück«, sagte Greg mit fester Stimme. »Er und Danny müssen allein miteinander klarkommen, egal, wie lange sie dazu brauchen.«

Kapitel XXXI

Seit ich von dem Auftritt zwischen Lucas und Diana erfahren hatte, steckte ich in einem emotionalen Zwiespalt. Ich hatte am eigenen Leib erfahren, was es hieß, Lucas' Zorn auf sich zu ziehen, und natürlich würde ich sein Verhalten nie entschuldigen. Doch ich erkannte, dass er in einer schrecklichen psychischen Verfassung sein musste; so handelte er nur, wenn er unter gewaltigem Druck stand. Greg war mit mir einer Meinung, dass ich ihn anrufen sollte. Am nächsten Abend versuchte ich es zum ersten Mal bei ihm, im Festnetz wie auf dem Handy, aber er ging nicht ran. Ich hinterließ ihm eine Nachricht, doch er rief nicht zurück.

Erst drei Tage später meldete er sich. Wieder war es nach elf, und ich hörte ihm an, dass er getrunken hatte. Er war nicht wütend; seine Stimme hatte einen Ton, den ich noch nie an ihm gehört hatte. Er klang abgekämpft und verzweifelt. Ich versuchte mit ihm über Diana zu reden, doch er lenkte das Gespräch in eine andere Richtung. Er schien um etwas herumzuschleichen wie die Katze um den heißen Brei, führte mich bis knapp vors Ziel und scheute dann wieder zurück, als hätte er es sich anders überlegt. Man hätte meinen können, er wäre auf Droge, so bruchstückhaft waren seine Gedanken. Schließlich fragte ich ihn rundheraus, ob es etwas gäbe, worüber er mit mir reden wolle. Erst nahm er das nicht zur Kenntnis und stellte seinerseits Fragen: wie es mir in der Arbeit ginge, in der neuen Wohnung. Dann brach plötzlich der Damm. »Ich weiß nicht, wem ich noch vertrauen kann«, sprudelte er gehetzt hervor, und in seiner Stimme schwang etwas Wahnhaftes mit. »Kann ich dir vertrauen?«

»Was ist denn passiert?«

»Ich habe etwas erfahren.«

»Was denn, Lucas?«

»Alles ist scheiße. Total scheiße.« Er wurde immer lauter, als könnte er seine Gefühle nur durch Lautstärke ausdrücken.

»Nun sag schon. Vielleicht kann ich dir helfen.« Ich versuchte ruhig zu bleiben, doch mein Herz fing heftig an zu klopfen.

»Ich kann nicht. Ich kann einfach nicht.«

»Lucas, wenn du jemanden zum Reden brauchst, dann rede mit mir. Alles, was du mir erzählst – und damit meine ich wirklich alles – bleibt zwischen uns. Egal, was.«

»Versprochen?«

»Versprochen.«

Er war immer noch unschlüssig. Ich hörte, wie er schon den Mund aufmachte, sich dann aber wieder bremste, als hätte er die Worte, die ihm fast entschlüpft wären, im letzten Moment wieder eingefangen.

»Egal, was«, wiederholte ich.

Da sprudelte er die Worte hervor, als könnte er sie keine Sekunde länger für sich behalten. »Mein Vater hat Patrick umgebracht.«

Nun begann ich mir über seinen Geisteszustand doch ernstlich Sorgen zu machen. Wir hatten alle Justins Bericht über diesen Tag gehört – ganz offensichtlich die Wahrheit. Lucas musste sehr verwirrt sein.

»Verstehst du nicht, Joanna?« Dass ich nicht reagierte, frustrierte ihn. »Er hat Patrick umgebracht.«

»Lucas, Patrick hat Selbstmord begangen«, sagte ich.

»Sprich nicht mit mir, als ob ich nicht alle Tassen im Schrank hätte«, schrie er mich an. »Ich bin nicht verrückt. Ich sage dir, mein Vater hat Patrick umgebracht. Er hat es so eingefädelt, dass es wie Selbstmord aussah. Als er in jener Nacht zurückkam, hatte er ein Gewehr dabei. Er hat sich oben vor Patrick hingesetzt und zugesehen, wie er die Tabletten schluckt. Er hat ihn dazu gezwungen. Er hat ihm gesagt, wenn er es nicht tut, erschießt er ihn.«

Ich schloss die Augen; seine Worte ergaben einen furchtbaren Sinn. »Woher weißt du das?«, fragte ich nach einer langen Pause.

»Mein Vater hat es mir gesagt.«

»Wo ist er jetzt?«

»Weg.«

»Warum hat er dir das gesagt, Lucas?«

»Wir haben versucht, einander kennenzulernen, das weißt du ja. Unser einziges Thema war Patrick, unser gemeinsamer Feind. Eigentlich das Einzige, was wir überhaupt gemeinsam hatten.« Von seinem bitteren Lachen bekam ich eine Gänsehaut. »Und gestern hat er es mir dann erzählt. Als wäre er stolz darauf. Er dachte, ich würde ihm gratulieren. Ich hab's dir doch gesagt – alles ist scheiße. Als er von Mums Tod erfahren hatte, hat er nachgedacht, was er tun soll. Aber er hat sich gar nicht überlegt, wie er mit mir Kontakt aufnehmen könnte. Sondern einen Plan ausgeheckt. Und dann ist er hergekommen und hat ihn ausgeführt. Er hat Patrick ermordet. Mein Onkel hat einen armen Teufel verrecken lassen und mein Vater ist ein Mörder. Herr im Himmel.«

»Weißt du, wo er hin ist?« Ich versuchte, mich auf die Fakten zu konzentrieren, damit mir nicht der Boden unter den Füßen wegrutschte.

Nach langem Schweigen antwortete Lucas endlich. Er weinte. »Nein, und ich will's auch nicht wissen. Er ist weg und Schluss, aus. Ich will ihn nie wiedersehen. Ich habe Patrick wohl gehasst, als ich dahinterkam, was er alles angerichtet hat, aber jetzt hasse ich beide. Was Patrick getan hat, war … Aber ihn umzubringen …«

»Wirst du es jemandem sagen? Der Polizei?«

»Nein. Es ist Zeit, das Ganze zu begraben. Meine ganze kranke Familie. Ich will alles vergessen. Ich will einfach, dass alles vorbei ist.« Seine Stimme schlug um, wieder klang etwas Wahnhaftes durch. »Du wirst es doch niemandem erzählen, nein? Das hast du mir versprochen.«

»Nein, ich werde es niemandem erzählen. Wie es jetzt weitergeht, bleibt ganz dir überlassen.«

»Es wird nicht weitergehen. Es ist vorbei.«

In dieser Nacht konnte ich kein Auge zutun. Was Lucas mir über seinen Vater erzählt hatte, war natürlich schockierend, doch ich hatte inzwischen seinen Familiengeschichten gegenüber eine gewisse Immunität entwickelt, mir nach den zahllosen Gräuelstorys sozusagen ein dickes Fell zugelegt. Wenn mir jemand anderer von seinem Vater dieselbe Geschichte erzählt hätte, wäre ich fassungslos gewesen, doch die Heathfields hatten jede Macht über mich verloren. Aber was mich wirklich in Angst und Schrecken versetzte, war Lucas, seine Verstörtheit, sein Verfolgungswahn, der schon ans Pathologische grenzte. Er brauchte Hilfe, aber mir fiel nichts ein, wie ich ihm helfen könnte. Er war wie ein Tier, das man so misshandelt hatte, dass es für keine Freundlichkeit mehr zugänglich war.

Kapitel XXXII

Eine Woche später gingen Greg und ich mit einem seiner Kollegen und dessen Frau essen und fuhren dann im Taxi nach Hause. Ich drückte mich eng an ihn, um mich zu wärmen. Es hatte immer noch nicht geschneit, doch der Wetterbericht sagte Schnee für die nächsten Stunden voraus; die Temperatur war unter null gefallen, die Straßen wie ausgestorben. Der Fahrer machte die Heizung an, warme Luft wurde an unsere Füße geblasen. Ich war etwas beschwipst; Greg hüllte mich lachend in seinen Mantel ein, und wir küssten uns. Morgen müsste er früh wegfahren und den Rest der Woche vor Ort bei einem Kunden arbeiten, einer Firma für Beleuchtungstechnologie bei Birmingham. Seit unserem Umzug in die neue Wohnung hatten wir keine Nacht mehr ohneeinander verbracht und waren nicht begeistert von der Trennung, auch wenn es nur drei Tage waren. Ich hätte mich gern um ihn gerankt wie Efeu, damit er nicht fort könnte.

Als wir zu Hause ankamen, stand ein Mann auf dem Gehweg. Ich musterte ihn, während Greg das Taxi zahlte. Die Straße war schlecht beleuchtet, und ich konnte das Gesicht des Mannes nicht erkennen. Er trug einen schweren Mantel, der ihm von den Schultern hing wie von einem Drahtbügel, der nicht für ein solches Gewicht geschaffen war. Er hatte sich eine Strickmütze bis zu den Augen heruntergezogen. Erregt lief er in kleinen Kreisen auf dem Pflaster herum und blickte immer wieder zu unserem Taxi, als ob er auf uns gewartet hätte. Auch der Fahrer bemerkte ihn. »Wollen Sie wirklich aussteigen?«, fragte er uns.

»Wenn Sie wollen, fahr ich Sie einmal um den Block. Vielleicht verschwindet der Typ inzwischen.«

»Danke«, sagte Greg. »Ich glaube, wir haben nichts zu befürchten.« Er sprang schwungvoll aus dem Taxi, und ich stieg hinter ihm aus, trotz seiner Anwesenheit etwas ängstlich. Als wir näher kamen, blieb der Mann stehen. »Hallo, Lucas«, hörte ich Greg sagen.

Oben setzte sich Lucas auf unser Sofa. Sein Mantel umgab ihn wie ein schützender Panzer und schien so sehr zu ihm zu gehören, dass wir ihn gar nicht erst fragten, ob er ihn ablegen wolle. Er wirkte so zerbrechlich, dass ich Angst hatte, er würde auseinanderfallen, in Stücke zerbröckeln. Auch die Mütze behielt er auf und blickte uns darunter mit geweiteten Augen an. Er erinnerte mich an seinen Vater am Abend seines Auftauchens, sein Blick war genauso fiebrig. Es ließ sich schwer schätzen, wie viel er abgenommen hatte. Er war schon das ganze letzte Jahr dünner gewesen als sonst, doch jetzt hatte sich sein Körper völlig verändert. Er war richtig abgemagert, ein Zeichen von Selbstvernachlässigung. Seine vormals weiche und glatte Haut war jetzt papierdünn, er hatte mehrere kleine Schnittwunden am Kinn, was bei einer achtlosen Rasur vor ungefähr drei Tagen passiert sein musste.

»Kann ich dir was anbieten?«, fragte Greg.

»Könnte ich eine Tasse Tee haben?«

Ich ging in die Küche und setzte Wasser auf. Nun war ich froh, dass ich Greg die Wahrheit über Patricks Tod erzählt hatte. Dieses Geheimnis hatte ich nicht alleine mit mir herumtragen können. Er würde sich niemals anmerken lassen, dass er Bescheid wusste. Bis das Wasser kochte, stellte ich mich ans Fenster und sah auf die verlassene Straße und den Baum hinaus, der dem Haus seine nackten Zweige wie flehende Finger entgegenreckte. Die Straße schien auf etwas zu warten, vielleicht auf den Schnee.

Als ich Lucas den Tee reichte, verschüttete er die Hälfte auf den Teppich. Er schien es kaum zu bemerken. Seine schönen Künstlerhände zitterten leicht, als sie den Teebecher umschlossen, die Fingernägel waren bis auf die Kuppen abgekaut. Ich spürte den plötzlichen Drang, Lucas in den Arm zu nehmen und ihm zu sagen, dass alles gut werden würde.

Er musste meinen Blick gespürt haben, denn er sah hoch und lächelte mich unsicher an. »Tut mir leid, dass ich einfach so reinplatze«, sagte er. »Ich musste euch sehen.«

»Schon in Ordnung«, sagte Greg. »Überhaupt kein Problem.«

»Ich muss mich entschuldigen.«

»Wofür?«

»Dass ich so ein Albtraum bin. Mit diesen ganzen Horrorgeschichten über meine Familie.«

»Lucas, dafür kannst du doch nichts. Das ist eine Sache zwischen Patrick und deinem Vater. Dich trifft keine Schuld«, sagte ich.

Er ließ den Blick durchs Zimmer wandern, zum neuen Teppich, den uns meine Eltern zu Weihnachten geschenkt hatten, und zur Lampe, die in Gregs alter Wohnung neben dem Bett gestanden hatte und nun zur Wohnzimmerlampe aufgestiegen war. Ich sah die Wohnung mit seinen Augen und empfand selbst, wie gutbürgerlich sie wirken musste. Auf dem Kaminsims stand eine Orchidee, Marthas Geschenk zu unserem Einzug, und auf dem Beistelltisch einige Fotos, darunter eines von Greg und mir, das mein Bruder an den Feiertagen im Haus meiner Eltern aufgenommen hatte. Lucas hatte es bereits bemerkt und die Umgebung sicher wiedererkannt.

Er kehrte aus seinen Gedanken zurück und sah mich wieder an. »Ich möchte auch erzählen, dass sich bei mir einiges ändern wird. Es tut mir leid, dass ich so viele Hindernisse zwischen uns aufgebaut habe. Und ich verstehe dich jetzt auch: Ich sollte nicht ständig in Stoneborough leben. Du hast ganz recht, ich kann so nicht weitermachen, ganz abgeschnitten von der Realität. Darf ich rauchen?«

Ich gab ihm einen Aschenbecher; er zündete sich eine Zigarette an und sog gierig daran. »Ich will nicht werden wie mein Vater«, sagte er. »Ich will nicht nur noch saufen, bis ich alles verliere, was mir wichtig ist. Ich war schon sehr nahe dran.« Er sah mich wieder an, und ich musste den Blick abwenden.

»Aber das ist noch nicht alles. Ich begreife jetzt, was dich an Danny gestört hat. Die ganze Zeit hast du mich gewarnt, und ich wollte nicht auf dich hören. Du hattest recht, Jo.«

Es schien mir fast zu schön, dass Lucas jetzt, wo ich die Hoffnung schon fast aufgegeben hatte, Danny endlich mit neuen Augen sah. »Was hat sich denn zwischen euch geändert?«, fragte ich. Mir wurde spürbar leichter ums Herz.

»*Er* hat sich geändert. Ich weiß auch nicht, warum. Weißt du, dass er mit Elizabeth Schluss gemacht hat?«

Ich nickte, erzählte ihm aber nicht, von wem ich es erfahren hatte. Ich wollte jetzt nicht über Diana reden, wenn es so aussah, als würden wir endlich auf einen Punkt zu sprechen kommen, der so lange tabu gewesen war.

»Er rastet beim kleinsten Anlass aus. Heute früh habe ich mich geweigert, ihm Geld zu geben, und er hatte einen Tobsuchtsanfall. So habe ich ihn noch nie erlebt. Es war richtig beängstigend. Er hatte schon immer ein aufbrausendes Temperament, das weiß ich. Aber ich hätte nie gedacht, dass sich das einmal gegen mich richten würde.«

»Was war denn los? Hat er dich angegriffen?«

Er sah mich ernst an. »Nein. Nicht dieses Mal. Aber er verlangt immer mehr Geld. Ich weiß nicht, wofür er es ausgibt. Für Elizabeth nicht mehr – also wofür dann? Vielleicht für Drogen, das würde auch seine Unberechenbarkeit erklären. Ehrlich gesagt, habe ich Angst. Ich habe das Gefühl, ich kann ihm nichts abschlagen, sonst …«

»Sonst was?«

Er schüttelte den Kopf. »Ich weiß nicht. Vielleicht ist meine Angst übertrieben. Ich dachte nur, ich sollte es jemandem erzählen.« Er erhob sich plötzlich. »Ich geh jetzt lieber. Ich kann euch nicht die ganze Nacht mit meinen Problemen wach halten.« Er lächelte entschuldigend.

»Es ist schon spät. Übernachte doch bei uns. Ich arbeite morgen in Birmingham und werde gegen zehn dort erwartet. Da kann ich dich auf dem Weg in Stoneborough absetzen«, sagte Greg.

Lucas sah ihn an, schien sich das Angebot zu überlegen. Einen Moment lang dachte ich, er würde es annehmen.

»Na, bleib schon da«, sagte ich. »Ich nehme mir morgen frei und wir können den Tag zusammen verbringen. Da hätte ich Lust drauf.«

»Nein. Es ist besser, ich fahre heute noch zurück. Ich bin sowieso mit dem Auto da.«

»Jetzt solltest du aber nicht mehr fahren«, sagte ich. »Du siehst erschöpft aus.«

»Mir geht's gut. Ich habe nichts getrunken.« Er war schon bei der Tür. »Dann macht's mal gut.«

»Lucas …«

»Ja?«

»Warte. Komm her.« Ich ging auf ihn zu und umarmte ihn. Obwohl er so dünn war, zog er mich mit einer erstaunlichen Kraft an sich und presste meine Nase an seiner Schulter in den Mantel. Er roch sauber; der Geruch seiner Seife war mir so vertraut wie mein eigenes Parfüm. Ich erwiderte den Druck seiner Arme; im Grunde wollte ich ihn gar nicht gehen lassen. »Ich bin so froh, dass sich alles langsam klärt«, sagte ich. »Es tut mir wirklich gut, wenn ich sehe, dass du ein bisschen glücklicher bist.«

»Das bin ich wirklich«, sagte er. »Und danke.«

»Du hast mir nichts zu danken.« Ich hob mein Gesicht und sah ihn an. Seine großen Augen hielten meinen Blick fest. »Du weißt, wie viel du mir bedeutest.«

»Ich wüsste nicht, was ich ohne dich machen würde«, sagte er lächelnd.

Als wir uns voneinander lösten, schüttelte ihm Greg die Hand. »Schön, dass du da warst, Lucas. Pass auf dich auf. Wir besuchen dich bald.«

Lucas wandte sich zum Gehen und hielt dann inne, um uns noch einmal anzusehen. Sein Gesicht war wie ein blasser Mond, über den sich langsam ein Schatten schob. Er nickte zum Abschied, dann war er fort. Ich hörte, wie sich seine Schritte die drei Stockwerke hinunter entfernten und dann die Haustür zuschlug, durch die Entfernung gedämpft. Ich öffnete das Fenster und rief ihm einen Abschiedsgruß nach, doch ich war zu hoch oben und der Wind trug meine Worte davon, bevor sie ihn erreichen konnten. Er überquerte die Straße, ging zum Jaguar, den ich vorhin nicht gesehen hatte, stieg ein und fuhr davon. Ich sah ihm nach, bis die Rücklichter um die Ecke verschwanden.

Kapitel XXXIII

Greg fuhr kurz nach sieben los, noch vor Sonnenaufgang. Ich kam mit hinunter, um ihm nachzuwinken. Die eisglatte Straße glänzte. Der Platz, wo gestern Abend der Jaguar geparkt hatte, war immer noch frei, Lucas' Reifenspuren deutlich erkennbar.

»Geh rein, Jo; dir wird ja eiskalt«, sagte Greg und zog mich an sich, um mich noch einmal zu küssen.

»Das geht nicht. Bevor du losfährst, muss ich mich vergewissern, dass du mir gehörst. Nicht, dass sich ein Mädchen aus Birmingham dich unter den Nagel reißt!«

Er lachte und küsste mich wieder. »Ich glaube, da hast du nichts zu befürchten.«

Schließlich stieg er ins Auto und versprach, mir gleich nach seiner Ankunft eine SMS zu schicken. Ich winkte ihm von der Haustür aus nach, bis er um die Ecke gebogen war, und lief dann nach oben, um mich zu duschen. Auch ich hatte heute Vormittag einen vollen Terminkalender. Ich musste die Direktorin einer großen Schule in Putney interviewen. Außerdem war heute Redaktionsschluss, was bedeutete, dass ich den Artikel über das Interview in zwei Stunden zusammenschreiben müsste.

Wie ich mir hätte denken können, dauerte das Interview länger als geplant. Die Direktorin war nicht so kurz angebunden, wie sie bei meinem Anruf geklungen hatte, sondern im Gegenteil recht gesprächsfreudig, und ich konnte mich erst um halb eins auf den Rückweg ins Büro machen. Ein eisiger Wind pfiff durch die Putney High Street, aber auch ohne Wind war die Luft so kalt, dass ich das Gefühl hatte, mir fröre das Gesicht am Schädel an; Stirn und Wangenknochen begannen zu schmerzen. Ich war noch unterwegs, als die ersten Flocken des lang angekündigten Schnees von einem faden, gelblich grauen Himmel zu fallen begannen. Auf dem Land gab es bei diesem Wind und dem starken Schneefall bestimmt Schneeverwehungen, selbst wenn der Schnee in der Stadt nicht liegen bleiben würde. Ich hoffte, Greg hätte sein Ziel schon erreicht.

Mein Handy war den ganzen Vormittag ausgeschaltet gewesen. Am Schreibtisch machte ich es sofort wieder an. Eine SMS hatte ich nicht bekommen, dafür wurden sieben entgangene Anrufe angezeigt. Die kamen sicher nicht vom Büro; meine Ankunft war mit dem üblichen Desinteresse quittiert worden. Bitte, lieber Gott, dachte ich, mach, dass er keinen Unfall hatte. Mir schlug das Herz bis zum Hals, als ich mich zur Anruferliste durchklickte. Alle Anrufe kamen von derselben Nummer: von Lucas' Handy.

Ich rief gleich zurück; während es klingelte, ging mir durch den Kopf, wie beunruhigt Lucas wegen Danny gewesen war. Er hob nicht ab, und ich wurde zur Mailbox weitergeleitet. Ich versuchte es im Festnetz. Es klingelte lange durch, bis mir eine Computerstimme mitteilte, dass im Moment niemand meinen Anruf entgegennehmen könne. Ich rief Lucas erneut auf dem Handy an und hinterließ diesmal eine Nachricht mit der Bitte, er solle sich so schnell wie möglich bei mir melden. Dann begann ich Marthas Nummer zu wählen, bis mir einfiel, dass sie in Paris war, ein von John arrangierter Überraschungstrip.

Es schneite immer stärker. Die Flocken wurden größer und fielen mit hypnotisierender Regelmäßigkeit am Fenster vorbei. Ich dachte wieder an Greg. Normalerweise rief ich ihn nicht bei der Arbeit an, aber heute, bei diesen Witterungsverhältnissen, würde es mir keiner übel nehmen, wenn ich ihn kurz unterbrach. Ich rief ihn auf seinem Handy an und war überrascht, als es durchklingelte, er aber nicht ranging. Wenn er bei einer Besprechung nicht gestört werden wollte, schaltete er sein Handy aus, sonst meldete er sich so gut wie immer. Ich bat ihn auf der Mailbox, mir nur kurz Bescheid zu sagen, dass er gut angekommen wäre. Dann versuchte ich es noch einmal bei Lucas, wieder ohne Erfolg. Meine Unruhe verstärkte sich. Ich ging hinaus, um mir eine Zigarette anzustecken, während ich überlegte, was ich tun sollte. Ich musste schnell rauchen; schon nach einer Minute waren meine Hände rot vor Kälte. In meiner Tasche vibrierte mein Handy beim Eingang einer SMS. Sie kam von Lucas. Nur vier Worte: »Es tut mir leid.«

Mein Herz fing an zu rasen. Was hatte das zu bedeuten? Ich musste unbedingt mit Greg sprechen. Ich versuchte es noch einmal vergeblich bei ihm und fasste dann einen Entschluss.

Ich setzte mich an den PC und googelte den Namen der Firma in Birmingham, ein dynamisches, aber immer noch kleines Familienunternehmen. Man würde dort wissen, wo Greg sich aufhielt, und mich zu ihm durchstellen. Sollten sich meine Ängste als grundlos herausstellen, könnte ich mich immer noch für die Störung entschuldigen.

Die Stimme der jungen Frau am Telefonempfang hatte den singenden Tonfall des Kohledistrikts. Verlegen erklärte ich ihr, dass ich Greg zu erreichen versuchte – sicher hielt sie mich für übertrieben besorgt. »Greg Sorell?«, fragte sie nach. »Sekündchen, bitte.« Sie legte den Hörer auf den Schreibtisch und stand auf. Im Hintergrund antwortete ihr leise eine tiefere Männerstimme.

»Hören Sie?«, meldete sie sich dann wieder. »Ich habe gerade unseren Geschäftsführer gefragt, mit dem Mr. Sorell heute einen Termin gehabt hätte. Leider ist er nicht bei uns eingetroffen.«

Ich sagte zu Stephen, ich fühle mich nicht wohl, und verließ überstürzt das Büro, ohne meinen Computer herunterzufahren. Der Redaktionsschluss war mir scheißegal. Sollte mich Stephen doch feuern, wenn er wollte. Ich rannte zur U-Bahn; mein Herz klopfte wie wild und beruhigte sich auch in der Dreiviertelstunde nicht, die der Rückweg nach Kilburn dauerte. Die U-Bahnen kamen noch unregelmäßiger als sonst, da der Schnee die oberirdischen Gleise an den Endstationen blockierte. Ich blieb die ganze Zeit stehen, als ob ich die Fahrt dadurch beschleunigen könnte.

Von der U-Bahn aus musste ich bis zu meinem Auto noch zehn Minuten laufen, und das in Stöckelschuhen, die ich wegen des Interviews angezogen hatte. Auf dem Gehweg lag bereits eine geschlossene Schneedecke, rutschig wie Schmierseife, wo sie bereits zusammengetreten war. Ein paar Mal wäre ich fast hingefallen. Als ich schließlich losfuhr, sah ich, dass das Benzin nicht mehr bis nach Stoneborough reichen würde; ich würde also auch noch tanken müssen. Und von Greg hatte ich immer noch nichts gehört. Vor mir stiegen Bilder auf, wie sich sein Wagen auf der vereisten Fahrbahn überschlug oder in eine schreckliche Massenkarambolage verwickelt und zu einem unkenntlichen Wrack demoliert wurde. Von diesen Phantasien wurde mir übel.

Obwohl es noch früher Nachmittag war, herrschte dichter Verkehr und ich brauchte allein zum Ring zwanzig Minuten. Der Schnee fiel nun rasch, und die Scheibenwischer hatten ordentlich zu tun. Auf andere Verkehrsteilnehmer muss mein Fahrstil einen gefährlich unüberlegten Eindruck gemacht haben. Ich gab zu schnell Gas und musste gleich wieder scharf bremsen, um nicht auf den Vordermann aufzufahren. Ich hätte alles dafür gegeben, wenn ich mich nach Stoneborough hätte beamen können oder auch nur ungehindert aus der Stadt herausgekommen wäre. Erst auf der Autobahn hatte ich freie Fahrt. Nun gab ich Vollgas und holte das Letzte aus meiner armen Ente heraus. Ich zweifelte nicht mehr daran, dass in Stoneborough etwas passiert war, aber was? Hatte sich Lucas endlich auf die Hinterbeine gestellt? Hatte Danny zurückgeschlagen? Der hatte garantiert keine Skrupel, Lucas dort unter Druck zu setzen, wo es ihm am meisten wehtat. Wenn Danny ihm gedroht hatte, ihn zu verlassen, dann war Lucas wohl zusammengebrochen. Er hatte keine inneren Kraftreserven mehr. Ich spürte, wie mein Puls immer schneller ging.

Bei dem dichten Schneefall nahm das Licht bereits ab, und auch die Temperatur sank noch weiter. Ich hob einen Moment die Hände vom Steuer und rieb sie kräftig, damit das Blut wieder bis zu meinen Fingerspitzen vordrang. Ab High Wycombe, wo das offene Land mit Feldern und Kleingehöften begann, war alles in Weiß getaucht. Unter anderen Umständen hätte ich mich an der Schönheit der Landschaft erfreut. Der Winterdienst war im Einsatz; zwar war ich dankbar für die bereits freien Strecken, doch die schwerfälligen Räumfahrzeuge zockelten dahin wie die Packesel, ungerührt vom Stau, der sich besonders an einspurigen Stellen hinter ihnen bildete, und meinem verzweifelten Bedürfnis, so schnell wie möglich voranzukommen.

Als ich die Autobahn nach den Chiltern Hills verließ, wurde die Fahrt noch mehr zum Wagnis. Kein Splittstreuer hatte die kleinen Landsträßchen, die zum Haus führten, frei gemacht. Ich geriet öfter ins Rutschen, wollte aber nicht noch langsamer fahren. Das Dorf von Stoneborough lag da wie ein Wintermärchen, die strohgedeckten Cottages mit einer Schneeschicht überzuckert wie Lebkuchen mit einer Glasur. Der Schnee auf der Straße war so gut wie unberührt, ich war vielleicht die Dritte, die seit Beginn des Schneefalls durchs Dorf fuhr. Der Teich war zugefroren, die Binsen am Ufer lehnten sich steif dem Wind entgegen.

In dem Cottage, das, wie ich nun wusste, Elizabeth gehörte, brannte kein Licht; es sah aus, als hätte sie es dichtgemacht und verlassen. Nach ein paar Minuten erreichte ich die Abzweigung zum Haus. Der Wald hatte sich hier schon zu einer dunklen Masse verdichtet, die Zufahrtsstraße sah ich nur, so weit der Lichtkegel meiner Scheinwerfer reichte. Ich hatte das Gefühl, ich befände mich nicht am Beginn einer Straße, sondern am Rand eines Riesenlochs und würde, falls ich mich weiter vorwagte, tief unter die Erdoberfläche hinabstürzen. Ich schüttelte die

Schultern, um dieses Gefühl zu vertreiben, bog langsam ab und spürte wieder die Räder seitlich wegrutschen. Die Schneedecke vor mir war frisch und unberührt, wenn auch dünner als in der freien Landschaft. Mit einem Schlag setzte das Pochen in meinen Ohren wieder ein, im Takt mit den Scheibenwischern. Seit der Partynacht hatte es seine Reichweite dauerhaft vergrößert. Die Bäume über mir waren so kahl wie bei unserer allerersten Fahrt hierher, als sie in mir das Bild eines Zauberwalds heraufbeschworen, der alle Eindringlinge erbarmungslos verschlingt.

Ein Stein hob sich von meiner Brust, als ich in die Kiesauffahrt einbog und dort Gregs Auto stehen sah. Ich sprach ein stilles Dankgebet. Greg hatte natürlich schneller herkommen können als ich. Und er würde da sein und mir bei allem beistehen, was mich da drinnen erwartete.

Dic Eingangstür stand weit offen.

Es brannte kein Licht. Das Haus starrte blind in den ausgehenden Nachmittag hinaus. Ich stieg aus und versank sofort im Schnee. In meinen rutschigen Stöckelschuhen stolperte ich den Weg hoch. In meiner Angst stockte ich kurz auf der Schwelle, doch dann ging ich hinein. Sofort beschleunigte sich das Pochen in meinen Ohren. Ich riss die Salontür auf und hoffte, die drei Männer vor dem Kamin vorzufinden, wo sie den Einbruch der Dämmerung nicht bemerkt hätten. Doch es war niemand da. Der Salon sah aus wie nach einer längeren Hausbesetzung. Überall standen Gläser, Flaschen und Teller mit tagealten Speiseresten. Die Aschenbecher quollen über. Der Boden war mit Zeitungen und Lebensmittelverpackungen übersät. Ich ging zum Kamin hinüber. Er war kalt.

In der Eingangshalle war es nun fast völlig dunkel. Als ich sie durchquerte, knirschte etwas unter meinen Füßen. Ich blieb wie angewurzelt stehen. Der Boden war mit einer Art grobkörnigem Sand bedeckt. Hier und da lagen auch größere Brocken. Ich knipste die Lampe an und entdeckte an den Bröseln Farbspuren, üppiges Rot, Granatapfelpink, Gold und mediterranes

Azurblau. Es handelte sich um Mörtel und ich wusste sofort, woher er stammte.

Das Deckengemälde, dieses großartige und zugleich grauenerregende Kunstwerk, war zerstört. Es war von Kratern durchlöchert, ganze Flächen waren weggebrochen und hinterließen über meinem Kopf eine Art Niemandsland. Es war zerschossen worden; ja, das musste es sein. Es war so hoch, dass es sich auf andere Weise nicht erreichen ließ, es würde sich nicht überstreichen oder mit einer Farbdose übersprühen lassen. Die Gesichter von Patrick und Justin waren ausgelöscht, weggepustet. Ich wich an den Rand der Halle zurück, als wolle ich mich vom Tatort eines Verbrechens entfernen.

In der Küche waren alle Flächen von schmutzigen Töpfen, Geschirr und leeren Flaschen besetzt. Ich betastete den Wasserkessel, er war kalt. Auf allem lag eine dünne Staubschicht, es stank nach faulenden Speiseresten. Die Putzfrau war bestimmt seit Wochen nicht mehr hier gewesen. Ich lief durch den Korridor in die Eingangshalle zurück. »Lucas!«, schrie ich ins Herz des Hauses hinein. »Greg!« Das Pochen in meinen Ohren schwoll zum Dröhnen und ich zwang mich, noch einmal hochzublicken. Patrick. Auch jetzt noch spürte ich seine Macht, auch wenn seine physische Existenz beschädigt war. Die erregte Spannung in der Luft war mit Händen zu greifen, als könne er es nicht erwarten, bis ich seine neueste Infamie entdeckt hätte. »Was hast du getan?«, fragte ich laut. »Was hast du hier angerichtet?«

Ich durchsuchte der Reihe nach alle Zimmer, rannte von einem zum anderen, riss Türen auf, ließ in meiner Hast überall das Licht hinter mir brennen, das mir aber auch Sicherheit gab und mich vor den Schatten beschützte. Alle Zimmer waren leer.

Wieder zögerte ich, bevor ich zum letzten Stockwerk hochstieg, zur obersten Galerie. Dort lagen mein erstes Zimmer, Lucas' Zimmer, das Arbeitszimmer.

In meinem Zimmer war nichts. Die Laken auf dem Bett waren so straff gespannt wie immer, faltenlos. Ich holte tief Luft und stieß die Tür zu Lucas' Zimmer auf. Ein schaler Geruch lag in der Luft. Auch hier schmutzige Teller und neben dem Bett zwei leere Whiskyflaschen. Auf dem Nachttisch stand das Foto von uns allen, das Greg und ich ihm am Abend der Party geschenkt hatten; das Glas im Rahmen war zersprungen. Die Bettdecke lag auf dem Boden. Mein Herz hämmerte jetzt so wild, dass mir das Blut in den Ohren rauschte.

Die Tür zum Arbeitszimmer war geschlossen. Es war das letzte Zimmer. Wo sonst könnten sie sein außer im Haus? Es war zu kalt, um sich draußen aufzuhalten. War etwas passiert, dass sie alle überstürzt fort mussten? Doch Gregs Wagen stand immer noch in der Auffahrt.

Ich öffnete die Tür.

Sie waren nicht drinnen. Ein Blick in den dämmrigen Raum zeigte mir die Sessel, den Schreibtisch mit dem Rollladenaufsatz, aber keinen Lucas, keinen Greg, keinen Danny. Und dann sah ich etwas, erst nur als Schatten auf dem Teppich, eine formlose Masse im Halbdunkel. In mir stieg die entsetzliche Erkenntnis auf, dass da jemand lag, ein Mann in einem schweren Mantel.

Ich lief durchs Zimmer und sank daneben auf die Knie. Ich legte die Hand auf sein Gesicht und versuchte, es zu mir zu drehen. Es war Greg.

Mir muss ein kleiner Schrei entfahren sein, weil er leise und kehlig ein Wort hervorstieß. »Jo.« Ich hätte vor Dankbarkeit weinen mögen.

»Was ist passiert? Was ist los mit dir?«

Er versuchte sich mir zuzuwenden, doch es gelang ihm nicht. Er sog scharf die Luft ein und selbst im Dunkeln sah ich, wie sich sein Gesicht vor Schmerz verzerrte.

»Was ist passiert?«

»Ich bin angeschossen. Ich kann mich nicht rühren.«

»Angeschossen?«

»Meine Hüfte. Ich weiß nicht, mehr kann ich dir nicht sagen.

Sie ist gebrochen, kaputt. Jo, ich glaube, ich hab einiges Blut verloren.«

Erst jetzt bemerkte ich, dass meine Knie feucht waren. Ich fuhr mit der Hand neben mir über den Teppich. Er war feucht, der Flor fühlte sich kalt an. Wieder stieß ich einen Schrei aus, diesmal aber vor Angst. Ich fasste vorsichtig den Mantel, wo er über Gregs Schenkel lag, und hob ihn behutsam hoch. Der Stoff war klamm.

Greg schluckte und ich sah, dass er sich bemühte, seine Schmerzen vor mir zu verbergen, um mich nicht zu erschrecken. »Ruf einen Rettungswagen«, sagte er. »Ruf einen Rettungswagen und dann geh Lucas suchen.«

»Ich kann nicht. Ich kann dich hier nicht allein liegen lassen.«

»Ruf einen Rettungswagen und geh Lucas suchen. Bitte, Jo.« Wieder versuchte er sich zu bewegen und zuckte vor Schmerz zusammen. »Bitte. Er ist eine Gefahr für sich selbst.«

»Wirst du ...?« Ich brachte es nicht fertig, meine Frage zu beenden.

»Bitte. Dir würde er nie was antun.«

Meine Augen hatten sich nun ans Dämmerlicht gewöhnt und jetzt sah ich die seinen, die geweiteten Pupillen voller unterdrückter Angst; sein Blick flehte mich an, zu tun, worum er mich bat. Ich stand auf und unterdrückte ein Schluchzen, um ihn nicht noch mehr zu beunruhigen. Dann wandte ich ihm den Rücken zu und sah zum Fenster. Eine der Scheiben war zerbrochen, eisige Luft strömte herein. Und dann sah ich sie, die Fußspuren im Schnee, gerade noch sichtbar. Sie führten in den Wald.

Mein Handy hatte keinen Empfang, deshalb musste ich das Telefon unten in der Eingangshalle benutzen. Wie in Trance rief ich den Rettungsdienst an, alles schien um mich zu verschwimmen, die ruhige Stimme am anderen Ende der Leitung, die Möbel, der Fußboden. Die Telefonistin versprach mir, sofort einen Rettungswagen loszuschicken, doch der Schnee mache die Straßen schwer passierbar, vor allem in abgelegenen Gebieten wie unserem. Ich flehte sie an, alles zu tun, was in ihrer Macht stand, und hoffte wider alle Vernunft, sie verfüge über irgendwelche geheimen Kräfte.

Ich erinnere mich nicht, wie ich aus dem Haus oder die Terrassenstufen hinuntergekommen bin. Nie vergessen werde ich allerdings, wie lange es dauerte, den Rasen zu überqueren, der sich immer weiter auszudehnen schien, während ich im Rhythmus des Trommelschlags in meinen Ohren den Schlangenlinien von Lucas' Fußspuren nachrannte. Der Schnee peitschte mir ins Gesicht und die Kälte nahm mir den Atem, doch mein Asthmaspray war im Auto. Ich versuchte mir vorzustellen, was mich im Wald erwartete. Ich fragte mich, ob Danny bei ihm wäre, doch im nächsten Moment fiel mir ein, dass es ja nur *eine* Fußspur gab. Hatte Lucas die Waffe? Dachte Greg an diese Waffe, als er sagte, Lucas würde mir nie was antun? Ich bekam kurz Angst, mir selbst könnte etwas passieren. Ich hatte Greg nie von Lucas' Angriff auf mich erzählt; er täuschte sich, wenn er glaubte, ich hätte von Lucas nichts zu befürchten. Wenn er außer sich vor Kummer war, hatte er sich nicht mehr unter Kontrolle.

Doch diese Gedanken wurden gleich wieder vom Bild Gregs verdrängt, der Schmerzen litt und allein im Dachgeschoss am Boden lag. Ich hatte nicht einmal das Licht angemacht; er lag ganz allein im Dunkeln, in diesem schrecklichen Haus. Als ich den Waldrand erreichte, krampfte sich mein Magen heftig zusammen, mir kam alles hoch, und ich musste mich übergeben, bis nichts mehr übrig war, was ich hätte erbrechen können. Ich würgte noch eine Weile und spürte die Muskeln krampfen. Wieder überkam mich Angst, der Schweiß, der mir auf der Stirn ausgebrochen war, schien plötzlich zu Eis zu gefrieren. Aber ich hatte keine Wahl: Ich musste weiter.

Stolpernd mühte ich mich durchs Unterholz. Irgendwann zog ich mir die Schuhe aus und lief in Strümpfen weiter, spürte kaum, wie mir die Brombeerranken und die am Boden liegenden Äste in die Haut schnitten. Im Haus war es dunkel gewesen, doch draußen dämmerte es noch, und die kahlen Zweige über mir ließen das verbliebene Licht bis zum Boden durch. Die Äste knarzten im Wind, doch dieses Geräusch wurde übertönt vom Pulsieren in meinen Ohren, von dem Rasen meines Herzens und meinem mühsamen Atem.

Am Rand der Lichtung blieb ich stehen. Wenn Lucas irgendwo wäre, dann hier. Suchend ließ ich den Blick in die Runde schweifen. Ich konnte ihn nirgendwo entdecken. »Lucas!«, rief ich und erschreckte eine Krähe, die mit wildem Geflatter vor mir aufflog. Ich erschrak selbst so, dass ich aufschrie.

Der Fluss strömte dunkel vorbei, schwarz wie der Styx, das Wasser vom Wind gekräuselt. Ich näherte mich dem Ufer. Wo sich das Wasser zu einem Tümpel verbreiterte, war es am Rand gefroren.

Dann sah ich ihn. Ein paar Meter entfernt, im Schilf verfangen, das Gesicht nach unten, Eisklumpen im Haar.

Als ich zurückrannte, spaltete sich mein Geist vom Körper ab und ich konnte mich von außen sehen. Ich lief wie ferngesteuert, rannte, stolperte blind, fiel in den Schnee. Ohne Schuhe spürte ich meine Füße fast nicht mehr. Auch meine Hände waren taub, vom eisigen Wasser. Ich hatte versucht, Lucas ans Ufer zu ziehen, doch er war vollgesogen mit Wasser und viel zu schwer. Ich hatte keine Wahl gehabt, als ihn liegen zu lassen, wo er war. Wenigstens hatte ich sein Gesicht nicht sehen können, den Vorwurf darin, dass ich ihn dort auf der Lichtung ließ, wo sich die Nacht um ihn ausbreitete.

Ich war nicht sicher, wie lange ich Greg allein gelassen hatte, vielleicht zwanzig Minuten, vielleicht länger. Es kam mir vor wie Stunden. Das Haus ragte vor mir auf, nun schien fast aus jedem Fenster Licht. Es sah aus wie ein Ozeandampfer allein auf der weiten, leeren See. Ich wollte gar nicht wissen, was für eine Atmosphäre mich darin erwartete. Ich stellte mir Gelächter vor, dessen Echo von den Wänden der Eingangshalle zurückprallte, hoch und schrill wie der Schrei von Aasfressern. Ein Fest wie Lucas' Party, nur ins Perverse verkehrt, Patrick und das Haus feierten den Sieg über ihn, der Sohn des Feindes war endlich zur Strecke gebracht.

In der Auffahrt stand kein Rettungswagen, kein beruhigendes Blaulicht verkündete das Eingreifen der realen Welt in diesen gelebten Albtraum.

Die Eingangstür stand immer noch offen. Ich rannte hinein, durch die Eingangshalle bis zur Treppe. Obwohl meine Füße gefühllos waren, spürte ich den abgebröckelten Deckenputz unter den Sohlen, kam ins Rutschen und fegte dabei die Brocken über den Boden. Drinnen war es genauso kalt wie draußen, die ganze Wärme war durch den offenen Schlund der Haustür entwichen.

Im Arbeitszimmer drehte ich gleich das Licht an. Den Anblick werde ich nie aus meinem Gedächtnis löschen können. Greg lag noch genauso da wie vorher, aber was ich im Dunkeln nicht gesehen hatte, war der Teppich. Unter Gregs Hüfte breitete sich ein Blutfleck aus. Ich schloss die Augen, um das panische Aufkeuchen, das mir den Brustkorb sprengen wollte, zu unterdrücken.

Wieder kniete ich mich neben ihn. Er hatte die Augen geschlossen und auf meine Rückkehr nicht mit der kleinsten Bewegung reagiert. Eine furchtbare Angst packte mich. Ich legte ihm die Hand auf die Schulter und sprach ihn leise an.

Seine Lider zuckten und öffneten sich dann. Er lächelte unmerklich. »Hallo«, sagte er.

»Ich habe den Rettungswagen gerufen. Er ist unterwegs.«

Er drehte mir den Kopf ein wenig zu. »Lucas.«

Ich zögerte. Die Worte schienen zu monumental, um sie einfach so auszusprechen. »Lucas ist tot.« Endlich kamen die Tränen, liefen mir die Wangen hinunter, durch ihre Wärme spürte ich die Kälte meines Gesichts umso mehr. In meiner Brust baute sich ein immer größerer Druck auf, ich wollte laut aufheulen vor Elend, Lucas tot in diesem schwarzen Eiswasser und Greg hier, mit schwerem Blutverlust und so geschwächt.

Er schloss die Augen wieder, und ich wusste nicht, ob er mit dieser Nachricht zu kämpfen hatte oder wieder in einen Dämmer versank. Ich nahm die Hand, die nicht unter seinem Körper lag. Sie war kalt wie Marmor. Wie lange hatte er hier gelegen, bevor ich kam, in der Luft, die durch das kaputte Fenster hereinströmte? Sein Mantel reichte bei weitem nicht, um ihn zu wärmen. Ich sah, dass er zitterte. »Du frierst ja ganz furchtbar«, sagte ich. »Wir müssen dich wieder warm bekommen.«

»Geh nicht«, bat er und schlug die Augen weit auf.

»Nur einen Moment.« Ich beugte mich herunter, bis mein Gesicht neben seinem auf dem Teppich lag, und küsste ihn ganz behutsam. Auch seine Lippen waren kalt. Ich stand auf, ging ans Fenster und blickte hinunter in der unrealistischen Hoffnung, dass der Krankenwagen in die Auffahrt einbiegen würde, dass Hilfe einträfe, obwohl ich nichts gehört hatte. Die Auffahrt war leer bis auf unsere beiden Autos, die langsam eingeschneit wurden. Gregs vorderer Kotflügel war schon fast unter einer Schneewehe verschwunden.

Die Laken von meinem alten Bett würden nicht ausreichen, um Greg zu wärmen; ich lief den Gang entlang zu Lucas' Zimmer, hob seine Steppdecke vom Boden auf und rannte so schnell ich konnte zurück. Ich zog einen Sessel zu Greg herüber und setzte mich davor auf den Teppich. Ich konnte ihn nicht bewegen, das hätte seine Schmerzen und womöglich auch die Verletzung noch verschlimmert, doch ich hob seinen Kopf auf mein Bein, damit ich sein schönes Gesicht betrachten konnte. Schon bei dieser kleinen Lageveränderung verzog er schmerzhaft das Gesicht und atmete stoßweise ein. »Alles wird gut«, sagte ich. »Jetzt ist alles in Ordnung.«

»Der Rettungswagen?«

»Er kommt, mein Liebling. Er ist unterwegs.« Ich strich ihm

die Haare aus der Stirn, das Streicheln schien ihm gut zu tun. Er schloss die Augen. »Schlaf nicht ein, Greg. Du musst mit mir reden. Lass mich nicht allein in diesem Haus. Du musst wach bleiben, bis der Krankenwagen kommt.«

»Ich schlafe nicht«, sagte er; seine Stimme kam von ganz tief unten. Ich merkte, wie anstrengend das Sprechen für ihn war.

»Erzähl mir, was passiert ist. Ich muss alles wissen.«

»Lucas hat mich angerufen. Als ich auf der Autobahn unterwegs war. Er hat geweint.« Er hustete und krümmte sich wieder. »Er sagte, Danny wäre am Ausrasten und ich müsse unbedingt kommen. Ich wäre fast weitergefahren, aber er klang dermaßen panisch, Jo.« Er machte eine Pause, um neue Kraft zu sammeln. »Und als ich hier ankam, habe ich Geschrei gehört, ein furchtbares Geschrei, und da bin ich hier hochgelaufen, so schnell ich konnte. Danny hatte ein Gewehr.«

»Danny? War er hier?«

»Ja.« Mit enormer Anstrengung hob er den Arm und griff nach meiner Hand. Sonst waren immer meine Hände auf der Suche nach Wärme; in den letzten Monaten hatte ich ihn oft damit geplagt, dass ich ihm meine Hände unter den Pulli geschoben und an seiner Haut gewärmt hatte. Er hatte immer so getan, als würde er das hassen wie die Pest, wir balgten uns und landeten dabei regelmäßig im Bett. Jetzt drückte ich seine Finger und rieb sie, um die Zirkulation wieder in Gang zu bringen.

»Ich dachte, Danny würde Lucas bedrohen. Ich versuchte mit ihm zu reden, doch er gab Lucas das Gewehr.«

»Wie bitte?«

»Es war eine Falle, Jo. Sie haben mich hergelockt, damit Lucas mich umbringen könnte.« Er sah mich mit großen, angstvoll geweiteten Augen an. Ich fragte mich, ob er wegen des Blutverlusts anfing zu phantasieren.

»Ich begreife nicht …«

»Danny wollte, dass Lucas mich erschießt. Er redete die ganze Zeit auf ihn ein und wollte ihn gegen mich aufhetzen. Er sagte, ich hätte dich ihm weggenommen und er könnte dich nur wiederkriegen, wenn er mich umbringen würde. Solange ich lebte, würdest du nie zu ihm zurückkehren.«

»Und Lucas hat auf ihn gehört? Er hat wirklich auf dich geschossen?«

»Er war so verwirrt. Du darfst es ihm nicht vorwerfen. Danny hat ihn angestachelt. Er hat sich in seine Gehirnwindungen hineingebohrt.«

»Lucas hat auf dich geschossen!«

»Ihm sind die Nerven durchgegangen. Danny hat ihm die ganze Zeit wütend zugesetzt. Und irgendwann hat Lucas abgedrückt. Aber er hat nicht auf meine Brust gezielt. Erst hab ich nichts gespürt. Ich bin einfach umgefallen. Ich weiß, dass es ziemlich schlimm ist. Schaust du mal?«

Ohne meine Lage zu verändern, streckte ich meine freie Hand aus und schlug vorsichtig die Decke und dann den Mantel über der Wunde zurück. Mir wurde schlecht. Seine ganze rechte Hüfte war eine blutige Wunde, ein wirres Durcheinander aus dem Stoff des Anzugs, in den er heute früh unter meinen Blicken geschlüpft war, Klumpen von Haut und Muskeln und verkrustetem Blut. Ich brach wieder in Tränen aus.

»Wie seh ich aus?«, fragte er. »Willst du mich noch?«

»Ich werde dich immer wollen. Ich liebe dich. Ich liebe dich so sehr.«

»Ich liebe dich auch«, sagte er. »Vergiss das nicht. Niemals.«

»Das kann ich gar nicht vergessen. Du wirst ja da sein und mich immer daran erinnern.«

»Glaubst du, der Rettungswagen kommt, Jo?«, fragte er und schloss die Augen wieder.

»Greg, nicht einschlafen. Du musst mir erzählen, was weiter passiert ist.« Ich rüttelte ein wenig an seiner Schulter und bekam gleich ein schlechtes Gewissen, weil sich die Bewegung durch seinen Körper fortsetzte und ihm Schmerzen bereitete. Er schlug die Augen wieder auf.

»Was ist passiert, nachdem Lucas auf dich geschossen hatte?«

Einen Moment lang sah er mich benommen an, als spräche ich von sehr weit weg zu ihm. Dann kehrte er in die Gegenwart zurück. »Er ist auf Danny losgegangen. Als wäre er plötzlich aufgewacht und hätte begriffen, was da ablief. Aber Danny hat nicht aufgegeben. Er hat immer weiter auf ihn eingeredet. Behauptet, wir hätten monatelang hinter seinem Rücken miteinander geschlafen. Ich hätte ihn dastehen lassen wie einen Idioten und er sollte Manns genug sein und den Job zu Ende bringen.«

»Aber warum?«

»Weil er Lucas für sich haben wollte. Er braucht ihn, Jo. Er wollte, dass du von der Bildfläche verschwindest. Solange du mit Lucas befreundet wärst, hätte er ihn nie für sich allein. Wenn Lucas mich umbringen würde, dann wäre es mit eurer Freundschaft für immer aus.« Er versuchte sich zu bewegen, es sich bequemer zu machen, doch der Schmerz war zu groß.

Die Worte trieben in meinem Kopf herum und wollten nicht in meinen Verstand einsickern. Dennoch ergab alles einen furchtbaren Sinn.

»Aber Lucas konnte kein zweites Mal auf mich schießen. Er weinte und schluchzte und sagte die ganze Zeit, wie leid es ihm täte. Danny redete wie im Fieber, ließ nicht von Lucas ab. Und dann sagte er: ›Was ist denn los mit dir, Lucas? Warum kannst du ihn nicht erledigen? Er hat Joanna gestohlen, wie Patrick deine Mutter gestohlen hat. Bist du nicht der Sohn deines Vaters?‹«

»O Gott.«

»Da drehte Lucas durch. Er richtete das Gewehr auf Danny und sagte ihm, er solle von hier verschwinden und nie zurückkommen. Wenn er wiederkäme, dann würde er ihn erschießen. Es war ihm bitter ernst. Und Danny rannte los wie ein Hase, Jo.« Das Sprechen hatte Greg müde gemacht, und er schloss wieder die Augen. »Lucas sagte, dass es ihm leidtut«, sagte Greg so leise, dass ich mich zu ihm herunterbeugen musste, um ihn zu verstehen. »Er hat sich entschuldigt.«

Die Tränen tropften mir vom Gesicht auf das seine herunter, doch er öffnete weder die Augen, noch wischte er meine Tränen ab oder berührte mich. Seine Züge erschlafften. »Greg. Greg, wach auf.«

»Hörst du den Rettungswagen, Jo?«, fragte er. »Hörst du ihn?«

Einen verrückten, wunderbaren Moment lang dachte ich, er hätte ihn gehört, und lauschte angestrengt, ob auch ich ein Fahrzeug hören könnte, einen Motor, das Zuschlagen von Autotüren oder rasche Schritte auf der Treppe. Doch da war nichts. Nicht das leiseste Geräusch. Und da wurde mir bewusst, dass sich etwas verändert hatte. Der Wind hatte sich gelegt. Aber nicht nur er. Auch das Pochen in meinem Kopf, dieser furchtbare, stampfende Rhythmus, der mich so oft in diesem Haus begleitet hatte, war verstummt. Es war vollkommen still. Die Trommeln in meinen Ohren waren endlich zur Ruhe gekommen. Die Stille war so tief, dass sie selbst fast laut wirkte. Schon zu Beginn unseres Jahres hier war es mir vorgekommen, als trüge das Haus eine Last, die sich manchmal ins Riesenhafte ausdehnte und mir den Atem nahm. Nach und nach hatte ich in der Atmosphäre des Hauses etwas Heimtückisches erkannt, es war uns feindlich gesinnt und suhlte sich in jedem Unheil, das sich innerhalb seiner Mauern zusammenbraute. Jetzt spürte ich nur noch Leere.

In der Stille, die sich um uns ausbreitete, überlegte ich, wen ich anrufen könnte, und merkte, dass ich allein war. Die Gruppe hatte sich für immer aufgelöst. Dieses vielköpfige Wesen, in dem wir aufgegangen waren, das uns Schutz und Unterhaltung geboten hatte, sodass wir uns als Teil eines größeren, über den Einzelnen hinausgehenden Ganzen fühlten, das uns schließlich zu zerstören drohte – dieses Wesen war erschlagen. Martha war fort. Rachel hatte ich für immer verloren. Auch Michael hatte sich seit der Party kaum gemeldet, seine Zeit wurde von den Überstunden in der Bank und seiner neuen Beziehung aufgezehrt. Wo Danny war, würde ich hoffentlich nie erfahren. Und Lucas war tot.

Ich blickte zu Greg hinunter, wie er in meinen Armen lag. Jetzt gab es nur noch uns beide. Das harte Licht der Glühbirne über uns beleuchtete seine blasse Haut, und als ich seine Wange berührte, spürte ich ihre Kälte. Ich zog ein Kissen vom Sessel, schob es ihm so vorsichtig wie möglich unter den Kopf und rückte meine Beine weg, damit ich aufstehen konnte. Ich sah Greg an, dass ihm das nicht behagte, doch er sagte nichts. Behutsam, um keinen Druck auf seine Wunde auszuüben, stopfte ich ringsherum die Decke unter ihn, deckte auch seine Arme zu. Dann zog ich die Vorhänge zu und knipste die Schreibtischlampe an; ihr weiches Licht schien sofort Wärme in den Raum zu bringen. Der Kamin war den Winter über benutzt worden; auf dem Rost lag noch Asche, in der Schütte ein paar Kohlen und Späne. Ich schob die Asche mit dem Schürhaken weg, schichtete die Kohlen und Späne auf und zündete sie an. Sie fingen sofort Feuer und es war, als erfüllte ihr Knistern den Raum mit neuem Leben, einer positiven Gegenwart. Das Feuer brannte hoffentlich so lange, bis der Rettungswagen endlich zu uns durchkam.

Danksagung

Einer Reihe von Menschen schulde ich Dank für ihre Unterstützung und Ermutigung.

Ich möchte Joachim Jessen und Cordelia Borchardt in Deutschland danken – meinem ersten Agenten und meiner ersten Lektorin, ohne deren Vertrauen und Begeisterung dieses Buch vielleicht nie entstanden wäre.

Was das Team des Bloomsbury Verlages an Zukunftsperspektiven, Aufwand und Hingabe gezeigt hat, übertraf alle Erwartungen. Ich möchte meiner Lektorin Katie Bond danken, dass sie ihre großen Fähigkeiten diesem Buch gewidmet hat. Dank geht auch an Jenny Parrot, an Mary Tomlinson für genaue Textarbeit und an Tram-Anh Doan und Anna Robinson.

Meine Agentin, Laura Longrigg von MBA, ist eine unschätzbare Quelle editorischer Klugheit und Unterstützung.

In den Vereinigten Staaten bin ich für den Beitrag und die Beratung Susanna Porters dankbar sowie Jillian Quint.

Großer Dank geht an meine frühen Leser, insbesondere Elizabeth Wright, Caroline Bland und Jan Michael sowie Anne Church Bigelow, Katy Darby, John Marzillier und Jenny Stanton. Hier möchte ich auch eine meiner ersten Leserinnen nennen, Ann Fox, die eine große Inspiration war.

Schließlich aber gilt mein Dank meinen Eltern und meinen Schwestern Polly und Sophie, auf deren Unterstützung und Vertrauen ich mich immer verlassen konnte.

Tana French

Grabesgrün

Kriminalroman

Band 17542

Wer bringt ein kleines Mädchen um und bahrt es auf dem Opferaltar einer Ausgrabungsstätte auf? Jede Spur, die die beiden jungen Dubliner Ermittler Rob und Cassie verfolgen, führt sie nur tiefer in ein Dickicht, in dem sich alle Gewissheiten in ihr Gegenteil verkehren. Und keiner darf erfahren, dass Rob vor vielen Jahren selbst etwas Furchtbares erlebt hat – im Wald bei ebenjener Ausgrabungsstätte …

»In diesem Fall kann man wirklich einmal wieder von Kriminal-Literatur sprechen. Tana Frenchs beinahe ausufernde sprachliche Fähigkeiten beschwören ganze Welten herauf.«

Antje Deistler, WDR2

»Sprachlich sensationell, ein großartiges Debüt.«

Kathrin Fischer, hr2

»Das Beste, was in diesem Jahr auf den Krimi-Markt gekommen ist.«

Michael Ostafel, SWR2

Fischer Taschenbuch Verlag

fi 17542 / 1

Kate Saunders

Liebe macht lustig

Roman

Aus dem Englischen von Catrin Lucht

Band 17937

Beths Mann Charlie hat einen Urlaub geplant – allerdings mit seiner attraktiven Kollegin Clare. Beth sorgt dafür, dass Charlie umbucht. Und Clare fällt aus allen Wolken, als Charlie im sonnigen Südfrankreich mit Frau und zwei schlechtgelaunten Teenager-Töchtern auftaucht. Das Hotel ist ein halbverfallenes Chateau mit undichtem Dach und wackligen Betten. Und die anderen Gäste stammen direkt aus einer schrägen Casting-Show: ein vielleicht schwules Pärchen, dösig-aristokratische Brüder aus Schottland und ein mysteriös attraktiver Internatsdirektor. Zwischen Traumurlaub und Alptraumlocation verstricken sich Charlie, Beth und Clare in einen Sommernachtsverwechslungstraum, in dem schließlich doch die Liebe erwacht.

»Ein Buch wie Zitroneneis: prickelnd, erfrischend, nicht zu süß – ein absoluter Genuss!«
Echo der Frau

»Frisch, amüsant – und geeignet als Lektüre für den Strandurlaub.«
News

Fischer Taschenbuch Verlag

fi 17937 / 1

Daphne Du Maurier

Rebecca

Roman

Aus dem Englischen von Karin von Schab

Band 16350

Vor der Kulisse des alten englischen Herrensitzes Manderley entsteht langsam, aus der Vergangenheit auftauchend, das Bild jener geheimnisvollen Frau, deren Schatten einer großen Liebe zum Verhängnis zu werden droht ... ›Rebecca‹ ist der Klassiker unter den großen Unterhaltungsromanen – ein Generationenbuch, dessen Popularität einzig mit ›Vom Winde verweht‹ vergleichbar ist. Weltberühmt ist auch die Verfilmung des Romans ›Rebecca‹ von Alfred Hitchcock.

»Eine wunderbare Erzählerin –
voll schillernder Hintergründigkeit«.
Los Angeles Times

Fischer Taschenbuch Verlag

fi 16350 / 1